eye
守望者

—

到灯塔去

王 国

[法]埃马纽埃尔·卡雷尔 著
鳌龙 译

Emmanuel Carrère
Le Royaume

南京大学出版社

目 录

引　子 / 001

Ⅰ　危　机 / 019

Ⅱ　保　罗 / 113

Ⅲ　调　查 / 239

Ⅳ　路　加 / 355

尾　声 / 495

引　子
（巴黎，2011）

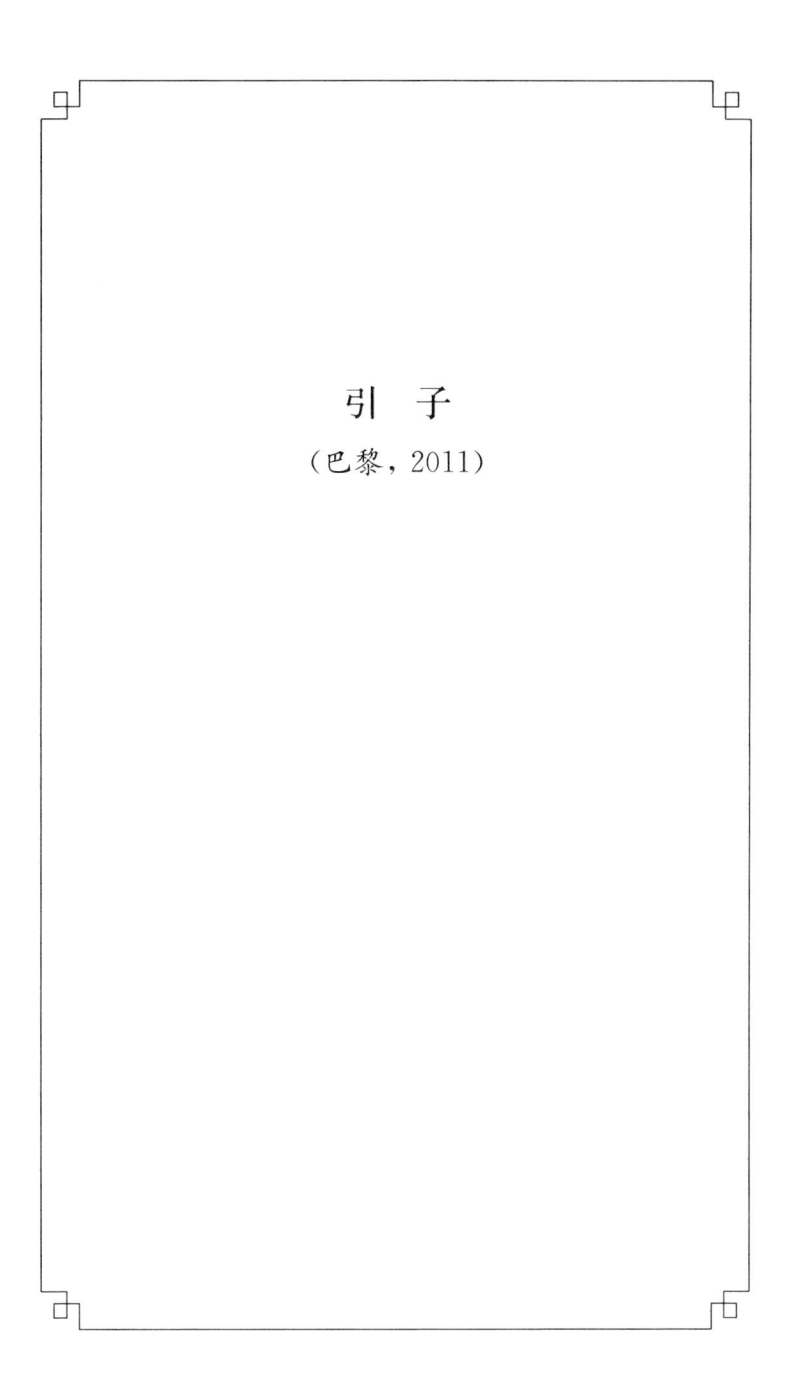

引 子

1

　　一年春天，我参与创作了一部电视连续剧的剧本。剧情大致如下。一天夜里，在山区小城，亡灵重新回到了故里。人们不知道他们回来的原因，也不知道为何回来的不是其他人，而是他们。就连亡灵们也不知道自己死了。让他们发现这件事的，还是他们爱的人、爱着他们的人、希望他们重新回到自己身边的那些人露出的惊恐眼神。他们不是幽灵，不是鬼魂，也不是吸血鬼。故事不是奇幻电影，而是发生在现实中。大家都在认真地思索一个问题：不可能的事情有一天真切地降临，会发生什么？假设你走进厨房，发现了三年前在花季去世的女儿，她正在准备谷物早餐，完全记不起前一夜发生了什么，心里只想着自己回家太晚，生怕被家人批评，你会有怎样的反应？如果问得更细些：你会有怎样的举动？会冒出什么话来？

　　我有很长一段时间没创作虚构作品了，不过但凡有人提一个思路，我还是能一眼辨别其中是否有强大的虚构内核。自打从事编剧以来，上面的想法绝对是我听到过的最有力的虚构。在前后四个月的时间里，我每天和导演法布里斯·戈贝尔一起从早忙到晚，我们怀揣着激情，把这个场景搬上荧幕的渴望与时时需要拿捏情感的状态还会带给我们一种眩晕的感觉。从我的角度来看，投资人总是把事情弄成一团糟糊。我比法布里斯大了将近二十岁，我比他更受不了年轻得能做我儿子的投资人，蓄着三天的胡茌，坐在我们写的剧本前摆出一副麻木的姿态。我多想告诉他们："小伙子们，要是你们这么懂行，你们自己来操作吧。"我投降了。完全不顾妻子埃莱娜和助理弗朗索瓦的好言相劝，也不讲什么为人谦逊，第一季过半，就摔门而去。

没出几个月，我就开始后悔了，准确说来是在一次晚餐上——我请法布里斯和电影《胡子惊魂》的摄影师帕特里克·布洛西耶吃饭。我有十足的把握，帕特里克是拍《魂归故里》的最佳人选，法布里斯跟他能很好地相处，事情和我预料的一样。但那晚听他们坐在厨房的桌边谈话，谈着正在酝酿的连续剧，提到之前花了两年时间在我办公室里构思的故事，说起这些故事已经走到了挑选布景、面试演员和技术人员的环节，我的身体几乎能感受到电视剧拍摄像一台巨大的机器，正轰隆隆地运转着。一想到应该跟他们一起的我，因自己之过而错失良机，转念间突然开始神伤，就像那个名叫皮特·贝斯特的家伙，他在利物浦一个名叫披头士的小乐队里做了两年鼓手，在快要拿到第一份录音合同的时候选择单飞，我想，他一定会在后悔中度过余生。（《魂归故里》在全球屡获佳绩，就在我写下这些字的时候，[1]刚刚斩获国际艾美奖最佳电视剧奖。）

◆ ◆ ◆

那次晚饭，我喝高了。经验告诉我，书没写完，最好别展开说创作内容，尤其是在喝多了的时候：心血来潮时吐露真心话的代价，是我足足郁闷了一个星期。不过当天晚上，或许是为了打

---

[1] 即2013年。

消心中的怨恨,为了把自己在忙的事情说得好像很有意思,我告诉法布里斯和帕特里克,自己搜集了多年材料,正在写一本关于基督教①早期信徒的书。之前为了《魂归故里》把写书搁在一边,不久前才重新动笔。我像讲电视剧一样,把书讲给他们听。

书里的故事发生在希腊的科林斯岛②,时间大约在公元50年——不过,当时没人认为自己生活在"耶稣之后"的"公元"。故事开头是一位四处周游的布道人,开着一家破陋的织布作坊。这个后来被称为圣保罗的人坐在织布机旁纹丝不动,摆弄着自己的布,一点一点地把自己的故事布向整座城市。圣保罗是个秃头,蓄着胡子,神秘的疾病一次次摧垮他的身体,他的声音低沉、暗藏玄机,讲述着二十年前发生在犹太③,一位先驱被钉在十字架上的故事。他说,在死去的人中间,只有这位先驱复活了,他的复活预示着将发生一件大事:人类将迎来一场彻底的、看不见的转变。故事便这样传开了。这个奇特的信仰在圣保罗身边的科林斯底层人中流行起来,不出多时,他们就把自己当作改变世界的人:这些人隐匿在朋友或邻居中间,一般人根本无法察觉。

这时,法布里斯的双眼闪过一道光:"这样说来,很像迪克的小说啊!"在创作剧本的过程中,科幻小说作家菲利普·K. 迪克一直是我们最重要的标杆;我感觉,听我说话的人被牢牢抓住了,于是又加了一句:对,是迪克的风格,这个讲基督教早期信徒的故事跟《魂归故里》是一回事。《魂归故里》讲的是圣保罗的

---

① 法语明确区分了基督教(christianisme)、新教(protestantisme)与天主教(catholicisme)。在法语语境中,"基督教"为总体性概念,与中文语境不同,下文不再提示。(全书脚注均为译者注。)
② 即《圣经》中的哥林多。
③ 罗马帝国时期的行省,又译作"朱迪亚",古巴勒斯坦南部地区。

信众的最后一段日子，在此期间，死去的人重新站了起来，审判世界也告一段落。被抛弃的人和上帝的选民竟然就一件事达成了一致，这件令人惊愕的事情就是，复活。这本书讲述的正是一件突然发生的不可能之事。我说到这儿突然兴起，灌下一杯又一杯酒，还坚持给客人们倒酒，就在这时，帕特里克说了一句话，本质上平淡无奇，却给我留下了深刻印象，因为我感觉，这件事突然出现在他的脑海里，此前他从未这样想过，可一想到就吓了他一跳。

◆ ◆ ◆

他说，那些有理解力的普通人竟能相信如基督教一般疯狂的事情，相信与希腊神话和童话故事同一类的玩意，想到这里，不得不说有点蹊跷。换作古代，我们得承认，那时的人容易轻信他人，科学也没有踪影。可是今天！若一个人相信神为了诱惑女人化身天鹅，或是相信公主亲吻癞蛤蟆，蛤蟆在接吻的刹那变成了迷人的王子，所有人都会说：这人疯了。那么多人相信同样一个疯狂的故事，却没人觉得他们疯了；信仰不同宗教的人也会认真地对待他们。他们有属于自己的社会角色，虽然远没有过去重要，却仍受到尊重，他们的形象大多比较正面。他们有怪异的想法，也有理智的行为。共和国的历任总统拜见他们的领袖时，更是敬重有加。这么一说，真挺奇怪的，不是吗？

2

是啊，确实奇怪。每天早上，我送让娜去学校之后，都会在

引 子

咖啡馆读几页尼采。尼采下面的这段话表达了和帕特里克·布洛西耶一样的惊讶:

> 礼拜天的早上,我们听见教堂老钟低沉的声音,就会想,这一切会是真的吗?我们做了这么多,都是为了一个两千年前被钉在十字架上、说自己是神之子的犹太人——何况他还不能证明自己是神之子。在这个故事里,神和凡人女子生了孩子,圣人劝大家不要劳动,不要追寻正义,只需要留意预示世界末日马上到来的种种征兆。这里的正义,就是把无罪的人当成替罪的人。主命令子民喝他的血。众人祈祷,希望能发生奇迹。有人对神犯下的罪,却要让神来赎。大家害怕往生,而死亡是通往天堂的门。他们把十字架作为标志,可现在的人已经不知道十字架有什么用,也不知道背着十字架会遭受怎样的屈辱。这些难道不像深不见底的古坟里突然吹出来的一阵风,一想到就让人脊背发凉吗?谁能相信,今天的我们竟然对这种事情信以为真?

可大家就是信啊,许多人都信。他们去教堂时会背诵《信经》,可每句话都与常识相悖。背《信经》用的是他们自己的语言,按常理,他们应该知道每句话的意思才对。小的时候,我爸常带我去参加主日弥撒。他十分惋惜,现在做弥撒不再用拉丁语了。他惋惜,不仅因为嗜古爱旧的脾性,还因为——我记得他的原话——"如果用拉丁语,大家都不会意识到这玩意儿这么蠢"。他们并不相信《信经》,也不相信有圣诞老人,想到这里我就放心了。去教堂做弥撒是前人留下的东西,是他们长期遵循的传统。

王 国

他们以为,延续传统就能和神发生联系,与神精神相通让他们无比骄傲。这样的精神联系融入了一座座大教堂,化作巴赫的音乐。他们低声念诵,已经变成了习惯,就跟我们这些"小资"每周日早上去练瑜伽一样,做体式之前要跟着老师——把弥撒的内容换成曼特拉冥想——稀里糊涂地念一通。不过,冥想的内容有好雨知时节,有人人和平相处,都是不违背理性的虔诚心愿。你别说,跟基督教的区别还真挺明显的。

就算如此,在那些沉浸于音乐、丝毫不在意嘴里念什么的人中间,肯定有人在背诵的时候心中甚笃,他们理解《信经》的意思,甚至还提前思考过。如果有人问起来,他们会说自己真的相信,两千年前有位贞洁的处女生下了一个犹太人,这犹太人被钉上十字架三天之后复活了,复活之后的他,又对活人和死人做了一番审判。他们还会告诉你,这些事是他们人生的核心。

是啊,真够奇怪的。

3

我思考问题向来喜欢从内外同时着手。刚动笔写关于基督教早期教会的故事,我就想到我还应该写一篇文章讲讲历经两千年发展的基督教在今天的状况。为此,我还特地找了几家专门做宗教旅游的旅行社,报名参加了它们组织的"寻迹圣保罗"邮轮观光行。

我的第一任妻子,她父母在世的时候一直把坐这个邮轮与去卢尔德①当成人生两大梦想。不过,他们去了好多次卢尔德,圣保

---

① 法国西南部城市,有卢尔德圣母雕像,是法国著名的天主教朝圣地。

引子

罗邮轮却仍是未竟的心愿。我依稀记得,他们几个子女提过要一起出份子,送我丈母娘去玩一趟。和老伴一起进行朝圣之旅,她肯定很开心。但老伴走了之后,她也没心思想这些事情了。儿子女儿们也没有过多坚持,后来也就不了了之。

当然,老人家们感兴趣的东西跟我不一样。邮轮会在科林斯或以弗所[①]靠岸半天,一群朝圣的人跟着导游下船,导游是位年轻神父,手里摇着小旗子,一边引路一边和教徒们打趣——这个画面真是又好笑又让人害怕。我发现,各个教徒之家都会重视神父要有幽默感,但光是想到神父的笑话,我就会起鸡皮疙瘩。在这种气氛下,哪还有什么机会碰到漂亮姑娘——假设我碰到了,我在想我会如何看待一个主动参加天主教朝圣游轮的姑娘:我该不会变态到觉得这种偶遇也性感吧?艳遇不是我的计划,真正的计划是把游轮上参加朝圣的人当作虔诚信徒的样本,利用前后十天的时间对他们进行系统的采访。不过,我该不该学那些潜伏到新纳粹地盘的记者,假装跟他们有一样的信仰,然后做匿名调查?还是干脆摊牌?我没有犹豫太久。我不喜欢第一种方法,觉得第二种方法总能带来最好的效果。我要明确地把实际情况告诉每个接受采访的人:你看,我是一个不可知论作家,想了解今天的基督教徒究竟相信什么。如果您有意跟我聊两句,我会很开心,否则,我不会再烦您。

我对自己很有把握,这么做肯定没问题。不出几天,我一定能借着吃饭和对谈的机会,找到几个原本跟我没有干系的人,挖

---

① 以弗所亦为希腊地名。《新约》收录了圣保罗书信,圣保罗谈到了教会在科林斯遇到的问题,参见《哥林多前书》和《哥林多后书》。还有一封圣保罗给以弗所人的书信,参见《以弗所书》。

王　国

掘他们吸引人、感染人的一面。我仿佛看见自己坐在一桌子天主教徒中间，温和地"拷问"他们，一字一句拆解《信经》。"我等信独一之神，即全能之圣父，创造天地。"你们相信他，但他在你们心中的形象究竟如何？一个脚踩云朵、蓄着胡子的人？一种超凡之力？还是一种如此巨大的存在，我们在他眼中都成了蚂蚁？他是一面湖水，还是你心底的一团火？那他的独生子，"将来复必有荣耀而降临，审判生人死人，其国无穷无尽"[①]的耶稣基督面貌又如何呢？你跟我谈谈这句话里的荣耀、审判和国吧。然后，直击核心：你相信他真的复活了吗？

◆　◆　◆

这一年是圣保罗的禧年，邮轮上的神职人员必定会大展风采。巴黎总教区的万-特鲁瓦总主教会大驾光临，给大家做讲座。参加朝圣的人非常多，大多是夫妻俩一起，单独参加的要跟同性别的人共享舱房——这我是一点儿都不想。申请单人间的话，费用立马就会涨上去，大约两千欧。出发半年前，我就预付了一半的钱，当时已经没什么空位了。

随着出发的日子临近，我开始感到不安。有件事一直困扰我：我总是能在门口那堆信上看到带"圣保罗邮轮"图标的信封。埃莱娜觉得我已经"有点信教的感觉了"，无法理解我的计划。我没跟任何人提过这件事，而且我最终发现，参加这种旅行让我非常羞愧。

我感到羞耻是因为我怀疑自己很有可能登上这艘邮轮就是为

[①] 本段中上文和此处均引自《尼西亚信经》，译文参考中华圣公会版《公祷书》。

引子

了嘲讽一切，或者至少是出于一种居高临下的好奇心，类似那些满足观众扭曲猎奇心理的电视节目，比如"扔矮子"游戏、给豚鼠做心理辅导、微笑修女模仿大赛等。人送外号"微笑修女"的这位，是比利时一位讨人喜欢的修女，扎着双马尾，弹着吉他唱着"多米尼克尼克尼克"[①]。她的命不太好，只风光了一阵子，就死在了酒精和巴比妥里。二十岁那年，我给一家自诩时尚、尖锐的周刊写过几篇文章，周刊第一期刊登了一篇调查文章，题为《告解室实验》。记者装成信教的人，意思就是穿得破破烂烂，在巴黎许多教堂做各种异想天开的忏悔，"钓鱼"采访了一些神父。记者的笔调轻松愉快，处处暗示自己比可怜的神父和信徒聪明、自由一千倍。当初读到这篇文章，我就觉得这种报道又愚蠢又让人反感——这家伙要是敢去犹太教堂或清真寺来同一出，肯定会碰到意识形态的壁垒，激起教徒一致的愤怒抗议，这么一想，我心中的反感情绪更甚：基督教徒是唯一一个我们嘲笑了也不用付出代价的群体，他们还心想，不知者无畏。我开始反思，哪怕我声称自己秉持着良善之心，但和信徒一起旅行跟上面的记者也差不多一个性质。

还好，还有时间取消行程，甚至能要回定金，但我无法下决心。催我补齐尾款的信也被我扔掉了。旅行社的信一封接一封地寄来，都被我抛在了脑后。最后，旅行社给我打了电话，我说没办法，有急事，去不了。女职员在电话里客客气气，话里的意思是让我明白，应该早点通知他们取消行程，因为还有一个月就要出发了，不会有人要我这间舱房；就算不去，也要把钱缴清。她

[①] 这句话是歌名，是这首歌的第一句，也是这首英文歌中唯一一句类似法语的歌词。"尼克"一词在法语中是粗话。

王　国

这么一说让我很恼火，我告诉她，我这次不去参加，付过的一半已经是一笔不小的数目。她跟我说已经签了合同，上面明确写了该付钱。我挂了电话，之后的好几天，我想过装死不睬她。他们应该有一个候补名单，肯定会有虔诚信教的单身汉要租下我的舱房，退一万步讲，旅行社也不至于把我告上法庭吧。可万一真告了我呢？旅行社一定有法务部，他们会一封接一封地给我寄挂号信，最后闹到初审法庭。我的心里突然一阵狂躁，因为我想到，就算我现在没那么出名，也可能会有哪家报纸发文章笑话我，把我的大名，跟在载着一群虔诚信徒的游轮上蹭吃蹭喝的蠢事联系在一起。老实说——虽然这可能听上去更荒谬，除了担心被曝光，更让我惊恐的是，我意识到自己策划了一件越想越不对劲的事，而我理应为此付出代价。没等第一封挂号信来，我就把第二张支票寄了出去。

4

写作这本书的过程中，我逐渐意识到，让大家张嘴谈信仰是一件非常难的事情，更何况"你究竟信的是什么"也不是个好问题。此外，我花了很久才最终意识到，这样采访基督徒，跟采访曾被绑架的人质、被雷打过的人、为数不多的空难幸存者一样，荒唐得很。说起基督徒，我倒是知道有个人信教信了好些年，那人跟我再亲近不过——这个人就是我。

◆　◆　◆

简单说来，1990年秋天，我为"上帝的恩典所动"。今天看来,"难为情"三个字根本无法概括这句话给我造成的尴尬,不过我当年的原话确是如此。因"改宗"——不管写到哪里,我都想给这两个字加个引号——而起的狂热持续了近三年。在此期间,我在教堂举办了婚礼,两个儿子出生后都受了洗,我还定期参加弥撒——"定期"不是每周去教堂,而是每天。每天告解,领圣体。每天祈祷,还要让两个儿子跟我一起——他俩长大之后,特别喜欢拿这事儿揶揄我。

在信教的几年里,我每天都会写下我对《约翰福音》中某些段落的思考。零零散散的笔记一共写了二十多本,从那以后就再也没翻开过。那段日子没有给我留下特别好的回忆,我也竭力把它从脑海中抹去。人的无意识真是个神奇的东西——我终究把它忘得一干二净,就连动笔写基督教起源的时候,都没有想起那段经历,没想起这段如今让我兴致勃勃的历史,在我生命中的某段时间里,让我相信过。

现在倒好,我又想起来了。乍一想起来让人害怕,但我知道,是时候把它们翻出来读一读了。

可它们都被我放哪儿去了?

5

上一次见到这些笔记本还是2005年,当时的我过得很惨,日子非常难熬。今天回头看,那是我经历的最后一次,也是最严重的一次人生危机。大家可以把它简单地看成抑郁症,但我觉得病根不在于此。当年,我经常去看的精神科医生也觉得不是抑郁症,吃的抗抑郁药物没一点作用。他讲得对,我试了好几种抗抑郁的药，除了不该有的副作用，毫无效果。唯一一个稍微能缓解症状的药，还是给精神病患者吃的，药的说明书上写着治疗"信仰错误"。那时候，没什么能让我笑出来，但"信仰错误"这四个字让我笑了，尽管这并不是快乐的笑。

在《别人的生活》里，我讲了去精神分析师弗朗索瓦·鲁斯唐那里做治疗的事情，但书里只讲了结尾。其实故事的开头是这样的。这一次治疗的强度非常大。我把自己的情况如实告诉了鲁斯唐医生：上腹一直疼，从没断过，就像古希腊传说中，斯巴达少年的内脏被狐狸啃咬；不仅如此，我感觉自己活得很失败，生活黯淡无光，既无法爱人，也不能工作，只会给身边的人制造痛苦。我说我想过自我了断，尽管这样，我还是坚持来看医生，希望鲁斯唐能给我一个新的解决办法。让我吃惊的是，他似乎压根没准备给我建议，我求他最后努力一次，给我分析分析。我在鲁斯唐医生的两位同行那里做了十年的精神分析，没什么显著的疗效——当时我的脑子里只剩下了这么个结论。鲁斯唐拒绝了我的请求，不给我看病。第一是因为他上年纪了，第二是因为他觉得我接受精神分析治疗时，唯一的兴趣在于驳倒分析师。在这件事上，我已经是一把好手了，如果我想再露一手，鲁斯唐也不会拦着我。不过他说："别跟我来这一套。我如果是你，就会考虑其他的事情。"

"考虑什么？"我问他，语气里有种心病难治的理直气壮。

"也罢，"鲁斯唐说，"你刚才说自杀。现在要自杀的话，影响也不太好，不过在有些情况下，也不失为一个办法。"

说了这些，他就没再继续了。我也没接话。他沉默了一会儿，说道："不自杀的话，你还可以继续活着。"

引 子

  鲁斯唐的这句话，彻底打破了之前我推翻两个精神分析师治疗方案的套路。他可真敢说，拉康的胆子应该跟他一样大，临床经验赋予了他们敏锐的洞察力。鲁斯唐明白，不管我怎么想，我肯定不会自杀。我后来再也没去他的诊所，不过情况倒是一点一点地好了起来。不过我回到家的时候，心情跟出门看医生时一模一样：我还没下决心自杀，但坚信我肯定会迈出这一步。在我每天消沉于斯的"病榻"正上方的天花板上，正好有个钩子，我还站在板凳上试了试能不能挂得住我。我写信给埃莱娜，又写了一封给儿子们，还有一封给父母。我整理了电脑里的东西，有些文件我不希望死后被大家看到，想都没想就删掉了。倒是有一个纸壳箱让我有点犹豫，前后搬了几次家我都没扔掉。这个箱子里放着我信教时所做的笔记：每个笔记本上，都是我每天早上读《约翰福音》的感想。

  我总对自己说，会有再次打开这些本子的那一天，说不定还会有新的收获。况且，并不是人人都能保留一份一手资料，记载了生命中那段与当下有着天壤之别的过去，记录了当年像铁一样牢固，今天看来却荒谬至极的信仰。一方面，如果我死了，我也不想把这些材料留在身后；另外一方面，如果我不自杀，把它们销毁肯定会让我后悔。

  神奇的无意识有个后续：我回忆不起来自己后来都干了什么。好吧，我只记得，消沉了几个月之后，我开始写作《俄罗斯小说》，写作带我一步步走出了深渊。而那个箱子给我留下的最后印象是，它就摆在我面前，躺在书房的地毯上，我没打开，心想该拿它怎么办才好。

  时隔七年，我在同一间公寓、同一个书房里，思忖着自己当时对它做了什么。要是把它销毁了,我肯定想得起来。如果我戏瘾上身,一把火把它烧掉了,我一定能记得。但我可能以一种更平淡的方式跟它作别,把它扔到楼下的垃圾桶里。如果还留着,我把它放哪儿了呢?银行的保险柜?那跟烧掉一样,我也能回忆起来。不对,它肯定就在公寓的某个地方,如果在公寓里的话……

我感觉,我要着火了。

6

正对书房有个壁橱,里面摆着行李箱、工具箱、泡沫床垫——让娜带小姐妹来家里过夜的时候,床垫就能派上用场了。总之是些经常用得到的东西。就跟童书《一个很黑暗、很黑暗的故事》写的一样,从前有一座很暗、很暗的城堡,城堡里有一条很暗、很暗的过道,过道里有一个很暗、很暗的柜子,就这么一直往下说——我家的壁橱深处,有一个柜子,更小、更矮,光根本照不到,也更难发现,这个柜子里摆着的都是平常从来不用、碰都不碰的东西,只有每次搬家时,我们才迫不得已思考它们的去留问题。各家杂物间堆放的都是类似的东西:卷起来的旧地毯、报废的高保真音响、一行李箱的卡带,以及装柔道服、拳击手靶和拳击手套的垃圾袋——见证了两个儿子和我在不同时期对不同格斗运动的兴趣。另一半空间倒是留给了一个不太常见的东西——让-克洛德·罗芒的预审材料。大家都以为他是医生,但实际上他什么都不是,整天不是睡在车里,就是躺在服务区里,还会去汝拉山[①]

[①] 一座位于阿尔卑斯山以北的山脉,位于瑞士、法国和德国的交界处。

很暗、很暗的森林里转悠。1993年1月,在隐瞒了家人、朋友长达十五年之后,罗芒杀掉了自己的老婆、几个孩子和自己的父母。

◆ ◆ ◆

"材料"二字不够准确。摆在我家的不是一份材料,而是十五份用绳子捆好的厚厚的文件。这份"材料"里,从大量的审讯记录,到长达几千米的银行流水和专家报告,应有尽有。我想,任何写社会调查新闻的人都会跟我有一样的直觉,那就是这里的成千上万张纸讲述了一个故事;但从这么多材料中提取出一个故事,难度绝不亚于雕塑家把一整块大理石刻成一尊雕像。我花了数年时间艰难地进行调查和写作,已深深沉迷于这些材料。这个案子当时还没宣判,公众基本接触不到这些资料,我能看到卷宗,全靠罗芒的律师的特殊照顾。他的律所在里昂,我每次只有一两个小时的时间,还要待在没有窗户的小房间里。记笔记可以,但不能复印。有几次,我专程赶去里昂,但他的律师跟我讲:"今天不行,明天也不行,你最好两周后来。"我觉得,他就是在跟我拿乔、拿我消遣。

后来,让-克洛德·罗芒被判终身监禁,案子宣判之后,卷宗的归属倒是明朗了起来:按规定,罗芒自动成为这些材料的所有人,而我得到了他的使用授权。大牢里的他没办法把材料带在身边,于是交给了一位信天主教的女士,她定期去监狱做志愿服务,后来成了罗芒的朋友。我去她在里昂附近的家里把材料搬了回来。大大小小的箱子塞满了后备厢,回到巴黎之后,我把它们堆放在我在圣殿路上租下的工作室里。五年后,讲述罗芒案的新书出版,起名《对面的撒旦》。那位女志愿者打来电话,说非常欣赏我的新书一五一十地还原了案件，但有个小细节让她很在意：我在书中把从她那里拿材料的事情，说得像是她急忙甩掉一张烂牌，这份材料现在不在她家，而是在我家，听上去像是给她减轻了负担。"我一点不介意把材料留下来。如果碍到你了，你把它拿过来就行。家里还有空间，能放下这些文件。"

我当下觉得，如果时机合适，我应该会把材料都还给她，不过时机从来都没合适过：要么就是我不开车了，要么就是没什么由头专门跑去里昂，反正从未有过合适的时机。2000年，我从圣殿路搬到白街，2005年又搬到小旅馆街，每次搬家我都带着三个装材料的巨型纸壳箱。把它们处理掉绝不在我的考虑范围之内：罗芒把材料寄存在我这里，出狱那天他若提出要拿回去，我照理是要还给他的。他被判监禁二十二年，不过他表现良好，说不定2015年就能出来。从现在起到2015年，用来放我既没有动机也没有意愿再打开的箱子的地方，就是我书房的后橱了，埃莱娜和我后来把这个橱子叫作"罗芒柜"。这么说来，我信教那会儿写的笔记本，如果我琢磨自杀的时候没把它们销毁——我脑子里一下子冒出了答案——应该就摆在"罗芒柜"里的预审材料旁边。

I 危 机

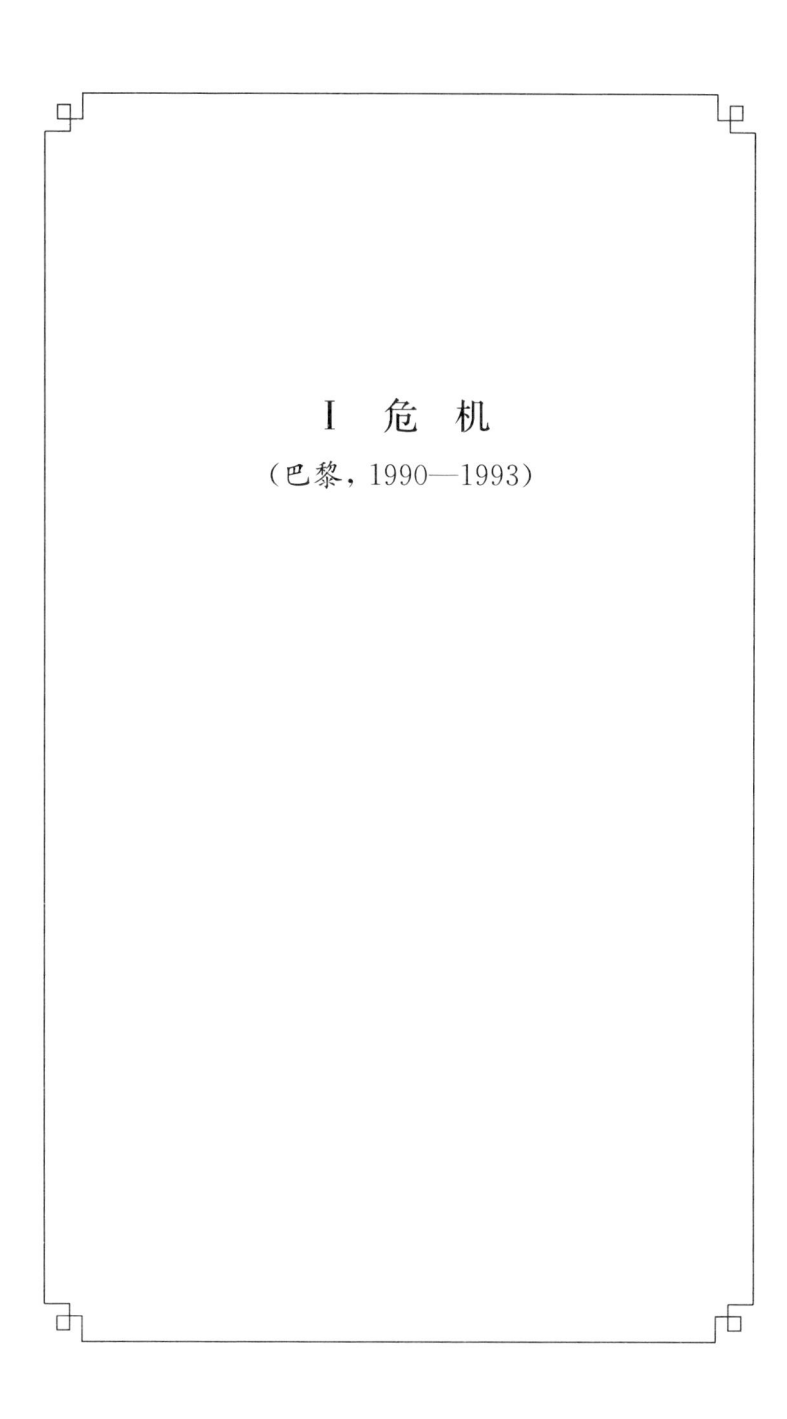

（巴黎，1990—1993）

Ⅰ 危机

1

卡萨诺瓦①的回忆录里有一段我非常喜欢。他被关进威尼斯的铅顶监狱，牢房阴暗潮湿。他想出了一个越狱计划，万事俱备，就差一样东西——麻絮。我也不清楚，他要麻絮是想编绳子还是搓炸药的引线，重要的是，找到麻絮他就能得救，没有麻絮他就没有希望了。牢房里可不是随便就能找到麻絮的，但卡萨诺瓦突然想到，当初定做外套时，他曾要求裁缝给他在腋下再加一层防汗的内衬。你猜他要什么做衬子？麻絮！湿冷的牢房让卡萨诺瓦叫苦不迭，身上的夏衣太单薄，根本无法抵御冷意。但他现在明白了，他在被捕那天穿着这件衣服，是天意。现在，衣服就在他面前，静静地挂在面前斑驳的土墙上。卡萨诺瓦盯着衣服，心脏怦怦直跳。等一下他就要扯开裁缝做的衣服，在内衬里翻找，过一会儿他就是自由身了。正当他准备扑向衣服的时候，有个忧虑一闪而过，让他停了手：若是裁缝大意，没有按他的要求做，那该怎么办？换作平常也不是什么大事，可放到现在，粗心可会酿成悲剧。在决定生死的重大关头，卡萨诺瓦扑通一声跪在地上，开始祈祷。他带着自儿时起便已抛在脑后的虔诚向上帝祈祷，祈祷裁缝一定要在内衬里塞上麻。祈祷的时候还不忘动用理性。他的理智告诉他，发生的事情已经发生。要么裁缝没放麻，

---

① Giacomo Casanova（1725—1798），十八世纪欧洲著名冒险家、作家，以其冒险生活和传奇的性爱故事而闻名。

要么放了麻。要么麻在里面,要么没有麻;如果没有麻,他的祈祷于事无补。神没办法把麻絮塞入他的衣服夹层,也没办法让时光倒流,让裁缝意识到自己的粗心大意。用逻辑推来倒去也没让卡萨诺瓦像放弃希望的人那样停下祈祷,他也永远不会知道,祈祷到底有没有发挥一丁点作用。故事的结局是,麻在衣服里,卡萨诺瓦成功脱逃。

◆ ◆ ◆

我的问题没有生死那么大,我也没有双膝跪地,祈祷笔记本的存在,不过我信基督教那段时间写满的笔记本确实躺在"罗芒柜"里。我把它们从纸箱里拿出来,端详着这十八个红红绿绿的硬壳本。终于下决心打开第一本的时候,突然掉出两张对折的纸,里面的字都是用打字机打上去的,纸上写着:

1990年12月23日,埃马纽埃尔·卡雷尔与安妮·D的结婚誓词。

"安妮和我一同生活了四年。我们有两个孩子,我们深爱彼此,确信对彼此的感情。

"几个月前,我们没意识到需要办宗教婚礼,感情不会因为没有婚礼而比现在有丝毫减少。我以为,不举办婚礼不是排斥结婚,也不是拖延许下诺言的时间。相反,我们已经对彼此许下诺言,无论好坏,两人注定一同走过,共同成长,携手老去,而我们中的一方注定要承受另一半的死去。

"抛开信仰不谈,我坚信,共同生活的意义是鼓励对方与自己一起,在探索彼此的过程中发现自我。我认为,只有一

I 危 机

人兴旺,另一人才能兴旺。我认为,希望安妮好也能为我带来幸福——我当然不会忽视自己。我甚至逐渐认同,这种共同的兴旺遵循着特殊的规则,一如施洗约翰所说的爱:'他(这里是她)必兴旺,我必衰微。'①

"我不再把这句话理解成'只有自己衰微,才能成全对方兴旺'的甘愿受苦。我开始理解,我需要考虑安妮,为她的幸福和成就着想。我开始明白,我越是想着她,我为自己做的就越多。总之,我发现了基督教的其中一则悖论——这些悖论可以颠覆世俗的智慧,那就是不顾自身利益,并通过忘记自我来爱自己,这对我们大有裨益。

"过去的我很难做到这些。所有苦难的根源都在爱自己上面,我的苦难因我的职业更甚(我写小说,这个行当就是瓦莱里所说'谵妄的职业',原因在于,写小说要倚赖每个人心中关于自我的观点),这个苦难残暴地压迫着我。当然,我努力把自己救出这片充满恐惧、虚无、仇恨和自我中心主义的苦海,可哪怕用尽力气,我的努力也不过和闵希豪森男爵②想通过拽头发把自己拔出沼泽一样。

"以前我一直以为,只有自己才能信得过。但几个月前我受到的恩典,赐予我信仰,教我摆脱了这令人疲惫的虚妄。我突然醒悟,我们可以选择生或死,若选择生,就是选择基督,而他的轭其实很轻。从那以后,我的心中一直轻盈,我期盼着安妮能够被我感染,如我一般,时常记着圣保罗的教导,永保喜乐。

---

① 《约翰福音》3:30。
② 德国作家鲁道夫·埃里克·拉斯佩(Rudolf Erich Raspe)虚构的人物。

王　国

"我原以为，两人结合只取决于我们自己：我们的自由选择，我们的美好愿望。还以为天长地久只倚赖我们。除了一生爱着安妮，我别无他求。但原来的我以为婚姻的长久要靠我们的意志，必然会害怕自己意志薄弱。现在的我知道，我们要完成的事情，并不是由我们完成，而是我们心中的基督。

"这就是为什么，今天的我认为必要把我们的爱放在他的手中，祈求他慈悲，让爱增长。

"这就是为什么，我认为我们的婚姻是我迈进神圣生活的真正开始，而我漫不经心地初领圣体之后还一直排斥它。

"这就是为什么，我十分重视，希望能请我入教时的神父主持我的婚礼。正是在他主持的弥撒上——也是我二十年来头一次参加弥撒，结婚的紧迫性才向我显现，我当时心想，在开罗领受婚礼祝福将是我的福分。非常感谢我的教区和我的主教，他们支持我的情感规划，明白这不是我一时兴起。"

2

再次读到这封信，我颇受震动。最让我震惊的是，这封信从第一行到最后一行都像在说假话，我却无法质疑这封信的真诚。另外，撇开信教的虔诚不谈，二十年前写下这封信的人跟今天的我并没有多大不同。誓词的语气更加庄重，但确实是我说话的风格。如果告诉我其中一句的开头，我能照着一样的风格一口气说完。最重要的是，我仍渴求坚贞不渝的爱，企盼感情长久。只不过这份爱的对象发生了变化。现在的对象更适合我，今天的我再也不会勉强自己相信埃莱娜和我会在温柔与平静中一起老去。但今天的我所相信或想要相信的东西,即我人生的支柱,和二十年前如出一辙。

◆ ◆ ◆

有件事情我在信里没说,而那才是信的关键:我们当时过得很不好。不错,我们爱着对方,可我们用错了方式。我们都害怕面对生活,神经高度敏感。我们成天灌酒,做爱缠绵宛如溺水,都想让对方为自己的苦痛买单。在前后三年的时间里,我写不出一个字,可那时的我把写作视为我存在的唯一理由。我感到无能为力,仿佛因为婚姻的不幸被流放到了生活的边缘,注定要长时间消沉下去。我心想,应该对这段感情放手了,又害怕分开会酿成悲剧:怕毁掉安妮,怕耽误我们的两个儿子,也怕毁了我自己。为了说服自己生活停滞不前自有原因,我甚至告诉自己这一切都是考验,我的人生、我们的人生要想胜利,就得在死局里苦苦支撑,我不能按照常理甩手不管。常理是我的敌人,比起它,我宁愿相信神秘的直觉。神秘的直觉有一天会启示我,让我的生活拥有新的意义,一个更好的意义。

3

说到这儿,要讲讲我的教母雅克利娜。很少有人能像她一样对我产生如此大的影响。她年轻的时候,先生就早早走了。她那么好看,却没有选择再婚。二十世纪六十年代,她在知名出版社出了一些诗集,诗作兼具爱情诗与宗教诗的风味,读时总让人想起卡特琳娜·波奇。如果不认识波奇——她是保罗·瓦莱里的情妇，波奇的身上有西蒙娜·薇依和路易丝·拉贝的影子——大家可以找她的诗《圣母经》来读一读。后来，教母放弃创作世俗的抒情诗，只写礼拜用的赞美诗。第二次梵蒂冈大公会议之后，法国教堂里唱的赞美诗有不少都出自她之手。她的家很漂亮，在瓦诺路上，楼里还住过纪德。教母身上有一股认真到近乎严肃的气场，与两次世界大战中的《新法兰西杂志》一个感觉。东方智慧还没有在法国流行之时，她已经沉迷其中，开始练瑜伽了——长期的训练让她上了年纪身体也能保持像猫一样柔韧。

我十四五岁的时候，有一天，她让我平躺在客厅的地毯上，闭上眼睛，把注意力集中在舌根。教母的命令让我非常困惑，可以说是吓了我一跳。少年时的我太有教养，并且偏执地担心会中了别人的圈套。我很早就习惯以"有趣"作为衡量标准——"有趣"是我最喜欢的形容词，即寻找一切吸引我或让我害怕的东西：他人、女孩、对生活的热情。我的理想是，旁观荒谬的世界却不加入其中，脸上还带着不会被荒唐殃及的优越的微微笑意。真实情况是，我怕死了。我一直在笑话她写的诗，笑话她神秘兮兮，但我也感觉她很爱我，如果我能信赖一个人，那便是她了。躺在地上，脑子只想着舌头，这对当下的我来说再荒唐不过，但也没妨碍我照做，跟着她的命令，试着不要控制脑中的思维，既不约束它，也不评价它。那一天开启了我后来的武术、瑜伽、冥想之路。

在无数我想感激她的事情中，这不过是其中之一。她教会我的东西，让我不会行差踏错。她告诉我，时间是我的朋友。我有时会冒出这样的念头：我的母亲在生我的时候已经预见，她能给我许多武器，如文化和智慧；但对于另一个至关重要的生命维度，她清楚，要把我托付给别人，这个"别人"比她年长，性格外向又十分专注，在她二十岁那年把她护在自己的臂膀下。外祖父母走得很早，母亲在贫穷中慢慢成长，最怕在人世间一事无成。在她的眼里，雅克利娜是人生导师，是成功女性的典型代表，最重要的是，她见证了这一人生维度——怎么说呢？——灵性？我不喜欢这个词，不过问题不大，每个人都能从中悟出点意思。母亲知道，灵性的东西确实存在，知道人的内心王国才是唯一值得追求的东西，所以福音书才会劝诫大家为了丰富的心灵放弃财富。但她经历的苦难让她无限渴求这些所谓的财富——成功、社会地位、众人的赞美，毕其一生都在追求这些。她做到了，获得了各种各样的财富，却从来没想过"这样就够了"。我没有任何立场指责她：我跟她一模一样。一直以来，我想要更多的荣誉，想在他人心里占据更重要的位置。但我知道在母亲心中，有个声音一直提醒她，真正的战斗在生活的别处。为了捕捉这个声音，母亲一辈子都在偷偷地读圣奥古斯丁，保持跟雅克利娜见面。这也是为什么母亲在某种程度上也把我托付给雅克利娜，她有时还会小心翼翼地跟我开玩笑，说："你最近去见雅克利娜了吗？她跟你探讨了你的灵魂吗？"我也"讽刺"地回敬她："那肯定啦，跟雅克利娜还能聊什么呢？"

和你探讨你的灵魂，就是雅克利娜的角色。我们经常去见她——我说的"我们"不仅有我和母亲，父亲有时候也会来。此外大概还有几十个人，年纪、出身各不相同，并不一定都信教。大家会去她瓦诺街上的公寓，通常是面对面谈心，跟看精神分析师和去告解一样。在雅克利娜面前，所有的装腔作势都是枉然，大家只有把心打开才能跟她聊起来。大家也知道，交谈的每一个字都不会流出客厅的门。她注视着你，倾听着你。你会感觉从未有人像她那样看着你，听你说话，然后还会发现，她跟你交谈的方式和内容更是让你耳目一新。

◆ ◆ ◆

教母人生最后几年陷在有关世界末日的妄想中，她的执迷不悟让我非常悲伤。按照她的生命逻辑，末尾本应该是人生光辉到达顶点的时刻，她却堕入了黑暗的深渊；我不愿去想这令人痛苦的事。哪怕她到了八十岁，都是我认识的人中最特别的那一个，她的特别颠覆了我所有的价值观。那段时间，只有一种人让我仰望、让我羡慕——创作者。在我的想象中，只有成为伟大的艺术家才是成功的人生，我怨恨自己，因为我发现自己充其量只能做个小艺术家。雅克利娜的诗作没能让我折服，但要在身边找一个完美的人，那一定就是她。我认识的几个艺术家和导演都没有雅克利娜的分量，这些人的天赋、魅力，或是让人眼红的社会地位只是某个领域内的有限的优势。我突然意识到，不管在哪个方面，雅克利娜都是个更高级的人。"高级"并不意味道德高尚，而是她知识广博，能在大脑中将万千事物联系起来。唉，我也不清楚怎么说更好——好比生物学上说一个生物进化得更高级，因而比其他生物更复杂。

雅克利娜虔诚地相信天主教，这让我很为难。倒不单是因为我不信教，而是我的大部分人生都在一个不信教才是理所应当的环境里度过。的确，我小时候上过教理课，也领了第一次圣体，但接受的基督教教育流于形式、过于分散，以至于有一天说自己

I 危 机

"丢掉了信仰"都变成了一句空话。在母亲的眼里,灵魂的事跟性一样,都不能拿来讨论,而我父亲呢,之前也说过他只注重形式,并不介意调侃仪式背后的思想。我的父亲很老派,既是伏尔泰的半个支持者,也是莫拉斯①的半个支持者,完全不信马克思,不过这三者倒是在宗教上达成了一致——宗教就是人民的鸦片。于是乎,我跟朋友,跟爱过的女人,哪怕跟远方的亲朋都从来没有提起过宗教。宗教的问题根本不在我们的讨论范围内,完全超过了我们的思考和经验范畴。我可以对神学感兴趣,但用博尔赫斯的话来说,那也只能把神学当成奇幻文学来读。假使有人相信耶稣复活,我肯定觉得他很奇怪——借用帕特里克·布洛西耶的观点——就跟那些不仅对希腊神话感兴趣,还真的相信诸神明位列在天的人一样怪。

话虽如此,雅克利娜信教,我该怎么办?我无能为力。信仰是她整个人的内核,我选择对她身上的怪异视而不见,交谈的时候只听我能听下去的东西。为了让她谈谈我的问题,我定期去见她。我们谈得不错,以至于她几次提到"我的上帝"②——她管神叫"我的上帝"——我一声没吭。有一天,我告诉她,我对上帝不感兴趣,她告诉我,这其实是一回事。她在跟我聊我的时候,讲的实际上是"他";她在跟我聊"他"的时候,讲的实际上是我。她说总有一天,我会明白,我耸了耸肩,一点想"明白"的意愿都没有。我有个朋友,小时候听故事里说有个跟他一样大的

---

① Charles Maurras(1868—1952),法国作家、政治家,鼓吹反犹,宣扬种族主义。
② 法语 Notre-Seigneur 中文译为"耶稣基督",字面意思为"我们的上帝",或是"我们的主"。此处,雅克利娜将 Notre-Seigneur 换成了 mon Seigneur,故直接翻译为"我的上帝"。

小朋友被恩典感化，长大成了神父。颇有教益的故事反倒吓坏了我这朋友，他生怕自己身上会发生同样的事情，所以每天晚上跪在地上祈祷，让神不要用恩典感化他，祈祷长大之后不要变成教士。我跟他一样，并且为此而自豪。我讲的故事没能动摇雅克利娜，她对我撂下一句，"你看着吧"。

◆ ◆ ◆

过了青春期，成了小伙子之后的我过得很惨，但我不想知道这件事，这件事也就因而被我遗忘了。讽刺精神加上专职写作给我的自豪感，成了我抵御生活不幸的方法，这样的机制运行得还不赖。到了而立之年，这个系统突然卡住不转了。我写不出字，不懂爱，明知自己不配被爱。毫不夸张地说，仅是做自己就让我难以忍受。当我极度痛苦地出现在雅克利娜面前时，她没有特别讶异。她觉得消沉是上进的表现，我记得她好像还说了一句"可算来了"。脱离了让我苦苦支撑的表象，放下所有防备、心性敏感的我终于能跟"我的上帝"心意相通了。不久前，我还强烈地抗拒这件事。那时的我心想上帝关我屁事，说给弱者和败者的安慰我一概不听。而此时的我备受折磨，度过的每一秒都是钻进皮肤的折磨，它们催我成熟，让我能够听进去对所有被重负压弯了腰、生活难以为继的人所说的福音。

雅克利娜对我说："先试着读读看。"一边说话还一边递给我一本"耶路撒冷圣经"[①]的《新约》——这本书一直摆在我的书桌

[①] 法国的"耶路撒冷圣经"是由法国设在耶路撒冷的高等教育机构、由多明我会士担任院长的法国"耶路撒冷圣经"和考古学院（École Biblique et Archéologique Française，EBAF）翻译的《新约》和《旧约》的总称。

上，自从开始写这本书，我每天都要翻开二十次以上。"你也要试着，"雅克利娜说，"不要活得那么聪明。"

4

1990年的初夏，雅克利娜又送了我一份礼物。她一直跟我谈论另一个教子，说如果我俩能认识就再好不过了。话音刚落，她却摇了摇头，笑了出来。两个人认识当真有那么好吗？你俩有东西可以聊吗？或许没有。介绍你们认识太早了点。

在那个苦苦煎熬的夏天，雅克利娜认为介绍我们认识已经不算早了，于是建议我给他打个电话。两天之后，有人敲开了我家在医学院路上的公寓大门。敲门的人是个年龄比我稍大的男孩，他有一双蓝色的眼睛，满头的红棕色里能看到几根白头发——他的头发现在都白了，名叫埃尔韦的小伙子前段时间刚满六十岁。埃尔韦有一张娃娃脸，从没过成年男子的样子，老得也特别早。他是那种不会给人留下特别深刻的第一印象的人，掉在人堆里都找不出来，没有什么外在的光彩。我们开始聊天——意思是我开始说我自己，以及我经历的危机。我滔滔不绝，非常激动，逻辑混乱，语带讥讽，嘴里的烟一根接着一根。甚至在说每句话之前，我都要在心里进行自我纠正和微调，并警告埃尔韦我说的话不够准确，我想说的远比说出来的更宽广、更复杂。他很少接话，可讲话的时候也不露怯。后来我才逐渐了解他的幽默方式，但第一次见面时，他完全不爱说反话的风格着实让我困惑。我所说的、我所想的，就连最真诚的痛苦表达，都混杂着讽刺和挖苦的酸味。这样的说话风格在我生活的小圈子里十分常见，二十世

王　国

纪八十年代末,在巴黎的新闻和出版界,每个人说话时脸上都不会露出笑意。板着脸说话,很累又很蠢,但没人意识到这件事情,我也是直到跟埃尔韦做了朋友才发现。埃尔韦不爱讽刺,不爱抱怨,不耍聪明,不关心自己造成的影响,不玩社交游戏。他试图准确、冷静地表达想法。我不希望大家读到这些话的时候,把他想成一个浮在尘世间沧海与桑田之上的圣人。他这一辈子经历过不少苦难,遇到过许多困难,心里有许多秘密。埃尔韦小时候就想过自杀,年轻的时候服了大量的致幻药物[1],他对现实的感知也因此受到了永久的影响。幸运的是,他遇到了一个女人,她爱这样的埃尔韦,希望他能做自己,埃尔韦和她组建了幸福的家庭,并且找到了一份工作——埃尔韦在法新社工作了一辈子。没有这两次转机,埃尔韦早该成了一个跟社会格格不入的人。即便如此,他为社会所做的改变也是最低限度的。这样一来,生活中唯一需要考虑的——我再一次撞到了这个可怕的词——就是灵性方面的事情,这里面包含着虔诚的空虚和超脱尘俗的夸夸其谈。这么说吧,对埃尔韦这类人来说,存在,并非理所当然。他从小就会思考:我在这里做什么?"我"是什么?"这里"又是什么?

许多人过完一生也没有思考过这些问题——就算有,也只是转瞬即逝,轻轻松松就翻篇了。他们造车,开车,他们做爱,在咖啡机旁边聊天,因为法国有很多外国人而生气,或者为有太多人认为法国的外国人太多而大动肝火,他们筹划度假的事情,考虑孩子的问题,想要改变世界,想要收获成功,成功之后又担心会失去,发起战争,知道自己有一天会死,但是尽可能不去想——我

---

[1] LSD,指 D-麦角酸二乙胺,强烈致幻剂的一种。

真诚地认为，这些点点滴滴足够填满一个人的一生了。但有另外一种人，他们并不满足于此，或是觉得做这些事情过于疲累。不管是哪一种情况，总之，他们认为人生不该如此。他们比第一类人更明智，还是没有他们聪明？争论这个问题不会有结果。事实是，他们未能从一种被震慑的状态中回过神来，这种震慑让他们无法不思考为什么活着就这样过完一生，无法不思考这一切的一切到底有何意义——如果有的话。在他们眼中，存在是一个大大的问号。即使知道可能没有答案，他们也仍在寻找，无法停止。在他们之前，许多人都寻找过，有些人说自己找到了答案，所以他们对这些人的证言特别感兴趣。他们阅读柏拉图和神秘主义的书，成了我们嘴里"虔诚的灵魂"——他们不属于任何教会。比方说埃尔韦，我们认识的时候，他跟我一样受到了教母的影响，于是改信了基督教。

◆ ◆ ◆

吃过第一次午餐后，埃尔韦和我决定做朋友，我们后来成了至交。在写下这些字的时候，我们之间的友谊已经持续了二十三年，更奇怪的是，这份友谊的形式在这期间也没有任何改变。我们是彼此的贴心朋友，刚才我还说，埃尔韦跟大家一样有自己的秘密，但我觉得他跟我没有秘密，这么一想，我对他也没有留什么秘密。没什么事情会让我害臊得不敢跟他说，与他分享任何事情都不会羞愧；这可能听上去很惊人，但我想事实真就如此。我们的友谊很平顺，没有危机，也没消失，我们两人呵护它免受社会的任何干扰，让这段友谊生根发芽。由于生活和性格非常不同，两人只能单独见面谈心。我们就连共同的朋友都没有，还住在不同的城市。自打认识以来，埃尔韦先后做过法新社驻马德里、伊斯兰堡、里昂、海牙和尼斯的通讯员，后来做到了记者站站长。他每去一个地方我都会去见他，他偶尔也会来巴黎找我，不过我们友谊的发源地是瑞士的瓦莱州。他母亲在那边有一栋木屋，见第一面的时候，他就邀请我夏末去瑞士跟他会合。

5

二十三个年头以来，每年春天、秋天，我们都会相聚在名叫勒勒夫龙的小镇。我们熟知小镇周围山谷里每一条小径。从前的我们，太阳出来前就动身，徒步的距离非常远，最高和最低处的落差能有一千米，一走就是一天。现在的我们没那个雄心壮志了，走几个小时就行。喜欢看斗牛的人都知道一个词——querencia，意思是在人声鼎沸的斗牛场里，唯一一块能让斗牛感觉安全的地方。时间一长，勒勒夫龙和埃尔韦的友谊就成了我生命中最安全的一块"舒适区"。上山的时候满心焦虑，下山的时候内心就平复了。

第一次去勒勒夫龙的夏天，我心如乱麻。那年暑假简直是一场灾难。在雅克利娜的建议下，我决定暂时搁置写作，转而全身心照顾老婆和儿子。往常投入文学创作的精力全部用来表现出随叫随到、关心他人、亲切周到的样子——简单说来，就是放下烂透的写作事业，好好生活：这么做或许能帮帮我。为了帮助自己走出来，我每天都会读一点福音书。之前我也试过，可没什么效果。安妮有孕在身，她尽可能表现得温柔，但她其实痛苦又焦躁。她的焦虑完全有道理，因为我无法掩饰对第二个孩子即将到来的恐慌。生第一个的时候情况一模一样，十五年之后让娜出生前又是如此。再怎么讲，我也并不觉得自己是个不称职的爸爸，但我确实怕了等待孩子降生的过程。我们两个人每天都会陷入长时间的午睡，三岁的加布里埃尔大声哭喊试图把我们唤醒。我只得从这种让人沮丧的浑噩中醒来，却转而又沉浸在悲伤中，一次次被撕扯——左边是不言自明的事实，安妮和我在一起生活过得很不好，右边是一个信念，笃信想要有成功的人生就要在自己选择的生活中坚持下去。还没到夏天，我就去精神分析师那里看了好几次，决定度假回来就开始治疗。我原以为这个盼头能让人有点希望，可恰恰相反，它让我心中的焦虑情绪有增无减，因为要接受精神分析治疗，就不得不承认我的真实愿望和决心相互抵触。读福音书的事情，由于已经答应雅克利娜了，所以我强迫自己每天都读。福音书写得很美，但我自以为是地认为，我的际遇过于悲惨，以至于哲学或道德教导——更不用说宗教信仰了——不会对我有任何帮助。我还差点取消了八月底去勒勒夫龙的行程。去瑞士，去见只吃过一次饭的朋友，去他母亲家里借宿，想想都觉得很离奇。另一个可能的度假方案是，把自己关在精神病院里，吃药吃到神志不清。在精神病院或许能睡得着，也能趁机撒手：还有比这更美好的愿望吗？

话虽如此，我还是去了勒勒夫龙，跟预想不一样，我在那里过得还算不错。埃尔韦对我既不评价也不提建议。他的内心深处知道，我们两个人都不合群，日子过得磕磕绊绊，做的都是能力之内的事情，可能力太过有限，生活得不尽如人意。跟他在一起的时候，我也不会评价自己，更不会不停地为自己开脱。其余的时间，我们几乎不怎么说话。

王　国

6

　　小镇脚下有一条路，路的尽头有一座非常小的黑色木屋，屋子的主人是一位来自比利时的老神父。老神父在开罗做教士，他的教区里全是穷苦人家，每年夏天他都会来这里歇上一阵，剩下的时间，他用尽气力帮助教区里又穷又苦的百姓。老神父不久前刚刚过世，我认识他的时候，他看上去非常苍老，疾病缠身。他的脸布满沟壑，整张脸跟眼周一样都是深深的茶褐色，眼睛黑又亮，直勾勾地盯着人，射出讽刺一般的目光。这木屋里就两个房间，楼下的那一间以前是堆干草的地窖，被老神父改装成了礼拜堂，墙上挂满了圣像。格扎维埃神父生前是墨基特教会的神父，墨基特教会融合了天主教教义和拜占庭礼仪，在近东勉强维持着越来越边缘的生存状态。他原来是瓦隆州一个大家族的继承人，究竟是怎么做上墨基特教会神父的，有人跟我说过，但我忘了。每天一早，格扎维埃神父就开始做弥撒，来参加弥撒的有四五个镇上的人，这其中还有一个患唐氏综合征的男孩，他一人充当唱诗班的角色。我从每天陪他来做弥撒的母亲口中得知，这个男孩叫帕斯卡尔，老神父交给他的任务让他非常自豪。每年夏天，帕斯卡尔迫不及待地盼着老神父回来，一见到神父就非常激动，呆呆地盯着他，只要神父动动眼皮，他就知道自己是该摇祭台铃，还是该给提炉点香料了。

　　我小时候参加的弥撒只给我留下了束缚和无聊的印象。小镇上这个弥撒由一位枯槁的老人家主持，参加的人不过一小群瓦莱山民和一个"唐氏儿"——他的一举一动都在说明他坚守着自己所属的位置，不会为了世界上的任何东西而挪步，这让我深受触

I 危 机

动,以至于接下来的每天我都会来参加。在这个改造成礼拜堂的干草仓房里,我有了一种被保护的感觉。我经常听着他们的弥撒天马行空地乱想。我突然想起夏天还没来的时候,最近一次和雅克利娜的谈心。我已经不再说我不想接受她的信仰了,因为任何能够减轻痛苦的东西,都是我想要的。我只能说,我还不能理解雅克利娜的信仰。"祈求吧,"她对我说,"祈求看看会发生什么。你会得你所求的一切,这听上去很神秘,却是实实在在的真事。敲敲门。鼓起敲开这扇门的勇气。"是啊,试一下又有什么损失呢?

◆ ◆ ◆

一次弥撒,格扎维埃神父诵读了《约翰福音》,读的正是最后一部分。故事发生在耶稣复活以后,(西门)彼得[①]与伙伴们回到提比哩亚海继续做渔夫。他们很灰心。他们生命中的伟大冒险失败了,甚至连回忆都变得模糊。几人撒了一整夜的网,却一无所获。天将亮的时候,岸上有个陌生人朝他们喊话:"小子!你们有吃的没有?""没有。""你们把网撒在船的右边,就必得着。"他们照做了。渔网里满满当当,得三个人一起才能把网收上来。耶稣所爱的门徒、这本福音书的作者,就对彼得说:"是主!"怔住的彼得跟着又说了一遍:"是主。"他憨态可掬,做了一件巴斯特·基顿才能做出来的事——赤着身子的彼得束上一件外衣,跳入海里,全身湿透地走向耶稣。耶稣说:"你们来吃早饭。"他们烤了几条鱼,就着饼吃了下去。作者这时写道:"门徒中没有一个敢问他:'你是谁?'因为知道是主。"耶稣问了彼得:"你爱我吗?"

---

① 下文中的故事取自《约翰福音》第二十一章。此处指西门·彼得,后被称为圣彼得,下文中的门徒指的是"西门·彼得和称为低土马的多马,并加利利的迦拿人拿但业,还有西庇太的两个儿子,又有两个门徒"。

王　国

彼得答了三遍"是的"。耶稣便说"你喂养我的羊"——主的这个命令没能打动我，因为我不适合当神父。然后，耶稣说了一番非常神秘的话：

> 我实实在在地告诉你，
> 你年少的时候，自己束上带子，随意往来；
> 但年老的时候，你要伸出手来，
> 别人要把你束上，带你到不愿意去的地方。

我想，每个人信耶稣都是因为听了那么一句话，这句话各不相同，仿佛为每个人量身定做的一般，等待人和它相识。这就是属于我的那句话。开头是，放开手，不再由你主导，这或许会被认定为投降，可一旦迈出这一步，你会感觉如释重负。这就叫放弃自我，我只向往着把全部的自己都托付给别人。这句话还没说完：那个你全身心托付的东西——那个你将自己交予的"人"——会带你到你不愿意去的地方。这半截话才是对我一个人说的。虽然我对它一知半解——不过谁又能真的弄懂呢？——但隐约有个肯定的声音告诉我，这句话就是专门为我准备的。于此世界，我最想要的正是——被带到我不想去的地方。

7

我从勒勒夫龙给教母寄了这样一封信：

> 敬爱的雅克利娜，
> 我知道，你一定为我的遭遇做了祈祷，这封信一定会让

I 危 机

你非常开心。今年夏天,我试着说服自己,只要我一直敲,就一定会有人给我开门——不过我倒不确定要不要迈出这一步。来到山里,在埃尔韦身边,福音书里的话突然间有了生命。现在的我知道大写的真理和大写的生活究竟在哪儿了。我马上就要三十三岁了,一直以来我都把自己当作生活的根基,一直生活在害怕之中,但今天我发现,人原来可以不用生活在恐惧之中——并非没有痛苦,但不用害怕——我简直无法相信这个好消息。我的生活就像一块桌布,皱皱巴巴的,接满了碎屑和各种残渣,很难让人有胃口。突然有人抖了一下桌布,它在风中轻快地发出啪的一声。我希望这快乐永驻,我也明白开心常驻绝非易事,生活会出现新的阴霾,知道如树皮一般的硬壳渐渐地攀上了我的身体,但我相信,从现在起,基督引领着我了。我很笨拙,难负十字架的沉重,但每每想到这里,又觉浑身轻盈!差不多就是这样。我想马上让你知道这些事情,对你为我指路的耐心,我感激不尽。给你一个拥抱。

我在第一个笔记本里找到了信的底稿,却完完全全忘记曾经写过这封信了。今天再读一遍,内容却让我脸红。它跟婚礼誓言一样,都是假话。不是说我在写的时候不真诚——当然,我满心诚恳——但我很肯定,当时的我内心深处有个小人和现在的我有着一样的想法:信里通篇自我暗示,是心理学家库埃[①]的伎俩,是天主教巴拉巴拉的片儿汤话。还有,这全是感叹号、大写字母的稿子,这什么迎着风开心地发出啪的一声的桌布,完全不是我的风

[①] Émile Coué(1857—1926),法国心理学家、药剂师,他介绍了一种基于乐观心理暗示的自我改善方法。

格。跟我一点也不像这件事,倒是真的把我吸引住了。我心里那个惶恐不安、喜欢嘲笑别人,连我自己都不再能忍受的小人闭上了嘴,另一个声音突然冒出。我寻思,这个声音跟我越不像,就越是我真正的心声。

◆ ◆ ◆

我下山的时候很开心,笃定要迎来新生活了。回到家的第二天,我告诉安妮有话对她说。我没跟安妮透露要说什么,就带她去了我们常去的莫贝尔广场旁边的泰国餐馆。我看上去应该变了一些,变得有些怪异,但倒也不至于像准备告诉妻子"在外面遇到了一个人"的男人一样扭捏。不对啊,我是遇到了一个人,不过我不会为了他离开安妮:他是盟友,我们的盟友。安妮吓了一跳,"吓一跳"算说得轻了,无论如何她还是相对镇定。当然,倘若换作现在的某一天早上,心爱的女人向我走来,眼睛闪着精光,嘴角带着一丝让人不安的温柔笑意,告诉我她终于弄清楚了大写的真理和大写的生活在哪里,告诉我我们从此要在耶稣基督中相爱,我肯定比安妮的表现更差。在我看来,要是发生了这样的事情,我肯定会发疯。相比一般人,安妮有足够的理由发疯。安妮的家庭跟我完全不同,她生长在一个虔诚得过分的天主教之家,父母最大的心愿就是宝贝女儿能成为修女,更理想的,当然是跟守护她的圣女利雪的德兰①一样早逝——为此,他们给安妮起的第一个名字就是泰蕾兹。信教让一家人变得神经过敏的种种,

---

① Thérèse de Lisieux(1873—1897),天主教称小德肋撒或圣德肋撒,又译为"里修的德兰"。安妮的第一个名字"泰蕾兹"(Thérèse)按一般法语人名翻译,未按照专有名词小德肋撒或特蕾莎修女翻译。

安妮可真是太知道了：谈性色变，痛苦的良心折磨，浸染一切的悲伤。等到了叛逆的年纪，安妮飞速逃离了噩梦般的家，青春期时成了嬉皮士，成年之后更是整晚泡夜店。我认识她那会儿，她有一票朋友都是"帕拉斯"和"半头湿"①的常客。他们跟基督教的关系，简单说吧，就是他们看蒙提·派森调侃基督教的电影《万世魔星》，笑得肚子都抽筋了。自打一起生活，安妮有不少事情都可以怪到我头上，不过，打开她童年那些装着宗教圣器的可怖房间绝不是我的错。因此在这一点上，她应该不会挑我的刺。也不尽然。什么事情都会发生，这不，以自我为中心、爱挤兑人的埃马纽埃尔·卡雷尔竟然讲起了耶稣，说"稣"的时候还要撅起嘴（你们试试用其他方法说"稣"）。哪怕在我最虔诚的时候，这个名字也总是让我觉得有点可笑。回想起来，我现在觉得，安妮一定很爱我，愿意尽一切努力挽救我们的关系，所以才能在听到我信教的消息时，不讽刺挖苦，而是给予我支持。她一定认为，我信耶稣会有好的改变。最开始的时候，我变得确实还行。

8

为了巩固初蒙恩典的我心中的信仰，格扎维埃神父建议我每天读一段福音书，并思索读到的内容，鉴于我以写作为业，又建议我每天写几行字总结自己的思考。我去圣米歇尔大道的小吉贝尔书店买了一个大本子，又想提前多备一些，于是一口气买了好几大本——实际上，在两年的时间里，我一共写满了整整十八本。

---

① "帕拉斯"（Le Palace）和"半头湿"（Les Bains-Douches）是二十世纪七八十年代巴黎两家具有地标性质的夜总会。

王　国

至于读哪一部，我决定先从《约翰福音》读起，因为讲要去不愿去的地方那一段就在《约翰福音》里。我隐约觉得，约翰在四位福音书作者里最神秘、最深刻。上来第一句，我就尝到了神秘和深刻的滋味："太初有道，道与神同在，道就是神。"若是有人想在福音书里找寻日常行为的准则，而不是形而上的启发，那约翰的风格确实挺粗粝的，读完之后我就在想，要不要在放弃之前，换一部福音书读。约翰这匹纯血马，上来就尥蹶子给我下马威，相比他来说，马可、马太和路加就像健壮的佩尔什马①，更适合新手。但我决不屈从于这一诱惑，我不想再按照喜好前行，不愿一上来就朝着吸引我的东西走去。约翰让我萌生的退缩之意，倒是让我把它看成更应该执着于《约翰福音》的证明。

◆ ◆ ◆

每天一段，不能再多了。福音书里的一些段落闪耀着非凡的光芒，印证了负责逮捕耶稣的罗马士兵的话："从来没有像他这样说话的！"②其他的地方，乍一看似乎毫无意义：都是些叙事的起承转合，就像没肉可啃的小骨头。大家读到这些段落时都不会留心，一下子就跳到了下一段，但我们就是要好好咀嚼这些段落。它们在训练注意力，训练耐心，训练我们谦逊的态度，特别是谦逊这一点。原因在于，如果大家承认——就跟我那年秋天想的一样——从历史、文学、哲学的角度来看，福音书并不只是引人入胜的文本，更是神的话语，那我们也必须承认，神的话根本不会有不重要、随便说说的。哪怕是表面上最不起眼的段落，所蕴含的

---

① 法国的一种大型马，常用于重型工作和耕作。
② 《约翰福音》7：46。

宝藏都比荷马、莎士比亚和普鲁斯特三个人加起来还要多。打个比方，如果约翰告诉我们，耶稣从拿撒勒去了迦百农，这绝不是单纯地讲故事：这是灵魂之战中的宝贵指南。就算只是这么一个简单的经文片段，一个基督徒穷尽一生也无法完全领会它的内涵。

除了这些看似平凡无奇的段落，我很快就碰到了其他几段，读起来简直败兴，但它们唤起了我的良知和批判精神。对这些段落，特别是这些难啃的东西，我下定决心，誓不退缩。我要一直盯着它们，直到此中真理浮现在我的眼前。我心想：许多我现在相信——不，不是"我相信"，而是"我认为"真实、重要的东西，几周前我还觉得它们荒谬不堪。阅读福音书是一次搁置判断的绝佳机会，对于让我费解或震动我的内容，我会告诉自己，如果所赐给我的恩典让我坚持下去，我以后就会理解这些段落。要是在神的话语和我的理解中选一个，那肯定是神的话语重要，我若是从他话中的天地里只记住我所理解的方寸，那也太荒唐了。时刻勿忘，是福音书评价你，而不是你评价福音书。要是在我的想法和福音书的内容中选一个，我每次都会选择福音书。

9

我去见雅克利娜的时候，她没花太多时间沉浸在我信仰基督教的喜悦里，反倒立马提醒我注意，跟我说，你此时此刻的经历，好比灵魂的春天。坚冰消融，春水潺潺，草木萌发，一切都让你很快乐。你从未以这种方式观察过生活。你知道有人爱你，知道你得救了，你的感知是对的：这就是真相。在你眼中，此时的

王 国

生活阳光明媚，好好享受吧。但要清楚，明媚的生活不会一直继续。或早或晚——当然，一定比你预料的更早——这光就会被遮住，就会黯淡。今天的你仿佛一个牵着父亲大手的孩子，心里都是安全感。但总有那么一瞬间，父亲会撒开他的手。到那时，你会觉得在黑暗中迷失了方向，倍感孤独。你会喊"救命，救命"，却没人来救你。你要趁早做好准备，不过再怎么准备都是徒劳，你依然会惊慌、踌躇。这苦难就是十字架。没有一种快乐的背后不是苦难的阴霾。喜悦之后，必有磨难，这一点你很快就会明白，或许现在的你已经有所了解。不过，还有一件事情值得用更长的时间，乃至一辈子去慢慢发现，那就是苦难之后必有喜悦，这种喜悦不会轻易泯灭。这条路十分漫长。不要害怕，但要准备好会有害怕的那一天。做好准备，未来的你也许会质疑神，会感到绝望，会指责他待你不公，指责他苛求于你。你冒出这些念头时，一定要想想下面这个故事。有一个人想反抗自己的命运，像过去的你和未来的你那样，抱怨身上的十字架比其他人的重。一个天使听到了他的话，用翅膀带他去了天堂，那里存放着所有人的十字架。那里的十字架有几百万甚至几十亿个，大大小小都有。天使对他说：挑一个你想要的吧。这个人掂来掂去，比前比后，选了那个他觉得最轻的。天使微微一笑，告诉他：这个十字架就是之前你身上的那个。

教母的结论是，每个人要经历的考验都不会超出他的能力。但你必须武装自己。是时候了解一下圣礼是什么了。

◆ ◆ ◆

雅克利娜从我们所在的客厅起身，去书房找一本讲圣餐的书。我跟着她一起去了,书房有点暗,但很舒适,雅克利娜经常在这里工作到深夜。可能是我很熟悉房间里的摆设,所以才觉得舒服。她的书架从地面一直伸到天花板,铺满了书房的好几面墙,就在她翻书架找书的当口,我在沙发上坐了下来。雅克利娜很少挪动她的东西。三十年来,书房进门的地方总摆着一个高脚杯,应该是个圣体盒,唱片机旁边总摆着一整盒蒙特威尔第的《圣母晚祷》,书桌的架子上总摆着同一组意大利和佛拉芒的圣母像。房间格局和我生命中的雅克利娜一样,长久不变,让人安心。可就在那一天,一张我没什么印象的照片抓住了我的眼睛。照片的底是白色的,上面有黑色的斑纹,排列得并不规则,我觉得这些斑点勾出了一张人脸。也不能说是人脸:看不看得出来,取决于观察的角度,就跟用来猜谜的画一样,要从背景里找出隐藏的猎人。

我闭上眼睛又睁开,重复了两三遍。我问雅克利娜:"这是什么玩意儿?"她瞥了一眼我看着的东西,好一会儿都没回答,半晌才说:"我好开心。"

接下来,她跟我讲了这张照片的故事。

◆ ◆ ◆

从前有两个女人在山里赶路,一个信教,非常虔诚,另一个不信教。不信教的那位对朋友说,她也想有信仰,不过可惜的是,她没信仰。她必要看见神迹才会相信。话音刚落,她突然停下脚步,用手指着一棵树的叶子。她定住了神,表情在惊恐与狂喜间不停切换。朋友看到她的样子,一脸费解。她这朋友随身带了个相机,不知怎么的,就朝着她手指的方向按下了快门。几个月后,不信教的这位加入了加尔默罗会。

  冲洗出来的照片捕捉到了树叶中光线的变化。光斑和阴影对比强烈,粗看像抽象画,只有一部分人才能看见那个被恩典触摸的女人眼里的画面。雅克利娜能看到,一部分进她书房的人也能看到。有些人看不到。书架上的这张是原片的复制品,一摆就是二十年。我来这间房不下二十次,却从来没有留意过,这下好了,我终于看到了真理。我看到了树叶里藏着的那张脸,他很消瘦,蓄着胡子,样子和他另一幅近乎照片的肖像相差无几,也就是那印在都灵裹尸布上的脸。

◆ ◆ ◆

  "很好。"雅克利娜就说了这两个字。

  我惊魂未定,小声嘀咕着:"一旦看到,就再也不可能看不见了。"

  "你错了,"她说,"当然可以看不见。而我们也可以祈祷,祈祷能一直看见他,祈祷以后眼里只有他。"

  我问她:"怎么祈祷?"

  "你想怎么祈祷都可以,只要适合你就行。所有祈祷中最重要、你会经常用到的,就是耶稣本人教导我们的《我们天上的父》[①]。此外,《圣经》里还有《诗篇》,里面有各种各样针对不同场合、不同心境的祷文。你比方说……"她打开《圣经》,念了起来:

  不要向我掩面,

[①] 汉语叫《主祷文》,法语以拉丁语《主祷文》第一句为题。

Ⅰ 危 机

免得我像那些下坑的人一样。①

我点点头,因为这就是我。我就是在深渊里飘荡的人。老实说,深渊才是我生活的常态。

但在另一个诗篇里,神对人是这样说的:

当你看不到我的时候,我才离你最近。②

10

我从雅克利娜家里出来,身上带着那张神秘的照片,她多印了几份,以备不时之需。我把它像是贡在祭坛上那样,摆在柜子上,就放在圣殿街的工作室里。

我一天的大部分时间都在那里度过。我一直以写作为生,最开始的时候做记者,后来转行写书,给电视剧做编剧,自力更生让我有些自豪,家里的生活不用倚靠任何人,我是时间唯一的主人。一直希望成为艺术家的我,在自己的眼里却是个匠人,我这个工匠就像跟工作台铆在了一起,按时保质地完成客户的要求,让顾客满意。就在前两年,这种得过且过的自我认识终于崩塌了。我写不出小说,并且预感自己再也写不出来了。哪怕靠编剧的收入还能维生,但我的生活已经出现了无能为力和失败的迹象。我越来越觉得自己是个失败的作家,并把婚姻的不幸归咎于

---

① 《诗篇》143:7。
② 《诗篇》查无此句。

王 国

此，嘴里时常念叨着塞利纳①那句可怕的话："若是我们心里没了足够让生活起舞的音乐……"我从没让生活迈出优雅的舞步，心里却留有一丝乐声，颤颤巍巍，很难让我陶醉，但它现在消失了。内心的八音盒没了动静，待在工作室的时间被无限拉长。干活就是为了混口饭吃，被生活打倒，却拒不相信。一待在工作室就会浑浑噩噩许久，偶尔自慰提提神。读小说堪比嗑药，只为麻痹自己，让自己消失。

◆ ◆ ◆

上面这些都是出发去勒勒夫龙之前的情况，也就是在我皈依基督教之前。现在的我，每天起床都很舒坦，带加布里埃尔去上学，然后自己去泳池游一个小时，此时此刻的我刚爬完七层楼，坐在安静的工作室里，如科尔贝②一样（我们这一代人之后，必定再也不会有人了解他的这般形象），我激动地搓着手，准备迎接等待着我的工作。

每天的头一个钟头都跟圣约翰一起度过。每天一段，时刻注意不要把诵读心得写成日记那种流水账，不仅要内省，还要记录我的心路历程。我想勇敢向前，让神的话指引我，而不再像之前犯了强迫症的自己那样，生活有点滴经历就想着要写成书。我要坚定自己，不要去想要写一本什么书，而是集中精力阅读福音书。哪怕在读福音书的过程中，基督在跟我讲我的事情，我真正应该关注的也是他，而不是我自己。

---

① Louis-Ferdinand Céline (1894—1961)，二十世纪法国知名作家。
② Jean-Baptiste Colbert (1619—1683)，路易十四的财政大臣。

（现在再翻看这些笔记本，当年百般重视的神学思考都被我悉数略过，就跟读儒勒·凡尔纳的小说时略过大段的地理学讲义一样。我感兴趣，且经常让我恐惧的，显然是我谈论自己的内容。）

读完就要祈祷了，我总是在想，究竟是读完福音书之后祈祷好，还是读之前就要祈祷——正如几年后的我又在琢磨，练瑜伽的时候应该做完体式再冥想，还是应该把冥想摆在前面。不过祈祷有很多地方跟冥想很像。一样的姿势：双腿盘坐，背挺直。一样的要求：做动作之前，要定住神。一样需要努力，虽然大多是徒劳，不过付出努力最重要，努力压住游移不停的思维，努力到达平静的状态，哪怕片刻都行。要说祈祷跟冥想有什么不一样，那就是祈祷的时候，我要对一个人说话——这人的神秘照片就摆在书柜上，正对着我。我按照每天不同的心境，背诵一些名叫"赞美诗"、教母带我发现的箴言给他听，要不就是随便跟他讲点什么。讲他，讲我——我在本子里写"他"都是大写。我让他教我进一步了解他，告诉他我会遵照他的旨意，如果他的旨意与我的意志相反，那便再好不过了。我知道，他用这种方式栽培那些被他选中的人。

◆ ◆ ◆

入教之前我总是在馆子里解决午饭，喊上这个、那个朋友一起。午餐的常规，就是在饭桌上聊文学，从点评经典名著侃到出版界的八卦，说是小酌，每每总会喝多。为了节制一点，叫酒的时候，我们都是论杯上酒，一轮两轮过后，大家心想还不如最开始就点一瓶。走出餐馆的时候，微醺的我还兴致盎然，一迈进工作室的门，心情立马变成了混杂焦虑的消沉。每个下午我都告诉自己不能再这样了，时隔两天又会复发。日复一日，我终于在这种习惯性沮丧面前举起了白旗。于是我推掉了所有餐约，高高兴兴地在僻静的工作室里端着一碗糙米慢慢吃，每一口都会注意嚼七次，同时全神贯注地阅读——我是个贪婪的读者——有益心灵的书：有圣奥古斯丁的《忏悔录》，有《朝圣之路》，有圣方济各·沙雷氏的《步入虔诚生活》。圣奥古斯丁的一些话让我后背一阵战栗。我会低声把他的话念给自己听，就像我在对自己耳语："主啊，我不在想你的时候，我在想什么呢？我不与你同在时，我又在哪里呢？"《忏悔录》为蒙田和卢梭开了先河，圣奥古斯丁是第一个想要表达自己是谁的人，他想说清是什么造就了他，而没有让自己成为别人。然而整本书中，圣奥古斯丁都直呼"你"。多年以来，我已隐约感觉自己的写作会在未来的某一天从第三人称单数的"他"，变成第一人称单数的"我"，但他创造性地用第二人称单数"你"，启发了我。在榜样的鼓舞下，我在笔记里直接跟主对话。我用"你"称呼他，向他提问。这么做的结果是，我每天诵读福音书的感想越来越像祈祷——在一个不信教的人眼里，这些诵经体会感情充沛又几经雕琢，今日读来真是让我脸红得不行。

下午，我会专心写作手上的剧本。它再也不是我眼中无关紧要的任务，我再也不会认为写剧本是因为没有更好的选择而委屈自己了，它是我最重要的任务，我要认认真真、开开心心地把它写完才对。要是有一天，神赐予我恩典让我能再写出书来，那再好不过。这件事儿并不取决于我。如果他想让我成为电视编剧，那我就要做一个出色的电视编剧。这么一想真是如释重负！

Ⅰ 危 机

11

实际上,我过得并没有写的这么轻松。第二本笔记里有几页,在绵延不绝的祈祷中记录了一次在拉普罗库尔书店①的经历,读起来津津有味。对一个写不出文字的作家来说,书店是个危险的地方。我对这种危险心里有数,所以入教之后一直躲着不去书店——还一直躲着编辑们办的酒会,不看各家报纸出的文学副刊,从来不聊每年开学文学季出版的小说,让我难过的东西我都避之不及。圣叙尔皮斯教堂街对面的拉普罗库尔是家宗教书店,我想买一本关于圣约翰的书,所以才有胆子走了进去。我在"圣经、经文阐释、教会神父"品类面前逗留了一会儿,一直在翻有没有"关于使徒约翰的"大部头。但我的视线越过展书的桌子,落在了一个神父身上,那人正在翻着类似的书。我看到他就感觉很安心。我多想成为他,狂热又不失稳重,小心翼翼地在"使徒约翰的世界"②里遨游。我不仅挑了一本述评圣约翰的书,还拿了一本雅克利娜推荐给我的利雪的德兰的书信和日记。如果让我自己选,我应该会读圣女大德兰,她在我心中是神秘与优雅相结合的极致,而利雪的德兰会让我想到老丈人和丈母娘——他们俩简直是十九世纪末虔诚得过分的教徒,以及与"圣叙尔皮斯的"这个形容词有关的一切。可当我把这些想法当着雅克利娜的面告诉

---
① 书店原名 La Procure,procure 一词在法语中的意思就是销售跟天主教有关的商品的商店,为了避免与下文同义重复,故音译。
② 通常指《圣经》中五部据说由使徒约翰完成的著作,它们分别是《约翰福音》《约翰一书》《约翰二书》《约翰三书》和《启示录》。

她的时候,她的脸上露出了我只见过几次的同情,她看着我说:"小可怜,能说出这些话真是太吓人。利雪的德兰是世上最美。"我不想让大家感觉雅克利娜不怎么待见圣女大德兰,恰恰相反,她如此崇拜圣女大德兰,甚至在祈祷时用卡斯蒂利亚语跟她拉家常。但这位利雪的德兰,在雅克利娜心中是一条"小路",代表着最纯粹的顺从与谦卑,是最能治愈我遇事高高在上、用知识分子的絮叨评判一切的良方。德兰或是去卢尔德朝圣都能给我带来教益。雅克利娜让我不要沉浸在刚入门的唯美主义者也能欣赏的伦勃朗、皮耶罗·德拉·弗朗切斯卡的画作中,要通过平淡无奇的圣女石膏像感受神的光彩和爱。长话短说,我用胳膊夹着利雪的德兰和圣约翰的书准备去结账。可问题是,走到收银的地方要经过摆非宗教类书的专区,我必须要面对一桌子开学季刚出的小说了。这一切原本不在计划中。我的想法是快点溜过去,就跟神学院学生经过色情电影海报,被肉欲所迷,却极力别过眼一样,但那一桌子书的力量比我的意志力更强:我放慢脚步,就瞟一眼,一只手伸了出去,眨眼工夫我已经在翻书,开始读封底的介绍了,顷刻间堕入了因荒诞更显可怖的地狱。这地狱只属于我一人:看到那些人做着我如此向往、过去做成过,如今却不再胜任的事情,无力感、怨恨和要把我吃掉、让我备受羞辱的妒忌在心中搅在了一起。一个钟头、两个钟头,我就这样呆呆地读了许久。关于耶稣的想法和在耶稣的指引下生活的念头变成了不现实的事情。但如果心中无果的躁动和落空的野心就是生活的现实呢?如果说《忏悔录》里大写的"你"和虔诚的祈祷才是虚妄呢?如果这虚妄并非我一人独有,也是两个德兰、奥古斯丁和古罗斯朝圣者等人共有的幻想呢?如果耶稣才是真的虚妄呢?

Ⅰ 危 机

◆ ◆ ◆

走出拉普罗库尔书店时,我难以平复自己的心情。我在街上走着,想要集中注意力,拦住决堤的情绪。这样悬崖勒马是要告诉自己,首先,刚才让我如此难过的书里有一大部分都是烂书,其次,我不写书是因为有其他事情在召唤我。肯定是更崇高的事情了。我心里把这个更崇高的事情构想成一本大书,它凝结了封笔几年的惨痛经历,肯定会一鸣惊人,至于我今天屈尊羡慕的那些逢迎时节的文学,在我未来的大作面前根本不值一提。也许神给我的任务并不在此。或许他想让我不要当作家了,而是更好地为他服务,我也不清楚通过什么法子为他服务,大概是去卢尔德给伤员和残疾人抬担架吧。

修神学的人都会同意,神对我们的要求是放弃我们最不愿意放弃的东西。我们要在自己身上寻找牺牲什么让我们最痛苦,就这么简单。对亚伯拉罕来说,就是牺牲儿子以撒。对我而言,就是放弃作品,放弃荣誉,放弃我的名字在他人心中激起的波澜。我愿为了它们把灵魂卖给魔鬼,但魔鬼不要我的灵魂,于是我才无偿地把它奉献给神。

即便如此,我仍犹豫不决。

◆ ◆ ◆

回家前最后一站,我去了圣塞夫兰教堂寻求庇护。我每天晚上都会参加七点的弥撒。由于没太多人来,弥撒不在教堂中殿,而是在侧边的礼拜堂举行。参加弥撒的都是经常来的人,他们非常虔诚,跟参加主日弥撒的平信徒完全不一样。几乎每个人都会去领圣体；我没去。雅克利娜曾经非常肯定地跟我说，圣餐的神秘仪式能让我更快、更深入地走进神的内心。她跟我保证，到时候你会十分讶异。她的话我信，而我感觉自己还没有准备好。雅克利娜对我迟疑的态度很恼火：如果每个人都要等到时机成熟才能对他打开自己的心扉，那么从来没有人真的准备好了。我们在参加神秘仪式时也会承认："我也自以为不配去见你，只要你说一句话，我的仆人就必好了。"[1]倒也无妨，我想等到真正有意愿的时候再去领圣体。我知道，这件事在该来的时候总会来的。大家领圣体的时候，我躲在一边，站在柱子旁。我心想，为什么以前会觉得这件事情很无聊呢？今天的我认为——或者说是说服自己认为——领圣体比所有书、所有电影有意思一千倍。看起来是一次次重复，但每次又完全不同。

12

在见到精神分析师C女士，躺在她诊所门口的沙发上之前，我见过她的好几个同行，每个人都至少有一个让我无法忍受的特点。一个人大门前的牌子上姓和名位置放反了，上面写着——医生L.，让-保罗；另一个人诊所的墙皮脱落了好几块，看了让人难受；第三个人在候诊室里放了许多我会羞于让别人在我生活、工作的地方看到的书。有人认为，品位不高或修养不够丝毫不影响分析师的能力；我不这样看，而且我觉得自己很难对我眼中的"土包子"产生积极的移情。但C女士没给我留下把柄，诊所内

---

[1] 《路加福音》7：7。

I 危机

部装饰没有问题,她的说话方式和外形都无可指摘。她六十岁上下,很温柔,见到她就很安心,恰如其分的感觉让人舒适。但随着第一次真正的治疗临近,我却越来越想取消预约。我终究没有取消,一部分是出于礼貌,更大的原因是埃尔韦不让我这么做。他跟我说,在没有试过可能会有疗效的事情之前,为何要剥夺自己尝试的机会呢?

◆ ◆ ◆

我没有躺在我应该趟的沙发上,而是正对着 C 坐了下来,坐在第一次见面了解病情时我坐的那把椅子上。她没有回应我的冒犯之举,等着我出招。然后我开了口。我说,简单说来,上次治疗之后,我的生活发生了一点事情。我遇到了耶稣。

说完之后,我觉得应该轮到她发言了。于是我等着她说话,又一边盯着她的表情。她依旧面无表情。沉默一会儿之后,她发出了一声轻微的"嗯?",是那种精神分析师特有的"嗯?",这种反应一般会激发我说起话来更肆无忌惮。我说:"这就是精神分析的问题所在。即使圣保罗本人过来跟您说他在去大马士革的路上遇到了什么,您也不会问事情真假,只问有何症状。因为症状才是你们想知道的东西,对吗?"

她没回答。一切都在掌控中。我接着说了起来。我跟她解释说,一整个夏天我都在担心,来做精神分析可能不会促进夫妻感情,反倒会让我意识到这段婚姻的失败。可现在的我,觉得完全不需要她的治疗了,因为我认为自己已经痊愈了。也不是说痊愈了,我也没这么爱说大话,妥当的说法是,正在康复中。今天赴约之前,我照每天的惯例读了《约翰福音》,碰到了一句很喜欢的话。一个名叫拿但业的人在好奇心的驱使下前来听耶稣说话,耶稣对他说:"你在无花果树底下,我就看见你了。"①没人知道拿但业在无花果树下面干了什么。或许他在手淫,或许他在树下做的事情是他的秘密,是让他羞愧、难以承受的事情。但这一切都被耶稣看在眼里,拿但业也很开心被耶稣看到:正是此事才让他决心追随耶稣。

"我呢,"我对 C 说,"我跟拿但业一样。耶稣看到我在无花果树下。他比我更了解我,他的教导比精神分析告诉我的事情多多了。那我干吗要费这个力气呢?"

C 女士一声不吭,连"嗯?"都没有。她看上去有点伤心,但她的表情一直如此,我也有点难过,因为我猛然发现自己一直絮絮叨叨个不停。刚进门那股咄咄逼人的劲儿荡然无存。

"当然,您什么意见都没提。按理说,您不能让我知道您的想法,但我基本猜到了您在想什么。我这边,认为耶稣就是真理,就是生活。您呢,认为他是安抚人心的幻想。我要是继续待下去,您的打算是,出于最善良的心意,用你们那一套专业的把戏来治疗我的幻想。但您要清楚,我不想被您治好。哪怕您跟我证明这种幻想是一种病,我也情愿跟耶稣在一起。"

"谁逼你选了?"

我没料到她会接过话茬。她的话吓了我一跳,不过算是惊喜。我微微一笑,就像在棋局中赞美对手的高招。这时我突然想到一个小故事,就顺便告诉了她。故事讲的是利雪的德兰,她当时还是个小女孩,有人让她从好几样礼物中选一个做圣诞礼物,

---

① 《约翰福音》1:48。

她却回答——虽然听上去像娇生惯养的孩子的口气,但是天主教徒把她的话阐释成一种无法抑制的灵性追求——"我才不选,我都要"。

"我都要?"C女士跟着念了一遍,若有所思。

她抬了抬手,示意我躺到沙发上。

我乖乖地躺倒。

◆ ◆ ◆

五年后,我所说的"第一阶段治疗"结束的时候,C女士向我透露了一个经验法则:每个人的第一次治疗,是全疗程的缩影。她说,我的情况清楚地佐证了这一点。我靠拼凑回忆才能回想起第一次治疗究竟发生了什么,因为看病的前两年,我写满的十八个笔记本里几乎一句也没有提。做心理分析的这几年,我每个星期都要去两次19区的多瑙河别墅路,在那里度过四十五分钟——C女士是个老派的弗洛伊德派分析师——讲讲脑子里的想法。与此同时,我每天至少花一小时记录诵读福音书的心得和心灵的波动。对我而言,做心理分析和读《圣经》都至关重要,而我在这两个活动之间建了一个密不透风的隔层;现在退一步看,就能看清自己为何要这样做了。我对自己说,我当时就应该看到这个隔层,它就在我眼前,但事实是我从来没看到过。我心里有种灾难临头的恐慌,怕心理分析会毁了我的信仰,我尽我所能保护信仰不受其害。我还想起来有一次跟C女士说得很明白,分析治疗的时候绝不能提入教的事情。其他的都可以谈,别谈信教就行。我还不如直接说:您想听什么都可以,但我不想透露太多私生活的内容。

王　国

　　若是站在她的立场上看这件事，我想，我着实给她出了一个难题——我的脑子这么灵光，肯定难为她了。大家别误解我的意思：说自己聪明的时候，我从来不会犯骄傲的错误。恰恰相反，我跟教母一样，知道聪明的弊病，知道这件事的，还有那天坐在我背后椅子上的 C 女士，她说话的语气听上去像是忍了很久："您干吗要不惜一切代价做聪明人呢？"这句话的意思是，我无法简单行事，说话拐弯抹角，吹毛求疵，时刻准备面对从未有人想要发难于我的反对声音，思考一件事情不得不同时想到它的反面，然后否定之否定，在脑子里绕了一大圈，自己却没落下一丁点好处。

13

　　那年秋天，我和安妮的第二个孩子——让-巴蒂斯特①出生了。让安妮受不了的是，我们给孩子起的这个名字，属于一个蓬头垢面的狂热使徒，大家都熟悉施洗约翰吓人的做派，他不仅在沙漠里面过着苦行的生活，还蹲过大希律王的监狱，末了还被砍了头。不仅如此，让-巴蒂斯特一听就是天主教味十足的名字。当事人成年之后，印证了他妈妈的想法：除了在家，他都让别人喊他让。但我坚决不松口。孩子出生的时候，我恰好读到了《约翰福音》里约翰的见证。施洗约翰不光是以色列最后一位先知，还是耶稣的先驱。他是《旧约》里最伟大的，也是《新约》里最小的。②"他必兴旺，我必衰微。"③约翰以这句令人眼花缭乱，几

---

① Jean Baptiste，翻译成英文是 John the Baptist，即"施洗者约翰"。
② 见《马太福音》11：11。
③ 《约翰福音》3：30。

乎难以接受的话总结耶稣的爱。当时的我还希望孩子受洗那天,让他的教父埃尔韦朗诵施洗约翰受割礼时,他的父亲撒迦利亚朗诵的感恩颂词。这段话在《路加福音》里叫《赞颂诗》:

> 孩子啊!你要称为至高者的先知;
> 因为你要行在主的前面,
> 预备他的道路,①
> 要照亮坐在黑暗中死荫里的人,
> 把我们的脚引到平安的路上。②

14

受洗几天后,寄宿保姆抛弃了我和安妮,简直把我们往火坑里推。安妮要忙活很多事情,我这边的工作也很多,两个人一整天都不着家。必须有人去学校接加布里埃尔,现在又多了照顾让-巴蒂斯特的工作。我们带着焦躁的心情,发了不少广告,也开始见一些应聘的人。然而开学已经有一阵子,没法儿要求太多。性格好又活泼的女大学生早都找到活儿了,市场上剩下的都是没人要的:她们做事情极度拖拉,没有更好的出路所以只能带孩子,一有机会就会毫无预警地立马消失。一个接一个的面试让人大受挫败,直到有一天——场景说来也滑稽,十二月阴冷的一天,杰咪·奥托马内利站在我家门口——我俩终于绝望了。

其他申请做寄宿保姆的,最起码是年轻姑娘。门口的这位,

---

① 《路加福音》1:76。
② 《路加福音》1:79。

王 国

已经五十出头，又高又壮，头发油油的，下面套着一条气味不怎么好闻的慢跑裤。这么说吧，看上去就是个流落街头的女人。安妮和我发明了一整套密语，用来交换对应聘者的印象，这样就不会无故拖长注定不会有结果的面试了。对这位客人，我们的判断很明确——这辈子都不会请这种人做保姆——但总不能不假装聊两句，就把她送回外面的雨里去。我们给她沏了一杯茶。她坐在壁炉旁边的椅子上，两条粗壮的腿分得太开，仿佛已经准备好接下来的这一天都赖在我家了。大家沉默了好一会儿，她突然看到了摆在桌台上的一本书，接着带着浓重的美国口音，用法语对我们说："哦，菲利普·K. 迪克……"

我挑了一下眉毛，问："您还认得他？"

"原来跟他认识，都是过去的事啦，那会儿还在旧金山。我给他的小女儿做过保姆。他现在走了。我还经常为他可怜的灵魂祈祷。"

◆ ◆ ◆

我十几岁的时候，读起迪克的书如痴如醉，他跟其他的青春记忆不一样，从未从我的生命中褪去。我经常会拿出《尤比克》《帕莫·艾德里奇的三处圣痕》《暗黑扫描仪》《火星时间穿越》《高堡奇人》这些书再翻一翻。原来的我认为——我也一直认为——这些书的作者就是我们时代的陀思妥耶夫斯基。跟大多数追随迪克的人一样，他死前最后一段时间写的书让我很困惑，就好比陀思妥耶夫斯基的书迷读不懂《作家日记》，托尔斯泰的书迷看不懂《复活》，果戈理的书迷读不透《与友人书简选》一样。简言之，迪克一生混沌，去世前却有了一番神秘的体悟，就连他自己都不知道，那究竟是真正的神秘体验，还是他名声在外的妄想症在他临死前最后的爆发。他把这些体验都写成了奇奇怪怪的书，文字里到处引用《圣经》和基督教早期教父的话，很长一段时间我都不知道应当如何解读，但短短几个月后，再读这些却让我耳目一新。我绝不会想到面试寄宿保姆的场合竟变成了关于迪克的讨论。

我聊着聊着发现，杰咪和迪克一样，生于伯克利，在一群嬉皮士中间长大，经历了二十世纪六七十年代的所有旅程：性、毒品、摇滚，特别是东方宗教。经历了一些生活的考验——杰咪对此不愿多谈——之后，她改信了基督教。她想过做修女，在修道院里住了很长时间后发现，这不适合她。二十年来，受到《圣经》里关于那不筑巢、不囤粮、全靠天父喂养的鸟①那句话的指引，她一直过着颠沛流离的生活。老实说，天父就算喂鸟也要精打细算。杰咪很穷，可以说是穷得叮当响了。这也说明了她为什么会来见我们——我们在广告上写保姆有一个可以上锁的房间，她很感兴趣。她的直言转变了聊天的方向；我们之前已经花了一个小时聊迪克、《易经》和圣方济各。杰咪迫切需要个房间倒是不假，但她带过孩子吗？

哦，带过，那肯定，经常带。就最近，还给美国外交官一家带过孩子。"这么说再好不过了！"听她这么一说我十分快活。我准备当场录用杰咪，而安妮的态度很坚决，执意要再想想，她跟杰咪要了美国外交官的电话。杰咪走后，我们俩谈了一晚上——反正我已经被杰咪征服了，安妮先是承认杰咪的确能给人不少好感，人又很独特，但她看上去完全找不到生活的目标。其实我留

---

① 见《马太福音》6：26。

了一句没说,我总不能直截了当地告诉安妮,我打心眼里觉得这个为菲利普·K.迪克的可怜灵魂祈祷的人是神派来的吧?我转而跟安妮说了小时候带过我和几个妹妹的孃孃。俄罗斯人家里的孃孃跟用人是两码事:她不仅是奶妈、女管家,还是家庭的一员,会在家里度过一生。我很爱我们的孃孃——妹妹们跟她没那么亲,因为孃孃不顾其他人,只偏袒我一人。我确信,杰咪经过生活的锤炼却保持着单纯,没什么弯弯绕,还有那双碧蓝的眼睛,一定能像孃孃一样带好我俩的儿子。希望她能给我们上一堂宝贵的课,有关快乐,有关超脱。我的深信不疑打动了安妮,她给美国外交官打了通电话,外交官毫不吝惜对杰咪的赞美。杰咪是个了不起的女人。她可不是做工那么简单,她是全家人的老朋友。她走之后孩子们都疯了,每天晚上都哭着要她回来。你问她为什么走?实际情况是,美国外交官回答安妮,走的是他们一家。外交官外派巴黎四年,期满之后就要回美国了。

15

杰咪的东西还在外交官家,我帮她一起从那里搬了出来。她原来住在7区一幢看上去很漂亮的奥斯曼式的楼里,负责接待的女门房脾气差得不行,走在我们背后寸步不离,好像怀疑我们要偷东西,一直跟到杰咪放东西的地下室。那么多东西都放在一个巨大的铁皮箱子里,我们把它放进后备厢,搬到了她的用人房里,运送过程费了好大劲,因为这箱子也太沉了。我正准备出门让她自己布置房间时,杰咪打开了箱子,里面装的衣服非常少,压重的是一堆堆废纸,许多发黄、撕碎的照片,还有油画工具——她告诉我,她平常会画一些圣像。她又拿出了一份厚厚的书稿:因为我是作家,所以这些文字我可能会感兴趣。

杰咪布置房间的时候,我跟让-巴蒂斯特玩了一下午。等他睡着,我就开始看《神的孩子的苦难》(作者杰咪·O)。准确地说,这本书不是自传,更像穿插着诗歌的日记,配图各式各样,有绘画、照片拼贴和自制的恶搞广告,典型的二十世纪七十年代风。绘画都是音乐专辑外壳那种眼花缭乱的风格,矫揉造作,奇丑无比,但是雅克利娜教导过我内心的纯粹在艺术中的重要性,她告诉我,自以为是的行家大多内心狭隘。她面带微笑地告诉我,等下了地狱,等待这些人的惩罚是,被他们在尘世中蔑视的庸俗作品所包围,并且永远为它们的美惊叹。杰咪的书里还有一串大头贴,照片里的她比现在年轻,但已经发福了,她做着鬼脸,旁边有一个戴着圆框眼镜、留着胡子、瘦骨嶙峋的男人。我猜这胡子男是她已经过世的丈夫。书大体杂乱无章,非常难懂,字里行间透着对整个世界的愤怒,这倒是给我敲了一个小小的警钟。

◆ ◆ ◆

前一天晚上,我们邀请了朋友来吃晚饭,席间还说到新来的保姆与众不同,好死不死,我提了一嘴保姆有点像《危情十日》①里的凯茜·贝茨,于是所有人饶有兴致地想象起我们这个故事的斯蒂芬·金版:一个女人,胖胖的,很讨喜,她利用自己的关心和友善,一点一点地控制了一对年轻夫妇,并以暴虐的手段摧毁了他们。虽然我兴致盎然地跟他们一起进行恐怖情节的构思,但我

---

① *Misery*,1990年的惊悚片,根据斯蒂芬·金的同名小说改编,凯茜·贝茨为电影主演。

王　国

严肃地认为——客人们应该没把我的义正词严当回事，因为他们也不知道我信教——杰咪有如圣女，生活的际遇，或许还有神秘的使命一次又一次地摧毁了她的生活，让她无论遇到至乐或至悲，都把自我和命运托付给神。其实，只要扫一眼她破破烂烂的书稿就能明白，她并没有放弃自我，反倒像人临死前在拼命挣扎，更会明白，她丝毫没有我安在她头上的那种方济各会修女的喜乐，反倒痛苦地感受到了生活让她吞下的屈辱，她的文学和摄影梦想都打了水漂，看到镜子前的自己如此臃肿、没人想要她，她深受震动。既然我已经打定主意，从灵性的角度看待杰咪的生活和她来到我家这件事，我更倾向于把她苦涩的、埋藏报复心的预言当成赞美诗的回响，在那数不清的赞美诗里，苦苦哀求的以色列仍然相信弥赛亚终有一天会到来，弥赛亚会让强者归位，护卫民中的困苦人，拯救穷乏之辈，拯救永远被拒绝的人。①她把书稿托付给我，作者之间将心比心，她盼着我的回应，我也在想怎么跟她说才好，既不伪善，又能安抚她的情绪。

16

杰咪一个人带孩子的第一天晚上，我们回到公寓时，发现屋子里挂满了彩色剪纸，是加布里埃尔帮忙剪的，他看上去非常开心。这很好，但不好的是，不仅是孩子们的房间，所有的房间都很乱，一片混乱，还有让-巴蒂斯特一直在哭，他的尿布好几个小时没换过。我们准备当天晚上烧一顿欢迎晚餐，告诉杰咪什么都不用管。杰咪照字面意思理解了这句话，我俩给她端菜倒水，

---

① 见《诗篇》72：4。

她也没客气一下说给我们搭把手。我们的——"责备"这词言重了,"评论"也有点过,这么说吧,我和安妮小心翼翼地向她暗示,我们以后回来的时候,希望房子里应该是怎样的状态,她听了之后,露出了亲切的笑容,像一尊佛像,不管是安妮还是我,都觉得她面对世间偶然的态度过于超脱了。当她上楼睡觉,把洗碗的活儿甩给我们,我们终于吵了起来。我心烦意乱,觉得这事怪我,承认需要找到更合适的方式对待她。把她当朋友可以,但不能太过。当然,不能命令她伺候我们,却也不能荒谬到变成我俩鞍前马后地给她服务吧——耶稣说什么都没用。我向安妮保证要找杰咪谈谈,第二天一天我都在心里排练如何跟她说。下午五点,幼儿园一个电话打到了我工作室:保姆没去接加布里埃尔。

我皱起了眉头,不明白对方在讲什么。那天早上我带杰咪去了一趟幼儿园,把她介绍给那里的工作人员,一切都应该没问题才对,但事实摆在那儿:她没去幼儿园。我打电话回家,没人接。安妮在办公室,也没接——提醒诸位,这件事发生在手机还没普及的时候。我赶到幼儿园去接加布里埃尔,带他回了家。让-巴蒂斯特和杰咪都不在房子里。外面天气那么差,她也不可能带孩子去花园。事情让人有点担忧了。

我上到用人房那层,看到我们家那间房门敞着。让-巴蒂斯特安静地睡在摇篮里——我这才喘过气来:人没丢最重要。杰咪倒好,她正忙着在墙上涂来涂去,墙上画的应该是最后的审判的场景——天堂在她的房间,地狱和要下地狱的人组成的队伍一直拖到了走廊里。我不是那种爱生气的人,或许是性子不够烈,但这一次,我爆发了。准备好的那套不怎好懂却笑盈盈的说辞,变成了大段大段的责备。她竟然把我们交给她的孩子当成滞留的包裹给忘了！这才第一天！我没工夫跟她理论，要知道，不管是我们还是楼主，都没让她操心装饰公共区域的事。让我诧异的是，她不但不低头认错，哪怕叨咕着找个借口也行，反而叫起来嗓门比我还高。她骂我烂了心肠，更难听的是，说我这辈子最开心的事情就是把别人逼疯。她直起腰来，慢跑裤箍着身上的肥肉，唾沫星子乱飞，两眼闪着精光。她从桌上抄起我写的《胡子》对我吼："我知道你在搞什么名堂！我看了你这书！我知道你在玩什么贱把戏！别跟老娘来这一套。比你混账的东西老娘见得多了。想把我逼疯，门都没有！"

◆ ◆ ◆

跟米歇尔·西蒙在电影《滑稽戏》里的台词一样："可怕的东西写得多了，总有一天会落到你头上。"

17

显然，明智的人会选择就此打住，闹得这么不愉快，应该赶紧用最不痛苦的方式说再见。但问题是，杰咪可算找到了能容下她和她的铁皮箱子的几平方米，没有一点要离开的意愿。她再也不下楼到我们家来，都是安妮和我上去。在她紧锁的房门后，在涂满了小魔鬼的走廊里，任凭我们怎么劝说都徒劳无功。我们想唤起她心中的良知，跟她说我们必须找一个人来顶她的活儿，但我们也会给她找住的地方，还说给她一个月的工资，一个月不行，两个月，两个月不行，三个月。都白搭。大多数的时候，她根本都不应声，我们甚至不知道她在不在房间里。有几次她跟我们喊，让我们滚蛋。人家明确地说，她最恨的人，不是安妮，是我。安妮摆出一副一心关注自身利益的女老板的样子——我花了钱，希望享受服务——这符合逻辑。我们两人中，我才是真正的混蛋。假好人，法利赛人，又想要黄油又想把卖黄油的钱揣进兜里：我不仅要在大冬天把人赶到大街上，还要被脆弱的良心折磨，承受悔恨的痛苦。

她的话正中要害，我的本子里处处都能读到我再也无法承受良心的谴责了。我把福音书的句子抄到本子上，譬如："你们为什么称呼我'主啊！主啊'，却不遵我的话呢行？"①我觉得自己就是被耶稣审判的人，耶稣对他们说："我饿了，你们不给我吃，渴了，你们不给我喝；我作客旅，你们不留我住；我赤身露体，你们不给我穿；我病了，我在监里，你们不来看顾我。"他们回答："主啊，我们甚么时候见你饿了，或渴了，或作客旅，或赤身露体，或病了，或在监里，不伺候你呢？"耶稣回答："这些事你们既不做在我这弟兄中一个最小的身上，就是不做在我身上了。"②

无可辩驳的福音书逻辑。我们试图为自己辩护：我们需要一个能信得过的人，家里的情况越来越难维持，再说，她给安妮的压力比给我的更多，所以为了保护我的妻子，我必须表现得很坚定，必要时也不能放弃粗暴的方式。但这样的想法是一种世俗智慧，是一个老板付了钱，希望享受物有所值的服务的逻辑。耶稣

---

① 《路加福音》6：46。
② 见《马太福音》25：46。

王 国

要求我们的却不是这样。他让我们看到他人的利益,不要只顾及自己的利益。他要我们在贫穷、困惑、疯狂、越来越危及别人的杰咪·奥托马内利身上看到耶稣。我知道她会祈祷,在我们头上三层楼的地方,躲在她逼仄的小屋子里,我想她祈祷的时候,比我更靠近耶稣。"你们要先求他的国,"耶稣说,"这些东西都要加给你们了。"①在这件事上,求神的国,难道不是秉持让我们相信杰咪、雇下她的初心,而非用理性的名义背叛初心吗?如果照着福音书生活,我们会不会太过信赖别人了?

◆ ◆ ◆

正当我瞻前顾后而心神不安的时候,安妮则在焦虑更实际的问题。她已经准备好在走投无路的情况下向警察求助,可我们跟杰咪没签劳动合同,大家想着工钱私下结了就行,所以这也是一桩麻烦事。安妮试着联系那位神龙见首不见尾的美国外交官,给他留的口信内容越来越急迫,电话打到他家、他秘书那里,人家从来就没给我们回一个。他是不是回美国了?大使馆的消息倒是给了我们一个小小的意外:他绝对没有回美国。最后还是外交官的夫人苏珊打了电话,跟安妮约在咖啡馆见面,来的时候戴着一副墨镜——当时正值十二月,天上还飘着雨——把真相和盘托出。

杰咪是朋友,这一点确实不假。她先生罗杰上初中的时候认识了杰咪。偶然一次在巴黎,两人碰到了。那时的杰咪沉沦得很彻底,但她很特别,叫人可怜,罗杰念在往日的情面想帮她一把。她和罗杰把杰咪接到专门给来巴黎短住的朋友用的小单间,

---

① 《马太福音》6:33。

作为回报,杰咪要辅导他们的女儿做作业。"您也知道,杰咪是个受过教育的人,问题是她经历了太多不幸。没出几天,所有人都受不了她了。我就不跟您细说了,因为跟你们家情况一模一样,换成谁结局都一样。"苏珊让罗杰几天之内必须开掉杰咪,不惜一切代价,这"不惜一切代价"的意思就是玩脏的:只要杰咪答应去招工面试,两人就会推荐她。"是有点卑鄙",苏珊用带着美国口音的法语重复了一遍,搞得安妮也分不清她是不是在有意效仿戈达尔的电影《精疲力尽》里的珍·茜宝。外交官夫妇想尽一切办法要摆脱杰咪,可现在,把一对看上去人很好的夫妇拖下水让他们懊悔不已。好吧,是苏珊很抱歉。罗杰和所有男人一样,有点"怂"——我猜,安妮肯定很赞同这一点。苏珊说会让罗杰管一管,让杰咪不要再纠缠了。说到底,要是有谁能镇得住杰咪,应该只有罗杰了。

◆ ◆ ◆

苏珊的推心置腹感动了安妮,但安妮回到家还是很怀疑。三天后——我也不知道罗杰是怎么办到的——我刚准备上楼和杰咪说出个子丑寅卯来,却发现房间是空的,被打扫了一遍,钥匙插在门上。唯一能看到的杰咪留下的痕迹——墙上的《最终的审判》,我俩用了一个周末才洗干净。我们雇了一个来自佛得角的姑娘,她懒洋洋地趿拉着拖鞋,不会法语,会的英语也很少。我和安妮刚刚从噩梦中醒来,这个姑娘宛如一颗珍珠,完美无瑕。安妮打电话给苏珊,想要感谢她。苏珊没有接,也没有回电——像联邦调查局的特工,做完任务就走,不留一丝痕迹。我半开玩笑地预测,倘若我们这时候打电话给美国大使馆,回复肯定是他们没有，也从来没有过，一位叫名叫罗杰的外交官。

18

趁着圣诞假期，安妮和我去开罗结了婚，地点选在格扎维埃神父主持的破败教堂。我决定在婚礼上诵读最符合气氛、最经典的文本——《哥林多前书》中对爱情的歌颂。出于一些我总是在想却大抵想不通的原因，我不太希望我们的家人出现在仪式上。见证我们婚礼的，只有管圣器室的人和一个扫地的人。我们甚至没带一瓶葡萄酒来招待他们，还是格扎维埃神父去自己房间拿来一瓶已经变了味的波特酒，这瓶酒还是教区里的一位女士给他的礼物。婚礼很冷清，有点偷偷摸摸的味道：搞得像结婚是件丢脸的事情一样。当天晚上，安妮落了泪。我们驱车穿过西奈沙漠，爬上圣凯瑟琳修道院看日出。我又读起了《出埃及记》。脑海里是以色列人民，他们逃出埃及，距离应许之地还有很长一段路，坑坑洼洼的碎石路一走就是四十年，他们经历的苦难多像我面对的难关。给我慰藉的，正是"横穿沙漠"这四个字。我臣服于神圣的旨意，可还是不停地问自己，我能否、何时能再写一本书。我的头脑中逐渐地出现了一个非常模糊的想法。这本书塑造了一个野性的神秘主义者，身上同时有菲利普·K.迪克和杰咪·奥托马内利的影子：一个老嬉皮士，或者更确切地说，一位老嬉皮女士，饱受毒品和生活的摧残，有一天受到了神秘的启示，但直到生命尽头，她都在思考自己是遇见了神还是疯了，以及这两者之间是否有区别。

我们刚从埃及回到法国，就在圣米歇尔大道上碰到一个人塞给我一张印刷质量很差的传单，上面印着他嘴里的"阿雷斯启示"。实际上就是某个教派的胡言乱语，眼睛还没扫完几行字，我的心中就升起了研读埃克哈特大师[①]和早期神父作品的人心中常有的悲悯和轻蔑。有个观点让我笑了出来："如果此人不是派给二十世纪众人的先知，不是可与亚伯拉罕、摩西、耶稣、穆罕默德相提并论的人，那么阿雷斯启示的内容都会变成假的。但这是不可能的。"我耸了耸肩，这样的说法从字面来看跟圣保罗的一个论点如出一辙："既传基督是从死里复活了，怎么在你们中间有人说没有死人复活的事呢？若没有死人复活的事，基督也就没有复活了。若基督没有复活，我们所传的便是枉然，你们所信的也是枉然。"[②]这段话难倒我了。我理性思考：如果大家跟我一样相信神存在，那么毫无疑问，圣保罗所说与领受"阿雷斯启示"的人传递的信息之间存在着巨大差异，甚至与生命最后几年迷失在神秘谵妄中的迪克所说的话相比，也是千差万别。保罗可是受到了神的启示，另外两个显然走了歪路；保罗触到了真理，另外两人则抱着可怜的幻想。可是万一真理不存在呢？万一神也不存在？万一基督没有复活？我们最多能说保罗做得更成功，他的教义在文化和哲学层面更加让人信服——但究其根本，是一模一样的荒唐话。

19

一天晚上，安妮进门的时候神色非常紧张。她在楼梯上又碰

---

① Meister Eckhart（约1260—1327），德国神秘主义哲学家、神学家。
② 《哥林多前书》15：12—14。

王　国

到了杰咪。是的，又是杰咪，穿着不成样子的慢跑裤，背着超市的袋子。她在这里搞什么？慌乱的安妮像是撞了鬼，根本定不下神来问杰咪话，杰咪倒也避开她的目光溜走了。一旁看着我俩聊天的加布里埃尔这时候开了口。他也碰到过杰咪。"在楼里？""嗯，在楼里。她是不是要回来跟我们住在一起呀？"他问的时候，满眼期待，因为上次剪纸做手工给他留下了非常美好的回忆。

我上楼去查看用人房那一层。走廊尽头是我和安妮几个月前刷好的卫生间，这么做是为了交给保姆用的时候，看起来不会显得我们无情无义。就在厕所背后，我找到了一个复折的房顶围出来的小空间。那地方小得都算不上一间房，说是我一直没发现的杂货堆还差不多，我没发现全是因为从来没走到过这里来：住在这栋老旧、不太实用的楼房里的人，没人会平白无故到这个角落来。这地方连门都没装，只有一块用大头钉固定的布。在一部改编自斯蒂芬·金作品的电影里，背景音乐在这个时候应该越来越压抑。你想向那个莽撞的人大喊，让他拔腿就跑，而不是拉帘子，但他肯定会"拉开帘子"，我也会这么做。更何况，在这个像《悲惨世界》里德纳第夫妇让珂赛特睡觉的逼仄杂物堆里——跟你们猜的一样——摆着杰咪的大箱子。箱子上，一个纸碗里装着上一顿吃剩下的外卖。还有根蜡烛，幸好蜡烛熄灭了，蜡烛后面是杰咪画的圣像，还能看到她画画用的东西。斑驳的墙上邪恶的、迷幻的壁画初见模样。

这个场景要用跟踪拍摄，停在壁画里咧开嘴笑的魔鬼脸上，然后深入他嗓子的阴影里，配上《愤怒之日》圣咏里的定音鼓。这一条结束：通常情况下，观众看到这儿就满足了。

I 危 机

◆ ◆ ◆

我们从不知道这个故事的结局如何。是不是杰咪早就发现了藏身的地方，罗杰一声令下，她搬了出去，然后悄悄溜了回来？或者说，答应妻子要把我们的房间腾出来的罗杰，他的本意是按照字面意思严格执行，背地里让杰咪搬到十五米开外的地方，挤在这个没人能住下去的老鼠窝里——这么一来，得嘞！我能做的都做了，没人再要求我干这干那了吧？无论如何，她在我家上面三层楼的地方占了个小空间，她从皮疯到了骨子里，没有退路，又对我们恨之入骨，情况让人十分忧虑。该怎么办？叫警察？提醒业主？把她带到这栋楼里来的人是我们，这很有可能会反过头来害了自己。更糟糕的是，杰咪有可能反过来对付我们。报复我们。盘算着拿孩子下手。带走摇篮里的让-巴蒂斯特。引诱喜欢她的加布里埃尔，带他一步一步从房间里走出来。带着他们逃走，我们再也见不到自己的孩子了。命苦的小儿子在神也不知道的地方长大，由这个疯子抚养，和她一起去翻垃圾，从狗嘴里抢东西吃，回到了野蛮状态。我俩像偏执狂一样警告来自佛得角的女保姆要处处当心。我们还要加布里埃尔保证不再跟杰咪讲话，她给什么都不能要，也不能跟她去任何地方。

"为什么？"他问我，"她是坏蛋吗？"

"不是，她不是坏人，不是真的坏人。但你也知道，她很可怜……可怜的人有时候做的事情……怎么说呢？……是他们不应该做的事情……"

"什么样的事情呢？"

"我也不清楚……是会伤害你的事情。"

王　国

"那也不该跟很可怜的人说话喽?他们给什么也不能要吗?"

我想在信赖他人和对他人开放的态度中把儿子养大,这段对话的每个字对我来说都是一种酷刑。

◆ ◆ ◆

这段高潮过去,影片突然没了。我猜想读者肯定有点失望,但鉴于我们要面对时刻可能降临的苦难,结局恰恰是种解脱。杰咪没有骚扰我们,她一直躲着我们。或许她来去都趁着楼道里人不多的时候,清晨就出门,夜里才回来。她很胖,却活成了抓不住的隐形人,她如此谨慎,我们甚至怀疑自己是不是做了场梦。非也,她的铁皮箱子一直在。就像楼房里徘徊着一股凶煞,危险一直潜伏在身边。但这种感觉渐渐消散了。尽管杰咪变成了我俩心中无法摆脱的心结,但我们可以几个小时,很快连续几天,都不会想到她。一天晚上,我在圣塞夫兰教堂的晚间弥撒上见到了她。我怕她会袭击我,眼神交会的那一刻,我却朝她点了点头,她也回应了我。我看着她去领圣体——那时候我还没开始领圣体——脑子里闪过基督的话:"所以,你在祭坛上献礼物的时候,若想起弟兄向你怀怨,就把礼物留在坛前,先去同弟兄和好。"①出门的时候,我朝她走了过去。我们说了几句话,话里没有敌意。我问她过得好吗,她说日子过得很难。我叹了口气,说我明白。那我们能不能帮她些什么呢?我想不起来对话是如何结束的,却依稀记得我们夫妻俩让教区出面帮她,还给了她一些钱,她走之前还来跟我们拥抱。但我再没见过她了,不知她是否还活着。

---

① 《马太福音》5:23—24。

20

　　这段危机过后,杰咪从我的笔记本里消失了。或者她就在那儿,但我写的不是杰咪·奥托马内利,而是我足足构想了一个冬天的新书主人公。实际上,我不是光想,还开始写了,可问题是我没留下任何痕迹。我们现在读书写字越来越依靠屏幕,借助纸张的人越来越少,我这儿有个很有分量的观点,可为读纸质书、用笔写字一辩:我用电脑用了二十年,所有手写的东西,譬如为我提供写作素材的这些笔记本,都还能找到,而所有用屏幕记录的东西,无一例外地消失了。大家的嘱咐我都照做了,各种各样的备份,给备份再备份,但还是只有用纸记录的东西还在。剩下的都是软盘、U盘、外接硬盘,号称一个比一个更安全,事实上一个跟着一个在家里吃灰,甚至跟年轻时听的卡带一个样,读都读不出来。总之,这本小说的初稿在一个死机许久的电脑里活过一阵子,如果我能找到它,肯定能提供笔记本之外的有用信息。我还准备借用比利·怀尔德的话做小说的标题,怀尔德拍了许多电影,跟法国导演萨沙·圭特瑞一样,总是妙语连珠。看完电影《安妮少女日记》后,怀尔德刚走出影院,就有人问他的观后感。"很好看,"他说,脸色凝重,"真的很好……很感人。(停顿了一会儿。)不过,我还挺想了解敌人的视角的。"

　　我记得《敌人的视角》记叙了杰咪像坐在炉灰中的约伯一样,在她的杂物间里刮着脓疮,发表大段读白,执着探讨同样的几个主题:命运不公,让好心人遭受不幸,坏心肠的人却怡然自得;对神的反抗,我们赞美他的公平,他却默许骇人的不公平出现；无论如何都要努力臣服于他的旨意，是因为相信混沌也有意义，相信这个意义总有一天会出现——到那时，正直的人获得了喜乐，坏人气得咬牙切齿。

为了创作这段独白，我把杰咪的自传《神的孩子的苦难》和引自赞美诗、先知的片段拼接在一起。这样的蒙太奇效果不错，因为《诗篇》作者写下的祈求内容放在谁身上都可以，况且，以色列敬仰的先知们当年应该和杰咪一样让人生厌，他们言辞激烈，不停地抱怨，不怎么文雅地把伤口掀给别人看，嘴里喊的诉求、说的苦难让所有人对他们嗤之以鼻——从耶利米（Jeremiah）的名字派生出"哀歌"（jeremiad）一词，也不是没有道理的。虽然想法如此，但为呼应书题的核心思想，不仅要把杰咪塑造成穷苦的、被羞辱的、哭诉的人（耶稣允诺要带他们去天国），还要刻画我自己，刻画她眼中的我，尽管我已丢失了文本，几乎什么都想不起来，但我完全可以想象，在写作过程中，我一定把自我鞭笞的癖好发挥到了极致。虽然处处引用《圣经》，但这本书是一个现实主义的故事，记叙了杰咪堕落的缓慢过程，她从二十世纪六十年代的加州——就是遇到菲利普·K.迪克的地方——辗转到八十年代的巴黎，她在那里给一对好心肠却十分可憎的夫妇做用人。女主人神经紧张，总是焦躁难安。只是和女主人共处一室就让人精疲力竭了，但与她的先生相比，简直是小巫见大巫！啊，男主人！这位年轻的作家留着浪漫的刘海，自认文笔天下第一，他精心呵护着自己敏锐的神经，他打心底里认为，自己举足轻重，最可怕的是，最近还忙着装谦卑。他找到了一种让自己变得有趣的新方式：做基督徒，虔诚地评注福音书，换上柔和、温厚、宽容的面孔，但这并不妨碍他和贤妻一起盘算着叫警察来，在大

I 危机

冬天里把又穷又肥的失足老妇人赶出不过八平方米、旁边就是公共厕所的屋子,他们停手没做,倒不是出于慈悲,而是怕引起房东的注意——他们把摆满书的精致公寓分租了出去,所以不想惹麻烦,怕引人注意。这让人不禁想问,如果事情发生在纳粹占领时期,老妇人又是犹太人,他们会怎么做……

> 耶和华啊,你忘记我要到几时呢?要到永远吗?
> 你掩面不顾我要到几时呢?
> 我心里筹算,终日愁苦,要到几时呢?
> 我的仇敌升高压制我,要到几时呢?[①]

> 因为我心里满了患难;
> 我的性命临近阴间[②]。
> 我被丢在死人中[③],
> 耶和华啊,你为何丢弃我?
> 为何掩面不顾我?
> 我自幼受苦,几乎死亡,
> 我受你的惊恐,甚至慌张。[④]
> 这些终日如水环绕我。[⑤]

> 耶和华啊,我的心不狂傲,

[①] 《诗篇》13:1—2。
[②] 《诗篇》88:3。
[③] 《诗篇》88:5。
[④] 《诗篇》88:14—15。
[⑤] 《诗篇》88:17。

王　国

>我的眼不高大；
>重大和测不透的事，
>我也不敢行。
>我的心平稳安静，
>好像断过奶的孩子在他母亲的怀中；
>我的心在我里面真像断过奶的孩子。①

21

1991年的笔记大多说的是圣餐，我虔诚地为参加圣餐礼做着准备，《约翰福音》研修到了分饼给人吃的故事和关于"生命的粮"的演讲。这一段里不少句子读起来让人诧异，老实说是震惊，比如"吃我肉、喝我血的人常在我里面"②"你们若不吃人子的肉，不喝人子的血，就没有生命在你们里面"③。有生命在人里面，是什么意思？我不知道，可我知道我很向往。我不知道自己在向往什么，但我期待着另一种存在于世、于他人、于我自己的方式，而非像所有人一样，充满害怕和无知，狭隘地执着于自我，想要行善却总会作恶。基督教只用了一个词来概括这种人的通病——原罪。那年的我刚刚得知，有药能治原罪，跟治头痛的阿司匹林效果一样好。基督也这么说，最起码《约翰福音》里提到过。雅克利娜不停地跟我说这个"药"。有意思的是，如果真有这样的药，难道不是每个人都急于得到它吗？至于我，这药我要定了。

---

① 《诗篇》131：1—2。
② 《约翰福音》6：56。
③ 《约翰福音》6：53。

I 危　机

◆ ◆ ◆

　　大家都知道圣餐是怎么一回事。圣餐仪式出现于两千年前，至今从未间断。从前举行仪式的时候会用真面包（今天也有一些仪典会这么做）：面包师傅揉出来的那种最普通的面包。如今，天主教会用小小的、白色的圆形薄饼，做得很硬，嚼起来跟纸壳差不多，名曰圣体饼。弥撒到了某个环节，神父宣布薄饼变成了基督的圣体。平信徒们排着队，每人领一块，要么直接放在舌头上，要么用手心接着。他们回到座位上的时候，双眼低垂，若有所思，相信的人认为自己内心发生了改变。这个仪式如此奇怪，让人难以相信，但它确实起源于公元30年前后的一件真事。这个事件是基督教崇拜的核心，直至今日，全世界仍有几亿人尊奉这个传统。这几亿人，用帕特里克·布洛西耶的话说，对别的事情并不疯狂。像我丈母娘和教母这样的信徒每天都会去领圣体，没有一天例外，万一生病不能去教堂，也要托人把圣体饼请到家里。最怪的要数圣体饼了，从化学成分来看跟面包真没什么两样。它要是个致幻蘑菇，或是迷幻药纸片，那还说得过去，不——它就是面包。它同时还是基督。

◆ ◆ ◆

　　大家显然认为，圣餐仪式具有象征和纪念的意义。耶稣本人也说："为的是纪念我。"[1]纪念他是轻巧的说法，这种说辞不会造成动摇理性的危机。硬核基督徒相信，圣餐变体是事实——"圣

---

[1]　《路加福音》22：19。

餐变体"是教会为这个超自然现象起的名字。他们相信基督真的就在圣体饼里。对圣餐变体的看法把信徒们分成了两个派别。认为圣餐仅仅是符号,无异于认为耶稣只是个智慧大师,所谓恩典只是库埃的心理暗示,或是认为"神"只是我们给内心的某种道德感起的名字。此时此刻的我反对这个看法,我要加入另一派。

菲利普·K. 迪克的一生中也曾有过类似的时刻——他跟我年纪一般大,跟与我妻子同名的女人结了婚,写不出东西,又害怕自己发疯——他也转向了基督教,和我一样彻彻底底。他说服妻子安妮办宗教婚礼,让孩子们受洗,开始研修经文——菲利普好读伪经,对正典没什么了解。我还写过他的传记,今天的我无法确定讲述他与我经历相似的那些年的章节,有多少真是关于他的,又有多少是我自身经历的投射。无论如何,我很喜欢书中的一个场景,它解答了什么是圣餐。

◆ ◆ ◆

安妮的几个女儿不太明白领受圣体的原理,这件事本身就让她们震惊。耶稣敦促信徒喝他的血、吃他的肉时,她们惊恐万分:好像在生吃人肉。母亲安慰孩子们,说领圣体是个形象的比喻,有点儿像法语里的"津津有味地听"[①]。迪克一听,赶忙反对:"要想给神秘的事情找个平淡无奇的合理解释,不如别信天主教。"

"是没必要信教,"安妮回敬他,"如果信教就只是把宗教当成你的科幻小说。"

---

① 法语原文为 boire les paroles de quelqu'un,字面意思为"喝掉某人的话"。

Ⅰ 危 机

"这正是我想说的,"迪克说,"如果我们严肃地对待《新约》,就必须相信在耶稣受难后的十九个世纪里,人类经历了突变。这种突变或许不够明显,但它确实存在,如果你不信,你就不是基督徒,就这么简单。这些东西不是我说的,是圣保罗说的,要是听上去像科幻,我也没办法。圣餐就是人类突变的中介,所以别对可怜的孩子说这是某种愚蠢的纪念活动。姑娘们,听我说:我要跟你们讲一个牛排的故事。从前有一家女主人,招待朋友在家里吃晚饭。她在厨房的冷餐台上放了一块五磅重的牛排。客人们陆续上门,跟女主人在客厅闲聊,几杯马提尼下肚,她说失陪,去厨房准备做牛排……却发现肉不见了。你们猜,她看到谁蹲在墙角,还满足地咂着嘴?是家里的那只猫。"

"我知道发生了什么。"大女儿说。

"是吗?发生什么啦?"

"猫吃了牛排。"

"你真这么想?想法不错,不过先别急。客人们闻声跑了过来,议论纷纷。五磅的牛排凭空蒸发,猫一脸餍足。每个人的结论都跟你一样。有人提议:要想知道发生了什么,给猫称重不就结了?他们喝得有点太多了,大家都觉得这是个好主意。大伙把猫拎到浴室,搁到磅秤上一称——正正好五磅。就这样,真相大白了。现在大家都搞明白了是谁偷吃了肉。就在这时,有位客人挠了挠头问:好,大家知道五磅牛排去哪儿了。可是猫去哪儿了?"

◆ ◆ ◆

布莱士·帕斯卡[①]听到这儿肯定会恼火:"我太恨那些阻挠他

---

① Blaise Pascal(1623—1662),法国神学家、哲学家、数学家、物理学家。

人相信圣餐的蠢人!耶稣基督就是神之子,相信这事到底难在哪里?"

(我们可以把他的话叫作"既已至此……"论证法。)

西蒙娜·薇依也说过:"相信这件事是经验性的。如果未曾感受过就不相信,如果一举一动都没有表现出相信的样子,那我们永远不会拥有让我们相信这件事的经历。一切有助于灵修的知识都是如此。如果我们不在验证它的真假之前,把它当作行为准则,如果不能够通过一开始神秘、晦涩的信仰长时间地维系自己对它的依赖,我们就无法相信。信仰是不可缺少的条件。"

我读过不少薇依写的书,在笔记本上整页整页地摘抄,她对圣餐总是抱着一种强烈的渴望。最卑微的基督徒都把自己当成主的座上客,而且越是渺小,越能感受到这一邀请的热切,而我自己也在准备放下心防靠近圣礼,还祈祷自己领圣体的时候一定要心甘情愿。然而,颇有才情、圣人般的薇依,直到去世都认为自己的使命在于不要参加圣餐礼。目的是和那些没能接触圣餐的人站在一起。她的身边是——用她自己的话说——"无边的、不幸的、没有信仰的人群"。

22

话虽这么说……耶稣的几句话还是如闪电般给我留下了深刻的印象。得承认,他跟逮捕他的圣殿守卫说的一样,"从来没有像他这样说话的"[1]。正因如此,我们才会相信他死后第三天复活。

---

[1] 《约翰福音》7:46。

那为何不能再信始胎无染呢?大家决心要把自己的人生献给这个疯狂的信仰:两千年前,大写的"真理"化作肉身,出生在加利利。我们为这份疯狂而骄傲,因为它跟我们相去甚远,因为只要内心有了疯狂的念头,就会无意间发现自己,然后放弃自己,因为我们身边没有人会这般疯狂。认为福音书包含毫无价值、自相矛盾的话,认为基督的教导和四本福音书对教义的阐述中好坏参半,这样的想法会被当作亵渎宗教而遭摈弃。去吧,大步向前——既已至此——去相信三位一体,相信原罪,相信圣母无染原罪,相信教宗无谬误。这些都是那个夏天在雅克利娜的影响下,我让自己尽量相信的内容。我又在记录思考的笔记本里发现了非常可笑的东西,读起来让人惶恐:

让我们相信耶稣就是真理,耶稣就是生活的唯一证据,就是他说过,由于他就是真理,就是生活,我们必信他。过去信他的人,未来必信他。那些拥有很多的人,会被给予更多。

无神论者**认为**神不存在。有信仰的人**知道**神存在。前者持的是观点,后者有的是真知。(页边注,还是我手写的,但我很好奇是什么时候写的:"呃……")

信仰就是相信我们不相信的事情,不去相信我们相信的事情。(这句话不是我说的,是甘地的弟子、基督徒兰扎·德尔·瓦斯托。我经常读瓦斯托的东西,把他的话恭恭敬敬地誊写在本子上。现在看来,他的语录跟马克·吐温的话一样好笑:"信仰,就是相信我们知道不是真的事情。")

王　国

我鼓起勇气看完最后一句："我应该学着做真正的天主教徒，意思就是要包容一切——哪怕是天主教恶臭的教义，哪怕是对这些教义的反抗。"（最后这一点很恶毒，比起其余内容，那更像我会说的话，这让我稍稍放下了心。）

◆ ◆ ◆

我读过一本亨利·吉耶曼①的书，这位虔诚的基督徒还是个老派自由主义者。正如贝纳诺斯②所说："揣着福音书里写的计划，让自己成为穷人和自由人的眼中钉，这确实好笑。"吉耶曼以爱基督为名猛烈地抨击罗马，讨伐一成不变的天主教和基督教教义。他为了坚持自己的观点，在书里写三位一体的教义是一个晚近的、冗杂的、没有以任何福音书为根基的发明，比起社会党开个大会，费老大劲投票产生的提案，这个教义的精神价值高不到哪里去。我下意识地认同他的论点，跟他取得一致甚至给了我些许慰藉。但几天后，我读到了雅克利娜推荐的一位二十世纪的加尔默罗会修女写的书，修女名叫圣三一的伊丽莎白，读了她的书我才严肃地意识到，吉耶曼和我都犯了错。我在本子上记下："这位女士郑重地说：'关于现代艺术，我要告诉你们，除了布菲和达利，其他皆是零。'我跟她一样。这位修女关于现代艺术什么都没说，只不过老实交代'我不知道自己在说什么'。许多自诩批判的人，借着理性和思想自由的名头，将宗教的神秘变得平淡无味。他们不知道自己在讲什么，但圣三一的伊丽莎白知道自己在说什么。所有神秘主义者都知道。而且，我相信，教会也知道。"

---

① Henri Guillemin（1903—1992），法国文学评论家、历史学家。
② Georges Bernanos（1888—1948），法国小说家、评论家。

I 危 机

◆ ◆ ◆

我在埃尔韦面前成了为教条说情的人,埃尔韦没有笑话我,也没有耸起肩头:这种事他做不出来。是啊,他就那样听着,掂量着我的话,试着从他的偏见中解放出我所说的话中的生命力。埃尔韦不喜欢为批评而批评,更不喜欢争论,但面对我这股近似基要主义的冲动,这位真真正正的神的朋友竟然开始扮演怀疑论者的角色。他可能会赞同胡塞尔对学生埃迪特·施泰因说的话——施泰因是加尔默罗会修女,信奉神秘主义,死在了奥斯维辛集中营:"亲爱的孩子,答应我,永远不要因为其他人在你之前已经思考过某件事而去思考它。"当我因为信教的喜悦想推掉早已跟精神分析师约好的谈话,是埃尔韦让我打消了这个念头:为何要排斥或许会有用的东西呢?如果你感受到了恩典,分析师绝不会挡住你通往神的道路。如果她能够让你摆脱幻想,当然再好不过了。借着瑞士独有的静谧,埃尔韦让滑向教条主义的我刹了车。他跟我不一样,他既没有爱自己爱到自我厌弃,也没有恨自己恨到想要相信自己不相信的事物。在他身上几乎看不到狂热,也几乎没有成见。这一切并不妨碍他在福音书里找到适合自己的内容,组成自己的信条——在他的信条里,耶稣的话与老子的话和《薄伽梵歌》共存。二十年来,每次上山之前,我都看到他会往包里塞一本《薄伽梵歌》,徒步休息的当口就会拿出来读几行。他拿出来的永远是那本小小的蓝皮书,开本的长和宽差不多。要是手上的这本散了架,他会从橱子里再拿一本出来,他的书橱里摆着二十多本一样的《薄伽梵歌》,跟他因为鼻窦炎囤的纸巾一样码得整整齐齐。

王　国

◆◆◆

　　曾有一段时间，教母雅克利娜老是说默主哥耶的故事，让我们有点厌烦。默主哥耶是南斯拉夫的小镇，当年南斯拉夫还在时，那里发生了可怕的事，但我真是一点都不关心：塞尔维亚人、克罗地亚人和波斯尼亚人互相残杀，他们杀他们的，我读我的《约翰福音》。据说，二十世纪七十年代前后，圣母在默主哥耶显现，通过见证她显灵的农村孩子的口，警告世界正在逐渐衰落。后来，这些农村孩子成了非常受欢迎的传教士，他们在世界各地办讲座，每个人都发了家。其中一站就在巴黎，雅克利娜坚持让我们去。我的第一反应却是偏见——或许是理性作祟？我想读福音，但不想参与这种宗教传销。研修宗教应该有个界限，否则说不上哪天，我们就会去专卖密宗书籍的店里搜寻关于诺查丹玛斯[①]和圣殿骑士团的书。不过，等一等！我的第二个反应是，万一这件事是真的，那岂不是很重要，比天还大？岂不是应该放下一切，终生致力于传播圣母在默主哥耶赐予我们的话？

　　笔记本里有十多页记下了我当时内心的摇摆，埃尔韦却丝毫不受影响。他一贯稳重，好奇心又很重：说到底，去听一个小时的讲座也不会有什么代价吧？在这件事上，他非常像一个只在《约翰福音》里出现过的人：尼哥德慕。尼哥德慕是法利赛人，所以他对耶稣有很深的偏见。大家关于耶稣的传说在他看来就像彻头彻尾的迷信，或是可疑的邪教，还有可能是诈骗。倒也无妨，尼哥德慕不满足于传言，更愿意自己弄清楚。他去见了耶稣，不过是趁夜里。"耶路撒冷圣经"有个注释，暗示夜里去见耶稣的尼

[①] Nostradamus（1503—1566），原名米歇尔·德·诺斯特拉达姆（Michel De Nostredame），法国犹太裔药剂师、天文学爱好者、预言家。

哥德慕是个胆小鬼，因为他怕见耶稣会连累自己的名声。我的想法相反，他的谨慎行事没有让我很意外；真正让我印象深刻的倒是尼哥德慕开放的心性。他向耶稣提问，打断他的话，不住地跟耶稣说他没懂——我们应该承认，约翰想通过耶稣表达的东西确实非常难懂。尼哥德慕回到家里，若有所思，说不准就是皈依了基督。耶稣常说"你们来，你们看"，尼哥德慕最起码是真的去见了他。

故事的最后，埃尔韦和我去见了来自南斯拉夫的圣母代言人。不过在我们看来，他说的话气势磅礴，却没什么内容可言。

23

为了步入雅克利娜所说的神圣生活，我还要做一次告解，告解前要深入地反省自己。当我决定要在生活中体会神的恩典时，巧合的事情跟兔子生崽一般，一桩接着一桩出现在我的生活里，其中之一是加布里埃尔问我："你从生下来做过的最坏的事情是什么？"实际上，如果"坏事"的意思是故意作恶，我倒真不是做了许多恶的人。我做的坏事主要是我不由自主对自己做的，我甚至觉得自己不像犯了错，更像个病态的人。雅克利娜让我去见的神父，没有因为我如此看待事情而感觉很高兴；我会这么想完全是因为从自己的角度出发，是心理学上的想法，而全面忏悔的目的正是摆脱这样的念头，将自己放在神的视角之下。想要了解神的视角，必须领悟《十诫》。是啊，《十诫》，我要在前后一周的时间里用它的准绳衡量我的一生。

◆ ◆ ◆

审视自己的一生时，我还比照了三大神学德行——信仰、希望和慈善。我也是最近突然领受了恩典,才有了信仰。它现在还只是一粒小小的种子,那么娇弱,随时有可能在荆棘中丢失。我却相信这颗种子会长成大树,天上的鸟儿都会来这树枝里做窝。相信信仰可能会生长,这不就是希望吗?如果是,那我倒真不缺希望。我心里的希望这么多,甚至到了让我怀疑它们的地步。或许是我错用了"希望"这么美的名字去称呼只是"愿望"的东西:我隐约认为,无论经历怎样的磨难,它们于我终将是有益的。干旱之后,我将长出果实——具体来说,就是写出一本值得我走这么一遭的书来。我是不是应该屏除这种廉价的愿望,好让真正的希望出现呢?最后是慈善,圣保罗说过,慈善在三个德行中最重要,可慈善我是一点都没有。一丁点都没有。我没有丝毫意愿去做哪怕最微小的善举,尽管他们说善行可移山海。与神相遇改变了我的精神和想法,却没有改变我的心。我仍然只爱我自己——苦痛地爱着自己。但这种情况是预料之中的。我需要的祈祷跟《诗篇》里的所有祈祷一样。我不断地念诵:"主啊,除掉我的石心,赐我一颗肉心吧。"①

◆ ◆ ◆

我在本子上写:

> 主啊,你到我舍下,我不敢当,②但我要你住在我里面。为了给你腾出地方,我必须衰微,这我知道。我有多希望衰微,就有多排斥它。可一人做不到,没有人能独自衰微。我

---

① 《以西结书》36:26。
② 《马太福音》8:8。

们从不愿让出空间，我们总是想占据一切。你要帮助我，帮我衰微，好让你增长。

主啊，你也许不想让我成为大作家，也不希望我过上轻松愉快的生活，可我知道，你想赐予我慈善。我向你求慈善时心中的想法千千万，沉重的想法和疑虑耽误了我太多的时间，但我还是要让你给我慈善。赐我考验，赐我恩典，考验和恩典会一点一滴地教会我慈善。给我勇气，让我挺过难关，让我领受恩典；给我勇气，让我知道凡事既可以是恩典，又可以是难关。我不能说别无他求，说无他求不是真心话。我更渴望得到我贪恋的东西，我渴望伟大而不是渺小。但我不能向你求我所渴望的，我要向你求我希望自己想要的东西，这个东西，我希望是你让我想要的。

我保证接受所有的安排。我知道我说这话时像你的弟子彼得。彼得曾么确信自己不会背弃你，但他还是背弃了你。我知道说这些话无异于默认了心里还有否定你的余地，而我坚持要说出口。把你想要给我的东西给我，把你想从我身上拿走的东西带走，让我成为你想让我成为的人。

西蒙娜·薇依说过："在属灵的事上，所有的祈祷都会得到回应。所得较少的人，是他们求的少。"

信神秘主义的佛拉芒人勒伊斯布鲁克有言："你想多神圣，你就有多神圣。"

◆ ◆ ◆

于是乎，我列了一张清单，上面都是被我伤害过的人。我头

王　国

一个想起来的是高中同学：一个害红斑狼疮的男孩子，个子很高，他不是真的智力有问题，只是性格古怪而已。班上每个人都会嘲笑他，唯我取笑的方式更考究。我拿他当主人公，写了一篇又一篇小短文，配上了漫画在班级里传阅。这些他都知道。第一学期上完他就休学了，我听说他被送去了疗养院。我的写作天分竟然是我第一次犯下的恶行的根源，细细一想，许多人都被我这么对待过。我在最近出版的小说《无法触及？》里描摹了一个爱过我、我爱过的女人，我笔下的她残忍又偏狭，这让我不由得想到，三年来我只字未动、才气枯竭，是上天在惩罚我滥用天分。我希望在走近圣餐桌之前能与我的受害者和解。这个高一时的受气包，现在或许还能找到他的踪迹。他有个古怪而冗长的名字（人跟名字一样奇怪），电话簿里不可能有很多这样的名字，但这段记忆距离现在太远了——而且我太害怕得知他已经去世的消息，怕知道他休学没多久就死在了疗养院里，而这一切都是我的过错。但我还留着卡罗琳的地址，我给她去了一封长长的信，祈求她的原谅，她回都没回——几年后我再见到她，她带着惶恐又怜悯的口气告诉我她读了"那封饱含天主教徒负罪感的长篇大论"——这些是她原话——遗憾的是，这封信没放到资料夹里。

◆　◆　◆

在一个"保罗归信节"的晚上，我照常去了圣塞夫兰教堂晚七点的弥撒。这次，我跟想要领圣体的人一起在教堂的长凳中间前行。我有点心不在焉，但并不感到惊讶。心里没有一点感觉。倒也正常：天国就像一粒芥菜种，在幽暗的土里长大，悄悄地，我们谁都不知道。重要的是，这颗种子如今已是我生命的一部分。在一年多的时间里,我每天都去参加圣餐礼,跟每周两次的精神分析一样,从不失约。

24

尽管有圣餐和它本应带来的快乐,我还是在C女士的沙发上坐立不安。抱怨,控诉,不满。我在我的笔记本中没有提及这些,仿佛本子的主人已经超越了这一切。不过凡事总有例外。有天早上,我在动身去做心理分析前,在《解放报》上读到一篇报道,文章不长,不只是震动了我,准确地说是击垮了我。报道讲的是一个四岁的小男孩,加布里埃尔当时也刚满四岁。男孩要做个小手术,住进了医院,手术过程中不幸遭遇了麻醉事故,落下了终身残疾,一辈子听不见,看不见,也说不了话。见报的时候他六岁了。他在黑暗中过了两年,与世隔绝。绝望的爸妈一直守在他的床边,跟他说话,不停地触碰他。医生告诉家长,孩子什么都听不到,他可能有点感觉,用手抚摸他的皮肤能让他好受些。其他的交流方式都不管用。医生们只知道孩子没有昏迷,有意识。没人能想象他在想些什么,也不知道他如何向自己解释不幸的遭遇。没有词语可以形容这一切,我无法用文字表达。我是如此善于表达,可以轻易说出自己的感受,但此刻,我不知道如何表达这个故事对我内心的触动。我用颤抖的声音起了个头,连句子都说不完整,巨大的呜咽从我的胸腔涌出、翻滚,最终爆发,眼泪倾泻而出。我像是一辈子都没哭过,哭啊,哭啊,停不下来。泪水里没有一丝温情,没有慰藉,没有舒缓,是惊恐和绝望的哭泣。哭了不知有多久,大约十分钟、十五分钟的样子。哭完就有词要

王　国

冒出来。心情无法平复的我，喃喃自语，总是被抽泣打断。我想知道像我一样想要相信神的人读了这篇报道会如何祷告。他要向父求什么，毕竟父的儿子耶稣说："无论向父求什么，他就赐给你们。"①求奇迹发生吗？求一切都没发生过吗？求他用温柔、充满爱、抚慰心灵的存在填满这个幽闭中的孩子吗？求他把光照进孩子黑暗的世界，求他把常人难以想象的悲惨命运变成这个孩子的国吗？那不然求什么呢？否则，我们就要承认事实的事实、事实的根本，说一千道一万也得承认，孩子感受不到他无限的爱，只能感受绝对的恐怖——一个四岁的孩子感受到从黑暗中醒来那种难以名状的恐惧。

"我们差不多先到这儿。"C女士如是说。

◆ ◆ ◆

事过三天。我记得，每周的周二和周五要去多瑙河别墅路做心理咨询，而紧邻的周五就是复活节前的圣周五。我确定，C女士在这三天里一定好几次想到我。我们又谈到我流泪流到崩溃，聊到与世隔绝的男孩的故事唤起了我心里怎样的情绪，而她最关心的是我对"父"的看法。我有点抵触，想关上上次不经意打开的话匣子。C女士执意要聊。好吧，说说"父"，可在这种场景下聊"父"在我眼里有点下作。从奇怪的初次治疗开始，她仿佛跟我达成了默契，从未把信仰的问题拿到桌面上来。C女士从来没说过自己的想法，也没进行任何暗示。这一次她小心翼翼地引导我，让我思考这样的假设：全能、爱着一切、治愈一切的"父"，

---

① 《约翰福音》15：16。

恰好在我接受治疗的时刻走进了我的生命，第一次做分析的时候，我还觉得他像一张不舍得丢掉的烂牌；这么说来，有没有可能，"父"只不过是精神分析里一个简单的形象，一晃而过的他只在需要的时候出现？他会不会像徒步用的手杖，引导我一步步发现现实中的父亲在我生命中的位置？

这个想法让我很难受，六个月前的我或许会笃定地拒绝，现在做不到了。它必定在我心里逐渐成形了，我却一点也不知道。我抬了抬肩膀，想要跳过这个话题，脸上露出这件事被我想过不下一百遍的神情，仿佛这个问题很久之前就解决了，现在完全没必要再回顾一遍。我说：所以呢？信仰当然都有心理基础。神的恩典为了触碰我们，当然会利用我们的缺失、弱点，还有小时候想要被安慰、被保护的愿望。知道这件事，能改变什么吗？

C 女士什么都没说。

◆ ◆ ◆

治疗结束，我坐在地铁上，浑身不自在。

我猜许多人读到这里肯定会以为，书里记叙的问题完全是抽象和思辨的，与真正的存在问题完全不搭界。但这些问题撕开了我，写下这段回忆正是为了提醒自己。面对过去的自我，我多想变得刻薄，但我不愿讽刺自己。我想要回忆起改变了我的生活、对我至关重要的信仰快要动摇时，心里的矛盾与恐惧。这一切发生在圣周五绝非巧合，正是在那一天耶稣大喊："我的神！我的神！为什么离弃我？"[①]

---

① 《马太福音》27: 46。

从智识角度看，这并无新奇之处，我已屡见不鲜。我读过陀思妥耶夫斯基，知道伊万·卡拉马佐夫话里的深意；关于无辜受苦，约伯比他讲得更早：无辜受苦骇人听闻，阻止人们相信神。我还看过弗洛伊德，知道他的想法，更知道 C 女士的想法：能有万能的"父"和关心我们每个人的神当然是美事一桩，吊诡之处在于，"父"和神的建构与我们孩提时代的愿望一模一样。他们认为宗教意愿的根源在于对父亲的怀念和小时候想要成为世界中心的幻想。我也读过尼采，他认为宗教的裨益在于让我们更关心自己，以及让我们能够逃离现实。不可否认，我感觉尼采的话就是对我说的。但我以为：是啊，当然可以认为神可以解开我们内心的忧虑，但你也可以说，我们的忧虑正是神让我们认识他的手段。当然可以说我归信是因为绝望，但也可以说上帝为了让我归宗，赐予了我绝望的恩典。我用尽气力说服自己：真正的幻想，不是弗洛伊德所认为的信仰，而是如神秘主义者所知道的，是使信仰受到怀疑的东西。

我情愿这么想，我愿意相信，可我怕丢掉信仰。我问自己：拼了命去相信一件事，难道不是已经证明我们不再相信了吗？

25

复活节的周末，我们前往诺曼底拜访岳母。深夜，电视上放了一部关于贝阿特丽克丝·贝克的纪录片，贝克这作家我很喜欢，我还把她的小说《莱昂·莫兰教士》改编成了电影剧本。这本书有自传的性质，讲的是她信教的历程。让-皮埃尔·梅尔维尔把小说拍成了电影，由让-保罗·贝尔蒙多、埃马努埃利·里瓦主演。片子很精彩,但那又何妨?我们又把小说改编了一次。所有的流程走得很顺,因为我非常享受改编剧本的过程。现在回想起来,电影改编发生在皈依宗教的一年前,我更愿意把它看作这段不为人所知的缓慢旅程的其中一环,那位邀请我改编小说的制片人,就是我生命中神的恩典的使者。贝克的小说在二十世纪五十年代写成,非常真实。女主角经历了重大的转变,贝克的语言像散文一样,没有基督教干枯的词汇,读起来很风趣,让这段经历更能打动人。贝阿特丽克丝·贝克年事已高,她自由自在,有时会让人摸不着头脑。一次,有人问她是不是还信教,她说不。信教是她生命的某个阶段,已经过去。她说起宗教就像相信过共产主义的人讲起投身运动的岁月,或者像我们提起年轻时一场轰轰烈烈的恋爱。这股激情如同暴风骤雨,无论如何,你都乐于去经历,但如今一切已成过去。再次谈论宗教,只是因为有人问起;事实上,她再也不会去想了。

我觉得她这样很可怕。显然,她不这么认为,我害怕面对"信仰被放下,但生活不会因此而更糟糕"这件事。我想:抓不住神的恩典就会毁掉生活。神的恩典若不能彻底改变人生,就会摧毁它。若瞥见了神的恩典,却拒斥它、远离它,那么你就是将自己打入了地狱。

或许事情并非如此。

◆ ◆ ◆

住到岳母家的第二天是复活节。我俩陪孩子们在园子里找彩蛋。一家人做了弥撒,偌大的修道院很漂亮,小镇上有头有脸的信教的家庭都来齐了,男的身着藏青色外套,女的穿着素色裙

王　国

子。我当然也去了，没理由错过弥撒，但这个小地方的资产阶级信奉的基督教不容丝毫质疑，我非常排斥这个由药剂师和公证员组成的宗教团体——我曾以包容的讽刺眼光看待他们。我清早悄悄爬下床，前一晚，我在熟睡的安妮身边翻来覆去，一夜没合眼。出门的时候没吵醒任何人。我走到女修道院，岳母常来这儿听弥撒，因为就在家门口，有时我也会陪她一起。七点钟是晨祷的时间。这间礼拜堂灰灰的，不好看，光线也是惨白，厚厚的墙体渗出了诺曼底的潮气。这个团体不过十五人左右，修女的年纪都很大了，站着都直晃。其中还有一位患有侏儒症。修女们唱起晨经的时候声音颤颤巍巍，音都不在调子上，有位年轻神父过来给她们送圣体，这神父一脸蠢样，说起话来像羊叫，他的出现并没有带来任何改变。经他的嘴一说，连气势磅礴的《约翰福音》里抹大拉的马利亚在复活节早晨把复活的耶稣当成园丁的故事①都成了难以启齿的荒唐事。不过好像没人在听他的话。梦境一般的昏暗环境给每个修女的眼里蒙上了一层水汽，有人嘴角流出了口水，估计是在等着吃早饭。岳母很虔诚，见到这番场景就会有点开心地跟我说：修女们做弥撒的时候气氛不会特别轻松，甚至会让你满心伤悲。要是过去的我一开始来的是这里，肯定拔腿就跑。安妮长在这个死气沉沉的地方，她觉得，我大清早跑去感受尿布和消毒水的味道简直是堕落。我心想：喏，这不就是神国？遍地羸弱、被蔑视、残缺的人，这就是基督的居所。

　　早课拖拖拉拉没个头，我如念咒般在心里默念《诗篇》里的话：

---

① 见《约翰福音》20：11—18。

Ⅰ 危机

> 我且要住在耶和华的殿中,
> 直到永远。①

万一我被赶出了他的殿?万一最坏的结果是,我离开的时候心里还很高兴?此刻,我想永远住在耶和华的殿中,发觉人生的至美竟然是和年迈的修女——其中四分之三还一副老顽童的样子——一起参加弥撒。但若有一天,这一刻在我眼中成了令人尴尬的插曲,让人郁闷,又有些滑稽呢?它会成为我会庆幸自己得以摆脱的心血来潮吗?或者说不是心血来潮,而是一段有趣的经历,前提是能走出来?我会像画家谈论自己的粉色或蓝色时期一样,谈起我的基督教时期。我会为自己能够进步、转变而自豪。

这太可怕了,我甚至不会察觉。

◆ ◆ ◆

有趣的是,写这一章的时候,我在乡下房子的书房里找到了一本我可能在那个时期读过的书——《精神生活入门》,1962年由一家主内机构德克莱·德·布鲁韦出版社出版,书上印着天主教的出版许可。Nihil obstat 这个词组的意思是教会权威表示不反对此书出版。教会确实也没理由反对,因为这本书长篇累牍,赞美了教会智慧无限,由于圣灵通过教会表达,圣灵不出错,教会自然永远正确。书的作者是耶稣会士,名叫弗朗索瓦·鲁斯唐。我开始以为是凑巧,核实后才知道:作者就是这本书出版了四十三年后我见到的那位精神分析师,这么多年过去,他已经成了法国最反

---

① 《诗篇》23:6。

对宗教的分析师。鲁斯唐近期出书没有把这本《精神生活入门》列入"本书作者其他作品"里。可以想象，这本书让鲁斯唐老先生很羞耻，他不愿别人提起有过这么一出。我也能想象写出这本拿教条当主义的书的青年鲁斯唐，绝对以为自己掌握了真理。要是有人提起他以后会成为怀疑论者，肯定会吓到他。不只是惊吓，一定会引发恐慌。我相信，青年鲁斯唐会竭尽全力祷告，祈祷这件事情不要发生。而今天的他必定庆幸自己发生了改变。就像老了还会梦到自己在高考的人一样，这位老道士一定还会不时梦到自己还是那个耶稣会士，口中煞有介事地讲原罪，讲三位一体，醒来的时候长舒一口气：呼！做噩梦真是吓死个人！

26

归信第二天，我在刚买的本子上写道：

> 基督是真理，也是生命，这是再明显不过的事实——有时候必须把眼珠子抠出来才能看得清。很多人对明显的事情熟视无睹，长了眼睛却看不见。我知道自己曾是他们中的一员，我想跟几个星期之前那个已经远离我的、小小的我好好谈一谈。我希望看到那个无知的我能让我更清楚地看到真理。

那时的我自觉高人一等。对我来说，那个"小小的我"、已经成为过去的不信教者，终究不是我畏惧的对手。令人生畏的对手即将出现：不再是过去的、被超越的我，而是未来的我、即将到来的我，那个我不再相信宗教，而且很高兴自己摆脱了信仰。我要说

I 危 机

什么来警告他？如何阻止他离开生命之路，转而走上死亡之路？怎么做才能让他听我的话，虽然我已经知道他有多么扬扬自得？

◆ ◆ ◆

自打那个复活节的周末以来，我就感觉自己的信仰危在旦夕。为了守护它，我宣布我的内心实行戒严。宵禁，再加洗脑。我去位于勃艮第的本笃会平衡石隐修院①隐修了一周。半夜两点做夜祷，上午六点晨曦祷，七点用早饭，九点弥撒，十点在我的单人室做瑜伽，十一点诵读、思考《约翰福音》，中午一点午饭，下午两点去树林散步，六点晚祷，七点晚饭，八点睡前祷，九点上床。隐修的我活成了作息规律的强迫症，但内心十分愉悦，不会遗漏任何一个环节。这样没多久，没上闹钟，我也能在夜里一点四十五爬起来，做好夜祷的准备。回到巴黎，我尽量把圣本笃的作息与都市生活融合在一起。送加布里埃尔去上学之后的读报时间取消了：现在，我认为读报纸就是浪费时间。取而代之的是喝完咖啡立马赶到圣殿街做一个小时的瑜伽，随后半小时祷告，然后研修《约翰福音》一小时，读（主内的）书一小时，读书时还会配上糙米和酸奶。每天下午，我会高强度工作五个小时——马上就会告诉大家我在忙什么。晚上七点去圣塞夫兰教堂做弥撒，八点回家。神圣生活和世俗生活的兼容才是最难的，我的心愿是落实每一项计划。永远不要同时做两件事。把烦恼锁在工作室，抽出时间陪家人，和他们在一起的时候情绪要好。我把日常生活看

---

① 平衡石隐修院（Pierre-qui-Vire）指的是位于法国勃艮第大区约讷省摇石村的圣玛丽本笃会隐修院，平衡石英语称 rocking stones, logans 或 balancing stones，这种自然奇观经常被宗教当作神迹或崇拜物，故此处地名意译。

王　国

成一系列二选一的抉择：警惕还是分心，慈善还是自私，在场还是缺席，生还是死。由于一直为失眠所困，我把夏尔·德·富科①当作榜样：不管几点钟，只要醒了就下床准备开工。

我不确定苛刻的作息是否能让我成为更好的丈夫、父亲。我更让人讨厌了，这一点我倒十分确定。我在忧心忡忡的笔记里，把家庭生活等同于我必须勇敢扛起的十字架，这让我把自己看成霍桑笔下忧郁的清教徒，他们为了自己的灵魂，以不容拒绝的善，把家人的生活变成了十足的地狱。

◆ ◆ ◆

那段时间我读了许多书，尤爱法国"伟大"十七世纪的作家，比如费奈隆、圣方济各·沙雷氏、让-皮埃尔·德·科萨德。他们的文笔都是出了名地优美，又是能巧妙拿捏人心的风格大师，他们告诉我这些遭遇早已注定、安排好了，是人生计划的一部分。这么一说，我放心了，毕竟他们的话听起来有点精神分析的味道。我若是觉得正在失去信仰，那恰恰是因为信仰醇化了。我若是再也不能像去年秋天那样，感受到上帝指引着我在精神生活里前行，再也感觉不到我的步伐像亚历山德拉·大卫-内尔②笔下的藏族法师那样，穿梭于群山间，一蹦五百码，那恰恰是因为神在教导我。灵魂得不到滋养，恰恰反映了我在进步。缺席是在场的平方。我在笔记本上摘抄了十多条关于修炼心性的话，以下是

---

① Charles de Foucauld（1858—1916），法国军官、探险家、地理学家，归信基督教之后做了神父，归隐期间潜心研究宗教和语言。
② Alexandra David-Néel（1868—1969），法国探险家、作家、佛教研究者，首位进入西藏的欧洲女性。

Ⅰ 危机

个小集锦：

> 神绝不会让灵魂怠惰，他会从各个角度锤炼它，让它柔顺，让它随和。越怕灵魂受到敲打，就越要锻炼灵魂。我们的智慧和自尊厌恶这些考验，这足以证明种种考验正是上帝的恩典。（选自费奈隆《解忧良方》）

> 灵魂的斗争有一条对我们有益：只要我们愿意战斗，我们就一定会胜利。（选自圣方济各·沙雷氏《步入虔诚》）

> 神给有信仰的灵魂以恩典和帮助，但看上去像是剥夺了恩典和帮助。他教化心灵，不是通过灌输观念，而是用逆境和困难。神会模糊我们的视线，打乱我们的计划，让世间万物在我们眼里都是混乱、昏昧、空无和疯狂。因而，黑暗就是引导我们前行的光，怀疑就是我们最好的保证。（选自让-皮埃尔·德·科萨德《交给天意》）

再次读到这些，我的内心还是很分裂，当年的我就是如此。即使过去的我已经觉察话里的谵妄，今天的我依然觉得他们说得太好了。这些话显然受到每个人经历的启发，我想，这几个人可不是张口就来：他们知道自己在说什么。在表达观点的时候，他们又在教导人们蔑视经验、亲身体悟和常识。

27

神希望看到我的信仰经受考验，所以，我决定不再临阵脱逃。我要充分体验这次考验，要让基督和魔鬼在我心里再决斗一场。

尼采是当魔鬼的人选。说是最佳人选也不为过，大家都想和他站在一边。尼采让我恐惧又着迷，他好似在我耳边低语：想要荣光，想要变强——我还责备自己有这样的想法——想要同辈的羡慕，想变有钱，想要叱咤情场，这些愿望皆鄙俗，但它们是对实在事物的期待。这些愿望出现的地方只有赢和输、征服和被征服，但基督徒典型的心理世界就是掌握一种经过考验的叙事技巧，是学会对自己讲无法被驳倒的故事，是在任何情况下都要努力变成自己眼中有益的人。认为凡事发生都有意义，把每件事都解释为神的考验，是神为了人获救赎而设置的障碍赛，这种想法幼稚、懦弱、虚浮。尼采说，人的心灵受到审判——他的话跟耶稣恰好相反，耶稣说人必须评判——是根据每个人不拿故事麻痹自己的能力：要热爱现实，而不是他人创造出来取代现实的给人慰藉的童话。灵魂审判的依据是每个人能够承受多少真相。

◆ ◆ ◆

西蒙娜·薇依却说："基督想让我们爱真理胜过爱他，因为在成为基督之前，他就是真理。为了走向真理而绕过基督，我们不用走出多远，就会重新回到基督的怀抱。"

妙哉！就这么决定了，风雨无阻。创建新文档——跟第一个文档一样不见了踪影，标题还是我决心用的老标题——《对手的视角》。就在这个文档上，我每天下午要耕耘五个钟头。

◆ ◆ ◆

一年以前，我跟朋友吕克·费里聊天的时候还说，不但无法预测未来为我们准备的际遇，也无法预测我们会变成什么样子，我们未来会有怎样的想法。吕克举了反例，说他确定永远不会加入国民阵线。我告诉他，我也不太可能加入国民阵线，但我不能下一个明确的决定，虽然这个例子确定让人反感，但这种不确定恰恰是我为自由付出的代价。虽然当时的我没有像排斥国民阵线那样反对基督教，但若有人告诉我，总有一天，我会归信基督，我的吃惊程度不亚于得知未来的自己加入了国民阵线。可它发生了。信教好比病了一场——可我还不是这个病的危险人群——这病的第一个症状就是我错把它当成治病良方。所以我告诉自己，这病要再观察一阵子，要尽可能客观地写个病历。

◆ ◆ ◆

帕斯卡有言："人与人之间有一场公开战争，每个人都必须在教条主义和皮浪主义中二选一。想着保持中立的人是彻头彻尾的皮浪主义者。"

所谓皮浪主义者就是哲学家皮浪的信徒，即怀疑论者。跟今天说"相对主义者"是一个意思。耶稣说某件事情为真的时候，皮浪主义者会像彼拉多一样耸耸肩回应："什么是真？"有多少观点，那就有多少真理。好吧，我同意。我不说自己保持中立了，而是用皮浪的观点审视我对教条的秉持。我将像福楼拜刻画包法利夫人对未来的企盼那样，描绘我归信基督的故事。有一个人，我最怕变成他，而我要钻进他的皮肤看看我自己——那就是摆脱了信仰，超脱地审视它的那个人。我将拼凑出将我引向信仰，由失败、怨恨和对生活的恐惧构成的迷宫。也许到那时，也许只有那个时候，我才会停下自己给自己编故事的脚步。或许那个时候的我才有资格借用陀思妥耶夫斯基的名言："要是有人用'a 加 b'

的算式证明'基督有错',我仍然选择追随基督。"

28

有一天,经纪人弗朗索瓦·萨缪尔森跟我说:"你都三年没写东西了,整个人看上去太消沉,像是装了一块石头,应该忙点事情才对。何不写本传记?作家没有头绪的时候都会去写传记,好多人就此打开了思路。当然也要看挑谁写,不过给你谈个好合同自然不在话下。"

写个传记又何妨?写传记的野心比不上创作伟大的小说,可小说我又写不出来,不过,传记还是比电视剧剧本更能让人提起干劲。说不定还能发挥主赐给我的才能,他一定更愿意看到我挥霍天才,而不是攒着发霉。我在本子上摘了一句《圣经》经文——"凡你手所当做的事要尽力去做"①,又托弗朗索瓦找一家对菲利普·K.迪克生平感兴趣的出版社。

◆ ◆ ◆

我先是列出创作意图,结尾处写道:

> 人们很容易把迪克看作误入歧途的神秘主义者。但是,说他"误入歧途",实际上暗示存在神秘主义的正宗,因而也存在神秘主义真正想要认识的对象。这个观点是宗教的观点。如果担心陷入宗教,不如借用不可知论的观点,那么我们必须承认圣保罗、埃克哈特大师、西蒙娜·薇依等人和迪克

---

① 《传道书》9:10。

I 危机

这个身世可怜却受到神感化的嬉皮士之间，只有人性提升和文化熏陶、受众和受爱戴程度的差异，没有本质上的差别。迪克自己也很清楚这个问题。他写虚构小说，作品属于最天马行空的那一类，却坚信自己写的不过是**报告**。在生命的最后十年，他孜孜不倦地写了一篇无止境、无法分类的报告，称之为他的《释经》。这本《释经》旨在描述一种经历，根据自己的心情，他将之解释为他遇见神的故事（"落在永生神的手里，真是可怕的"[①]），他一生中使用的所有毒品的延迟效应，外星生物对他的思想入侵，或者单纯就是偏执的幻觉。尽管做了许多努力，他却始终没能找到幻觉和神的启示之间的界线——前提是二者之间确实有别。幻觉和神启之间有分界吗？这个问题难以回答，我当然不会在此决断。但讲述迪克的一生就是逼迫自己去探测这条界线。在它周围逡巡、徘徊，小心翼翼。这才是我爱干的事情。

◆ ◆ ◆

迪克的传记写了一年多的时间，重要的是，它的篇幅、所包含的无数信息，今天回头看，让我感觉仿佛完成了一次壮举。写作时的我像个原始人，我当初爱上了疯狂工作的滋味。对一个长期丧失工作能力的人来说，工作、有能力工作真是世界上最美妙的事情。我在颗粒无收的苦痛岁月里所做的各个尝试都有了意义。我弄丢了两份取名《对手的视角》的文档，一个关于杰咪的一生，另一个关于我信教的故事，叙述者是未来的、丢掉信仰的

[①] 《希伯来书》10：31。

我，但无论如何，我都已经放弃了它们，并且这些失败的作品尝试探索的所有问题都自然而然地在迪克的作品里找到了一席之地。这些问题没让我慌乱，反倒鼓舞我，有时还会让我开心。尽管——或恰是因为——迪克拥有常人难以理解的天赋，但他一生可谓悲惨，毫无节制地生活，一次又一次地体会分离、禁闭和精神失常的滋味，我对他的喜爱却没有因此而停止。我不停地对自己说，他走了十年，可他就在那儿，趴在我的肩上看我在写什么；我告诉自己，要是看到有人这么写他，迪克一定很欣慰。

◆ ◆ ◆

陪我走过写作那一程的有另一位谋士——《易经》。《易经》是融合智慧与占卜的古书，从孔子到我这一代叫"巴巴"的嬉皮青年都爱这部经典——准确地说，是我上一代的"巴巴"，但我喜欢跟比我大的人混在一起。迪克写作《高堡奇人》的时候一直在读《易经》。每当故事情节卡壳的时候他就会去翻《易经》，有助于他打开思路。我也一样，读《易经》给我收获。曾有一天，拼凑如此多的故事情节让我疲惫不堪，《易经》送了我一句话，至今仍指引着我的诗性艺术创作："贲卦，上九，白贲，无咎。"[①]

[①] 法语原文字面意思为："最高的优雅不在于用材料堆砌外在，而是赋予其简单与实用的形式。"这句话是对《易经》原文的阐释，先经德国汉学家卫礼贤（Richard Wilhelm）翻译，再由法国心理学家佩洛（Étienne Perrot）从德语转译为法语，取名《易经：变化之书》。法语出处见 *Yi King ou Livre des transformations*, de Richard Wilhelm, trad. fr. E. Perrot, Paris, Librairie de Médicis, 1973。此处引《易经》原文。

Ⅰ 危机

29

创作传记是一次突破，笔记本上对福音书的评注明显受到了它的影响。我没有完全放弃评注福音书，但记录诵读体会的频率越来越低。信教的第一年写了十五本，写迪克传记那一年才三本，一翻这三本就能读出我的心不在焉，感觉到我在忙别的事情。我从福音书里提取了一些能为写书所用的内容，弥撒还是会去，不过不再是每天。圣餐照领，但得逼自己一下才行。状态好的时候，我想不去领圣体也没多大关系，我父又不是鞭子老爹①。我带加布里埃尔和让-巴蒂斯特去卢森堡公园，看他们跑来跑去、爬上爬下、坐滑滑梯会让我开心。要是他们没在公园快乐玩耍，只黏着我，追着我问我在想什么，问我对他们满不满意，我会感到不安。我宁愿他们忘记我这个人，希望他们能有小男孩该有的生活。连我这么差劲的人对儿子都会抱着如此温柔的心愿，那我父对我的柔情该有多少啊？虽说写作迪克传记的日子非常愉快，甚至激情满满，但我终究还是会有那么几天为怀疑和忧虑所困，害怕这一切只是让我自鸣得意的幻觉，反而让我远离真相。那段日子是财富，福兮祸所伏；这倒像耶稣说的"真福八端"②，"真福八端"是他教义的核心之核心。我不敢笃定"真福八端"是不是真理，也不知道这种好即坏、坏即好的学说究竟是什么意思。说服自己身处谷底是发生在你身上的最好的事：或许事实并非如此，但这份相信能在关键时刻拯救你。但稍有点起色的时候就觉

---

① 流行于法国东部的虚构人物，类似圣诞老人。
② 见《马太福音》5：3—12。

王　国

得自己其实做得糟透了，实际上日子糟糕透顶，我看不出这有什么意义。我喜欢《易经》，它所讲的道理既相似又不同。大体上说，卦面好的时候不能得意太早；运气过了极点，必定要走下坡路，人若在低处，或许还有翻身的可能。阳面上山必从阴面下坡。白天紧接着黑夜，黑夜紧接着白天，好的循环在坏的循环之后，反之亦然。尼采会说，《易经》就是真理，没有道德包袱。卦面顺风顺水时，人要有迎接苦难的明智，反过来也是一样，倒是没讲什么开心是恶、不幸是福这种话。

◆　◆　◆

在勒勒夫龙的时候，埃尔韦的妈妈有一本签名册，谁到家里做客都要留个名字。我也很喜欢这么做，二十年前的我想着二十年后再翻出这个本子，好能回忆起在这里度过的时光。二十年过去了，其实不止二十年，当年的日子历历在目。我乐见自己和埃尔韦的友谊被刻进这段绵延的时光里，我喜欢回顾我们的生活，仿佛登山到最高处，回望来时的路：我们从山谷的深处出发，走过杉树林，在石子路上崴了脚，经过那片你曾以为自己永远无法跨越的雪地，穿过已被阴影覆盖的高山牧场。1992年秋天，我孤身来到勒勒夫龙，在那里不眠不休工作了十天，埃尔韦随后与我会合。他母亲的嘉宾册见证了我们这一路，经常被我丢在一边的记录福音书诵读心得的笔记本也是我们的见证者，里面记下了我和埃尔韦的一次对话。

跟往常一样，我一直在抱怨。之前抱怨文思枯竭，现在是抱怨下笔有神的快乐太多，让我疏远了基督。不安、顾忌、焦虑像一团火灼烧着我。对平静的渴望让我焦躁。福音书变成了一纸空文，眼中唯一的事实化作了遥远的抽象。顶着太阳爬过一段又长又陡峭的山坡，终于走到一片高山湖，我们在湖边歇脚、野餐。我俩坐在雪地里的一块草甸上，拿出三明治，埃尔韦掏出《薄伽梵歌》。两人沉默了好一会儿，他突然跟我讲起小时候一件让他非常吃惊的事情。她奶奶养的鹦鹉，就算他把笼子打开，也不会飞走。不但不会飞走，鹦鹉就一直傻傻地待在笼子里。奶奶告诉他其中的窍门：只要在笼子底摆一块镜子。鹦鹉看到镜子里的自己，开心得不行，陶醉得都看不见笼子的门是开着的，也看不见动一动翅膀就能拥有的外面的自由。

埃尔韦从本质上说是个柏拉图主义者。他认为我们生活在笼子里，在山洞里，在难以摆脱的困境里，他以为奋斗的目标就是走出去。而我不敢断定有一个振翅就能高飞的外面的世界。是的，我也不确定，埃尔韦说，但假设它存在：不能出去看一看真是太可惜了。怎么去呢？祈祷。一年以前，埃尔韦反对我天主教的教条主义，用的还是道家的灵巧，他辩解说要遵循心灵自发的运动，现在倒好，开始跟我强调祷告的必要。就算没有意愿、没有好处，也要祈祷。就算一开始祈祷，他会跟着心里的想法走——好比佛家说在树枝间跳来跳去的猴子，但祈祷的每个瞬间、为祈祷做出的努力都能证明每一天的意义。它是漫漫隧道里的一道惊雷，是在虚无里为永恒辟出的一个逼仄的避难所。

◆ ◆ ◆

二十年过去了，埃尔韦和我仍旧一起徒步，脚下的条条小路依旧没变，谈心的主题也一样。只不过以前是祈祷，我们现在叫它冥想，无论祈祷还是冥想，我们都朝着同一座山屡屡进发，它却还是那样，如此遥远。

30

我的笔记本快读到头了，写的关于迪克的书也出版了。没有我预想的那么成功。我应该有些沮丧，可我没说。我再一次消极怠工，陷入阴郁。我试着把福音书捡起来，重新开始祈祷。每天最起码有那么几个瞬间，我试着站在现在的我难以说出口的神，或是基督面前。我不再喜欢这些名称，但我想继续喜欢它们投射在我心底的事物。跟往常一样，焦虑激起欲望。感觉一辈子碌碌无为，觉得时间过得飞快，三十五岁，三十六岁，三十七岁，我却无处安放生了锈的才能。若我真的试着祈祷，那也是为了让自己相信目前的一切虽然看上去不好，但都会在神秘力量的驱使下朝着更好前进。不过这样的思维让我越来越反感。

《约翰福音》研修完毕，我开始读《路加福音》。评注"真福八端"的时候，我的心里已经没了信念。"真福八端"能给远离神、生活苦涩的我说明什么呢？

我没否认，只是耸了耸肩。

我从书架上撤走了基督的神秘照片。不是因为再也看不到他的脸，而是怕做客的人看到了，问我是什么东西，我只能干害臊。我将一切归罪于自己"本性的弱点"，就像蒙田所说，那些都是矫正不过来的短处。我缺乏活力和持久力。我卑鄙、软弱、一无所有，甚至连匮乏感都已丧失。一个人变成了这样，如何能再振作起来呢？当一切都无法把握，整个世界都在滑坡，又该如何？

Ⅰ 危 机

◆ ◆ ◆

1993年复活节,最后一个笔记本,最后一页:

这就是失去信仰吗?甚至再也不愿为了留住信仰而祈祷吗?不再把每天心里冒出的抵触情绪当作需要克服的苦难,而把它看作正常的过程?是幻觉走到头了吗?

神秘主义者会说,这个时候就更要祈祷了。身处黑夜也要想起隐约看见的光亮。可在这个时候,神秘主义的教导更像洗脑,真正的勇敢是停下追随他们的步伐,好去直面真相。

真相是基督没有复活,对吧?

那个圣周五,我心里的疑惑到达顶点。

明晚,我要跟安妮和她爸妈一起去参加东正教的复活节弥撒。我会亲吻他们,并用俄语说"耶稣复活了",可我,再也不信了。

我撇弃了主。耶和华啊,求你不要撇弃我![1]

---

[1] 《诗篇》38:21。

Ⅱ 保 罗

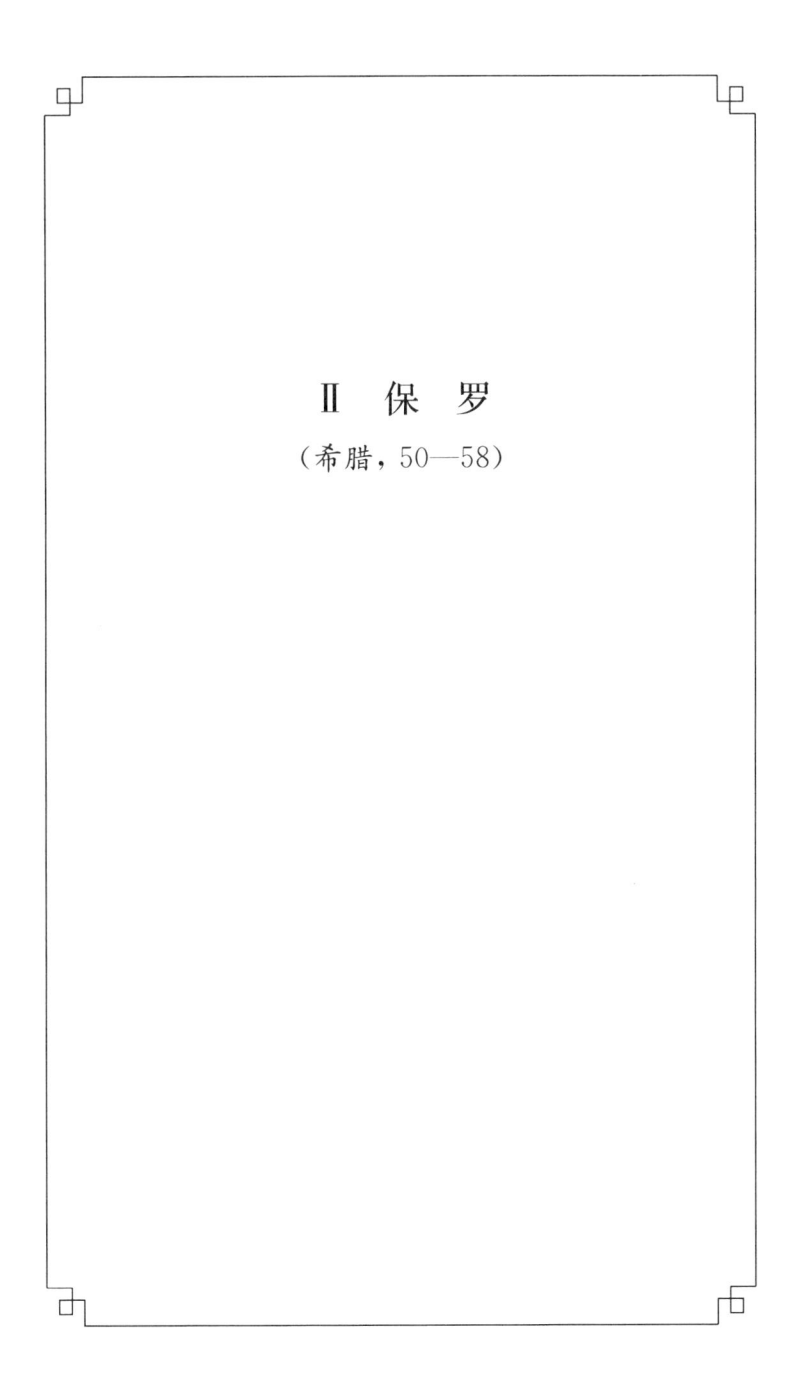

(希腊,50—58)

II 保 罗

1

我还是变成了自己一直害怕成为的人。

怀疑论者，不可知论者——我甚至对自己的想法都不够确定，连无神论者都算不上。我变成了认为真理的反面不是谎言而是笃信的人。最糟糕的是，从我过去的经历来看，现在的我过得还不错。

所以，这事儿了了？事情的余音未断，以至于收好研修福音书的笔记本之后的第十五年，我再次被一种冲动所驱使，想去探索我们共同的，也是我个人的历史中那个神秘的中心点。重读神圣文本，也就是重读《新约》。

我将作为小说家回溯昔日以信徒的身份踏过的这条路吗？还是以历史学家的身份？我不知道，我也不想做决定，头衔没那么重要。

先这么说吧：我是一名调查员。

2

倘若不能给人启迪，耶稣的形象就会让人盲目。我不想一上来就切入这个问题。即便这意味着要推迟追根溯源的时间，我也宁愿从下游展开调查，从尽可能仔细地阅读圣保罗的书信和《使徒行传》开始。

王　国

◆　◆　◆

《使徒行传》相传是圣徒路加所作故事的下半部,上半部就是带他名字的《路加福音》。从逻辑上说,应该把正典分开的两书连在一起读。《路加福音》记叙耶稣生平,《使徒行传》讲述的是耶稣受难之后三十年间发生的故事,也就是基督教的起源。

路加本非耶稣的同路人,他连耶稣都不认识。《路加福音》是转述的文字,写成于书中故事发生半个世纪之后,所以从来不用"我"。不过,路加倒是保罗的同工,《使徒行传》一大部分都在讲保罗的生平,故事讲到某个点上猛然来了个转折:在没有预告,也没有解释的情况下,从第三人称突然跳到了第一人称。

这个过渡一晃而过,大家兴许没有留意,但我发现的时候便被深深吸引了。

就是下面这一段,在《使徒行传》第十六章:

> 在夜间有异象现与保罗。有一个马其顿人站着求他说:"请你过到马其顿来帮助我们!"保罗既看见这异象,我们随即想要往马其顿去,以为神召我们传福音给那里的人听。于是从特罗亚开船,一直行到撒摩特喇,第二天到了尼亚坡里。①

◆　◆　◆

这里的"我们"包括哪些人,不是很清楚:可能是包含叙述者和同伴在内的一群人,叙述者觉得不是很重要,没说都有谁。

---

① 《使徒行传》16:9—11。

倒也无妨：我们所读到的《使徒行传》的前十六章，用无人称的方式记叙了保罗一路的险遇，到这个地方突然出现了一个人，他讲起了故事。故事没讲几页，这个人又遁了形。他退到了故事幕后，过几章又冒了出来，直至全书结尾都没有离开。路加以这种既唐突又谨慎的方式告诉了我们福音传道者从未说过的事：我在那里，我所告诉你的是我亲眼所见。

听故事的时候，我喜欢弄清楚是谁在讲故事。正是这个原因让我爱读、爱写第一人称的作品，甚至不用第一人称都写不出东西。凡有人说"我"（若有必要，"我们"也行），我就想听下去，去发现"我"的背后是什么。读到这儿，我明白了，我要追随路加，我要写的东西很大程度上是路加的传记，《使徒行传》中这几行正是我一直在寻找的进入《新约》的门。不是正门，不是敞向教堂中殿、直通祭坛的那扇门，而是一扇隐蔽的小侧门：这就是我要的。

我像是在用谷歌地图，找到具体的时间和地点就不断地拉近、放大，这个点就是《使徒行传》中出现了那个言必称"我们"的人。至于时间，依据一种至今无人能搞懂的计算方式，大约是公元50年，前后相差不过一两年。至于地点，故事发生在土耳其（当时被称为亚细亚，即我们今天所说的小亚细亚）西海岸一个叫特罗亚的港口。就在此时此地，两个人相遇了，后人称他们圣保罗、圣路加，而在当时，两人只是简单地叫保罗和路加。

3

保罗的事情大家知道的有许多，其影响，无论好坏，或许甚至比耶稣还大，塑造了两千年的西方历史。与耶稣不同的是，我们今天仍能读到保罗的信，这些信的真实性毋庸置疑，所以大家明确地知道他在想什么，熟悉他讲话的方式，也了解他的个性。我们还知道他的长相，至于耶稣的长相，我们一无所知。保罗生前没有人为他画过肖像，但所有描绘过他的画家都从他自己的表述中得知，他相貌丑陋，身体健壮，但形体毫无优美可言，虽一副铜筋铁骨，却饱受疾病的折磨。所以画家们一致将保罗画成秃头，留着络腮胡，印堂高凸，两条眉毛在鼻子上方相连，这张脸与任何美的标准都相去甚远，以至于大家心想，保罗该就长这样吧。

但关于路加，我们知道的少多了。事实上，我们对他一点都不了解。即使我后面会谈到的一个传说使路加成了画家们的守护神，但并没有关于路加长相的传统画法。保罗在信里提了三次路加，管他叫"亲爱的医生路加"。当然，他那个时候的名字不是法语里的 Lucas，而是希腊语 Loukas，或是拉丁语 Lucanus。保罗也一样，他的犹太名字叫 Shaoul，作为罗马公民，他的名字是 Paulus，意思是"小的"。一种说法是，路加是叙利亚人，生在安提阿；然而，他和保罗相见的地方位于欧亚之间，此外——后面就会讲到——他在马其顿为保罗带路，两人穿梭在他如此熟悉的小城里，这些事实又表明他可能是马其顿人。最后一条线索：据古希腊语学者讲——这件事我也没法核实，路加所写的两部书的语言是《新约》里最典雅的。

总结起来：这里要讲述的是一位有文化的医生，精通古希腊的语言和文化，而不是一个犹太渔夫。但这个古希腊人应该对犹太人的宗教很感兴趣，否则他不会跟保罗取得联系，也弄不清楚保罗讲的话是什么意思。

Ⅱ 保罗

4

一个希腊人对犹太人的宗教感兴趣,到底意味着什么呢?

首先,这个现象很常见。对待这个现象,古罗马哲学家塞涅卡嗤之以鼻,倒是犹太历史学家弗拉维奥·约瑟夫斯很欣慰:在罗马帝国的任何地方,也就是他们眼中世界上的任何角落,都有人尊奉安息日,而这些人不全是犹太人。

其次,我明白必须提防大而化之的等同,但对我来说,一世纪地中海沿岸地区对犹太教的狂热,是有些像今日我们对佛教的兴趣:一种更人性化、更纯粹的宗教,它能给奄奄一息的异教带去一丝灵性的补充。我不知道在伯里克利①执政期间,希腊人有多相信神话,但可以肯定,在五个世纪之后,他们和征服他们的罗马人一样,都不相信了。不管怎么说,他们中的大多数不再相信神话,跟我们大多数人不再相信基督教是一个意思。这并不妨碍他们举行仪式向众神献祭,不过他们做得就好像我们庆祝圣诞节、复活节、圣灵降临节和圣母升天节一样。人们相信宙斯会发射闪电,跟今天的孩子相信有圣诞老人没什么两样——信不了多久,也不真信。西塞罗有一句名言——但凡两位占卜师见了面都会发笑,西塞罗的言下之意并不在于自由思想家之大胆,而是表达了一种普遍的观点,当时普遍的观点肯定比今日我们的想法更具怀疑精神,因为在去基督教化如此深入的今天,不会有人把同样的事情写到两位不同的主教身上。西塞罗所说的意思是,我们

---

① 公元前五世纪古希腊雅典执政官。

王　国

不必相信他们所说的话，但我们相信他们自己至少是相信的。这也就是为什么今天的我们会对东方的宗教产生兴趣，就我们要讲述的故事而言，犹太人的宗教就类似今天的东方宗教。比起奥林匹斯诸神，他们唯一的神没那么丰富生动，但他满足了更高远的渴望。崇拜他的人以身作则进行布道。信奉犹太宗教的人沉稳、勤奋，毫无轻浮可言。即便他们往往生活清贫，他们仍在家庭中表现出对爱的执着和温暖的爱意，让身边的人想跟他们一样。再者说，他们的祈祷是真正的祈祷。当我们对生活不满时，我们就会觉得，他们的祈祷更加深刻、更有分量。

犹太人把非犹太人叫作 goyim，意为"外邦人"，皈依犹太教的外邦人叫 prosélytes，能得到犹太人的礼遇。如果希望真正地成为犹太人，还必须实行割礼，遵守犹太教的所有训诫。哪怕在今天看来这仍然是一件大事，所以很少有人走上这条路。许多人仅仅尊奉"诺亚七律"。"诺亚七律"是犹太教教义的简化版，它保留了最主要的戒律，舍弃了将以色列子民和其他民族分开的仪式性教义。改信犹太教的人只要遵守七律便能出入犹太教堂。

当时，犹太教堂遍地可见，稍稍重要的港口和城市都能见到。这些教堂往往很不起眼，很多时候是简单的私人住宅，而不是教堂或寺庙。对犹太人来说，圣殿只有一个，因为他们只信唯一的神。这座建在耶路撒冷的寺庙被摧毁，又经重建，无比辉煌。散居世界各地的犹太人，即 diaspora，每年出一笔钱，用来维护圣殿；他们觉得朝圣并非必须，有些人去朝圣，另一些人光是参拜犹太教堂就已足够。自打被掳往巴比伦，犹太人已经习惯了，他们维系与神的关系不用去远方那座雄伟的建筑，而只需读一本书里的话。犹太教堂就是他们身边毫无矫饰的地方，每逢安息日，他们就会从书架上取下彼时还未叫作《圣经》，更不叫《旧约》的书，也就是《摩西五经》。

◆ ◆ ◆

《摩西五经》用希伯来语写成。希伯来语是古老的犹太语言，是犹太人的神与他们对话的语言。但即使在耶路撒冷，许多人也都不懂希伯来语，所以要把希伯来语翻译成他们时代的现代语言，即阿拉米语①。犹太人在其他地方跟所有人一样说希腊语，就连征服希腊人的罗马人也说希腊语。这么一想，这件事情的吊诡程度无异于英国人攻下了印度，随即投向梵语的怀抱，把梵语变成了全世界通行的语言。在当时的帝国，从苏格兰到高加索，有文化的人都说着一口优美的希腊语，一般民众的希腊语则说得很差。普通人说的语言在法语中叫作 grec koiné，取义有二，一为通用希腊语，二为通俗希腊语，跟我们说的"烂英语"（broken English）完全是一码事。早在公元前三世纪，亚历山大港的犹太人就着手将宗教经文翻译为成为共同语言的希腊语，相传，埃及的希腊国王托勒密·费拉德尔甫斯对最初译入希腊语的文本十分着迷，于是请人翻译他所有的藏书。耶路撒冷圣殿的大祭司在托勒密的要求下，从以色列十二支派的每个支派中选拔了六位代表，将这七十二人派往埃及海岸线附近的法罗斯岛。贤士们分头翻译，结果他们呈上的译本完全一致。大家认为贤士们正是受到了神的启发，这也

---

① 闪米特语族的一个分支，尤指公元前六世纪在近东被用作通用语言的叙利亚语，在当地替代希伯来语成为犹太人的语言。

王 国

是"希腊圣经"①又被称为"七十士译本"的原因。

◆ ◆ ◆

路加要读的,准确地说,是他去犹太教堂时听其他人大声朗读的,正是"希腊圣经"。他最熟悉"希腊圣经"前五部最神圣的经典,也就是大家所说的《摩西五经》。路加知道亚当和夏娃、该隐和亚伯、摩西和法老的故事,知道埃及的瘟疫、穿行沙漠、红海分开、抵达应许之地与为了应许之地发生的战斗。不过,摩西之后国王的故事让路加有点摸不着头脑,譬如大卫和投石索、所罗门的审判、阴郁的扫罗,他对这些故事的熟悉程度好似小学生了解的法国国王的故事——能记住路易十四在亨利四世之后已经了不得啦。尽管他听到这些故事的时候心里满是敬意,还试着吸收其中的养分,不过在迈进犹太教堂的时候,他还是希望自己最好不要碰上永远没个头的读家谱。每到这个环节,老人们总会闭着眼听,像是入定一般轻轻地晃着脑袋。这些长篇累牍地念叨犹太人名字的连祷像是陪伴老人们度过童年的摇篮曲。但这对路加来说就不一样了,他不明白自己为何会对另一民族的民间传说感兴趣,他甚至对自己民族的传说都没兴趣。他耐住性子,等待聆听读经后的阐释,在充满异国元素、情节幼稚又往往野蛮的故事里找寻哲学意义。

---

① 法语原文为 Bible grecque,是法语中的通俗说法,实际指"希伯来圣经"的通用希腊语译本。

Ⅱ 保 罗

5

故事的主线是犹太人与他们的神之间的激烈纠缠。在犹太人的语言中,神叫耶和华、"主"或"埃洛希姆",[1]散居他乡的犹太人不觉得转信犹太教的人把神叫作 Kyrios 或 Theos 有什么不妥,前者的意思是"主"[2],后者干脆指的是神。这是他们心中的神,没宙斯那么多情。这个神对追姑娘不感兴趣,只关心自己的人民,全心全意地爱护以色列,对以色列人的事情十分上心,远超古希腊和古罗马的神对其人民的关心。古希腊和古罗马的神生活在神的国度,各有各的阴谋和须司管之事。他们对人类的关心,如同人类对蚂蚁的关心。同他们维持关系,只要做些很好完成的仪式和献祭:办完事,大家便相安无事。犹太人的神却让犹太人爱他,不断地想着他,完成他的意志,但他苛求太多。他想把最好的给他们,但事实证明,这往往难以实现。他颁布了满是戒令的法律,禁止以色列人民与其他民族来往。神发配他们去走险路——于山间,于沙漠,远离安静生活着其他民族的宜人平原。以色列人心里很抵触,想休息,也想跟其他民族来往,过上平静的生活。这个想法触怒了神,神不是给他们设置诸多困难,就是派一些受到启发的人去提醒以色列人谨记自己的天职。这些祈神降祸的人就是先知,有何西阿、阿摩司、以西结、以赛亚和耶利米。先知们胡萝卜加大棒,强硬的手段更多些。他们站到以色列的国

---

[1] 分别对应原文 Yahvé, Adonaï 和 Élohim。《旧约》中常出现 Adonaï,意为"我们的主""我的主";《摩西五经》中主要称神为 Élohim。
[2] 《新约》中经常出现 Kyrios。

王　国

王面前，让他们为自己的行为脸红，让不守信的人立马遭受灾难，他们若是迷途知返，故事最后就会回到以色列统治其他民族的"大团圆"结局。

◆　◆　◆

犹太人生活在传奇时代故国强大的回忆里，对他们而言，最后大一统的王国永远只是故国的复兴。身为希腊人，路加能够理解犹太人。犹太人和希腊人虽然如此不同，却都生活在罗马人的枷锁中。两个民族往日熠熠生辉的城邦已沦为罗马的殖民地，无论是希腊的集会广场还是犹太人的神庙，都已丧失所有的权力。然而往日的荣光仍有残余，因为它们位于另一维度。虽说罗马人是亚历山大大帝以降最杰出的征服者，而且比亚历山大更善于管理征服的领地，但这个事实并不妨碍希腊人和犹太人在自己的领域所向披靡，他们擅长的事情在今天看来，一方面叫文化，另一方面叫宗教。关于希腊人，罗马人想得很明白：他们开始讲希腊语，复制他们的雕塑，带着新贵的满腔热情模仿希腊人的精细优雅。对于犹太人，罗马人没有太好的办法把他们从喜欢争吵、脾性古怪的东方人中间区分出来，他们跟被征服的东方民族没有什么交往——犹太人倒不介意：他们自认为高人一等，是真正的神的选民，还是爱神的世界冠军。当下生存处境的恶劣与其无可比拟的伟大使命形成了强烈对比，犹太人为此心醉不已，就连包括路加在内的希腊人都对此印象深刻。

◆　◆　◆

需要注意的是，我说的"希腊人"和圣保罗说的"希腊人"，

II 保 罗

指的不仅仅是公元前五世纪那一小撮创立了民主的贵族，而是此后两百年被亚历山大大帝征服、讲希腊语的整个地域。从公元前三世纪开始，文化同化把这一片变成了希腊文化的区域，跟血缘和地缘都没有关系。我们所说的"希腊化"时代的文明以马其顿、土耳其为起点，穿过埃及、叙利亚、波斯，直抵印度，可以说，它在很多方面类似今天世界化的西方文明。然而这是一种被奴役的、浅薄的、充满焦虑的文明，没有任何精神典范可言。伯里克利年代铸就的伟大古希腊的城邦模式，再也无法适应这种文明。大家不再信神，但相信占星术、魔法和诅咒。依然有人呼唤宙斯的名字，不过普通人是把希腊的神混杂于充满东方神仙的宗教里，这种宗教融合诸家学说，颇有"新时代运动"的味道，而对文人而言，这些神纯粹是抽象的概念。三个世纪之前，哲学曾探讨何为治理城邦的最佳方式，但哲学这时候已经插不上话，变成了宣扬个人幸福的鸡汤而已。城邦不再自治，自治的倒成了人，也可以说是人正尝试成为独立的个体。风靡一时的斯多葛学派劝告大家避世，把自己塑造成孤岛，宣扬负面的品质：譬如冷漠，就是不去感受痛苦；譬如"不动心"，就是内心毫无波澜，"不动心"这个词后来变成我一度服用的安定药——"安他乐"——的名字。[1]追随斯多葛主义的人觉得，没有比无欲望更值得追求的境界了：戒掉欲望，方可得到灵魂的平静。佛教讲的差不多也是这些。

◆ ◆ ◆

路加绝不会对以色列和神之间冗长的故事感兴趣，除非他要

---

[1] 斯多葛学派强调的"不动心"法语为 ataraxie，"安他乐"名为 Atarax，均来自希腊语 ataraxia。

把它演绎成懒惰、无常、分散的人，与某种不论在人身上还是在人之外都高于人的东西之间关系的寓言。古代作家把这个"东西"统称为"神"，要么是复数的群神，要么是唯一的神，有人称其本性，亦有人说命运，甚至"道"——每个人人生中的秘密形象，就是他与这个"东西"之间的关系。

亚历山大港当年住着一位拉比，这位远近闻名的拉比名叫斐洛，擅长用柏拉图的思想解读同族人的经文，再把经文写成哲学史诗。《创世记》第一章里的神，留着胡须在花园里来回踱步，用六天造出整个世界；斐洛不认同这个故事，他认为"六"这个数字象征完美，若《创世记》违背所有表面上的逻辑，讲述了两个相互矛盾的创世故事，这绝对是有意为之：第一个故事讲述了"道"的诞生，第二个故事在柏拉图的《蒂迈欧篇》里也有，说的是造物神创造物质世界。在斐洛看来，亚伯与该隐让人痛心的故事，是爱自己与爱神之间的永恒冲突的原型；以色列与神之间的纷扰，又被他解读成每个人的灵魂与神圣法则之间的抵牾。灵魂被流放到埃及便一蹶不振，它在摩西的带领下，沿路了解了口渴与灰心的感受，体尝到耐心与狂喜的滋味。快要抵达应许之地时，还要跟驻扎那里的部落打仗，把他们都杀光。不过斐洛解释说，那些不是真正的部落，而是灵魂需要压制的邪恶冲动。斐洛同样解读了亚伯拉罕的故事：先知与撒拉同游，住在生性凶恶的贝都因人那里，亚伯拉罕不想惹上麻烦，于是提议贝都因人与撒拉同房。斐洛非但没有把拉皮条的行为归结为古代鄙陋的风俗或沙漠生活的严酷，还说撒拉是美德的化身，亚伯拉罕没有独自霸占美德，是一桩难得的美事。修辞学家们认为斐洛的理解是寓言式的解读，他本人倾向于把这种方法叫作 trepain，意为过渡、迁徒、逃难，因为就算读者的内心再坚韧、再纯粹，读完故事，内心一定会发生改变。每个人都要走完自己精神的"出埃及"之路，从肉体转向精神，脱离现实世界的阴霾，走向"道"的明亮空间，挣脱埃及的奴役，迈向迦南自由的土地。

耶稣受难十五年后，斐洛去世，年事已高的他一定没有听说过耶稣；斐洛去世五年后，路加在特罗亚的港口见到保罗。我不清楚路加有没有读过斐洛，但我想，路加接触到的犹太教经历了全面的希腊化，它想把这个地图上几乎找不到的一小撮他乡人经历的故事，转变为兼容古希腊文明的智慧理想的话语。对路加而言，去犹太教堂朝拜不意味着信仰宗教，不如说是去上哲学课——准确说来，就跟我们练瑜伽和冥想会对佛教经文产生兴趣一样，不一定非要相信藏族的神明，也不一定非要拨动转经筒。

6

故事发生在特罗亚的犹太教堂。大概因为行医，路加一直在路上。每每经过陌生的城市，他习惯在安息日去犹太教堂敬拜。陌生的城市里没有他认识的人，他却丝毫没有身处异乡之感，因为各处的犹太教堂都一样：简简单单的一间屋子，空空荡荡；没有雕塑，没有壁画，没有装饰。他喜欢简朴的风格，只需要休息心灵就行了。

依照惯例读完律法和先知的书后，犹太教堂的司会会问有没有人想要发言。按照习俗，司会会先请新人。路加虽是初来乍到，但上台发言绝不是他的风格。我甚至能想象出他害怕别人盯着自己，害怕司会的眼神在他身上停留的样子，就在他还忙着担

王　国

心的时候,有个人起身走到了教堂中间。他说自己叫保罗,是一名来自大数的拉比。①

保罗看起来不太起眼:穿得破破烂烂,个子矮小,腰圆背厚,谢了顶,山根上面的两条黑眉毛长到了一起。他像决斗前的角斗士那样环顾四周的人,嗓音低沉。起初说得很慢,但他越说越激动,语速越来越快,语气越发激昂,句子断断续续:

以色列和一切敬畏神的人,请听!这以色列民的神拣选了我们的祖宗,当民寄居埃及的时候抬举他们,用大能的手领他们出来;又在旷野容忍他们约有四十年。②

听众点了点头,路加也点点头。这个故事他们很熟悉,也知道后来发生了什么,讲话人没有采用简练的叙述方式,而是滔滔不绝,但他对时间线的关注精神可嘉。在旷野待了四十年后,十二支派在迦南建立,此后有了士师的政权,接着是诸王统治,其中最伟大的王便是大卫。大卫是耶西的儿子,是合神心意的人③……

"从这人的后裔中,"保罗接着说道,"神已经照着所应许的,为以色列人立了一位救主……"④

听众继续点头。这个情节大家也都熟悉。

"现在,"演讲的人继续说,"以色列民,你们当听!你们要知

---

① 见《使徒行传》21:39。
② 《使徒行传》13:16—18。
③ 见《使徒行传》13:20—22。
④ 《使徒行传》13:23。

道，主循了他的应许。你们要知道，他为民立了一位他们期待的救世主，救世主的名叫耶稣。"①

保罗说到这儿停下了，打量着听他说话的人，仿佛听众需要点时间缓一缓，好好消化刚刚听到的内容。

提到有一天会回来的救世主，说他会褒奖好人，惩罚恶人，还会帮助以色列重新建起它的国，这本没有什么不寻常的地方。像路加这样后来才归信犹太教的人，早已听过这位 Kristos 的名字或称号——救世主、弥赛亚、受膏者。作为希腊人，这个故事没有引起他太多的兴趣，在犹太教堂听到，路加也没太在意，他倾向于把它归为没有什么哲学深意，只有犹太人感兴趣的犹太民间传说。无论如何，大家说的都是，他必会来。然而保罗说的是，他已经来了。他在 Kristos 之外还有一个更普通的犹太名字——耶稣。希腊语里，"耶稣"原本写作 Ieshoua，在这一段里，他的名突然出现在撒母耳、扫罗、便雅悯和大卫之后。②耶稣的名字突然出现，就跟报了一串法国国王的名字之后，突然来了一句"法兰西最后一任国王，叫什么杰拉尔或帕特里克"一个样。

耶稣？耶稣是哪位？

听众耸了耸眉毛，皱起眉头，彼此交换不解的眼神。这还没完，故事才刚刚开始。

"耶稣就是基督。"保罗接过话茬，"居住在耶路撒冷的人和他们的官长认不出基督，这恰好应验了每个安息日所读的众先知的预言。他们不听耶稣说话，还不停地嘲笑他。他们不只笑话他，

---

① 作者此处模仿《以赛亚书》44：1的风格。
② 见《使徒行传》13：20—21。

王　国

还把他定了死罪,让他死在十字架上。"①

现场一阵骚动:"十字架上啊!"

钉死在十字架上是极为残忍的酷刑,是对受难者极大的侮辱。这种刑罚只针对人中败类——拦路抢劫的强盗、在逃的奴隶等。这令人哑然的情形放在今天的语境中,类似有人宣布了救世主不仅叫杰拉尔或帕特里克,还说他因为娈童而被判了刑。在座的人非常震惊,心都被故事吸走了。保罗不似没什么技巧的演说家,他没有提高嗓门,而是放低了声音。听众不得不闭上嘴,凑到他身边听他说话:

> 大家把耶稣放在墓里。
> 三天后,跟经上写的一样,神叫耶稣从死里复活。
> 他先显给十二使徒,后来一时显给五百多弟兄看。他们中的很多人还活着:他们能够见证。我也一样,见证了他的复活,因为他最后向我显现,即使我如同未到产期而生的人一般,他活着的时候我也不认识他。②人们见到了他,我也见到了他,见到他呼吸、讲话,但他已经死了。如果有人见证了同样的事情,他能做的,只有见证。这就是为什么我历经各国,只为告诉你们我刚刚说的话。神已经向我们这做儿女的应验了这应许。他让耶稣复活了,也会让我们复活。③这些将发生在不久的将来,比你们预料的更早。我知道这些事情很难相信。但神要求你们信。你们是亚伯拉罕的子孙,神向

---

① 见《使徒行传》13:27—28。
② 见《哥多林前书》15:4—8。
③ 见《使徒行传》13:31—33。

你们做了承诺,得到他应许的不止你们。我说的话对希腊人、对归信犹太教的人同样适用,对你们所有人都是一样的。

7

我试着还原保罗说过的话:他的演讲是公元50年前后在希腊和亚细亚的犹太教堂能够听到的最典型的发言,当时的人们已经转信某种宗教,那时还不叫基督教。我编纂、转述的,都是最古老的素材。对这段故事感兴趣的人可以在《哥林多前书》里找到少许布道的内容,还有很多出自四十年之后,路加在《使徒行传》第十三章里让保罗发表的长篇演讲。虽然不能保证准确地再现每个字词,但我相信,这段文字非常贴近真实。保罗从自己熟悉的内容开始,简述了犹太人的历史,提示大家神的应许,然后猛地作结,说神应验了他的应许。他说大家知道的弥赛亚、基督已以耶稣之名向众人显现。耶稣在屈辱中死去,随后从死中复活,相信他复活的人也会复活。在座的各位听着熟悉的,甚至有点俗烂的故事,在没有任何防备的情况下变成了连熟悉这个浮夸故事的人们都难以相信的事情,它如此突兀,让人议论纷纷。

◆ ◆ ◆

路加总是以同样的手法记叙众人听到保罗的布道后的反应。一片惊愕过后,一些人激动不已,另一些人叫喊着,说保罗亵渎神灵。截然不同的反应没有出乎保罗的预料。他的布道像斧头,把人群分成两个阵营:相信的人、不相信的人——两种不同的人。

路加丝毫不觉震惊。但在现场的他信了保罗的话吗？很难想象。不过，他在《使徒行传》里提到一句，记录下了现场的第三种反应。几个信众走出教堂，跟保罗走了几步路，问了他几个问题。或许换成我，我也会这么做，我知道路加属于第三类人：他们不会因为愤怒而扯开衣服，不会俯伏在保罗面前；演讲的人心中的信念勾起了他们的胃口，又让他们有点困扰，不盲信的他们想要知道更多。

◆ ◆ ◆

要是发生在今天，保罗与信众的对谈说不定会发生在咖啡厅，说不定路加真的和保罗，还有两个同路人坐在特罗亚港口的小酒馆里。远方漂着土耳其的小木船，船上挂着一张张晾晒的渔网，碟子里面摆着烤好的章鱼，桌上摆着一壶希腊产的松香味葡萄酒——一切都像在画里。再过一会儿，大家都要回家睡觉了，只留路加一人陪保罗。他们一直聊到日出，准确地说是保罗一直说啊说，路加在一旁听着。早晨的世界，一切都不一样了。天不是原来的天，人不是原来的人。路加知道，一个死了的人从死人中复活，复活后的生活也不是原来的生活。

或许故事就是这样发展的。要不然……

我想出了一个更好的主意。

8

路加行医，保罗患疾。保罗在书信里讲起过好多次。他在《加拉太书》里回忆起自己因为患重病在加拉太人那里住了好一阵，让他心怀感激的是，加拉太人既没有轻看，也没有厌弃他染了病的身子——这对他们来说已经是挑战了。①保罗特别强调，只要靠近他就值得称赞。他在另一封书信里抱怨"有一根刺加在我肉体上"，他好几次央求主让刺离开他，主不愿意。神所做的只是对他说："我的恩典够你用。"②

虽然千万本书讲过这"肉体上的刺"，可是发作期间能把保罗的身体折磨得不堪入目，让他忍受巨大的折磨，以至于跑去叨扰神的神秘疾病，究竟是什么呢？根据他的口述，应该是痒起来会让人挠出血的皮肤病——要么是湿疹，要么是身上会起一大块一大块癣的银屑病。不过他的话也让人想起陀思妥耶夫斯基承受的"最高的恶"，③还有让伍尔夫整日消沉的抑郁症，我记得她日记里写着这么一句话，简单却扣人心弦："就在今天，恐惧回来了。"大家永远不会知道保罗得的是什么病，但是读到他的文字，就能想见这病让人非常痛苦、非常难堪。它会一直复发，哪怕病人以为自己痊愈了，许久之后还是会发作。这病把身体和灵魂连在了一起。

这么说来还有第二种可能，那就是路加是犹太教堂里议论纷纷的一分子。他回到小屋的时候若有所思，转身就去忙自己的事情了。第二天有人来找他，因为有个外地来的人生病了。这个外地来的人便是保罗。保罗被送来的时候全身发烫，疼痛把他折磨得不行，身上或脸上还蒙着沾满了脓水和血水的布。路加以为他挺不住了，于是守在他身边，尽自己所能缓解他的痛苦，可好像

---

① 见《加拉太书》4：14。
② 《新约》中多次提到，此处引用《哥林多后书》12：7。
③ 陀式罹患癫痫。

王　国

没什么能减轻他的痛苦。他在床边守了两天，病床上奄奄一息的人半昏迷、半清醒，他用嘶哑的、如摩擦般的气音，告诉路加一些比犹太教堂里的演讲还奇怪的事情，而他终究没死。接下来，这个故事接上了上一个版本的尾巴，大病一场成了走近彼此的契机，两人坐在一起亲切地聊着，对彼此更信任。现在我们要弄清保罗在聊天的时候究竟说了什么。

9

熟悉"五月风暴"①之后的政治论辩的人肯定能回想起一个经常提到的问题："你说话的出发点是什么？"我一直认为这个问题非常中肯。要被某种思想打动，我需要它由一种声音承载，需要它来自活生生的人，还要弄清楚此人的心路历程。我甚至认为，讨论过程中唯一有分量的论据，是用对方的观点反驳对方。保罗是那种会毫不犹豫表明自身立场的人，会主动讲述自己的故事，因而路加很快就了解了跟保罗的演讲一样令人不安的人生故事。

◆ ◆ ◆

保罗说他以前叫扫罗，扫罗是以色列第一任王的名字。年轻时的保罗极度虔诚，父母在东方的大数城做买卖，生意十分兴旺。父母希望他以后做拉比，把他送到耶路撒冷城里的大师、法利赛人迦玛列身边学习。法利赛人是犹太律法的专家，善学、守

---

① 1968年5—6月在法国爆发的一场学生罢课、工人罢工的群众运动。

Ⅱ 保 罗

信,跟伊斯兰教的乌理玛①一样,他们的意见可以被当作对律法的权威解释。扫罗梦想成为第二个迦玛列,他一遍一遍地阅读《摩西五经》,带着热忱研读书中的每一个字。

有一天,扫罗听别人讲起加利利人的一个支派,说这群加利利人自诩"信奉这道"之人,他们奇特的信仰跟其他犹太人不同。几年前,他们的主人出于某些不清楚的原因被钉死在十字架上,这件事非同小可,加利利人没打算掩盖;恰恰相反,他们愿意承认这件事。更令人惊讶的是,他们不相信主人已经死了。他们说自己看着主人被抬进墓地,也有人看到他还活着,能说话,能吃饭。他们说他复活了,希望所有人都能把他当作弥赛亚来敬拜。

听到这些的扫罗本可以耸耸肩,不过,他跟教堂里最虔诚的听众做出了一样的反应:他大喊他们亵渎神灵。"亵渎神灵"在他嘴里可不是开玩笑说说的。扫罗是个虔诚到狂热的信徒,目睹用石头处决那个被钉死在十字架上的人的门徒都不能让他心满意足:他想自己行动,亲自出马。他一直留意有人告诉他的加利利人聚会的房子。他如果怀疑某人是团伙的成员,就会立马向大祭司告发,让那人被抓起来,投进监狱。用他自己的话说,他"向主的门徒口吐威吓凶杀的话"。有一天,扫罗决定出发前往大马士革,因为别人告诉他那儿有异教徒,扫罗想将那些人捆绑带到耶路撒冷。在赶路的时候,正值一天中午,他走在石子路上,一阵强光让他头晕目眩,有一股看不见的力量把他推倒在地。突然有人在他耳边低声说:"扫罗!扫罗!我就是你要追杀的人。你为什

---

① ulama,阿拉伯语,意为"学者"。

么要追杀我？"

他起身的时候什么都看不见，跟喝醉了一样踉踉跄跄。同行的伙伴把看不见东西、走路直晃的扫罗送到陌生人的房子里，他在那里住了三天，独自待在房间里，不吃也不喝。其实他很后怕。他不害怕外面的危险，怕的是灵魂中像小兽一样撞来撞去的东西。他小时候总能梦到有个巨大的、压迫感十足的东西在他身边徘徊。现在这东西不见了，潜伏在他的心底，准备随时把他吞掉。三天之后，他听到房门打开的声音，有人走到他身边。这人静静地伫立在他身边，站了很久。他听到心跳的声音，听见了自己的脉搏。最后，那人缓缓张开嘴，说："兄弟扫罗，是主派我来的。他希望你的心能醒过来。"

陌生人说这些话的时候，当时还叫作扫罗的人非常抵触。他用尽全部的力气想要抵抗，他害怕这个咄咄逼人的庞然大物，因为它一直在他心中变大，甚至要把他自己挤出去。他想做自己，继续做扫罗，不被别的东西侵犯，也决不投降。于是他流了泪，哭得浑身直发抖，突然间又放下了一切。他接受这个东西慢慢占据他的心，不过这个看上去巨大、让人时时感觉被威胁的东西没有摧毁他，而是像安慰小孩一样，安抚着他的情绪。曾让他如此恐惧的事物变成了无上的快乐。片刻之前他还难以想象这种快乐究竟是什么样子；在这一刻，它如此明确，很难被悲伤攻陷，铸成了永恒。此时的他不再是追杀别人的扫罗，现在他的名字是保罗。或许有一天会有人来追杀他，这甚至给了他些许慰藉。跟他命运相连的兄弟次第走进房间，围在他身边。

兄弟们抱住他，喜悦的泪水混在了一起。此时无须只言片语，一颗颗狂喜又平静的心彼此呼应。世间不再有阻隔，不再有阴霾,不再有误解。任何阻隔世人的事物,任何阻隔人与内心最深的秘密的事物统统不复存在。而他,不再是他自己,也终于成为他自己。这时候,一片厚厚的膜从眼中掉落,于是他重见光明,看见的世界却不复从前。当他在刹那间看到解脱前的自己,看到了那个阴云密布、让他信以为真的世界,恐惧和怜悯抓住了他的心。当他想起有不计其数的人仍然生活在布满阴霾的世界里,想到他们不知道如何怀疑,也从不怀疑,他又感受到一阵恐惧和怜悯。他发誓要帮助他们,不抛弃任何一个人,像耶稣亲自帮助他战胜恐惧那样,帮助他们战胜对破茧成蝶的恐惧。①

◆ ◆ ◆

扫罗在大马士革手足的庇护下回到了耶路撒冷城。他带着新名字保罗去教堂敬拜,他向信众宣告,几年前被钉死在十字架上的人就是基督——以色列人民等待已久的弥赛亚。法利赛族的老师和朋友都不相信。那些他怀恨追杀的人也不相信,生怕落入他的什么圈套。最终,他用改宗的赤诚打动了他们,这些人把保罗送到以色列城外,好让他告诉犹太人和外邦人基督受难和复活的消息,告诉大家这预示着全人类的受难和复活。

◆ ◆ ◆

保罗的所作所为绝非借助经书宣扬教义的可靠与值得信赖。他说,你在睡觉,快醒来。如果你愿意让你的心听我说话,你就

---

① 保罗转变的故事见《使徒行传》9:1—19。

会醒来，你的生命也会彻底改变。你没法理解之前的自己如何能够挺过这种沉重、黑暗的生活，不能理解其他人为何认为这就是命，继续过着这种生活，心里从不怀疑。保罗说，你是一只毛毛虫，注定要成为蝴蝶。就算我们能跟毛毛虫说清楚它未来会怎样，它也没法理解，反倒会害怕。没人能够轻易地下决心，决定不再做自己，决定成为跟自我不一样的人。这，就是道。人一旦走到另一头，就再也想不起曾经的自己，那个什么都不在乎或心里全是害怕的人。只有一部分人能回忆起之前的自己：他们是最好的引路人。正是出于这个原因，我，保罗，才把这些告诉你。

10

保罗还说，终结之日离大家很近。对于这件事，保罗绝对相信，每次聊天，他一上来都会拿这个观点劝别人：终结之日将临，因为他唤为基督的人已经复活；如果他唤为基督的人已经复活，即因为终结之日将临。终结之日跟死亡不一样，随时可能降临的死亡是一种抽象的感觉。保罗说，不，终结之日会发生在我们的有生之年，降临在此时正在说话的我们身上。我们死之前，所有人都会看到天上的救世主，他用自己的力量把善人与恶人分开。话说到这儿，如果听他说话的人耸了耸肩，那他也没再说下去的必要了。人生的一切都是变化和劫数是佛门第一要义；没必要跟忽视它的人谈佛祖的道。按照道理，接下自然就会问：有没有一种方法可以逃离变化和劫数？一个人不认同这个判断，不寻思解脱的方法，认为生活处处安好，这样的人绝不会对佛教产生兴趣。同样的道理，在公元一世纪的时候，不愿相信世界正走向

II 保罗

终点的人绝不会成为保罗的座上客。

◆ ◆ ◆

我不知道当时有多少人认同这样的心态。今天看来,应该有许多人认同保罗的观点。如果参考我熟悉的环境,即我的国家、我生活的社会文化圈子,似乎许多人都不明所以但坚定地认为,无论出于何种原因,我们正径直走向覆灭。因为他们认为,对于分给我们的那一点空间而言,里面装着的人实在太多了。因为这一点空间里有越来越多的地方由于肆意破坏而变得不适合居住。因为我们掌握了摧毁自我的手段,如果我们不这样做,那才令人惊讶。基于这些事实,主要出现了两派。第一派,也就是我支持的温和派,认为世界或许不会走向终结,但会遭遇重大的、历史性的灾难,会夺走一大部分人的生命。支持这个观点的人不知道灾难如何发生,会带来怎样的后果。他们认为,如果轮不到他们,首当其冲的必定是子孙后代。发生灾难也不会妨碍他们造后代这件事让两派人轻松地站在了一起。我坐在厨房的餐桌边一直讲着德国社会学家书里的内容,这位社会学家认为气候变化必然会引发噩梦般的战争。就在这个时候,属于另一派的埃莱娜回答说,是啊,历史上当然发生过许多灾难,黑死病、西班牙流感、两次世界大战,还发生过重大的转变、文明的更迭,还有大家常说的范式更迭。可是人类自出现以来最喜欢做的其中一件事情,便是在恐惧中预言世界终结,世界终结不会在今天或明天突然发生,因为过去出现过千万个我这种人眼中世界一定会就此毁灭的场景。

王　国

◆◆◆

与此同时,残暴的疯子卡利古拉统治了罗马。紧跟他之后上台的是尼禄。此时的大地常常颤动,火山喷发的岩浆封住了座座村庄,母猪生出长着鹰爪的怪物,有人就此得出不祥的预言。这足以说明公元一世纪比其他时期受末世论的影响更深吗?对以色列而言,毫无疑问是的。但处于帝国极点、实力与社会稳定巅峰的古希腊-罗马世界也是这样吗?那个像路加这样的人所在的世界。

我不知道。

11

周游世界的保罗有两个伙伴,据《使徒行传》记载,他们分别叫西拉和提摩太。①我不太清楚应当怎样处理这些配角,重要的是,他们三人在抵达特罗亚之前在文中是"他们",从特罗亚开始,人称变成了"我们"——路加出场了。

根据《使徒行传》的记叙,他们几人相遇的时候,保罗还在犹豫要走哪一条路。他从叙利亚出发,用五年的时间走遍了基利家、加拉太、旁非利亚、吕高尼、弗吕家和吕底亚。这些名字带着异域风情的城市曾是希腊化王国,后来成了罗马帝国遥远的边疆,从东向西大体穿过今天的土耳其。保罗远离了人群聚集的海岸和港口,深入内陆。他徒步前行,运气好的时候才骑骡子,走

---

① 见《使徒行传》17：14。

II 保 罗

匪徒横行的烂路。包里装着他的全部家当,大衣就是他的帐篷。那时候还没有地图,从一座村庄只能看到隔壁的村庄,再远便是未知的世界。保罗要去的便是那未知的世界。他爬过险峻的山,穿过山口,见过造型奇特的岩层,这些岩石今天依旧吸引着去卡帕多西亚①游玩的人,他还涉足过沉睡着座座小镇的安纳托利亚高原,那里仍有犹太人驻扎的地盘,他们那么朴实、单纯,远离万物。这些犹太人跟大城市的人不一样,他们欣然接受保罗的话,二话没说就选择了基督。五年之后,保罗觉得这些族群的信仰足够牢固,已不再需要他的帮助,于是打算回到文明程度更高的地方。他的目标是继续在亚细亚传教,当时的亚细亚就是土耳其的西海岸。

就在这个时候,圣灵挡住了他的去路。②

◆ ◆ ◆

路加就是这么写的,他不动声色,没有说明圣灵拦住他的时候化成了什么形,所以当时的场景很难还原。为了了解更多,我翻看了"耶路撒冷圣经"和法文大公译本③。这两个版本长期放在我的工作台上,在另外一个架子上,我伸手能够到新教牧师路易·塞贡的译本、勒迈特·德·萨西翻译的所谓"皇港"版《圣经》,还有拜雅出版社最新推出的当代作家主编的《圣经》。我参与了最新版的编书过程,下面定然会提到这本书。一般来说,耶路撒冷

---

① 《使徒行传》2:9翻译为"加帕多家"。
② 见《使徒行传》16:6—10。
③ 法文大公译本(Traduction œcuménique de la Bible,TOB)最初于1976年面世,由天主教与新教圣经学者合作推出。

本和大公译本的注释非常详尽,然而,如果我们想弄清圣灵如何挡住了保罗的去路,它们不免让人失望。两个版本的注释推测的保罗的路线稍有不同,只提到圣灵阻拦保罗去亚洲,原因是他计划让保罗去欧洲。

埃内斯特·勒南对这件事的解读更加理性。勒南讲,使徒们生活在充满迹象和奇事的世界,他们在任何情况下都会想着遵循神圣的启示,把梦境、偶然的经历和远行中不断碰到的意外解读成圣灵的指引。在这个版本里,保罗或许告诉路加,站在十字路口的自己不知该去往哪里。路加当时正准备回故乡马其顿,他主动提出给保罗做向导,把他引荐给可能会对他宣布的事情感兴趣的人。保罗因此断定,路加是圣灵派来的人,说不定当天夜里就梦到了他。我最初对这个故事感兴趣正是因为《使徒行传》里有一段写道,一个马其顿人出现在保罗面前,以同胞的名义邀请他去对岸。这个神秘的马其顿人,难不成就是路加?我发现,故事这么一讲便不会遗漏任何线索。

12

刚刚向权威的勒南求助的我,准备请他再次出山。在游历《新约》的旅途里,勒南是陪在我身边的伙伴。我在各个版本的《圣经》旁边放上了两大本勒南的书,或许现在正是向不怎么了解,或根本不了解勒南的人介绍他的好机会。

埃内斯特·勒南是布列塔尼人,个子不高,出生在虔诚的天主教家庭,本来要做神父。在神学院研修期间,他的信仰开始动摇。在经历了长时间痛苦的挣扎之后,勒南决定不再侍奉自己不

Ⅱ 保 罗

笃信的神，他后来成了历史学家、语文学家和研究东方的学者。在他看来，书写宗教的历史，最好的方法就是先相信，再弃信。正是在这种心态下，他开始创作鸿篇巨制[①]，其中第一本《耶稣传》在1863年掀起了轩然大波。勒南是个不爱惹事的学者，心中充盈着对纯粹知识的渴望，即便如此，他还是那个时代最招人恨的人之一。教廷开除了他的教籍，法兰西公学的教职也被剥夺。天主教中的右派分子，诸如巴尔贝·德·奥勒维利、莱昂·布卢瓦、J. K. 于斯曼等编排檄文的好手纷纷向勒南身上泼脏水。下面几行布卢瓦的文字足以反映他们的态度："勒南是卑鄙之人的神……这位腆着肚子的贤人是精致的科学茅厕，只见那厕所开向天空，气味盘成的漩涡老鹰见了都害怕，他被流放到自己出生的厕所里，腾空而上的正是他灵魂冒出的油腻气味。"[②]

有的人认为布卢瓦是非常伟大的作家，对于他们的品位，我表示尊重，但并不认同。同样一批人，从整本《圣经》中只记住了《启示录》里神说的"你既如温水，也不冷也不热，所以我必从我口中把你吐出去"[③]。勒南任由敌人丑化他。他很胖，老实巴交的，经常稳坐在放着柔软小靠垫的扶手椅里，他长得就像教士，还带着一种或许具有欺骗性的虚伪神情。话虽如此，令我震惊，我认为也应该令我的众多读者震惊的是，好几代人认为勒南反基督，甚至有人在书店橱窗里见到他的书都要立马忏悔，是因为勒南拥有最基本的最低限度的严谨和理性。

（当然，今天的我会这么想：如果二十年前，当时还是教条主

---

① 指七卷本《基督教起源的历史》（*Histoire des origines du christianisme*）。
② 出自布卢瓦的小说《绝望的人》（*Le Désespéré*，1886）。
③ 《启示录》3：16。

143

义的天主教信徒的我读了勒南的书,肯定会讨厌勒南,并为此感到自豪。)

勒南打算给那些大家都知道的超自然现象一个自然的解释,把神性归于人性,把宗教纳入历史的范畴。他希望每个人都能顺应内心的想法,都能相信内心想相信的神,他从不纠结宗派间的争论,希望每个人各司其职。勒南最终选择研究历史,而非做神父,在他看来,历史学家的作用不是,也不能是宣扬耶稣复活,不能说他就是神之子,历史学家只能说有一群人,在某个时间点,在有待详细阐述的背景下,突然冒出了耶稣复活了、耶稣是神之子的想法,这些人还说服其他人相信这件事。勒南不愿相信复活,也不相信神迹,他在讲述耶稣生平的时候尝试弄清楚有哪些是历史上真实发生过的事情,最初的记叙文字因为信仰的缘故改变了史实的面貌。他筛选福音书里每一章的内容:这章可以用,这章不行,那一章或许可以。在勒南的笔下,耶稣是人类历史上最卓越、最有影响力的人之一,他是兼具德行的革命者,跟佛陀一样是智慧大师——可他不是神的儿子,原因很简单,神并不存在。

◆ ◆ ◆

相比百分之九十九市面上每年不断推出的同主题图书,《耶稣传》的可读性更强,更富教育意义,但这本书已经有些过时了。书里的新意早已不新,颇具第三共和国风格的文字虽流畅、典雅,却常常流于油滑的感觉。当代读者读到勒南称赞耶稣是"翩翩君子"的原型,说耶稣"最高限度地具有崇高之人的主要品质,即能微笑面对自己作品的品质",或是读到勒南抬高耶稣"巧妙的怀疑嘲弄",贬低他的眼中钉——保罗迟钝、狂热的信仰时,不免会有些不快。《耶稣传》只是冰山一角,最让人心潮澎湃的是《基督教起源的历史》接下来的六卷,这一部分详尽地阐述了世人了解更少的历史:几个不识字的渔民因为一种凡是有理智的人都不会相信的信仰,成立了一个犹太小教派,这个教派在不到三百年的时间里传遍了罗马帝国,更不可思议的是,它竟然能够延续至今。这套书最引人入胜的,不仅是勒南讲述的历史本身,还有他秉持的公允的态度,特别是他向读者展现了历史学家开展研究的过程:他掌握哪些资料,如何使用史料,基于哪些预设。我喜欢他写历史的方式,他写历史不是为了证明,而是如他所说,只是单纯地讲述发生的事情。我欣赏他固执的善心,欣赏他甄别肯定与很有可能、很有可能与可能、可能与存疑的严谨,欣赏他在面对猛烈的批评时表现出的淡定:"对于那些出于信仰,认为我无知、不讲道理或心存歹念的人,我不奢求能改变他们的想法。如果这些想法是他们获得安息的必需品,那我宁愿不把他们叫醒。"[①]

13

从亚洲开往欧洲的船把保罗和同伴们放在尼亚坡里,他们从那里出发去位于马其顿的腓立比。[②]腓立比是座新城,两百年来,建造这座城市的罗马人一直占据着亚历山大大帝打下的地盘。罗马人造的一条条大路从帝国的这一头延伸至那一头,横贯今天的

[①] 出自《耶稣传》前言。
[②] 见《使徒行传》16:11—12。

王　国

西班牙到土耳其。这些路非常结实，其中许多至今依然存在，连接着规划一模一样的罗马式城市——横平竖直的大街、体育场、浴场和市集，随处可见的白色大理石、拉丁语铭文，还有供奉奥古斯都及其妻子莉薇娅的神殿。崇拜奥古斯都和莉薇娅是纯粹地走形式，供奉他们与祭祀当地的神灵不冲突，比起今天庆祝11月11日和7月14日①，这些仪式并不会隆重到哪里去。我们不能说是罗马人创造了全球化，因为亚历山大帝国已经出现全球化的趋势，只不过是罗马人使此进程臻于完美，持续了五百年的时间。所谓全球化，好比今天的麦当劳、可口可乐、商业综合体和苹果门店，无论走到哪里都能享受同样的服务。肯定会有些脾气固执的人认为，这种兼具文化和政治意味的帝国主义十分可悲，但大多数人还是很乐意生活在和平的世界。在这里，大家自由来往，丝毫不会感觉不习惯，只有职业军人才会赶赴帝国遥远的边地打仗，发生战争不会影响普通人的生活，他们只需要参加庆祝凯旋的节庆。

◆　◆　◆

腓立比这样的城市，里面住着的人有一半是土生土长的马其顿人，另一半是罗马公民。犹太人肯定没多少，因为没有犹太教堂。然而城市里还是有一小撮人，他们会在城墙外的河边聚会，以一种非正式的方式庆祝安息日。团体的成员不是犹太人，对《摩西五经》也不太了解。他们更像练瑜伽、打太极的人，不过，在没人能教瑜伽和太极的地方，他们会聚在一起，照着书或是对

---

① 11月11日为法国庆"一战"停战日，7月14日为法国国庆日。

着视频操练，或是跟着某个上过课、参加过培训的权威一起练习。这样的团体通常由女性成员构成，它们并非正统的宗教团体，因为腓立比规定，举办宗教仪式，现场至少需要十位男性。但路加记叙的故事里只特别提到了女性。有可能是因为路加认识她们，参加过她们的集会，路加可能也明白向她们介绍三个新朋友究竟意味着什么。

◆ ◆ ◆

习武之人熟悉一句格言："弟子准备好的时候，师傅就会出现。"保罗的弟子们应该准备好了，因为他们一下子就看出保罗是他们等待的师傅。这时候，路加提到一位叫吕底亚的妇人，吕底亚是这个团体的领头人。"她听见了，"路加写道，"主就开导她的心，她就回应了保罗所讲的话。"①

吕底亚对犹太教非常着迷，但她从未想过让丈夫和儿子行割礼，当然，没有人要求他们必须受割礼。保罗说起有一种仪式，礼成之后便能表明自己的信仰，自打听到保罗说了这件事，她一直坚持要参加。这种仪式与割礼不同，既没有痛苦，也不会留下痕迹。参加仪式的人走到河里，跪在水中，主持仪式的人把你的头按在水里，高声宣布自己以基督的名义为你做浸礼，受浸的仪式一会儿就结束了，你跟原来的你已经不是一个人了。这个仪式就是受洗。受洗之后的吕底亚希望家人也能受洗。她还邀请初来乍到的使徒及其同伴去她家住。保罗的行事原则是从不依靠其他任何人，所以一开始没有答应，但是吕底亚太过热情，便随她

---

① 《使徒行传》16：14。

去了。

路加在《使徒行传》里清楚地写着吕底亚是"卖紫色布匹的妇人"①,紫色布匹是当地特产,出口到许多地方。吕底亚不是老板娘,她是女商人。这就是吕底亚的大致情况:买卖做得很大,像是在女性主导的社会,精力非常充沛。四个受到宗教启示的人舒舒服服地住在她家、吃在她家,这四人让她家人全部改了宗。这要是今天发生在法国外省的城里肯定会招来风言风语,我倒想不通,公元一世纪发生在马其顿外省的城市里为何没有引起闲言碎语。

◆ ◆ ◆

在吕底亚的家里,保罗和同伴身边聚起了一个小圈子。几年后,保罗给腓立比人写了一封信,里面特别向友阿蝶、以巴弗提、循都基②致意。友阿蝶、以巴弗提、循都基——我写下这些配角名字的时候非常开心,他们的名字可是从两千年前传下来的。除了他们,肯定还有别人,要我说,应该有十几二十多个人。保罗的感召力与吕底亚的威望结合在一起,每个人都开始相信耶稣复活的事情,甚至所有人都受了洗,而就在几天前,他们连耶稣的名字都还不知道。他们想都没想过,自己背叛了当初带着同样的热忱和无知去相信的犹太教,恰恰相反,他们感激神给他们派去一位如此渊博的拉比,这位拉比是引路人,指引他们以心灵和真理去敬拜。话虽如此,这些人依旧保持安息日的传统,每逢安息日便把工作放在一旁,点起蜡烛,开始祈祷。保罗也跟他们一

---

① 《使徒行传》16:14,《圣经》和合本中"布匹"写作"布疋"。
② 友阿蝶、循都基出自《腓立比书》4:2,以巴弗提出自《腓立比书》4:18。

起做，除了这些，还教给他们新的仪式，这个仪式不在安息日，而是在安息日的第二天。保罗管它叫"爱筵"。

爱筵是真的要用餐，是庆祝性的餐礼，保罗要求大家在爱筵上不宜大吃大喝。按照预想，每个人要在家烧一盘菜，随后带到爱筵上来。这一条或许在腓立比行不通，因为这顿饭是在吕底亚家里吃的。依我的想象，吕底亚肯定是那种落落大方、非常独断的女主人，什么事情都要亲力亲为。备的菜比客人食量的三倍还多，要是有人说我来给你打下手，她一定会说，谢谢你的好意，可是这活儿这么做不对。"你搁在这儿吧，我来打理，你去跟其他人坐坐。"爱筵进行到某个环节，保罗站起身，拧下一片面包，告诉大家，这面包就是基督的身体。他又举起一杯酒，说这酒是基督的血。客人们一言不发，挨个传着面包和红酒，轮到自己的时候都会吃一小口面包，抿一小口酒。保罗说，这个仪式是为了纪念基督在人间的最后一餐，吃完之后他就被钉到十字架上了。餐礼之后，在座的人一起唱歌，歌里讲的是基督受难和复活的故事。

14

路加接着写："后来，我们往那祷告的地方去，有一个使女迎着面来，她被巫鬼所附。"①各个版本的《圣经》和勒南都提到"被巫鬼所附"，这句话的言下之意，就是这个使女跟德尔斐神庙里的巨蟒皮同一样有预言和占卜的能力。使女跟在保罗、提摩太

---

① 此则故事见《使徒行传》16：16—18，此处的"巫鬼"在法语原文中为"蟒蛇"。

王　国

和西拉的身后,身边或许还有几个他们在腓立比的弟子。她喊住他们,高声说这些人是至高神明的仆人,他们要对大家讲救恩的道。使女像疯了般一连几天一直叫喊。想要低调行事的保罗从不看她,可她叫喊的声音越来越响,保罗失去了耐心,决定以基督的名义给被巫鬼附体的人驱魔。那灵立刻就出来了。只见使女一阵抽搐,突然弹起,旋即虚弱地瘫在地上,不再歇斯底里。

在路加看来,保罗平日里可以随便做出这种壮举,但他在展示能力之前会三思。一方面,诸如此类的神迹能够缓解痛苦,给人留下深刻的印象,可从另一方面说,看到这种情况就归信的人大多不够虔诚,大多数情况下,这只会带来麻烦。

《使徒行传》里有个类似的故事。这个故事路加不在现场,应该是提摩太告诉他的,因为这件事发生在吕高尼山里的小城路司得,路司得是提摩太出生的地方。保罗在路司得医好了一个瘸腿的人,路司得的居民见到奇迹,纷纷扑倒在地,他们以为保罗及其同伴是宙斯和赫尔墨斯转世。①

读到这段故事,我突然想到鲁德亚德·吉卜林的作品,这部题为《要做国王的人》的小说后来被约翰·休斯顿翻拍成电影,取名《国王迷》。肖恩·康纳利和迈克尔·凯恩扮演的两名士兵,退役之后深入印度腹地,想要在喜马拉雅的深山里觅得宝藏——在公元一世纪,吕高尼的荒凉程度应该跟今天的喜马拉雅差不太多。当地的土著从没见过白人,于是两人将计就计,当地人把他们当成神供了起来。《国王迷》里凯恩的角色类似桑丘·潘萨,他借着别人张冠李戴的机会想要染指庙里的宝藏,拿到宝藏之后拔腿就

---

① 见《使徒行传》14:8—11。

Ⅱ 保罗

跑。康纳利扮演的那一位更像堂吉诃德,他心想山里人也不是没见识,于是他竟鬼迷心窍地真的把自己当成了神,下场非常悲惨。在电影的最后一幕,村庄里的孩子正在踢球,那颗在灰尘中隐约出现的球正是用沾了血的布包着的人头。

与迈克尔·凯恩饰演的人物不同,保罗不想辜负吕高尼人的信任,起码不能用相同的方式让他们失望。保罗想得到他们的灵魂,不是金子。可是,他还是结结实实地体会了康纳利那个角色的经历——一开始众人对他俯首敬仰,但当他们发现他只是凡人,大家怒不可遏,愤怒的人群把保罗踹倒在地。保罗在路司得被处以石刑,被丢进沟里,没人管他的死活;到了腓立比后,他们帮使女驱魔惹怒了使女的主人,一行几人险些面对同样的处境。可怜的使女被主人们剥削得一干二净,每透露一次神谕,她就能拿到一点钱。保罗驱魔之后,她什么用都没了,跟那些讨人厌、以乞讨为生的印度乞丐一样,病被医好了便没了用处。保罗和西拉坏了主人们赚钱的好事,他们恼羞成怒,把两个人抓进牢房,还带到官长的面前,说他们扰乱公共秩序。"这些人,"他们告诉官长,"原是犹太人,竟骚扰我们的城,传我们罗马人所不可受不可行的规矩。"①

◆ ◆ ◆

控告者分不清犹太人和基督徒,官长也是,他们从来不操心这种事情。罗马人在他们打下的土地上奉行政治与宗教分离的政策,完全尊重思想自由与信教自由。罗马人讲的 religio 与今天的

---

① 《使徒行传》16:20—21。

王　国

"宗教"几乎没什么关系,它既不指公开的信仰,也不涉及全身心投入,而是指通过仪式向城市习俗表达敬意。今天讲的"宗教",连同它奇怪的做法、不怎么得体的过分虔诚,被罗马人轻蔑地叫作 superstitio,专指东方人和野蛮人的信仰,不过只要不扰乱公共秩序,由着自己的性子想信什么都没人管。保罗和西拉正是被安上了"扰乱公共秩序"的罪名,所以执法宽容的官长吩咐人剥了他们的衣裳,用棍打,重重打了以后,便将他们下在监里,两脚上了枷。①

◆　◆　◆

路加和提摩太在两人坐牢的时候做了什么?《使徒行传》一点没透露,说不定两个人处处提防,当心自己也被抓。不过,《使徒行传》记载,约在半夜,保罗和西拉祷告,唱诗赞美神,众囚犯也侧耳而听。忽然,地大震动,甚至监牢的地基都摇动了,监门立刻全开,众囚犯的锁链也都松开了。囚犯可以趁着这个机会越狱,就算别人已经逃走,保罗和西拉还是没逃。两人的坚守感动了狱卒,他在他们的感化下开始信主耶稣,还把两位请到自己家做客。狱卒帮他们清洗伤口,给他们摆上饭,他和全家人立时都受了洗。

官长第二天经过深思熟虑,吩咐悄悄释放这两名囚犯。但是保罗不服气:"我不在乎你们的恩典。我是罗马公民,你们打了我,没有判决就把我关到监狱里。你们干的事情违背了罗马的法律,你们犯了错,我是绝对不会跟小偷一样从这里走出去的。没人来道

---

① 见《使徒行传》16:22—24。

歉，我就待在监狱里，况且我在监狱里过得很不错"。①

◆ ◆ ◆

如此滑稽的一出，其机关竟然是保罗的罗马人身份。腓立比的官长最开始不知道他是罗马人，但得知这一点后，他意识到自己惹上麻烦了。不下判决就棍打的事情对身份低微的犹太人或许行得通，如此对待罗马公民可绝对不行：保罗一上诉就会给官长惹出麻烦。曾有一部非常出名的纪录片——《基督教的起源》，其创作者杰罗姆·普里厄和热拉尔·莫尔迪亚很疑惑，为何保罗遭受官长的粗暴对待还迟迟不肯亮明身份，而罗马公民的身份原本可以使他免遭棍刑，也不用在监狱过夜。他们怀疑他是否真的是罗马公民。从这个疑点出发，他们发现，无论是路加还是保罗所说的保罗迫害基督徒的事情，在公元一世纪的犹太教背景下完全不可能——保罗自己说，"我也曾逼迫奉这道的人，直到死地，无论男女都锁拿下监"②，之前还收到了有耶路撒冷大祭司封印的针对大马士革基督徒的逮捕令。然而唯有罗马政府才有管理治安的权力，他们非常注意在宗教纠纷中保持中立，所以绝不会任由狂热的年轻拉比以宗教的名义把人投进监狱。但凡他敢尝试，最后蹲在号子里的绝对是他自己。如果认真分析保罗的话，我们就能读出其他的内涵——他是为占领军服务的民兵。后面要说到的一位历史学家，非常支持这个大胆的观点。不过现在，实在没必要对保罗的心理和戏剧感得出有启发性的结论。也许，他从来不是他

---

① 见《使徒行传》16：25—37。
② 《使徒行传》22：4。

喜欢谈论的犹太民族"终结者","口吐威吓凶杀的话",在教会里散播恐惧——有一天,他会在那个教会里当上教士。但保罗知道,这样讲故事更扣人心弦,有反差才更引人注目。追捕者扫罗的过往让使徒保罗的形象越发高大,在我看来,这点完美地契合腓立比的那一幕:他被痛打的时候感受到了喜悦,而他只需要说一句话就能获得解脱——但保罗一直等到自己浑身是血、遍体鳞伤,等那些误伤他的人酿成了不可收拾的错,才开口。

◆ ◆ ◆

保罗最终赢得了这场意志的较量,昂首阔步走出了监狱,不过官长要求他离开小镇。后来,保罗告别了吕底亚及其同伴,劝告他们要配得上自己所受的洗礼,然后便和西拉、提摩太重新上路了。《使徒行传》记叙了一行几人接下来的奇遇,但行传作者路加在这个时候遁了形。也许是他不愿跟随保罗上路,也许是保罗不愿让他陪着,于是,路加再次退到幕后,三章之后,也就是七年之后才重新出现,再度成为目击证人"我们"中的一人,出现在故事现场。这让我产生了和勒南一样的想法:路加是马其顿人,他这七年都是在腓立比度过的。读到这儿,我反倒想构思一下在这远离"舞台中心"的七年里,在希腊北部的巴尔干半岛上,在泰奥·安哲罗普洛斯缓慢而朦胧的电影拉开大幕的地方,究竟发生了什么。我想知道,在保罗一路上如撒石子般建起的一个个教会中间,这一个教会究竟是如何在他不在的时候发展起来的,还想知道那里的人是否知道他游历的近况,他的信引起了怎样的回响。在那个漫长的冬天,他播下的种子长出了什么样的芽?

Ⅱ 保　罗

15

什么是基督教会？已经开始使用这个说法了？是的，毫无疑问。保罗在信里说到他的"教会"，为了淡化宗教色彩，我们可以简单地称之为"团体"。

那"基督徒"呢？这个词也一样。它最初出现在叙利亚的安提阿城，耶稣受难之后，保罗在安提阿传道长达十二年之久。在保罗威望的感召下，改信基督的人越来越多。他们把 Kristos——基督——的信徒，称为 kristianos，包括罗马皇帝在内的许多人认为，Kristos 是一个仍然在世的反叛头目。这个城市传说最终传到了罗马；早在公元41年，皇帝克劳狄①就觉得应当表明态度，颁布了迫害犹太人的法令，这些人的罪名是以头领 Chrestos 的名义作乱。

◆　◆　◆

当时，罗马、安提阿、亚历山大港是世界上最大的几个城市。跟路加生活的马其顿一样偏远的帝国一隅，怎么就冒出来几十号人声称自己建立起了基督教会呢？

这几十人不是教会发源地加利利穷困又不识字的渔民——他们对那些渔民一无所知；他们亦不是有权势的人。他们跟做紫色布匹生意的吕底亚一样，多是商贩、工匠和使女。路加非常重视出身不错的新成员，尤其是罗马人。他本人有点喜欢充高雅，时

---

① 此处指克劳狄一世。

王　国

不时掉掉书袋，他这类人喜欢强调，耶稣不单是神之子，还因为母亲的缘故出身于显赫的世家。

其中有一些希腊化的犹太人，大多数是信奉犹太教的希腊人。不过，不论是犹太人还是希腊人，见过保罗后都认为自己归信的是以色列宗教里特别纯粹、非常正宗的支派，从未想过自己加入了异端。只要没人强烈反对，他们还是常去犹太教堂敬拜。一旦有了真的犹太教堂、真的犹太人聚居区、真正行了割礼的犹太人，对立就会不可避免地出现。这些事情没有发生在腓立比，而是发生在他离开腓立比后赶往的帖撒罗尼迦。保罗讲道吸引了许多犹太人，这触怒了当地人。他们向罗马的地方官举报，说他搅乱天下，保罗不得不逃命，这一情节在临近帖撒罗尼迦的庇哩亚重演了。那么，被保罗改信、留在当地的人该怎么办呢？一种可能是，像往常一样去犹太教堂过安息日，悄悄地碰头，听从新的精神领袖对他们的吩咐。另一种可能是，索性另起一座犹太教堂。

说真的，另起教堂像说的那么简单？对我们来说，这有点难以置信，这会让我们立马想到分裂教会和异端。这是因为我们习惯上认为任何宗教都会或多或少地集中教权，然而古代的情况完全不同。碰到有关古希腊-罗马文明的问题，我会参考保罗·韦纳[①]的观点，韦纳不仅是杰出的历史学家，还是笔底生花的作家。韦纳和勒南的书陪我度过了写作这本书的几年时光，我非常开心能有它们伴我左右：韦纳的文字诙谐活泼，如饥似渴地挖掘每个细节。根据韦纳的观点，古希腊-罗马世界的宗教场所皆为

---

① Paul Veyne（1930—2022），法国历史学家、希腊及罗马研究专家。

私家兴建，这座城里的伊西斯神殿与其他城市的伊西斯神殿的关系，这么说吧，就跟两家面包店一样。今天，外国人可以开餐馆，专卖异域特色的饭菜，当时也一样，异邦人可以建寺庙敬拜自己的神明，大家可以选择去或不去。若是出现了竞争对手，最糟糕的结果不过是新的店面拐跑了客人——大家就是怪保罗这一点。犹太人对待这个问题没那么随意，但是，创造中心化的教权、设立教阶、颁布对所有人一视同仁的《信经》、惩罚背弃教会的人都是基督徒的发明。在故事发生的年代，以上这些甚至还没有进入初步探索的阶段。我试图描述的与其说是一场"宗教战争"——古人根本没有这个概念，不如说这更像平常能在瑜伽馆、武术馆见到的场景，当然，其他圈子也是如此，不过我只能说自己了解的东西。有一位高级学员想自己开班，于是带走一部分同学另立门户。原来的老师多少表露出不高兴，有些学生不敢伤和气，一边跟老师上课，一边跟着另起炉灶的人学习，他们还说都挺好，两边的内容互相补充。到了最后，大部分人还是会选择其中一边。

16

在保罗离开马其顿之后的几年里，纷纷成立的小教会没有像耶路撒冷城里耶稣的子民和家人一样，聚集在同一个社区里。使徒保罗教导大家坚守自己的位置，不要改变外在的生活。首要原因是，世界终结日益临近，等它到来的时候，焦躁和做新的打算都是无用功。其次是因为，真正的变化会发生在别的地方，也就是灵魂。保罗说，如果你是仆人，别想着摆脱仆人的身份；你要

王　国

记住，在任何情况下只有主才能帮助你解脱，反倒是自由人将会成为他的奴仆。如果结了婚，不要离开家室；如果没有，也别去找女伴。如果你是希腊人，不必行割礼；如果你是犹太人，割礼结束便结束了[①]——有件事让我很吃惊，曾有一些希腊化的犹太人想要出入不用遮羞的浴池，于是找来外科医生给他们做包皮修复术。

◆　◆　◆

今天的我们读到他们称呼彼此"兄弟姐妹"不会特别惊讶。可我们照理说应该非常吃惊才对。几个世纪以来，传道用"我亲爱的弟兄们"[②]起头让我们习惯了这一说法，但在古代，这样的称呼十分不合适。兴许有人会用"弟兄"的引申义或者比喻义，来强调关系的亲密，然而，人人皆弟兄的观点是保罗教会特有的，它在一开始一定引起了很大的震动。大家可以想象这样的场景：有一天，神父把信徒们叫作"老公和老婆"，仿佛每个男人是所有女人的老公，每个女人是所有男人的老婆。这跟在保罗的教会里互称"兄弟姐妹"一样奇怪，难怪总有人认为他们的聚会过于放纵，甚至有违伦常。

对于这个问题，他们都弄错了：最初的基督教会怎么都不可能是淫乐的地盘。公元二世纪初，小普林尼出任远在黑海边的庇推尼[③]的执政官，他给图拉真皇帝去信，表达心中的疑惑，小普林尼这封信是教会以外的人留下的最早的关于基督徒的材料之一。

[①] 见《哥多林前书》第七章。
[②] 例如《雅各书》1：19。
[③] 今作"比提尼亚"。

158

Ⅱ 保罗

小普林尼一上任就发现公民宗教正在衰落，无人去神庙祭拜，集市里也没有人愿意买下祭祀神灵的肉。有人告诉他，公民宗教沦落到如此令人惋惜的境地，都是因为有一个他从来没听说过的宗教异军突起——信这个教的人都是基督的子民，他们秘密集会。小普林尼手下有个长官认为，这些人聚会肯定是为了干一些龌龊的勾当。但小普林尼不满足于只听谣言，他派人调查，四处打听，得到的结果让他大跌眼镜。这些人聚在一起，不过是为了分享朴素的饭菜，为了带着微笑看着彼此，一起唱歌。他们如此温良，令人担忧，小普林尼更愿意发现他们在干见不得人的勾当，但他不得不面对现实——没有谁和谁睡到一起去这回事。

这惊人的道德纯洁性让人不安——或者说，它让我和小普林尼都深感不安。好心的作家们想要摘掉现代人给保罗套上的"败兴鬼"的名号。许多人根据他的书信，说他太过拘谨，心里实际上是大男子主义，还憎恶同性恋，作家们为了守住保罗的名声，着力把他打造成道德层面的革命派，说他在肉体之爱的名声已经败坏的世界里向别人宣扬真正的、对人身体的爱。我对此没有意见，可是同样的话术已经被别人拿去高谈尊重女性，他们认为遮盖全身的面纱是对被西方色情贬低的女性的高度尊重。保罗不单单是单身——单身这一点已经有悖于犹太人的道德，他们认为没有结婚的人是不完整的。除此之外，保罗持守独身，一直以处子之身为傲，他说单身是最好的选择。他在一封信里不太真心地承认"与其欲火攻心，倒不如嫁娶为妙"[①]——"欲火攻心"他用的是 porneia，就是你想的那个意思——并且，涉及结不结婚的问

[①] 《哥林多前书》7：9。

题，保罗说"不是我吩咐，乃是主吩咐"①。大家有时会想，保罗根据怎样的标准判断是主在吩咐；然而事实是，保罗明确区分了他作为主的代言人所谈论的问题，和他借机表达个人观点的问题。所以是保罗"因现今的艰难"②，认为最好持守独身。主倒没像他那么苛求，主只是说应该保持受到召唤时所处的状态。保罗则明确地告诉大家："那有妻子的，要像没有妻子；哀哭的，要像不哀哭；快乐的，要像不快乐；置买的，要像无有所得……因为这世界的样子将要过去了。我愿你们无所挂虑。"③

17

原本，大家庆祝安息日要见面，如今在安息日的第二天为了圣餐又要聚会，久而久之每天都会见到了。他们有许多话要说，有如此多新的际遇可以分享和比较！他们做的事情表面上跟在犹太教堂没什么区别：读《圣经》，阐释《圣经》。然而，他们如今掌握了新的阐释角度，这个解读方法让他们兴奋不已。他们从先知晦涩的言语中搜寻基督受难、复活，以及末日的线索，当然了，只要找，便能找到。找到了就开始读，做诠释，彼此激励。最重要的是祈祷，像从来没有祷告过一样祈祷。

◆ ◆ ◆

我希望有读者看到"祈祷"的时候，能停下来问问这个词究

---

① 《哥林多前书》7：10。
② 《哥林多前书》7：26。
③ 《哥林多前书》7：29—32。

Ⅱ 保罗

竟是什么意思。对于公元一世纪的希腊人或罗马人,祈祷是件十分讲形式的事:他们在宗教仪式上放声祈祷,那些话是对神说的;不能说不信神,但跟信保险公司差不了多少。好比有分门别类的保险合同,不同事情有专门司管的神,甚至有掌管小麦不要得锈病的神明。大家祈祷神的保佑,神保佑了就感谢他,小麦生了锈病就怪他失职,反正身子一转离开祭台,这事儿就算了了,再也不必想什么。对许多人来说,这么一丁点跟神明的来往已经足够了。

正如时代可以或多或少具有宗教性(我认为,故事讲述的这个时代的宗教氛围并不比今天更浓烈,表现形式也相差无几),人的性情也会带上或轻或重的宗教气息。总有些人热衷某件事又颇有天赋——好比对音乐的热衷与天赋,其他人不需要这件东西也可以活得很好。在公元一世纪的古希腊-罗马世界,有信仰的人没有太多选择,这可能是他们钟情于犹太教的原因。对犹太人来说,祈祷不再是简单地背诵经文,而是心灵的交流,心灵可以在交流中卸下重担。神是他们的谈话对象,或者更理想的是,神代表了所有他们想要对话的人:知心人,朋友,时而慈祥、时而严厉的父亲,对他什么都瞒不住的、多疑的丈夫——总有那么几次,大家还是想隐瞒点什么。祈祷的时候抬眼看他,却望进了自己的灵魂深处。这样的祈祷已十分庄重,但保罗要求的更多。他想让我们一直祈祷。

◆ ◆ ◆

有一本名叫《朝圣者之路》的书,大约写成于十九世纪末。我信基督教期间,把这本书一读再读,今天仍会偶尔看看。叙述者是

王　国

一名可怜的俄国农民，他不怎么识字，一条胳膊比另一条短。有一天，他在教堂里听到神父读到保罗说过的句子："不住地祷告。"[1]这句话像惊雷击中了他，庄稼人一下子明白，重要，甚至最重要的事情就是祈祷。它比重要还重要，是生命之根本，是唯一重要的事。可他疑问：怎么能做到不住地祷告呢？于是，个子不怎么高的庄稼汉出发上路，他沿路探寻更富学养、更虔诚的人，问他们如何才能不住地祷告。

《朝圣者之路》借助优美、通俗的语言，介绍了东正教会内部延续了一千五百年的教派，有些神学家称其为"静修派"，字面意思是"心的祷告"。出乎意料的是，"静修派"在现代还有后裔，这就要说到 J. D. 塞林格的作品《弗兰妮与祖伊》——我青年时期最喜爱的文学作品之一。故事的主人公是性感又有点神经质的女孩，背景是二十世纪五十年代放纵不羁的纽约。一次偶然的机会，她读到了这本佚名的俄国作品，读完之后，她也深受震撼，从早到晚地念叨"我的主耶稣啊，可怜可怜我吧"，把她家人吓得不轻。她的哥哥是天赋异禀、自命不凡的演员，至于他究竟如何一边认同她的想法，一边帮她摆脱离奇的邪念，大家读完塞林格的书就会有答案了。这本书的灵感同样来自《帖撒罗尼迦前书》中保罗的那句话，公元50年前后，马其顿和安纳托利亚那些失落的教会第一次从字面上理解了那句话："不住地祷告。"

起初，帖撒罗尼迦、腓立比和庇哩亚的兄弟姐妹像《朝圣者之路》里的俄国农民一样，十分焦虑："可我们不知道应该说什么。我们不知道应该要什么。"

---

[1]　《帖撒罗尼迦前书》5：17。

Ⅱ 保罗

保罗回复他们说:"不要担心,主比你们还清楚你们需要什么。不要求财,也不要求生意像你们所想的那样顺利,更不要求美德。你们只向基督求祷告的能力。就跟生孩子一样,要生孩子,就要找到生孩子的母亲,而祷告就是美德的母亲。你们只有在做祷告的时候才能学会祷告,千万别被长句子绕进去了。只需要安静地沉下心,说'马冉阿他'①,意思是,'我们的主,来啊'。我向你们保证,主要来了。他会降临在你们身上,你们就是他住的地方。以后活着的就不是你了,是他,是基督活在你们身上。"

要是有人说,"好吧,我试试看",保罗便会摇摇头,告诫他:"不要试。做就行了。"

◆ ◆ ◆

保罗在帖撒罗尼迦、腓立比和庇哩亚等地没有逗留很长时间,但是留下了训诫和祈祷时说的经文。兄弟姐妹们有了保罗的加持,纷纷开始祷告,甚至还会比较彼此的体验。有的人起得更早,睡得更晚,白天凡是有一点空闲,就会独自钻到店面的里间盘腿坐下,轻轻地念着"马冉阿他",一直念到血液汩汩地流向太阳穴,念到肚子变暖,直到再也想不起这句话究竟是什么意思。有的人用默念的方式,所以没必要找独处的机会。随时随地都能默念,甚至站在人群中也可以。走路的时候,筛谷子的时候,与客人聊天的时候,什么时候都行。第二种人问第一种盘腿祷告的人:你把自己关在房间里是想喘口气吗?不是。那是因为干活的

---

① 见《哥林多前书》16:22。

王　国

时候不能呼吸？那说话的时候呢？还有睡觉呢？不是。那为什么不能像呼吸一样祈祷呢？这样的话，呼吸就成了祈祷。你呼出一口气召唤耶稣，吸气的时候，你便能见到他了。就连睡觉也能祈祷。《雅歌》里有位新娘唱："我睡了，我心却醒着。"①这位新娘就是你的灵魂，即便她睡了，心却醒着。

◆ ◆ ◆

保罗说过类似的"你们要谨慎，警醒祈祷"②，甚至有信徒锻炼不睡觉的本事。自发地整夜不睡让他们产生了幻觉，十分兴奋的他们进入了一种被附体的状态。被"附体"的人会用古希腊语赞美神，有人把这种做法叫作预卜未来。其他被"附体"的人要么不停地喊，要么叹息连连。从他们嘴里冒出来的声音，乍听上去像词组，有的能连成句子，不过没人知道讲的是什么。门徒见到圣灵之后拥有的"说方言之能"，在精神病医生眼里是一种叫作"语意不清"③的病，可是，大家非常重视他们的"胡言乱语"。他们讲的是不是没人知道的语言？或者干脆这门语言不存在，世界上没人讲这门语言？没人能回答这个问题，但是，大家从不怀疑说这门语言的人是受了神的启示，更不会认为他们跟腓立比的女奴一样是被邪灵附了体。有人记下这些神秘的现象，将它们留存下来，尝试破解它们的含义。

（有了神秘经历后，菲利普·K. 迪克开始用一种未知的语言思

---

① 《旧约》为"我身睡卧，我心却醒"，见《雅歌》5：2，此处按法语原文译。
② 见《马可福音》13：33，《新约》此处注："有古卷作'要儆醒祈祷'。"这个翻译与塞贡版《圣经》更接近。
③ glossolalie，指流畅地发出类似言语的声音，其内容却无法被人理解。

考、做梦。他尽可能记下这种语言,转而研究自己的笔记,最终找出了这门语言。你们猜猜,这是哪一门语言?

大家一定猜不到——迪克讲的,正是保罗说的通用希腊语。)

18

精神恍惚、被神灵附体、眼泪、预言、"说方言"……这些不论在过去还是现在,在大部分教派中常能见到的现象,早已出现在最初的基督教会中,产生于无序的激情中。有些基督教信徒试过东方宗教,部分人为了追求恍惚的精神状态会服药,吃蘑菇和麦角,尝试各种各样的饮剂。对他们来说,爱筵上每个人都能分到一点的基督的血和肉不过是面包和葡萄酒,这件事的确叫人有点失落。他们希望能有更神秘的东西,可他们没意识到,圣餐最为神秘。大家向往魔法的力量,保罗劝大家行事谨慎,时时明辨。保罗在信中同大家讲的话,好比学瑜伽的学生感觉到腹部有股力量在动,自己的生命力正在觉醒的时候,瑜伽老师对他们说的话:是啊,这东西确实存在,说明练习有了进步,只有练到一定的境界才能掌握能力;不过,也别过于重视这些现象,否则它们就会成为陷阱,让人不进反退。保罗说,正如人的四肢没有高下之分,任何天赋都有其作用,"语意不清"的人没必要看不起和大家一样说希腊语的人。"我可以连续说好几个小时你们听不懂的话,但与其当着你们的面说一万个语意不清的词,弄得大家瞠目结舌,倒不如用希腊语说五个词,对你们更有益。"[1]保罗最后

---

[1] 类似的话见《哥林多前书》14:19。

王　国

说，一切天赋都是好的，但至关重要的只有一种，超越其他所有，保罗叫它 agape，爱筵。

◆ ◆ ◆

保罗言下的"爱筵"取自希腊语 agápē，这个词难倒了一批又一批翻译《新约》的人。这个词在拉丁语中写作 caritas，到法语中变成了 charité；然而，表示"怜悯""慈善"的 charité 照这个意思被使用了几百年之后，显然不再适用于今天。要不就译作表示"爱"的 amour？agápē 既不是古希腊人用 eros 表达的充满激情的肉体之爱，也不是 philia 所指的，眷侣之间或家长对孩子的那种温柔、安宁的爱。agápē 的含义远在这些词之上。这种爱，只给予，而不索取；这种爱使自己缩小，而非大肆扩张；这种爱让我们希望别人好，而非自己好；这种爱超越了自我。保罗的书信读来已经非常让人吃惊了，其中有一段最能打动人，在婚礼弥撒上朗诵这一段早已成了传统。安娜和我在开罗的破教堂结婚的时候，格扎维埃神父朗诵的就是这一段。勒南认为——他的观点我也同意——这一段是《新约》中唯一能与耶稣之言相媲美的文字；勃拉姆斯将它化为音乐，写入了他伟大的《四严肃交响曲》中的最后一曲。就算可能会面对不好的结果，我还是想把这一段翻译出来：

　　我若能说万人的方言，并天使的话语，却没有爱，我就成了鸣的锣，响的钹一般。
　　我若有先知讲道之能，也明白各样的奥秘，各样的知识，而且有全备的信，叫我能够移山，却没有爱，我就算不得什么。

Ⅱ 保罗

我若将所有的周济穷人,又舍己身叫人焚烧,却没有爱,仍然与我无益。

爱是恒久忍耐,又有恩慈;爱是不嫉妒;爱是不自夸,不张狂,不做害羞的事,不求自己的益处,不轻易发怒,不计算人的恶,不喜欢不义,只喜欢真理;凡事包容,凡事相信,凡事盼望,凡事忍耐。爱是永不止息。

先知讲道之能终必归于无有;说方言之能终必停止;知识也终必归于无有。我们现在所知道的有限,先知所讲的也有限,等那完全的来到,这有限的必归于无有了。

我作孩子的时候,话语像孩子,心思像孩子,意念像孩子,既成了人,就把孩子的事丢弃了。我们如今仿佛对着镜子观看,模糊不清,到那时就要面对面了。我如今所知道的有限,到那时就全知道,如同主知道我一样。

如今常存的有信,有望,有爱这三样,其中最大的是爱。①

19

人要向善,不要从恶,显然不是什么新的道理,古代伦理对这一条也不陌生。古希腊人和犹太人都懂得这条黄金法则,据一位与耶稣同时代的拉比希勒尔长老说,这条准则本身即囊括了律法的全部内容:"你不希望别人对你做的事,你就不要对别人做。"至于人要谦虚,不要夸下海口,这一条更没有什么危言耸听

---

① 《哥林多前书》13:1—13。

的地方。要谦虚，别骄傲，凡是智慧箴言都会提到。可大家听了保罗的话，逐渐发现他教导大家做普通人，不做伟人，要过穷日子，不要过富日子，宁愿身上带病，都不要健康。至此，古希腊精神彻底失落，新入教者则为自己的大胆激动不已。

◆ ◆ ◆

亨利克·显克维奇的历史巨著《你往何处去》刻画了一幕，非常能体现这种行为规范带来的猝不及防的效应，当然，从时间线的角度看，拿这本小说讲述的年代类比不免有些草率。《你往何处去》有段时间很受读者追捧，它讲的是尼禄主政时期最早一批基督徒的故事。故事的主角是位罗马士官长，在前半段故事里，这位士官长无恶不作。具体做了什么我记不清了，不过他犯下的事起码有虐待、强奸、诈骗，好像还杀了人，故事推进到一个地方，士官长落到了基督徒手中。基督徒们有一万个理由恨他，他非常紧张，以为基督徒会先折磨他，然后再把他杀掉；换作是他，他肯定会这样做。他会这么做不是因为他是恶人，而是因为一个正常人受到了如此深重的伤害，逮到复仇的机会肯定会这么做。游戏规则就是如此。可现实情况呢？基督徒中间有位头领，士官长曾把头领的养女供给尼禄，即便如此，头领非但没有用烧红的拨火钳戳他的眼睛或下体，还为他解开锁链，给他拥抱，称他兄弟，还他自由。罗马人起初错以为头领残暴到了极致，先给他来这一套。后来发现，头领的举动绝不是在开玩笑。最想杀死他的宿敌原谅了他，不仅原谅他，还顶着把他放走可能会带来的巨大危险，给他足够的信任。士官长意识到，头领放弃了自己的特权，任由他摆布，这件事情触动了他。他发现，那些不幸的、被迫害的人竟然比自己、比尼禄还强大,他们的力量甚于万事万物,所以他只想着要成为其中的一员。于是乎,这些人的信仰成了他的信仰,他已经准备好被狮子吃掉,立刻从容赴死。

哪怕是在记叙各种奇遇与神迹的《使徒行传》里都找不到这样的故事。不过我确定,基督教如此强大的说服力,很大程度上来自它能够启发人做出与众不同的举动,这些行为——不仅包括说的话——与正常人的行为背道而驰。正常人接受的观念会让他们盼着朋友好,希望敌人过得不好;这种想法对常人来说已不算是空谈道德了。比起弱小,他们更想变强;比起贫穷,他们更想变得富有;比起无名,他们更愿成为伟人;比起被压迫,他们更愿统治别人。正常人都会这样想,没人认为这种想法是恶,不仅古希腊的先哲们不这样认为,犹太人的智慧也不觉得有什么不对。可总有些人不仅反其调而论之,更是反其道而行之。开始大家不理解,也看不出与正常的价值相抵牾有何好处。后来才逐渐明白,才看到这样做的好处,也就是从貌似荒诞不经的行为中收获的快乐、力量与浓烈的生命。这样一来,他们心中只剩下一个愿望,就是要跟那些人一样。

在腓立比和帖撒罗尼迦,归信犹太教的人虔信宗教的时候往往深沉又温和,他们生活在安宁之中,而非时时澎湃激昂。不论是恪守教条还是宽松以待,犹太教的律法塑造了他们的生活,使他们做的一切都显得庄重,不过,他们希望逐渐改变,而不是突变。成为保罗弟子之后,一切都跟从前不一样了:即将到来的世界末日彻底改变了他们的视角,只有保罗的弟子们知道这件大事,其他人一概不知情。换言之,唯独他们是沉睡之人中清醒着的人。大家生活在奇妙的世界里,每个人都要留心,不要做出——

有必要再说一次,保罗非常看重这一点——不符合常理的举动,如此的戒律让周遭的一切更不可思议了。一方面,他们的内心正在发生巨大的变化,另一方面,他们要认真、虔心地追求最寻常的生活,这内外的巨大反差令人迷醉。我猜想,保罗的弟子和只去犹太教堂做礼拜的人照面的时候,第二拨人中心思最细腻的那几个肯定能发现保罗弟子们身上的转变,这种改变让他们想入非非,甚至隐约有些嫉妒。

20

《使徒行传》对保罗离开腓立比到他再次回来这七年的经历一笔带过。原因便是,路加没有跟着他。《圣经》为我们提供了另一份资料,不但能补全空缺的内容,还具有十分独特的研究价值,因为这份文字是保罗自己写的:他写给他的教会的信。

无论哪个版本的《新约》,福音书和行传之后一定是保罗写的"书",法语用的是略显浮夸的 épîtres,其实它们不过是 lettres——信件。《新约》编排文本的顺序有点迷惑人:这些信比其他文本至少早出现二三十年。保罗的信是最古老的基督教文本,它们记录了仍未被叫作"基督教"的宗教最早留下的痕迹。这些信同样是整本《圣经》中最"现代"的文本,所谓"现代",是指这些文本的作者很明确,他会用自己的声音说话。要知道,福音书不是耶稣写的,《摩西五经》不是摩西的作品,赞美诗更不是虔诚的犹太人以为的大卫王的作品。与此相对,哪怕是最严格的考证都认为,至少三分之二的信出自保罗本人之手。我这本书表达我的思想有多直接,他的信彰显他的想法就有多直接。大

II 保 罗

家永远弄不清耶稣是谁，不知道他真的说过什么，但知道保罗是谁，还知道保罗都讲过什么。想要弄清楚保罗语句的起承与转合，不必相信把传说故事和神学研究一层层地堆叠在这些信上的中间文本。

保罗著"书"，不是想逞作家之能，而是为了与他建立的教会保持联系。他在信中交代近况，解答别人提出的问题。也许这并不是他写第一封信时所期望的，但他的信仿佛立马变成了通告，就像1917年之前，列宁从巴黎、日内瓦、苏黎世等地向"第二国际"各个支部发去的通函和用于联络的简报。那个时候，福音书尚未面世：第一批基督徒手上没有神圣文本，保罗的信可以取而代之。每次爱筵分食面包和餐酒之前，大家总会高声朗读他写来的信。教会若是收到他亲笔写来的信，一定会虔诚地留存原件，信徒们用手抄信，在教会内传阅。保罗希望每个人都能读到，因为他与其他精神领袖不一样，既不搞一对一的私谈，也不故弄玄虚。他对密宗不感兴趣，也能轻松地为不同读者改变风格；保罗在这个细节上很像列宁，列宁认为要"用现有的材料工作"。所以每个人能通过读信接受教导，从中吸取能够内化的内容。保罗写给帖撒罗尼迦人的信不仅关乎帖撒罗尼迦的教会整体，还关系着马其顿的其他教会。虽然路加在《使徒行传》里没说，但他肯定读过保罗的信，很可能还抄写过。

◆ ◆ ◆

在神学家眼里，保罗的信都是神学专论——甚至可以说，这些信构成了基督教神学的根基。在历史学家看来，保罗的信是原始资料，其内容的新鲜与丰富程度令人难以置信。正是通过这些信，我们才能直击最初的基督教团体的每日生活，观察他们的组织方式，思考困扰他们的问题。正是通过这些信，我们才能勾勒出公元50年至60年，保罗在地中海的海港间穿梭的场景；研究《新约》的专家无论秉持什么样的信仰，只要想还原这一阶段发生的事情，都要倚靠保罗的信和《使徒行传》。专家们知道，如果文本之间出现矛盾，应该相信保罗的文字，原因在于，原始文献比事后编纂的文本更具历史价值。至于怎么处理，每个人都可以自行决定。而我，正是在拿他的文章做文章。

21

保罗离开腓立比后去了帖撒罗尼迦，然后从那儿去往庇哩亚，这条路线是大家公认的。每逢安息日，他会去犹太教堂演讲，让一些向往犹太教的希腊人皈依，这个举动激怒了真正的犹太人，他们想尽各种办法，要把这个不忠诚的对手赶出城。我们在动画片《幸运的路克》里能看到，他每次被赶出城都会受到涂柏木油、粘羽毛的惩罚。传道屡屡受挫让保罗更加坚定，他要去大城市碰碰运气。于是，他在庇哩亚弟子们的护送下乘上了开往雅典的船，等待他的却是另一场更为惨痛的失败。

◆ ◆ ◆

可以肯定的是，雅典不是保罗的幸运地。伯里克利、菲狄亚斯、修昔底德，还有悲剧作家们响当当的名字在他眼里没什么意义。即使我们不切实际地假设，他曾对古代雅典的辉煌心存幻想，那无论如何，他的梦想也会幻灭。此前的两百年里，雅典沦

II 保罗

为帝国外省的城市,政治上依附帝国,城市本身变成了放古董的地方。显赫的罗马家族派后代来雅典研学一年,年轻人来此地瞻仰卫城,欣赏逃过苏拉军团洗劫的雕塑。他们观摩教育家、修辞学教师、语法学家在广场上踱来踱去,像柏拉图、亚里士多德一样,就宏伟的哲学命题展开辩论。辩论氛围之融洽,就像在一些美丽的法国乡村,做盾牌和马蹄铁的匠人从事着由文化遗产管理会资助的手工艺一样。希腊雕塑震撼了保罗:作为驯良的犹太人,任何对人类形象的再现对他而言都是偶像崇拜。保罗不喜欢聒噪,也不愿跟附庸风雅的人打交道。但他肯定天真地认为,那些高谈宏大主题的人一定能成为他的座上客。于是,保罗也开始在广场上做演说,挑战专事论理、说服别人的斯多葛学派、伊壁鸠鲁学派。他操着不熟练的希腊语,就基督和复活侃侃而谈,古希腊语中的"复活"叫 anastasis,有人半懂不懂地以为他在讲一位名叫阿纳斯塔谢的姑娘,跟他一起来了雅典。这个画面好似在尼斯,有幢房子挂着一个铭牌,铭牌上写着"这里曾生活过弗里德里希·尼采和他饱受折磨的天赋",对法语一知半解的人看到之后就会说:又是一对如胶似漆的小两口。

希腊人以为保罗是"传说外邦鬼神的"[①],意思是他就像印度教克利须那派教徒。有人问道:"这人叽叽喳喳地在说什么啊?"他们见到的保罗神气活现、张牙舞爪,缠着听众给他们传道,这个架势跟他信里写的一模一样——"务要传道,无论得时不得时"[②]。埃尔韦提醒我,保罗传道的方式与倡导"恰如其分"的蒙田恰好相反。

---

① 《使徒行传》17:18。
② 《提摩太后书》4:2。

王　国

◆◆◆

话虽如此，几个十分好奇的人请保罗向亚略·巴古阐释自己的学说。亚略·巴古是雅典的最高会议，五个世纪前，就是他们给苏格拉底判的刑。保罗讲道当天，亚略·巴古应该没什么急事要宣布。他的演讲像是为面试准备的，破题非常巧妙。"众位雅典人啊，"他说，"相比说你们不够虔诚，我倒是觉得，你们虔诚得太过。我到街上散步，拜你们的神庙，看见有一处祭坛专门献给'未识之神'。（古希腊确实存在这样的题铭刻石：为了防止人们没有留心从而冒犯过路的神灵。）那么，我今天要对大家说的，就是这位诸位敬仰有加却不甚了解的神。"①

开头十分精彩，接下来他简要介绍了一下这位神。经过保罗的筛选，这神的特点一定能讨雅典哲学家们的欢心。他不仅不栖于神庙，更不需要我们为他祭祀。他是元气，从一本造出万族，让宇宙按他定的秩序运转。大家四处寻他，可他就在每个人身边。总体说来，这个形象非常抽象，大家很难触犯到他。保罗只字不提这位犹太人的神没那么普世的特点：嫉妒心和报复心太强，只保佑自己的子民。雅典人听保罗说啊说啊，大家称赞连连，可总是缺了一分热情。或许他们想听点更奇特的内容。就在这个时候，保罗的演讲突然偏离主题，跟他在特罗亚犹太教堂里的发言一模一样。就像1973年在梅斯，菲利普·K.迪克当着惊愕万分的法国科幻小说迷的面，发表了一篇关于他的神秘经历的演讲，取题《如果你不喜欢这个现实，你应当去探访其他的现实》。

---

① 见《使徒行传》17：22—23。

II 保罗

他在演讲中提道,大家在他小说中读到的内容,都是真的。

"因为神,"保罗接着说道,"定好了日子,那一天就快来了,他指派的人会在那天审判世界。为此,他让那人从死人中复活了。"①

至于那个人,保罗没时间告诉大家他的名字,因为审判世界、死人复活的故事一出口,听众应该有了判断。秉持怀疑精神的雅典人跟犹太教堂里的犹太人、梅斯的科幻迷不一样,一点受到惊吓的意思都没有。他们面带微笑,耸了耸肩,说好的、好的,故事留到下次讲。听众随后散去,留做演讲的保罗一人在原地,大伙笑盈盈地包容他比引起众人轰动、被处石刑更让他难受。

22

被狠狠羞辱的保罗没在雅典逗留太久,他动身赶往科林斯。科林斯与雅典城截然相反:这座巨大的港口城市,人群熙熙攘攘,城里到处是放纵的聚会;它没有辉煌的历史,没有文明古迹,只有人头攒动、店铺鳞次栉比的狭窄街道,这里什么都能买卖,顾客们操着各种语言。科林斯有五十万人,三分之二都是奴隶。城里的神庙采用朱庇特神庙样式,但每个街角都能见到供奉伊西斯、西布莉、塞拉比斯,尤其是阿佛洛狄忒②的小教堂。祭拜阿佛洛狄忒的仪式通常由女祭司-妓女主持,圣妓们有一个美丽的

---

① 见《使徒行传》17:31。
② 伊西斯是古埃及神话中的生命女神;西布莉是古代亚洲小亚细亚地区的大地母神;塞拉比斯是经过希腊化的古埃及神;阿佛洛狄忒是古希腊神话中的爱与美之神。

王　国

名字——hiérodule。让圣妓们名声在外的，是她们身上携带的梅毒，地中海沿岸的人管这种病叫"科林斯病"。科林斯是放纵和利欲之城，没人虔信宗教，可是保罗在这儿过得比在雅典更舒服，因为起码人人都在忙活，没人自认为比别人高出一头。保罗在科林斯结识了一对犹太夫妇，据《使徒行传》记载，两人名叫百基拉和亚居拉，两人因克劳第把犹太人逐出罗马的敕令被赶出了意大利。百基拉和亚居拉两人与保罗同业，所以保罗与他们同住同工。①

◆　◆　◆

之前没机会说，保罗在腓立比例外地接受了他人供他住、供他吃，但他不仅仅是传道：他也工作，并为此感到自豪。他常说："若有人不肯做工，就不可吃饭。"② 我上本书的主人公叫爱德华·利莫诺夫，他周游世界的时候随身带着缝纫机，每到一个地方就靠改裤子为生。保罗跟利莫诺夫一样，他做的布很粗但是很坚韧，可以用来做帐篷、船帆和运货的袋子。对于喜欢周游、从来只依靠自己的人来说，纺布是个明智的选择，因为到哪里都不会没了活计。不过，对出身优越、立志做拉比的犹太人来说，这个决定就太让人吃惊了。保罗在信里特别强调，他干活不是为了吃上饭，而是想用双手劳动，这么说是想让大家明白，没人强迫他干活，纺布是他自愿的。细想起来，他的决定实属罕见。在二十世纪，诸如西蒙娜·薇依、罗贝尔·林哈特、工人神父等知识分子

---

① 见《使徒行传》18：2—3，"克劳第"指克劳狄皇帝，前文已提到，此处沿用《新约》的译名。
② 《帖撒罗尼迦后书》3：10。

和精神领袖，希望通过工厂生活了解从未体验过的生活状态。今天似乎越来越少的人能够理解他们为什么这么做，可以确定的是，除了保罗，古希腊人也不了解这样做的意义。不管是伊壁鸠鲁主义还是斯多葛主义，先哲总是教导我们财富易逝、难以预料，大家要做好亏掉所有资产，不发出半点埋怨的准备，可是从未有先贤建议，甚至想过让大家主动地放弃财富。拉丁语里的otium指的是空闲、自由支配时间，这对他们而言是实现自我的绝对条件。关于这个问题，保罗最有名的同代人、哲学家塞涅卡说过一个非常值得玩味的观点，他说，如果不幸地沦落到为了生存必须工作，那他不会哭天喊地；他会自我了断，就这么简单。

23

如往常一样，保罗开始每逢安息日就去科林斯的犹太教堂演讲，他用经文告诉科林斯人，耶稣就是即将到来的救世主。同往常一样，这话让犹太人怒不可遏，特别是当保罗骂犹太人是该死的孬种，说自己向不信教的人传道时说话向来如此，还声称要在犹太教堂隔壁的希腊人家开一所学校同当地人竞争，科斯林人再也忍不住了。暴怒的犹太人把保罗再一次告到罗马人那里，谁知罗马长官再一次驳回了指控，他的原话是："如果是为冤枉或奸恶的事，我理当耐性听你们。但所争论的，若是关乎言语、名目，和你们的律法，你们自己去办吧！这样的事我不愿意审问。"[①]

[①] 《使徒行传》18：14—15。

王　国

◆◆◆

长官的明智答复不仅讨好了支持政教分离的人，还乐坏了研究《新约》的历史专家，因为路加明确地给出了罗马官员的名字。这位长官名叫迦流，一则碑文证明，他自公元51年7月至公元52年6月在科林斯担任"方伯"①一职。当然，碑文上的日期并不是这样写的，因为当时没人想到自己竟生活在"公元之后"。但日期可以换算，而且在这整个故事中，只有这两个日期是绝对确定的。历史学家只能根据这两个日期往前、往后推，从而还原出保罗周游的时间线。当然，路加根本不知道现代史学的标准，但历史，也存在于他生活的年代，而他认为自己在书写的正是历史。最能说明这一点的，莫过于他一有机会就会把这个后来成为基督教的犹太小教派的地下编年史，与他那个时代的官方和公共事件联系起来，而后者或可引起真正的历史学家的关注。路加明白，他故事里的主人公，比如保罗、提摩太、吕底亚，甚至耶稣，出了他们这个教派的小圈子便没人认识。跟其他几位福音书作者不同，路加写书是给不了解这个宗教的人看的，所以这件事让他很头疼。因而，若是在书写这些不知名的人和事的故事时，能援引众所周知的人和事，最起码得是身居高位或是在世上留下了些许痕迹的人，比如这位"方伯"迦流，路加会十分高兴。我想，如此喜欢用名人为自己加持的路加，要是知道这位长官正是大名鼎鼎的哲学家塞涅卡的哥哥，肯定会更开心。我们之前提到过塞涅卡，他写的《论幸福生活》就是献给迦流的。

---

① "方伯"为《新约》译名，意为古罗马的行省总督。

II 保罗

◆ ◆ ◆

《论幸福生活》是本怪书。乍一看，它总结了斯多葛学派的哲学观点，他们的哲学放到今天更类似个人成长方法。我想这也是这本书大获成功的原因，这本书类似缺乏集体理想的现代人追捧的佛教经典：现代人跟公元一世纪的罗马人一样，他们的精神支撑只有自我。塞涅卡向兄长迦流描述了幸福生活的美妙，据他描述，幸福生活的实现完全依赖美德实践，以及由此获得的内心平和。其指导原则是节制、抽离、安静。幸福的秘诀在于悬置自我。每一天甚至每个小时都要进行拉丁语里叫作 meditatio 的练习，把自己从情感的支配中解放出来，不后悔，不希望，不预想未来，分得清什么由我们支配，什么不受我们掌控。如果孩子不幸死了，要告诉自己我们无能为力，不应耽于伤感。将生活的每一种境况（特别是逆境）视作践行美德的机会，不断从凡人的蒙昧进阶到心灵的健全，最终实现智者的理想——斯多葛主义者从不羞于承认很少有人能够实现这个理想，大概每五百年才能出一个。

这本书就这样用典雅、和谐的散文写了三十多页，然后在某一刻，突然间，心平气和的说理陡然变成了作者激烈的自我辩护。塞涅卡异常愤怒，语气失去了控制，无须看前言和脚注也能知道发生了什么：有人谴责他的生活与自己提出的哲学准则背道而驰，他正竭力为自己辩护。

中伤他的人自有根据。出身西班牙骑士家族的塞涅卡在罗马发迹——这一点非常能体现罗马帝国的统一进程：塞涅卡是古罗马精神的化身，从未有人把他当成西班牙人，就跟大家想到圣奥

王　国

古斯都，也不会把他当作阿尔及利亚人一样。塞涅卡是文人，创作的悲剧很受欢迎，他还是斯多葛主义世俗化的重要推手，不仅如此，这位雄心勃勃的朝廷中人一度受到卡利古拉的赏识，克劳狄主政时失了势，待到尼禄当权才东山再起。此外，塞涅卡还是精明的商人，他用可观的收入和人脉做起私家银行的生意，攒下了三亿六千万塞斯特斯①的财富，至少相当于今天同等数额的欧元。知道了这些——其实大家都知道，每次听他说教都忍不住要笑出来。塞涅卡赞颂超脱，讴歌俭朴，劝导别人实践清贫的生活：吃粗面包，睡硬床板，每个星期来上一次。

嘲笑最后变成中伤，塞涅卡面对非难是如何为自己辩护的呢？他说从未认为自己是十全十美的智者，他只是试图按照自己的步伐成为智者。他讲，即使自己没有走出一条完整的路，为别人指点方向也是好事一桩。还说他讲美德的时候并未自视典范，反倒在谈缺点的时候想到的都是自己的毛病。说这么多干什么！又没人讲贤人必须拒绝财富的馈赠。身体不好得忍着，身体好也得享受。瘦弱、畸形不必羞赧，但是身板结实再好不过了。财富让塞涅卡称心如意，恰似海员碰上顺风：没有也行，有更好。用金餐盘吃饭又如何？如果凭借 meditatio 的操练，我们也可以享用粗钵里的饭菜，何乐而不为呢？

我跟大家一样拿他开玩笑，可心里还是赞同这种智慧的：它很合我口味。保罗不满意，他管这些叫作世俗的智慧，还提出了另一种截然不同的智慧，要是塞涅卡和哥哥迦流听了，估计什么都听不懂。

---

① 古罗马货币单位，用青铜铸造的硬币。

Ⅱ 保　罗

◆　◆　◆

在同辈人的眼中，迦流和气、有修养，是古罗马官长理想的模样。相比二十年之前官职相同、处境差不太多的本丢·彼拉多，迦流好上太多。话虽如此，面对责令他处死拿撒勒的耶稣的人，本丢·彼拉多跟迦流看到手脚绑住的保罗一样，做出了同样的回答：他没法对宗教之争做任何裁断。他最后下决心判处耶稣的原因是，耶路撒冷已沦为混乱的殖民地，部落争相起义让城市不得安宁，然而在科林斯，罗马的秩序和平而治，法律得以留出宽容的余地。彼拉多和迦流的共同点在于，两人都没意识到眼皮底下发生的事情的重要性。耶稣对彼拉多而言，正如保罗之于迦流，两个犯人跟押他们到法庭上的犹太人一样，一样肮脏，一样卑微。迦流命人放了保罗，当下忘了这回事。彼拉多不得已让人把耶稣钉到了十字架上，兴许他意识到自己为预防骚乱做了不公平的裁决，所以一夜没睡好，可这顶多折磨了他两天。这事也就这么了了。事情向来如此。或许我写下这些话的时候，某个无名之辈正在郊区的城邦里或某个镇子上制造事端，无论是善是恶，他未来将改变世界的面貌。或许出于一些缘故，这无名之辈会遇到一位名人，从所有方面来看，这名人是他那个时代知识最渊博的人。想都不用想，这名人必定跟无名之辈擦肩而过，完全没注意到他。

24

那年冬天，也就是保罗来到马其顿一年之后，当地有传言说

王　国

提摩太回到了帖撒罗尼迦。当地的兄弟姐妹们焦急地等待着荣耀的基督回归，不过现在，能见到保罗他们也很满足，结果保罗也见不到，但他们依然很开心保罗差来了他的助手。若如我所认为的，路加住在腓立比，沿着横穿希腊北部宽阔的罗马大道，骑马一天或步行三四天就能到达帖撒罗尼迦，他要是没去那才叫奇怪。

◆　◆　◆

提摩太是非常年轻的小伙子。父亲是希腊人，母亲是犹太人，根据以色列的法律，他是犹太人。提摩太一家在吕高尼生活，保罗一行路过吕高尼时，提摩太仍未受割礼；保罗让提摩太的母亲、祖母和儿子归信——父亲有没有归信，不太清楚。小伙子一心向教，虔诚的他央求保罗再次上路时带他一起走。保罗应了下来，出发的前一天晚上，他亲手为提摩太行了割礼。路加说保罗决定这么做多少有些为难，因为"那些地方的犹太人都知道他父亲是希腊人"[1]。实际上，保罗和当地人的摩擦已经够多了，更不用说一个未受割礼的犹太小子带来的流言蜚语了。不过他倒不会反悔自己做的事情。提摩太是理想的弟子，至忠至诚。大家知道他做过保罗的书记，我猜他还是保罗的仆从。最后成了保罗的密使。

我自己就认识两位大师——一位太极大师，一位瑜伽大师，所以我也很了解在大师身边不得不一边做门徒一边做杂役的处境。即使我愿意听别人告诉我的关于这种关系的一切，即师徒之间绝对的从属是一种东方传统，它是传授技艺的必备条件，但我

---

[1] 《使徒行传》16：3。

Ⅱ 保罗

依然不禁觉得可悲,这些人在此世间的所有欲望竟只有依附。话说回来,精神领袖的左膀右臂通常有两类。一类是死板的狂热信徒,他们因受到师傅倚重而获得了一丁点权力,进而变得残忍;另一类是没有邪念的好少年,我倒更愿意把提摩太想象成没有恶念的好少年形象。聚在帖撒罗尼迦欢迎他的兄弟姐妹中间,属路加认识提摩太最久。两人的亲密关系让路加很骄傲,说不定还在别人面前好好地吹了一通,而我发现,提摩太似乎领悟到了这一点,他对待路加好似早已结识的同路人,一有机会就不忘告诉大家,要不是路加,要不是两人宿命般在特罗亚相遇,要不是路加请他去腓立比,马其顿的教会根本不会存在。

◆ ◆ ◆

提摩太都说了什么?他说,保罗保佑大家。他很想亲自来腓立比,可是撒旦拦住了他的去路。(就像我们不清楚圣灵如何拦阻他们在亚细亚传道①,我们也不了解撒旦如何拦住他们,若以邪恶的想法揣度,撒旦算是保罗经常拿来用的借口:"朋友们,我使出浑身解数赶过来,可你们知道撒旦是怎么……")他继续说,虽然保罗深陷科林斯的火炉中,忙于应付堕落的异教徒和刻薄的犹太人,但一想到马其顿亲切的弟子们,以及他们淳朴的风俗和干爽的气候,他就倍感安慰。异教徒嘛,还说得过去:他们就是那样。让他头疼的还是犹太人。犹太人听不得就是要说给他们听的消息,他们不停给他制造麻烦,把他带到罗马的法庭上,威胁要用石头把他砸死。犹太人搞死了主耶稣,之前还弄死了先知。②他们是所有人

---

① 见《使徒行传》16:6。
② 见《帖撒罗尼迦前书》2:15,《圣经》原文为"这犹太人杀了主耶稣和先知"。

的敌人。神不喜欢他们，准备把怒气全部发泄到他们身上。

提摩太或许没有这么说，但保罗说了，这些话来自《帖撒罗尼迦前书》中一段让众多《圣经》评注者备感尴尬的内容。痛恨教权的人特别钟情这一段，他们根据这段话把教会中长期以来让人难以忍受的反犹传统一直追溯到保罗；就算注经人在保罗的其他信里偶尔能碰到对犹太人更友善的说法，我们也没法说，他们把反犹的思潮归到保罗身上是错的。或许我弄错了，但我觉得，保罗把话这么讲也会让帖撒罗尼迦人犯难——我猜最起码会让路加为难。这事说到底也怪：保罗是犹太人，提摩太是犹太人，听他们说话的人不是犹太人，但不停埋怨犹太人的就是保罗和提摩太。路加这样的人肯定崇拜犹太教，喜欢他所了解的犹太生活的方方面面，出言中伤犹太教势必会让他产生困扰。这两个犹太人口口声声说"犹太人"，搞得跟自己不是犹太人一样，他们讲起"先知"就跟那些先知不是他们的先知一样。路加一直听别人说，神为跟路加一样的异教徒准备了礼物，这礼物原本要送给他的子民，可他的子民配不上这礼物。路加听到这些，感觉这件事就像一个反复无常的亿万富翁决定把全部财产留给你，就为了报复他不喜欢的儿子。就算意外之财难以拒绝，但这真叫人有些难堪。

25

另有一件事让帖撒罗尼迦人犯了难，"犯难"这词儿都说轻了：这件事震动了他们，动摇了他们信仰的根基。几个星期前，教会里死了个人。但保罗在告别帖撒罗尼迦人之前，向他们说了

Ⅱ 保　罗

一件耶稣也说过的事情——说到底，是福音书借他之口说的。两人的话非常轻率，大致可以总结为，我向你们宣布的事情，你们很快就能见到，你们每个人都会见到，所有人死之前都能见到。耶稣说的是："这世代还没有过去，这些事都要成就。"①这极短期的庄严承诺，在很大程度上解释了新皈依者狂热的紧迫感。事先准备什么方案都无济于事，我们能做的只有等着审判之日的来临，边等边祈祷，边等边注意时时布施善心。

◆　◆　◆

可惜的是，我的教母在人生最后一程沉迷于这样的宣判。我想起曾有一次跟她谈话，提起半年之后的旅行。她看着我，脸上的神情我之前偶尔见过，是那种明白人发现身边人如此无知时的悲伤神情，她告诉我："小糊涂蛋，六个月之后没人出远门，没人坐飞机。"话没往下，我也不想再听，因为我已经从她嘴里听过类似的预言，我认为，忍受她的玄乎是我从我们的谈话中汲取力量所要付出的代价。不过，我也没有坏心眼，不会每次预言的期限一过就提醒她说过的话。她自己大概也忘了这码事，说到底，时间到了，没有发生预言的灾难这件事没有对她造成困扰。当然，地震、洪水、可怕的战争、恐怖袭击时而发生，但她并没有把这些事件作为对自己有利的论据，因为她所宣布的与混乱俗世的日常磨难完全不同。她讲的是世界真的走到了末日，跟末日一起来的，是耶稣被天使簇拥出现在天空中，审判活人和死人。这个如此精明、有涵养的女人，这个世上对我影响最大的人——以至于

---

① 见《马太福音》24：34，同一句也出现在《马可福音》13：30与《路加福音》21：32中。

王 国

在有些时候我仍会问自己,她会给我怎样的指导——就连她都真的相信两千年前刚被保罗改宗的一小群帖撒罗尼迦人所相信的东西。甚至家中兄弟去世,她的反应都跟他们如出一辙:再等三天,耶稣受难三天之后就复活了,那天是复活之日,是至暗之日,更是天福之日。

◆ ◆ ◆

在这三天里,帖撒罗尼迦人为逝者守灵,寸步不离,盼着第三天晚上受难的人重新站起来,把大家盖在他身上的布一丢,命墓地里的死人重新站起来:所有死人都会听到他的命令。昨天死的、前天死的,自世界存在以来所有出生、活过又去世的人。他们对着瘦骨嶙峋、有些胀气、散发香料香气的尸体守了整整三天,他们只知道这人是最后受难的人,之后所有人都会复生。帖撒罗尼迦人想知道,他是以怎样的方式复活,所有人又是以怎样的方式复活。他们想知道,早已归尘的人再回来时是否会跟他们活着的时候一样,还有一个不能忽视的问题,就是复活后,这些人是死去时的样子,还是回到了一生中最光彩的时刻。帖撒罗尼迦人想知道,复活的人会有老年人皱皱巴巴的身体,还是重回年轻时代的神采,有虬结的肌肉和结实的胸膛,以及——保罗可能会反对这么问——还会不会有做爱的欲望。守灵的时候,他们一直想着这些,到了第三天,人没复活,再到第四天,人开始散发浓烈的气味,只好下葬,大家没搞明白到底是怎么一回事。信徒们不敢回家。他们聚在原地,低声咒骂,怪罪彼此把自己骗了个团团转。他们中间第一个受难的人,本应该是最后一个死去的人,可他,竟然只是又一个平淡无奇的死人。他连主日都没见到,更别提其他帖撒罗尼迦人了。

◆ ◆ ◆

失望的他们把自己被骗的事情告诉提摩太的时候,会有怎样的语气?是说不出口,还是像被舌灿莲花的演说家蒙骗的人,要讨个说法?提摩太向大家保证,这事他会请示保罗。

26

我在推进故事的过程中惊讶地发现,《圣经》里有一部书很少被用作宗教绘画的素材。研究《新约》之前,我确信它的所有内容都经过了一遍又一遍的艺术再现。比如有很多艺术作品表现了耶稣和追随耶稣的圣人的生活——最好是这些圣人遭受酷刑而死。然而,我一页一页仔细研读《使徒行传》后发现,撇开保罗在前往大马士革的路上归信这个情节,竟然几乎没有画作描绘过这部书。对于之前提到的场景,诸如伦勃朗这样的狂热信徒怎么没有创作过《提摩太领受割礼》,或是画一幅《保罗为女巫驱魔》或《腓立比狱卒归信》呢?怎么没有意大利或弗拉芒的早期画家以阿卡迪亚碧绿的风景为底,创作《吕底亚与朋友在河边听保罗说话》?我们为何在奥赛博物馆里找不到一幅色彩稍许夸张的《吕高尼人将保罗和巴拿巴误认成神》?为何在卢浮宫里找不到兴许由杰利柯执笔的《帖撒罗尼迦人哀悼最先死去的人》?画面里应该是溺死的渔民们铅青色、肿胀的身体(画模是从太平间偷来的尸体),渔民们扭曲的臂膀伸向被暴雨扯开的沥青色天空——很有画面感,不是吗?

王　国

　　这些从未存在过的画作之中，我觉得有一幅至关重要。这幅画表现的场景在基督教历史上具有十分重大的意义，而且它画面感十足，我很震惊，它竟然没被画成一千幅画，拍成一千部电影，讲成一千部故事，没能像《三博士朝圣》和《圣母领报》那样注入我们的集体想象。这幅画的标题应该叫《保罗向提摩太口述第一封信》。

◆　◆　◆

　　画的场景在科林斯，就在百基拉和亚居拉的作坊里。那是一幢在今天地中海沿岸城市的贫民区仍能见到的破房子，房子有一室朝街，用来做活、接待客人，还有一间看不见的屋子藏在房子背后，是全家人睡觉的地方。只见保罗谢了顶，蓄着胡子，额头爬满皱纹，他正俯身侧在织布机上。这里要有明暗对比。光线驻足门槛。年轻的提摩太风尘仆仆，刚刚把自己去帖撒罗尼迦完成的任务说给他听。保罗决意要给帖撒罗尼迦人写一封信。

　　那时候，写信可不是稀松平常的事情。得备上一块板子，板上放着墨水瓶、尖笔和刮刀，还要准备一卷纸莎草纸——想必是小普林尼在信里提到的九种纸莎草纸中最便宜的那种。提摩太把板子搭在膝盖上，盘腿坐在保罗脚边——要是由卡拉瓦乔来画，提摩太的脚一定脏脏的。使徒保罗把梭子搁在一边，抬头望天，开始报想说的话。

　　《新约》[①]就从这里开始。

[①]　法语原文是《新约》，按照意思似乎《帖撒罗尼迦前书》更为贴切。

Ⅱ 保罗

27

我曾在学术文章里读到,古代的抄写员每小时大概能写七十五个单词。若此话为真,那便意味着保罗要不喘气连报三个小时——或许边说边沿着墙绕圈——才能说完《帖撒罗尼迦前书》开篇的长段;在这一段里,保罗祝贺帖撒罗尼迦人离弃了偶像,带着热忱服侍神,苦苦等待神子复活。①保罗想说的不光是祝贺这么简单,他激励帖撒罗尼迦人,为他们鼓劲,想要唤起他们的好胜心。帖撒罗尼迦人做什么都能做好,唯一要做的就是尽善尽美,给希腊其他城邦做表率。他们这么优秀是因为他们有出色的引导人。保罗只要谈起自己的长处就怎样都收不住。他说的话没有错误,说这些是为了让神开心,不是取悦人。他不会花言巧语,也不会讨好别人。他对帖撒罗尼迦的信徒犹如父亲对儿子,慈祥还是严厉全看他要进行怎样的教训。话说回来,他从没花过他们一分钱。

这最后一点,他还会经常提到。保罗是使徒,本可以靠信众生活。所有庙里的教士,管他是犹太人还是异教徒,光靠信徒的贡品统统活得十分滋润。照理说,赶羊去吃草的牧人应该喝羊奶、穿羊毛才对。保罗不是这样的人。大家知道,保罗靠双手劳动,干活让他不必有求于任何人,传福音的时候也不收取报酬,像他这般宽宏大量的人没必要提醒别人自己不收钱。最后这半句是他自己的话;实际上,他不停地告诉别人自己不收钱。几乎每

---

① 见《帖撒罗尼迦前书》1:9—10。

王　国

封信都会说起这件事，每天唠叨，我猜他身边最亲近的人，甚至跟提摩太、亚居拉和百基拉一样虔诚的人，每次听他说这话都会递给彼此一个半开玩笑、半随他去的眼神。保罗是天才，但他每时每刻都在唠叨"我得向你们承认，我有一个很大的缺点：为人坦率"，或是"我，因为谦逊，所以谁都不怕"。其实，他就是个粗人，在人情世故这个方面，以及在其他许多方面，他都站在耶稣的反面——用勒南的话说，耶稣是位"绅士"[①]。

◆　◆　◆

说了这么多，还是没解答困扰帖撒罗尼迦人的问题：如果他们中间有人死了没复活，还怎么信保罗的许诺呢？要如何相信死人会复活呢？

保罗绝非逃避问题的人；后面就回答他们的问题。他给出的答案非常有力，不过在听回复之前，我想花几分钟讲一讲复活这个奇特的概念。

这个概念很奇特，在两千年前就更奇特了。我们更熟悉晚近的基督教和伊斯兰教，会想当然地认为，复活是宗教本质的一部分，认为向信徒许诺如果此生过得好，那么死后会迎来新生是宗教得以存在的根本。但那是错的，同样错的还有认为宗教本质上需要吸纳新的信众。

古希腊人和古罗马人认为神不朽，而人不行。古罗马有墓碑刻着："我本不存在。我存在过。我又不复存在。那又何妨？"古代人把冥间称作地狱，把地狱想象成地底下的某个地方，那里或

[①] 此处原文为英语，可能是在用这个词影射 gentile（意为"非犹太人"）。

鬼或魂的人过着半生不死的生活，他们的生命缓慢、麻木，尚未成形，乃至对自身没有意识。堕入地狱不是惩罚，不管犯了什么罪、积了什么德，死了统统下地狱，没人会对死人感兴趣。荷马在《奥德赛》里讲述了奥德修斯在幽暗的地下世界走了一遭。奥德修斯在地狱碰见了阿喀琉斯，阿喀琉斯舍弃了庸碌一生，选择了热烈却短暂的生命，奥德修斯见到他的时候，他正在那儿咬手指后悔呢：死了的英雄哪比得上活着的狗呀！

犹太人跟古希腊人与古罗马人非常不同，但在复活这件事上跟他们取得了一致。他们把地狱叫作"阴间"，不过没详细描述，因为他们连"阴间"这个词都不愿想。他们祷告，是想让神在"我们活着的时候，在我们的岁月"建立王国，不是在死后。犹太人盼着弥赛亚让世间的以色列——不是天上的以色列——重归荣耀。古希腊人和古罗马人更能忍受不公平的待遇，他们认为遭受不公是因为偶然或命运；与古希腊人和古罗马人不同，犹太人坚持认为神对待每个人的态度取决于这个人的优点。公正就会得到回报，恶毒就会遭受惩罚，不论得回报还是被惩罚都在此世，在这一世——他们想象不出其他的生活。他们花了好长时间才弄清楚，有些事情并非他们所想，实际上，善恶有报少有。《圣经》记载了他们的困惑不断加深，这种迷惑的情绪在《约伯记》中甚至化成能够打动读者的文字。

就一个民族整体来说，它遭受的苦难总是有可能在将来得到弥补的，犹太人也没有放弃这种希望。不过这种事在个人层面更难实现，尤其当我们不得不承认有的人尽管有优点，却饱受苦难的摧残：庄稼被别人烧掉，妻子被奸污，孩子被杀害，甚至连他本人也在身心都遭受可怕的折磨后死亡。这种人就像用土堆蹭掉

王　国

毒疮的约伯，抱怨生活无可厚非。犹太人想为这等悲惨命运找个解释，他们没有想到"因果报应"和转世——在我看来，这个概念是唯一能让人满意的答案。然而在我讲述的那个时代，犹太人开始塑造彼世的概念。在他们所说的彼世，每个人根据功德获得报偿，此外，犹太人逐渐发展出"天上的耶路撒冷"和死人复活的概念。但这仍然指的是遥远的审判之日到来时，所有死者的复活，而非哪一个人违背自然规律复活。一个人的复活确实骇人听闻。想象一下，要是有人告诉那些自称基督徒的人，他们认识的某个人——全人类中就这一个人，就在昨天，像我写的电视剧剧本那样从死人中间复活了，他们该有多崩溃？我想坚持一点：耶稣死后三天他的弟子们说的复活，还有保罗对归信犹太教的希腊人说的复活，完全不是虔诚信教的人在痛失亲友时自我安慰从而自然而然产生的想法，这种复活是谬误，是对神明的亵渎。

◆　◆　◆

但保罗回复说，这是他的话的核心，其余一切都不是必备的。保罗为了把这个观点灌输到帖撒罗尼迦人的脑袋里，演绎出一种循环论证，他的话在二十年前就引发了我的深思。大家回想一下"阿雷斯启示"，想不起来可以翻翻这本书的第一章第十八节：

> 既传基督是从死里复活了，怎么在你们中间有人说没有死人复活的事呢？若没有死人复活的事，基督也就没有复活了。若基督没有复活，我们所传的便是枉然，你们所信的也是枉然。[①]我们若靠基督只在今生有指望，就算比众

[①]　《哥多林前书》15：12—14。

人更可怜。①。若死人不复活,那么那些人说的是对的:我们就吃吃喝喝吧!因为明天要死了。②

(我们中间许多人的想法确实如此。我们认为复活跟最后的审判一样不切实际,活着的时候就要好好享受生活,如果基督教只讲复活——保罗的教导也是如此,那基督徒也可太可怜了。)

28

有个现象大家都很熟悉,宗教史专家也留意到了:与预言背道而驰的事实非但没有摧垮信仰,反而巩固了它。宗教领袖预言世界末日即将到来,还能精确到某一天,对此,我们只会冷笑一声。他这么不注意倒是让人挺讶异的,我们以为,除非他能破天荒地证明自己是对的,否则他将被迫承认自己预言错了,可他从来不承认。连着好几个星期或好几个月,宗教领袖的信徒们会用苦行赎罪,为即将到来的事情做准备。他们逃到地堡,人人屏住呼吸。终于,命里的那一天到了,时钟敲响。大家回到地上。他们满心以为世界满目疮痍,被罩上了一层透明的壳,他们是仅有的幸存者,可现实并非如此:阳光依旧闪耀,大家照常忙碌,什么都没变。正常来说,这些人应该抛下离奇的想法退出宗教才对。真有人这么做:退出的人都是理智派或温和派,这下他们可轻松啦。剩下的人劝自己说,如果什么都没变,那也是因为一切都是表象。实际上,变化可彻底啦。要说看不见变化,那是为了考验

---

① 《哥多林前书》15:19。
② 见《哥多林前书》15:32。

他们，挑出合格的人。以眼见为实的人已经败下阵来；能看见自己所信事物的人才是赢家。他们才不管自己的感官传达的信息，挣脱了理智的苛求，准备好被当成疯子，只有这么做才能通过考验。他们是真的信徒，是天选之人：天上王国是为他们准备的。

◆ ◆ ◆

帖撒罗尼迦人通过了考验。考验让他们更虔诚，紧紧地抱在一起。保罗终于松了一口气——也没很久。他从来不会放松太久。信里能读到他经常跑来跑去，不是去堵漏，就是赶去对抗大火。他刚抵御一次针对常识的进攻，另一头又着火了，这次的火，烧到了关乎宗教合法性的地方，更加凶险。现在就要来谈谈加拉太的事情了。

29

加拉太人是安纳托利亚高地上一群不信神的人，保罗头一次到亚细亚的时候让他们归信了基督教。他到加拉太之后饱受神秘疾病折磨，多亏加拉太人毫不厌倦地照顾，他才捡回命来。换成其他人，早把保罗当成麻风病人赶走了，但加拉太人当他是"神的使者，如同耶稣基督"[①]。他跟善良的加拉太人好久不联系了，但经常想到他们，回忆里都是温柔与思念。公元54年或55年的某一天，人在科林斯的保罗接到几条让他极度恐慌的信息。传说有一群煽动作乱的人拜访加拉太人，让他们离弃了信仰。

[①] 《加拉太书》4：14。

II 保罗

◆ ◆ ◆

我想象，煽动作乱的人在巴黎流窜，就像"耶和华见证人"教派的成员，或侦探片里的杀手。他们从远方来，黯淡的外套上落满了路途的灰尘，一脸严肃。你若是想关上门，他们会用脚抵住门板。他们告诉你，根据摩西律法，只有受割礼者才能得到救赎。这是绝对的前提。保罗不让弟子们行割礼，那是在引诱他们犯错。他跟弟子们保证会获得救赎，可实际上，他把弟子们带到堕落的路上去了。这种人最危险，是一匹装成牧羊人的狼。

刚开始的时候，加拉太人没有慌，他们不是第一次听到这种责难了，之前在犹太教堂的拉比嘴里听过同样的话，保罗教他们回应的方法："我们又不是犹太人，为什么要受割礼？"可同样的回应没有震住不速之客。"要说你们不是犹太人，"他们问，"那你们是什么？""我们是基督徒，"加拉太人自豪地答道，"我们归属耶稣基督的教会。"

来访的人交换了一个痛心又心照不宣的眼神，好似医生面对病入膏肓却全然不知的患者。他们要做的，就是在加拉太人的伤口里撒盐。你们要说耶稣基督的教会，他们可太熟了：他们就是打那儿来的。只不过，真正的耶稣基督教会在耶路撒冷，是耶稣基督的同路人和亲人建立起来的，让人痛心的事实是，保罗冒用耶稣基督的名字，他没有任何权力建立基督教会。所以说，保罗歪曲了耶稣的意思，他是个骗子。

◆ ◆ ◆

这番话挫伤了加拉太人。因为关于信仰的来源，他们只知道

195

个大概。保罗经常提起基督,很少讲起耶稣,讲耶稣也是说他复活的事情,很少涉及他的生活,更别提耶稣的同路人和亲人了。保罗向来把自己当作自立门户的大师,向众人宣告他口中的"我的福音",含糊地告诉过他们,他来自一个主教会,是这个教会的代表。无论是加拉太人还是帖撒罗尼迦人,他们只知道提摩太是保罗的密使,他会把信息带给保罗,信息链到保罗为止。保罗上面没有人。其实是有人的,有 Kristos,就是基督,或者说是 Kyrios,就是主,只不过他头上没有凡人。

然而,这群从耶路撒冷出发、突然造访的人先说自己是保罗的上级,又说保罗不再是教会的一分子。大家把他开除出教会,因为他冒用基督的名义不是一次两次了。这个招牌保罗用不得,他却顶着名头作假,到处发展下线。好几次被揭穿,可他越走越远,总能找到新一批相信他的蠢蛋。所幸,教会有虔诚的督察一直追随保罗的足迹,让受骗的人醒悟过来,把他们领受的冒牌信仰换成正宗。他们每到一个地方,骗子就会消失得无影无踪。

◆ ◆ ◆

这个场景让我想起果戈理的《钦差大臣》。所谓"钦差大臣"是政府派来的检查员,这部十九世纪俄国戏剧代表作讲述了冒牌的钦差大臣下榻外省小城、戏弄所有人的故事。他承诺、迷惑与威胁并用,深谙每个人的弱点。手脚不干净的人都怕督察,贪官们知道有跟他和解的方式时,长舒了一口气——用的是俗世间你好我好的方式。故事不疾不徐地展开,直到最后一幕,冒牌大臣消失得不见踪影。大家到处找,越找越焦急。这时,仆从走进市长办公室,宣布真正的钦差大臣大驾光临。戏剧进行到这里,全

Ⅱ 保 罗

体演员应停下动作,定在舞台上;果戈理身为喜剧天才和狂热信徒,明显把最终审判的情节融入了好似恐怖哑剧的这一幕里。俄国的老少观众看戏的时候都笑坏了,坚持认为这出戏在讽刺外省的生活。这样解读真是大错特错,其实果戈理去世前写了许多序,这些好似训诫观众的序言道出了作品的真实含义。他说,小城是我们的灵魂,贪官污吏是我们的欲望。被当作钦差大臣、吃回扣的年轻人,是撒旦,是魔鬼。当然,真正的钦差大臣就是基督,他总在没人注意的时候降临,不守规矩的人可要遭殃了。跟冒牌钦差大臣做买卖的人要倒大霉!

◆ ◆ ◆

加拉太人见到耶路撒冷赶来的基督的代言人,听到自己被骗子蒙骗了许多年,应该体会到了《钦差大臣》里众人的惊愕与震动。他们的故事和这出戏的最大区别在于,冒牌大臣逃得没影,但保罗听到这个消息后,他没装死,也不搬出花招应付,更没做任何一个心怀愧疚的人会做的事。恰恰相反,保罗选择用最磊落的方式面对,在他所有的信中,给加拉太人的这封饱含对失去信众的恐惧,也最激奋,其开头写道:

> 作使徒的保罗(不是由于人,也不是藉着人,乃是藉着耶稣基督)[1]……我希奇你们这么快离开那藉着基督之恩召你们的,去从别的福音。那并不是福音,不过有些人搅扰你们,要把基督的福音更改了。

---

[1] 《加拉太书》1:10。

但无论是我们,是天上来的使者,若传福音给你们,与我们所传给你们的不同,他就应当被咒诅。我们已经说了,现在又说,若有人传福音给你们,与你们所领受的不同,他就应当被咒诅。[1]因为我不是从人领受的,也不是人教导我的,乃是从耶稣基督启示来的。[2]

30

保罗想把事说清楚,立马开始了长长的回忆。

最开始,他讲自己接受犹太教理的教育、自己对犹太律法的热忱,谈到大肆追杀基督的门徒,又讲到他的人生在去往大马士革的路上发生的重大转变。保罗讲的故事我们都知道,加拉太人也知道,不过他写信不是为了讲故事。保罗给加拉太人去信是想解释他同耶路撒冷教会的关系,教会密使把加拉太人搅得心绪不宁,在此之前,他们对二者之间的关系一无所知。

保罗的回答非常明确:对于耶路撒冷教会,他不亏欠任何东西。在去往大马士革的路上,让他蒙召归信的是基督本人,不是耶路撒冷教会里的人。所以,受基督感召改宗之后,他没有前往耶路撒冷宣誓效忠。他非但不效忠教会,还隐居在阿拉伯沙漠里。隐居三年后,他才赶往耶路撒冷,他不情愿地承认,他在矶法家住了两个礼拜,匆匆见了雅各一面。

---

[1] 《加拉太书》1:6—9。
[2] 《加拉太书》1:12。

Ⅱ 保 罗

◆ ◆ ◆

保罗嘴里名叫矶法的人原名西门,加拉太人肯定是读到信才知道有这么个人。"矶法"在阿拉米语里的意思是"磐石",即英语中的"彼得",耶稣为他改名,是希望他能像石头一样靠得住。同样,我们所说的约翰,原名约哈南,耶稣看他性格急躁,为他起名半尼其,意为"雷的儿子"。[①]彼得和约翰跟耶稣一样都来自加利利,他们是耶稣最早,也最忠诚的信徒。雅各与他俩不同:雅各是耶稣的兄弟。真是兄弟?《圣经》评注家和历史学家为了这个问题打成一团。一些人称"兄弟"含义很广泛,也可以指堂表兄弟,另一些人不同意了,他们说堂表兄弟有专门的说法,兄弟就是兄弟,一个词就一个意思。这场语言学争辩显然遮蔽了另一场关于圣母贞洁的争论,专门的术语叫"圣母卒世童贞"。大家猜测,圣母会不会生下耶稣之后还通过更自然的方式有了其他孩子?或者退一步说,圣约瑟是不是有其他后代,所以雅各是耶稣同父异母的哥哥呢?对于这些重大问题,无论我们的看法如何,有件事可以确定,那就是在公元一世纪五十年代前后,没人问得出这些问题。彼时,圣母崇拜还不存在,也无人在意她的贞洁。大家对耶稣的了解,跟他有兄弟姐妹并不冲突,信徒们把"主的兄弟"雅各与耶稣最初的追随者彼得和约翰摆在同样的位置。

雅各、彼得和约翰三人都是虔诚的犹太人,他们恪守犹太律法,定期去神庙祈祷,跟耶路撒冷城里其他虔诚的犹太人的唯一不同是,他们觉得身边这位兄弟和导师就是弥赛亚,他是从死里

---

① 见《马可福音》3:17。

王　国

复活的。而保罗大肆捕杀犹太人，后来却成了三人的同类，所以他们瞧不起保罗当然情有可原。况且，这个保罗竟说自己归信的时候有幸碰到了耶稣显现，但耶稣只对他的身边人显现，而且只在他去世后的几个星期之内。保罗说是耶稣帮他改宗的，所以他只对耶稣负责，耶稣赐予了他专属耶稣最亲密门徒的"使徒"荣誉头衔。

31

保罗没有透露雅各和彼得是怎么接待他的。他说自己在耶路撒冷只见了他们两位，两周后便动身去了叙利亚的安提阿。第一轮回忆到此为止。

保罗继续说道，第二段回忆要追溯到此后的第十四年了。获得了一次启示后，他觉得是时候回到耶路撒冷，报告自己十四年来在外的布道——唯恐徒然奔跑。①

这则说明有十分重要的意义。它说明，就连保罗这样不依附教会的人，也还是希望得到雅各、彼得和约翰组成的教会"三巨头"的认可。保罗在信里把他们称作"那些有名望的"②，三位使徒拥有的地位有其历史原因，其实保罗打心眼里不把他们太当回事。可是，万一"那些有名望的"出言否认保罗的努力，那么他真是"徒然奔跑"了。怎么说也不能跟组织闹掰了是吧？

保罗这次来，身边有两位安提阿的基督徒陪着，一位是犹太人巴拿巴，另一位是希腊人提多。人刚到，大伙立马开始围绕割

---

① 见《加拉太书》2：2。
② 《加拉太书》2：6。

礼的问题争了起来。像巴拿巴和保罗这样犹太出身、归信基督的人受割礼是理所应当的事情。然而提多这样的非犹太人想要追随基督，也必须受割礼吗？还是说不仅要受割礼，还要恪守犹太律法里的所有戒律？"那些有名望的"说，要的，割礼是必须的条件。保罗本可以顺着他们来：不管怎么说，他亲手给提摩太行过割礼。可给提摩太行割礼的时候，保罗是就地出于实际的考虑，想要避免与当地犹太人节外生枝，可是，提多如果受割礼，势必会产生示范效应。保罗心想，要是在这件事上让步，怕是会导致不可估量的后果，所以他说不同意。

◆ ◆ ◆

保罗在信中告诉加拉太人的事情被历史学家称作"耶路撒冷会议"，甚至有人称其为"耶路撒冷议会"，在这次会面上，各方实际上进行了激烈的对质。使徒会议召开半个世纪之后，路加在《使徒行传》里描写会面时一片其乐融融。[①]路加的版本只记叙了保罗一派与雅各、彼得一派相互包容和体谅，割礼的事情他提都不提；割礼是整场争论的焦点所在。两方最终妥协的结果是，"那些有名望的"出了一封写给外邦人的正式推荐函，授予保罗全权。

很难相信"那些有名望的"竟然在这个问题上全线退让。尽管如此，保罗和路加都写道，会议结束之后，各方就分工达成了一致：彼得负责向犹太人传福音，保罗负责向异教徒传福音。彼得负责割礼，保罗可以保留包皮，板子一拍，就此敲定。第二段回忆到这儿就结束了，看上去是以保罗获胜告一段落。后来发生

---

① 见《使徒行传》15：1—19。

的事情让保罗意识到,他只是在自欺欺人而已。

32

第三段回忆开始。保罗在使徒会议上博得各方一致后,马不停蹄地赶往大本营安提阿。《使徒行传》和《加拉太书》都没解释为何彼得会在安提阿与他会合,尽管此时原则上,大家已经就"包皮使徒"和"环割使徒"之间领地的重新划分达成了初步的意见。彼得去见他,算朋友间走动,还是视察?还是伪装成友好访问的视察?无论如何,大家都等着看,看看彼得来到保罗的地盘后,愿不愿意跟希腊人坐在一起共享爱筵。

◆ ◆ ◆

这吃饭跟割包皮一样,可是冲突一触即发的重大问题。犹太人接受希腊人的邀约,就意味着他没法确定桌上摆放的肉是否符合教规。更糟糕的是,他还没法儿确定这些动物是不是献给异教徒供奉的神的,因为在异教中,通常献祭礼毕,贡肉就会被撤下来卖掉,这就是异教徒的庙和祭祀场所会逐渐变成肉铺的原因。让信守犹太教规的人吃下献给异教神明的肉,还不如叫他去死,所以将信将疑的信徒便不碰菜。禁止聚众用餐的戒令也是犹太人与外邦人不怎么来往的原因之一。

安提阿与其他教区一样,受保罗影响归信的大多是希腊人:这个问题跟他们不相干。对于信奉犹太教的人,保罗简单地说了一句:做你们觉得对的事情;无论犹太律法怎么说,吃东西的条条框框没有任何意义。偶像不是神;重要的并非处处在意进嘴的是不是符合犹太教规定的食物，而是关注从嘴里出来的话是好还是坏。保罗对犹太人和希腊人说的一样，一切皆可才是真理。一切皆可，他补充道，但并非一切都适时恰当。想吃什么就吃什么，但如果桌上坐着介意这些事情的人，那要留意不要坏了他的规矩。就算他遵循的禁忌对你来说像过家家一样小儿科，你也要遵守，这么做是出于对他的尊敬。自由，不意味着毫无分寸。（保罗对待问题不全是如此，不过，我认为这番观点尤其明智。）

◆　◆　◆

刚到的头几天，彼得顺着安提阿教会的习惯，大家上菜的时候，他二话没说就这么吃了。所有人其乐融融，彼得当然也很开心，喜悦一直持续到雅各的密使从耶路撒冷赶到的时候。他们看到彼得坐在一桌外邦人中间吃饭的时候脸气得煞白。密使有没有等这顿饭吃完？还是说，彼得碗里的饭还没扒干净就被他们架了起来？无论如何，密使们把彼得拉到一边，指责他的行为背叛了主。正是他，这位信众中最虔诚的弟子，这个耶稣以之为基石建立教会的人，竟然吃不干净的肉！竟然漠视摩西律法！胆敢冒犯神！彼得竟堕落至此，保罗的毒性到底有多大！彼得有多幼稚，才会被这个瞧不起割礼、可能根本就不是犹太人的家伙所蒙蔽！最可怕的是，此人宣称见到了耶稣显形，并仗着见到耶稣显形这码事跟其他使徒平起平坐。还耶稣显形！他可真是什么都敢说！在他那个位置，凡是真心诚意的人都会顺服耶稣的真门徒：真门徒是认识耶稣、跟他说过话的人，其中有些人甚至跟耶稣来自同一个家族。保罗不是这样的人。要是他见到摩西，还得轮到他给摩西上课是不是？什么东西都拦不住他。要是我们不小心给他一只手,他会问你要一条胳膊,过不了多久就想要你整个身体。不能就这么任他去,得好好罚他一下。

◆ ◆ ◆

对于"主的兄弟"雅各,犹太历史学家不太当回事,他们觉得雅各是个叛徒。研究基督教的历史学家倾向于把雅各塑造成教会首领的形象:不但吹毛求疵,而且麾下的教会只吸纳犹太人,这些教会紧紧围绕着耶路撒冷圣殿,确信自己掌握了真理,只愿为自己守护真理。相比可敬却上限不高的雅各,历史学家经常拿出保罗的伟大形象做对照。保罗目光长远,创造了普世性,打开了所有的门,打破所有壁垒,消除了犹太人与希腊人、受了割礼与未受割礼、奴隶与自由人、男人与女人之间的差别。彼得则介于两者之间:彼得没有保罗激进,但比雅各更开放。彼得在安提阿应该过得很艰难。我总感觉,彼得不太知道如何拿主意,总是附和最后一个发言人的意见,他不知道该如何站队,于是隐居在家不再出门,避免与任何外邦人接触。耶路撒冷来的密使刚转身离开,他就走出家门同别人一起吃饭。不过在被雅各的手下大骂了一顿之后,他转头就挨了保罗一顿骂。保罗在《加拉太书》里强调,他和彼得的争吵"就在众人面前"[1],造成的轰动或许被他夸大了——我们在后面能读到,科林斯人不久后也会这样指责他们的使徒,指责他事后用笔头讲起事情来充满威严、头头是道,可让他跟别人对峙,反倒没了底气。

---

[1] 《加拉太书》2:14。

Ⅱ 保罗

◆ ◆ ◆

保罗给彼得留下了深刻的印象，彼得对他十分崇敬，甚至默许他继续斥责自己。不过，他肯定也认为雅各的话道出了一些真理。他们两人认识耶稣、爱耶稣，保罗不认识、不爱他。耶稣曾是活生生的人，给予他们指导，在前后三年的时间里与他们同吃、同住、同工，怎么轮得到保罗告诉他们该如何想耶稣呢？保罗对他们的逸事和回忆不感兴趣，也不想听他们聊关于耶稣的点点滴滴。保罗知道耶稣因我们的罪而受难，耶稣拯救了我们、为我们的人生正名，总有一天，那天上、那地上的力量全将归他所有。知道这些就足够了。保罗的灵魂与这个耶稣一直在交流，这个耶稣活在他里面，借他的口说话，他可没时间去关注拿撒勒的耶稣在世间的一举一动，更没时间去听耶稣在世时环绕在他身边的那些乡下人唠叨的一段段回忆。如他所说，他完全不想"凭着外貌认人"①——好比一些评论家，为了确保自己的判断不受影响，故意不看要评价的书或电影。

◆ ◆ ◆

勒南对保罗有一番精彩论述：保罗在自己眼里是新教徒，在别人眼里，他可是不折不扣的天主教徒。对保罗而言，所谓"启示"意味着不必通过传信的中介而与基督直接交流，它不仅是信仰完全的自由，更是对等级制度的拒斥。"启示"对其他人而言是完全听命，甚至不敢嘀咕，因为基督差保罗带领他们，所以这些

---

① 《哥林多后书》5：16，法语原文意思为"根据肉体认出基督"。

王　国

人只能听保罗的话。可保罗的话里总有些不中听的地方。在安提阿事件之前,雅各视保罗为游离在核心之外的自由电子,耶路撒冷教会对他太过宽容;安提阿一事之后,保罗与雅各就变成了托洛茨基与斯大林的关系。教会掀起一阵讨伐保罗的运动,密使被派往世界各地声讨保罗误入歧途。甚至"主的兄弟"身边的人都不愿提起叛道者的名字。甚至有人给他起名尼哥拉——"尼哥拉"是"巴兰"的变体,①巴兰就是心存邪念的异教徒。②追随保罗的人在他们嘴里成了"尼哥拉一党人",保罗建立的教会变成了"撒但一会"。③为了展现他们与保罗之间剑拔弩张的紧张气氛,勒南援引了《犹大书》里的一段。犹大也是耶稣的兄弟,他没雅各名气那么大。《新约》里的《犹大书》冠了他的名字,但后来证实《犹大书》非本人所作。勒南引的这段话是这么写的:

> 这样的人在你们的爱席上与你们同吃的时候,正是礁石。他们作牧人,只知喂养自己,无所畏惧;是没有雨的云彩,被风飘荡;是秋天没有果子的树,死而又死,连根被拔出来;是海里的狂浪,涌出自己可耻的沫子来;是流荡的星,有墨黑的幽暗为他们永远存留。④这些人是私下议论,常发怨言的,随从自己的情欲而行,口中说夸大的话。⑤这就是

---

① 研究《圣经》的部分学者认为,希腊人名"尼哥拉"(Nicolas,今译为尼古拉)对应希伯来语中的"巴兰"(Balaam)。有专家指出,圣约翰在《启示录》中暗指巴兰就是尼哥拉。见《启示录》2:14:"在你那里有人服从了巴兰的教训;这巴兰曾……"
② 见《民数记》22:4—8。
③ "尼哥拉一党人"出自《启示录》2:6,"撒但一会"出自《启示录》2:9。
④ 《犹大书》1:12—13。
⑤ 《犹大书》1:16。

II 保罗

那些引人结党、属乎血气、没有圣灵的人。①

（现在没有哪一位历史学家跟勒南一样，认为这些诅咒全是针对保罗而发的；然而非难之言气势恢宏，我没办法，只能把它们都抄下来。）

33

说到这儿，保罗的记忆告一段落。我们这才弄清，四处追捕保罗、急着向人传道的究竟是哪些人。他们追保罗，一直追到小亚细亚最深处，让性情敦厚的加拉太人惊慌不已——实际上不只是加拉太人，使徒保罗这封掩不住怒意的信，正是写给所有被总教会派来的人扰乱了秩序的教会的：

> 无知的加拉太人哪！谁又迷惑了你们呢？②你们既靠圣灵入门，如今还靠肉身成全吗？你们是这样无知的吗？③

注意："肉身"既不是身体，也不是住在肉体里、超越肉体、比肉体活得更久的非物质的精神。我们又不是在讨论柏拉图的哲学。保罗写下"肉身"这个词的时候想说的是基督中的义——因信称义。根据律法的规定，肉身指包皮、不洁净的肉等。从这里开始，保罗越写越激动，继续列举对立的概念，譬如精神对生命、

---

① 《犹大书》1：19。
② 见《加拉太书》3：1。
③ 《加拉太书》3：3。"肉身"本义为人的努力、血肉。

王　国

肉身对死亡，我猜，他就是借这股劲头在毫无预兆的情况下得出了律法即死亡的结论。不过，保罗可不是写出来点放肆的话便会吓得不敢落笔的人，于是他继续往下说：

> 但这因信得救的理还未来以前，我们像孩子一样被看守在律法之下，子孙承受产业却不知如何处置，须倚赖训蒙师傅的看守。现在你们长大了，你们从此就不在师傅的手下了。你们长大了还想着回到童年吗？你们自由了还想着重做奴隶吗？你们认识了神还想着无用、幼稚的戒律吗？现在不分犹太人、希腊人，自主的、为奴的，或男或女。现在只有基督耶稣，你们在基督耶稣里，基督耶稣在你们里！①
>
> 你们言称依照律法生活，却不了解何为律法。想想亚伯拉罕。亚伯拉罕有两个儿子，一个为与使女夏甲所生，一个为与自主之妇人撒拉所生。夏甲的孩子是按着血气生的，撒拉的孩子是凭着应许生的。按着血气生的孩子当然嫉恨凭着应许生的孩子。经上记着：使女的孩子不可与自主之妇人的孩子一同承受产业，而你们是自主之妇人的孩子。基督耶稣为你们的自由而来。所以孩子们，我不断在痛苦中将你们诞下，是为了让基督耶稣化成你们，你们千万别再为自己套上奴役的枷锁！我多想在你们身边，高声跟你们说话，因为我现在不知如何跟你们把一切说起！②

---

① 见《加拉太书》3：23—29。
② 见《加拉太书》4：22—29。

Ⅱ 保罗

34

> 即便是天上来的使者,若传福音给你们,与我们所传给你们的不同,也不能信。就算是我,若我来告诉你们的,与我所传给你们的不同,也不能信我。这么做的使者应当被诅咒,我这么做也应被诅咒。①

在信的开头写下这些话时,保罗料想到了比刚刚发生的事情更严重的情况。跟他作对的人一路追到了加拉太人的住处,想要在他们心中毁掉保罗的名誉。这事已经很严重了,但可能会发生更严重的事情,或许已经发生了:找到加拉太人的宿敌们没有打着教会的旗号,而是以他保罗的名义。他们可能去找不知道保罗长相的无辜信众,装出一副自己就是保罗的样子。还有可能,他们给保罗的弟子寄去一封封签了保罗名字的信,信里的内容与保罗的教导恰恰相反。他们信誓旦旦地说,这封信里的教义就是用来代替先前的版本的,任何假装是保罗,并且想要挑战他们的人,都应该被当成骗子。

面对可能受到的威胁,保罗采取了他所能采取的预防措施。"请看,"《加拉太书》的结尾写道,"我亲手写给你们的字是何等地大呢!"②想到保罗任何书信的手稿都没能留到今天,这句话读来更是令人动容。最早的保罗手稿要追溯到公元150年,这些信只可能是抄本,甚至是抄本的抄本。我非常好奇,公元二世纪的那

---

① 见《加拉太书》1:8—9。
② 《加拉太书》6:11。

王　国

位抄写员虔诚地誊下这句只为了说明"这封信出自保罗之手"的话时，他的脑中闪过了怎样的想法。保罗的好几封信里都能读到类似的话，他向教会寄去书信范本，好让信众鉴别真伪。保罗本想用这种方法迷惑伪造者，但后来却让他们更容易得逞。这是保罗的标志性话语——他们照抄便是。

◆　◆　◆

我们在《帖撒罗尼迦后书》里也能读到："我——保罗亲笔问你们安。凡我的信都以此为记，我的笔迹就是这样。"①

整件事的吊诡之处在于——在这里，请诸位睁大眼睛——口口声声强调出自保罗之手的《帖撒罗尼迦后书》并非保罗所作。更有意思的是，许多为《圣经》注疏的人拐弯抹角地承认，这部"后书"是为了驳斥《帖撒罗尼迦前书》而作，而"前书"无疑是出自保罗之手。

我们能（在"后书"里）读到这句话："我劝你们：无论有灵、有言语、有冒我名的书信，说主的日子现在到了，不要轻易动心，也不要惊慌。"②这里提到的"有灵、有言语、有冒我名的书信"，好似公元50年前后，保罗在《帖撒罗尼迦前书》里亲自写下的内容。"前书"里的保罗绝对相信世界末日就快到了，走向末日的进程业已开启。所有造物正在承受蜕变带来的折磨与苦难。帖撒罗尼迦人信他，所有教会都信他。此后数年，预言之事一直没有发生，保罗不想被别人当成疯子，又急于解释预言迟迟不应

---

① 《帖撒罗尼迦后书》3∶17。书信的大部分内容是保罗口述、书记员笔录的，但他用自己独特的笔迹写下了最后的问安部分。
② 《帖撒罗尼迦后书》2∶2。

验的原因，便尽可能地诠释、润色自己的文字，从未实现的预言在字里行间迸发出最为灿烂的光芒。这也是若干年后《帖撒罗尼迦后书》的佚名作者竭力达到的效果。

在《帖撒罗尼迦前书》里，保罗将最后的审判描述成一件在不久的未来突然而至的事情。到那时，世人将陡然从平和的生活跌入灾祸，所有读过保罗书信的人都将见证这一刻。可是，"后书"把最后的审判描述成了漫长、复杂之事，甚至万分艰难。《帖撒罗尼迦后书》解释说，耶稣之所以迟迟不来，是因为"不法的人"①要在他来之前先来。要说"不法的人"仍未露面，那是因为"现在有一个阻拦的，等到那阻拦的被除去，那时这不法的人必显露出来"。②这阻拦"不法之人"显露的人或事，究竟是什么呢？两千年来，这个问题一直是注解《圣经》的方家解不开的结，没人知道答案，不过"后书"这封信明显是为了搪塞信众，把一切都需要时间的观念强行塞到他们脑子里。所以说要耐住性子等啊，最重要的是，千万别给异端骗得团团转。

"后书"的作者显然不是现在意义上的冒名顶替，类似"拉斐尔画派"出品的一张画实际没有拉斐尔本人的手泽。他也不是保罗的仇敌，妄想诱导他的教会走上歧路，这位作者不过是教会的成员，希望借用保罗的名字解决保罗殉道后滋生的诸多问题。写《帖撒罗尼迦后书》是想忠于保罗，不是为了背叛他。然而，"后书"的作者不满足于仅仅借保罗之口说出自相矛盾的话，所以他尽可能地消解保罗真正所言的真实性，让大家以为那封真迹是赝品，让保罗的担忧成了真。

---

① 《帖撒罗尼迦后书》2：9，"不法的人"意为敌基督（Antéchrist）。
② 《帖撒罗尼迦后书》2：7—8。

王　国

以我所见，忧虑远不止这些。保罗不仅害怕敌人、叛徒、冒牌作者顶他的名字布邪道、传偏信。让他把神经拧得更紧的另有其事：保罗还怕自己。

◆　◆　◆

爱伦·坡有部短篇小说——《焦油博士与羽毛教授的疗法》，写的是叙述者探访精神病院的故事。主人公走进关着危险病人的病房前，院长提醒他要多加当心。院长告诉他，那些病人啊，害了一种集体性的癔症，幻想的世界出奇地一致：他们以为自己是医生和护士，病人占领了精神病院，还把他们都关了起来，自己假扮医生护士。"此话当真？"来者问院长，"这么一说怪有意思的。"确实，他刚进去的时候觉得所见所闻很有趣，可随着探访的进程越拉越久，主人公越来越觉得浑身不自在。所有病患都像同一个人，他们说的话都是院长事先告诉他的内容。病人们央求来访的人相信他们，尽管这确实令人难以置信，求他去警局报案，让警察来把他们都放走。精神病院院长一直在场，他的脸上堆着和气的笑容，时不时地，他会朝着愈发摸不着头脑的来客眨眼示意。探访的人心里突然冒出疑问，他觉得病人们告诉他的才是真相。他忙不迭地望向身边的人，心中的焦虑仿佛只要碰一下就会变成恐惧。院长似乎注意到了这些，说的话却让他越发疑惑。"我刚跟您说什么来着？他们说的话很唬人，是吧？您且慢，您马上就能看到，那说起话来最能博人信任的就是那位自称院长的先生。那家伙真是病得出奇，实话说，他生病生出了花儿来！你要跟他聊上五分钟，我都得拿他的手掐断自己的脖子，到时候你会以为疯了的是我，啊哈哈！"

Ⅱ 保　罗

◆ ◆ ◆

关于这个惊悚的题材，奇幻文学创作了成千上万个故事。让人印象最深刻的当属菲利普·K. 迪克的故事。实际上，弃信之后，他会让打电话给他的朋友回答一连串问题，以证明朋友们的身份跟他们所说的一致，并不是联邦调查局的特工，更不是什么外星来客。莫斯科审判把迪克迷得神魂颠倒，席上的被告顶着压力矢口否认他们信了一辈子的事情，坚称自己现在说的才是实情。

当我读到《加拉太书》里"若我来告诉你们的，与我所传给你们的不同，也不能信我"①的时候，我发现了一种古代世界所未知的恐怖的萌芽。保罗肯定遭遇了古代世界见所未见的事情，他一定或多或少害怕这件事再度发生在他身上。

在通往大马士革的路上，扫罗经历了重大的转变：扫罗蒙召变成了与他完全相反的保罗。之前的自己成了现在自己眼中的怪物，但在过去的自己眼中，现在的自己才是怪物。若现在的他与过去的他相见，之前的他绝对会诅咒他。他一定会求神让他死，就像吸血鬼电影里，主人公让朋友发誓，要是他被咬了，一定要用木桩子杵到他的心脏里。可这些话都是被咬之前说说。如果被吸血鬼咬了，心里只会想着吸别人的血，特别是那个提着木桩子走过来的家伙——可他只是为了兑现自己对那个已经不存在的人的承诺。保罗一定会做这样的噩梦，梦到他变回了扫罗，那该怎么办？万一跟他变成保罗一样，他又以一种让人目瞪口呆、猝不及防的方式，变成了与保罗不一样的人呢？要是这跟保罗不一样

---

① 《加拉太书》1：9。

的人长着保罗的脸,有保罗的嗓音,有保罗的布道之才,要是他有一天找到保罗的弟子,让他们背叛基督呢?

◆ ◆ ◆

("你说的这些都在讲你自己。"埃尔韦告诉我他的想法,"你原来信基督的时候,最怕变成怀疑论者,但今天的你格外欣慰自己变成了怀疑论者。可谁知道你以后不会变呢?谁能保证,这本你现在觉得如此在理的书,你在二十年后的某一天再捡起来的时候,心里不会有今天你看到自己评注福音书的尴尬呢?")

35

面对耶路撒冷教会的恶意中伤与追捕,保罗本可以与它一刀两断。保罗此前的计划是把传教活动拓展到离教会尽可能远的地方,传到没有附属教堂的地方。因此,他先在诸如加拉太这样偏僻又与世隔绝的地方建立根基,随后前往科林斯等大城市碰碰运气。他本可以完全自立门户,既然支持雅各的人给他制造了这么多麻烦,既然雅各的弟子们恪守的犹太律法在他眼中已经是过时的律令,保罗大可宣布,他建立了一种全新的宗教。但他没有这么做。这肯定是因为他感觉到,若脱离了犹太教,其教导将失去活力。保罗希望做件既能展现自己一心向主又能折中的事情,于是想到向一直以来相对宽裕的亚细亚和希腊的教会求助,募集资金,捐给生活艰难拮据的耶路撒冷教会。照他的想法,这么做一方面能平息信众的愤怒,另一方面还能团结犹太人和非犹太出身的基督徒。

II 保罗

保罗从科林斯动身,取道去亚细亚的以弗所,他在当地给自己建立的教会寄去了一封又一封信,告诉信众筹钱的消息,敦促大家不必吝啬。每逢主日的爱筵,大家一起读保罗的来信。读毕,纷纷往大伙筹来的钱里再添上一点。到了时间,各教会要选出代表一名,由代表组成的代表团将在保罗的带领下前往耶路撒冷,将筹来的心意捐给"圣徒中的穷人"[①]——这当然是雅各的弟子们给自己的称呼啦。我寻思,当时的保罗身在腓立比的吕底亚家,他想到将要如此游历一番,脑中必定生出了段段遐想。

36

保罗抵达以弗所后,科林斯传来了令他十分担忧的消息。这一次扰乱他心绪的人不是雅各的密使,而是一位名叫亚波罗的基督教传道人。亚波罗与保罗从未照过面,两人布道的路线却总有交叉。保罗在科林斯的时候,亚波罗在以弗所,等保罗去了以弗所,亚波罗又到了科林斯,以至于他俩发现自己总是撞进别人传过教的地盘。被人捷足先登让保罗有点不开心了。他跟不少乖戾的师傅一样,宁可收下没受过训练的人做徒弟,宁可让他们从头学起,也不愿意接纳从别的师门半路出家来的人,因为他不得不首先帮他们改掉坏习惯。保罗和亚波罗同为学识渊博的犹太人,这在早期基督徒中实属罕见,不一样的是,保罗来自耶路撒冷的法利赛族群,亚波罗是出身亚历山大港的希腊人。后面这位是一位哲人,不但拥护柏拉图的哲学,还曾拜斐洛为师。就连路加也

[①] 见《罗马书》15:26。

王　国

对亚波罗的口才赞不绝口，大家读到这里会感觉他比容易冲动、性格粗粝的保罗更富魅力。在最初的基督徒中间，或许只有亚波罗才能在远见卓识上与保罗一较高下。很难想象，这基督教第一位史家路加要是在旅途中碰到的不是保罗而是亚波罗，基督教此后会焕发出怎样的面貌，《使徒行传》会不会成为亚波罗的列传，不再记录保罗的生平。

亚波罗和保罗之间没有公开的敌对关系。两人会夸奖对方的优点，会讲：话说回来，个体不重要，唯一重要的是基督。尽管两人如此克制，科林斯的信众还是出现了裂痕。一些人支持保罗，一些人信亚波罗，依然还有一些人支持彼得和雅各。领悟历史教训最透彻的人会说："我？我是属基督的。"①

◆　◆　◆

在所有保罗驰信慰问的教会中间，科林斯的教会让他最为担心。他们喝酒，私下发生关系，愣是把爱筵变成了狂欢的派对，不单单生活放纵，还在教会里搞分化。保罗在给他们写的第一封信里出言告诫："基督是分开的吗？"②亚波罗、彼得、保罗、雅各……这种琐碎的争吵对哲学学派来说，是可以接受的，比如斯多葛派和伊壁鸠鲁派，它们引用各种名字和典籍来轰炸对方；对热爱智慧的人来说，也是好事一桩，他们相信，按照理性的要求生活，便能获得幸福。保罗没点出亚波罗的名字——在一篇旨在谴责任何形式的论战的文章中，这会有点难堪，但不难猜出，他把亚波罗跟这些人归到一类。我们越往下读，越会发现，保罗声

---

① 见《哥林多前书》1：12。
② 《哥林多前书》1：13。

Ⅱ 保罗

讨的不是有人分化教会,而是智慧。

然而智慧是所有人的追求。哪怕是寻欢作乐、耽于肉欲、受快感奴役的人都气喘吁吁地追在智慧身后。这些人说,沉湎俗乐只因缺少更好的选择,要有更大的能耐,他们也要去做哲学家。这话保罗不同意。他说,智慧不是有价值的理想,神不爱智慧。他不仅不爱智慧,还不爱理性,也不喜欢人自认为是生活的主人。要想了解神对待这个问题的态度,只肖读一读《以斯拉记》①,神对此的观点是:"我要灭绝智慧人的智慧,废弃聪明人的聪明。"②

保罗的观点更进一层。他说,神要拯救的不是听从智慧箴言的人,而是那些愚拙的人。保罗继续说道,求智慧的希腊人、求神迹的犹太人统统走上歪路,唯一的真理就是这位被钉在十字架上的弥赛亚,犹太人视之为绊脚石,外邦人视之为愚拙。可是,神的愚拙总比人智慧,神的软弱总比人强壮。③

科林斯的弟兄中间没有太多智者,没太多强势的人物,亦没有旺族之后。保罗劝服科林斯人的话不是甜言蜜语,也非优美的哲论。他在科林斯人面前放下威严,好似不着一件外衣。就这样,软弱、惧怕又战战兢兢的保罗教导他们,世上的智慧是神眼中的愚拙。神选中世上最愚拙的人就是要让智者蒙羞。神选中最软弱的人,就是要弃绝最强壮的人。神选中最低贱、大家最瞧不起的人——甚至不在世上的人,就是要贬低世上的人至虚无。④

---

① 见《尼希米记》第五章,《尼希米记》原为《以斯拉记》下部。
② 《哥林多前书》1:19。
③ 见《哥多林前书》1:21—25。
④ 见《哥多林前书》1:27—28。

王 国

◆ ◆ ◆

保罗在此写下的内容着实让人震惊。大家可以去找一找，在他之前从未有人说过类似的话。无论是古希腊哲学还是《圣经》里都找不到这样的话。说不定，耶稣讲过同样大胆的内容，但在当时已没有任何文字记录了。与保罗通信的人也没见到过，传到他们耳朵里的东西——夹杂着道德层面的告诫与"鞭子老爹"的责罚，我不想在这里展开这个话题——是一段闻所未闻的话。

37

被保罗派去给科林斯人送信的提多几周后回来了，他说，当地人招待周全，筹款一事有条不紊地推进，还有——这话费了他好一番工夫才说出口——当地流传着一些有关保罗的闲言碎语。他们说保罗爱虚荣，喜欢吹嘘主在他身上显现的神迹。说他朝令夕改，天天说要来、要来，不停地说再等等、再等等。更有甚者传他虚伪，他的面孔和说的话会随着对话的人变化。此外，这人疯疯癫癫的。最后——这一点我之前提过，有人传言他书信里的强大与威严，与他外表、谈吐的平庸形成了鲜明对比。只不过是远看威严，而近观露怯。也好，让他来！他们倒要看看，面对面的时候，这人还会不会装腔作势！

在写给科林斯人的第二封信中，保罗没有立马回应当地人的非难。他淡化非议，聊到最近发生的事，告诉他们提多让他很放心，称赞科林斯人良善的行为。在铺陈了一套套外交辞令之后，保罗最后才特别说到捐助的事情。我们在读的过程中慢慢发现，是科林斯人提出了捐助的想法，保罗因此估计他们还能更加乐捐——跟马其顿、亚细亚众教会一样乐于慈善。他对科林斯人说："学学我们的主，他本来富足，却为你们成了贫穷，叫你们因他的贫穷，可以成为富足。"①所以，大家多捐点，开开心心地多捐些，因为"少种的少收"②，既然是你们提出要做慈善，要是表现得太斤斤计较的话，你们会在其他教会面前丢脸……

信里最特别的一段从这里开始了，"耶路撒冷圣经"起了个风趣的小标题："保罗为他的工作辩护"③。实际上，保罗是在为自己辩护，回应了提多转述给他的关于他虚伪和愚拙的非议。这些文字让人目瞪口呆，读者立马能想到陀思妥耶夫斯基作品中的独白。他借用口语风格，话里满是重复，有车轱辘话、大白话，还有不少话十分刺耳。我们仿佛能听到保罗命提摩太笔录他的原话，听到他自己一次次接起话头，可又气得不行，没法往下说……

作为范例，我姑且自由地译来几段：

> 你们就不能宽容我身上这点愚妄？干什么呀！好好忍受愚妄！忍受我吧！我和神一样嫉恨你们。是啊，我怕别人诱骗你们。我怕别人带你们走上歪路。我怕他们向你们另传一个耶稣，不是我所传过的。我怕你们的思想腐败。我怕你们不听我的，而听别人的话。
>
> 可我一点不比你们说的大使徒差。确实，我不会说话，但若是谈到学识、学问，就是另一码事了。我不是展现给你

---

① 见《哥林多后书》8：9。
② 《哥林多后书》9：6。
③ 此处为和合本标题，法语原文意为"保罗不得不自夸"。

王　国

们看过吗？或许我不该自居卑微叫你们高升，不该白白传神的福音给你们……（下面是大家熟悉的老一套，此处跳过十五行。）大家不可认为我愚妄。纵然如此，也要把我当作愚妄之人接纳。让我疯愚一阵。让我略略自夸。我说的话不是奉主的命说的。我乃愚妄人，此话乃放胆自夸。你们既是精明人，就能甘心忍耐愚妄人。假若有人强你们做奴仆，或侵吞你们，或掳掠你们，或侮慢你们，或打你们的脸，你们都能忍耐他。他们是希伯来人吗？我也是。他们是以色列人吗？我也是。他们是亚伯拉罕的后裔吗？我也是。他们是基督的仆人吗？来，别怕我的愚妄，我更是基督的仆人。我流的血、出的汗比他们都多。我多次下监牢，比他们下牢的次数还多。我受过的鞭打比他们更多，所冒的死亡风险甚于他们。我被犹太人鞭打五次，每次四十减去一下；被棍打了三次；被石头打了一次；遇着船坏三次，一昼一夜在深海里。我屡次行远路，遭受各种危险。江河的危险、盗贼的危险、同族的危险、外邦人的危险、城里的危险、旷野的危险、海中的危险、假弟兄的危险。又饥又渴，多次不得食，受寒冷，多次不得睡。天天为众教会挂心。我若必须自夸，便只能说说我的软弱了。

　　我要说到主的显现。我要说到主的启示。我要告诉你们一个在基督里的人，他前十四年被提到第三层天上去。他在我身内还是身外，我不知道；只有神知道。他被提到乐园里，听见伟大的事情，是人不可说的。为这人，我要夸口，这不是狂，我必说实话，可我不夸口，只夸自己的愚妄。又恐怕我因所得的启示甚大，就过于自高，所以有一根刺加在我肉体上。为这事，我三次求过主，叫这刺离开我。他对我说：

Ⅱ 保罗

"我的恩典够你用的,我的能力在人的软弱上才能显得完全。"很好,我甚是满意。我以软弱、凌辱、急难、逼迫、困苦为喜乐;因我什么时候软弱,什么时候就刚强了。

我成了愚妄人,是被你们强逼的。我虽算不了什么,却没有一件事在那些最大的使徒以下。我在你们中间,借着神迹、奇事、异能显出使徒的凭据来,唯一没做的(又来了),就是靠你们生活。这是本该做的事情,求你们饶恕我吧。但我不会依靠你们。我打算第三次到你们那里去,也必不累着你们;因我所求的是你们,不是你们的财物。儿女不该为父母积财,父母该为儿女积财。我甘心乐意为你们的灵魂费财费力。难道我越发爱你们,就越发少得你们的爱吗?我知道你们要说,我诡诈,所求越少,得到的越多……啊!我怕我再来的时候,见你们不合我所想望的,你们见我也不合你们所想望的。又怕有纷争、嫉妒、恼怒、结党、毁谤、谗言、狂傲、混乱的事。我会因此惭愧,更会心生忧愁。但我还是要第三次到你们那里去。我从前说过:"我若再来,必不宽容。"你们想要寻求基督在我里面说话的凭据?他会说话的,基督不是软弱的。你们看看自己的心,更改自己的想法。我满心盼望是我错了,你们将证明我就是个骗子。可我求的,是我软弱、你们刚强。我所求的,是你们进步。我之所以把这话写给你们,是为提醒你们,给你们机会,这样我到的时候,就不用被迫采取激烈的行动。主让我去是为了造就你们,不是为了摧毁你们。愿你们常常喜乐、平和。①

---

① 改写自《哥林多后书》第十一至十四章。

王　国

38

　　《使徒行传》中路加二度进场跟第一次一样悄无声息。我们此前读到，路加神秘地说了一声"我们"如何如何，就化身众人中的一员，站在了立于特罗亚港口的保罗身边；讲到保罗访问马其顿的时候，路加化身叙述者，待到保罗离开腓立比的时候，又不见了踪影。一晃七年过去了，这次我们重新回到了特罗亚的港口。这一次，再度露面的保罗身边陪着的不止使徒两位，同他一起的有十几人，他们是希腊和亚细亚教会的代表，陪保罗把募来的善款捐给耶路撒冷圣徒中的穷人。与他同游的信徒有来自庇哩亚的所巴特、来自帖撒罗尼迦的亚里达谷和西公都、来自特庇的该犹、来自以弗所的特罗非摩、来自加拉太的推基古，当然，还有信徒中的信徒提摩太。[1]路加心平气和地写道："过了除酵的日子，我们从腓立比开船，五天到了特罗亚，和他们相会，在那里住了七天。"[2]

　　路加已经尽量低调了。毕竟他之前不在，这下又重新回到了保罗的身边。但和上次一样，你并不会过多注意到他。然而，从上面这句话开始，路加就重新控制了故事的走向，直到故事结束。文字从这里开始变得明确、生动，乃至精细：读到的人会感觉这是一个亲历者的陈述。

◆ ◆ ◆

　　路加代表腓立比教会与保罗同行，就像所巴特代表庇哩亚、

---

[1]　《使徒行传》20：4。
[2]　《使徒行传》20：6。

Ⅱ 保罗

亚里达谷和西公都代表帖撒罗尼迦一样。我试着想象，这群多亏路加才能把名字传到两千年之后的"二把刀"代表、小步兵究竟有怎样的面孔。在他们中间，从未有人踏上过犹太的土地，他们只知道《圣经》的"七十士译本"，没人了解犹太人的经；除了保罗教给他们的一星半点，他们对耶稣再没更多了解。这群人与提多和提摩太不同，提多、提摩太以尊师为业，两人放下所有，常年追随精神领袖，他们深谙此业，更懂使徒平生要遭遇的苦难。在庇哩亚、帖撒罗尼迦和以弗所等地，使徒们在定期去教堂做礼拜之余仍须经营生活，他们各有活计，家庭与生活习惯也不尽相同。那在教会内部，选拔代表的竞争很激烈吗？代表是如何选出来的？他们对于即将踏上的旅程有着怎样的憧憬？他们是不是认为要离家三个月、六个月甚至一年？保罗身边的个个弟子在我眼中堪比狂热的瑜伽爱好者，他们从图卢兹或杜塞尔多夫出发，长途跋涉到印度他们瑜伽老师的师傅的"静修处"做客。出发前几个月，脑子里只塞着这一件事，嘴上说的只有这件事。他们人手一本百语自通出版社的孟加拉语教材，知道所有瑜伽动作的梵文名称。瑜伽垫捆好，卷得紧紧的，不占用太多空间，行李反复收拾了不下十次，好几次整夜不睡就是为了清点包里的东西，生怕带的东西太多，第二天又怕带得不够。临关门前一把推开门，确定煤气阀门已经关好。动身前最后一次在小祭坛里点起檀香线香，坐在冥想垫上念诵 Om shanti①——跟路加如出一辙，路加不是犹太人，却非得让我们知道他是"过了除酵的日子"②才出发

---

① 一个梵文祈祷语，Om 是以声音形式表现的神圣，shanti 指深刻而广泛的和平，shanti 一般要重复念诵三次。
② 指逾越节，犹太教重要节日。

的。这拨人约定在特罗亚集结出发,到地方之后才知道后面要跟谁一起旅行。这其中,四个马其顿人认识彼此:腓立比、帖撒罗尼迦和庇哩亚相距不远。其他人来自亚细亚和加拉太。没有来自科林斯的人——除非路加忘记加到名单里了——大家都知道科林斯人受到了保罗的严厉斥责,保罗责备他们轻浮、放纵、吝啬,有人见科林斯没人来差点笑了出来,说"当然啊,科林斯不派人不奇怪"。然而,保罗不许弟子诽谤他人,于是他们说起话来只拣好听的讲,就连早上互道的那声"主必快来"听上去都装满了温情与和善。然而,无论是马其顿人还是加拉太人——别忘了加拉太人也被保罗狠狠地责备过——都自认为属于精英阶级,保罗在信里总拿他们做榜样,表扬他们对耶稣的爱和募捐时的慷慨。特别是在清点封存每个教会捐来的善款时,人人都会留意别人带了多少过来——保罗在这一点上非常谨慎,他绝不会挪用一分一毫来做人情。

39

一天夜里,保罗和代表们在港口旁边大家住的楼的上层房间里聚会。夜深了,有人点起油灯。有人端来打牙祭的点心:橄榄、烤鱿鱼、奶酪和葡萄酒。虔诚的弟子们在师傅身边围成一圈,保罗用低沉的嗓音断断续续地说着话。稍远处,有位少年坐在窗沿上听保罗说话。少年名叫犹推古,不是保罗的弟子。兴许这犹推古的父亲是房东,孩子好不容易趁着店客聚会能晚睡一会儿。有人让他乖乖的,他便听话。犹推古好似家里的小动物,大家光顾说话,没人留意他。几个小时过去了,保罗还在讲论。犹推古任凭睡意袭来,身子也跟着晃动起来。这时,人摔到地上发出的闷响打断了保罗的话。众人怔住好一会儿才反应过来,刚回过神就直接往楼梯冲。他们在三层楼下的院子里围住了男孩扭曲的身体。已经死了。保罗最后一个下楼,抱着男孩说:"你们不要发慌,他的灵魂还在身上。"说完便上了楼,讲谈直到天亮。路加平静地说,"有人把那童子活活地领来,得的安慰不小。"[1]

◆ ◆ ◆

以我所见,这一段真是读不懂。倒不是因为文字无法用理性说明。恰恰相反,故事简单明了:大家以为犹推古死了,保罗觉得少年不过挫破了皮,这可太好了;来自马其顿和亚细亚、没见过什么世面的代表们小声聊了一整夜,以为自己见到了复活。让人不解的是,路加讲起复活的故事好像这没必要大书特书一样,说得再准确些,复活确实是奇事,但并不比大病突然痊愈奇怪到哪里去。读到这里的人会以为,保罗碰到一些场合会使人复活。不过,他不会滥用自己的本事,以免让别人说闲话,但这是他工作的一部分。但是保罗从来不在信里吹嘘自己这项本事,我敢肯定,倘若有人讲保罗有让人复活的本事,他肯定会严厉训斥他。他对待复活这件事可是非常严肃的。他的想法跟我们一样:复活本乃不可能的事情。万事皆有可能,其中有他讲的征兆,这征兆于我们而言就是神迹,残疾人有可能突然开始走路。可复活不一样,残疾人开始走路跟有人从死人中间复活,这两件事存在本质的区别,而不是程度的差异,保罗很清楚这点,可路加显然没那

---

[1] 见《使徒行传》20:7—12。

么清楚。我们说的这两件事情好比残疾的手臂突然好了和断臂重新长了出来。保罗的整个教义——若能把如此强烈的生命体验称为教义的话——基本扎根在一件事情上：复活不可能，可有人复活了。在时间和空间的某个点上发生了不可能之事，它把世界历史分为"之前"和"之后"两段，把人分成了信与不信两类。对有幸获得恩典、相信复活的人来说，他们此前相信的事情便再无意义可言了，对一切的认识都要从头开始。可路加如何对待这个没有先例也难以模仿的事件呢？在他看来，复活不过是一系列事件中的一环。神复活了神之子耶稣，保罗复活了年轻的犹推古。这件事时而发生，所巴特和推基古一定心想，要是他们仔细看，也能学会怎么做。如果保罗读到他殉道二三十年后同道人为他而作的传记，我都能想象出他的反应："这人多傻！"话再说回来，保罗甚至可能不会感觉讶异。也许他就是如此看待这位勇敢的马其顿医生的：这家伙敦厚、单纯，人不怎么机灵，保罗要努力克制，才能不对他发火，但难免失败，毕竟保罗不是圣人。

40

那天晚上，保罗讲论讲得上气不接下气。至于谈了什么，路加没有细说，但《罗马书》再现了保罗谈话的通常内容，所以我们根据同时代写成的《罗马书》能推想出当晚谈论的主题。

这封信是《圣经》中保罗书信集的开篇，与其他的书信不一样。《罗马书》标题有"罗马"二字，但它既不专门写给罗马人，也不探讨罗马人向保罗反映的问题。与加拉太人和科林斯人不同，罗马人倘使碰到事情，也不会想着向保罗诉苦；罗马的教会

Ⅱ 保 罗

非保罗所建,保罗很清楚,罗马教会是在彼得和雅各的指导下发展起来的。主动写信给其他教会的信徒而不是自己的弟子,这么做一来无异于侵犯其他使徒的专属领地,二来让信带上了通谕的意味,放在罗马之外的四海皆有效力。为了专事写作,保罗好好利用了动身去耶路撒冷前的那个冬天。那段时间的生活颇为惬意,保罗犹如大思想家,之前急事缠身,只能抽空写写文章,这下终于能花时间写一部真正的书了:《罗马书》可谓一部名副其实的著作,与《马可福音》齐长。保罗命令名叫德提①的人笔录,德提在《罗马书》末尾以真名向读者致意,可是这本书肯定被一誊再誊,不少教会收到过抄本,为何路加就不能抄抄呢?

◆ ◆ ◆

我对着《罗马书》想到了路加,我想象他与我一样也对这部书提不起丝毫兴趣,书中大段艰深的教义说理,我猜肯定让他一头雾水,因为我就是如此。路加钟情逸事传说和有人情味的故事,神学让他很是厌倦。他感兴趣的,或许是保罗与科林斯人之间的争执,因为他和科林斯人都是希腊人,还因为二者争论的焦点,也就是基督教如何适应异教环境的问题,与他有直接关系。可是《罗马书》的主要论题是基督教如何摆脱犹太律法的束缚,一方面,这个问题并非路加面临的真正问题,另一方面,路加不太能理解书里大量的神学典故与犹太律法的细微之处,而保罗借助它们更好地论证了他的教会与犹太教会分立的问题。

实际上,《罗马书》论述的主线都写在《加拉太书》里了——

---

① 见《罗马书》16:22。

王　国

可是，有位瑞士的注经人说得很漂亮，如果《加拉太书》好比汇入莱芒湖之前的罗讷河，那《罗马书》就是流出日内瓦的罗讷河：《加拉太书》如山间迸出的急流，《罗马书》似滔滔奔涌的大河。保罗在怒意的驱使下一口气写成《加拉太书》，全文浑然生辉，而《罗马书》进度缓慢，经过反复斟酌。因为清晰无误地表明观点让保罗很是为难，所以他把大部分时间花在讨论读来枯燥无味的神学律法遁词上。譬如保罗解释说，女人有了丈夫，只要丈夫还活着，她就被律法约束，若丈夫死了，她就脱离了婚姻的律法，所以在第一种情况下，她若归于别人便是作恶，第二种情况下，她没有任何可指摘的地方。①就这样，保罗拐弯抹角，硬是不说心里话，他想说的内容总结起来其实很简单——律法业已告终。自从耶稣来了之后，律法再无用处。有些犹太人一味恪守律法，自视天选之人，将律法当作特权，说好听了，这叫听不进去话，说得不好听，就是良心不正。犹太人是先蒙召的，外邦人是后蒙召的，但现在，所有人，无论是犹太人还是外邦人，只能因耶稣的恩典得救。路加有言："如此看来，神要怜悯谁就怜悯谁，要叫谁刚硬就叫谁刚硬。"②

这么一说，若神想让犹太人刚硬，他们会变成什么样呢？保罗心里对犹太人满是怜悯。现在不该再斥责他们惹怒了主，说基督要把怒火撒在他们身上。保罗没这么做，他后退一步，提出了新的观点：犹太人一时糊涂（保罗说这叫"失脚"③），让外邦人得了从律法上说应该属于犹太人的救恩，但事情并没有就此打

---

① 见《罗马书》7：2—3。
② 《罗马书》9：18。
③ 见《罗马书》11：11。

住。以色列的心是硬的,①得等到所有外邦人进了教会,这时候犹太人才会次第加入,而这将是时代改变的标志。保罗为了说明这个道理,专门用耶稣的口吻讲述了寓言一则,故事讲的是园丁修剪橄榄树和嫁接新枝的故事。剪下的树枝不烧掉,等它们冒出新芽,神会将枝条集起来接在树干上面。从园艺的角度看,这个暗喻确实不妥,不过不妨碍我们领悟其中的含义:犹太人是剪下的野橄榄枝,不过,保罗提醒他们,新接到树干上的枝子不可向旧枝子夸口!他说:"当知道不是你托着根,乃是根托着你!"②

◆ ◆ ◆

这部神学专论促成了基督教会与犹太教会的决裂,如果路加在动身前往耶路撒冷的前夜,读了、抄了,或者听了这部论文,他这样的人会被什么内容触动?因为路加就像一个和事佬,或许书中能打动他的是这一点:无论发生什么,事情都会解决,神的身边始终为这个失败的古老民族(如果这就是他对以色列的看法)留有一席之地。也许比起抽象的论理,路加更希望自己受到实际的指引,而且他对既定的秩序充满向往。书中有一段记叙,一直高高在上的保罗突然开始关心实际的问题,而这个问题肯定是反对罗马帝国的犹太民族主义者提出的:要不要纳税?③保罗的态度很坚决:要纳税。"因为他们是神的差役,常常特管这事。④在上有权柄的,人人当顺服他,因为没有权柄不是出于神。凡掌权

---

① 见《罗马书》11:25。
② 《罗马书》11:18。
③ 和合本此段将"纳税"全部转译为"纳粮",见《罗马书》13:6—7。
④ 《罗马书》13:6。

的都是神所命的。①"（无须多想便能知道这句话将会导致怎样的后果。）最后，《罗马书》里还写着，耶稣更愿意饶恕有罪之人，心性敏感的路加听到这个消息应该非常开心！路加最喜欢"牧人寻羊"的故事②，他后来变着法儿讲了不下十次。

至于其余的部分，我想象的路加一直在点头表示赞同，却不明白说的究竟是什么。

41

如果保罗没有在信中多次强调自己即将前往耶路撒冷去帮助圣徒中的穷人，这确实很难让人相信。在此重述一下整件事的要点：一边是保罗，这个被总教会高度怀疑的边缘异议分子，准备出远门，历经万千艰险，只是为了把心中的敬意告诉耶路撒冷人，给他们送钱，告诉他们表象之下的他是个忠诚可靠的人；可另一边，保罗同时向自己的所有教会传达了不可置喙的长篇通告，告诉信众，彼得、雅各、约翰这些已走入历史的大人物宣扬的信条都是老一套，是时候继续前进了。

我不知道所巴特、推基古、特罗非摩等人当时的心情如何，还是说这些可靠的伙伴满心因为追随大师前往神圣之地而兴奋不已，完全没意识到前方有什么麻烦在等着他们。我想保罗已经猜到耶路撒冷为他准备了什么鸿门宴。也罢，保罗当下一定这么想，这关难挨也得挨过去。一旦从困境中脱身，他便能继续传

---

① 《罗马书》13：1。
② 譬如，见《路加福音》15：1—7"迷羊的比喻"。

道，他已经去过东方，这一次他要一路向西，把道传到西面人迹所至之处。在希腊和东方世界走了一遭后，他下一步想去罗马，人没到，信肯定先到，如果神有心，还想一直传到西班牙。

42

路加对这一次大规模朝圣之旅的回忆非常精确。我非常喜欢行传里的这一段故事，因为我对那片区域了如指掌。最近几年，我跟埃莱娜每到放假就带孩子们去希腊的拔摩岛。我们之前想过去加尔省置业，不过，现在的梦想是在拔摩岛买一幢房子。我动笔写这一章是在2012年5月初，那时我俩去拔摩选了一圈房子，刚回巴黎。那趟旅行没有收获，起码没有实质性的结果，原因是希腊人搞什么都糊成一团，不知道该把握什么，不清楚什么能做、什么不能做，不了解东西的成本，不懂得什么东西该归谁，怒火中烧的我们有时甚至感觉，希腊人现在遭受的重大经济危机绝不是无因之果。现在的我希望，在这本书写成之前能找到心目中的房子。在此期间，我读到"我们"——也就是路加和同伴——"先上船，开往亚朔去，意思要在那里接保罗；因为他是这样安排的，他自己打算要步行"①，读到"从那里开船，次日到了基阿的对面；又次日，在撒摩靠岸；又次日，来到米利都"②的时候，简直太开心了，仿佛身临其境。我喜欢这些像珠子一样连缀在土耳其海岸线上的座座岛屿——出于政治原因，许多希腊地图都不标注这条海岸，这使得多德卡尼斯群岛仿佛悬在世界边缘，随时可

---

① 《使徒行传》20：13。
② 《使徒行传》20：15。

王　国

能掉进虚空。拔摩北面的撒摩和南边的哥士总让我想起渡船时间表：午夜在废弃的港口下船，有时又会因暴风雨而推迟或取消摆渡。此外，说到哥士不得不说岛上的文物保护办公室，这个办公室一手掌握岛上建造和修复事宜，如果你要求办事员至少把决定告知你，他们会说两周后办，两周之后又说一个月之后办，一个月之后又说择日即办，诸如此类，他们很享受弄权的感觉。罢了。他们离开米利都，前往哥土，然后去了罗底——这是"蓝星轮渡"的线路，我们每年夏天都要走一遍——然后从罗底到帕大喇，到了帕大喇再换船，朝腓尼基驶去。①

◆ ◆ ◆

《使徒行传》运用了几个航海术语，于是有历史学家认为路加的航海经验很丰富，我倒觉得，他在第一次远行之前，不过沿着爱琴海的海岸坐过几次船而已。地中海危险四伏，人们通常尽可能地贴着海岸线航行，不过要去犹太就没路线可选了：必须到开阔的海面。前后八天的海路，一眼见不到大地。运货的大船一般会给有钱的乘客专门留出舱室休息，其余人睡甲板上的帐篷和垫子。当然了，路加和同伴们就是这样的其余人等。说不定在海上颠簸的时候，一群人脸都累青了，或许跟《丁丁历险记·神秘的星星》里的专家考察团一样，东西怎么吃的就怎么吐了出来。人人都以为——当然了，他们勉强算得上——自己就是奥德修斯。

他们肯定读过《奥德赛》。那个年代的人全读过《伊利亚特》

---

① 见《使徒行传》21：1—2。

和《奥德赛》。识字的人读荷马的书，不识字的，会有人把里面的故事讲给他们听。面世八百多年来，荷马的诗歌将无数作者培养成业余的历史学家与地理学家。每个人在学校里都写过小作文，成年后和别人激烈地辩论过特洛伊之战的故事里哪些地名真实存在、哪些是传说，奥德修斯到底去过哪些地方。路加和同伴乘着椰壳般的船在海中漂泊，薄雾中突然出现一座岛，他们心想，这会不会是食莲人住的地方？是不是住着波吕斐摩斯？要不就是女巫喀耳刻的地盘，她可是能将活人变成猪。难道是卡吕普索的闺房？若是碰到了卡吕普索，恐怕一辈子都要困在那岛上了。

43

故事发生在《奥德赛》第五卷，奥德修斯的船在卡吕普索的岛边触礁了，一困就是七年。仙女的小岛上氤氲着雪松和侧柏凛冽的香气，岛上有葡萄藤和四条澄澈的小溪，野生的紫罗兰和香芹点缀着四季的草原。让人倍感惬意的是，仙女温婉动人，她与奥德修斯相互依偎。小岛如与世隔绝的花园，生活于此只有甜美二字能形容，神仙般的日子本应该让他忘记此行的目的地。我们知道，奥德修斯这次返程要回到山石密布的伊萨卡，回到妻子佩涅洛佩和儿子特勒马科斯身边，简而言之，就是重新回到他为了特洛伊战争告别已久的故乡。可他没忘记远方，乡愁一直萦绕在心头。奥德修斯整整两夜未合眼，他坐在岸边，一动不动，若有所思，一想到什么东西便开始流泪。奥林匹斯山上的雅典娜听闻，为奥德修斯辩护：就算他沉湎于感官的快乐，但对他的惩罚早已足够。宙斯信了雅典娜的话，派赫尔墨斯告诉卡吕普索，让她放英雄回家。"因为他不应该离开亲人，死在异乡；命运注定他

王　国

要回到故乡和他高大的宫殿,再看到他的亲人。"①卡吕普索听到这些话,全身直打战。她伤透了心,可还是听服宙斯的命令。那天晚上,奥德修斯和她再次相拥。两人都明白,奥德修斯第二天一早就要走了。他们相聚在日夜缠绵的山洞,她伺候他吃、伺候他喝,两人默默不语,承受着爱人别离前的苦痛。最后是悲痛欲绝的卡吕普索忍不住了。她想最后博一次运气:

> 足智多谋的奥德修斯!你是不是心里想着现在就回到家里,回到父老的身边,现在就出发呢?马上就走?那就永别了!可是如果你能预料到要经历多少苦难才能还乡,你会甘心留在这里,待在我的身边,过长生不死的生活……尽管你渴望看到你天天怀念的妻子。我自认我的身材容貌并不比她差;我从未见过有凡人的容貌神采能与神人相比。

奥德修斯回答她:

> 尊贵的女神,你听我说,请你原谅我。你说的这些我都想过。我知道,聪明的佩涅洛佩在身材和容貌上都比不过你;她不过是个凡人,你却长生不老。可我还是天天怀念,想要回家,想看到还乡的那一天。我已经遭受了如此多苦难,在战争与海浪中历经艰险!如果还要承受更多痛苦,那就让它来吧!

---

① 译文引自《奥德修记》,杨宪益译,上海:上海译文出版社,1979年,第61—62页。

Ⅱ 保罗

◆ ◆ ◆

我们把这个情节移到我说的故事上面,并为它增添细节,大胆突出要点。卡吕普索堪称完美的金发美人,每个男人都想拥有,但不见得非要娶回家,情郎阖家欢聚的时候,她就打开煤气阀门,或者吞一把药片到肚子里。卡吕普索有一张王牌,比啼哭、温柔、股间卷起的毛发更厉害。她可以给他所有人梦寐以求的东西。到底是什么?是长生不死。真正的永生。如果他和卡吕普索生活,他永远不会死,永远不会老,永远不会生病。如果他们在一起,她永远保持着妙龄女子的曼妙身姿,他永远如四十岁的男子般健壮,处在一生魅力的顶峰。他们可以永远缠绵,迎着阳光小睡,跳进蓝色的海里游泳,喝点葡萄酒,不知宿醉是何滋味,复又缠绵,不知疲倦,兴致来了便读诗,甚至写上两句。就连奥德修斯都承认,这样的生活很有诱惑力。但不,我要回家。卡吕普索以为自己重听了。回你家?你知道回去之后会看到些什么吗?你的妻子早已青春不再,眼角起皱、皮肤松弛,已经停经,没法改善。你心目中的可爱男孩在你不在家的时候长成了问题少年,很有可能堕落吸毒,成了激进的运动者,患上肥胖症,还有精神病,反正,爸爸怕儿子染上的毛病他身上全有。而你呢?如果你走了,你很快就会老去,全身哪儿都不舒服,而你的生活将成为暗不见光的走廊,这走廊你越走它就越窄,这么阴森,你却还得拄着助步器、推着移动输液架在那里慢慢地晃,如果你回去,你会在酒醉的深夜里因惶恐惊醒,因为你,就快要死了。这才是凡人的生活。我想给你的,是神的生活。考虑考虑吧。

我都好好想过了,奥德修斯说。说完就告辞了。

王　国

◆ ◆ ◆

从让-皮埃尔·韦尔南到吕克·费里等诸多《奥德赛》评论家认为，奥德修斯做出的选择是古代智慧的终极奥义，甚至是智慧的真义：人的生活比神的更好，原因很简单，因为人生是真实的。真实可触的痛苦比虚幻的幸福更有价值。永恒不可期，它不是人类共同命运的一部分。人生不完美、转瞬即逝、让人失望，可它是我们唯一要珍惜的东西，它是我们必然总会回归的方向。奥德修斯的整个故事，甘做凡人只为拥有完整人生的人类的整个历史，讲述的都是这样的回归。

现代人可没理由声称自己也拥有这种智慧，因为再没人像卡吕普索那样给我们选择了。然而，路加、所巴特和其他人兴奋地接受了这个提议。我不禁问自己：当路加在海上驶过一座小岛，闻到海风吹来的岛上橄榄、扁柏和忍冬的气味，那会不会就是他心中所想？

◆ ◆ ◆

我不了解路加的童年与少年生活，可我想，他一定梦想成为阿喀琉斯那样的英雄——英勇至癫狂，宁可光荣地死去，也不愿平凡一生；或许他梦想像奥德修斯一样完美——从艰难困阻中脱身，迷倒女人，俘获男人，成为为生活而打造的完美榜样。但随着年纪增长，路加不再把自己看成荷马史诗里的英雄了，因为那行不通，更因为他跟他们不像。世间有群幸福的人，他们热爱生活，生活给予回馈，他们除了眼前的生活什么都不想要；路加知道，他不是其中的一分子。他所属的那群人焦虑、惆怅，总以为

II 保罗

真正的生活在别处。可以想象，这样的人在古代终究是少数，他们在历史的暗处，一言不发，多亏了神秘的同道人保罗，他们才获得了力量，影响力延续至今。即便如此，他们也有一些大名鼎鼎的代言人。最早是柏拉图，柏拉图认为我们的人生好似黑暗的洞穴，洞穴里的我们只能见到真实世界投下的影子。兴许路加读过柏拉图：柏拉图去世四百年之后，名气不减当年，任何追求思想高度的人都会经历信仰柏拉图的阶段。和许多同时代的人一样，路加后来通过亚历山大港的犹太裔柏拉图主义哲学家斐洛，走上了犹太教的道路，却没感觉自己来到了完全陌生的世界。灵魂在流浪。到了埃及，他的灵魂思念耶路撒冷。到了巴比伦，他的灵魂思念耶路撒冷。到了耶路撒冷，它又去思念真正的耶路撒冷。

路加后来碰到了保罗，保罗给他的承诺只有永生。保罗说了和柏拉图一样的观点，他讲世间的生活总是不尽如人意，因为人难免犯错，肉体终将腐败。此生唯一值得期待的就是获得解脱，去那耶稣的国。当然，耶稣的国绝对没有卡吕普索的性感。腐败之身经历复活之后便不会再腐败，不会衰老，没有痛苦，一心只想着神的荣耀——我们可以现象他们藏在长袍下，无尽地吟唱赞美歌，这可能比想象他们赤身在海里游泳、相互抚摸[①]更容易。换作我听了保罗的说辞肯定灰心，可我必须承认，他这么说不见得会扫了路加的兴。即便我不愿歪曲他的话，可还得说：弃绝欲望不仅是清教徒们的理想，像佛门弟子一样对人的境况有充分思考的人也会把根除欲望当作理想。重点是，保罗的承诺与卡吕普索

---

① 指奥德修斯和卡吕普索。

的愿景类似得让人困惑——逃脱宿命,如果用埃尔韦的话说就是"摆脱困境"——然而,保罗的理想与奥德修斯的理想之间却存在难以忽视的差异。一人所说的唯一的善在另一个人眼中仿佛悲戚的幻想。奥德修斯说,向人世、向人的境况回归才是智慧;保罗有言,挣脱凡人的生活才是智慧。奥德修斯又说,别管天堂能有多美,它都是虚构;保罗又道,天堂才是唯一的现实。被冲昏了头脑的保罗甚至歌颂神选择用不存在的东西消解存在之物。这就是路加的选择,这就是他选择登上的船。我就想问:他上船之后会不会怀疑自己在犯一个巨大的错误?路加将全部生命献给一个不存在的玩意,对真实存在的事物闭眼不见,譬如身体的温度,生活有苦有甜的滋味,以及真实本身让人叹服的不完美。

Ⅲ 调查

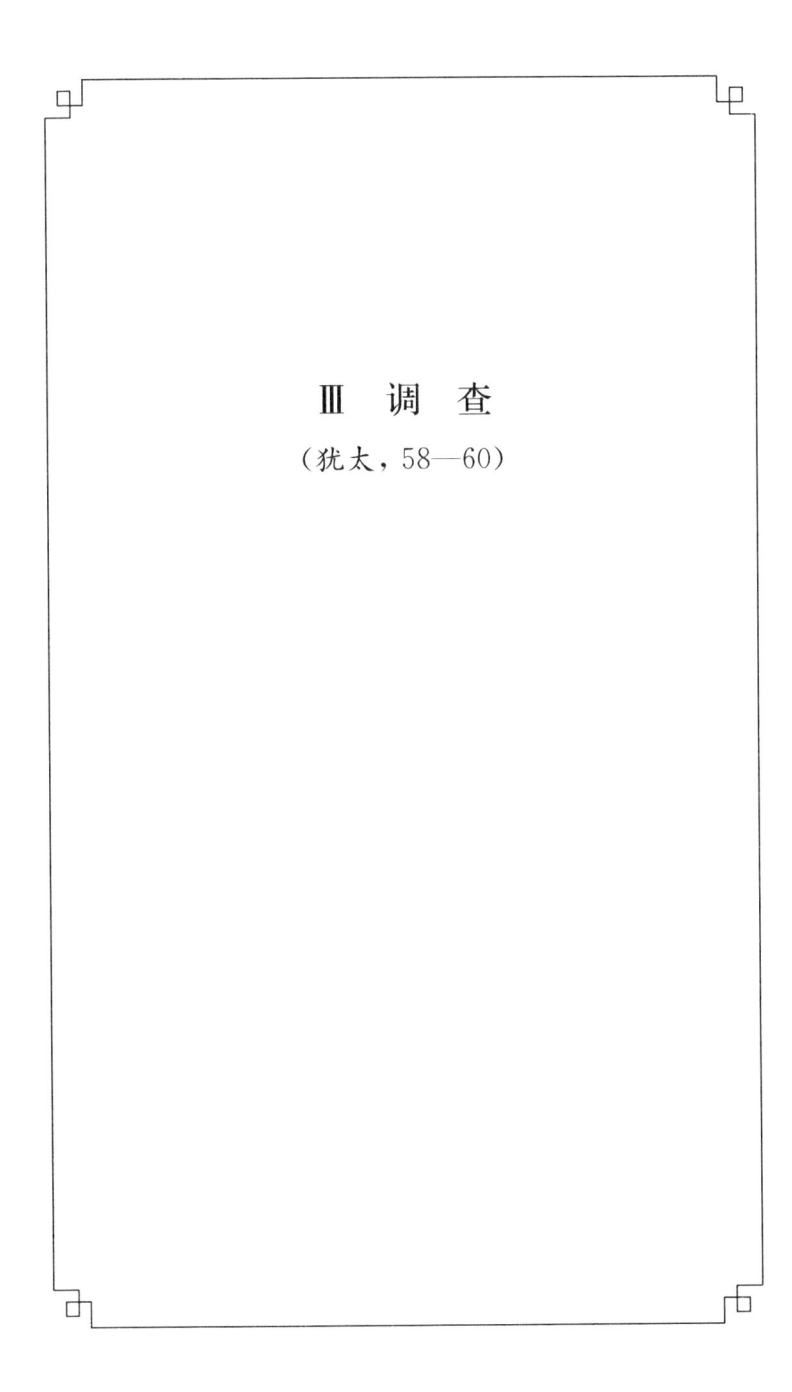

（犹太，58—60）

Ⅲ 调 查

1

保罗一行人历经八天的海上漂泊，终于踏上了叙利亚的土地。按照当地对基督徒的称呼，给他们接风的是"奉这道的人"。保罗与弟子来到当地的港口凯撒利亚，寄宿在传福音的腓利家里，腓利有四个女儿，都是说预言的。有一个自称先知的本地人听闻他们来了，苦苦劝说保罗不要去耶路撒冷。那人束住自己的双手双脚，想要模仿出他们将要面临的遭遇。他告诉保罗他们，耶路撒冷的犹太人会把他们逮起来押到罗马人那里，让罗马长官取了他们的命。劝告无济于事，丝毫没有动摇保罗的决心。若为传道事业牺牲，他保罗必殉道。①凯撒利亚的人们与保罗作别时哭得很伤心，读到这里很难让人不联想到，此事发生三十年后，路加执笔记下这些场景时，是不是有意呼应了自己以耶稣为主人公写的福音书——《路加福音》里的耶稣不顾弟子的奉劝，执意要去耶路撒冷。

◆ ◆ ◆

保罗和门徒不顾身边人的一再劝告，这就踏上了神圣之城的土地。他们借住来自塞浦路斯的弟子拿孙家中，抵达耶路撒冷翌日，他们排成浩浩荡荡的队伍去拜见雅各。现在，读者不得不想

---

① 见《使徒行传》21：8—14。

王　国

想为何雅各当上了耶路撒冷"奉这道的人"的首领。

首领本该是彼得,他是耶稣最早的同道人。不过也有可能是约翰,毕竟约翰自认为耶稣最得意的门生。唯独他俩有继承衣钵必需的条件,好比托洛茨基和布哈林才有接列宁班的实力——然而,一个新人横空出世打倒了两位对手。列宁公开表示,自己瞧不上这个名叫约瑟夫·朱加什维利的格鲁吉亚人,也就是斯大林,可最终是斯大林当上了接班人。

耶稣谈到雅各以及泛泛地讲到家人时说的话,不比列宁的话好听到哪里去。有人谈到他的母亲和弟兄,只见他摇摇头,指了指追随他的陌生人说:"看哪,我的母亲,我的弟兄。"[①]一位妇女带着东方密宗的口吻对耶稣说:"怀你胎的和乳养你的有福了。"他冷冰冰地答:"是,却还不如听神之道而遵守的人有福。"[②]必须承认,耶稣似乎既不是怀胎生下的,也不靠乳养长大。要说他不怎么谈论自己的家人,他家里人提到他的次数更少。写福音书的马可曾经记下一幕,根据他的描述,耶稣的家人可能想让人把他抓起来,因为他们觉得耶稣丧失了理智。如果雅各只身站了出来,替他哥哥说话,肯定会有人告诉我们才对。耶稣在世的时候,雅各没准跟其他人一样,以为耶稣出现了幻想,家中有人着魔让本来拮据却有一定地位的家庭蒙羞。中了魔、离经叛道的坏人最终像普通罪犯一样被处决这件事情原本能彻底证明他那正直的兄弟雅各是正确的,可后来发生的事情非常奇怪:尽管——或者说是正因为——耶稣被恶意处死,给家族抹黑的这位死后却成了名副其实的崇拜对象,耶稣受难后焕发的光辉甚至落到了雅各

[①]　《马太福音》12:49。
[②]　《路加福音》11:27—28。

身上。而雅各没有拒绝。感谢王朝世袭的规则,雅各成为早期教会的几位长老之一,不是凭着身上的美德,而是骨子里的血。他同历史上的门徒彼得、约翰平起平坐,甚至高出半头,类似第一任教皇。这路子还真挺怪。

2

路加第一次见到雅各时,对他的兄弟耶稣一点也不了解。他哪里知道耶稣自由散漫,喜欢跟不正派的人往来,甚至瞧不起虔诚信教的人。他或许想过耶稣活着的时候很像雅各。生活在公元四世纪的教士、来自凯撒利亚的尤西比乌斯写过教会的历史,尤西比乌斯收集关于雅各的传说,为我们留下了一幅生动的文字白描:"他喝母乳的时候就成了神仙,平生既不饮酒,也不喝醉人的饮料,更不吃有过生命的东西。从不剃头,从不敷油,从不沐浴,不穿羊毛,只着粗麻。一个人去神殿祈祷,跪得太久,竟然像骆驼一样膝盖上磨出了厚厚的茧子。"

保罗面对着这个狠角色,身边围着一群长老,仿佛经历了一场重要的面试。使徒交代完常说的客套话后,详尽地阐述了基督——用他传教——在外邦人中取得的成绩。凡事向来找积极一面的路加,总是尽自己所能淡化双方争执的部分,他讲听到保罗说话的人"就归荣耀与神"[1],却对保罗此行的主要目的只字不提:将筹来的善款捐给耶路撒冷教会。从这一点来看,雅各似乎婉拒了保罗的善款,正如神没有悦纳该隐的献祭……手上的两本文献

---

[1] 《使徒行传》21:20。

王　国

对这件事都只字未提，但细想一下，接受保罗的好意无异于认可了保罗，雅各可能没有下定决心。

路加的大事化小简直白忙活，众人将荣耀归于神之后对保罗说的那些话，他没法掩藏："兄台，你看犹太人中信主的有多少万，并且都为律法热心。你应该知道，他们听见人说，你教训一切在外邦的犹太人离弃摩西，对他们说，不要给孩子行割礼，也不要遵行条规。（保罗听到这儿，想必没有半点怨言：你们说的都是真的。）众人必听见你来了，我们藏不住你。这可怎么办呢？你要安抚他们，让他们知道错怪了你，就照着我们的话行吧！（保罗用力咽下一口口水。）我们这里有四个人，都有愿在身。你带他们去，与他们一同行洁净的礼，替他们拿出规费，叫他们得以剃头。这样，众人就可知道，先前所听见你的事都是虚的。"①

◆　◆　◆

雅各让保罗假模假式地做跟旧业完全相悖的事情，其实是想让大家看看，谁说话才算数，还能连带着把敌人羞辱一通。保罗屈服了。我敢肯定不是因为他没胆量，一定是因为服软对他来说没任何关系。这么做伤害的只有自尊心，再说了，他就算被羞辱，也能展现自己的傲骨。这就是您的意思？好极了。他照着要求做了个遍，带着四个人一同行了洁净的礼。他不少破费，花钱买牺牲、买献祭，报明了洁净的日期，待七日斋戒礼毕，方可最终行剃头的礼。有人问，这四个人如何对待保罗？在与他们的相处中，保罗必然谨记，爱是温柔，是耐心，要把忍耐献给神，万万不能动气。

---

① 见《使徒行传》21：20—24。

3

在那七天里，正当保罗忍受下马威的时候，路加和亚细亚、马其顿来的同伴没了头领，我想，他们无事可做，只得在耶路撒冷闲逛。身为罗马帝国的臣民，他们对罗马式的城市再熟悉不过，相仿的楼房幢幢漆成白色，整齐划一地排列在城市中。犹太人心中的圣城与他们了解的城市完全不一样。此外，他们抵达耶路撒冷时恰逢逾越节，逾越节是为纪念以色列人民逃离埃及。只见街上挤满了前来朝圣、做买卖和赶着大篷车的人，他们操着各种各样的语言，狭窄的街道被挤得水泄不通，大家通通朝圣殿进发，可那圣殿跟他们了解的一点也不像。路加当然听说过圣殿，但在亲眼见过之前，他完全不知道会看见什么——我不敢肯定路加是否真的喜欢圣殿。路加喜欢的是犹太教堂，就是那些不起眼但温馨的小房子，哪里有犹太人，哪里就有教堂，路加正是在那里初次领悟了犹太教。犹太教堂不是圣殿：它们是研修与祈祷的地方，不搞宗教崇拜，献祭就更少见了。让路加开心的是，犹太人与其他民族不一样，他们不建庙堂，或者可以说，圣殿就在他们的心中。可事实是，犹太人有且只有一座圣殿，就好比他们只奉唯一的神，他们认定这位神是所有神明中最伟大的那一位，其他神全是卑贱的骗子，因而这唯一一座神殿得配得上唯一的神才行。他们不会消耗时间和精力在他们住的地方修建小庙，全世界的犹太人每年会出一笔钱，用来维护和修缮唯一一座至伟、至真的圣殿。最有钱、最虔诚的人每年逢重大节日——逾越节、七七节、住棚节——朝圣三次，其他人能去则去。每到过节，来耶路撒冷朝圣的信徒比

王　国

当地人数的十倍还多。四海之内的人，在圣殿会聚。

◆　◆　◆

在耶路撒冷的任何地方都能望见圣殿，在不同时段，光照到大理石镶金的穹顶上，时而如灿烂的太阳，转眼又如落满白雪的山巅。这座圣殿绝对称得上宏伟，它有六个雅典卫城那么大，占地足足十五公顷，华美如新。早在犹太人被流放的时候，古巴比伦人毁掉了原先的圣殿。古罗马占领期间重建，主持重建的是家财万贯、考究万分的大希律王，这个权倾一时的自大狂将圣殿筑成了希腊化世界的奇观。英国历史学家西蒙·塞巴格·蒙蒂菲奥里出版了两本讲斯大林的书，读来让人饶有兴致，他后来又写了一本关于耶路撒冷的纵横古今的巨著。蒙蒂菲奥里断言，耶路撒冷圣殿的西墙，也就是圣殿地基处的巨石墙，石缝里被信徒们塞进一截又一截祈祷文，光纸片就有六百吨。我看这数字有点大，可蒙蒂菲奥里有十足的把握，他还引用过托勒密二世的一件功绩——这位埃及国王在公元前三世纪时命人将犹太人的经文和律法翻译成通用希腊语，今称"七十士译本"。托勒密二世组织过一次敬拜狄奥尼索斯的仪式，参加仪式的人见到了一只巨大的豹皮袋，至少能盛下八十万升葡萄酒。重建圣殿耗费了相当多的时间，以至于耶稣在世时，也就是路加信步走过圣殿庭院的三十年之前，它在世人眼中仍是崭新的。耶稣的外省弟子们第一次来耶路撒冷时，雄伟的圣殿让他们惊叹，在我们说到的这个年代，路加还不清楚耶稣向弟子们回复了什么内容："你们不是看见这殿宇吗？我实在告诉你们，将来在这里没有一块石头留在石头上，不被拆毁了。"[①]此时的他还

[①]　《马太福音》24：2，指耶稣预言圣殿被毁。

不知道耶稣后来在巨大的圣殿庭院上驱赶做生意的商贩的故事①，但他习惯了犹太教堂的温情，见到嘈杂的人群互相推搡，听到震天响的吆喝叫卖声，路加吓坏了。他看到有人拽着牛羊的犄角，动物的齐鸣和着吹响祈祷时间的号声，声音刚落就有人宰掉牲口，卸成几大块，摆上祭坛的时候还冒着蒸腾的热气。人们想讨好神，可神借先知何西阿之口告诉他们，他不喜欢燔祭②——能讨他欢心的只有纯净的灵魂，但路加在圣殿围墙内见到的事物，没哪样说得上特别纯净。

说到围墙，圣殿有好几层，越向里的围墙，地位也就越神圣。石墙砌成的漩涡中心是圣中至圣，供奉着唯一的神，连大祭司每年都只有一次机会进入至圣所。横扫天下的罗马将军庞培听闻这个地方如此神圣，挑衅地耸了耸肩：我倒想看看，谁胆敢拦住我的去路。庞培将军抬腿走了进去，让他惊讶的是，至尊的中殿是空的。空的，什么都没有。他以为能看到雕塑，或一颗驴头，因为有人告诉他犹太人神秘的神就是这个形象，③但房间空空如也。庞培无奈，耸了耸肩，许是心里不爽快，后来再没提过这件事情。这位罗马将军死得很惨：古埃及人处决了庞培，将他的头浸在盐水里呈给了恺撒；犹太人很欢喜。至圣所往外走就能见到几个内院，内院只有受过割礼的人才能进。内院之外即"外邦人的院"，如今供游客步行游览。现在能见到的样子与最初的圣殿差

---

① 见《马太福音》21：12。
② 见《比赛亚书》1：11。
③ 见《民数记》22：21—35，先知巴兰的驴看见了耶和华的使者。

王　国

不太多，只是犹太人的圣殿已经变成了"圣殿山"①，这一点始终得不到巴勒斯坦人的承认。具体来说，巴勒斯坦人拒绝承认如今耸立着清真寺的地方原来盖着犹太人的圣殿，这个障碍可以说是巴以冲突中最难化解的一环，圣城耶路撒冷让信教的人为之疯狂，甚至连城里的一截石墙或一条地下管道都会让犹太人、穆斯林和基督徒大打出手，所有人都声称自己是第一个到达耶路撒冷的，此中的混乱局面让考古成了高危的学科。无论如何，受难前的耶稣正是在这里，就在圣殿内院和外邦人的院里，用尽生命最后的时间讲道，与法利赛人争辩。正是在这里，雅各和"奉这道的人"的长老尽管因为相信一个普通罪犯的复活而被边缘化，但他们仍继续祈祷，直到双膝像骆驼一样爬满了胼胝。正是在这里，大数来的年轻人保罗近乎狂热地吸收着先师迦玛列的教义。正是在这里，他立下誓言，定要根除崇拜死刑犯复活的亵渎神明的宗教。可又是在这里，二十年后的他与四位今天耶路撒冷大街小巷都能见到的信徒一道——唯一不同的是，这些信徒今天换上了十八世纪波兰乡绅的装扮——恪守在他眼中早已无用的戒律，若他没有经历意外的转变，这律法，他还要无所畏惧地守上一辈子。或许在这里，遵守着这些仪式的保罗在想，倘使没有经历令人难以置信的转变，他的生命究竟会怎样：一辈子围着圣殿打转，双膝如驼，度过虔诚的一生？可他没有，他被基督从自己身上剥离，表面是保罗，但内里已被基督占据，并为这惊人的变化感谢基督，他周游世界，直面险阻，让千万人皈依了过去的他如

---

① 法语原文直译为"清真寺大道"，上有圆顶清真寺与阿克萨清真寺，今多译作"圣殿山"。

此憎恶的疯狂信仰，而他现在再回圣殿，站在同他一样行了割礼的人中间，可他率领的一帮人没有行洁净的礼，没法进入内院，只能立于广阔的外邦人的院，在那里相见好比约在莫斯科地铁站见面，要睁大双眼、竖起耳朵才行。

4

这群人中唯有提摩太例外，他从追随保罗以来，已经出落成过惯苦日子的游子。而路加因四处巡游、行医的缘故，以腓立比为中心绕了好几大圈，有几次甚至抵达了亚细亚的边界。至于其他人——所巴特、特罗非摩和亚里达谷，必然没有经常离家出远门。他们像游客在耶路撒冷城里闲逛，既不会说当地的语言，也不了解本地的风俗，更别指望当地"奉这道的人"给他们当导游了。这群人去雅各家中拜见的时候，雅各身边留胡子的信徒没有一个跟他们说过一句话，更不用说倒杯水了。要说有人帮助他们找到了立足之地，当属热心肠的塞浦路斯人拿孙。这帮外地人晚上裹着还留着虱子的盖被睡在拿孙家的屋顶上，想不通为何跋山涉水就为了来遭这个罪。

我想把这名配角放入一部电影或电视剧中，将他塑造成类似摄影师的角色，身材矮小、性别不明，他在雅加达碰到一位年轻的记者——这个角色由《危险年代》的演员梅尔·吉布森扮演，他告诉记者一触即发的政局背后有哪些力量在博弈。出身塞浦路斯的拿孙本可以向路加和盘托出。话虽如此，可我对犹太政局的了解，甚至所有历史学家掌握的资料统统不是源于拿孙，而是出自一位关键证人。犹太人叫他约瑟夫·本·马蒂亚斯，罗马人喊他提

王　国

图斯·弗拉维乌斯·约赛夫斯,就是后人所说的弗拉维奥·约瑟夫斯。

◆ ◆ ◆

公元58年,约瑟夫斯也在耶路撒冷,不过他绝不可能和身份低微的塞浦路斯人拿孙,或路加,甚至保罗,有过交集。约瑟夫斯身为犹太贵族,出身于煊赫一时的司祭世家,早些时候,年方十六岁的他通览犹太的各个教派,将教派作为哲学学派潜心研究,求学之路以沙漠隐修画上了圆满的句号。当时的人都知道,约瑟夫斯是专攻犹太教理的天才少年,他必定会一跃成为宗教界的要员,拥有闪耀的仕途。不管怎么说,约瑟夫斯绝不是走神秘路线的人,这位外交官把持着权力与人际网络,读他的文字便知道,约瑟夫斯这人聪明、爱面子,牢牢地秉持着阶级的观念。后面的故事会写到悲壮的犹太人起义,以及约瑟夫斯在其中扮演的角色。这里只需要明白,耶路撒冷陷落之后,也就是公元70年,约瑟夫斯写成了《犹太战争》,正是得益于这本书,犹太地区在公元一世纪前后的历史相比罗马其他民族更为大家所熟悉,当然,罗马除外。这部编年史独立于几本福音书,它类似电影里的反打镜头,是唯一一本能印证福音书内容的文献,这也说明了为何研究基督教起源的专家对《犹太战争》抱有独特的兴趣。实际上,一旦开始研究,我们立马发现,大家撷取的材料非常有限,通常只局限于某几本书。大家引得最多的是《新约》各章最早的文字。其次是稍晚出现的伪经。还有死海古卷。还有一些异教作者,全是熟面孔:塔西佗、苏维托尼乌斯和小普林尼,最后是约瑟夫斯。全部文献大致如此,如果有其他的,早被找出来了,而且能从文本中挖出来的内容也只有那么一些。稍加练习，你就能识别已经被重复了无数遍的说法，发现有用的观点，并且快速跳过已经在其他地方读了十遍的内容。读史家之作，无论其信仰如何，我们能读懂他是如何烹饪这顿知识大餐的，我们能通过酱汁的味道来辨别他必须使用的原料——这么一说，倒是让我觉得不必求助现成的菜谱，该自己动手试一试了。

5

约瑟夫斯在《犹太战争》前几章描述的内容，以及拿孙向对耶路撒冷一无所知的弟子们讲述的，是混杂了殖民势力和宗教民族主义的混乱景象。我们对这样的政治图景非常熟悉，可路加和同伴们肯定摸不着头脑。这些人的家乡——小亚细亚和马其顿已被平定，当地人欣然接受了罗马人给他们套上的枷锁，原因在于，罗马人的文化与生活方式正是他们的文化与生活方式。罗马帝国内的国家普遍如此，犹太相比之下是个例外，此时的犹太是奉行神权政治的宗教国家，神的律法高于当时世界上的主导文明认为合理并强力推行的法律。我们认为尚可接受甚至为全世界期盼的思想自由和人权，与当今的部分伊斯兰教法互有抵牾，正是同样的道理。

之前说过，古罗马人以包容为荣。他们不反对其他民族的神，甚至准备好像品尝异域美食那样试一试信这些神，感觉不错就当成自己的神。他们从来没想过宣布别人的神是"假的"——最坏的情况是说，所谓的这些神都是外省来的，有点土气，他们也有对等的神明，不过是换了个名字。世上有一百多门语言，橡树

王　国

就有一百多个名字，这也不妨碍橡树无论在哪里都是橡树。罗马人好心以为，天下所有人一致认为耶和华就是朱庇特的犹太名字，就跟朱庇特是宙斯的罗马名字同一个道理。

的确，大家都这么想，唯独除了犹太人。这么说吧，得除去犹太的犹太人。散居海外的犹太人情况不同：他们说的是希腊语，阅读的文字是希腊语，他们同希腊人杂居，不惹什么事情。住在犹太的犹太人认为唯一的神确实存在，崇拜其他民族的偶像又坏又蠢。这种迷信在罗马人看来简直不可思议，如果犹太人把自己的信仰强加给他们，罗马人肯定坐不住。索性犹太人没有这么做的能力，罗马帝国才得以长期容忍他们对其他宗教的排斥，总体上说，他们对犹太人还是很有分寸。就像埃及人只要愿意，亲兄妹也可以结婚，犹太人可以不用印着皇帝头像的罗马钱币，甚至可以用不带人头的钱，还可以免除兵役。公元40年，卡利古拉皇帝心血来潮，提议在圣殿里立自己的塑像，卡利古拉的提议自始至终未被采纳，能有这种想法坐实了他就是个疯子——话说雕塑工程上马之前，卡利古拉遇刺驾崩了。

尽管罗马帝国做出了许多让步，犹太人还是拒绝妥协，每隔一段时间就会起义反抗，始终记得从前那场英勇的起义——由一个名叫马加比的游击战士部落发动的起义。犹太人殷切期盼一场改变世界的反抗。罗马帝国自认千年不倒，但公元一世纪的犹太人以为，永恒只眷顾犹太民族。他们坚信有一天会出现第二个大卫王，这位犹太人拥戴的恺撒大帝将成就永恒的大业。他会让长期忍受痛苦的人重归荣耀，把今天耀武扬威的人拉下王座，甫一称王就要驱逐罗马人。"刺激他们挑起战争的因素是，"约瑟夫斯说道，犹太人出身的约瑟夫斯却为罗马人说话，好比保罗对犹太人品头论足起来，就跟自己不是犹太人一样，"他们在经书里找到一段模棱两可的预言，预言宣布他们土地上的一个人将成为万物之主。"这人是弥赛亚，是被神膏选之人，他是无敌的战士，也是平和的判官。流落他乡的犹太人对此不怎么上心，诸如路加这样改信犹太教的人听到这个传说也漫不经心，然而犹太的犹太人对此念念不忘，加上罗马派来的长官腐朽、庸碌，三十年来的昏庸治理更是让犹太人常常想起这个预言。

◆ ◆ ◆

《犹太战争》第二章采用长篇幅详细叙述了这三十年发生的事，从世界历史的角度来看，涵盖了提比略王朝至尼禄统治时期；若是从我们正在探讨的这个当时尚不为人所知的故事的角度来说，它涵盖了耶稣受难到保罗赶赴耶路撒冷这段时间。说到犹太当地，掌管犹太的百夫长有本丢·彼拉多，以及继任的腓力斯、非斯都、阿尔比努斯和弗洛鲁斯，①几位长官一任比一任暴戾，塔西佗鄙夷地说他们"手上是国王的权力，心里是奴隶的灵魂"。这段历史也有国王参与，比如声名显赫、下场凄惨的大希律王。但他们都是本土的小国王，就像印度统治时期的土邦王公一样，只要他们听话，殖民者还是很乐意把他们留在王位上取悦人民的。至高的圣殿周围环绕着一群把持权力的祭司——撒都该人，他们好似印度的婆罗门，不仅权力世代承袭，还大肆敛财，暗中支持罗马政权。约瑟夫斯就来自一个显赫的撒都该家族。

---

① 阿尔比努斯（拉丁名 Lucceius Albinus），公元62年至63年（一说64年）担任犹太的百夫长。弗洛鲁斯（拉丁名 Gessius Florus），公元64年担任犹太的百夫长。这两位《圣经》未提及，参见《犹太战争》第二卷第十四章。

王　国

在如此背景下的那三十年,就是一连串令人厌倦的贪污和失职、反抗和镇压,最终导致了公元一世纪六十年代犹太人大起义。约瑟夫斯记载,让彼拉多一下子出名的事情,不但有挪用修缮圣殿的资金建引水桥、把带着罗马皇帝头像的军旗插到了神圣之城,还有为罗马士兵的挑衅行为遮掩——这名士兵趁逾越节跑到广场上,撩起袍子后摆露出屁股蛋子。说彼拉多对待犹太人好比阿里埃勒·沙龙对付巴勒斯坦领土上的巴勒斯坦人,这可能会引发争议,但不见得不对。要是犹太人敢抗议,胆敢跑到他凯撒利亚的住处门口以头抢地,五天五夜待着不走,那他能做的只剩下派兵捉人了。不仅如此,彼拉多和继任者们一直抬税,肆意挥霍搜刮来的钱财。福音书里能读到,耶稣每次同税吏,也就是收税的罗马官员,一同露面都会引起轰动,我们应该明白,所谓税吏本身是穷苦的犹太人,罗马殖民者支配税吏去勒索比自己更穷的人,这样一来,课税激起民愤,犹太人一见到税吏的手下就怒火中烧。帮罗马人收税无异于通敌,罗马士兵还给他们行方便:简直是人渣。

税负过于沉重,罗马长官接连腐败,再加上占领军残暴、易怒,他们对被占领的土地一无所知,也不想去了解——了解了这个背景,想必能料到接下来发生的事情:农民暴动,土匪起义,事端频仍,犹太民族的解放运动愈演愈烈,在当地,遍地开花的还有救世主降临的传说。让读者有些惊奇的是,谨慎仔细的约瑟夫斯统计了引发骚乱的人、参加游击的士兵还有趁乱上位的假国王,耶稣受难的事情——尽管来龙去脉有些不清楚——却逃过了他的眼睛。书中记叙的最后一名头目是埃及人,在保罗和弟子们抵达犹太地区前后,他在沙漠中央建起操练的营地,招募了几千名农民。这些人大多不堪赋税的重负，长年累积的债务让他们十分生气，决心以人头为代价，荡平耶路撒冷的土地。当然了，后来一票人被杀得一个不剩。

◆ ◆ ◆

我完全能想象塞浦路斯人拿孙同路加讲起了这件事——当时这事刚被众人知晓，后被写入《使徒行传》。犹太历史学家约瑟夫斯和福音书的希腊作者路加之间唯一的分歧是起义的人数，前者说有三万，后者说只有四千，从传统上讲，这个比例恰好相当于每次游行，警方预估人数与组织者公布数字之比，让我有些疑惑的是，爱信别人甚至有点喜欢杜撰的路加竟然在这个问题上如此保守。我还能想象出，拿孙提醒这群可怜巴巴的游客，让他们当心短刀党人，即城市恐怖主义艺术的潮流引领者。"他们竟敢大白天杀人，"约瑟夫斯写道，"还敢在市中心作案。凶手混进庆祝宗教节日的人群里，衣服里面掖着短匕首，遇到敌人就行刺。目标倒地身亡，刺客隐入愤怒、恐慌的人群中，神不知鬼不觉。这个时候，人人都怕被素不相识的人捅刀子，就连朋友都不敢相信彼此。"

对了，参加起义的还有奋锐党人。人们可能会混淆奋锐党人和短刀党人，可约瑟夫斯坚持要准确，不仅要区别对待，还得划成几大类。他评述道："一些个地痞自称奋锐党，仿佛他们是因美德而狂热，绝不是为了最卑劣的罪恶而疯狂。"约瑟夫斯确实心存偏见。他把自己当成温和派，但客观来看，他本人就是附敌之徒，下意识将任何抵抗运动说成混混滋事。话虽如此，当他以大祭司非尼哈为例阐述"狂热"是对自己的神的

王 国

爱,我们还是得赞同他说的话,因为这里的非尼哈逮到一个犹太人与外邦女人有染,便抄起长矛刺向两人的下腹。①皮埃尔·维达尔-纳凯在法文版《犹太战争》精彩的长篇序言里说得不错,奋锐党人"不是依循律法选择一种生活方式,而是用尽各种手段把自己的生活方式强加给所有人"。

奋锐党之流千千万。耶稣十二门徒之一的西门正是奋锐党人。施暴之人自有一套说辞。他们感觉自己被别人得罪了,确实,他们是被冒犯了。这是大家都知道的事情。

6

雅各谋同党羽向保罗提出了他无法接受的要求,他们是不是想挑起冲突,借此与保罗切割,将他排挤出去?保罗心甘情愿地应了下来,那他们会不会很失望?还是说保罗的举动反倒会激怒他们?种种问题背后浮现出一个更为严峻的挑战——有人告发了保罗。作为研究这一系列事件的唯一线索(保罗的书信没有相关记载),路加对揭发保罗的人含糊其词,只说是"从亚细亚来的犹太人",这么一讲,让人很难不去想保罗的死敌会不会真的是雅各的朋友,甚至可能是耶稣的兄弟本人。

其实,"从亚细亚来的犹太人"的称呼是变相的无罪推定。七天洁净的礼眼看要结束了,"从亚细亚来的犹太人"看见保罗在殿里,就用手指着他大声喊道:"以色列人来帮助!就是他教训众人糟践我们的百姓!糟践我们的法律!破坏这个地方!他带着外邦

---

① 见《民数记》第二十五章。

人来，玷污了圣殿！"①

路加明确表示，这里的"外邦人"是以弗所人特罗非摩，他们在城里看到特罗非摩跟保罗走在一起。路加没有明确否认这一指控，倒是勒南觉得这纯属无稽之谈：要是有人带未曾领受割礼的希腊人闯进神圣的围墙，这人要么对冒的风险一无所知，要么就是在挑衅，而保罗两者都不是。"合城都震动，百姓一齐跑来，拿住保罗，拉他出殿，殿门立刻都关了，他们正想要杀他。"

总督腓力斯住在凯撒利亚，要是他不在，圣城里的民事和军事均由千夫长克劳第·吕西亚代为管理。吕西亚接到信，派士兵让正准备私自行刑的百姓停手。保罗被拿住后，双手上了锁链。千夫长盘问他的身份，做了什么，犯了什么事。可两人挤在人群中间，有人喊这，有人喊那，吕西亚没法仔细盘问保罗，于是派人把他带到圣殿近旁由士兵把守的营楼。跟在后面的众人高喊"除掉他！"为了留住保罗的性命，兵丁不得不把他抬起来。

"我对你说句话可以不可以？"保罗如是问千夫长，千夫长大吃了一惊：

"你懂得希腊话吗？（可以说，保罗看上去不像是会希腊语的人。）你莫非是从前作乱、带领四千凶徒往旷野去的那埃及人吗？（这个问题不太可能问得出来，带头造反的埃及人半年前刚被处决：我怀疑路加提起这人，是想表现自己对当地的情况了如指掌。）"

"不，"保罗回答，"我本是犹太人，生在基利家的大数，求你

---

① 见《使徒行传》21：28，此处法语原文即"外邦人"，《新约》原文为"希腊人"。

王　国

准我对百姓说话。"①

◆　◆　◆

这个场景非常生动,读到的人根本不会去想路加到底在不在现场——可是,路加对耶稣受难的描述同样生动,但实际上他本人并不在场。②保罗接下来说的一段话,是路加最喜欢写的内容,无外乎一长串精心炮制的修辞裱饰,不单路加爱写,修昔底德、波利比乌斯和约瑟夫斯等修史的古人都爱写。约瑟夫斯的《犹太古史》简直是专供罗马人读的《圣经》摘选,他甚至在作品里逐字逐句地引用亚伯拉罕在献祭儿子以撒前说的那段话。这个著名的故事出自《创世记》,不过书里对这一段的处理更为冷静——说到这儿,我不由得想引用英国历史学家查尔斯沃斯一番故作严肃的滑稽点评,皮埃尔·维达尔-纳凯也曾引用过查尔斯沃斯:"照着耶和华的命令把以撒献为燔祭之前,亚伯拉罕对以撒说了长长一段话,意思是燔祭对他的伤害比对以撒的伤害大得多。以撒接着发表了一段可谓情操高尚的回复。读者看到这儿全被吓坏了,生怕从稠密的小树中捉来的公羊也会发表一番长篇大论。"

还是继续说故事吧。立在营楼门口的保罗面对失控的众人,想把凡是读《使徒行传》的人都了解的事情再说一遍——他没用希腊语,讲的是阿拉米语,这么做是想着重新将自己塑造成血统最纯粹的犹太人。他说自己长在这城里,师从迦玛列,按着祖宗严谨的律法受教。保罗说他跟那天的众人一样热心侍奉神,也曾

---

① 见《使徒行传》21:27—39。
② 指《路加福音》23:44—49。

逼迫奉这道的人，将他们统统锁拿下监。他说他拿了大祭司的委托书信，往大马士革去，要把在那里奉这道的人锁拿。将到大马士革的时候，发生了一件事——这件事路加之前讲过一次，后面还会再讲一次，这个故事在行传里一共有三个版本，①枝节之处略有不同，不少虔信的释经人花了一辈子的功夫研究这些不同之处。不同版本的故事主干是一样的，都是有道白光闪过，保罗跌落在地，耳旁突然响起声音："扫罗，扫罗，你为什么逼迫我？"扫罗问他："你是谁？"那声音回答："我就是你所逼迫的拿撒勒人耶稣。"保罗这里讲的是第二个版本，显然是说给正统犹太人听的。之前的版本讲他独自归隐沙漠，一住就是三年，反复揣摩自己的遭遇——这是他传授给希腊人的版本，目的是让他们相信保罗无须依附任何人；保罗这次说，当下最紧急的任务莫过于重回耶路撒冷去殿里祷告。他明确指出，他在最为神圣的殿里祈祷时，主再次向他显现，命他向外邦人传授福音。

"在此之前"，路加接着说道，"众人在听保罗说话。听到这句话，就开始高声说话"，第二次请千夫长处死亵渎神明的保罗。千夫长下令把保罗带进营楼，一方面是为了保全他的性命，另一方面是想好好盘问他，从而弄清楚为何众人如此激动地要处死他。保罗像往常一样固执，等兵丁把他绑起来，再用鞭子抽了几下，他才反将一军，问长官如此对待罗马公民是否合法。不知如何是好的百夫长请示千夫长，千夫长走来看到了押着的犯人："你是罗马人吗？""是的。"保罗回答，心里全是给罗马士兵使了绊子的得意。

---

① 见《使徒行传》9：1—19，22：6—16，26：12—18。

王　国

7

　　事发第二天，千夫长好好地想了想。众人斥责被他囚禁起来的嫌犯，绝不是想维护罗马帝国的秩序。他解开保罗的锁链，移送犹太公会。目睹一切的路加兴许还不知道那是个什么地方。实际上，犹太公会就是犹太人的宗教法庭。事情过去三十乃至四十年后，轮到路加把故事讲给别人听的时候，他才有了更深的了解。动笔写作的路加还得知，当年在同样的情况下，彼拉多也把耶稣送上了犹太公会，每每提起这件事情，路加都不忘突出两次审判十分相似。可是相比耶稣，保罗为自己辩护更加老练。他清楚地知道，把持犹太公会的有撒都该人和法利赛人——路加或许当时不知道如何区分，之后不久也学会了。撒都该人是世代承袭的司祭贵族，地位强势，私下腐败，生性倨傲，罗马人维持统治靠的就是撒都该人；法利赛人是一群持德善学之人，平日钻研犹太律法，不问政事，要怪也只能怪他们喜欢钻没用的牛角尖。所以保罗决心与法利赛人联手对抗撒都该人。他说："弟兄们，我是法利赛人，也是法利赛人的子孙。我现在受审问，是为盼望死人复活。"[①]这句话里没一个字是真话。保罗受审的原因是他领着没有行洁净的礼的特罗非摩进了圣殿，但他明白，只有法利赛人信死人复活，撒都该人不信，两派势必会吵起来。保罗的计划成了，为避免闹出更大的事，千夫长不得不把他再次押进大牢。

---

① 《使徒行传》23：6。

Ⅲ 调查

◆ ◆ ◆

路加讲,有四十个嗜血的犹太人发誓,要是不处死保罗这种亵渎神明的人,他们就不吃不喝。①他们想把保罗从营楼里弄出来,于是怂恿犹太公会再次传唤保罗,假装要详细调查他的事——这群人打算在保罗去公会的路上刺杀他。这时,突然出现一个人,是保罗姊妹的儿子。在此之前,我们从未听说过有这么一个人,他也再未出现在下文中。年轻人听到犹太人密谋的风声,想办法给牢里的舅舅带了个口信。保罗把事情告诉百夫长,百夫长报给千夫长,千夫长越发惶恐,决定将保罗押到凯撒利亚的腓力斯总督那里。是夜,保罗由精兵护送(路加共点出步兵二百、骑兵七十和长枪手二百,不论步兵和长枪手究竟有何分别,听上去总归人数是多的),随行出发的还有千夫长写的一纸公文,字里行间能读出千夫长与科林斯的迦流、本丢·彼拉多一样,有许多世俗的顾虑:"因为我要知道他们告他的罪状,就带他下到他们的议会去。我查知他被告发是因他们律法上的争论,并没有什么该死或该监禁的罪名。后来有人把要害他的计谋告诉我,我立刻把他押解到你那里去,又命令告他的人在你面前告他。"②这话说得稳妥,责任就这么转移了。路加描述整件事的时候着重描绘了罗马人的不偏不倚、犹太人的狂热,当然还有保罗的心思机敏。至于雅各做了什么,他闭口不提。

---

① 见《使徒行传》23:12。
② 见《使徒行传》23:28—30。

261

王　国

◆◆◆

塔西佗那句"手上是国王的权力，心里是奴隶的灵魂"用来形容腓力斯其人再恰当不过。子民心中的腓力斯唯利是图、放纵私欲，但他有另外一面，他的夫人土西拉是犹太人，用路加的话说是他"详细晓得这道"①。对偏门的宗教产生兴趣可是怪事。好奇心能说明他精神上的开放，许多高级官吏，如迦流一般品德高尚、身份显赫的罗马人都不曾有如此心胸。我想起之前援助印尼、派驻当地期间碰到的几位官员，他们好吃懒做，事事靠不住，名声更是差劲，然而只有他们才真真正正地关心这个要不是履行公职绝不会来的地方。腓力斯总督希望争取一些时间，让事态缓和，于是明智地把保罗的审判往后拖了一阵。保罗虽然人在牢里，但总督"宽待他"②。"宽待"其实是安排保罗住在自家空阔的大房子的侧屋，在士兵的看守下，保罗还能随意走动，甚至可以接待朋友。腓力斯和夫人时不时喊保罗到跟前为两人讲论信耶稣基督的道。使徒讲论公义、节制和将来的审判，这让总督坐不住了，他让保罗先回屋，我想保罗的住所应该简朴但舒适。路加的意思是，腓力斯想从保罗身上榨出一点钱财，但他丝毫没提保罗从希腊和小亚细亚募集来的善款。保罗身上还留着这笔钱？难道腓力斯不是随时可以拿到这笔钱？

---

① 意为"深谙教义"，引自《使徒行传》24：22。
② 《使徒行传》24：23。

8

这些问题没有答案,因为路加的故事戛然而止。准确说来,是他有意漏了一笔。这处故意的遗漏就像他在《使徒行传》里冷不丁地冒出"我们",为我走进这部作品打开了又一扇门。

跟上次一样,路加只留给我一扇窄窄的门。一般人除非特别留意根本发现不了,读着读着就滑了过去。路加此处写道:"腓力斯又指望保罗送他银钱,所以屡次叫他来,和他谈论。"下一句说:"过了两年,波求·非斯都接了腓力斯的任。"①

《圣经》的现代版本在两句话中间换了一行,可古代的手稿是不断句的:所有的文字连成一片,没有标点,词与词之间连空格都没有。稠密的文字隐藏了两年的故事,而我想讲的故事重点就在于这空白的两年。

9

到目前为止,我写下的内容都是大家熟悉的故事,几乎可以说是考证过的史实。为了写这本小说,我把近两千年来专事研究基督教的历史学家做过的工作又从头做了个遍:通读保罗信件和《使徒行传》,对比两份材料,再根据少量非基督教资料提取出可以印证的部分。我认为自己老老实实地完成了这项工作,在可信度方面没有糊弄读者了事。至于保罗在凯撒利亚度过的两年时

---

① 《使徒行传》24:26—27。

间，我一无所知。更别提什么文献材料。所以说我不得不靠虚构弥补，同时又有了发挥的空间。

◆ ◆ ◆

事过二十年之后，路加在《路加福音》里用下面这段话开篇：

> 提阿非罗大人哪，有好些人提笔作书，述说在我们中间所成就的事，是照传道的人从起初亲眼看见又传给我们的。这些事我既从起头都详细考察了，就定意要按着次序写给你，使你知道所学之道都是确实的。①

这拐弯抹角的话一气呵成，不遗漏任何信息，有人告诉我路加的希腊语用词非常典雅。跟《马可福音》开篇——"神的儿子，耶稣基督福音的起头"②——简洁的风格一比，便能体会其中的差别了，而马可和路加可是同时代的（讨论就此打住：您要不同意，那去看看书里其他地方）。不仅如此，我们还能拿路加对照最伟大的古代历史学家之一修昔底德，看看他为伯罗奔尼撒战争修史所作的引言："在（战争）叙事方面，我绝不是一拿到什么材料就写下来，我甚至不敢相信自己的观察就一定可靠。我所记载的，一部分是根据我亲身的经历，一部分是根据其他目击其事的人向我提供的材料。我总是尽可能用最严格、最仔细的方法检验这些材料的确凿性。真实的情况不容易获得，因为不同的目击者

---

① 《路加福音》1：1—4。
② 《马可福音》1：1。

对于同一个事件会有许多不同的说法。"①

如此一看,就能分清路加的风格更靠近马可还是修昔底德了。哪怕他坦白地说自己的文字是为了布道而作(因为提阿非罗要核实读到的信息是否准确),但他采用的是史家的写作方案——或者说,是记者的思路。路加自称"从起头都详细考察了",意思是真正地做了深入调查。我倒想不出有什么理由不信他,而我的计划就是调查他讲的"考察"究竟是什么。

10

我们不妨回顾一下。路加是受过教育的希腊人,对犹太人的宗教萌生了兴趣。保罗是一位颇受非议的拉比,师从保罗的弟子向来保持着激奋的宗教热情,两人结识之后,路加成了保罗的同路人,此时的基督教仍只是新兴的教派,本质上是犹太教经过希腊化的一脉分支,尚未被冠以今天的名字。在小小的马其顿城,在受保罗指引改宗的信徒中间,路加一步步成了教会的中流砥柱。募集善款期间,路加自告奋勇陪保罗前往耶路撒冷。耶路撒冷之行至关重要。保罗提前让同行的弟子做好心理准备——拜访主教会难免会有风波,可路加万万没想到耶路撒冷之行如此艰险,更没想到他的导师在被犹太人奉为神圣之城的地方这么不受待见。路加亲眼看到老师保罗遭受众人的诘难,跟他事先想的不一样,为难保罗的不是传统教派的拉比,竟然就是他自己教会里

---

① 《伯罗奔尼撒战争史》第一卷第一章末(徐松岩译,桂林:广西师范大学出版社,2004年)。

的领袖。他眼见老师忍受屈辱完成考验,被众人告发,甚至差点被私刑处决,刚被法官免除刑罚又落入了罗马人的大牢。

路加后来在《使徒行传》里用清晰、活泼的语言讲述了这个故事,但现在身在其中的他什么都参不透。在局促与焦急的等待中,从马其顿和小亚细亚赶来的希腊信徒们前后几天借住在塞浦路斯人拿孙家。兴许是从保罗的外甥那里听说的——这个角色在行传的边角里出现过一次就再也没有露头,大家得知保罗被暗中护送到距离耶路撒冷一百二十公里的罗马行政官的住地凯撒利亚。保罗的弟子们远远地追随着他的脚步。我想象他们又住到了两周前才收留过他们的信徒腓利家里——短短的两个礼拜发生了这么多事,这让路加感觉已经来了两个月。弟子们绕着大希律王建造的皇宫转啊转,如今这里是总督的宅邸。洁白的宫殿面朝大海,背靠美丽的花园,高大的棕榈树映衬着碧蓝的天空,殖民地长官和印度总督都住类似的房子。大宅子只接待精挑细选过的当地人,比方说像弗拉维奥·约瑟夫斯一般出身上流社会的犹太人,绝不会让路加及其朋友这种背包客踏入半步。没有准信,谣传纷纷,又过了一周才逐渐平息下来。保罗被软禁了起来,过得既舒适又充满不确定性。比起囚犯,保罗更像政治难民,当局为保罗提供庇护,而又不会跟敌人弄得太僵。一路流离的保罗与辗转于藏身地的托洛茨基如出一辙,这位红军之前的大元帅,走过挪威和土耳其,最后来到了墨西哥。保罗每天在院子里踱来踱去没个头,只能接触少数几个人:关系很近的朋友,必须通过安检;腓力斯及其夫人,有时来了兴致,便请保罗为他们讲道;还有从早到晚把守的士兵,他们也不知道自己究竟是贴身侍卫还是看管犯人的狱卒,更不晓得对待保罗应当像对油画那样毕恭毕敬,还是像对犯人一样粗暴。保罗无休止地阅读、写信、著书，好打发无聊的时间，无事可做对一个实干家来说一定是沉重的负担。

　　出乎保罗意料，他在凯撒利亚一住就是两年。同路前来的人中有谁在附近守了两年，又有谁回了故乡？我们一无所知，路加什么也没说。不过两年过去后，路加续上了故事往下说，话里又开始讲"我们"，想必留下的人中间最起码有他一个。据口传教义，保罗没结婚，那腓立比就没有盼他回家的人，他能在他乡留得更久些。他所学到的东西，他开始理解的东西，以及这两种信息契合时他感受到的兴奋，都让他预感到自己此时此刻就应该留在凯撒利亚，自己无意间参与了那个时代最重要的大事，要是就这么走了那真是太可惜了。说不定他在凯撒利亚捡起了看病的老本行。我情愿相信，至少刚到凯撒利亚的时候，路加住在腓利家，和他四个尚未成亲的女儿成了朋友。

11

　　他们认识的腓利并不是耶稣十二门徒中的腓力。话说这位腓利认识活着的耶稣吗？有没有听过他讲道？就算他听过耶稣传道，必然也是离得老远——他不过是淹没在人群中一个没留下姓名的听众而已。话虽如此，腓利在早期教会中扮演了至关重要的角色。出乎大家意料的是，在他们的领袖在耶路撒冷于十二门徒面前被处死后，早期教会竟一步步壮大。《使徒行传》前八章讲述了早期教会的历史，一直讲到保罗出场，我猜想，路加讲故事的时候肯定参考了腓利的证词。

王　国

◆◆◆

　　早期教会的创立源于"圣灵降临"的神秘事件。如今，信基督的人称作"圣灵降临节"的节日，跟其他许多基督教节日一样，原本也是一个犹太教节日——五旬节。五旬节设在复活节后的第五十天举行，也就是说，在耶稣受难、复活后不到两个月，十二位门徒相聚在朋友家的楼上，甚至就坐在他们用最后一顿晚餐的那个房间。出卖耶稣的犹大为他的背信弃义付出了惨痛的代价，根据路加的记载，犹大"用他作恶的工价买了一块田，以后身子仆倒，肚腹崩裂，肠子都流出来"[①]，还有人传言犹大是自缢而亡，总之，犹大的位置后来让给了名叫马提亚的门徒。他们祷告啊祷告，盼啊盼，突然一阵疾风穿堂而过，把门摔得直响。窗边倏地冒出火焰，火舌缠着彼此蹿到空中，又突然分开落在每个人头上。大家没想到，他们各自开始讲起了谁都没听过的方言。门徒们走上街头，素不相识的人纷纷在门徒口中听到了自己的乡音。行传第一次记录下了"说方言"的情况，[②]在保罗的教会里，"说方言"的情况算不上少见。

　　有些人见到奇景，以为门徒们是被新酒灌醉了。有的人大受震撼，立马改宗，归信了十二门徒的教派。路加从这里开始记录，不断盘点新近加入教会的人数：从一百二发展到三千，再到五千——指不定有夸张的成分。没过多久，信教的群体形成了微型的共产社会。"那许多信的人，"谈起这段教会总是怀念的英雄岁月，路加写道，"都是一心一意的，没有一人说他的东西有一样

[①]　《使徒行传》1：18。
[②]　见《使徒行传》2：5—13。

是自己的，都是大家公用。①内中也没有一个缺乏的；因为人人将田产房屋都卖了，把所卖的价银拿来，放在使徒脚前，照各人所需用的，分给各人。②每一天，他们都在和睦、快乐与单纯的情绪中掰开面包分食。③"

和睦、快乐、单纯，正是上天对信仰基督，从不瞻前顾后、不给自己留后路的人的馈赠。亚拿尼亚和撒非喇则是反面教材。亚拿尼亚和撒非喇卖了田产，把得来的钱送到使徒脚边，夫妻二人为了防止意外的情况，扣了一部分钱在手边。通过圣灵得知两人偷漏的彼得大发雷霆，夫妇二人相继仆倒在他的脚边——路加说，这件事在教会里引起了巨大震动。路加接着往下讲："主借使徒的手在民间行了许多神迹奇事（不仅是处死别人，还有让病人痊愈），甚至有人将病人抬到街上，放在床上或褥子上，指望彼得过来的时候，或者得他的影儿照在什么人身上。"④

◆ ◆ ◆

十二门徒是驯良的犹太人，多数时间在神殿里祈祷。老实讲，大家不敢公开加入他们祈祷的队伍，因为让人奇迹痊愈的事情，还有他们的信仰，总是让他们与宗教权威闹得不愉快，就跟他们的师傅曾经的遭遇一样。最让人惊讶的地方在于，让人痊愈、信仰耶稣的这群人竟然既没受过教育也没有文化，不过是一群从加利利来、连希腊语都不会说的庄稼人。

---

① 《使徒行传》4：32。
② 《使徒行传》4：34—35。
③ 见《使徒行传》2：46。
④ 见《使徒行传》5：12—15。

王 国

然而时间一久，改宗的人中间出现了越来越多"说希腊话的犹太人"①。这群讲希腊话的犹太人的社会地位与文化层次更高，其中一些人曾旅居海外，回耶路撒冷后，出入的都是当地用希腊语诵经的犹太教堂。早期教会的第一次争论就是在希伯来人和"说希腊话的犹太人"之间展开的。这次争论仅限于犹太人内部，仍未涉及外邦人的问题，但冲突已然显现。通常，某个教派崭露头角的时候会碰到这样的难题：一边是掌握教派合理权威的元老，另一边是后来加入的人，他们接受了更好的教育，更清楚世界发展的进程，也更想让事情尽在自己的掌握中。当然，在元老眼中，新人总是想象自己无所不能。说希腊话的犹太人向希伯来人抱怨，说每天供给食物的时候，忽略了他们的寡妇——都是不识字的老妇人，她们又不敢反抗。事情传到十二门徒那里，他们说撇下别的事情不管，去管理饭食不太妥当，于是选出七个智慧充足的人管事。这次争执形成了"七执事"，七位执事受命照看饮食起居——参加革命的人知道，管后勤的可是大员。②十二门徒是希伯来人，七位执事全是说希腊话的犹太人。之前说的腓利正是"七执事"之一。

◆ ◆ ◆

通希腊语的人中有一位叫司提反。行传里说他"满得恩惠、能力，在民间行了大奇事和神迹"③，宛如教会里冉冉升起的新星。他的遭遇跟耶稣还有此后的保罗一样，他被指控亵渎圣殿和

---

① 《使徒行传》6：1。
② 见《使徒行传》6：1—5。
③ 《使徒行传》6：8。

律法，被带到了犹太公会面前。轮到司提反申诉的时候，他控诉非难他的人抗拒圣灵，控诉他们采用了父辈迎接先知的方式——把预先传说那义者要来的人杀了。众人听了话恼怒万分，恨得咬牙切齿，把手里的石头攥得更紧了。此刻的司提反双眼望天，看得正出神，他说看见天开了，人子站在神的右边。路加用十分写实的口吻记录下司提反遭受石刑的过程，随后，他用让人不得不佩服的写作技巧轻描淡写地说："作见证的人把衣裳放在一个少年人名叫扫罗的脚前。"①隔了几行，到司提反"睡了"的时候，路加补了一句："扫罗也喜悦他被害。"②

◆ ◆ ◆

主角就在这时登场了。几行开外的地方，我们发现他不在旁边看着，一下子成了演员："扫罗却残害教会，进各人的家，拉着男女下在监里。"③扫罗在城里肆虐，说希腊话的人四散去各处传道，大多数人躲到犹太和撒马利亚的田间。或许是为了守卫圣殿，十二门徒没有离开神圣之城；留下的人越来越少，城里只剩下稀稀拉拉的信众，主的兄弟雅各很可能就是趁着动荡的当口，一步步提升自己在教会里的地位。

腓利下到撒马利亚城，没有依靠的他不得不重新经营生活。说到撒马利亚，这是一个非常奇特的地方。纵然城里住的都是亚伯拉罕的子孙，奉行犹太律法，但他们尊崇的不是圣殿里的神，而是站在高岗上的神明。因此，耶路撒冷犹太人觉得撒马利亚人不配被称

---

① 《使徒行传》7：58。
② 《使徒行传》7：60。
③ 《使徒行传》8：30。

为犹太人，与他们来往比跟外邦人来往还少。撒马利亚人无异于另立山头，腓利或许在这群习惯不受人待见的当地人身上，发现了自己与信仰之间有着某种自然的亲近。他在此地的传教效果奇佳，伴随着常见的神迹与奇事：瘫痪的人得了医治，至于被污鬼附身的人，"那些鬼大声呼叫，从他们身上出来"[①]。当地的一名巫师西门，起初对这场竞争非常不满，可没过多久，西门见他的功力更加高超，便想归在腓利的门下，甚至想学习他的异能。

行传用第八章整整一章来描述腓利在撒马利亚行的神迹。且不论是因为在分立教会的人中传教为腓利开启了新的世界，还是因为路加在事后夸赞了腓利做出的这项创举，总之，腓利是《新约》里首位下定决心劝外邦人改宗的基督徒。受腓利感化的外邦人不是希腊人，而是衣索匹亚的太监。这人在当地位高权重，对犹太教很有兴趣，甚至去了耶路撒冷朝圣。腓利在去迦萨的路上碰到了他，太监在车上坐着，正念着先知以赛亚的书，腓利受到圣灵的启示，主动提出要教他念书。太监读到的那段经讲的是一个神秘人，先知管他叫"痛苦之人"[②]。书上说"他像羊被牵到宰杀之地"[③]，神想在他的身上实现世界的救赎。腓利告诉他"痛苦之人"就是耶稣，又把耶稣的故事讲了个大概给他听。两人刚遇到有水的地方，腓利就为他施洗了。

◆ ◆ ◆

腓利想必喜欢单独行动，平日里独自工作，不怎么向教会打

---

① 《使徒行传》8：7。
② 见《以赛亚书》53：3。
③ 《使徒行传》8：32。

报告。腓利肯定很警惕雅各这样的人,雅各也很提防腓利这样的人,这就解释了腓利为何在凯撒利亚接待了——不太合群的——保罗。基督教历史上像腓利这样深谙教会历史的人非常少。二十年前,保罗还在为给司提反上石刑的人保管衣物,二十年后他就成了今天的使徒,了解一切的腓利深受启发。

12

路加必定在与腓利的对话中了解了早期教会的所有故事,他将在《使徒行传》的第一部分把它们一点一点讲述出来。而我发现,路加一边听腓利说话,一边早早地觉察到了自己内心的震动。和腓利说话,他才第一次意识到,保罗一直说的耶稣基督,生活在保罗身上的耶稣基督,保罗让每个人心中增长的耶稣基督,其受难和复活将拯救世界、带来世界终结的耶稣基督,竟然是个有血有肉的人,他竟然曾经生活在这片土地上,走过这些路,而这一切竟然全是不到二十五年之前的人和事。

从某个角度看,这些事路加一直都明白。况且保罗从未说过相反的话。可是,保罗传授的东西那么宏大、那么抽象,路加听了心里一边想着,是啊,耶稣肯定活过啊,一边又认为,耶稣兴许就像那赫拉克勒斯或亚历山大大帝,存在于不属于当代人的时空里。尽管大家当下能反应过来神话与经过考证的历史有何不同,但我想这个问题应当超出了路加和他同代人的理解范畴。他们更擅长运用这样的概念:近对远,人间对天上,日常对神迹。路加听着腓利的话,关于耶稣的一切突然从远处、天上、神迹落到了眼前、人间、日常,这下,他心里有了巨大的落差。

王 国

◆ ◆ ◆

我来试着描述二人对话的场景。腓利年长一些,皮肤干瘪,正想着是哪条路把这位马其顿医生带到了他凯撒利亚的住处前这棵无花果树下。路加性格腼腆,开始不敢发问,所以显得很局促,聊着聊着便敢放开问问题了。说到这里,我突然想起一件事。路加听腓利讲的第一个故事,会不会是《路加福音》里的最后一个故事,讲的是耶稣在以马忤斯向两位门徒显现?何况福音书只透露了其中一位的名字,另一个会不会正是腓利?把这故事告诉他的人,会不会就是无花果树下的腓利呢?

13

以马忤斯发生的故事,主角是两位耶稣弟子。严格说来,腓利算不上耶稣的弟子,因为他不属于加利利那一群人。他不过是个在耶路撒冷听耶稣讲道的年轻人。耶稣传授的道与他平生知道的事情完全不一样,让他特别着迷,于是他每天去圣殿听道。他想过参加洗礼,这样就能真正成为耶稣的弟子,但他没时间。后来的事——被捕、上庭、宣判、行刑,不过发生在前后几个钟头里,腓利没能亲眼见到,光是听来的几条传言就把他吓得不轻。纪念以色列逃离埃及的逾越节,既是解放心灵的日子,也是欢乐喜庆的一天。但到了过节那天,腓利把自己关在家里,沉浸在恐惧与羞耻中。在信耶稣的人中间,显然只有几位来自加利利的核心成员走得很近,其余信徒同腓利一样,怀揣着恐惧与羞愧流散到了世界各地。在那一周的第一天,也就是基督徒后来说的"主日",腓利与另一位信耶稣的朋友革流巴,决定离开让他们倍感拘束的耶路撒冷,去他们的家乡以马忤斯过几天安静日子。去以马忤斯要走往海边去的路,走路得花两个小时。两人下午出发,预计赶着吃晚饭的时间到。

腓利和革流巴正走着,有个人加入他们一起赶路。那人本可以步子快些,走到两人前面,要么干脆放慢脚步让两人走远。可他偏不,他非要跟他们走得一般快,离得不远不近,方便加入他们的谈话。那人问他们为何面露忧伤。革流巴对他说:"料想你是唯一一个在耶路撒冷作客,却不知道这事的人了。""什么事呢?"同行的陌生人问。两人心里暗说,想来眼前这位该是趁着逾越节到耶路撒冷来朝圣的人。"就是拿撒勒人耶稣的事。他是个先知,在神和百姓面前,说话行事都有大能。我们素来所盼望、要赎以色列民的就是他!我们的祭司长竟将他解去,押到罗马人那里,定了死罪,两天前钉在了十字架上。"

三个人谁也不说话,一言不发地赶着路。接着,革流巴告诉他们出发之前刚刚听说的一件事情。这事儿是他家附近一个女人从另一个女人那儿听来的。那天早上,陪耶稣从加利利一路赶来的女人们想去为耶稣涂膏。她们带上香膏和香料,走到了前一天大家把耶稣从十字架上取下后安放其身体的地方,却连个人影都没见到。地上摆着件工裹着耶稣一路抬过来,还洇着血渍的布,此外什么都没了。女人们一见此景,就急忙跑去告诉其他加利利人。大家觉得她们肯定是疯了,等到他们亲自去看的时候,才发现耶稣的身体果真不见了。腓利说了自己的想法:"没准另有弟子抬走了耶稣,给他下了葬。""是啊,真说不定……"就在这个时候,初来让两人觉得一无所知的同路人开始在话里提到犹太律法

王　国

和先知说过的话，仿佛想证明自己知道耶稣是谁，甚至比他俩更了解。

到了以马忤斯，同路人本想继续赶路，腓利和革流巴强留下他。"你同我们住下吧！"两人非常坚持，"日头已经平西了。"他们这么说倒不是好客殷勤。实际上，他们不愿意，甚至怕他就这么告辞了。陌生人的话听上去艰涩，却总能抚慰他们的心。听他这么一说，他们似乎对那场令人绝望的可怕灾难有了别样的理解。那人跟他们同一桌坐下，拿起饼来，祝谢了，掰开，递给每人一块。腓利顿时反应过来，他看了看革流巴，发现革流巴也明白了。①

◆　◆　◆

腓利回想不起来三人一共坐了一分钟还是一钟头，也想不起来到底吃没吃饼。他只想起三个人一句话没说，还有那晚光线太暗，两人点起蜡烛，趁着微弱的烛光端详着面前的陌生人。直到他站起身，道谢告辞，走后许久，革流巴和腓利才缓过神来。他们如此快活，从未体验过这样的快乐。当天晚上，他们聊这事聊了个通宵。两人交流之前的感受，他们都以为只有自己才有如此体会，可他们惊讶地发现，彼此竟然在相同的时刻体悟到了相同的心境。赶路的时候听到同路人举出经书的内容，说到归于荣耀前饱尝苦难的人子，革流巴和腓利的心中就萌生出了这样的念头。亲历神迹带给两人的触动不知不觉地增长，谁都没想到，那人竟是他。不过，他们绝不可能认出来，因为他跟耶稣外表上一点都不像。等到他掰开面包，事情才明朗起来。两人心头的悲戚

---

① 见《路加福音》24：13—31。

一扫而空。说来也怪,两人相互发誓,再也不耽于悲伤的情绪。他们与苦闷,就此告别。

事实就是这样,站在无花果树下的腓利对路加坦白:我再也没有悲伤过。

14

就像路加与保罗一定有个初次见面,两人见到彼此的细节是我想象的,但这件事不是凭空造出来的,那么路加也一定遇到过耶稣生平的见证者。我认为见证者就是腓利,因为随着研读行传逐渐深入,我发现这个想法似乎是合理的,我甚至能想象,见到腓利给路加造成了巨大的震动。在此之前,路加认为保罗无事不通,没人能比保罗还了解耶稣。而现在,他刚和一个年纪还不算大的人共度了一夜,那人亲密地谈起耶稣,却仍然谦虚地说自己了解的太少——要说真正了解耶稣,那可大有人在。"我能见上几位吗?"路加问。"当然了,"腓利答,"你要想的话,我带你见几位。不过凡事要谨慎,你是外邦人,又是保罗的朋友,自有许多不待见你的人。此外,以我举荐没法为你敲开所有的门:我的名声也算不上特别好,这你知道的。不过你看上去是懂得倾听的人。他们说话的时候,你不会花时间思考自己要讲什么:应该没什么问题。"

◆ ◆ ◆

我的脑海里浮现出路加与腓利谈过话后那一夜的场景。他睡不着,特别兴奋,不停地穿梭在凯撒利亚城里横平竖直、刷成白色的街巷里，几个小时眨眼就过去了。我能想出这些细节，是因为一次有人送我一本书，让我体验到了相同的感受。那是我太太的姐姐朱丽叶过世的第二天，我俩去拜访她生前的好友埃蒂安，这段经历促成我后来写作小说《别人的生活》。命中注定的感觉。我见证了一些必须被讲述的事情，而且这仅应由我，而非其他任何人来讲述。后来，命中注定的感觉慢慢消退，通常会完全消失，但要是心中不曾闪过这样的念头，那我真的什么都写不出来。我也明白，写书要避免自我投射和时代错误，但我确定，路加肯定会在那么一瞬间告诉自己，这个故事应该被写成文字，还应由他来书写。是命运鬼使神差地将他放在这个位置，让他收集证人证词：他先是遇到腓利，腓利转头给他介绍了几位朋友。而他会开启自己的研究。

◆ ◆ ◆

路加脑海里必定有不计其数的疑问。他连续几年参加爱筵，与其他人分面包、喝葡萄酒，共同纪念耶稣基督的最后一次晚餐，参加者通过这种方式与"他"神秘地缔结某种联系。但他一直以为最后的晚餐发生在类似奥利匹斯山那种悬于天地之间的地方，谁曾想——路加顿时明白过来——这顿饭是二十五年前吃的，不仅有真人参加，还是真的在真房子的真屋子里吃的。他，路加，必须进入这个房间，与这些人交谈。路加同样领会了一件事：主复活之前被钉在了十字架上，用保罗的话说是"挂在木头上"[1]。他当然知道这个罗马帝国随处可见的钉十字架酷刑意味着什么。路加在路边见过好些人被钉在十字架上。他隐隐觉得，崇

---

[1] 《加拉太书》3：13。

拜肉体遭受如此刑辱与折磨的神，这件事里一定有点蹊跷，乃至骇人听闻的地方。可他从来没问过自己，这神被审判的原因是什么，在什么背景下，又由谁主审的。保罗没有详述这个问题，只说是"犹太人判的"，不过，保罗的所有烦恼都来自犹太人，所以我们也不用在这个问题上纠缠，不必再细细追问。

◆ ◆ ◆

我这么讲兴许有点草率，不过在我的想象中，那天晚上路加心里萌生了写作的计划，不确定的地方还有很多，可是非写不可。但他想到了保罗，而且不知道为什么，他感到有些内疚，仿佛追随耶稣基督在加利利和犹太的脚步，一个个拜访认识耶稣的人，就背弃了保罗竭力捍卫的结论。要说保罗有什么事无法忍受，那就是信徒听别人讲道，更可怕的是这些传教的是犹太人。讨他开心很简单，堵上耳朵，等他张嘴的时候听他说话，一直听到耳朵掉茧皮。路加爱听保罗说话，如果有雅典来的教师，或者跟亚波罗一样从亚历山大来的拉比找他传教，他肯定会依照老师的心意堵上耳朵，可他无论如何不会不听腓利说话。路加很清楚，纵使两人互相尊重，纵使保罗称赞腓利心胸开阔，自己向腓利求问更多关于耶稣的事情还是会引起保罗的反感。

◆ ◆ ◆

说起抽象思维，路加是一丁点都没有。他想看自己认识、有名有姓的人争来吵去，更喜欢看双方言归于好，因为他喜欢看人和解。但凡大段展开的神学讨论，他是一点都参不透。有人原谅了别人对自己的冒犯，或者撒马利亚人养的狗一言一行更胜德行兼备的法利赛人,这些才是路加爱听的事情。听到什么救赎啦、宽恕原罪啦,他就哈欠打个不停——说到底,他听不下去的东西全是这么译过来的,我们甚至可以说,通通怪翻译,但这些词在希腊语里面也一样,很抽象,跟日常生活没什么联系。腓利的话里最吸引他的,当属细枝末节了:两人精疲力竭地回了家,一路奔波身上蒙上了灰尘,村庄离耶路撒冷究竟有多远,他们从哪扇门走的。路加想着,此时站在他面前的腓利,也曾站在耶稣面前。路加那一晚失眠了,想着摆在眼前的事情,我猜他入睡前还在思考:耶稣究竟长什么样?

◆ ◆ ◆

耶稣总长了张脸吧,认识他的人总能描述一二。倘若他去问腓利,腓利肯定会好心回答他。那他问过腓利吗?要是问了,为何福音书里根本找不到回答的只言片语?懂了,懂了:对于路加的文学风格和同时代人的心性,问他人长什么样子简直荒诞不经。不信你看塔西佗和弗拉维奥·约瑟夫斯的书,从不描写皇帝、行政官和总督的样貌——这些人留下的半身塑像是另一码事。这个问题我就不深究了,以免犯时代错误。可路加呢?他痴迷耶稣其人,好奇地想了解更多细节,我很难相信路加没有考虑过耶稣是高还是矮,是帅还是丑,胡子留着还是剃光了,难以相信他没问过别人。或许难懂的,是这些问题的答案吧。

15

在安息日第二天,就是信基督的人所说的主日当天,耶稣显现了。几本福音书讲述的版本不同,尽管如此,它们都有一条相同的主线。故事开头说女人早早出门,有的说只有一人,有的说有一群,准备去安放耶稣的地方为他涂抹油膏。约翰讲,当天只有抹大拉的马利亚一个人,马太说与她同行的另有一个名叫马利亚的人,马可和路加说还有第三个人。不过,这四位都同意一件事:去的人都大吃一惊,因为耶稣不见了。

约翰抓住了这一点,写得最详细——故事前后特别详尽,全是细节,读到的人巴不得相信约翰本人就在现场,而他们手里的书正是"耶稣所爱的那个门徒"写出来的。抹大拉的马利亚见状急忙跑回来,忙不迭地找到彼得和"耶稣所爱的那个门徒",告诉他们:"有人把主从坟墓里挪了去,我们不知道放在哪里。"①两人决定去看看。他们也是跑着去的,不过另一个弟子跑得比彼得快。他先到达坟墓——福音书里说耶稣的坟墓是凿出来的石洞,②内里四壁是粗糙不平的石头。他站着没进去,等彼得到了一起。彼得刚进去就看到地上裹尸体的布,另一个弟子走进去,"看见就信了"③。看见就信还是草率了些,毕竟他所能看见的,只有不见了的身体——主的身体不见了这事蹊跷得很,再不济得有个说法,可没有一个解释能让人立刻想到主复活了。这位弟子没有道出心里的直觉,两人回到住地时同样一脸茫然,但未做他想。

抹大拉的马利亚站在坟墓旁边哭。约翰这里写道,两个穿着白色衣服的天使坐在安放耶稣身体的地方,一个坐在他头枕过的

---

① 《约翰福音》20:2。
② 《马太福音》《马可福音》《路加福音》对耶稣坟墓的描述类似,都提到是从岩石中凿出来的,只有《约翰福音》不同,见《约翰福音》19:41。
③ 《约翰福音》20:8。

王　国

地方，另一个坐在他脚放过的地方。根据马太的记录，当时只有一位天使；忽然，地大震动，主的使者坐在闪电上面，他的相貌如同闪电，衣服洁白如雪，看守的人见了他吓得浑身乱战，甚至和死人一样。①据路加的说法，那两人衣服放光。②四人之中向来最谨慎的马可说，看见一个少年人穿着白袍。③《约翰福音》讲，两位天使问马利亚为何而哭，在其他三人的故事里，天使直接告诉她耶稣复活了。

天使的话够漂亮了（路加记的是"为什么在死人中找活人呢？"④），《约翰福音》里接下来这个场景没有天使，却更加妙不可言。抹大拉的马利亚告诉天使自己落泪的原因，说完转过身就看到耶稣站在那里，但她不知道，对面的人正是耶稣。"为什么哭？"耶稣问她，"你找谁呢？"马利亚把耶稣当成看园子的人："先生，若是你把他移了去，请告诉我，你把他放在哪里，我便去取他。"耶稣说："马利亚。"他念了马利亚的名字，说的方式只有两人才懂，于是马利亚睁大眼睛，用阿拉米语低声回了一句："拉波尼！"——约翰向希腊读者解释道，"拉波尼"就是"夫子"的意思。马利亚说罢扑倒在耶稣脚边。耶稣却说："不要摸我，因我还没有升上去见我的父。你往我弟兄那里去，告诉他们说，我要升上去见我的父。"⑤

马可却说马利亚她们出来，什么也不告诉人，"因为她们害

---

① 见《马太福音》28：2—4。
② 见《路加福音》24：4。
③ 见《马可福音》16：5。
④ 《路加福音》24：5。
⑤ 见《约翰福音》20：14—17。

怕"①——这里已经快到《马可福音》的结尾了。路加写的是:"她们这些话,使徒以为是胡言:就不相信。"②马太的版本说看守的兵有几个进城去,将所经历的事都报给祭司长③——读到这里的人不明白,马太讲"所经历的事"是指身体不见了、有天使降临,还是复活。不论是什么事情,祭司长听说后大受震动,紧急商议后,他们拿了不少银钱给兵丁,让他们去城里散布消息,说三天前被钉在十字架上的人,他的门徒半夜趁祭司长睡觉的时候,把他偷了去。④这段城市传奇,用马太的话讲,"传说在犹太人中间,直到今日"⑤——信的人不止犹太人;勒南也没有排除这种猜测的可能性。

◆ ◆ ◆

时间仍然是那个主日,只有路加一人记叙了那天傍晚,使徒在以马忤斯与主照面的故事。神秘的同路人跟两人告别后,革流巴跟那个我觉得是腓利的人决定折回耶路撒冷。当天晚上,两人花了两个小时原路返回,在阁楼里与十一位门徒会合——约翰记叙了同样的场景,他说:"门徒所在的地方,因怕犹太人,门都关了。"⑥正在此时,耶稣突然站在门徒中间,说:"愿你们平安!"大家伙吓得不轻,以为见到了鬼。路加接着说,耶稣请门徒伸手触摸他,之后,他问了一个鬼魂永远不会问的问题:有没有食

---

① 《马可福音》16:8。
② 《路加福音》24:11。
③ 见《马太福音》28:11。
④ 见《马太福音》28:12—15。
⑤ 《马太福音》28:15。
⑥ 《约翰福音》20:19。

王　国

物？吃的当然有了，他跟大伙分了点鱼。①

◆ ◆ ◆

分鱼的这顿饭也出现在《约翰福音》最后一幕，当年我正是在勒勒夫龙山区的小木屋里，听到格扎维埃神父朗读提比哩亚海捕鱼的故事，从而开启了归信的旅程。天将亮的时候，岸上有个陌生人跟正在捕鱼的一行人喊话，告诉他们下网的地方；彼得束上外衣，跳进海里，游到被他认出来的陌生人旁边，两人捡来树枝架在沙滩上，烤了点鱼吃。②

◆ ◆ ◆

故事最扣人心弦的地方在于，一开始谁都认不出耶稣。在墓地的故事里，大家以为他是看园子的人。赶路的时候，他化为同行的人。站在岸上，他又成了问"鱼上钩了吗"的路人。那不是他，但奇怪的是，这就是他被认出来的原因。他是他们想一直看到、听到、摸到的那个人，但不是以他们以为自己会看到、听到、摸到他的方式。他是所有人，他谁都不是。他是我们之中第一个来的，但最不想引人注意。当他说以下这句话时，他们必定能想到他说的是谁："我饿了，你们不给我吃，渴了，你们不给我喝。我在监里，你们不来看顾我。"③也许他们脑中还闪过了以下这句话，不在福音书里，而是出自伪经："劈开木头，我就在那里。搬起石头，你能看到我。看看兄弟，你能看见神。"

---

① 见《路加福音》28：39—43。
② 见《约翰福音》21：1—14。
③ 见《马太福音》25：42—43。

◆ ◆ ◆

难道这就是从未有人描述过他的长相的原因吗?

16

这一切都令人困惑,不过我觉得,弄不清楚状况特别符合实际的情况。要是出了一则社会新闻,我们去询问目击者,往往会听到类似的叙述,他们叙述中的不连贯、前后矛盾和夸张会把故事变得千疮百孔,距离事发地越远,这种扭曲就越严重。眼前正有一位远离源头的见证人——保罗。他在《哥林多前书》里列出一份名单,上面全是耶稣受难之后,看到耶稣显现的人,可以说,这是一份相当个人化的名单,其中就有耶稣——不怎么放在心上——的兄弟雅各,耶稣甚至"后来一时显给五百多弟兄看"。①保罗明确提道,其中一部分已经"睡了",另外的人如今还在世。言下之意:这些人你们可以见,去问你们想问的问题。路加跟保罗走得近,他绝不会不知道保罗的这份证言,他本可以去见这些人,当面问他们。不过他没这么做。也许他行动了,却没任何结果,五百多兄弟当时只剩下十个出头——故事让人信服的程度不会因此而增减。

◆ ◆ ◆

路加并不是现代意义上的调查者。即便他坚称"我既从起头

---

① 见《哥林多前书》15:5—7。

都详细考察了"①，我还是得忍住，不要把自己想问的问题通通强加给他，不过，要是我来到奇事屡屡发生的地方，更何况离事发仅仅过去了二十五年，好一部分亲历者仍然在世，这些问题我是非问不可的。那天只有一个女人，还是说有两个、三个？大家听到她们的话立马就信了？那他们相信的究竟是什么呢？为什么他们发现遗体不在坟墓里，一下子否定了被人抬走的可能，转头去相信人死复生这么离奇的事儿呢？那抬走耶稣的"众人"是谁？是罗马当局吗？他们是不是和消灭乌萨马·本·拉登的美国海军突击队一样，担心信徒会围着他的尸体礼拜？会不会是一小群虔诚的弟子，他们希望送耶稣最后一程，但忘记将送别的消息告诉别人，从而闹出了乌龙？还是一群奉行马基雅维利主义的弟子，精心编出一个弥天大谎，然后这谎言借着基督教的名字遍地生根？

17

"没人能知道爱马士·肥特碰到了什么，"菲利普·K. 迪克谈起"另一个自我"的时候如是说，"但可以肯定，他绝对遇到了什么事。"

没人知道复活节那天发生了什么，但可以肯定，绝对出了什么事。

◆ ◆ ◆

我说没人知道发生了什么，但这么说不准确。大家非常了解

---

① 《路加福音》1：3。

当天的情况，只不过当天发生的事情有两个截然不同，不可能同时为真的版本，就看我们相信什么了。如果我们是基督徒，那么就得信耶稣复活了：信他复活是成为基督徒的核心。否则就得信勒南，也就是理智之人讲的事情了。他们说有一小群男女——最开始是一群女人，这些人因为精神领袖的离去心痛不已，甚至冒出了不切实际的幻想，讲出了复活的故事；接下来发生的事跟超自然根本不沾边，但令人震惊，倒是值得细讲——这群人纯朴、奇怪的信仰本该就此消退，同他们一道化为灰烬，谁曾想，它竟然征服了世界，今天全世界四分之一的人都怀揣着同样的信仰。

◆ ◆ ◆

我早就料到，这本书面世后，肯定会有人问我："说真的，你信不信基督啊？"我可以耍个花招，告诉大家我费力地码出这样一本书来，就是为了不回答这个问题。保持开放，让每个人自己去探索。这还真是我能做出来的事情。但是，我还是想要给个答案。

不。

不，我不信耶稣复活。我不相信有人能从死人中间回来。但让我好奇、让我着迷、给我困扰、给我震动的事情——我不知道哪个词在这里最合适——是竟然有人信，连我都信过。我写这本书不是为了告诉大家：我现在不信教，但是比起现在还信的人，比起过去信耶稣的那个我，现在的我懂得更多。我写这本书，是不想让我在自己的世界里一条路走到黑。

王　国

18

困扰路加的另有其事。身为罗马帝国可敬的臣民，他认为罗马政府善于治理，治下的和平难能可贵，就连不是罗马人的他都会为罗马帝国的强盛感到自豪。他和从马其顿来的同乡绝没半点民族主义的心思，完全不能容忍反叛者。在他们眼中，反叛者和拦路抢劫的匪徒没什么两样，看到他们因挑起事端被钉上十字架，还会欢欣鼓舞。保罗对叛乱只字不提，反而劝说大家保持目前的状态，认认真真地照律法办事，这让他更容易赢得他们的支持。保罗每次和犹太人发生争执，罗马的官长们总能把他从麻烦里捞出来。睿智的总督迦流就在科林斯救了他一次，还有此前不久在耶路撒冷，罗马的步兵大队让他免受私刑之苦。腓力斯总督即便看上去可疑，可保罗能安安全全地住在凯撒利亚都是因为他。

然而，根据腓利所说，耶稣生前的追随者们希望他能从罗马人手中解救以色列，这也是罗马人要定他罪的原因。腓利提到这件事，仿佛在讲一件不言自明、每个人都熟悉的事情。他们说的人子，也就是包括不认识耶稣的人在内的所有人殷切期盼的救世主，居然是个反叛集团的头目——这件事没让腓利觉得意外，相反，他说起叛乱的人和事迹如数家珍：马加比家族、杜达、加利利的犹大和那个埃及人，这些家伙拿起武器，成天骚扰罗马的部队，还会在路上设埋伏，下场一个比一个凄惨。①

---

① 马加比家族是公元前一世纪统治巴勒斯坦的犹太祭司家族；杜达和加利利的犹大见《使徒行传》5：36；埃及人见《使徒行传》21：38。

Ⅲ 调查

这些我们能从弗拉维奥·约瑟夫斯的书里读到的名字,路加应当从塞浦路斯人拿孙的嘴里听过其中的好几个。但他分不清谁是谁,对他而言,这些人不过是吓人的异域传说的一部分。惊慌失措的路加问:"你讲的是耶稣?是耶稣基督吗?"腓利回他:"是啊,话说回来,你们希腊人喊他耶稣,安提阿当地也这么叫。我们这儿称他弥赛亚,弥赛亚就是犹太人的王。他像以前从法老手上解救以色列的摩西一样,他来就是为了帮犹太人摆脱奴役。"

负责行刑的百夫长特地在钉着耶稣的十字架上再钉上一块告牌,路过的人都能看见上面戏谑地刻着:"耶稣,犹太人的王"。百夫长的算计落了空:经过的人没有一个嘲笑耶稣的遭遇。除去祭司的几条走狗,耶路撒冷大部分居民就算没勇气投身抵抗,也都支持这一次运动。那么笃信耶稣就是弥赛亚的人,他们悲痛,他们失望。不信耶稣的人见了他也会起恻隐之心。没有一个人幸灾乐祸,毕竟耶稣尝试过起义,不过是以失败告终。更何况,此等苦刑的可怖与不公正更能印证他们反抗其实是做了一件对的事。告牌、十字架,还有十字架上苦苦挣扎的人,这些只能证明一件事,那就是罗马人的傲慢。

◆ ◆ ◆

究竟是犹太人还是罗马人该为耶稣之死负责,这个问题就是一大雷区。它隔一段时间就会再次出现,譬如在梅尔·吉布森所拍的《耶稣受难记》中,这部自然主义风格的电影着实有些怪异。然而,四本福音书对这个问题的讨论出奇地一致,它们把耶稣遭到别人仇视的原因交代得明明白白。耶稣不甘心做受人追捧的医生,一次又一次地挑衅官方宗教及其代理人。每每听到宗教仪式

王　国

的规定，他一定会耸耸肩膀，遵不遵守犹太律法全凭心情。他瞧不起表面正直、私下虚伪的人，他觉得吃猪肉没什么大不了，爱讲街坊的坏话才是真罪过。耶稣原本已经前科累累，到耶路撒冷后又在圣殿闹出丑事一桩：他掀翻老百姓的桌板，追赶做生意的人，用今天的话说，就是拿老百姓做人质。他闹出来的事情放在神权社会，其代价与其说像若泽·博韦[①]手下的小伙子徒手拆了麦当劳，不如说更像在德黑兰的大清真寺"付诸行动"。因此，不光是他们的老对手法利赛人，就连撒都该大祭司们听说了这场新的挑衅，都觉得始作俑者该当死罪。他们给耶稣的罪名是亵渎神明，理当判石刑。不过犹太公会无权判处死刑，便将案子呈到罗马政府，公会特别小心，上报时不讲案子关系宗教——彼拉多和科林斯的迦流一样，根本不会受理——而说这是一桩政治案。尽管耶稣没有明确宣称自己就是弥赛亚，但他也没否认——起码，他默许大家喊他弥赛亚。弥赛亚是犹太人的王，犹太人的王就意味着反叛。反叛就该判死刑，彼拉多判得不情不愿，可他别无选择。彼拉多确信，耶稣至多只是与犹太律法作对，不过有人精心起草了案底，令人信服地将他打造成全罗马的敌人。

各本福音书之间的抵牾仅限于犹太公会审判和彼拉多审判的具体内容，总体上看，不管主审法官是犹太人还是罗马人，庭审的故事仍是一致的。不论信基督教与否，大部分历史学家都认可教会给出的版本，也就是梅尔·吉布森改编电影的底本。在犹太教那边，《塔木德》也坐实了这个说法。书里记录了几位拉比的看法，他们甚至认为宣布死刑的是犹太公会，根本不提彼拉多在此

[①] José Bové（1953—　），法国左翼政治家。1999年，他在法国南部米约镇联合当地农业工会的几人，拆毁了一家尚未开张的麦当劳。

中扮演的角色：简而言之，犹太人不单给耶稣定了罪，还为此扬扬得意。

◆ ◆ ◆

直到晚近，故事出现了截然不同的版本，其最激进的支持者当属海姆·马克比①教授。这一相反的版本意图驳斥之前的胡编乱造，即犹太当局给耶稣判刑，进而谴责《新约》中随处可见的基督教反犹主义，这也是有人控诉梅尔·吉布森电影反犹的原因。我觉得这个新版故事非常有趣，就算不是特别可信，所以想花点时间概括它的论点。

海姆·马克比的书开篇直接说明，现实中的法利赛人与福音书里描述的伪善的官吏形象截然不同。福音书里的法利赛人是耶稣的敌人，是最后控告他的人。但其实，他们睿智又虔诚，不仅善于变通《摩西五经》的智慧，巧妙地解决每个人的问题，还能包容不同的意见；可以说是伊曼努尔·列维纳斯的先师了。马克比将耶稣描绘成反殖民主义的煽动者，他认为法利赛人比耶稣更平和，但他们仍对耶稣的政治斗争表示同情。在精神与道德层面，法利赛人与耶稣的立场大差不差，就算出现了小的分歧，他们也会友好地进行讨论，这可以从马可不小心保留下来的一个场景中看出，待到马太重写这段往事，他便按照主流的观点，把和气的谈判塑造成充斥敌意的争吵。实际上，耶稣和法利赛人相处得不错，他们都热爱、遵守犹太律法，要说他们有共同的敌人，那么除了罗马人，就该是通敌的撒都该人，那些被人收买、性格倨傲

---

① Hyam Maccoby（1924—2004），英国犹太学者、作家。

的祭司——这些人是犹太民族和犹太教的叛徒。

所以,我们每每在福音书里读到代指坏人的"法利赛人",照马克比的观点都应改为"撒都该人"。此中的原理类似文字处理软件里的替换功能。为什么会这样篡改?原因在于,写福音书的人丝毫不顾历史真实,决意将耶稣塑造成反叛犹太教的人,而不是反对占领他们国家的罗马人的人。历史的真实面貌是,耶稣其人好比切·格瓦拉,罗马人派撒都该人——不是良善的法利赛人——出面,使用罗马帝国秩序遭到威胁时罗马人惯用的粗暴与残忍手段,把耶稣抓起来处决了。简而言之,福音书作者们所呈现的歪曲事实的传言原来就是真相。

至于福音书作者为何要支持并推广这个修正主义的故事版本,有一个简单的解释。保罗的教会想讨好罗马人,但是,罗马总督下令把耶稣钉在十字架上这事儿愣是给他们出了一个重大的难题。否认赤裸裸的事实这条路行不通,只能尽自己所能削弱事态造成的影响。事发四十年之后,他们辩解说彼拉多裁决的时候有多么地不情愿,是多么地为难,即使判决与处刑是由罗马人执行的,可背后都是犹太人在挑唆,该让犹太人承担责任——从那以后,所有犹太人都被归为了一类。马太、马可和路加的福音书里写"法利赛人和撒都该人",仿佛两个族群一直以来携手并进。约翰直截了当地讲"犹太人",一看就是敌对势力。这便是基督教反犹主义的起源。

19

从翻版故事的背后逐渐浮现出保罗不为人知的另一面,海姆·

Ⅲ 调 查

马克比为此写过一本《造神之人》,法译本标题为《保罗与基督教的创立》。书中提出了这样的论点:耶稣的形象与福音书作者们塑造的不一样,他非但不是法利赛人的宿敌,还与法利赛人同行一道,而口口声声说祖上是法利赛人的保罗,跟法利赛人没有关系,他不仅不是法利赛人,更妙的是他压根连犹太人都不是。

犹太人都不是啊,保罗?我们来推敲一下这个细节。

◆ ◆ ◆

扫罗出生于叙利亚一个异教家庭,据马克比说,年纪轻轻的扫罗深受两派宗教的影响,一是东方的神秘宗教,二是让他着迷的犹太教。他踌躇满志却又万分不安,梦想成为先知,或者最起码要成为像希列、沙买①和迦玛列那样最出色的法利赛人。马克比承认,扫罗确实有可能在耶路撒冷的法利赛人学堂求学,因为保罗一有机会就会提起这一点,但他必定不会拜在迦玛列门下,毕竟迦玛列只收程度非常高的学生,而扫罗算不上优秀。马克比用了整整一章来展现保罗书信中的拉比式论证,但所有评注《圣经》的人都认同,那些教义纯粹是保罗自创的:实际上,扫罗不过是个半吊子拉比,他去任何一所犹太教神学院,都会在第一年被淘汰。

眼看这条路行不了太远,年轻的扫罗带着满腔懊恼和怨恨投奔了撒都该人,甚至做起了祭司长的雇佣兵或打手。只有这个版本才能解释为何扫罗有权追捕这位游击队领袖的支持者,有奇怪的传言称,这位领袖在罗马人将他钉上十字架后又复活了。一场

---

① 希列见《士师记》12:13,沙买见《历代志上》2:45。

王　国

地下抵抗运动，一个有魅力的殉难领袖——他可能死了，也可能活着，在这样的情景中，阴郁的扫罗是罗马占领军的雇佣兵，类似法国被占领期间，在洛里斯东街创造了"辉煌历史"的臭名昭著的博尼与拉丰①。这么说，大家一下子就能明白扫罗为什么可以给犯人上锁链，将他们投进监狱，甚至去未被罗马人占领的地盘，也就是大马士革捉拿犯人——凭借他后来宣称的法利赛人身份是万万做不到这些的：法利赛人不能行使警务权，就算有权，也不会对关系这么近的人下手。读者能读出来一件事：这年轻人自视犹太先知，却为占领军的长官干脏活儿，这些不光彩的事情跟他自以为拥有的崇高理想怎么讲都说不到一块儿去。保罗后来对自己的总结非常精当："因为我所做的，我自己不明白；我所愿意的，我并不做；我所恨恶的，我倒去做。"②

马克比精准地观察到，对犹太教而言，凡事再怪也不及这种建立在经验之上的负罪感和绝望，它不仅将人的努力归于徒劳，还认为律法的规定与有罪之人的能力之间隔着一条无法填补的鸿沟。《摩西五经》因人而作，为人量身打造，法利赛人的毕生之功便在于根据每个人的可能性调整经文内容。可是，保罗的这句名言完美描述了一个试图成为犹太人却不能的人，改信半途而废，最终堕入卑鄙和可耻的境地。正是在前往大马士革的路上，这种摧毁心智的悲痛和折磨精神的内心冲突找到了出口。分裂的、仇视自身的自我突然卷进了一次彻彻底底的转变，经此一役开启了全新的生活。虽说全新，但其实植根于他童年的迷信、神秘的宗教，在这些神话故事中，神明会死而复生，比如古埃及神话中的

---

① 两名法国警察，在纳粹德国占领法国期间加入了"盖世太保"。
② 《罗马书》7：15。

冥王奥西里斯和巴力-塔拉兹——保罗的家乡大数即以他的名字命名。被保罗迫害的叛军中就流传着类似的信仰。保罗后来所掌控的正是这一信仰。

据马克比说，保罗算不上真正意义上的改宗。但凡皈依，必须先存在宗教，可现实情况并非如此。保罗不可能不想到摩西，他跟摩西一样，在一段不可思议的经历后隐入阿拉伯沙漠，然后带着自己的宗教回到了故里。吊诡之处在于，他既没有与加利利当地的小教派切割，也没有跟犹太教决裂。为了打造自己的信仰体系，保罗一直念叨那个默默无闻的乡野犹太人，多亏了保罗，否则大家肯定会忘了那人的名字。不但如此，保罗甚至冒险——细想便能知道，这简直如同自杀——回到了耶路撒冷，手无寸铁地独自出现在抵抗组织成员面前，要知道他可曾逮捕、拷打、处决过他们的战友。保罗不顾常人难以想象的风险，也许是因为他在感情上依恋以色列。或许也是因为他明白，他要为此刻正在经历转变的宗教寻找一个能上溯到远古时代的历史根基，而不是用自己的人格为它背书。说到底，或许是因为（这条是我说的，不是海姆·马克比的观点）他想考验过去被他加害的人，看看耶稣爱敌人、礼遇迫害自己的人这样的教训在他们身上能不能说得通。

试验的过程堪称艰难。接下来的几年里，保罗内心的割裂一直处在无以复加的地步。一方面，他尝试在不信教的人中间推销他的福音。刚刚归信加入教会的人成了试验田，他自创的神学论说越来越激进：耶稣成了统领宇宙的神明，他是万能的救世主，也是一个谜。某项宗教仪式渐渐成为固定的礼拜程序，这个仪式可谓彻头彻尾的异教习俗，真正的耶稣的弟子对此一无所知，甚至嗤之以鼻——这就是爱筵。另一方面，保罗固执地不愿与主教会割席，偷奸耍滑，编造谎言，完全不顾板上钉钉的事实，大肆宣传自己恪守犹太律法，他屈从教会召集的命令，不过是想显示自己是教派的正宗。第一次打交道就不怎么愉快，第二次闹得更僵，关系最终还是破裂了。尽管如此，还是保罗笑到了最后，因为我们接下来会看到圣殿被毁，作为民族的以色列毁灭，耶路撒冷教会流落四处。他们的口传教义，只能在迷失于沙漠中的小教派里留存下来；不过，海姆·马克比十分肯定，这些口传教义比《新约》记录的内容更加可信。

◆ ◆ ◆

因为《新约》——照马克比的说法——不过是胜者所写的历史，是一场大规模造假活动的成果，目的是让人们相信，继承犹太教衣钵的是保罗和他的新宗教，根本不是诋毁这一切的人；保罗克服了细微的分歧，被耶路撒冷教会接纳，赢得了教会的赏识与认可；虽然耶稣不喜欢法利赛人，但他像保罗一样敬重罗马人；耶稣不掺和政治，他的国不在此世，耶稣跟保罗一样，教人尊重权威，告诉他们造反、起义全都毫无意义；耶稣自称弥赛亚时，并非在谈论尘世间的国，而是指与神，甚至与道的模糊认同；只有自觉不再被犹太律法紧紧捆绑的人才是好的犹太人；最后还有，保罗是唯一一个了解真正的耶稣最深刻思想的人，而这恰是因为保罗认识的耶稣不是投胎到人世的那个不够完美又有些许疯癫的人，他认得的耶稣是神之子，任何企图动摇这一条教义的历史事实都该被判成伪史，更该被抹除。

谎言流行了两千年之久，大家也清楚它得到了命运怎样的眷顾。几个不和谐的声音稍一响起便被消音，其中一些来自耶路撒冷教会下面的小教派，只有他们才知道、才记得真正发生过的事情，他们坚持传诵真正的教义，要么是主教会的某个宗派里出了一个跟马吉安一样诚实、逻辑清晰的保罗信徒，他在公元二世纪的时候想要打破宣扬基督教是犹太教延续的杜撰故事，还要把犹太人写的经文从《圣经》中摘出去。最后，持续两千多年的阴霾消散之后，又出了一位马克比教授。

◆ ◆ ◆

我大致总结以上看法，倒不是认同他的观点。在我看来，将两千年的教会历史视为完全的修正主义，简直是登峰造极的修正主义之举，说一千道一万，马克比教授总归有福里松①的一面。我认为，马克比强调法利赛人贤良、高尚这一点是对的，可由此推出耶稣不可能跟法利赛人起冲突确实有失偏颇。若耶稣跟他们产生了不愉快，绝对正是因为他们贤良、高尚的品性，因为他的友谊之手只会伸向有罪之人、中落之徒，还有那些对自己失望的人，他绝不会跟贤良、高尚的人交朋友。我也认为，马克比谴责基督教反犹主义一千次都是对的，但他不应该置那么多亲身见闻于不顾，从纯粹的意识形态角度出发，非要宣称判耶稣死罪的是罗马人，而犹太人无须背上一丁点责任。因为苏格拉底被雅典的民主政治处死，所以指责柏拉图反雅典、反民主——这跟马克比的论证一样荒唐。这两种情况都是自由、矛盾、不可控制的人与所处时代的体制发生了碰撞，一个是希腊城邦，一个是犹太教的神权政治，承认这一点完全扯不上反民主或反犹。至于马克比将保罗塑造成秘密

---

① Robert Faurisson（1929—2018），法国否定主义者，否定主义（négationnisme）通常指否认纳粹曾经对犹太人实行种族灭绝的一种态度。

警察的外邦线人,这形象生动归生动,但相比从他书信中浮现出来的那个人——如果你只是简单地相信保罗书信的内容,告密者的形象没那么丰富、立体,更少了陀思妥耶夫斯基笔下的气象。

◆ ◆ ◆

有件事倒是真的,那就是雅各身边一直流传着这类关于保罗的传闻。说他根本不是犹太人,说他到了耶路撒冷,爱上了祭司长的女儿,传他为了那双迷人的眼睛让别人为自己行了割礼,而且给他割包皮的人不是专门做这行当的,现场一片狼藉,保罗因此落得终身不举。还说祭司长的女儿无情地嘲讽保罗,悲愤的他开始一篇又一篇地写声讨割礼、安息日和犹太律法的文章。还有传言无耻至极,说保罗为了换取腓力斯总督的欢心,挪用了募集来的善款——海姆·马克比一有机会就会讲他这点不好。

是啊,所有马克比教授讲的东西,耶路撒冷教会里也都在传,不过是传言没他编的那么好而已。路加肯定听过这些,心中肯定有了困惑。

20

在耶路撒冷度过的那一周给路加留下了惨痛的回忆,但听了腓利讲的故事,他一定一心只想重回耶路撒冷。路加当时不清楚什么值得看,所以他只是走了个过场,什么都没看进去。而现在,他想亲眼见到耶稣被钉上十字架的地方,去看看女人们发现空空如也的墓地,最重要的是去看看楼上的神秘房间,匆匆忙忙从以马忤斯赶回来的腓利和革流巴在那间房见到了聚在一起的十一位门徒,他们正为有人看到活着的耶稣而烦恼不安。就是在这间屋子里,在这天晚上,耶稣向他们显现了,问他们要吃的。不久之后,又是在这间屋子,使徒的头上刚掠过几丝火光,他们就说起了自己都不知道竟然存在的方言。更重要的是,耶稣和十二门徒在这间屋子里用了最后的晚餐:席间,耶稣告诉大家,自己不久之后就要受难,还定下了以面包和酒为基础的奇特仪式,路加和朋友们照着做了好多年,却浑然不知来源。

◆ ◆ ◆

事发那天,使徒们还不怎么熟悉这间屋子。这是他们头一回到这儿来。一行人跟着夫子打加利利来,这才刚到耶路撒冷没几天。耶稣白天去圣殿的院子里讲道,腓利就在他身边聚得越来越密的听众中间。晚上,使徒们以星为被,睡在出城就能看到的橄榄山上。眼看逾越节快到了,耶稣预感这将是他最后一次过逾越节了,他想照该有的仪式庆祝一次,这习俗便是找个房子,堆火烤羊羔吃。① "行,"彼得和约翰应了又问,"可去哪儿呢?"他俩跟山里的人一样身无分文,来到耶路撒冷之后举目无亲,做事找不到什么门路,更何况乡音徒增他们心中的羞赧。耶稣对他们说:"你们进城去,必有人拿着一瓶水迎面而来,你们就跟着他。走在路上的时候千万不要说话。他进哪家去,你们就跟在后面进去。你们就说自己替夫子来的。他必指给你们摆设整齐的一间大楼,你们就在那里为我们预备。你们先准备好,我稍后与你们会合一起吃晚餐。"②

---

① 见《出埃及记》12:8:"当夜要吃羊羔的肉;用火烤了,与无酵饼和苦菜同吃。"
② 见《马可福音》14:13—16,《路加福音》22:10—13记叙了相同的情节。

王　国

◆ ◆ ◆

耶稣的指示像在规划一场秘密行动：藏宝游戏，通关密码，还要千万当心，不要牵出来暗地里的同党。这所愿意接纳他们的房子后来多年来一直是教会的据点、藏身之所，楼的主人正是叫马利亚的女人。马利亚生了个儿子，取名"称呼马可的约翰"。等到路加到犹太的时候，马利亚应该已经过世了，因为行传一直把这间大楼叫作"称呼马可的约翰家"①。

按照我的想象，"称呼马可的约翰"大概是路加探寻途中碰到的第二位证人，而路加能见到他还多亏第一位证人腓利的引荐。调查本当如此：起初碰到一个人，他给你介绍第二个人，第二个人又跟你提起了第三个人，以此类推。就像电影《公民凯恩》和《罗生门》里那样，这些人告诉你的事情相互矛盾，我们一边试着从里面理出一点头绪来，一边不能去想"真相不存在"，而应该告诉自己，尽管真相遥不可及，还是要竭力摸索。

◆ ◆ ◆

（卡夫卡："是我太无知了。真相，无论如何都存在。"②）

21

"称呼马可的约翰"这个复合人名，我们一听就知道跟犹太人几乎沾不上边，更不是一个古代的名字。他的母亲马利亚也

---

① 《使徒行传》里并无这个说法。
② 出自《城堡》。

是，《新约》里其他所有"马利亚"实际上全叫作"米利暗"①——米利暗是当地女性最常用的名字；彼得原名"西门"，保罗原名"扫罗"，雅各原名"雅各伯"，都是相同的道理。"称呼马可的约翰"与《新约》里所有约翰一样，以前都叫约哈南——约哈南是当地最常用的男性名字，他照着别人通常的做法，给自己加了一个罗马名——马尔库斯②。

　　口传教义认为，所谓"约哈南-马尔库斯"就是化名马可写福音书的人。教义里特别提到了马可的一个动人故事，这一次，我不想再略过了。讲述耶稣被捕的故事里有一处朴实的细节。按照福音书作者的说法，耶稣是夜半时分在橄榄山被抓走的。使徒在摆设整齐的大房间里用了晚餐之后，回到山上睡觉。他们露营的地方叫客西马尼。耶稣想到即将发生的事情，心里涌出一种致命的焦虑，他对钟爱的弟子们说："我心里甚是忧伤，几乎要死；你们在这里等候，和我一同警醒。"③耶稣做了祷告，弟子们睡了。他想把弟子叫醒，试了三次都没成功。就在这时，犹大率领着被祭司长差来抓他的士兵赶到了。提灯，匕首，短棍。混乱又暴力的场面成了伦勃朗与卡拉瓦乔的素材。④弟子见状全都跑了。只有马可讲完故事之后又补了一段："有一个少年人，赤身披着一块麻布，跟随耶稣，众人就捉拿他。他却丢了麻布，赤身逃走了。"⑤

---

① 《民数记》12: 10。
② "马可"法语为 Marc，"马尔库斯"用法语转写是 Marcus。
③ 《马太福音》26: 38。
④ 参见卡拉瓦乔的油画《耶稣被捕》与伦勃朗的草稿《耶稣在橄榄山》。
⑤ 《马可福音》14: 51—52。

王　国

◆ ◆ ◆

如此离奇、如此没来由的细节，甚至让人很难相信它是假的。口传教义又说，少年人就是马可自己。马可是房子主人的儿子，约莫十三四岁。他跟另外一位少年犹推古很像，犹推古住在特罗亚的父母家中，听保罗和同伴们聊了一整夜，他倚着窗户睡着了，从窗台上掉进了院子里。大家应该能想到，马可对这群母亲留宿的陌生人充满了好奇。马可看着陌生人一个一个地来，他们的神情那么拘谨，看上就让人觉得他们聚在一起是为了谋划危险的事情。陌生人告诉马可不要打扰他们，也不要上楼上的房间。他被赶去睡觉，可他怎么都睡不着。过了一会儿，夜深了，他听到离开的脚步声。楼梯间响起了窸窸窣窣的摩擦声，低声嘀咕的声音过了门槛就闷得听不见了。这些人已经走到街上了，少年再也躺不住了，登时起了身。天气很热，他光着身子，只披着麻布，麻布一束权当罗马人的长袍，远远地跟着陌生人。马可看见他们出城犯了难。更理智的做法应该是折回去，不过他继续跟在后面。陌生人来到橄榄山，走进了客西马尼园，突然，黑夜中出现了火把，一群拿着武器的人来抓捕他们的头领了。少年远远地躲在灌木后面，一切尽收眼底。就在带着武器的士兵准备把人带走的时候，马可追了上去。他心潮澎湃地一直走在后面，想看看士兵们究竟要去哪里。之前谁都没注意，可突然有个士兵看见了他。"你在那儿搞什么？"少年拔腿就跑，士兵紧追不舍，从少年身上扯下的麻布一直攥在他的手里。少年回到家的时候身上什么衣服都没了，他跨过田野，穿过城里的街道，在月亮下面一直跑。他回家上了床。到第二天，他对谁都不肯说，心想是不是做了一场梦。

22

先不论称呼马可的约翰是不是披着麻布的少年，作为使徒聚会用的房子的少主人，他没有转信基督的必要：他从小在这儿长大，这里就是他的家。好比摩门教的小教徒或是阿米什少年，他自然而然地沉浸在这奇怪的信仰和激昂的气氛中，身边的信徒一直过着集体生活，不时就会进入恍惚状态，开始讲一些从没听过的语言，手一摆就能医好病人。

他有个表兄弟叫巴拿巴，也是家中常客。根据行传的记叙，巴拿巴有个让人称奇的特点。保罗经历了在去大马士革的路上皈依基督，随后退隐沙漠，此时刚重回耶路撒冷。"他想与门徒结交，"路加说道，"他们却都怕他，不信他是门徒。"①我们能够理解门徒的做法：客观来看，他们当然有绝佳的理由不相信他。保罗冒着巨大的危险，但他在这群人中间发现了一个不顾风险愿意相信他的人。这个人，就是巴拿巴。我大约在本书开篇的地方说过，行传里面没有哪一章比得上《你往何处去》中一位基督徒面对迫害他的仇人，不但不采取报复行动，还为他松绑、拥抱他、欢迎他加入教会的情节。我之前说错了：巴拿巴就是这么做的。

巴拿巴在安提阿与保罗会合，称呼马可的约翰随后加入。他们三人开始向当地不信教的人传福音，看上去相处得不错。不久后，几人把福音传到了塞浦路斯，然后从那儿出发来到旁非利亚，也就是土耳其南部海岸。就在旁非利亚这个地方，他们发生

---

① 《使徒行传》9：26。

王　国

了争吵；至于为什么，我们不清楚，最可能的是称呼马可的约翰不能忍受保罗不遵守犹太律法。于是他与两位同伴告别，一个人回到耶路撒冷。①

一两年的时间过去了，保罗和巴拿巴结束第一次意义重大的旅行，回到了故乡——就是在这次旅行途中，他们被吕高尼当地居民当作神明。不久后，两人准备再次上路。就在两人筹划远行的时候，又出现了争吵，据路加转述，"巴拿巴有意要带称呼马可的约翰同去；但保罗因为马可从前在旁非利亚离开他们，不和他们同去做工，就以为不可带他去。于是二人起了争论，甚至彼此分开"②。

连路加这样爱好和平的人都说"起了争论"，那实情肯定是两人吵得非常凶，这句往后，行传里就再看不见巴拿巴和称呼马可的约翰了。他们分道扬镳，保罗照原先的路线出发，后面的故事都是跟着他走的。保罗摆脱了巴拿巴之后，去了离耶路撒冷尽可能远的地方，他深入未经开垦、位置偏僻、孤立无依的腹地，传福音给旁非利亚人、吕底亚人和加拉太人，后来他招募了年轻的提摩太，这位热忱的弟子不出多时便取代了称呼马可的约翰。几年后，我们再次见到提摩太，是他在特罗亚的港口遇到路加。后面的事情大家也都晓得了。

◆ ◆ ◆

口传教义很笃定，巴拿巴与保罗分开后回到了塞浦路斯，德高望重的他去世时年事已高。至于称呼马可的约翰，他去到耶路

---

① 见《使徒行传》13：13。
② 《使徒行传》15：37—39。

撒冷为不通希腊语的彼得做书记和翻译。有一点我觉得尚合情理：腓利把称呼马可的约翰介绍给路加，并提醒路加说话、做事要有外交手腕，毕竟称呼马可的约翰曾经与保罗共事，两人闹得很不愉快，后来他又投奔了保罗的敌对阵营。路加倒是有外交家的风范。他讲话不像保罗那样总带着不容置喙的语气，他也不觉得自己能弄懂所有事情。路加只不过想听听认识耶稣其人的人会怎么说。

称呼马可的约翰不说自己认识耶稣；这件事，他从来不提。若他真是披麻的少年，若他后来写福音书的时候偷偷添上了一个只有他自己能懂的细节，就跟画家把自己画在油画的某个旮旯里一样，我想他绝对不会告诉任何人。他会把这段如梦一般的回忆深深地藏在心底。不过，要是路加获得了他的信任，称呼马可的约翰有可能会给他介绍耶路撒冷教会里的几号人物，其中说不定就有彼得本人，还会请他去母亲的房子做客。

◆ ◆ ◆

下面的场景，我试着写了好几次。两人走进房子，这房子从正面看不过窄窄一幢，朝向小巷的门开得特别低。推开门就来到了小小的里院。院里有座喷泉，晾衣绳上正晒着衣服。住这儿的人，无论是兄弟、姐妹还是表亲，见称呼马可的约翰带了一位客人回家一点儿不惊讶：这里是他家，他想请谁来都行。有人给他端来一杯水，抓了一把椰枣，或许两人坐下闲聊了一会儿，称呼马可的约翰随后带客人去石头砌的楼梯，他俩一前一后地上了楼，走到高处那间屋子，就是过去和今天使徒们聚会的地方，那个一切都发生于此的现场。屋子没有半点特别。坐垫扔在地上，地上还铺着毛毯。尽管如此，我猜路加在跨过门槛的刹那突然感到一阵眩晕，说不定甚至不敢把步子迈出去。

换作我，无论如何，我是不敢的。

23

我写到这里，最终还是放弃了。称呼马可的约翰是个完美的线人，但他把我引得太远，或者说是太近了，我想找找其他路加可以询问的证人。我像是为了给一部戏选演员，仔细地梳理《路加福音》，不放过次要和更次要的人物，还记下了他们的名字。这样一找，我还真盘点出几个轨迹与耶稣有交叉、留下了名字的人。他们也有可能不是证人。路加通常满足于记下"长大麻风的""税吏""百夫长""有一个女人，患了十二年的血漏，没有一人能医好她"①这样的信息，这是他惯常的风格，但他还是写出了一些名字，我想他之所以给出了名字，肯定是因为真有其人。当然，大部分是抄来的，但或许其中几个人——只有路加提到了——他确确实实遇到过。

◆ ◆ ◆

或许路加走到耶利哥敲开了一户人家的门，这家主人过去做过税吏长，有人说，耶稣三十年前曾宿在他家里。这好比戴高乐将军住过法国的小村子，村里的居民到今天还喜欢讲当年的故

---

① 见《路加福音》8：43。

III 调查

事，说家里的床太小了，人高马大的将军脚从床尾伸了出来。或许这位名叫撒该的税吏长对路加说的事情，路加全记到了《路加福音》第十九章里。耶稣去耶路撒冷的途中路过耶利哥。撒该十分好奇，想一睹耶稣的真容，但他跟人高马大的戴高乐恰好相反，原本就身量不高的撒该又碰上耶稣身边围了好多人，不得不爬上桑树才能看到。耶稣瞥见撒该，喊他赶紧下来招待自己，因为耶稣想去他家休息。兴高采烈的撒该打开大门迎他进屋，路加到访的正是这间房子。撒该起誓要把所有的一半分给穷人，若他讹诈了谁，就还四倍给那人。①我很清楚，说某事听上去是真的是一种主观判断，但若要我选出带有真实印记的例子，即我敢肯定为真的一手细节，那我可能会选撒该爬上桑树。要么是情形大致相当的另一个故事：有人带一个瘫痪的人来见耶稣，可是耶稣讲道的房子门口挤满了人，大家把瘫痪的人抬到房顶上，在房顶上拆了个洞，把他连同做担架的褥子一并缒了下去。②

也可以是路加到了伯大尼，敲开了马大和马利亚两姐妹家的门。写福音书的约翰也讲过她们俩，特别提到她们被耶稣复活的兄弟拉撒路。③路加没讲拉撒路，复活的事也只字未提——如果这件事确实发生过，必定是大事一桩。不过，路加记录了生活中特别常见的一幕。耶稣寄宿两姐妹家，歇脚时仍在讲道，想必他对她们讲话的方式亲近又亲切。马利亚坐在耶稣脚前，全神贯注地听他讲话。这个时候，马大正在厨房里忙活。时间一久，干活这事儿让马大心烦意乱。"主啊，"马大问道，"我的妹子留下我一个

---

① 见《路加福音》19：1—8。
② 见《马可福音》2：2—4。
③ 见《约翰福音》11：1—16。

王　国

人伺候，你不在意吗？请吩咐她来帮助我。"耶稣回答说："马大！马大！你为许多的事思虑烦扰，但是不可少的只有一件；马利亚已经选择那上好的福分，是不能夺去的。"①

在我看来，上面的场景同样有真实的印记，就像亲身经历的逸事。与此同时，两千年来，这则故事一直被用来说明劳动与灵修的分立，还得交代的是，埃尔韦以"上好的福分"为原则支配着自己的生活，妻子忙活所有事情，而他则在一旁品味《薄伽梵歌》，这做法着实让我恼火。依我看，围绕"上好的福分"这个主题，同样能写出道德主旨完全相反的幕间剧：歌颂为了准备饭菜忙个不停的善良姑娘，就在她忙碌的时候，随时板着个脸的妹妹翘着小拇指，正坐在客厅里品茶呢。但是，埃尔韦和和气气地提醒我，上面这些不是路加现场记下来的。路加写的东西，或许是马大，或许是马利亚，甚至有可能是两个人一起，三十年后回想起来的事情，它记录的是耶稣可能说过的话。耶稣还说过："你们要先求他的国和他的义，这些东西都要加给你们了。"②

◆　◆　◆

围绕在耶稣身边的有一群女性，路加告诉我们，她们不仅追随耶稣和十二门徒，还"用自己的财物供给耶稣和门徒"③。一路同行的有几位留下了名字："抹大拉的马利亚（曾有七个鬼从她身上赶出来），又有希律的家宰苦撒的妻子约亚拿，并苏撒拿，和好

---

① 《路加福音》10：40—42。
② 《马太福音》6：33。
③ 《路加福音》8：3。

些别的妇女。"①

显而易见,身上赶出七个鬼的抹大拉的马利亚是各本福音书的共通点。关于她的所有记录都很一致:这个被耶稣医好的疯女人第一个说耶稣复活了,也是头一个把复活的事情传出去的人,或许从这个意义上看,她就是创立基督教学说的那个人。抹大拉的马利亚,她可是大家都认识的人啊。路加讲到她不过是把马可讲的东西又抄了一遍,一个词都不加。德国注解《圣经》的专家们发明了一个词——Sondergut,意思是"独有经文",专指每本福音书的特有内容,照他们的话说,就是路加讲抹大拉的马利亚根本没谈出属于自己的东西。

苏撒拿只留下个名字。最后剩下希律的家宰苦撒的妻子约亚拿了。

24

苦撒的妻子,就是名叫约亚拿的女人让我魂牵梦萦。我告诉自己,未来要出一本写她的小说。我甚至想过,约亚拿会是我走进《圣经》的第三扇门。

路加见到约亚拿的时候,她都六十岁了。苦撒和她说不定还住在希律行宫的侧殿——正是保罗被监禁的地方。希律的家宰绝不是小人物:苦撒肯定是个相对重要的人物,约亚拿类似于资产阶级家的小姐。平日闲得无聊的资产阶级小姐可谓犹太版的包法利夫人,她正好是宗教领袖理想的追随者。当时人们时常谈论这

---

① 《路加福音》8:2—3。

王　国

位走遍了加利利的医生，但他们有时会把耶稣和另一个人混为一谈。那个疯子敢吃蝗虫，带领门徒进入沙漠，还把他们浸到约旦河里，命他们悔过，因为时间的终结已经临近。①那疯子甚至让希律悔过。他还告诉希律，跟兄弟的妻子希罗底结婚是不合适的，希律听到这些话记恨他，让他下监，找人砍他的头。②约亚拿要见的不是这个着魔的人，她要见的人让她感觉良好。所以她投奔了精神领袖，一直追随他。可是，领袖身边总是围绕着奇奇怪怪的人：税吏、妓女，还有许多生活艰辛的人。这让苦撒不太高兴，他告诉约亚拿，追随这样的人不成体统，再说了，别人听了还会传闲话。但约亚拿情难自禁，她为自己不在家编造了各种理由。她撒了谎。今天从嫁妆里抠一点，明天去苦撒的钱袋子里掏一点，钱全给了那位医生和追随他的人。这个情况持续了几个月，搞得像她在外面包了个情夫一样。再后来，医生去了耶路撒冷，约亚拿后来才知道，医生在那儿出事了，和其他疯狂之人一样，下场凄惨。没被砍头，不过比砍头更糟：他被钉在十字架上。故事很悲情，却不怎么出人意料。那时是乱世。苦撒耸了耸肩：别说我没警告过你。事情过去了三十年，约亚拿仍不时回想过去。她很高兴能和这位友善的希腊医生聊聊，医生不停地问问题，更重要的是，他会认真倾听她的回答。领袖长相如何？他说了什么？都做了什么？领袖说的，约亚拿记不太清了：都是些很美好的事情，但不合常理。让她印象最深的，是领袖的能力，最关键的是领袖看她的眼神：仿佛他明白她的一切。

---

① 见《马太福音》3：4—6。
② 见《马可福音》6：18—19。

Ⅲ 调查

◆ ◆ ◆

到这儿就歇了吧。我白讲要给她写小说了，根本找不到什么思路。要说没有思路，可能是因为要给她写的是小说吧。再者说，虽然有些人可以板着脸，让套着托加、短裙的古代人物说"你好，保禄斯，到前庭来"之类的话，但我不行。这是历史小说的一大问题，更不用说那些以古罗马为背景的故事了；上面这句话刚说出口，我就感觉自己仿佛置身漫画《高卢英雄历险记》里。

25

哪怕努力了一次又一次，我还是没能读完《哈德良回忆录》。不过，我很喜欢玛格丽特·尤瑟纳尔附在正文后面的写作札记，这些记录陪伴了她整整二十年。身为中规中矩的现代人，比起宏大的画面，我更喜欢速写——这一点应当引起我的警惕，因为我一心只想创作出结构精细巧妙，宛如建筑的宏大作品，一部技艺精湛的杰作，结束后方能喘口气，放松下来，但现在还不是时候。现在，我正竭尽全力把平日研读、随心境记录的万千笔记全都塞进如此宏大的框架内。有时我甚至怀疑，这些散落在笔记本和零散纸张上的笔记，它们原原本本的样子会不会比按照顺序前后统一风格，再用灵巧的过渡穿引起来更活泼，读起来更舒服，但我无力改变自己：我爱做的事，或者说让我安心，给我在世间走一遭没有白白浪费时间之错觉的事，正是耗尽心血把脑袋里闪过的事通通装进油腔滑调、质性相同的文字里，字里行间堆叠着厚厚

王　国

几层，但如此厚重仍然没法让我满足，身为典型的强迫症患者，我永远想着该如何再覆一层，这层之外还要上一层透明的色，封一层清漆，最后抹上我也不知道是什么的东西，这么做总比文字写得半半拉拉、未成定稿又不受掌控的感觉更好。总之，就是这样。下面是玛格丽特·尤瑟纳尔谈写作《哈德良回忆录》的过程：

> 游戏规则是这么回事：通学，通读，掌握所有信息，按照写作目标改写依纳爵·罗耀拉的《神操》，要么借鉴印度教苦行僧的方式，耗费数年时间，竭尽全力更准确地想象紧闭双眼创造的画面。通过数以千计的笔记卡片，追寻每一个事件的源头；试着让这一张张石头做成的面孔重新活起来，再次焕发饱含生气的灵动。当两份文字、两个断言、两种观念相互抵触的时候，取乐于调解此中的抵牾，而非以其一盖过另一者；将它们视为同一种现实的两个不同侧面、前后两个阶段，该现实因复杂而可信，因复调而具有人情味。用公元二世纪的目光、心灵与情感解读来自公元二世纪的文本；把文字浸润在由同一时期的史实组成的羊水里，尽可能地剔除历史人物与我们之间层层累积的观念与情感隔阂。然而，要仅将之视为评估性研究，谨慎地运用对照与印证的可能性，小心采纳由我们与文本、史实、人物之间相隔的诸多世纪与事件所塑造的新视角；将这些新的视角当作溯源途中的标杆，一路追到某个时间点。不留阴影，不允许呼出的水汽附在镜面上；只撷取我们身上、我们由感官激发的情感或心灵的运作中，最基本、最恒久的东西，将之作为我们与过去的人的接触点，他们跟我们一样吃橄榄，喝红酒，蜂蜜黏在手

指的缝隙中，他们抵抗猛烈的风，抵抗大到模糊视线的雨，在夏天找一片梧桐树荫，这些人懂得享乐，会思考，会衰老，亦会死去。

抄下这段文字的时候，我发现它写得如此之美。我认同里面的方法，自负又谦逊。这份为历史的恒量开出的诗意清单，让我陷入了沉思，因为它涉及一个极其广阔的问题："由感官激发的情感或心灵的运作中"，有什么是永恒、不移的呢？还要问，因而有什么不属于历史呢？有天，有雨，有口渴，有让男女交欢的欲望，这些都对，但历史，也就是事物变化的本质，会迅速钻进我们对万事万物产生的观感与观念之中，在我们认为免受其害的地方不断地攻城略地。要说我跟尤瑟纳尔有什么不一致的地方，那应该是关于投下的阴影和镜面上呵出的水汽。依我之见，留下个人印迹在所难免。我认为，个人印迹，以及为掩盖印迹所下的功夫，总会被人察觉，那么不如接纳它们，将其放入叙事中。这样的过程好比拍摄纪录片。一种方式是，尽量让观众相信自己看到的是"真实状态"下的人，也就是说，画面跟没人拍他们时一个样。另一种方式是，承认摄制改变了环境，承认片子记录的是新的场景。对我来说，行话里讲的"直接凝视"——人物直视镜头——不会让我觉得奇怪。相反，我会从人物的视角入手，甚至让观众把注意力集中在他们身上。我展现了这种凝视在与什么互动，即在传统的纪录片中，应留在画面外的东西：工作现场的拍摄团队，指挥团队的我，我们之间的争吵和疑问，还有我们与拍摄对象之间的复杂关系。我不会硬说这种方式更胜一筹。不过是拍摄方法之别，偏向这种方法的人会说，我的角度更能触及现代人的敏感之处，更能满足他们对怀疑、制作花絮、幕后故事的偏好，相比之下，尤瑟纳尔的方法既宏大又天真，强调自我隐形，如实呈现事物的原貌。

好玩的是，安格尔、德拉克洛瓦和夏塞里奥等更现代的画家，会谨慎地采用现实主义手法描绘提图斯·李维书中的罗马人或《圣经》中的犹太人，而古代的大师们好比莫里哀的《贵人迷》里不写押韵诗的儒尔丹先生，天真地践行着现代主义信条，玩起了布莱希特的间离效果。要是向画家们提问，其中许多人会不假思索地承认，公元30年的加利利不应该像他们那个时代的佛兰德斯或托斯卡纳，不过画家们大多没想过这个问题。在他们的思维框架里，不存在向往历史现实主义这么一说，我倒觉得他们这么做自有道理。这些画家才真是现实派，因为他们表现的东西全是真实的。他们画自己，画周遭的世界。圣母的家就是画家或买主的家。圣母十分考究、细致入微的衣着，全穿在画家夫人或情人的身上。至于脸……啊，说到脸！

26

路加的身份是医生，但东正教世界里有一条口口相传的教义，说路加还会画画，是他给圣母画了像。公元五世纪，统领拜占庭的狄奥多西二世娶了一位样貌动人的皇后，美人名叫欧多吉娅，她吹嘘自己拿到了那张画在木头上的圣母像。1453年，土耳其人攻占君士坦丁堡的时候，画作跟着城市一同毁灭了。

画作销毁的十八年前，也就是1435年，布鲁塞尔的画匠公会为了装饰布鲁塞尔的圣弥额尔圣古都勒主教座堂，委托罗吉尔·

凡·德尔·维登创作一幅绘画与艺术的守护神圣路加为圣母绘像的画。罗吉尔·凡·德尔·维登是弗拉芒画派的集大成者，也是我最喜欢的画家之一，但我从来没见过这幅画，这幅画目前藏于波士顿美术博物馆——一个我没去过的地方。

我没去过波士顿，但我在莫斯科有一位特别要好的朋友，名叫埃马纽埃尔·迪朗。他是个大个子，蓄着络腮胡，浑身充满土象星座的气质，深沉又温柔，他穿衣服永远有一截衬衫从线衫底下伸出来，头上顶着跟哲人一样的大脑门——博士论文写的是维特根斯坦。总的来说，我俩这十五年在俄罗斯共同经历了不少风波。在火车车厢里，在冷清的餐馆里，从克拉斯诺亚尔斯克，到顿河畔罗斯托夫，我经常和他说起手头正写的这本书。埃马纽埃尔的妻子伊里娜信东正教，以画圣像为生，而埃马纽埃尔本人是我身边为数不多的基督徒。几杯伏特加下肚，他便会滔滔不绝地说起天使和圣人领圣体的故事。有天晚上，我跟他描述了罗吉尔·凡·德尔·维登的那幅画，顺道抱怨精良的复制品太难找了。我希望身边能有一份复制画，就跟教母书房堆满书架的圣母像一样，时时刻刻监督我写作。回到巴黎之后，邮局给我送来大包裹，里面装着唯一一本能买到的讲凡·德尔·维登的专著。这么讲吧，"能买到"说得不对：书绝版了，没有书店找得到。可埃马纽埃尔找到了书，这着实惊艳了我。

尽管书很沉，我还是在那年秋天带去了和埃尔韦一起徒步的勒勒夫龙。原先计划是每天花几个小时写作，要写的那一章中心内容还没成形，但围绕的是表现路加和圣母的那幅画。我仔细研读埃马纽埃尔寄来的书，发现人们普遍认为画中的路加是画家的自画像，我的想法是，这个想法对我胃口。我想凡·德尔·维登跟

王　国

路加一样，脸很长，表情严肃，总是若有所思的样子。我一想到凡·德尔·维登照着自己的五官画路加就很开心，因为我正在以另一种方式做同样的事。

◆ ◆ ◆

我喜欢风景画、静物画、抽象画，但我最爱的还是肖像画，在我从事的领域，我自认为是专作肖像的画师。肖像画有一点一直让我很好奇，那就是无须刻意思考，人们便能本能地察觉画家对着真人画的像与全凭想象创造的人物之间有所差别。我最近看了一幅让人大为震撼的巨制：在佛罗伦萨的美第奇-里卡迪宫，贝诺佐·哥佐利所作的《三王来拜》覆盖了一间礼拜堂的整整四面墙。细看三位圣贤和身后长长的随行队伍，你会发现，画面上这群人里的达官贵族长着美第奇家族里大人物的脸，小人物的样貌出自随机挑选的路人。毫无疑问，画中的人全是真人写生。哪怕不认识模特其人，你也十分肯定那是真人。冲破围栏之后，画里出现了天使、圣人，还有天上浩浩荡荡的队伍。天上的人五官一下子周正起来，更加贴合理想中的样子，少了分活力，多了点神性，所以我们能确定，画的不是真人。

凡·德尔·维登的画里能看到同样的现象。就算常人不知道画里的路加是自画像，也能确定画里表现的是个真实存在的人。他对面的圣母就不一样了。圣母画得极为精美——老实说，圣母身上的衣服精致得令人叹服，但它是照着别的圣母像画出来的，说到底是在临摹大家对圣母像形成的一种传统、超凡又略显无趣的观念。油画里的圣母像大多如此。也有例外：卡拉瓦乔在罗马的圣奥斯定圣殿墙壁上作的圣母像，浑身散发着让人难以置信的性感。大家都知道，圣母像的模特是画家的情妇，这位交际花名曰莱娜。凡·德尔·维登也能画性感的女性，证据是埃马纽埃尔送我的那本书的封面，上面印着我见过最具表现力、最富有情欲的女性面孔。但凡·德尔·维登不是卡拉瓦乔那样的粗人：他绝不会允许自己用这样的手法表现圣母。

27

瓦莱山村的夜晚静得人发慌。几天夜里——其实是基本每个夜里——我都在网上看色情片。我对大部分主题不怎么感兴趣，甚至有点反感，要说一直没断的看片爱好，就是女性自慰了。有天晚上，我敲了"少女手淫"几个字，在弹出来的十几个视频里面，我偶然发现了《棕发少女自寻乐，高潮两次》——这是视频标题，一看就让人兴奋异常。难以自抑的我把视频收藏到电脑"我的最爱"文件夹，它的存在极度困扰了——言而总之，是刺激了——白天要集中精力写凡·德尔·维登画作的我。起初我以为，看片跟凡·德尔·维登没什么关系，可是仔细分析起来，只要坚称占据内心的两件事情毫无联系，那它们之间肯定有千丝万缕的联系。

◆ ◆ ◆

看油画促使我思考人像是不是真人写生，换到成人电影里，就是思考片子是私房制作还是商业片。换个说法，姑娘自拍或找人拍是为了开心，还是因为她或多或少以拍片为职业。当然，网站上总喜欢讲她们是爱寻下流乐子的女大学生，但大多数时候观众心里还是有疑问的。有个线索比较靠谱：那姑娘究竟露脸了

王　国

没？我倾向于认为，遮住脸的一般是素人，对着观众自慰让她非常兴奋，又担心同事、朋友和家人认出她来。暴露自己确实需要顶着社交层面的风险，我在想，有多少人已经自我解放到能轻松对待这件事的程度——或许这种人不在少数，或许这种转变是互联网对文明产生的一大影响。不光是露脸这一项，还有身体和房间布置等，有好些线索能让身边人一眼就看出来。另一个线索，就是私处。所有职业的色情片女郎都剃毛，诚然一部分素人也会做，不过未经打理的私处是个较为强烈的信号，甚至能突显片子是私拍流出——这个类目显然没能逃脱专业演员的魔掌，在网站建议的分类中，就有"多毛"和"超级多毛"的选项。

　　于是我有了疑问。会不会有可能，女主角跟外表看上去的截然相反，虽说不以拍色情片为业，却偶尔接接片约，以二百到五百欧元的价格——我对片酬完全没有概念——接几次戏，好筹上房租？这两者并不矛盾。我或许很天真，可我绝不相信。这女孩是个中产阶级，看都能看出来，最起码得是有腔调的"布波"①吧。我在脑海中给她安了个工作，好比说，自由职业的翻译或记者，整日居家办公，下午过半了工作还一筹莫展，倒也不想出门跟住同一个区的朋友喝咖啡，于是躺到床上自慰。身后鼹鼠灰色的床单拧到了一起，像是埃莱娜和我天天睡的床品，色情片里做布景的床品往往十分离谱，不是印花的被子，就是淫乱的牙医会用的那种高档货，黑色丝缎或皮草。身后隐约能看到的公寓就是我们寻常人家住的。房里或许摆着书和茶罐，说不定还有一架钢琴。女孩的名字可能叫克莱尔、伊丽莎白，或者辛迪、罗安娜。我猜

---

① bobo，一译作"波波族"，指法国城市里年轻、有学历的资产阶级，他们寻求开放的生活，不受拘束。

她的嗓音很动听，谈吐不凡。或许是我太理想化了，但我认为，她甚至不应该像今天的大部分人一样，不停地说"没问题"。尽管放纵，可她在放纵里有一丝收敛，还有一分色情片里从来见不到的持重。她在这个网站上太突兀了，不该出现在这儿。可不巧，她偏偏就在。

到底出于怎样的原因，女孩在沉浸地享受绝对私密的片刻之前，去床尾摆了一架相机呢？按照通常的道理，她想把高潮的片刻献给爱的男人——女人也有可能，不过我觉得男性更有可能。我要是拿到埃莱娜送我的这种礼物，说狂喜也不过分。这个说法不错，可该如何解释她拍了视频还放到网上呢？我心里突然冒出一个让我有点沮丧的念头：把影片放上网的人不是她，是她为之拍视频的那个人。这种事时有发生。女朋友离你而去？她有了外遇？那你报复她，把存在手机里的她的性爱视频通通传到网上。甚至有专门的网站做这个。如果事情并非如此，如果就是女孩自己上传的呢？那又是为什么呢？她怎么想的，要让所有人看？这类女孩——我想说，不管说得对不对，在我眼里，她跟我俩瑜伽课上的桑德拉、艾米、萨拉、艾娃、托妮这些讨喜的女孩子在社会文化层面是一类人——自慰的时候还要去网上卖弄，怎么说得通呢？除非这么多分析全都错了，否则定有某种神秘的东西能很好地解释我的迷恋，它还让我被诱惑，想了解更多——实际上，我就想认识那个女孩。

28

鉴于我和埃莱娜喜欢分享彼此对性的幻想，我把网站地址发

王　国

给了她，附上一封邮件，大体就是你们在前一节读到的内容——我稍稍润色了文字。埃莱娜回复我说：

你这位高潮两次的棕发女孩确实不太好找。我得在网上做多次二分查找，才能让她最终出现在屏幕弹出的视频选项里。在找视频的过程中，我碰到了几个古董珍品：这些二十世纪七十年代的片子有精心设计的场景，女人穿喇叭裤，留着非常浓密的阴毛，下次给你看看。当缩略图和配字出现的时候，我感觉像碰到了一个人，别人之前一直跟你说这个人有多好，希望你们能成为朋友。

我同意你的说法：确实是个年轻漂亮的姑娘。特别是她动起来也很美。自慰也能优雅：这才是你喜欢的点。至于说她是不是专业拍片的，很难讲。跟你一样，我信她不是专门拍片的，但有个明确的事实——她确实高潮了。如果是装出来的，她一定是在回忆充满强烈快感的时刻才能装得这么像，回想快感本身也是一种享受（所有女性都会有假装高潮的时候，这就是她们伪装成功的秘诀）。色情片里很少能看到这么逼真的高潮镜头。然而，我不由自主地想到，视频里的她这么有辨识度，她把生命里的这八分钟放到网上简直是社会性自杀，如果是她送给爱人，被爱人放到网上，那这段视频无异于社会性谋杀。看上去迷人的事物里竟蕴含如此残酷的一面。

我也在思考你讲自己性欲的那一段内容。首先——有意思的是，我感觉你没有意识到——欲望完完全全是社会性的产物。你这么喜欢这个女孩，都是因为你把她从无数春宫影人中间摘出来,想象成失足的小资姑娘。我不会因为这个怪你:你就是这样,我爱的就是这样的你。还有一点,你在描述姑娘身体抽动和高潮时的表情对你引发的反应时,潜台词是,所有事情中最让你兴奋的,是女性的快感。我很幸运。

无论如何,圣路加,可真是个好借口。

29

收到邮件之后的几个钟头里,我想到的事不止两件,确切地说有三件。首先,我也挺幸运的。其次,如果我是画家,有人在我这儿订了一幅圣母——双手交握,纯贞的双眼向下望去——的肖像,我肯定会模仿卡拉瓦乔,高高兴兴地请高潮两次的女孩为我做模特。最后,绘画里真人写生与根据想象画肖像之间的差别很明显,一眼就能看出来,我们在读《路加福音》的过程中可以发现,文学中也存在这样的差异。

再说一遍,我知道这种判断很主观,然而,一些人物、他们讲的话和独特的逸闻虽然读起来就知道是变了模样的,但我们知道它们有现实中的原型,而另一些人物和故事则源于神话或宗教绘画。个子不高的税吏长撒该爬上桑树,一群人在房顶开了个洞,把身体残疾的人降到医生的房子里,希律家宰的妻子瞒着丈夫暗中资助教会领袖和信徒,这些故事听上去就是真实的,它们被讲述只是因为它们真实发生了,而非为了教导他人或向世人表明《圣经》中某段遥远的经文应验了。至于圣母和天使加百列,抱歉,不是真人。我不仅要说世上没有能生孩子还无染的处子,还要说圣母的五官充满了仙气、超然物外,甚至太过规整了。显

王　国

然，就像佛罗伦萨礼拜堂里贝诺佐·哥佐利的画作一样，我们已经从基于真人模特的肖像过渡到了由想象创造的人物。

◆ ◆ ◆

但是，她确确实实存在过。我说的不是圣母，老实说，我并不相信，但我觉得耶稣的生母存在过。因为耶稣存在过，他出生，然后死去——只有少数几个找错目标、信奉无神论的傻蛋才会质疑。这么说来，耶稣就该有个生母，这位女性也会出生和死亡。如果到了公元50年末，耶稣生母还在世的话——按照我的假设，那时路加正住在犹太——她的年纪应该非常大了：十七岁生下儿子，五十岁儿子去世，再过三十年，她得八十了。我不敢说路加和她见过面，更没办法像口传教义那样笃定他一定给她画过像，而她同他讲了许多回忆，只能说他们有可能见过，因为两人在同一个时段身处同一块小小的地盘，也因为他们处在同一个现实秩序中。这与罗吉尔·凡·德尔·维登的画作、大多数宗教绘画，还有后来路加写出来的福音书不同，不太可能一边是有着人类表情、长着人类皱纹、套袍下面长着人类生殖器的人，而另一边则是某种生物，没有性器官，没有皱纹，没有表情，永远只有用不完的墨守成规的温驯。历史上应该存在过两个真实的人，他们拥有相同的人类特质，住在同样的真实世界里，其中一位是穿黑色衣服、年纪特别大的妇人，在地中海沿岸的阿拉伯人居住区，随处可以见到这样的老妇人在门槛上坐着歇脚。她生了几个儿子，其中一个前几年横死了，走得很不光彩。老妇人不爱讲这些，要不然就是她整天念叨这件事情。在某种程度上，她算走运的：不少认识和不认识她儿子的人听到她说起往事都会肃然起敬，向她表示崇高的敬意。个中的事情，她懂得不多。不光是她，没人能想象出她有了儿子还保持贞洁这件事。保罗的圣母马利亚研究可以用两三个词概括：耶稣"为女子所生"①，没了。在我讲的那个时代，大家确确实实这么认为。老妇人年轻时就见识过男人，早不是黄花闺女。但愿她体会过高潮的滋味，说不定还尝试过自慰。可现在，她太老了，脸上布满了皱纹，有些糊涂，有点耳背，人们可以去看望她，或许路加最后还是去见了她。

◆ ◆ ◆

路加的福音书里提到耶稣的童年时，总是描述一些高高在上、教化心灵的神奇场景，但这些场景中有一个很不一样，讲的是他十二岁那年的事。耶稣的父母带他去圣殿过逾越节。节期过后，两人跟着挤挤攘攘的大篷车队启程返回，他们以为儿子跟着人群一起出发了，赶了一天的路才发现儿子不见了，被他俩落在了耶路撒冷。两个人疯了似的一连找了三天，最终在殿内找到了儿子，小伙子正在听教师讲课。他们放下心的时候还不忘责备："你父亲和我急得到处找你！""你们为什么找我呢？难道你们不知道我应该在我父的家吗？"他们不明白耶稣在讲什么。回到拿撒勒之后，母亲将这些事情藏进了心里。②

除去少年耶稣的庄严话语，整个场景焕发出真实的感觉。《圣经》的法文大公译本通常会在页边注明用典出处，却出乎意料地为这个故事留了空白。这里没有用先知或《诗篇》中的经文来展现预言应验，一切细节均表明，它们出现于此是因为这一切确实

---

① 《加拉太书》4：4。
② 见《路加福音》2：41—51。

王　国

发生了。这样的故事，每个家庭都有：家里孩子在超市或沙滩上走丢了，或是所有人都以为孩子在车后座，但其实是被落在加油站了，找到的时候发现孩子特别平静，还跟路上的人交了朋友。大家能想出这样的画面：有位老婆婆讲起这段回忆，在一旁听得如饥似渴的采访人让她多说点，劝她的时候手头还在记，别提多高兴了，还不是因为这一切听上去特别真……

30

很明显，我的思路卡住了。自从定下写这本书的计划，我总是在同一个地方打转。如果把保罗和雅各的争吵讲述成托洛茨基与斯大林之间的争斗，这倒也还好。如果要讲述我自认为信基督的岁月，那就更好了——只要讲关于我的事情，大家知道我肯定写得出来。但凡要绕回福音书，我就什么都写不出来。是因为福音书里有太多的想象、太多虔诚的人和事、太多在现实中找不到原型的面孔，还是因为要是我在走进福音书的时候，没有感到害怕，没有颤抖，那就没有意义了？

◆ ◆ ◆

2010年的5月，埃尔韦和我没有如往年春天一样去勒勒夫龙住一阵子，而是来了一次远行，我俩来到过去被称作"亚细亚"的土耳其海岸。我们一直想看看以弗所，但这里太商业化，还满是灰尘，以至于我俩没在当地停留。我们驱车前往博兹布伦半岛，一直以来非常出名的革尼土[①]就在半岛尖上，它出名全因为展出

[①] 古希腊地名，见《使徒行传》27：7。

了古代雕塑艺术中的第一尊女性裸体塑像。人人希望摸一摸塑像，对着她手淫，把她偷走，鉴于她引发了那么多的淫念，这座雕塑目前只有复制品存世倒也不足以让人惊讶了。雅典国立考古博物馆里见不到塑像的仿品，每次参观，我都会遭遇同一个谜：几百年来，希腊人一直雕刻裸男，而雕塑中的女性清一色穿着衣服。同一个做雕塑的人，讴歌阳刚男性的人体结构时不遗余力，一旦要雕刻女性，这人就会把所有才能用来雕琢裙褶，而不是乳房的丰满与大腿柔美的线条。公元前四世纪，这种情况发生了改变，据我的了解，从未有书谈到为何发生了如此彻底的转变。当然，你也可以说，如历史学家常说的那样，向女性裸体过渡是艺术缓慢、隐蔽的成熟过程结下的果实。然而，无论这个过程有多漫长和隐蔽，果实落地定有一个明确的时间。阳光灿烂的某天，我们不知道具体日期，可偏偏就在那一天，偏偏就是这位雕刻家大胆地任由衣服褪去，塑造了一个裸体的女性。这位雕塑家名叫普拉克西特列斯，用来塑造阿佛洛狄忒的模特是他的情人、名叫芙里尼的交际花。不知出于怎样的缘故，芙里尼出现在审判她的法庭上，辩护人让她当堂拉开上衣领口：一对乳房那么美，法庭怎能问她的罪？这个理由似乎站住了脚。付钱下订的哥士人接受不了，觉得有伤风化，革尼土的百姓把塑像接了回去，在此之后的几个世纪，这座雕塑为革尼土城带来了许多财富。路加在《使徒行传》里提起革尼土的时候，没有讲到最重要的名胜，我得抱歉地说，他们一行前往耶路撒冷的途中，风不允许使徒和随行者到半岛上一游。[①]可惜：阿佛洛狄忒和保罗面对面，这个场景怎么

---

① 见《使徒行传》27：7。

王　国

能错过？

◆　◆　◆

埃尔韦和我中途停在名叫塞利米耶的海边风情小镇歇脚，前后两个礼拜，我们每天游泳，拿蜂蜜拌酸奶，各自在阳台工作，到吃饭才见面。这里只能听见海水的拍打声、母鸡的咯咯声和驴叫，还有盼望着旺季的海滩养护工用清淤的耙子轻轻地刮着卵石发出的抚人心弦的回响。宾馆只住着我们两个。工作人员肯定以为我俩是一对年岁见长的同性情侣，性格平和，分房而睡，基本不再做爱，但相处得不错，只不过几乎不怎么讲话。

度假的尾声越来越近，我的心越来越激奋，因为接下来要去戛纳电影节，我的身份可是评委。先跟埃尔韦隐居一阵，随后投入戛纳的媒体漩涡：二者之间的巨大反差很合我意。新奇的是，我对自己的生活很满意。我以为只要行事低调，必然能成为双面生活的赢家。一边做严肃的艺术家，热爱有深度的事物，另一边功成名就，享受其中，不对声名和魅力嗤之以鼻。有人指责塞涅卡，说身为亿万富翁的他竟然宣扬禁欲的生活，塞涅卡说得好：如果一个人不执着于自己所拥有的，能有什么问题？埃尔韦摇摇头：反正小心点为好。当我坐上回巴黎的飞机，准备见到等我回去的埃莱娜和装满晚礼服的行李箱的时候，埃尔韦正想着继续向东南进发，去探索吕西亚[①]附近的海岸，然后乘船去拔摩岛，当年正值青春期的他，在不如意的时候去拔摩岛度过了一段安逸，甚至狂喜的时光。他正在为他关于日常佛教的书——《物事本原》收

[①]　《圣经》中为拉西亚。

尾，原计划是秋天去勒勒夫龙把手稿给我看。而我，假期花在了研读《路加福音》上面，光笔记就填满了一整本。

31

三年之后，我重读这些笔记。读《路加福音》的笔记与二十年前读《约翰福音》的笔记恰好相反。我再也不相信自己读到的话都是神说的。我也不再问自己，最起码不会下意识地去想，读到的每一个字是不是给我生活行为的指引。相反，每读一段，我都会拿这个问题问自己：路加这里写的，信息来源是什么？

有三种可能。一是他读到，然后抄来的——普遍认为成书更早的《马可福音》超过一半的内容都能在路加的福音书里读到。二是有人告诉他的，那么这人该是谁呢？说到这儿，我们仿佛走进了一片错综复杂的猜想之林：直接目击者，二手、三手的证人，还有见过这个见过狗熊的人的人①……三是，干脆都是他捏造的。第三种可能对许多基督徒而言无异于亵渎神灵，不过我现在不信基督了。现在的我是一位作家，想要弄清楚另一位作家如何进行创作，他常捏造故事，这在我看来再明显不过了。每次我有充分的理由相信某一段内容纯属虚构，我都会非常开心，特别是当我发现路加虚构了一些相当重要的故事，这其中有马利亚的《尊主颂》、好撒马利亚人，还有浪子的崇高故事。②同为手艺人，我希望向这位同行表达我的赞许。

---

① 法语谚语，讽刺一件事通过间接"证人"口耳相传而走样。
② 分别见《路加福音》1：46—55，10：25—37，15：11—32。

王　国

◆◆◆

以前信教时研习的经文，我现在要带着不可知论者的身份重读一遍。之前的我希望浸润在一种真理、大写的真理之中，现在的我却要拆解它的文学手法。帕斯卡肯定会说，我曾经是个教条主义者，现在是皮浪主义者。他又补了非常精确的一句：没有人能在信教问题上保持中立。宣称自己不沾政治的人同理：不沾政治意思就是他们是保守派。问题在于，不信教的人会不由自主地认为，自己比信教的人高出一头。更严重的是，你相信，或者说想要相信自己。你尝试过，什么都了解了。故事的结局是，我全身心地投入了这种固执己见的阅读中。在小住塞利米耶期间，我无比享受自己的"双重人格"，我一面是一个沉稳、平和的人，在旅游淡季去土耳其海边的村子里短住，整日沉浸在评注《路加福音》的工作中；另一面，我又是个大人物，要在十天后，以最耀眼的身份，挽着埃莱娜一同迈上戛纳电影节的台阶——说实话，在戛纳电影节期间，除了担任评委会主席，没什么事情比担任评委更能够抬升一个人的社会地位了。在这个永恒的羞耻剧场中，一切安排都是为了提醒所有人，世界上有比他们更厉害的人。但身为评委，你在这里不受束缚，超越竞争，超越尘世，被抬到了半人半神的九霄之外。由于你不能点评竞赛影片，所以你每一次闪烁其词，甚至连你的表情都会被当作神谕一般记录下来。幸好如此奇特的经历前后不过两个礼拜，走一遭倒让我明白了，为何有些非常出名、非常有权势、从来不需要自己动手开门的人，会时常做出种种不合理的举动。

◆ ◆ ◆

我倒不想让别人觉得我是比真实的自己更笨、更虚荣的人。当我全身心投入纯靠小聪明的研读之旅时，内心仍有个清醒的声音在告诉我，不去关注福音书兴许是最好的方式，它还告诉我，在耶稣说过的事情里面，前后最一致、最清晰的一点莫过于——那个国不接受有钱的、有智慧的人。哪怕我忘了这件事，我的身边还有陪我吃午饭、吃晚餐的埃尔韦，我俩总去港口边的同一家餐厅吃饭，不单单因为岸边没那么多开门的餐厅，还因为我俩一旦找到某个地方，就会养成习惯，一直去。每当我谈论我的作品，沉湎于挖苦与怀疑的情绪中时，我都能依靠埃尔韦，他肯定会对我说：

> 你说你不相信复活。可其实你连复活是什么意思都没弄清。再说了，如果你一开始就站到了不相信的立场上，把这种不相信的态度变成了一种知识，它让你觉得自己比你讨论的人更高一筹，那你就堵死了所有了解他们是谁、他们信什么的路径。你一定要警惕这样的知识。千万别一上来就冒出了你懂得比他们多的念头。你要花的力气，是从他们身上学到点东西，而不是给他们上课。这与尝试相信你本不相信之事的道德约束没有关系。你要敞开心扉面对神秘未知，而不是一开始就拒斥它。

按照谈话的流程，我是要反驳他一下的。我即便不相信神，却总是感激埃尔韦，感谢教母让埃尔韦来到了我的身边。

王　国

32

我们的谈话总会变成他对事物的看法（我管这种角度叫形而上的）与我的观点（历史的、小说的、不可知论的）之间的对抗。总体而言，我坚持的立场是，追寻生命的意义，钻到舞台布景的背面看看，追寻终极现实——这样的终极现实常常被冠以"神"的名字，这一切就算不是幻想（埃尔韦反驳我，"你可不知道"，这一点我同意），最多也只是一部分人的向往，其他人没有这种追求。前一批人不见得比后一批人更正确，相比毕生都在写书、促进经济增长的人，他们也不见得在智慧的道路上行得更远。就好比有人棕头发，还有人金头发，有人爱吃菠菜，有人不爱吃。说到底是两种精神状态：一种人相信天，另一种人不相信；一种人认为，我们身处这个多变、令人痛苦的世界，是为了找到出口，另一种人却认为，世界多变、让人痛苦不假，但它并不意味着必定有个出口。

"或许吧，"埃尔韦答道，"可是如果你承认世界善变，令众生苦，这一点可是佛教的第一要义，如果你承认活着就是在困境中挣扎，那么是否有出口这个问题本身就是值得探寻的。你希望把自己的书叫作《路加走访录》（当年我打算给书起这个标题）。要是你从一开始就表现得好像你很清楚，这是一场没有对象的调查，或者试图通过声明这件事与你无关来摆脱困境，那真的太让我惋惜了。要是路加的调查有一个对象，那么这个对象关乎世界上的所有人，你不能不同意这一点。"

是啊，我不可能不同意，我甚至不得不表现出跟苏格拉底对话的人身上的优雅,他们在柏拉图的《对话录》里不断重复着"没错,苏格拉底""应该这样说,苏格拉底""我明白你说得对,苏格拉底"之类的回答。

"所以你承认,"埃尔韦继续说道,"如果我们哪怕只有千分之一的理由去相信,我们有可能从无知走向知识、从幻想走向现实,那么这个旅程就值得我们投入精力。而远离它,连看都不看一眼就坚信努力徒劳,那就犯了错了,或表明了你的怠惰。更何况已经有人去看了一眼。他们带回了详尽的报告,还附上了路线图,好让你能沿着他们的足迹出发。"

◆ ◆ ◆

谈到这些探路者,埃尔韦想到的是他当时的创作主题——佛,但也包括耶稣,他是我当时想要用心创作的主题,因为就算我们专写路加或保罗,也总会在某个时刻写到两位使徒都谈到过的那个人。当然,我们总是可以像我所敬佩的尼采一样,像我大都讨厌的尼采主义者一样,像少数我喜欢的尼采主者——历史学家保罗·韦纳、哲学家克莱芒·罗塞、演员法布莱斯·鲁奇尼——一样,声称任何哲学观点或宗教信条都是自我的延伸,是某些人在等待死亡的时候自娱自乐的特殊方式。照理来说,我应该在和埃尔韦的对话中支持这样的观点,可就连我也不得不承认,如此之见仍有短视之处。短视却不妨碍它合理,但问题在于没人知道它的对错。诚实地讲,在和埃尔韦做朋友的二十多年里,我一直在进行冥想,阅读密宗文本,反复阅读福音书,可是,当然,没有什么能够清清楚楚地向我保证,这条路能带领我通往努力就能达到的目标——学识、自由、爱,在我看来这三者是同一件事。虽然

王　国

我在两人聊天时扮演相对主义者的角色,我自恋、虚荣,去戛纳电影节炫耀,但我不能否认,此时的我就走在这条路上。

◆　◆　◆

埃尔韦和我之间的巨大差异不仅在于我一直活在对自身的崇拜与关注之中,还在于我深深地相信我这个人。除了"我",我什么都不知道,我相信"我"存在。埃尔韦的信念少一些。或者说,他没那么重视那个个子不高、名叫埃尔韦·克莱尔的男人,不久之前这个人还不存在,不久之后也不复存在,当然,他用忧虑、欲望还有慢性鼻窦炎填补两个不存在之间的空隙。他知道,生命短暂易逝,宛如《传道书》里讲到的"虚空"①。埃尔韦在《物事本原》里诙谐地写道:拥有一个不那么坚固的"自我",用尽"自我"的力气也成不了什么事情,这件事的优点在于这样的人不会过于留恋"自我"。

我们上一次去勒勒夫龙,已经是塞利米耶一行两年后的事情了,出发去费莱特山谷徒步之前,我俩照例去奥西耶尔咖啡店喝了一杯特浓的浓缩咖啡。埃尔韦一副若有所思的样子,他讲到某个地方毫无预兆地迸出一句话:"言而总之,我还是很失望的。我年轻的时候还想着要超越人类境况。而我现在刚过六十岁,不得不让自己清醒地意识到,起码我这辈子算是一事无成了。"

听完我就笑了,如此动情。我告诉他我喜欢他的一个原因是,他是我认识的人里唯一一个能心平气和地讲出"我希望超越人类境况"之类的话的人。

---

① 法语原文意为"一阵水汽",突出生命的短暂易逝,见《传道书》12:8:"传道者说:'虚空的虚空,凡事都是虚空。'"

Ⅲ 调查

我的诧异让埃尔韦惊住了。超越人类境况在他看来是件相当自然的事情，绝不是什么千年见一回的稀奇事，很少有人说起这件事情倒是真的。"那不然，你干吗要练瑜伽？"

我本可以告诉他：是为了保持良好的体形，就跟埃莱娜说"要拥有漂亮的臀形"一样。在我们两个人之中，埃莱娜向来优雅地担任着唯物论者的角色，但我的想法被埃尔韦言中了。实际情况是，我或多或少期待着能够得到——我坦白的程度取决于说话对象——这些练习向参与者明确承诺的东西：拓展感知，收获启迪，实现"三昧"①——从这条路上行人的记叙来看，生命有了这些收获，此前的现实在我们眼中将会变得完全不同。

◆ ◆ ◆

不过，要说完全不同嘛，倒也值得商榷。埃尔韦写《物事本原》的时候引过一篇佛教文献，说初蒙道者，见山是山。及至后来，见山便不是山了。尽其道者，见山又只是山了：从头到尾只有一座山。我们能看到这座山。所谓成贤，正是面对这山的时候眼里只有山。基本来说，只活一辈子难以成贤。

33

停留塞利米耶期间，我列了一份清单，上面列举的是路加在福音书里转述过的奇迹。

第一次神迹发生在迦百农的会堂，是一次驱魔。故事讲一个

---

① 佛教用语，意为止息杂念，使心神平静，借指事物的真谛。

王 国

被污鬼附身的人，感觉耶稣的话对自己产生了威胁，特别是耶稣身后那个神秘的权威让他隐隐感到危险，于是他对耶稣大声喊叫。耶稣命污鬼从那人身上出来，污鬼就出来了，也没有害那个人。①耶稣离开会堂之后来到了不久前开始追随他的西门的家中。西门的岳母害了热病。耶稣抬手贴了贴病人的额头，热病便退了去。②后来，耶稣治好了满身长了大麻风的人、瘫痪病人和枯干了一只手的人。③枯干了一只手究竟指什么我不知道，不过我曾经与一个表现出渐冻症初期症状的人握过手。那手冷冰冰的，没有知觉。病人苦笑着对我讲："才刚刚开始而已，一年之后全身都会跟手一样，再过一年我也就没了。"

之前说到有些细节没法捏造的时候，我说到了这个瘫痪病人。耶稣身边来看病的人熙熙攘攘，四个同乡干脆上了房顶，把瘫痪病人连人带褥子一并缒到房间当中。耶稣见到病人，没有立即将他医好，而是先告诉病人他的罪赦了。周围的人大失所望，有信徒带着愤恨议论："这说僭越话的是谁？他是在亵渎神！只有神才能赦罪。"听到议论的耶稣反将一军："那依你们看，我说的这两件事哪一件更容易？是告诉一个人'你的罪赦了'，还是对他讲'你起来行走'呢？行吧，我这么做就是想让你们看看，人子在地上也有赦罪的权柄。我吩咐你，起来，拿起褥子回家去吧！"病人照耶稣的话照着做了，众人一片惊奇。④换作拉康会说："治愈

---

① 见《路加福音》4：32—35。
② 见《路加福音》4：38—39。
③ 见《路加福音》6：6—11。
④ 见《路加福音》5：21—26。

是额外的好处。"①

接下来的故事说的是一个百夫长的仆人病得很重,快要死了。他的主人百夫长待犹太人很好,出了不少钱为犹太人建会堂,必定是和路加一样的改宗者。百夫长的信仰堪称典范,他对耶稣说,他自以为不配见耶稣,但只要耶稣说一句话,他的仆人就能恢复了。可是耶稣没有说那句话。但百夫长派去求情的朋友回到家中,发现仆人已经恢复了健康。②

我最喜欢故事里的这句话:"主啊!因你到我舍下,我不敢当。我也自以为不配去见你,只要你说一句话,我的仆人就必好了。"③——做弥撒时,这句话变成了"主啊!我不配去见你,只要你说一句话,我就必好了。"

一个非常相似的故事是关于睚鲁的,睚鲁是管会堂的,有个十二岁的独生女儿快要死了。他跟百夫长一样,求耶稣去家里救人。耶稣刚刚动身,故事突然出现了一个小插曲。耶稣感觉有人摸他的衣裳繸子,于是停下脚步,问道:"摸我的是谁?""不是有人故意的,"彼得回答道,"众人拥拥挤挤紧靠着你。""不,"耶稣说,"肯定有人摸了我,因为我觉得有能力从身上出去了。"话音刚落,有个女人突然扑倒在耶稣面前。她说自己患了血漏,虽说女人都会流血,但她流血从未停过,伴随终身的不纯洁让她的生活成了地狱。"女儿,你的信救了你;平平安安地去吧!"插曲

---

① 拉康谈到"精神治疗"(thérapeutique)与"精神分析"(psychanalyse)时,提出"治愈"是精神分析疗法"额外的好处"(bénéfice de surcroît)(Jacques Lacan, *Écrits*, Paris: Seuil, 1966, p. 324)。
② 见《路加福音》7:1—10。
③ 见《路加福音》7:6—7。

王　国

结束，耶稣刚准备重新上路，只见睚鲁家的一个仆人来了，带来一条令人悲痛万分的消息：女儿死了。睚鲁听讯立马瘫倒在地。"不要怕，只要信！你的女儿就必得救。"耶稣不顾大家对他说的话（换作我也一定会讲，想要救人已经太晚了，人死不能复生），自顾自去了睚鲁的家。耶稣和女儿的父母一起走进屋子，他对两个人说："不要哭！她不是死了，是睡着了。"说完摇了摇小姑娘，姑娘立马起身去玩耍了。①

◆　◆　◆

不论耶稣走到哪里，失明的人能重见光明，失聪的人又能听见声音，跛腿的人能走路了，麻风病人治好了病，死人复活了。（死人复活了，不错——说到少年犹推古的时候，我已经说过自己对一连串死人复活事件的态度，这里就不再提了。）医生的职业没有让路加开窍，读者能感觉到他乐于见到这些场景。我对此的兴趣少一些，勒南就更淡了。"在粗浅的读者眼中，"勒南写道，"奇迹能够证明教义。对我们而言，教义让我们忘记了这些本是奇迹。"勒南随后补了一句我觉得非常不严谨的话："要说神迹具有一定的现实性，那么我的书只能是一段又一段谬言。"

事实上，勒南跟我们这些现代人一样，宁愿把神迹抛在脑后、掖在地毯底下。我们欣赏埃克哈特大师、两位德兰修女、一位位神秘大师，却对卢尔德或黑塞哥维那的小镇默主哥耶发生的事情视而不见。默主哥耶的神迹让教母如此痴迷，我还有位朋友名叫让·罗兰，巴尔干战争②期间，他在默主哥耶待了很久，根据

---

① 见《路加福音》8：40—55。
② 指1912年到1913年间先后爆发的第一次巴尔干战争和第二次巴尔干战争。

他的描述，在那里，"圣母定期行神迹，譬如让空气中飘散着玫瑰的花香，让许多十字架同时燃烧起来，迎着太阳舞蹈，引来了成千上万前来朝圣的信徒，圣母让当地的居民赚了不少钱，够他们在其貌不扬的教堂周围建起了用来做生意的房子，可怜这些房子也丑得亵渎神明"。

如果不要一棍子打死的话，"我们"作为谈不上粗浅的读者，手上仅存的对策就是为我们不愿意见到的事情赋予更高雅的内涵。这么做不是将耶稣塑造成魔法师，他利用超自然的能力唬住了什么也不懂的看客，而是将他塑造成类似精神分析师的形象，只要听他教导，只要他说一句话，就能医好病人灵魂深处的心理隐伤，还能治好肉体上的病痛。二十年前，德国主教德鲁曼的观点引发了不少争论，德鲁曼出过书，名叫《能治病的神谕》，被梵蒂冈列入了禁书名单。弗朗索瓦斯·多尔托说过类似的事情，她讲的内容与我的观点完全契合，唯独要承认一件事情，我虽然喜欢按照这种方法阅读《圣经》，可《圣经》完全不是以这样的精神书写的。这样的事不是头一回了：亚历山大的斐洛已精通此道，一旦文本的字面意思让他和他的听众震惊，他就会将粗糙的文本转化成强调精神与道德的语词。这么说吧，《约书亚记》讲到以色列人为夺取迦南，杀光了所有迦南人（他们还为此而自豪），我请大家读读斐洛的观点，他认为这场战争如同灵魂与附着在灵魂上的情绪之间的斗争，值得我们的敬意。然而，我害怕《约书亚记》作者真正在想的，是塞尔维亚军队荡平波斯尼亚的画面。言而总之，按照我读《圣经》的方式读没有问题，只要心里明白就行。我愿意把自己投射在路加身上，只要我知道自己在投射。

王　国

◆◆◆

无论如何,耶稣并没有垄断奇迹。路加毫不介意告诉我们,撒马利亚的腓利做出过差不多的奇迹,还有彼得和保罗,再加上形形色色不信基督的魔术大师,使徒们与他们进行了一场超能力竞赛。如果仅限于此的话,那么耶稣死后不出几年,大家连耶稣的名字都会忘记,但他做的事远不止这些。他还以某种方式说过一些事情,我绕了这么多弯子,最终要讲回他说的事情和说的方式。

34

推测福音书的来源并不是现代才出现的事。公元二世纪以来,许多信基督教的学者埋头研究福音书的来源。许久以来,主流观点基本取自凯撒利亚的尤西比乌斯(凡是讲到"口传教义",说的基本上都是这个人),尤西比乌斯提出,马太是第一个创作福音书的人。直到十九世纪,德国注解《圣经》的学者才正式确认马可写福音书的时间更早,并且提出了至今无人质疑的双源假说。

根据双源假说,马太和路加分别接触到了马可的文字记录,各自抄下了其中的大部分内容。这是第一个来源。然而,马太和路加的福音应该另有底稿,连马可都不知道有这样一份材料,它甚至比《马可福音》面世的时间更早,早就已经失传了。虽说这份材料没有留下任何实体的痕迹,但是所有人都承认(其实是几乎所有人承认,可现在每句话都要写"几乎"确实让我有点受不了了），这份文件应该存在过，它应该与1907年自由派圣经学家阿道夫·冯·哈纳克复原出来的"Q来源"十分类似——Q这个字母取自 Quelle，在德语中是"来源"的意思。

哈纳克还原这份史料遵循的原则非常简单：在马太和路加两人共有的章节里，但凡不是从《马可福音》里摘来的，一律归到"Q来源"。符合条件的段落很多，这反过来又坐实了"Q来源"假说，更何况，来自"Q来源"的部分在两本福音书里的排布顺序完全一致。有人会问，要是他俩参照的两个来源是一样的，又按照相同的顺序安排文字，那他俩写下来的东西不也应该完全一样吗？倒也不尽然，因为他们参照的另有一个源头，这第三份材料只有他们自己才有。德国注解《圣经》的研究者给它起了名字，我之前提到过，它的名字确实讨喜——Sondergut，意思是"独有经文"。总结一下，粗略地算，《路加福音》有一半来自马可，四分之一来自"Q来源"，四分之一来自"独有经文"。

以上这些，是大家关于"Q来源"应该掌握的知识。

对腓利这样身处巴勒斯坦或叙利亚的犹太-基督徒来说，那部原始福音书更像一本备忘录，路加一定是通过腓利读到的。它类似一本十页出头的集子，共250节，大家翻开就会惊讶地发现，这250节里有九成不是关于耶稣的故事，而是耶稣说过的话。我在本书前面说过，永远不会有人知道耶稣是谁，也无法像对于保罗那样确切地知道他说了什么。写到这里，我仍然坚持这个观点。我们必须顶住诱惑，不要将这部根据语言学假设生成的虚拟文献，当作耶稣之言的逐字誊写稿。尽管如此，这依然是我们离源头最近的地方。只有在这里，我们才能清楚听到他的声音。

你们听。

王　国

35

他抬起头，眼看着身后追随他的人，说道：

你们贫穷的人有福了！因为神的国是你们的。
你们饥饿的人有福了！因为你们将要饱足。
你们哀哭的人有福了！因为你们将要喜笑。①

你们的仇敌，要爱他！咒诅你们的，要为他祝福！

有人打你这边的脸，连那边的脸也由他打。有人夺你的外衣，连里衣也由他拿去。

凡求你的，就给他。有人夺你的东西去，不用再要回来。②

你们若单爱那爱你们的人，有什么可酬谢的呢？③你们若借给人，指望从他收回，有什么可酬谢的呢？④

你们不要论断人，就不被论断；你们不要定人的罪，就不被定罪。你们用什么量器量给人，也必用什么量器量给你们。⑤

你看见弟兄眼中有刺。可你眼中的梁木，你看到了吗？

---

① 《路加福音》6：20—21。
② 《路加福音》6：27—30。
③ 《路加福音》6：32
④ 《路加福音》6：34。
⑤ 《路加福音》6：37—38。

Ⅲ 调 查

你还口口声声要去掉弟兄眼中的刺?先去掉自己眼中的梁木吧!①

没有好树结坏果子,也没有坏树结好果子。凡树木看果子,就可以认出它来。②

你们为什么称呼我"主啊,主啊"却不遵我的话行呢?③
听见我的话就去行的,好比将房子的地基建在磐石上:任凭风吹雨淋,房子岿然不动。听见不去行的,好比把房子建在沙子上:雨一浇,洪水一来,风一吹,整栋都倒了。④
我又告诉你们,你们祈求,就给你们;你们寻找,就能寻见;你们叩门,就会有人给你们开门。凡祈求的人就能得着,凡找寻的人就能寻见,凡叩门的人就会有人给他开门。在你们中间,有哪位做父亲的在儿子问你要饼吃的时候,反给他一块石头?你们虽然不好,尚且知道要拿好东西给儿女。那你们想一想,善良的天父会给祈求他的子女什么呢?⑤
父啊,天地的主,我感谢你!因为你将这些事向聪明通达人就藏起来,向婴孩就显出来。⑥

---

① 见《路加福音》6:41—42。
② 《路加福音》6:43—44。
③ 《路加福音》6:46。
④ 见《路加福音》6:47—49。
⑤ 见《路加福音》11:9—13。
⑥ 《路加福音》10:21。

王　国

　　不与我相合的，就是敌我的；不同我收聚的，就是分散的。①

　　你们这些聪明人有祸了！因为你们会为薄荷、茴香、枯茗上缴各式各样的税，轮到公义、怜悯、忠诚反倒不会了。②因为你们洗净杯盘的外面，里面却盛满贪婪和邪恶。③你们有祸了！因为你们把难担的担子扔到别人身上，自己却不肯动一个指头。④

　　不要把财富全部堆在地上。蛀虫会蛀，会生铁锈，小偷会偷。在天上积累财富。你们的财宝在那里，你们的心也在那里。⑤

　　所以我才告诉你们：不要为生命忧虑吃什么，为身体忧虑穿什么。你们想想小鸟，它也不种也不收，又没有仓又没有库，神尚且养活它。你们比飞鸟是何等贵重呢！⑥千万别继续担心，更别问自己：我们要吃什么？我们要喝什么？我们要穿什么？这些都是外邦人所求的事情。你们的父知道，你们需要这些东西。你们要去求他的国，这些东西就必加给你们了。⑦

---

① 《路加福音》11：23。
② 此段原为对法利赛人所说，见《路加福音》11：42。
③ 见《路加福音》11：39。
④ 见《路加福音》11：46。
⑤ 见《路加福音》12：33—34。
⑥ 见《路加福音》12：22—24。
⑦ 见《路加福音》12：29—31。

Ⅲ 调 查

这国,拿什么来比呢?好像一粒芥菜种,有人拿去种在园子里。它悄无声息地发芽,没人看见它,然后它长大,有一天成了大树,天上的飞鸟宿在它的枝上。①

你们问我:可是这国,什么时候才来?大家找不到它的踪影,亦不能说:国就在这儿!国就在那儿!它就在我们中间,在你们的身上。想要走进那国,必须穿过一道窄门。②

只是有在后的,将要在前;有在前的,将要在后。③凡自高的,必降为卑;自卑的,必升为高。④

你们应当警醒。家主若知道贼什么时候来,就不会容盗贼偷东西。那国好比这话里的贼,你们想不到的时候,它就来了。千万不能麻痹大意。⑤

有位牧羊人赶了一百只羊,半路走丢一只,他该丢下九十九只不管,单单去找迷途的那一只羊吗?如果迷途的羔羊找到了,那失而复得不是比有九十九只羊没有走丢更让人感觉欢喜吗?⑥

---

① 见《路加福音》13:18—19。
② 见《路加福音》13:24。
③ 《路加福音》13:30。
④ 《路加福音》14:11。
⑤ 见《路加福音》12:39—40。
⑥ 见《路加福音》15:3—7。

王　国

36

上面几段的翻译很随意，我大致挑选了这一节要讲到的几段。于我而言，这份从福音书里草草摘录的几句话印证了几名逮捕耶稣的士兵的判断："从来没有像他这样说话的！"①

◆ ◆ ◆

他不自称基督或弥赛亚，也不自称神之子或童女之子，只说是"人子"——这个表达在翻译成希腊语或其他任何语言后，似乎充满了神秘感，但圣经专家告诉我们，阿拉米语里的"人子"不过是"人"的意思。"Q来源"里讲这些话的是个真人，普普通通的人，从未要我们信他的话，只是让我们将他说的付诸实践。

我们一起想象一下：如果世上从未有过保罗，基督教也不存在，如果提比略执政时期的这位加利利传教者耶稣，留给后世的仅有这本薄薄的语录，那会如何？不妨再设想一下：如果这本语录被当作某位过世先知的话，放入了"希伯来圣经"中，或者两千年后，才在死海古卷中被发现，那又会如何？如果是这样，我想，他话里独特的观点和诗意，还有威严又笃定的语气，会让我们特别震撼，而且这本书必定居于各个宗派之外，像佛语和《老子》一样，在体现全人类智慧的宏伟篇章中占据一席之地。

有没有可能从这个角度去读他的话，且只能做这样的解读？实际上，"Q来源"未涉及耶稣出生与死亡的问题，只谈到他的教

---

① 《约翰福音》7：46。

导，为我手上这版《圣经》写序的释经人做出大胆的论断：在最早期的犹太-基督教徒中间，耶稣受到众人敬仰，是因为大家认为他是一位智者，而不是因为复活。这种推测不太能说得动我。我不相信从"Q来源"取材的人不知道耶稣复活的事情，或者说他们对此不怎么上心。相反，我非常肯定，他们或读或听这些内容，恰是因为他们相信耶稣复活。可是，甚至无须给我许多压力，我也会说，即便不相信，我们也能从这部集子中读出——用公元二世纪护教士游斯丁的话来说——"唯一可靠、让人受益的哲学"。如果有一个罗盘可以让我们在生活的每个时刻知道自己是否走上了歧途，那就是它了。

37

下面的场景发生在耶路撒冷或凯撒利亚。路加正捧着一卷纸莎草纸，腓利借给他的时候一再提醒，这是世上的孤本，拿着它千万要当心。说是腓利，但这个角色也可以换成其他人，我们只知道这个人不会是称呼马可的约翰，因为他写的福音书里找不到卷轴里的内容。路加一个字一个字地读。这是他第一次读到这些信息，他暴露在文字的辐射之下。

◆ ◆ ◆

只谈字面意义的话，倒没有让路加感觉奇怪的地方。他和保罗认识十多年了，他完全了解对一切价值观进行系统性颠倒那一套，比方说，智慧与疯癫、力量与弱小、伟大与卑贱。说人最好活得贫穷，忍受饥饿和痛苦，活在别人的仇恨中，也不要过富裕日子,天天吃好,笑容满面,声名在外——路加听这些话,眉毛都不会动一下。书里没有他没见过的内容。但有一样东西让他感觉新鲜,甚至可以说从未见过,那就是文字的声音和语调,与他熟悉的一切都不同。卷轴里全是小故事,取材于实实在在的现实生活——应该说是乡下生活,像保罗和路加这样的城里人,根本想不出芥菜的种子是什么形状,更想不出牧羊人赶羊的场景。另有一种说话方法非常特别,让他耳目一新:它不说"要做这个,别做那个",却讲"如果你们做了什么,就会发生什么"。这些话不是道德规约,而是生命的法则,里面包含着因果报应的逻辑,路加当然不知道因果报应是什么意思,但我相信,他凭着直觉意识到,"你不希望别人对你做的事情,不要强压给别人"(希勒尔长老认为,这条生命的黄金法则浓缩了犹太律法和先知教义)和"你对别人做的事,就是你对自己做的"这两种说法之间存在巨大的差异。你对别人的评价,就是你给自己的评价。当你叫别人傻瓜,无异于告诉别人"我是傻瓜",还傻呵呵地把这句话写在牌子上,贴到脑门上。

◆ ◆ ◆

《路加福音》和《使徒行传》写成的方式一模一样——同样的语言,同样的叙事手法。这是认为两本书出自同一人之手的众多原因之一。然而,前一部里耶稣的话语,根本不像后一部里主人公们逮住一切机会发表的长篇大论。这些冗长、修辞华丽、可以互换的演讲是路加写的,他相信自己在做正确的事,并且是真的喜欢这些辩护词。约瑟夫斯及其同时代的历史学家都喜欢写类似风格的文字。耶稣的讲话风格恰恰相反:自然、简洁,根本猜不到他要讲什么，但一听就知道是他说的。光说运用语言的方式，历史上找不到耶稣的对手。仿佛一个语言的孤例，耳朵灵敏的人只需听上两三句，便绝不会怀疑说话的人是否存在过、是不是这样讲话的。

38

纸莎草纸上讲话的那个人不停提到"国"。他把国比作土里发芽的种子，黑暗中的种子无人知道，可他又把国比作参天大树，鸟儿纷纷在树里安家做巢。国是树，是种子，是未来发生的事情，又是已然成形的事物。国可不是来世，而是现实的维度之一，只是我们常常看不见而已。但这个国有时会神秘地出现。或许在它营造的维度里，一反常理地去相信"在后的，将要在前；在前的，将要在后"①是有意义的吧。

我想，最打动路加的地方应该正是讲国的内容。穷人、被羞辱的人、好撒马利亚人、最卑微的人、自认为一无是处的人，国属于他们；进入国最大的障碍就是过上富裕、有地位、有德行的生活，就是活得聪明并为自己的聪明沾沾自喜。

◆ ◆ ◆

话说圣殿前出现了两个人：一个是法利赛人，另一个是税吏——再次提醒诸位，税吏是专门收税的罗马官员，也就是汉奸、可怜虫，甚至卑鄙小人。只见那法利赛人站在地上祈祷："神啊，

---

① 见《马太福音》19：30，20：16；《马可福音》10：31；《路加福音》13：30。

王　国

我感谢你，我不像别人勒索、不义、奸淫，也不像这个税吏。我一个礼拜禁食两次，凡我所得的都捐上十分之一。"站他身后不远处的税吏连抬起头望天的胆子都没有，只捶着胸说："神啊，开恩可怜我这个罪人！"好吧，耶稣下了个结论说，这头都不敢抬的人而非前一个人的祈祷才算有价值，因为凡自高的，必降为卑，自卑的，必升为高。①

有个家境殷实的年轻人找到耶稣，他想问清楚怎样才能获得永生。"我的诫命你是晓得的，"耶稣回答道，"不可奸淫；不可杀人；不可偷盗；不可作假见证；当孝敬父母。""诫命我是晓得的，"年轻人回应耶稣的话，"这一切我从小都遵守了。""好，"耶稣接着说，"你还缺少一件：要变卖你一切所有的，分给穷人，就必有财宝在天上。"年轻人听到回答非常难过，因为他的财富太多了，话听完人便走了。②

◆ ◆ ◆

读到这些路加后来会写的故事时，我不禁想问，路加认为自己是哪种人：是税吏，还是法利赛人？他认为自己是听到这福音而欣喜的穷人，还是把福音当警告的富人？

我什么都不知道，我能讲的只有自己的故事。

如果是我，我会把自己看作年纪轻轻的富家公子。我的确有很多财富。但很久以来，我的心那么痛苦，以至于我没有意识到这一点。成长在社会的阳光一面，天生的才华让我基本能按照自己的性子过日子，可相比焦虑的情绪、啃噬内心的痛苦，还有想

---

① 见《路加福音》18：10—14。
② 见《路加福音》18：18—23。

爱却不能的无力，这一切显得微不足道。说真话，过去的我简直是在地狱，所以当索菲指责我含着银汤匙出生却不自知的时候，我是真的很生气。后来，有什么东西变了。我要顺顺当当的生活，不想跟心魔沾上边。我知道，世界上没有什么是理所当然的，而我在生命的任何一刻都可能再次陷入地狱般的生活。话虽如此，过去的经验让我懂得，摆脱心病是可能做到的事情。我之后遇到了埃莱娜，写出了《俄罗斯小说》——它是我情绪的出口。两年后《别人的生活》出版的时候，许许多多看过书的人告诉我，这部小说把他们读哭了，读书不仅拉了他们一把，还让他们收获了很多，但也有一些读者告诉我：这本书伤害了他们。《别人的生活》里的人物全是成对出现的——杰罗姆和德尔菲娜、露丝和汤姆、朱丽叶和艾蒂安，最后的最后讲了埃莱娜和我。这一对对历经重重磨难，最终相依为命。有位朋友酸溜溜地对我说：这本书讲的是有钱人的爱情故事，只关注有钱人。她讲的确实在理。

我走马观花地把至今所写的关于路加和早期基督徒的笔记翻了一通。我在其中找到一句从二世纪科普特人[①]写的伪经里摘出来的话："如果将你内在的东西释放出来，它会救你的命。如果你不让它出现，那么它会要了你的命。"尼采说的比这一句更出名："杀不死我们的，会让我们更强大。"荷尔德林说过类似的："有危险的地方，就会生出拯救的力量。"伪经里这一句我认为也很适合摆在定位稍高、专讲个人发展的书里，我敢肯定，当初抄下这句话，一定是为了庆贺我释放了我的内心。总的来说，我

---

① 埃及的古老民族，信仰基督教。

王 国

每每停下思考，回想过去七年的这段经历，总会庆幸自己克服重重困难成了一个快乐的人。我为自己的成就惊叹，盘算着以后要做成的事情，不停告诉自己现在的我就在正确的道路上。我的大部分幻想都遵循这个模式，当我完全沉浸于幻想中时，我会援引冥想和精神分析共有的基本准则：任自己去想内心所想，接受内心闪过的念头。千万别评判某个想法是好还是坏，要告诉自己：它都出现了，我只能将自己扎根于此活下去。

然而，在这场如法利赛人一般自满的合奏中，总会有个固执的微小声音冒出来捣乱。它说，我所享受的财富、我引以为傲的智慧、我对自己走在正确道路上的自信，正是这一切阻碍了我得到真正的成就。我一直在赢，然而要赢就必须输。我富有、有天赋、受人称赞、有价值并且清楚自己的价值：鉴于这一切，我有祸了！

当我听到这个微小的声音时，精神分析和冥想的话语试图掩盖它：别信痛苦对人有益，不要承担错放的愧疚，更不要抽打自己，开始学着和善地与自己相处。能做成这件事更潇洒，这么做也更适合我。可我还是觉得，那来自福音书的微小声音说得对。我就像那个富有的小伙子，离开的时候若有所思、略带悲伤，因为我的财富确实不少。

◆ ◆ ◆

这本写福音书的书是众多财富中的一笔。它的厚重让我更加丰富，我把它当成我的代表作，幻想它一定能在全世界引起轰动。希望有多大，失望就有多深……然后我想到了达尼埃尔-洛普斯夫人的大衣。

达尼埃尔-洛普斯夫人的丈夫是法兰西学院院士,信天主教,他在二十世纪五十年代出过一本写耶稣的书,收获了巨大的成功。有一次,他的夫人在剧院存衣帽的地方恰巧站在了弗朗索瓦·莫里亚克旁边。工作人员把她的豪华貂皮大衣递给她。莫里亚克摸了摸毛皮,咯咯地笑着说:"耶稣手感真好啊……"

39

写《对面的撒旦》的几年时间给我留下的回忆,好似一段漫长又缓慢的噩梦,我知道,没人强迫我写书,我不应该抱怨。为人面兽心的罪犯让-克洛德·罗芒和他的故事深感着迷,说来让人非常羞愧。隔着时间的距离再看,就算大多数人不会撒二十年的谎,最后杀害全家,但我感觉,之前害怕与他分享的东西已经成了我,成了他和我,甚至大多数人的一部分。人们一面努力在他人面前塑造一种形象,一面深陷失眠和抑郁,当一切摇摇欲坠,他们会双手抱头坐在马桶上,我想,哪怕是我们之中最自信的人也会为二者之间的落差而焦虑。我们每个人的内心都有一扇开向地狱的窗户,我们竭尽所能不要凑到窗口前,我却自愿站在这扇窗前,任凭自己怔住,一晃就是七年。

◆ ◆ ◆

《圣经》称恶魔为仇敌[①]。我给小说起这个标题的时候,从来没想过这个词能用到让-克洛德·罗芒身上,但是,邪恶的一面不

---

① L'Adversaire,即《对面的撒旦》的法语书名。

仅他有，我们每个人都有，只不过他身上的邪恶占据了他的全部。讲到大写的"恶"，大家习惯将它和残忍、毁坏的冲动、看到别人受苦而幸灾乐祸联系在一起。罗芒身上根本看不到恶念，所有人都以为罗芒为人和气，他希望与人交善，害怕给别人带去痛苦，这种恐惧的情绪发展到他宁愿杀了全家，也不愿意让他们品尝极度恐惧的滋味。罗芒在狱里改信基督教了。他服刑时的不少时间都花在祷告上，据我所知，他现在依然如此。他感激基督，感谢他用阳光洗刷他幽暗的灵魂。我们通信之初，他问我是不是也信基督，我告诉他是的。曾有那么几回，这个答案让我有些懊恼，因为我原本可以告诉他我不再信了。当时离我后来所说的"基督徒时期"已经过去了两年，我甚至完全不知道自己的立场是什么，我留了点心思，想要换取罗芒的好感，于是从是和否之间挑了是。

一点小心思而已；不过也有别的考虑。

◆ ◆ ◆

精神失常，空虚感不断加剧，加上他身上的"仇敌"，也就是所有黑暗、悲伤的能量，这些因素驱使让-克洛德·罗芒撒了一辈子的谎，骗别人，最重要的是骗自己。他消灭了生活中的他人，起码是对他而言有意义的人：太太、孩子、父母，还有狗。他的谎言最终被戳破了。他想过自杀，却没有下定决心。他独活于世，孤独而赤裸地活在充满敌意的沙漠中。他后来找到了藏身之处，那就是基督的爱。耶稣从不讳言，他正是为了罗芒这样的人而来：跟敌人勾结的税吏、精神变态者、恋童癖、肇事逃逸的司机、大街上自言自语的人、整天酗酒的人、流浪汉、能把流浪汉点燃的光头党、虐待儿童的人、长大之后虐待孩子的受虐儿……我明白,将施虐者和受害者归为一类简直大逆不道,但关键要明白,基督的羔羊里有刽子手也有受害人——如果这让你不舒服,没有人强迫你去听基督的话。信道的不光是谦卑的人——这些人值得尊敬,应该被当作榜样,当然还有,不仅有,还有很多大家瞧不起、讨厌的人,以及确有理由憎恨、鄙视自己的人。有人不仅信基督,还会动手杀了全家人,还会成为世界上最大的混账,反正又不亏。无论你堕落到什么地步,他必来救你,否则他就不是基督。

◆ ◆ ◆

世俗的智慧说:那可太方便了。像罗芒一样,口口声声说自己从医,实际上不是医生的人,最终必然会被揭穿。或者有人跟罗芒一样,说自己经常与主耶稣谈天,而你要向他证明他在说谎或自欺。如果这也算谎言的一种——精神病医生、记者和实诚的人有十足的理由认为这是欺骗,那它也是一种无法打破的自我保护,谁都没法将他拉出来。罗芒要在监狱里住一辈子,确实如此,可没人能伤害他了。

罗芒受审前后,我听过许多类似的话。这些话夹杂着愤怒、嘲笑和反感,而我确实无法反驳。但会不会有另一种情况——世俗的智慧和实诚的人有关罗芒的看法,也是他对自己的评价?长期以来,他一直处在极度恐惧中,并非害怕欺骗他人——我认为他不会再忧虑这个问题了——而是害怕骗了自己。他害怕被内心深处那个说谎、一直说谎的声音玩弄,这才是我说的"仇敌",现在,它换上了基督的面孔。

王　国

所以，我所说的信基督，以及让我回答他"是啊，我信基督"的东西，其实就相当于在面对深不见底的怀疑时，轻轻说一句：谁又能知道呢？严格来说，这就是不可知论。要承认没人知道，要承认没人能弄清楚。因为我们无法知道，因为这件事说不清，所以我们无法排除这样一种可能，即在让-克洛德·罗芒的灵魂深处，还有一些想法跟那个附在他身上的骗子毫无瓜葛。这个可能性，我们称之为基督。我告诉罗芒我信基督，或是我努力试过，绝不是外交手段。若这种可能性就是基督，那我可以说我至今仍相信它。

Ⅳ 路　加

（罗马，60—90）

Ⅳ　路　加

1

  时间一下子过去了两年，关于这两年，我们什么都不知道，我只能试着去想象。公元60年8月，波求·非斯都接替总督腓力斯，路加顺着这件事继续往下写。非斯都履职后在堆得老高的文件里读到了保罗的卷宗，这位名叫保罗的拉比被关在行宫偏远的房间里，他和犹太人起了争执，"为他们自己敬鬼神的事，又为一人名叫耶稣，是已经死了，保罗却说他是活着的"[①]。非斯都读到这儿耸了耸肩：又不是什么穷凶极恶的罪名。可他突然想到，他现在在犹太人的地盘上，但凡跟犹太人扯上关系的事情都会变得很复杂，就连不值一提的讨论都能一步步发展成骚乱。这桩案子的左边是口口声声要取保罗人头的大祭司们，想安宁必须先稳住他们，右边是要求皇帝亲自裁断的保罗，而他身为罗马公民自然有这么要求的权利。总而言之，这桩复杂的案子硬是被腓力斯压着拖到了继任者的手上。

◆ ◆ ◆

  非斯都履新没几天，犹大的亚基帕王和百妮基公主来到了凯撒利亚。通常来说，地方小国之君必须亲自拜见罗马派来的特使，这清楚表明了权力归属。亚基帕正是平生爱讲排场、冷面无

[①] 《使徒行传》25：19。

王　国

情的大希律王的重孙,他骨子里是被希腊化的犹太花花公子,好比英属印度时期被送到剑桥培养的王公。亚基帕年轻的时候去过卡普里岛,同卡利古拉一道吃喝享乐,他回到自己国家后感觉日子有点无聊。百妮基公主漂亮又聪明,她跟哥哥生活在一起,传言两个人睡一张床。非斯都在跟国王和公主谈天的时候,顺便透露了保罗的案子让他左右为难,亚基帕一听顿时来了兴趣。他对非斯都说:"我自己也愿听这人辩论。"①但听无妨。保罗拴着锁链,被两个士兵押到法庭上,他没有犹豫,再次讲起了自己的故事。行传写到这儿已经讲到第三个版本了,路加显然不厌其烦。跟往常类似,听保罗讲起扫罗对新教派的疯狂迫害,以及他在前往大马士革的路上的巨大转变,在场的人被深深吸引了,可是讲到复活的时候,他们难以置信。刚讲到这儿,非斯都立马打断:"保罗,你癫狂了吧。你的学问太大,反叫你癫狂了!""我不是癫狂,"保罗应他的话,"我说的乃是真实明白话。"②(真实,确有可能;明白,我们还是略过不谈吧。)保罗转身对着亚基帕说:"亚基帕王啊,你信先知吗?"他的言下之意是,如果你信先知,那是什么拦着你,让你不相信我说的话呢?亚基帕王的兴头被挑了起来,他回保罗:"我知道你是什么意思了,你想稍微一劝,便叫我做基督徒啊!"保罗回击:"无论是少劝是多劝,我向神所求的,不但你一个人,就是今天一切听我的,都要像我一样,只是不要像我有这些锁链。"③哎呀呀!

保罗拥有优秀的对话者,宽容,机敏,于是亚基帕王得出了

---

① 《使徒行传》25:22。
② 《使徒行传》26:24—25。
③ 见《使徒行传》26:28—29。

跟非斯都一样的结论：保罗没有犯什么该死的罪。若不是他执意上告于皇帝，最简单的办法当然是把他悄悄放了。他却偏偏要上告到凯撒①那里。"对他大有好处"，亚基帕王说这句话的时候露出了将信将疑的神色，因为他做过三位凯撒的朝臣，等到最年轻的这位登基的时候，亚基帕王谄媚到将自己治下的一座城市命名为"尼禄尼亚"②。保罗希望去罗马受审，那就让他去罗马接受审判吧。

◆ ◆ ◆

对于喜欢《航海两年》这类海上故事的读者来说，下面这一章绝对能读个痛快：一行人先在近海航行，随后进入公海，其间遭遇风暴，搁浅，冬天停靠在马耳他，船员闹起义，之后又碰上粮荒和缺水……而我倒是读不出什么劲头，我只需要知道保罗这次远航既漫长又遭遇了各种不测，以及保罗确实拥有能和他的自负相媲美的勇气，他甚至敢教经验丰富的水手如何开船，还有路加掌握的航海术语给人的印象太深刻了。一船人砍断缆索，弃锚在海里，松开舵绳，拉起头蓬——法文大公译本有条注释说道，头蓬是固定在船头的帆，可以说是三角帆的雏形，只不过三角帆是三角形，头蓬是正方形。③

说到平行人生，值得我们留意的是，与保罗在海上的同一时段，年方二十六岁的撒都该贵族约瑟夫·本·马蒂亚斯正经历着同

---

① 指沿用"凯撒"称号的罗马皇帝，并非通常所说的恺撒其人。
② 根据约瑟夫斯的记载，这座城市就是之前说到的凯撒利亚，"凯撒利亚"这个名字原本也是为了纪念恺撒大帝。
③ 见《使徒行传》27：40。

样的远航,那时的他还没被叫作弗拉维奥·约瑟夫斯,他讲述了一个同样精彩的故事。话虽如此,约瑟夫斯远航的条件肯定比保罗的好多了,他不是因犯,贵为外交官——说是说客更贴切——的他,率领一众在圣殿司礼的大祭司赶往罗马,想要跟尼禄皇帝理论司铎们的利益问题。

2

我们常常只记得尼禄后来的做派,忘了他掌权之初的情况:刚披上王袍的尼禄给人的印象确实不坏,毕竟在他任前,先有性格偏执的提比略,后有绝对发了疯的卡里古拉,接替的克劳狄一世又是个结巴,还是个被戴了绿帽的酒鬼,克劳狄平生被女人拿捏,玩弄他的女性纷纷在历史上留下了名字,譬如以放纵出名的梅萨琳娜,以计谋出名的小阿格里皮娜。小阿格里皮娜先用一盘下了毒的珍菌解决了克劳狄一世,随后用计让理应继承王位的布里坦尼库斯痛失宝座,这一切都是为了她的儿子——尼禄,尼禄当时才十七岁,小阿格里皮娜想借儿子的手统治整个罗马。为了确保儿子登上王位,小阿格里皮娜特地从科西嘉请回了之前提到过的人物,他在重回罗马之前被克劳狄一世贬谪,在岛上黯然过了八年——此人正是大名鼎鼎的塞涅卡。塞涅卡是斯多葛主义的官方代言人,他不仅是坐拥巨额财富的银行家,还是雄心勃勃却不得志的政客,他这次回归,摇身一变成了年轻君主的导师和顾问。结果是,初登王座的尼禄收获了哲人和慈善家的美名。据传,当他不得不签署他的第一份死刑判决时,他惊呼:"我多么希望自己不会写字啊……"相比哲学,尼禄更加钟情艺术:诗、歌咏、杂耍,样样都爱。尼禄甚至亲自登台,伴着竖琴的音乐朗诵自己的诗作,他还会到竞技场驾驶战车。他的举动吓住了元老院的长老们,却讨得了平民的心。放眼整个朱里亚-克劳狄王朝,尼禄是最受欢迎的皇帝,当他意识到这一点后,这个胖乎乎的狡黠少年开始反抗。小阿格里皮娜对此忧心忡忡,她本以为自己可以掌控他一生。为了让尼禄听候自己的差遣,她不惜让被她排挤出局的继子布里坦尼库斯加入竞争。尼禄被母亲要挟之后,竟然做出了换成小阿格里皮娜也会做的事:布里坦尼库斯跟他的父亲克劳狄一世落得同样的下场,也被毒死了。拉辛将这个故事写成尔虞我诈的戏剧,但他跟其他古典主义作家一样,从小成长在对塞涅卡的敬仰之下,丝毫没有提到这位哲学家兼导师。事实上,没有人知道塞涅卡对尼禄的阴谋是否知情。但可以肯定,布里坦尼库斯遇害之后,塞涅卡恬不知耻地继续吹嘘门下"弟子"的美德,说他为人驯顺敦厚——在一篇可笑至极的文章里,塞涅卡吹捧尼禄脸庞完美、歌喉轻柔,不输阿波罗半分。

没出多久,塞涅卡再度失宠,小阿格里皮娜被灭口,多亏当时的两位伟大历史学家——塔西佗和苏维托尼乌斯,我们才得以了解这一切。但当约瑟夫斯和一众犹太祭司到达罗马宫廷时,事情还没发展到那一步。此时的尼禄仍是拉辛笔下"新生的怪物",他还未摆脱母亲和导师的控制,但计划正在进行中。小阿格里皮娜希望尼禄娶克劳狄一世的女儿屋大维娅,好让皇室的血统像盘起的蛇一般首尾相连,尼禄却抛弃了屋大维娅,选择了名叫波培娅的花蝴蝶。一千五百年后,蒙特威尔第将波培娅塑造成西方音乐史上最不受道德约束、最露骨的歌剧的女主人公。说波培娅是绝世尤物确实不假,但跟这个故事有关联的地方在于,她是犹太

王　国

人，或者说，她有一半犹太血统，最起码她后来改信了犹太教。最讨尼禄欢心的哑剧演员同样是犹太人，这一点引起了元老院里各位长老的防备，他们非常担心两个犹太人会影响尼禄。古罗马有一位讽刺作家尤维纳利斯，这个反派人物很有魅力，他的才气很高，但说的话太刺耳了，贵族长老们模仿尤维纳利斯的说话风格，悲叹奥龙特斯河里的泥沙一股脑地全部涌进了台伯河——话里的意思是，在这座东方移民熙熙攘攘的永恒之城，青年一代更乐于接受有顽强生命力、有征服力的宗教，而不是城邦里了无生气的朝拜仪式。尼禄对犹太教的认识也不怎么清晰：要是有人告诉他安息日的习俗是拿年轻的处女做活祭，我想他肯定会信，一定会准允这条习俗继续存在。倒也无妨：本来打算要表现得比罗马人更有罗马精神的约瑟夫斯，却在自己的任上遭遇了让他无比尴尬的意外，那就是当朝的帝王竟然跟犹太人走得很近——甚至用某个年代反犹主义者的话来说，这罗马皇帝被"渗透成了犹子"。

◆　◆　◆

对于皇家的习惯和怪癖，保罗什么都不懂。他长期生活在教会封闭的小世界里，可能都不知道当朝的凯撒名叫尼禄。保罗跟约瑟夫斯一样在那不勒斯附近的波佐利[①]落脚，可人家坐的是头等舱，他只能蜷在货舱里。就在那群大祭司大张旗鼓地向罗马进发之际，保罗和以往一样全靠走，而且这回还得拖着锁链。如果放到电影的镜头里，导演肯定会不由自主地拍摄一队车马，滚滚

---

① 《圣经》中为"部丢利"。

的车轮扬起了路上的泥土,旁边一队苦役犯被溅了一身——镜头在这队苦役犯中间抓到了保罗。保罗两腮留着胡子,脸上沟壑万千,他身上的黑色大衣穿了六个月没换,上面积了好一层尘泥,只见他抬起头,目光追随着逐渐远去的车马。大家还能在画面中看到,走在他前头的还有路加和提摩太,在保罗左手手腕一米开外,锁链另一头连着从凯撒利亚一路把他们押过来的百夫长。这位百夫长的戏份比龙套重一些。行传告诉我们,百夫长名叫犹流,犹流在押解使徒的路上,渐渐对保罗生出敬意,他尽可能为保罗的受审之行提供便利——行方便也是互相的,毕竟他俩就算撒尿也不能解开锁链。

正是这一行人来到了罗马。

3

杰罗姆·卡尔科皮诺在《帝国鼎盛时期罗马的日常生活》中研究公元一世纪城邦的人口问题,卡尔科皮诺用整整三大页的篇幅陈述、对照,最终推翻了同行预估的数字,他在结尾为自己估计得不够精准表示歉意,提出实际人口在"1,165,050到1,677,672之间"。无论真实人口在这个区间的高点还是低点,罗马无疑是当时世界上最大的城市:它是一座现代都会,一座真正的巴别塔,所谓"塔"即字面意义的高塔,因为移民的压力与日俱增——这些外来人口的庞大数量与风俗习惯让尤维纳利斯十分担忧,当时的罗马成了古代世界唯一拥有朝天拔起的高楼的城市。提图斯·李维讲过公牛的故事,说有一头公牛从买卖家畜的集市逃了出来,钻到一栋楼里,沿着楼梯向上爬,爬到三楼的时候纵身一跃,把街坊邻居吓得不轻。提图斯·李维讲到三楼不过是一笔带过，仿佛稀松平常，但放眼罗马之外其他地区当时的情况，这则故事无异于科幻小说。一百年来，楼房的高度增加了许多，但稳固程度堪忧，以至奥古斯都皇帝敕令楼房不得超过八层——推动这项法令的长官们想尽各种办法突破限制。

我之所以指出这一点是为了让读者明白，在行传里读到保罗抵达落马后，长官允许他租一间小屋子住时，我们不应该把这个小屋子想象成他在地中海沿岸阿拉伯人居住区常住的茅屋，那更像是在住宅楼里租了一个单间或一室一厅。我们现在非常熟悉这种住宅楼，它们坐落于城市外围，里面挤着穷人和无家可归的人：这些楼刚造好就破败了，卫生非常差，做租房生意的人不会放过任何一个边角，什么地方都要扒出一点费用来，为了不占用太多空间，隔墙薄得像纸，大小便全在楼道里，从来没有人清理。在那个年代，只有富人华美的豪宅里才有真正的洗手间：厕所都建得像会客厅，内饰堪称豪华，甚至厕位周围还有一圈座位，主人如厕的时候能一边闲谈一边放松。住在出租房的穷人只能用公共茅房，而公共茅房离住地很远，夜幕降临后，去用洗手间的路上非常危险：用尤维纳利斯的话来说，出门吃晚餐前最好先把遗嘱立好。

◆　◆　◆

保罗对享受没有兴趣，他绝做不了享乐主义者。这个出租屋——将是他最后的住所，保罗感觉不太习惯，却没有因此丧气。我想，让初来的人感觉有些不安的居住环境反倒让保罗想到，这一切都是世界的终结即将来临的信号。由于保罗依然是等候发落的囚犯，他必须与一名负责关押他的士兵同住。路加没有告诉我们这名士兵是否跟百夫长犹流一样好说话，也没说提摩太和自己住在哪里。我想象他俩就住在老师附近，同样的高楼层，因为住得越高，租金就越低：要爬楼，加上房屋经常起火，那么住得越高就越危险，那时候的人也不觉得视野开阔是个加分项。为了尽快将罗马城的楼房条件交代清楚，我们还要补充一点，那就是高楼租金便宜是相对的，而租金飞涨跟交通阻塞一样，都是古罗马帝国文学作品经常书写的主题。古罗马诗人马提亚尔是贫穷的中层阶级的典型代表，他住在奎利那雷山旁边一幢勉强算体面的楼房的三层，经常抱怨那间破漏屋子的租金足够他在乡下住一套条件不错的庄园。没人拦着他住到乡下，可实际上，重要的事情都发生在罗马，尽管马提亚尔哀叹连连，可他无论如何都不会离开罗马。

◆ ◆ ◆

保罗出门得戴着镣铐，但在租屋里，他想做什么都行，接待谁都可以，他刚到罗马三天，便邀请罗马城里一批身份显赫的犹太人到家中做客，说是邀请，不如说召集更贴切。令人惊讶的是，保罗首先找的是犹太人，而不是都城已经出现的基督教会。我看他这么做的原因是，相比被犹太人排斥，他更害怕被犹太-基督教会排挤——雅各的密使警告他们要提防保罗及其信徒。路加记录的故事简直是双方自说自话。犹太拉比们爬完楼梯，心想进了房间会看到怎样的画面，保罗面对一群发愣的拉比，言辞激烈地倒出了自己的控诉，这些人哪里听过这些东西。拉比们的脾气很好，纷纷点头，想要弄清楚保罗的意思。读者读到行传结尾这段保罗会见犹太人的情节，好像又回到了开头，唯一的不同是保罗不是在犹太教堂而是在家中布道。保罗沿用了给初入教会者布道的思路,从律法和先知说起,一直谈到耶稣的复活和神圣。听众里有几位被他说动了,大多数人仍留有疑心。夜晚来临的时候,两群人互相道别,路加最后写道:"保罗在自己所租的房子里住了足足两年。凡来见他的人,他全都接待,放胆传讲神国的道,将主耶稣基督的事教导人,并没有人禁止。"①

◆ ◆ ◆

说完这段,《使徒行传》的故事便告一段落。

4

行传戛然而止值得玩味,许多人写文章分析它草草结束的原因。注解《圣经》的专家们思考为何路加着急撇下读者,并由此提出两种假设:意外说和故意说。

意外说,就是行传有个结尾,但是遗失了。这个推测很有可能,特别是考虑到那时名副其实的畅销书——塞涅卡《致鲁基里乌斯的道德书简》最后四分之一,在一世纪到五世纪之间散佚的情况。只是意外说让人有些失望。

故意说,就是文字并非被截断:作者想要的就是这个结尾。支持这个假说的人认为,罗马就是世界的中心。抵达罗马对保罗而言就是他使徒生涯的加冕,实现这个目标,故事便可以告一段落:保罗传教时如此笃定,没有遇到阻碍,一切顺利,结局圆满。

---

① 《使徒行传》28:30—31。

鉴于后来紧接着发生的故事，也就是罗马发生大火，尼禄迫害基督徒，保罗和彼得可能因此殉道，六年后圣殿被毁，耶路撒冷被洗劫一空，再考虑到行传大约写于一世纪八十年代，作者亲身经历了前面的诸多大事，我承认，自己难以接受路加没什么有意思的事情好讲，于是在故事到高潮的时候突然结束的解释。

这个观点有个变体更加吸引人：对于上述种种事件，路加不想讲出来，因为对罗马而言不是增光添彩的事。可从某个角度来看，路加不可能想要隐瞒这些事，从另一个角度讲，要说尼禄治下的王朝是他们历史上的黑暗一笔，一世纪八十年代的罗马人肯定同意，如此描述并不会让他们感觉被冒犯。那么所以呢？

所以我也不知道。综合考虑所有情况，我更倾向于意外说，也就是部分手稿散佚的观点。现在的问题是，若意外说为真，为何教会没有在公元二世纪或者三世纪的时候，像他们处理马可的福音书那样，给这部显然未完成的文本补上一个结尾呢？教会为何没有按照口传教义，给路加写一个关于保罗和彼得最后日子的正统故事呢？或许是出于一种奇怪的对于文本的忠诚，教会就基于相同的原因保留了四则记叙耶稣生平的故事，这些记载充满了令人尴尬的矛盾，他们本可轻松将不同的故事整合为一个连贯、统一、与其教义和教规相符的故事，但他们没有这样做。我想在这本书里讲清楚写出一部福音书的过程。福音书如何成为宗教经典，则是另一码事；经典化跟写作一样深奥莫测。

5

行传说到保罗抵达罗马就没有后续了，不过有一些后人追认为保罗所作的信件记录了他到罗马之后的故事。这里提到"追认",是因为专门阐释《圣经》的学者一面争论信的真实性,另一面又对时间标注的问题争论不休——我最好还是别提争论的细节了。保罗的"监狱书信"最震动人的是字里行间神秘又衰微的笔调。保罗在信中描述自己戴着锁链,年迈的他油尽灯枯,他意识到世间的生活不过一场黯淡的幻觉,刚从幻觉中惊醒的他满心期盼抵达彼岸的世界。在写给腓立比教会的信中,保罗肯定地说生与死对他来说都一样,或者更确切地说,死亡,也就是去见基督,对他来说也许更好,可他如果任由意志摧垮自己的身体,那么弟子们将蒙受巨大的损失:他还是选择活下去。稍后,保罗以类似的论点说明自己为什么收下了腓立比信徒们寄来的善款,不仅如此,保罗还告诉信众这么做也是为了他们好:这笔钱他大可以不拿,可如果不拿反倒让信众无法感受喜悦,还剥夺了他们行善的机会,那他肯定肠子都要悔青了。

◆ ◆ ◆

老早以前,雅克利娜读过一首赞美诗给我听,那首诗就在《腓立比书》里,每次去瓦诺路,我总感觉客厅里仍旧回荡着教母的声音,抄下这首诗的时候,我的脑海里全是她的身影。我经常低声念起这首诗,从来没能把它变成祈祷诗,可我心想,最好能感受到一丝教母念它给我听的用意,哪怕只有一点也行:

>他本有神的形象,
>不以自己与神同等为强夺的;
>反倒虚己,

> 取了奴仆的形象,
> 成为人的样式;
> 既有人的样子,就自己卑微,
> 存心顺服,以至于死!
> 且死在十字架上!
> 所以,神将他升为至高,
> 又赐给他那超乎万名之上的名,
> 叫一切在天上的、地上的,和地底下的,
> 因耶稣的名无不屈膝。①

年少时的我跟毫不克制的感叹号、省略号还有大写字母结下了深仇。我对它们的怨恨让雅克利娜很忧伤,她从我对审美的严格中解读出我对宗教的冷淡情绪:"我的可怜小宝贝,那你得拿什么去赞美主呢?"在保罗使用的语言里,没有这些意在强调的符号,然而,一直困扰着我的问题在于,想要翻译保罗生前最后一段时间写下的信,很难不借助加强语气的符号——它们如此庄重,写满了抽象的词,与写给加拉太人和科林斯人的信中闪光的修辞有天壤之别。

保罗在给歌罗西人和以弗所人的信里,只谈到了"他""旨意的奥秘","称赞""他"的"恩典","他""预定"的"美意"——等到"日期满足的时候",便会实现。我们知道,这里的"他"就是神,保罗夜以继日地祈祷,希望"他"能让那些同保罗通信的人看到"他"的召唤能为他们开启怎样的希望,"他"的"基业"

---

① 《腓立比书》2: 6—10。

王　国

蕴藏着无数光荣的宝藏，"他"的"能力"何等浩大……"他"在耶稣基督身上运行大能大力，使他从死里复活，叫他在天上坐在"自己的"右边，远超过一切"执政的""掌权的"，因为"他"将万有服在耶稣基督的脚下，使他为教会之"万有之首"。教会是他的"身体"，我们这群信众仿佛他的手足。①"他"上升了，保罗却问：上升意味着什么，除了"他"下降过？"他"为什么会下降呢？是为了活在我们身上，让我们懂得何为"长""阔""高""深"，②因而使我们了解超越一切测度的"爱"，用"真理"当作带子束腰，用"公义"当作护心镜遮胸，又用"平安的福音"当作预备走路的鞋穿在脚上，③这才能叫"神一切所充满的"充满我们④。

◆　◆　◆

随着保罗的年岁渐长，他预言中抽象的色彩越来越浓。保罗谈起耶稣从未把他当作人生导师，但路加私下开始读耶稣生前说过的话。将耶稣当作弥赛亚去讲，只能引起犹太人的注意，但即使犹太人天生对这个话题感兴趣，和他们探讨，总会不可避免地扯到割礼的问题。说神为了造访人间化成了人形，并不会让不信教的人觉得困扰。虽然所谓道成肉身，也就是神成了人，对犹太人来说就是亵渎神灵，但对身处亚细亚和马其顿的外省人来说，则是完全可以接受的神话，所以他们一直是保罗的重点谈话对

---

① 以上法语原文大写的内容全部用引号标出，相关表达均引自《以弗所书》1：1—23。
② 见《以弗所书》3：18。
③ 见《以弗所书》6：14—15。
④ 见《以弗所书》3：19。

象。针对这个受众，保罗信里所讲的基督越来越希腊化，越来越具有神性，基督与神几乎成了同义词。对普通信众而言，基督是神话形象，细致的人却能发现，基督已经成为神的位格，堪比亚历山大港新柏拉图主义学者们提出的"逻格斯"。保罗认为，正是因为预言中的世界末日迟迟未到，这种神智学的阐释就更有必要。保罗开始一点一点地在信中透露世界末日已经到来，复活也已出现，如果能不顾感觉层面的体会，意识到这个巨大而耀眼的秘密，就代表我们将在这个世界死去，然后活在基督中，也就是说，我们会像保罗一样真正地活着。

我想知道，路加如何看待保罗晚期做出的种种预言。当他听到保罗在局促的房间里带着沙哑的嗓音向提摩太口授这些信的内容，当他听保罗在信里讲道，无论是过去、现在还是未来，整个世界都不足以容纳耶稣基督的伟大，路加怎会将耶稣基督同他在犹太和加利利走访调查的那个人联系在一起呢？那个家伙会吃、会喝、会大便，和一群不识字还头脑简单的家伙踩着碎石铺成的路前行，给他们讲邻居拌嘴、税吏悔改的故事。在那里，路加什么都不敢告诉保罗：什么都想知道的性格让他感觉自己犯了错，这种好奇心在使徒保罗看来无异于站在犹太人的立场反对自己。但是，保罗到罗马之后呢？再后来呢？难道他不想说说那个耶稣吗？难道他不想念几句他从腓利的纸莎草纸里摘录的话，以启迪他们这个小团体吗？

我想象路加在摸索，做法简直跟《追忆似水年华》里叙述者的姨姑们如出一辙。姨姑们想要感谢送给她们一份礼物的斯万，又生怕表现出有损人格的媚态，于是她们表达的方式太过委婉，就连她们自己都迷失在拐弯抹角的哑谜中，愣是没人参透她们的语言，更别提该被感谢的人了。我想象路加温顺地对硬脾气的城里人保罗说一些不着边际的话，聊到了播种、丰收和羊群，尝试把话题一步步引到他最喜欢的牧羊人故事上，牧羊人放羊的时候丢了一只，为了找回迷途的羔羊，他竟然扔下其余九十九只羊，等到牧羊人找到羔羊的时候，他的喜悦远胜过他拥有九十九只羊的时候。按照我的想象，保罗听到这些应该脸色一沉，两条原本相连的眉毛这下拧得更紧了。他不喜欢别人说起自己不了解的故事，更反感别人——假设路加斗胆这么做了——告诉他这些故事直接出自耶稣基督之口。他保罗可没时间耗在乡村逸事上面。他关心的是"长""阔""高""深"。路加重新捆好卷轴：他这一出无异于念《塞甘先生的山羊》①给康德听，还希望俘获康德的灵魂。

6

保罗在罗马的生活状态和他小住凯撒利亚期间大差不差——非常孤独。路加写保罗接待了所有前去拜访的人，实际上只有个位数的犹太人而已，人数非常少，更不用说前去拜访的基督徒了，因为在罗马的基督徒大部分是犹太人，他们听命于耶路撒冷教会。抵达罗马的几年前，保罗从科林斯给信徒们寄去长信一封，他在信中解释犹太律法业已终结，②保罗原以为，信徒们收到之后会将信看成启示，谁曾想，大家都以为这信是为了分立教派所写，写信之人十分可疑，这封信在激起了几波争议之后便迅速被遗忘。这种不舒服的边缘地位，让保罗每天抱着懊悔怀念从前

―――――――

① 阿尔丰斯·都德所写的童话。
② 见《罗马书》10：4。

Ⅳ 路　加

在亚细亚和马其顿教会里的威望。

公元62年，彼得来到罗马，几位耶路撒冷教会的大人物陪彼得一起，这其中有为他做口头翻译的马可，或许还有约翰——在这一群人中间，要属约翰最神秘。然而，此后并没有出现好转的迹象。他们中间没有一个人愿意自降身份去见保罗。按保罗倨傲的脾性，他也绝不是迈出第一步的那种人。不过，路加倒是属于这一类。路加可能不认识彼得，而且他肯定不认识约翰，不过他认识马可，并且不得不和他重建友谊，他们就像高峰会议上两位敌对政客的幕僚。正是借助马可的引荐，路加才能出席彼得主持的爱筵。他却跟保罗只字未提。席间的路加仿佛重回故地，总之吃得非常惬意，这个希腊人混进优秀的犹太人中间，这些犹太人不但相信耶稣复活的事情，还一直恪守安息日与礼仪的规定。

◆ ◆ ◆

肯定是马可告诉了他雅各的死讯。两年多来，犹太当地的情况越来越糟糕。奋锐党、短刀党、游击队还有冒牌先知在这块炽热到发白的土地上大行其道。行传中，非斯都总督是个世故之人，等到他走马上任，大家才发现他不但暴力，判罚也难得公允，他一步步压榨他的辖区，甚至只要能拿到好处，就会怂恿匪徒烧杀抢掠。在非斯都的庇护之下，他的朋友、小国君主亚基帕在他宫殿顶部建造了一座巨大的奢华行宫，行宫的露台正对着圣殿内院。有人谣传，他的妹妹百妮基一边从高处俯视圣殿里发生的事情，一边跟亚基帕王做见不得人的下流勾当。信教的人愤愤不平。在一触即发的局势之下，捍卫贫苦人家、向来蔑视权势显贵的雅各，触怒了大祭司小亚拿尼亚，后者将他带到犹太公会

王 国

前,匆匆审判后就将他判以石刑处死。

◆ ◆ ◆

雅各,被投石砸死了!这个消息让路加心绪不宁,甚至到了惊慌失措的地步。雅各是他师傅的宿敌,其平生一切传教活动,总结起来就是紧跟保罗,毁掉保罗奠定的基业。然而我认为,路加听到噩耗的时候才意识到,自己原来欣赏这个脖子伸得笔直、膝盖磨得跟骆驼一样的老头子。当然,世界需要保罗这样的人,这群精神的英雄从不受制于任何枷锁,能打破各种壁垒,但世界还需要另一类臣服于比自己更强大的事物之人,他们坚守种种惯例,凡要问惯例有什么意义都属于亵渎神灵,他们这么做是因为父辈这样做,他们的父辈这样做又因为祖辈如此。《利未记》里条条繁复的规定,像是不能吃蹄分两瓣的动物,[①]不能吃肉奶混煮的食物,[②]不能做这,不能做那,在路加眼中几乎没有重要性可言,哪怕最开始他受好奇心驱使想去了解犹太教的时候,这些戒律带上了那么一丁点意义,但保罗教他不要对此上心,爱才是唯一重要的事。

无论如何,路加还是觉得,这些规定自有其意义,它们能够区分出遵守这些要求的民族,指给他们一条跟其他任何民族都不一样的命运之路。听到保罗郑重地宣布,从今往后,耶稣基督身上再也没有犹太人与希腊人之分,亦无奴隶与自由人之分,更不分男女,[③]路加目瞪口呆,既钦佩又惊愕。他不确定自己是否同意

[①] 见《利未记》11:3。
[②] 见《出埃及记》23:19。
[③] 见《加拉太书》3:28。

今后不再有犹太人——也不再有女人,也不确定自己是否认同再也没有点燃的安息之烛,不用每天念两遍"以色列啊,你要听"①。

是的,我认为路加因为雅各的死伤心不已,他用眼泪悼念雅各代表的一切,虽然他的老师宣称那些都已过时。也许沉浸在悲痛中的时候,他突然冒出一个想法。反正,我有了一个想法。

7

从未有历史学家认为,《新约》中冠上彼得、雅各乃至约翰名字的信就是出自这些人之手。但无人质疑保罗,他的信件影响深远,以至于早期教会的其他几大使徒都觉得有必要模仿他。从公元一世纪六七十年代开始,几大使徒都必须有自己的通函,用于阐述自己的教义,彰显自己的权威。雅各和彼得无法用希腊语写作,这两位很有可能根本不会写字。假设这些以他们的名义流传的信件都是他们在世时,由他们亲自监督写成的,那么,他们无论如何一定受了书记的协助,而书记多多少少能让使徒讲出他们想要表达的内容。那这些书记都有谁呢?彼得在《彼得前书》最后清楚地说道,他的信通过名为西拉的人转交,还提到了他的"儿子马可",②要是说后来写出福音书的马可没有在其中帮忙,倒真让人觉得奇怪了。雅各的信里,没提到人名。他肯定有一位"影子写手",但"影子写手"未曾做过任何暴露自己身份的事。据说——以下内容我也没法印证,信中的希腊语非常考究,援引

---

① 见《申命记》6:4—9。
② 见《彼得前书》5:12—13。

王　国

的宗教经典①来自"七十士译本"。因此我猜测:"影子写手",就是路加。当他得知雅各去世的消息时,心里想着:何不写一封纪念雅各的信?路加找到从耶路撒冷来的马可等人——他们认识雅各,在此之前从未以自己之名写过任何东西的路加,这一次在没有任何人要求他的情况下,毅然决定动笔。

◆　◆　◆

如此猜测很大胆,仅代表我个人的观点。大家要根据文字做判断,我们先来读几行。

> 你们中间若有缺少智慧的,应当求那厚赐与众人、也不斥责人的神,主就必赐给他。只要凭着信心求,一点不疑惑;因为那疑惑的人,就像海中的波浪,被风吹动翻腾。这样的人不要想从主那里得到什么。②
>
> 只是你们要行道,不要单单听道,自己欺哄自己。因为听道不行道的,就像人对着镜子看自己本来的面目,看见,走后,随即忘了他的相貌如何。惟有详细察看那全备、使人自由之律法的,并且时常如此,这人既不是听了就忘,乃是实在行出来,就在他所行的事上必然得福。③
>
> 若有人自以为虔诚,却不勒住他的舌头,反欺哄自己的

---

① 法语原文 Les Écritures 在当今的语境中指《圣经》,考虑到作者此处讲的是《雅各书》的写作过程,当时《圣经》仍未形成如今的面貌,故译为"宗教经典"。
② 《雅各书》1:5—7。
③ 《雅各书》1:22—25。

心,这人的虔诚是虚的。① 人若批评弟兄,论断弟兄,就是批评律法,论断律法。② 不可指着天起誓,也不可指着地起誓,无论何誓都不可起。你们说话,是,就说是;不是,就说不是。③

若有一个人戴着金戒指,穿着华美衣服,进你们的会堂去;又有一个穷人穿着肮脏衣服也进去;你们就重看那穿华美衣服的人,说,"请坐在这好位上";又对那穷人说,"你站在那里"。这不是你们偏心待人,用恶意断定人吗?神岂不是拣选了世上的贫穷人,叫他们在信上富足,并承受他所应许给那些爱他之人的国吗?④ 你们这些富足人哪,应当哭泣、号咷,因为将有苦难临到你们身上。你们的财物坏了,衣服也被虫子咬了。你们的金银都长了锈;那锈要证明你们的不是,又要吃你们的肉,如同火烧。⑤

你们有话说:"今天明天我们要往某城里去,在那里住一年,做买卖得利。"其实明天如何,你们还不知道。你们的生命是什么呢?你们原来是一片云雾,出现少时就不见了。你们只当说:"主若愿意,我们就可以活着,也可以做这事,或做那事。"⑥

若有人说自己有信心,却没有行为,有什么益处呢?这信心能救他吗?若是弟兄或是姊妹,赤身露体,又缺了日用

---

① 《雅各书》1:26。
② 《雅各书》4:11。
③ 《雅各书》5:12。
④ 《雅各书》2:2—5。
⑤ 《雅各书》5:1—3。
⑥ 《雅各书》4:13—15。

王　国

的饮食；你们中间有人对他们说："平平安安地去吧！愿你们穿得暖，吃得饱"，却不给他们身体所需用的，这有什么益处呢？这样，信心若没有行为就是死的。①

马丁·路德认为，保罗的信件，尤其是《罗马书》，是"信仰的核心与精髓"，在他看来，《雅各书》属于"平庸之作"，不配收入《新约》。不过《雅各书》确实差点没被收进去。这种情况如今依旧，所有人都瞧不起主的兄弟雅各，基督徒看扁他是因为雅各是犹太人，犹太人瞧不起他是因为雅各是基督徒，大公译本谈到雅各的表述体现出大家对他的普遍感受："他的教导流于平庸，根本没有能与保罗和约翰信件中引人入胜的内容相提并论的教义阐述。"不过，且容我这么说，虽然我也不指望大家能在他的信里找到什么"能与保罗和约翰信件中引人入胜的内容相提并论的教义阐述"，但至于"教导流于平庸"，那也是耶稣的教导。这封信的风格、语气和声音都让人联想到"Q来源"，也就是最古老的一份耶稣语录合集。如果真是雅各写下了这些话，大家反倒应当改正对他的成见，还要承认雅各才是他弟兄门下弟子中最忠实的那一个。但是，不可能是雅各写的。写下这些话的人应当是一个受过教育的希腊人，他能从容运用自己的语言，且熟悉"Q来源"，还能根据耶稣给出的主题想出让人信服的变题。此外，他还是技巧高超的模仿者，只要谈到提升谦卑之人、拒斥正义之士、为迷途的羔羊而欣喜，他总是灵感不断。在《新约》的作者当中，我想不出除了路加，还有谁有匹配的素质。

---

① 《雅各书》2：14—17。

8

重点在于——保罗不知疲倦地重复——相信基督复活:其余自然会来。雅各——或许是路加借雅各之口说,不,关键在于有一颗同理心,帮助穷人,切勿自觉高人一头。做到这些,即便不相信耶稣复活的人也比相信复活,满嘴"长""阔""高""深"却袖手旁边的人离信的核心近上千倍。王国属于善良的撒马利亚人、多情的妓女、回头的浪子,它从来不属于思想的大师,更容不下自觉比所有人高一等的人——低一等也一样。下面这段犹太人的故事就说明了这一点,每次讲起都会让我不由得快活起来。说有两位犹太拉比去纽约参加拉比大会。两人落地机场之后决定乘出租前往,可刚坐上出租车就因为谁更谦卑的问题争了起来。一人说:"我确实研究过一点《塔木德》,但相比您的学问,我掌握的实在太少了。""少?"另一位说道,"您说笑了,我跟您比起来真是无足轻重。""万万不是呐,"头一位接过话茬,"比起您,我简直比什么都不是还少一分。""您还说比什么都不是还少一分?那我真是不足挂齿了……"两位以此往复,直到司机扭过头说:"我听二位说话已经十来分钟了,两位老师说自己无足轻重,如果连你们都如此,那我是什么?比无足轻重还要卑微!"两位拉比闻声盯着他,面面相觑之后吐出一句:"没搞错吧,他以为自己是谁?"

我看路加就是这个司机,而保罗是其中一位拉比。

王　国

9

　　我们稍微严肃点。会不会有可能，是"亲爱的医生"路加，这位保罗身边真挚的同工，瞒着保罗写了这封信，还把它安在了保罗的死对头头上？信里的每句话都像是从耶稣嘴里说出来的，却句句在谴责保罗。

　　我猜是的，确实有这个可能。

　　我想象中的路加——当然，因为这里的路加是虚构的人物，我所说的仅限于这种虚构可信度很高——当他看到保罗抹黑雅各无所不用其极，不由得想到雅各的话有那么几分道理；听到雅各使出浑身解数抹黑保罗的时候，他又想到相反的情况。所以他这么想是虚伪？所以根据他自己的说法，主绝不会降临在像他这样分裂的人身上吗？所以他这个人说"是"带着"不"的意味，说"不"又包含"是"的意思？我不知道答案。但我认为，对他而言，真理总有一部分来自对立面。对他来说，正如让·雷诺阿的电影《游戏规则》中的一个角色所说，生活的戏剧性与兴味就在于，每个人都有自己的理由，没有一条理由可以说是错的。这么说来，路加跟分化教会的人完全是两种人，也与保罗截然相反——这丝毫不妨碍他爱保罗、仰慕保罗，更不会阻碍他一直对保罗忠诚，将他写成自己书里的主角。

◆　◆　◆

　　说到这里，我们不得不承认，在所有对这些问题感兴趣的人中间，路加的名声并不好。尽管他是公认的技艺高超、言辞典雅，还拥有编剧的创意，但现代历史学家们指责他利用自己的长处去书写官方的、宣传性的，甚至因过度打磨而具有哄骗性质的叙事。我不想减轻他的罪责，笼统地讲他歪曲事实。可指责他的不仅是现代历史学家——当然还有处处苛求的人。

要说苛求之人、燃烧的灵魂，确有那么一位，跟他相比，我们只能自觉矮小，过于谨慎，做事情如履薄冰，性格温温吞吞，这个人就是皮埃尔·保罗·帕索里尼，帕索里尼曾计划将圣保罗的故事搬到二十世纪并拍成电影。我读过他死后出版的剧本，电影里的罗马人是纳粹，基督徒是抵抗运动的成员，保罗被塑造成类似法国抵抗运动领袖让·穆兰的形象——这样写倒不错。可让人痛心又意外的是，我发现路加竟然成了保罗身边的双面人，生性狡诈的他活在主角的阴影之下，最后背叛了保罗。待到讶异乃至惊恐的情绪散去，我感觉自己明白了帕索里尼为何如此讨厌路加。在帕索里尼眼中，甚至在所有像《启示录》中的神那样唾弃温和派的人眼中，《游戏规则》所讲的每个人都有自己的理由，生活的戏剧性正在于没有一个理由是错的，简直是相对主义者，甚至自古以来所有内奸——倒也无须避讳这个词——的福音。正因路加与所有人交善，所以他才成了人子的敌人。帕索里尼在批驳路加的路上一路猛进。他呈现了路加坐在书房里写作的画面，原文写道："文字像是受了撒旦启示，那是一种虚假、委婉、打官腔的风格。"帕索里尼甚至说，在谦逊有礼的乖乖男面具下，路加就是撒旦。

撒旦？只是撒旦吗？

二十年前评注《约翰福音》期间，我在一本笔记里摘录了兰扎·德尔·瓦斯托的一段话，他在其中谴责"将真理变成猎奇的对象,将神圣之事变成享乐,将苦行修炼变成有趣经历的人;此人懂得分裂自我,开启不同的生活,过着多重人生;他对正面和反面观点的喜爱程度相当,对真理和谎言一视同仁,一直行骗乃至忘记自己在骗人,甚至沦落到自欺欺人的境地;最后,这个人触及一切,颠覆一切,经历过一切;他离我们最近,是我们最熟悉的人。主啊,这个人是我吗?"

耶稣说门徒中有人会背叛他之后,弟子们小声嘀咕的正是这句"主啊,这个人是我吗?"兰扎·德尔·瓦斯托说的是犹大,而非路加。但是,到我誊抄这段话的时候,我觉得他就是在说我。

10

既然提到了伪造的书信,我们不妨说说传说中保罗和塞涅卡的通信。公元四世纪,有位基督徒捏造了两人之间的通信,他想证明两个人认识,并且保罗布道给塞涅卡留下了非常深刻的印象。据说塞涅卡夸赞保罗写给科林斯人的信"语言雄浑、思想宏大"。至于保罗,据说他在给哲学家的信中宣称,自己"很高兴配得上,哦,塞涅卡,像你这样的人的敬意",他还邀请塞涅卡为耶稣基督施展自己的才华。塞涅卡似乎没有反对。除了伪造这个问题,两位文人的通信读起来略显平淡,圣奥古斯丁却非常重视,我想这些信放到今天,套上《使徒与哲人》这种抓人眼球的标题肯定能大卖。实际上,塞涅卡绝不可能读到保罗写的任何一行字,保罗对塞涅卡是否有丝毫兴趣也很值得怀疑。但路加倒是可能读过塞涅卡的文字,起码在他的脑海里,两位伟人已经展开了一场对话。

Ⅳ 路　加

◆ ◆ ◆

塞涅卡在世时已经是最出名的作家，晚年的他盛名有增无减：跟他一样言行合一的人向来能赢得世人的尊重。身为尼禄的顾问，他默默忍受了许多屈辱：首先就是刺杀布里坦尼库斯，接着是刺杀小阿格里皮娜——那场面太过混乱，开始是在小阿格里皮娜从那不勒斯到卡普里的船上伏击，然而，小阿格里皮娜仿佛得了神助得以侥幸逃脱，于是他们不得不匆忙伪造了一起自杀，但无人相信她真的自杀了。此时的塞涅卡眼见学生在舞台和斗兽场上连连出丑，感觉自己作为哲学家的尊严也受到牵连。于是托词说自己年事已高，请尼禄允许他辞官。请辞这一出让尼禄大为光火：他喜欢让别人失宠，可没心思由着别人自行告退。塞涅卡竟然有辞官远走的勇气。他知道，依从良心拒绝尼禄会招来掉脑袋的灾难。等候发落期间，他把自己关在庄园里，无数的事情来了，他问也不问，无数的说客登门，他见也不见，专心写作《致鲁基里乌斯的道德书简》。

◆ ◆ ◆

前面的章节每每讲到塞涅卡，我都忍不住要拿他开开玩笑。我依然保留着高中时代的成见（我们那个年代的高中生对塞涅卡都抱有偏见），认为塞涅卡是典型的说教者。可后来，我花了一整个冬天来读他的《致鲁基里乌斯的道德书简》，每天早上我把让娜送去学校，动身去工作室写作之前，坐在弗朗茨-李斯特广场的咖啡店读上一两章。我甚至找不出别的词来形容这本书：它太崇高了。这本书信集与普鲁塔克的作品一样，都是蒙田的最爱，现在

王 国

我已经懂了其中缘由。在他对人生之道漫长、反复、辞藻华丽的思考中，智慧不再是唇枪舌剑的借口而已。随着死亡的临近，塞涅卡把希望寄托于留给世人的最后一个形象。他想超越自己的恶，盼着思想与行为取得最终的一致。他经常听到别人驳斥道："你给我们上课，可你自己言行一致吗？"对此，塞涅卡的回答是："我生了病，没想过要扮演医生的角色。我们不过是同一间病房里床挨床的病友，我跟你讲的是折磨我们的疾病，我把秘方传授给你，且不论有没有用"。

相互交流诊断结果和治疗方案——且不论有没有用——让我想起和埃尔韦的友谊。在晨读的过程中，我跟时日无多的塞涅卡打交道越深入，就越发现他的斯多葛主义哲学与佛教相似。塞涅卡不加区分地使用"自然""天意""命运""神"——甚至复数的"神"——来指代中国人说的"道"与印度人说的"法"，即万物之本。塞涅卡相信因果报应。他认为我们的命运乃行为的结果，每个行为产生善果或恶果，他最独特的观点当属报应立马到来："你以为我会说，忘恩负义之徒必将不幸。我不说未来，他此刻已是不幸。"塞涅卡不相信彼岸的世界却相信轮回："让我们害怕、逃避的死亡，只是中断生命，并不能夺走生命。时间会轮回，我们将重见天日。许多人反对这个说法，其实他们只是重生时遗忘了过去。"比起幸福，他对平和更感兴趣，他认为通往平和的正道就是专注。不断练习，始终专注于眼前的事物、自我的身份、当下的境遇，斯多葛派称之为冥想。埃尔韦在书里把冥想描述成"自己耐心、谨慎地自我窥探"。保罗·韦纳的说法更有意思，他讲："一个斯多葛派吃饭时要做三件事：吃饭，观察自己吃饭，据此写作一首短篇史诗。"正是通过冥想的方式，圆满的斯多葛派跟大成的佛家弟子一样，便不再思考了。他挣脱了思考的必要性，因为他想要的正是这必然性迫使他做的事。塞涅卡一如既往谦逊地说道："我不遵照神的旨意，我只是跟他有一样的观点。"

◆ ◆ ◆

保罗·韦纳为法语版《致鲁基里乌斯的道德书简》作了一篇很长的序，博学精深，并且让人读来有滋有味。韦纳一边表现出对塞涅卡的仰慕，另一边却拿斯多葛主义的理想开起了善意的玩笑。他说，斯多葛派的理想是专门给那些焦虑的唯意志论者的，对于那些因为内心的冲动和精神的分裂而痛苦的人来说，强迫症一般的理想能给他们极大的安慰。只有一个小小的缺点：它会让你错过使生活变得有趣的一切事物。斯多葛主义者倾向于将自己塑造成温度调节器，每逢温度发生变化便将热流维持在稳定的水平。平稳的心绪，内心的安宁，充满秩序的灵魂。我想起埃尔韦和太太帕斯卡尔一同搬到尼斯住，他俩在尼斯几乎不认识任何人，帕斯卡尔突然说，找一天请人到家里吃饭也挺好。埃尔韦问她："为什么？"他说话的时候心平气和，没有一丝怨气。帕斯卡尔倒是一如既往地宽容，她说："你看，埃尔韦就是这样。"换成我，这句话早让我发疯了。可是，撤除了生命中所有新鲜事物、情感、好奇心和欲望的智慧，究竟是怎样的智慧？这也是人们对佛教的主要异议。佛家认为欲念就是敌人。欲念与痛苦并行，消灭欲念即消除痛苦。就算这句话为真，实际上值得这么做吗？这么做难道不是放弃生活了吗？然而，谁又说过生活就一定好呢？埃尔韦跟塞涅卡的想法一样，他们觉得只有死去才能抽身。

385

王 国

◆ ◆ ◆

《致鲁基里乌斯的道德书简》于公元62年至65年间出版，面世之后卖得非常好。在此期间，路加仍旧在罗马生活。如果他读到过这本书，绝对会喜欢书里的内容。路加倾向于相信所有心诚心善的人都是不自知的基督徒，他肯定能从书信中找到让他心有戚戚的内容，比方说，"鲁基里乌斯，神就在你身上。他从你的身体内部，观察你行的善与恶。而且你正视了他，他才会回应你"。路加肯定会想：写这话的人肯定是我们中的一员。如果读到这句话的人是比路加精明许多的保罗，他肯定不会生出类似的想法。保罗不崇拜智慧。他瞧不起智慧，并以令人难忘的措辞向科林斯人阐述了自己的观点。尼采对比了基督教与佛教，称赞后者"更冷静、更客观、更坦诚"，这一点我认同，但在我看来，佛教和斯多葛主义一样缺了某种兼具本质性与悲剧性的内里，而它正是基督教精神的核心，这一点，保罗这个疯狂的家伙比所有人都看得更明白。斯多葛派与信佛的人崇尚理性的力量，忽视或弱化了如深渊一般的内心斗争。他们认为，无知是不幸的根源，要是大家都知道生活幸福的秘诀，接下来只剩将它付诸实践了。站在智慧对立面的保罗抛出一句令人震撼的话——"我不做我爱的善，我只行我恨的恶"[1]，弗洛伊德和陀思妥耶夫斯不倦地探索这句话的深意，它也让所有将尼采主义奉为圭臬的庸才恨得咬牙切齿，能说出这句话的保罗已经全然跳出古代思想的框架了。

---

[1] 见《罗马书》7：19："我所愿意的善，我反不做；我所不愿意的恶，我倒去做。"

Ⅳ 路 加

◆ ◆ ◆

一名百夫长受尼禄之命将赐死的敕令带给塞涅卡，那时塞涅卡正在家中宴请朋友。面对突然袭来的不幸，塞涅卡让朋友们不必害怕，并把他唯一能留给他们的东西带走——其一生的典范形象。他嘱咐年轻的妻子波琳娜要为他死得光荣而欣慰。波琳娜说她更想和他死在一起。塞涅卡说若她心愿如此，他同意。两人割开手腕上的血管，塞涅卡又划开腿上的肉，年迈体衰的他连血也淌得那么慢。此后的一两个小时，塞涅卡仍在高谈智慧，死亡却迟迟未到，他不得不拿出为这一天备好的毒药。但他失血过多，体温过低，血液中的毒没法很快地扩散到全身。大家连忙将他抬到浴室。正当他要咽下最后一口气，一行人收到救下波琳娜的命令：尼禄本人跟她没有过节，也不想再平添一份无情的名声。来的人包扎好波琳娜的胳膊，她才得以留下性命。塔西佗讽刺地总结道，许多人认为，一旦她确信自己崇高的牺牲会带来荣耀，她便会为五光十色的生活折腰。

11

之前说过，罗马人认为通过仪式表达敬意的 religio 与宗教 superstitio 相对立，即将人联系起来的仪式相对于将人分成不同群体的宗教。当时的仪式流于形式与规章，基本没有意义与情感可言，这一点却正是仪式的优势所在。大家想想自己——二十一世纪的西方人。去宗教化的民主是我们的 religio。我们从未要求它给予我们精神的鼓舞，亦未想让它填补我们内心的渴求，它充其量

王　国

只提供了一个框架，每个人得以在这个框架下施展自由。经验教会我们，我们最害怕那些口口声声说自己掌握了幸福、公平和自我实现的秘诀，还要把它们强加给别人的人。而 superstitio 才是真正致命的。

多数罗马人认为犹太人举止怪异，他们信奉的神不愿与其他人的神来往，所以格外令人反感，不过，只要他们的宗教只限于自己的小圈子，那也没必要找碴儿。实际上，罗马人给予犹太人特别的照顾——就像现在特别注意，犹太裔和穆斯林小学生去餐厅不必吃猪肉一样。据我们所知，基督徒的情况完全不同。我说"据我们所知"，是因为公元一世纪六十年代前后，就连消息最灵通的罗马人也将基督徒看作犹太人的一支，他们尊奉一种较为小众的宗教思想，其最显著的特点是它比塔西佗说的"仇视人类"更加具有威胁性。

在罗马人眼中，这群人有一个特点尤其可疑——它们憎恶性生活。罗马人的性生活非常自由，许多方面都比我们随意许多，但他们有一些对我们来讲很奇怪的规矩，譬如，一个自由人可以鸡奸别人，但不能接受肛交，奴隶才能被肛交。（以上例子援引自保罗·韦纳，他从此推出结论："历史学家的职责在于让他生活的社会意识到自身价值的相对性。"这一点我同意。）罗马人想跟谁睡都行，不管是男的、女的，还是小孩，动物也行。他们开窍很早，离婚的很多，动不动就一丝不挂地走来走去。就算有些文字提到放纵行乐的人心生厌倦，但那也绝不是因为他们后悔了。相比餐桌上的美食，肉体的享乐并不会带来额外的问题；无非像管好口腹之欲一样，不要沦为性欲的奴隶，仅此而已。

犹太人遵行清规戒律，他们反对行为轻佻，反对鸡奸和赤身裸体，他们架起一张由仪式性的规训构成的网络，以此紧紧地约束自身的言行。这倒不妨碍他们认为肉体满足既能愉悦自己，又能愉悦上帝，生育为善，大家族是他们的理想。幸福的含义就是人丁兴旺、家族繁荣，变得足够富裕，以便慷慨解囊，在自家的无花果树下款待朋友，还有守在妻子身边一同老去，去世时年事已高但子嗣没有一人先走。他们的理想——我也认同——严肃、正经，可它并不与现实世界为敌，更谈不上仇视让人类心灵和身体焕发活力的种种欲望。总而言之，这个理想考虑到了人的弱点。律法的作用是引导，它不会要求人去做自己力所不及之事，不会让人违背本性。律法大可以禁止追随者吃某种动物，要求捐出收入的一部分去救济穷人，乃至对大家不希望他人对自己做的事，明令不许强加在他人身上，律法却从来不讲："爱你的敌人。"对待敌人的时候仁慈一些，这可以，若有必要也可以在自己能害他们的关口高抬贵手。可是，爱他们不行，这跟它原本的精神冲突，再说了，好父亲不会给儿子相互冲突的指令。

耶稣打破了这一切。他只讲述取自具体生活的故事，表现出深谙生活之道又乐于观察生活的样子，然后从中找到跟所有人原本所想完全不一样的结论，他反其道而行之，完全不顾常人眼中自然的、符合人性的东西。爱你的敌人，享受不幸的遭遇，追求卑微、贫穷、疾病，而非伟大、富足、健康。还有，《摩西五经》说独处对人不好，这其中的道理如此简单明显、可经证实，耶稣竟然说，不要娶妻，不要对女人产生念想，如果娶了妻就守护她，不要伤害她，不过最好还是不要娶妻。甚至也不要孩子。让孩子们走向你，要从他们的纯真中汲取灵感，可是别要孩子。要爱广义上的孩童，而不是具体的某一个，千万别像那些有了孩子

王　国

就只爱自己孩子的人：他们对自己孩子的爱胜过对别人的，就因为那是他们的骨肉。甚至——不，最重要的就是——不要爱你自己。希望自己好乃人之常情：别这么想。所有正常地、自然地想要的东西，你们都要提防：家庭、财富、别人的尊重、自爱。你们应该更喜欢哀伤、沮丧、孤独、侮辱。任何看上去好的事情，全都得当作坏，反之亦然。

◆　◆　◆

对有些性格的人而言，如此极端的教义能让他们体会到某种极具吸引力的东西。它越反常理，便越能证明它的真。越是要拼尽全力去相信，你就越值得称赞。保罗正是这样的人——我们可以称他为宗教狂热主义。路加，照我的想象大概不是。他出身于民风淳朴、以父权制为主导的外省。当罗马的自由堕落到极致，一如马戏团的血腥杂耍和盖厄斯·佩特罗尼乌斯的《讽世录》里百无禁忌的盛筵，他只觉得惊恐。路加发觉犹太教最合他的脾性：那是一种庄重又炽烈的人生，一种认真对待人类境况的方式。在同一时间，路加随保罗一同上了船，一去便没打算回头。那些背着保罗读到的耶稣之语深深地震住了他：宽恕罪人，迷途的羔羊，这一切都深深打动了他。当他向罗马人阐述教派教义时，他难道不为这信仰核心对世界的厌恶而感到尴尬吗？提笔控诉尘世间的生活与人类的渴望时，他心里过得去吗？他有没有尝试削弱这种厌世情绪——一方面是因为我们不能用粗暴的方式强行得到我们想要的结果，另一方面是因为就算他没有妻子和孩子，爱妻子、爱孩子对他来说也是再正常不过的事情？

◆ ◆ ◆

有人会说：对肉体和肉欲生活的谴责，偏离了教义。照清规戒律过活的保罗曲解了耶稣的信息。我们甚至可以想象，在几本福音书塑造的耶稣形象中，很多东西遭到歪曲，但这一谴责是明确、绝对的。我们愿意相信小说里写的耶稣跟抹大拉的马利亚和心爱的弟子睡过，可惜这些我们都不信。他从未和别人同床。我们甚至可以说他谁都不爱，因为爱一个人就是偏向他，对其他人不公平。爱不是微小的缺点，而是巨大的缺陷，证明了跟埃莱娜一样的人身上的那种冷漠或敌意是合理的，因为生活对他们而言是爱——不是慈善。

12

奇怪的是，同一时期的基督教早期文献根本没提公元64年罗马大火这一重大事件，亦没讲大火之后的迫害。至于古罗马的文献，有两个被所有历史学家援引。苏维托尼乌斯讲道，"基督徒从事刚刚出现不久、危害他人的迷信活动，被施以酷刑"，再加上其他惩罚手段，苏维托尼乌斯认为尼禄在这方面成绩斐然。塔西佗说得更详细："无论是君主的慷慨施恩，还是为安抚众神而举办的圣典，都不能驱散谣言——火灾是有人下令放的。尼禄为了终结四起的流言到处搜找犯罪的人，对人们眼中的卑鄙之徒起用残忍的酷刑，这些人就是通常所说的基督徒。他们名字取自名叫基督的人，在提比略执政期间，总督本丢·彼拉多已将其处决。这股让人反感的宗教势力虽然当时被镇压了，但它不仅在诞生地犹太重新露头,还传到了罗马——世间一切毒害心灵和诱导犯罪的思想都在此交汇,然后向各地传播。据说,他们首先抓住了老实交代的人,然后靠这些人揭发,逮捕了一大群人,他们被定罪不是因为纵火,而是因为仇视人类。"

Odium humani generis[①]——我们终于讲到了大火。

◆ ◆ ◆

尼禄下令火烧罗马是因为他对特洛伊大火的痴迷吗?进而根据自己的品位重建罗马城?或者跟苏维托尼乌斯说的一样,仅仅是为了展现"在他上台以前,罗马人根本不知道君主的权力有多大"吗?特别要问的是,真是尼禄命人火烧罗马城的吗?他是否真的跟我们在电影《暴君焚城录》里看到的那样,移驾回到安提姆的行宫,在高处看着置身火海的罗马城,弹奏起了竖琴?历史学家对此存疑,特别是因为许多他十分宝贝的收藏品同样付之一炬。历史学家认为火灾是意外:古罗马许多房子是全木制的,常用的照明方式有火把、油灯和火盆,火一起来能把所有东西都烧着,无法扑灭。这些并不妨碍流言的扩散。

如果说是尼禄为了压制流言而搜查替罪羊,但问题依然存在:为何是基督徒?为何不是犹太人和基督徒一起抓,罗马人既分不清楚,对二者又一样讨厌?大概恰恰是因为当他们开始分辨这两个群体的时候,出于上一章提到的原因,罗马人做出了判断,认为基督徒更恶劣,更像人类的敌人。这是一个初步的解释,我个人乐于接受,但不得不提到另一种说法。这个不怎么讨

---

① 拉丁语,意为"仇视人类"。

喜的解释说的是尼禄的新娘波培娅、哑剧演员亚里图鲁斯，以及据约瑟夫斯所说，在尼禄的随从中占大多数的犹太人，给他灌输了找替罪羊的想法。据说这个想法其实出自罗马的犹太大教堂，竞争者不仅抢走了他们的信徒还抹黑他们的形象，让他们十分恼火。支持这个观点的证据是，当年的外族人聚居区，也就是今天的特拉斯泰韦雷区，是极少数在火灾中幸免于难的地方，我不由得想到，曾有传言说2001年9月11日当天，犹太人都没去"双子塔"上班。这两种假设都让人不快，但还有一种令人不快的猜想从未有人提出：基督徒很有可能就是凶手。凶手不是彼得，亦非保罗，当然更不是他们身边的人，而是我们平常说的不受控制的狂热信徒，他们可能是歪曲了——或许也没那么歪——主说过的话（只有性格温顺的路加后来写下了这些话）："我来要把火丢在地上，倘若已经着起来，不也是我所愿意的吗？"[①]

毕竟所有人都在等着世界终结。他们用祈祷呼唤它的来临。他们或许没点火烧了这个他们讨厌的巴比伦王朝，但这肯定是他们一直以来的心愿，他们多多少少地表露出对罗马被火烧毁的喜悦。除此之外，关于基督徒的诸多传奇开始流传，同样的情节之后又被套到犹太人头上——孩子被拐，祭祀性谋杀，水井投毒。一切的一切都让他们成了完美的犯罪嫌疑人。

◆ ◆ ◆

紧接着发生的事情简直是史诗级血腥虐杀长片的高潮场景。大部分基督徒身家无几，他们甚至连和贵族一样被处死的权利都

---

① 《路加福音》12：49。

没有;贵族一般是斩首,要么跟斯多葛派一样自我了断。在罗马,有人被处以极刑是人们喜闻乐见的事情。有些死刑犯身上缝着野兽的皮,早上被扔进斗兽场,不出一会儿就被凶残的恶犬吞进肚子,那么没有被押到斗兽场的人,大家留他们到晚上,给他们套上涂满松脂的长袍,把他们变成了为尼禄皇家园林里的宴会照明的人形火把。还有人把女人的头发拴在疯牛的牛角上。其他的女囚腹部会被抹上母驴的分泌物,好让强奸她们的公驴更加兴奋。苏维托尼乌斯写道,尼禄假扮野兽戏弄囚犯,还特别喜欢拿被赤身绑在柱子上的女囚作乐。因此,在基督徒眼中,尼禄成了"敌基督"和"兽"。

13

罗马的人民圣母教堂内有卡拉瓦乔创作的两幅精美绝伦的壁画,描绘了公元64年8月,基督徒被大肆迫害时,保罗和彼得被处决的场景。前者出于其罗马公民的身份应该是被砍了头,后者自觉不配领受与耶稣一样的刑罚,大概请求行刑的人将他头朝下钉在十字架上。这些都是口传教义告诉我们的内容,也就是无论如何都绕不开的尤西比乌斯。口传教义认为十分有必要将两位宗派领袖安排在同一个殉道场景中,即使这意味着编故事,而他俩之间的敌对只是基督教诞生之初罹患的"小儿病"。没有人比路加更适合第一个站出来为这样的"团结"发声,毕竟路加不断在自己的叙述中重写历史,宣扬使徒和睦相处,最多只有一些小摩擦,这些不快因和谐与相互理解而迅速消融。路加却没这么做。他肯定知道中间发生了什么,但没写下来。行传谜一般地草草完结,其中暗藏着另一个谜团——保罗之死。

Ⅳ 路　加

◆ ◆ ◆

我正在读一本讲述圣保罗生平的书，写书的多明我会士的名字在大部分新近出版的书目中都有提及，我直接翻到书的最后，想要看看作者如何处理使徒一生最后无声无影的那几年。令我吃惊的是，相关记载竟然非常细致。保罗并非于公元64年死在罗马。他参加了尼禄主持的庭审，尼禄让他重获自由。他实现了去西班牙布道的梦想，可是西班牙的情况让他失望，于是保罗沿着反方向横穿地中海，回到他一直器重的希腊和亚细亚教会，聊以排解失落之情。后来，他错误地萌生了重回罗马的念头，到了罗马再度被捕、投监，公元67年，保罗被处决了。作者给出了明确的日期。他讲的没什么是绝对不可能发生的，对于各种猜测，我也完全买账，唯有一件事情让人惊掉下巴：这本书由一家向来可靠的出版社出版，被同行当作有足够分量的作品援引，可这位以阐释《圣经》为业的大学教授自始至终从来没有想到要在书中告诉读者，作者对这些事一无所知。他没说因为缺少像书信和行传这样的文件，在还原保罗最后几年时光的时候不得不借助自己的想象，还要靠他"坚信"——这一点作者在脚注中暗示过，但没有任何论述——《提摩太后书》确由保罗所写，但在过去的两百年间就几乎没什么人会这么想。我这么说绝不是在诽谤作者，反倒是为了提醒自己，如果我有虚构的自由，那也一定是在告诉别人我在虚构的前提下，此外，要秉持与勒南一样的慎重，严格标明确定、很有可能、可能的程度，以及在被判定为绝不可能之前的不可能的程度，而这本书的好些部分都在讲并非完全不可能之事。

王 国

◆ ◆ ◆

所以啊,这部《提摩太后书》,普遍认为,并非保罗所作,而是对保罗的白描,是在保罗去世之后不久写的,专门写给那些懂得坚守之道的人,为了引起这部分人的注意,《提摩太后书》穿插了大量具有真实感的细节描写。所谓细节尤见于作者的抱怨与控诉:

> 凡在亚细亚的人都离弃我,这是你知道的,其中有腓吉路和黑摩其尼。①因为底马贪爱现今的世界,就离弃我往帖撒罗尼迦去了;革勒士往加拉太去;提多往挞马太去;独有路加在我这里。②铜匠亚历山大多多地害我,你也要防备他。③所有人抛弃我,他们以我身上的锁链为耻④……他们的话如同毒疮,越烂越大;其中有许米乃和腓理徒⑤……我已经打发推基古往以弗所去。我在特罗亚留于加布的那件外衣,你来的时候可以带来,那些书也要带来,更要紧的是那些皮卷⑥……

这封信也可能出自路加之手。大家能在字里行间发现作者爱写具体的人和物,他对人的兴趣比对思想的兴趣更强烈,以上特质使路加成为古代世界第一位在介绍宗教思潮时不列举教义而是

---

① 《提摩太后书》1:15。
② 《提摩太后书》4:10—11。
③ 《提摩太后书》4:14—15。
④ 见《提摩太后书》1:16,4:16。
⑤ 《提摩太后书》2:17。
⑥ 《提摩太后书》4:12—13。

展现其历史的作者。身心疲惫的斗士向提摩太口授信函,信中只谈万事的准则与"圣王座",路加以伦勃朗式半明半暗的笔调描绘出他的形象:凄苦、易怒,不停说着腓吉路、黑摩其尼和底马抛弃了他,许米乃和腓理徒什么都往外说,铜匠亚历山大不停害他,最后,保罗让别人给他带一件外衣,这件衣服他上次途径特罗亚的时候留在了一个叫作加布的人家里,肯定被虫子蛀得差不多了。仿佛是路加想要引用加布这个名字,并且选择提摩太作为收信的人——因为提摩太是保罗最中意的弟子,这确有其事,不过,他也是为了顺便提及,他,路加,一直陪着这个爱发牢骚的老头子走完最后一程。生命之低微衬托出神学之高大。保罗自是天才,远远超越了常人,而路加不过写史的平常人,他从未想过要摆脱凡人的命运。重点并不是我更欣赏谁,而在于我认为它出自路加之手没什么弊害。

◆ ◆ ◆

这封信装着保罗最后的身影。它仿佛幽灵跳动,又像黑夜吞噬万物前虚弱地最后一闪的光。在故事的这个节点上,所有主人公就此消失了。

14

所有人,唯独约翰除外。

◆ ◆ ◆

讲到现在,我几乎没怎么说过约翰。话题回到他身上让我有

王　国

点胆战，因为约翰在第一代基督徒中最为神秘。他最难捉摸，又最复杂。确实，他很快就会被认定为第四部福音书和《启示录》的作者。然而，如果关于二十世纪法国文学的参考资料全部消失，那么，认为第四部福音书和《启示录》都出自约翰之手，就像以为是同一个人写出了《追忆似水年华》和《长夜行》①。

《新约》里有好几个约翰，很难分清谁是谁：西庇太之子约翰、受宠的弟子约翰、拔摩的约翰、写福音的约翰。其中最年长，其他"约翰"都想篡夺其资历的，当属西庇太之子约翰，他是耶稣最早的四门徒之一。这四位门徒包括西门，也就是后来的彼得，西门的兄弟安得烈，约翰，还有约翰的兄弟雅各，因为雅各是哥哥，所以通常喊他"大雅各"。这四位便是提比哩亚海的渔夫，他们抛弃全部家当，只为追随耶稣。

雅各和约翰两人都是暴脾气，耶稣给他们起了个外号——"半尼其"②，意为雷子。路加之后说了两件事，表明兄弟俩真的是急性子。有一天，约翰痛斥一个以耶稣之名驱鬼的人，因为他不是基督徒。约翰希望有人能告发这家伙，顺带把他解决了。耶稣听了耸耸肩，叫约翰放过那个人："不敌挡我们的，就是帮助我们的。"③又有一天，一行人在撒马利亚的村庄里碰了一鼻子灰。雅各和约翰希望耶稣吩咐火从天上降下来惩罚他们，耶稣听到只是又耸了耸肩。④另有一天（这回是马可讲的），雅各和约翰去见耶稣，两人想从他那里求得点什么。"你们说吧。"耶稣讲。两人

---

① 法国作家路易·费迪南·塞利纳的小说。
② 见《马可福音》3：17。
③ 《马可福音》9：40。
④ 见《路加福音》9：54。

跟孩子一般，先是让耶稣答应不管他们求什么都一定要赐给他们。"但说无妨。"耶稣回应他们。大家想象一下，兄弟俩简直是两个大傻子，一边扭扭捏捏不敢张嘴，一边怂恿对方先讲。"你讲。""不不不，你说你说。"一人最后忍不住才吐露："我们想要的是，赐我们在你的荣耀里，一个坐在你右边，一个坐在你左边。"耶稣说："你们不知道所求的是什么。我所喝的杯，你们能喝吗？我所受的洗，你们能受吗？""当然，当然。"二傻连连回答。"很好，那就给你们。"耶稣说，"只是坐在我的左右，只跟神有关，不是我可以赐的。"①

◆ ◆ ◆

我们可以看到，马可和路加都没有给约翰和他的兄弟塑造特别光辉的形象。只有在第四部福音书里才能读到，约翰后来成了"耶稣所爱的"②弟子和最贴心的亲信，用最后的晚餐时，约翰侧身靠在耶稣的怀里，甚至耶稣被钉到十字架上的时候，还将母亲托付给了约翰。很难想象，在加利利捕鱼、性格易怒又有些迟钝的年轻人，在五十甚至六十年后成为拔摩的先知，写出了内容晦涩、炫丽的《启示录》，可是谁又能预料呢？类似的蜕变大家都见过。普鲁斯特说过一个我非常喜欢的故事。喜欢吃喝玩乐、傻里傻气的年轻人奥克塔夫有个"情场老大难"的外号，他常常去巴尔贝克找一群年轻姑娘。所有人都以为，奥克塔夫余生都将围着领带和汽车打转，可他离开了众人视野，直到《追忆似水年华》将尽，大家才意外得知他一跃成为当时最伟大、最深刻、最具革

---

① 见《马可福音》10：35—40。
② 《约翰福音》13：23。

新精神的艺术家。可以想象约翰也经历了类似的转变：资历、责任与人们的尊重让约翰开了窍。耶稣受难三十年后，约翰年约五六十岁，他拥有了同彼得、雅各一样的地位，成了保罗时而奉承、时而对抗的耶路撒冷教会的顶梁柱。信众常常见不到约翰的身影，他很少说话，笑都不笑。身边的人认为他是老顽固。那个躁动的青年已成为元老。

◆ ◆ ◆

神学鼻祖德尔图良相信，在尼禄迫害基督徒期间，约翰就在罗马。他也经受了酷刑，整个人被浸入沸腾的油锅里，没人知道他怎么活下来的。约翰之前逃出了自雅各遇害之后对基督徒而言变得十分凶险的耶路撒冷城。此时此刻，他该逃离罗马了。根据口传教义，约翰逃亡期间没有离开耶稣年迈的母亲马利亚半步。他和马利亚，以及几十名逃脱屠杀的罗马教会幸存者登上了前往亚细亚的船，他们最后都留在了以弗所，这就像二十世纪三十年代，幸运的德国犹太人乘船逃往美国，最后定居纽约。我觉得路加同样经历了类似的逃亡之旅。

15

路加对以弗所，往宽处说就是对亚细亚七个教会的了解，全来自建立这些教会的保罗，保罗知道教会里的人特别容易被影响，为他们的单纯忧心不已。使徒动身去耶路撒冷之前，提醒以弗所人要时刻小心趁着使徒在外来威胁他们安危的恶人。他想得一点不错。路加到达以弗所后发现，在使徒离开的十年间，他原

IV 路加

以为最为坚实的阵地竟然全身心落进了敌人的手里。

这么说吧,倒也称不上敌人……路加本人并没有把追随雅各的犹太-基督徒视为敌人。他理解犹太-基督徒的处境,他向来觉得只要有诚意,彼此就能处得来。然而,自从雅各和彼得殉道,公元64年夏天罗马爆发惨案,特别是约翰掌权以来,两群人之间越发剑拔弩张。路加刚刚落脚就参加了以弗所基督徒的爱筵,他希望能见到听别人说也住在当地的提摩太或腓利和他的四个女儿,最起码有几张熟面孔,或者跟他一样的希腊人。可是,以弗所当地只有犹太人,要么就是伪装成犹太人的希腊人,人人蓄着络腮胡,板着个脸,他们纪念主的荣耀记忆时不像是在普通的犹太教堂做礼拜,更像身处耶路撒冷圣殿参加圣典。路加远远看见约翰,约翰也留着浓密的胡子,身边围着好多人,可他一直很抗拒去约翰面前引荐自己。约翰戴着金片,按照传统,以色列大祭司会把它戴在额头上。罗马发生巨大灾难的时候,倡导坏切的教会占了上风,提议留包皮的那一派垮了台。

◆ ◆ ◆

在接下来的日子里,路加发现,毫不夸张地讲,以弗所的基督徒们对约翰简直毕恭毕敬。保罗享受过同样的待遇,方式有所不同:大家无须提前报告就能去工作坊拜见保罗,他会坐在织布机后面,脾气时好时坏,比较常见的是保罗心情不怎么样,但无论如何,他整个人显得有生气、情感充沛,时刻准备跟大家聊聊耶稣。约翰不一样。常人去见他得跟见到大祭司一样俯首帖耳。约翰很凶,看上去就不好接近,仿佛总是飘在从乳香中腾起的云烟上。平常很难见到他的身影。人们悄悄指出耶稣所爱的门徒与耶稣母亲同住的房子。基督的生母更难见到,她平日几乎从不出门——能见到她坐在屋外的日子已经过去了。那房子是他们的吗?没人说得准,据说他们害怕被罗马人抓住,所以常常换地方住。人们只能低声谈论他们。两人身边总是围绕着一种庄重又神秘的氛围。

◆ ◆ ◆

路加在以弗所一定倍感孤独。保罗的弟子连影子都看不到。就算真的碰到了,这些人也不愿直视他,见到路加都绕着走。有些人的名字被写进了保罗的信,他们当年必然很自豪,可当路加向他们提到使徒保罗的名字,大家却说从来不知道有这样一个人。没有离开以弗所的人加入了当地主流的教派,他们尽可能地避免做出一些举动、拜访一些人,以免让别人想到他们偏离正轨的过去。这些人参加爱筵时,争相展示自己对犹太仪式的严格遵守,他们最为坚持要吃纯洁的肉,对敌人的抨击也最为激烈,争做最谨慎的信徒。这里的敌人指的当然是公元64年下屠杀令的罪人尼禄,还包括保罗,他们认为保罗是尼禄的走狗。为保罗殉道拍手称快才合乎他们的立场。保罗在他们口中是犹太律法的掘墓人,是巴兰,是尼哥拉,最后仍然追随保罗的信徒自然被叫作"尼哥拉一党人"。

16

四位福音书作者这回一致地说到一件事——耶稣被捕之后被遣送到大祭司的行宫接受审讯。审讯在夜里进行。事前成功混进

Ⅳ 路　加

庭院的彼得一晚上守在火盆前等待消息,火盆旁边躺着大祭司的卫兵和仆人,他们半睡半醒地卧着取暖。四月的耶路撒冷天气还是很冷,那天的夜很凉——说到这儿我发觉,气温的细节跟我特别着迷的故事有点不吻合,那个故事也发生在这天夜里,一个小男孩赤身睡着,后来抄起床单裹住身子跟着使徒们一直走到了橄榄山。可惜。突然,一个使女盯着彼得看了一会儿,对他说:"你跟那个被逮的人是一伙的。"彼得有点害怕,随即回她:"没有啊,我不认识你讲的那个人。"另一个使女不肯善罢甘休:"确实不假,我见过你,你跟他们是一伙的。""那你绝对弄岔了。"彼得答她。第三个人接过话:"不仅如此,你跟他们一样都有加利利口音。别磨蹭了,你就认了吧。""我哪有什么要交代的事。"彼得说道,"你们在扯什么乱七八糟的。"就在这时,公鸡打了鸣,彼得一瞬间想起耶稣前一夜对他说的话:"你会背叛我。""主啊,我永远不会。"彼得回答耶稣。耶稣却道:"彼得,我告诉你,鸡叫以先,你要三次不认我。"彼得走出庭院,在昏暗的清晨中,开始痛哭。①

◆　◆　◆

马可是第一个讲这个故事的人,大家都知道,马可是彼得的书记,后者喊他"我儿子"②。他本可以用沉默带过,毕竟这番遭遇乍看起来不会给彼得长什么脸面。但这事是他从彼得那边听来的,肯定是彼得亲口告诉马可的,彼得还坚称故事是真实的,彼得的正直让我们感觉他非常亲切可爱。他的品质甚至比正直更崇

---

① 见《马可福音》14:66—72。
② 《彼得前书》5:13。

王　国

高。如果有人信基督，那他一生都会在不认基督中度过。早上不认，晚上不认，一天上百次，做的只有这件事。然而信徒之中最虔诚的那一位说，我也做过，我曾经不认耶稣，我背叛过他，在最糟糕的时刻，这句话能给人以别样的慰藉。它发自纯粹的善良，正是出于同样的善意，我们想倒掉洗澡水，却不愿舍弃里面的畸形儿[①]；这个罹患唐氏综合征的孩子名叫基督教。

我在想——这也正是我想探讨的问题，如果路加在以弗所被保罗的宿敌逼迫，被要求坦白自己的身份，他是否也会不认自己的主。也许吧，想必他不是特别勇敢的人。几年之后，当他誊写到彼得不认主的故事时，他肯定会流泪，但这个故事又会给他安慰。

（既然讲到这里，再说一个与彼得有关的故事。听到耶稣讲人子不久就要遭受痛苦甚至受难的时候，他惊叫连连："主啊，万不可如此！这事必不临到你身上。"耶稣回应他的时候言辞非常激烈："撒但，退我后边去吧！你是绊我脚的。""绊脚的"的古希腊语——skandalon，后来衍变为法语单词 scandale，这个词的字面意思是"绊脚的石头"[②]。所以，彼得不仅跟大家了解的一样是耶稣赖以建立教会的基石，同时也是他鞋里的小石子儿。难以撼动的磐石，让生活一团糟的砾石——二者都是他。我们每个人都二者皆有，我们和神都是如此，若我们信神。这也是我觉得彼得讨喜、亲切的原因。）

---

① 指不想不考虑事物积极的一面，一棍子打死，此处按照字面意思翻译。
② 见《马太福音》16：22—23。此处，"彼得"（Pierre）与"石头"（pierre）在法语中为同一个单词。

17

　　就在这时，犹太当地爆发了犹太战争。这场战争已经酝酿了十年，直到公元66年才正式爆发，部分原因要归于刚刚上任的总督弗罗鲁斯的过错，在他的衬托下，他的前任腓力克斯、非斯都简直算得上为官廉正。长官在任上捞钱也得有个限度：西塞罗亲自示范，他掌管西西里期间，攒下的钱不超过两百万塞斯特斯。弗罗鲁斯不懂捞钱也得把握度，他竟然糊涂到认为犹太人要去凯撒面前告他贪污，那他正好可以借一场小小的战争来遮掩。在纷乱每每快被平息的时候，我们就看到他火上浇油，使战火重燃。至少以上是弗拉维奥·约瑟夫斯支持的观点，他的想法跟我的表弟保罗·克列布尼科夫如出一辙。保罗把第一次车臣战争归结为俄罗斯的高级幕僚希望将他们侵吞并在黑市，特别是在巴尔干半岛几个国家的地下市场卖掉的数目巨大的军备统统化为战损。

　　根据约瑟夫斯的讲述，战争的导火索是弗罗鲁斯突然颁布了一项新税，因为他总是需要钱，这在耶路撒冷引发了一场起义。人民被压榨，负债累累，他们再也无法忍受下去了。有人问耶稣"该不该交税？"[①]——这个问题在三十年前就引发了紧张的局势，如今更是一点即爆的炸药。一群年轻的犹太人把铜币撒在弗罗鲁斯一行的车马身上，随后直接朝队伍扔石头，以示嘲讽。报复行动说来就来：罗马士兵冲进平民家里，抹了数百人的脖子，然后在总督的命令下，竖起十字架，又处决了几百人。当时的事态如此严重，以至于亚基帕和百妮基都感觉自己必须出面调解。

[①] 见《路加福音》20：22："我们纳税给凯撒，可以不可以？"

王　国

平日优雅的公主用剃发表示自己的哀痛,她光着脚,穿着粗布衣,请总督赦免被判死刑的人。弗罗鲁斯拒绝。另一边,花花公子亚基帕,这个在卡利古拉时代享尽了罗马帝国奢华生活的地方小王,竭尽所能地劝同胞不要期待起义能带来什么结果。约瑟夫斯跟路加一样,喜欢长篇大论,光是亚基帕的演讲,他就滔滔不绝地写了七页之多:

> 你们对自由的激情来得太晚了。你们早就应该为了不失去自由而抗争。你们说奴役不可容忍,可对于比太阳之下的万物更高贵却仍然听命于罗马人的希腊人来说,难道奴役不是更加无法忍受?(这个论点很牵强:犹太人并不认为希腊人比自己高贵。)你们别相信战争会打得有节制。罗马人想要拿你们开刀,吓唬其他民族,肯定会杀得你们一个不剩,再把你们的城邦烧成灰。这样的危险不仅威胁到了本地的犹太人,世界上的所有犹太人都无法幸免。如果你们偏信某些人赌上性命的决定,一心要打仗,那么每一座城邦都会染上犹太人的鲜血。

这段警告是事后所作,所以读上去思路尤为清晰,但是亚基帕是罗马王室的朋友,堪称叛徒中的叛徒,几乎没人听他的话。他本人甚至差点被人绑起来用私刑。耶路撒冷起义了。罗马派来的驻军全被围困在紧邻圣殿的安东尼亚要塞——保罗曾被关押在那里。步兵队队长想跟刚刚宣布成立的临时督府谈判。临时督府里有温和派——包括约瑟夫斯,还有狂热派,狂热派大部分是奋锐党人。温和派向指挥官保证,只要他们投降就能保全性命。士兵投了降，但狂热派的人什么都没答应，没过一会儿把这队人屠了个干净。事情还是朝着最坏的一面发展了。身为温和派领袖的大祭司遇刺，他的宅邸连同放着借据的房子被火烧毁了——大家别忘了，欠债太多正是引发起义的一个重要因素。从总督住地凯撒利亚赶来的第一支兵团在等待支援的同时，包围了耶路撒冷，困在城里的不仅有百姓，还有成千上万前来朝圣的人。约瑟夫斯在围城前的最后一刻逃出生天。谁都没料到，围城一围就是三年。

18

要说一个民族起义反抗罗马帝国这种事，上一次发生还是尤利乌斯·恺撒在位的时候，高卢人起义之后许久没有类似的动静了。皇帝本该亲自管管起义的事，可有其他事情让他操心。塞涅卡去世之后，尼禄彻底挣脱了"超我"，尽情地挥洒艺术家的天性。他一门心思只想着自己的事业、歌喉、诗句，只盼着诚挚的赞美。如果一个人有权给不够热情的观众判死罪，那还怎能肯定观众拍手是不是发自内心的呢？这个问题折磨着尼禄。他一面要求手下谄媚，一面痛恶阿谀奉承。公元66年，尼禄驾临希腊，开始了一场盛大的巡游，但是揽获考究的希腊人的赞许只对他尼禄一个人有意义。宫廷上下全部出动陪同尼禄，尽管有人不断劝他，任罗马像房门大敞的屋子一样成为空城实在太危险，然而，他对此毫不在意。尼禄这边在参加奥林匹克运动会的战车赛——哪怕他上赛道第一圈就摔了下来，还是得了第一名，那边就收到了士兵在耶路撒冷溃退的消息。此事固然严重，但他尼禄不会为此中止声势浩大的巡游。他只不过给镇压部队换了一位平民出身的将军,这位在布列塔尼战役中一战成名的将军在大家眼中多谋善断。将军名叫韦斯巴芗,他因为卖骡子给军队发了家而得了个"骡贩子"的外号。"骡贩子"带着六十万大军向东方进发。收复之战拉开帷幕,说是收复,无外乎对乱民和任何可能跟乱民扯上关系的人格杀勿论。村庄被烧,男人被钉到十字架上,女人被奸污,至于躲起来的孩子,他们长大后自会成为恐怖分子:这样的故事屡见不鲜。前有整个区域爆发起义,后有战车一路碾过加利利。就在这个时候,我们再次碰到了刚被提拔成临时督府将军的弗拉维奥·约瑟夫斯,他在加利利做了两个月的军事指挥,当然了,他跟犹太人一边。

◆ ◆ ◆

在《犹太战争》中,约瑟夫斯用第三人称视角将自己置于历史之中。约瑟夫斯写道,约瑟夫斯面对罗马军团势不可当的挺进,义无反顾地坚守阵地,经过几番激烈的厮杀,约瑟夫斯同四十多名士兵一起被困在约德法特附近一座山侧面的山洞里。大家能想象,这个人长期跟使团打交道、参加圆桌会议、跟身份相当的人谈判,如今,被一伙一律留着大胡子、身上渗着薄汗、眼睛发亮的犹太圣战者围在中间,他们已经做好英勇就义的准备。约瑟夫斯显然支持投降:撇开过去的勇敢壮举不谈,当下关头可得运用理智。一同受难的人告诉他,要投降,想都别想。留给他的选择是,要么披着将军的皮自尽,要么被他们当成叛徒手刃。约瑟夫斯气馁了好一阵子,但他并不认输。他成功让他们同意不自杀,而是根据抽签的顺序互割喉咙。约瑟夫斯走运,一直留到最后的两人组，他与对手达成了协议，双手高举走出山洞，边走边喊自己投降。

现在的他面临着随时被敌对阵营处决的危险。身为犹太人的将军，他说自己有权与罗马将军会谈，位高权重的他没被钉上十字架，反而得到韦斯巴芗亲自接见。约瑟夫斯不知从哪儿想出的高招，庄重地告诉将军自己看到了幻象：以色列将战败，而他，韦斯巴芗，将当上罗马皇帝。从表面上看，这种可能完全没有：凯撒的权力更迭大体以王朝更替为准绳，而韦斯巴芗不过一介以打仗为业的普通人。约瑟夫斯的预言却让韦斯巴芗陷入了遐想，也让约瑟夫斯这个因犯变得有趣了，他的性命就这样保住了。约瑟夫斯一声不吭地被押在罗马人那儿做俘虏，他知道，罗马人释放他的那天就是他被犹太人杀掉的那一天。他享受着特殊待遇。过了不久，约瑟夫斯结识了韦斯巴芗的儿子提多，提多是个热心的小伙子，他觉得如果自己没给朋友送礼，那一天就白过了。约瑟夫斯成了提多的朋友，真从他那里收到了礼物。他的叛变生涯从此拉开帷幕。

◆ ◆ ◆

加利利的事态平息，也就是加利利被荡平之后，就该操心起义的老巢耶路撒冷的事情了。韦斯巴芗发现，耶路撒冷城好似悬在陡峭的山岗上泛着青灰的胡蜂巢，实际上被保护得非常好。这样也无妨，多花点时间就是了，让叛乱分子互相厮杀，对于由居民和朝圣者组成的"人质"而言，这无疑是最糟糕的结局。韦斯巴芗算得挺准：城里的人果然自相残杀。围城三年发生的事情，我们都是从约瑟夫斯那里读来的，身处韦斯巴芗军营的他，时时留心城里的动向,还四处搜集囚犯和逃兵的见闻。这些故事残忍得让人恐惧,不幸的是,在某种程度上,我们对这一切太过熟悉。敌对的军阀统领着士兵队,恐吓只不过想苟活的不幸百姓。饥荒肆虐,甚至出现了吃掉孩子然后疯了的母亲。有些逃难的人动身之前把钱全部吞进肚子里,盼着逃到安全的地方再排出来。得知这一情况的罗马士兵看见被困关卡的平民,通常直接开膛搜刮内脏里的钱财。高岗上出现了一片片十字架聚成的丛林。经受酷刑而死的人一丝不挂,他们的尸体在铅白的烈日下不断腐烂。罗马士兵为了好玩割下来的阳具扔了一地——他们一直拿割礼取乐。成群的狗和豺享用着尸肉,不过约瑟夫斯说,这些跟墙里发生的事比起来算不上什么,那一边简直是"野兽被饥饿折磨疯了,开始啃自己身上的肉"。

◆ ◆ ◆

韦斯巴芗毫不匆忙,着力准备最后的围剿,但公元68年6月,传来了皇帝驾崩的消息。希腊巡游大获成功,尼禄在所有比赛中和舞台上都无一例外地摘得了奖牌,他刚刚气宇轩昂地回到罗马,就发现军队的官兵怒火中烧,还要面对宣布他是城邦敌人的元老院以及宫中密谋的诡计。一切背他而去,失势之快以至于他只有自尽谢罪的选择了,那一年,他才三十一岁。"一位伟大的艺术家就要死了!"他慨叹,然后一名奴隶受尼禄之命握着短刀扎进了他的喉咙。

历史会站在贵族和元老院长老一边反对尼禄,然而,在他死后很长一段时间,罗马人民始终忠心于他。苏维托尼乌斯说,尼禄的陵园始终被鲜花环绕,深情的扫墓人没有留下姓名。尼禄之死引发了前所未有的长达一年的危机，帝国的边境叛乱频仍，爆发了一连串的颠覆活动。其间，在军队的拥立下，至少有四位皇帝相继上台，有些干脆就是军队出身。一位皇帝自寻短见，两位受私刑丧命，我们很快就要说到第四位。公元68年可谓动荡与恐慌之年，各种征兆与异象丛生。不光有人家里生出怪物，产下了好几个头的婴儿，猪下的崽长着老鹰的爪子，还有罗马瘟疫肆虐，亚历山大暴发饥荒，帝国四处还出现了数位自称为尼禄的投机分子，天上的月食、日食、彗星、流星时现，地上的地震不断。很遗憾，我的故事不能讲到维苏威火山大爆发，这场用熔岩覆盖庞贝和赫库兰尼姆的大灾，十年之后才会发生，但此前已有火山活跃的种种迹象。那不勒斯地区仿佛被点燃了，好似敞开了一道通往地狱的门。不仅如此，埃及和叙利亚爆发了针对犹太人的屠杀，跟亚基帕王预言的一模一样，喜欢安宁日子的犹太人为犹太地区的叛乱付出了惨痛的代价。他们是不是像先知说的那样，彼时正经历着"灾难的起头"[1]？他们见到的或许比"起头"更甚：难道是终结之终结来临之前，恶的极点吗？

19

对勒南来说，有件事像摆在眼前一样再明显不过了：《启示录》一定是趁着世界大乱的这一年写出来的。书中华丽的意象或多或少暗喻了尼禄的下场和耶路撒冷即将爆发的灾难。其他历史学家偏向于认为此书写于在此三十年后的图密善王朝。即便支持

---

[1] 《马太福音》24：8。

后一派的人居多，我还是支持前一种观点，原因是我还想讲一讲《启示录》，支持后者会让《启示录》跳出我这书的时间框架。倒不是因为我特别钟情这部书，而是因为它是在拔摩写成的，而我和埃莱娜经过一年的寻觅，在几次失望之后终于在拔摩岛找到了一幢房子，2012年11月，我在那里写出了这一章。

◆ ◆ ◆

这是我第一次单独在拔摩岛的时光，也是我第一次把这座房子作为工作室。有一周的天气很好，我每天都去我俩最喜欢的普希利-爱莫斯海滩游泳，在那里只有几只山羊陪伴，我简直可以把自己当作奥德修斯。住在岛上的时候，我常常想起奥德修斯，这座岛是我心里的伊萨卡：它是归乡之岛，是风暴之后的寂静之岛，是与真实重新连接的地方。想到奥德修斯，更是因为我们买下房子之后做的第一件事，便是将我俩房间里那对破破烂烂的床换成双人床，意大利人管双人床叫matrimoniale①，这东西确实配得上这个名字。这可不是去宜家买一张床绷就行了的。我们的房间里现在摆着的是一张拔摩当地的老式床，这种老式床跟布列塔尼的柜式床有得一拼，它像一个台子，台子下面有橱子，还有专门用来上下的台阶，台阶两侧还有雕花扶手，所以打一张符合我们品位的床得请细木工来，做起来相当复杂，不得不花些钱。现在有的这一张我俩都喜欢。甚至此刻我一个人躺在里面都能感觉到埃莱娜的气息。大家在《奥德赛》卷二十三能读到下面这则故事。

---

① 意为"夫妻""婚姻"。

Ⅳ 路加

奥德修斯终于抵达了伊萨卡。他一走就是二十年——打仗十年,漂泊又十年,佩涅洛佩一直等着他回家。佩涅洛佩老了,但聪慧从未流逝半分。她巧妙地让来求婚的人苦苦等候,这些人为了跟她同床,巴不得有人马上报来奥德修斯的死讯。奥德修斯隐瞒了自己的身份,潜伏在自己的宫殿四周。他伪装成流浪汉,想要看看原本属于他的世界没了他是如何运转的。先是奶妈欧律克勒娅认出了他,接着牧猪奴欧迈奥斯、爱犬阿尔戈斯纷纷认出了奥德修斯,被认出的他把前来求婚的人全杀了,大功告成以后,似乎到了与佩涅洛佩相认的时候。奥德修斯走到她面前,佩涅洛佩细细地打量面前的人。大家以为她会立马扑进奥德修斯的怀里,可她没有,一步都没挪。连嘴都不动。他们的儿子特勒马科斯也认出了奥德修斯,他怪母亲长了一副石头心肠。可佩涅洛佩的心怎么会同石头一样?她小心翼翼,是因为她太懂神话里弄人的命运。她明白,诸神为了戏耍男人乃至愚弄女人,能借着神力想变什么样就变什么样。

"如果真是奥德修回家了,"佩涅洛佩说,"我们必会认出彼此,而且我们有更好的办法——我们有只有我们两人知道的暗号,那是别人所不知道的。"暗号在民间故事或科幻小说中至关重要,故事里的主人公被变成癞蛤蟆或被囚禁在时间循环里,他只能由一个认不出他的人认出来——如果将主人公换到这个人的位置上,他也认不出自己。《奥德赛》里的暗号属于另一类——奶妈欧律克勒娅借着火光看到奥德修斯腿上的伤[①]。暗号可以是两人做爱时讲的话,高潮来临前轻哼出来的那个词。不仅如此,就在

[①] "野猪用白牙咬伤他留下的伤痕"。见《奥德修纪》,杨宪益译,上海:上海译文出版社,1979年,第294页。

王　国

佩涅洛佩讲到暗号的时候，奥德修斯笑了。通读整部《奥德赛》，这或许不是奥德修斯唯一一次笑，但这是荷马头一次提醒读者注意，这绝非毫无意义的顺带一说。奥德修斯前去沐浴、涂油、穿戴打扮，出来后发现佩涅洛佩为他备了一张床。

他们的床。

于是，奥德修斯讲起了那张结实又舒适的床的故事，那床是他用橄榄树的树干做的。奥德修斯说起他如何削砍切割，如何刨掉树皮，锯开树干，抛光，组装，榫接，还要镶上金银和象牙，撑开兽皮做床带，这张床是存放他俩欲望的地方，见证了夫妻造人、共枕而眠，奥德修斯讲得越多，佩涅洛佩就越感觉膝盖和心要融化了。奥德修斯话刚说完，佩涅洛佩就扎进了他的怀里。奥德修斯紧紧地抱着妻子，此时他大概会想起——反正读者肯定能想到——他对年轻美丽的公主璃西卡娅说过的话。公主打第一次见就爱上了他，但不敢向他吐露心意，而他也假装没有察觉公主的爱意。奥德修斯再次出发之前衷心地祝福璃西卡娅："我希望天神满足你的一切心愿，赐给你丈夫、家室和最美满的生活，世上没有比夫妇同居意气相投更好的了。"[①]

20

突然，天气骤变。气温突降十度，刮起了大风，天空被遮得严严实实，大雨从断开的乌云中倾泻而下，我欣喜地发现，即便是在这样的情况下，这座房子仍十分宜人。有厚厚的墙守护，住

---

① 《奥德修纪》，杨宪益译，上海：上海译文出版社，1979年，第75页。

在里面感觉挺好。到了晚上,我躺在沙发上一边读古罗马历史,一边盯着雨滴汇成水流沿着玻璃而下,玻璃上映照着灯罩透出的令人温暖的红光。我睡得早,一觉到天明,起来沏一杯茶,坐到书桌前,我俩第一次走进这客厅时,我一眼就喜欢上了这张书桌。我趁着有阳光的时候去露台上做瑜伽,正对面的山上立着一座供奉先知以利亚的修道院。我们的房子在另一座修道院的脚下,这座修道院是专门为神学家约翰建的,我骑着小摩托从房子所在的乔拉村下山,一直骑到低处的斯卡拉港。我会从这个季节还开着门的两家饭馆中选一家解决午饭,吃完去后厨挑晚上吃什么——小店把饭菜放在特百惠保鲜碗里,第二天我再把碗带过来,随后我沿着弯弯曲曲的公路往上骑,半路会经过天启洞。旁边的公交站就叫"启示录"(Apokalipsi)。到了夏天,门口总会停着两三辆载游客用的大巴,还有一家纪念品店,过了旺季就见不到了。当然了,我也参观过。洞里有一座东正教的礼拜堂,一面圣幛,还有插满蜡烛的烛台。最重要的是,你会看到岩石内壁上留下了大大小小画着银圈的窟窿,这些窟窿是见到异象的先知放手和脑袋的地方。我写出这一章的地方,也就是我俩的房子,离这儿不到一公里,就在同一座山上。据说,大概在两千年前,神秘的约翰、来自加利利的犹太人、雷子、基督的同路人与见证人、耶路撒冷的穷苦人和圣人组成的群体中最后一位活着的元老、基督在亚细亚建立的教会的幕后"阿訇",他在洞里听见身后传来一个声音,那声音亮如铜号,声音的主人想让约翰把他的信息传达给七个亚细亚教会:以弗所、士每拿、别迦摩、推雅推喇、撒狄、非拉铁非、老底嘉。

约翰转过身。

王　国

站在他面前,被七座金灯台围绕的,正是人子。①

21

人子身穿一袭长袍,金腰带环在他腰间。他的头发宛如白雪,双眼好似熊熊燃烧的火焰,双脚像是炉中锻炼光明的铜,声音好比浩荡的海洋。他右手托着七颗星星,说的话仿佛两面开刃的剑。被恐惧俘获的约翰一下子扑倒在他脚边。人子将右手轻轻地放在约翰肩膀上,告诉他:"不要惧怕!我是首先的,我是末后的,又是那存活的;我曾死过,现在又活了,直活到永永远远。所以你要把所看见的,和现在的事,并将来必成的事,都写出来。"②

◆ ◆ ◆

接下来说话的就不是约翰了,而是人子本人借着约翰之口在说话。这也就是为何这部书的主题不是"关于耶稣基督的启示"(apocalypse 意为"启示"),而是"耶稣基督的启示"。

最开始的启示是一条条各不相同的讯息,专门讲给七位守护亚细亚教会的使者。

人子首先祝贺以弗所教会的使者,因为"你也曾试验那自称为使徒却不是使徒的,看出他们是假的来。③你恨恶尼哥拉一党人

---

① 见《启示录》1：9—13。
② 见《启示录》1：13—19。
③ 《启示录》2：2。

的行为,这也是我所恨恶的①"。以上都很好。可是,"有一件事我要责备你,就是你把起初的爱心离弃了。悔改吧。你若不悔改,我就帮你改正"②。

接下来是士每拿教会的使者。这位使者一样遭受"犹太人所说的毁谤话,其实他们不是犹太人,乃是撒但一会的人"③,人子提醒这位使者,"魔鬼要把你们中间几个人下在监里,叫你们被试炼,你们必受患难十日"④,如此方能筛选出来真正的子民。

轮到别迦摩教会的使者了:"有几件事我要责备你:因为在你那里有人服从了巴兰的教训;这巴兰曾教导巴勒将绊脚石放在以色列人面前,叫他们吃祭偶像之物,行奸淫的事。"⑤

推雅推喇教会的使者被指责"容让那自称是先知的妇人耶洗别教导我的仆人,引诱他们行奸淫,吃祭偶像之物。我曾给她悔改的机会,她却不肯悔改她的淫行。看哪,我要叫她病卧在床,杀死她的孩子,叫众教会知道,我是那察看人肺腑心肠的"⑥。

轮到撒狄教会的使者了:"我知道你的行为:按名你是活的,其实是死的。⑦若不警醒,我必临到你那里,如同贼一样。我几时临到,你也决不能知道。⑧"

非拉铁非教会虽然弱小,却没有弃绝基督的名,因而"那撒但一会的,自称是犹太人,其实不是犹太人,乃是说谎话的,我要使他

---

① 《启示录》2:6。
② 见《启示录》2:4—5。
③ 《启示录》2:9。
④ 《启示录》2:10。
⑤ 《启示录》2:14—15。
⑥ 见《启示录》2:20—24。
⑦ 《启示录》3:1。
⑧ 《启示录》3:3。

王　国

们来,在你脚前下拜,也使他们知道我是已经爱你了"①。

最后是老底嘉教会,被痛骂为温水,两千多年来,性情暴烈的基督徒常会用这番话斥责与路加和我脾气相近的信徒:"我知道你的行为,你也不冷也不热;我巴不得你或冷或热。你既如温水,也不冷也不热,所以我必从我口中把你吐出去。②凡我所疼爱的,我就责备管教他。看哪,我站在门外叩门,若有听见我声音就开门的,我要进到他那里去,我与他,他与我一同坐席。③"(这是我在《圣经》最后一书里真正喜欢的唯一一段经文。话音刚落,文字的味道又变了,口吻好像能让我们想到某些事情。)"得胜的,我要赐他在我宝座上与我同坐,就如我得了胜,在我父的宝座上与他同坐一般。圣灵向众教会所说的话,凡有耳的,就应当听!"④

◆　◆　◆

问题来了:《启示录》开篇对撒但一会的人、尼哥拉一党人、不是犹太人的犹太人、吃祭偶像之肉的人的可怕诅咒,其实指向的是谁?法文大公译本坚定地说:"不接受基督的犹太人。"你们只要随便看一眼上述经文,都会跟我一样震惊。大公译本究竟在瞧不起谁呢?我们在哪里读到过公元一世纪的基督徒呵斥犹太人不遵守宗教仪式的规约?不对,这一点完全不用怀疑。那些被人子斥责吃了祭偶像之肉的人,或是任由别人吃不管的人,还有说吃点

---

① 《启示录》3:9。
② 《启示录》3:15—16。
③ 《启示录》3:19—20。
④ 《启示录》3:21—22。

没关系，因为没什么东西本身就是不洁净的——从嘴里出来的话也许谈得上不洁净，这没问题，可是往嘴里进的食物绝不会有不干净一说——的人，显然指的是保罗和他的弟子。他们就是撒但一会的人、尼哥拉一党人、冒牌女先知耶洗别。《启示录》中污名化他们的人，只可能是来自耶路撒冷教会最极端的分支的犹太教徒，在他的映衬之下，主的兄弟雅各简直成了宽容与接受新事物的楷模。

◆ ◆ ◆

要是说这张嫌疑人肖像跟人子不像，会不会被当成异教徒呢？如果进一步说，人子不会这么想、这么表达自己，《启示录》里说话的人是雷子约翰，而不是耶稣基督借他之口在讲话呢？我不知道。可以确定的是，说话人跟七个教会说话的方式表明，他对它们非常了解。他影射了教会的内部冲突，当今的读者，哪怕是释注《圣经》的人都很难弄清说话人在暗示什么事情，但收到这些信息的人一定非常清楚。这个人一会儿说这做得对，一会儿说那不对，仿佛他在大家心目中有权这么讲话。尽管保罗与约翰说话的风格在很多方面完全对立——保罗管猫叫猫，约翰喜欢叫它"七头十角兽"，但这里多疑多虑又夹杂妒心的口吻让人想起了保罗那些言辞最激烈的信。

对亚细亚教会的基督徒而言，《启示录》的作者应当是一位近乎神秘、他们相对熟悉、之前在他们中间生活过的人物。这位作者四处游历，今天到这里，明天又到了其他地方。已经有一段时间没在以弗所看到他的身影了，没人知道他去了哪儿。大家也不知道他一直带在身边的主的母亲去哪儿了。他跟乌萨马·本·拉登

王　国

一样，是个神神秘秘、不见踪影的头目，他拼尽全力，动用自己的全部信仰和诡计来对抗压迫与他拥有共同信仰之人的帝国，经常出现在大家意料之外的地方，如得了神助一般逃脱全世界的警察为他布下的天罗地网。大家常能听到他的消息，但不知道消息是从哪儿来的。有流言说他死了，要么说他流亡到了世界的另一头，逃到一座渺无人烟、环境险恶的岛上——估计当时的人就是如此看待拔摩岛的，在冬天的某些时刻，我们就能理解个中缘由。要是传出一段视频，里面拍了他要对信徒说的话，也没人知道视频是不是两年前早录好的，也分不清画面里的人是不是替身。

◆ ◆ ◆

于是有一天，以弗所教会突然一阵骚动。他们收到了约翰的来信！这封信特别长，不仅记录了约翰的话，还有主亲自讲过的话！路加要是还在以弗所附近，一定参加了公开的宣读会。我能想象出现场不时有人晕倒，有人哭泣，人群中不时传出对冒牌犹太人和尼哥拉一党人的唾骂——主说要从口中把他们吐出去、放到病床上，并且杀死他们的孩子。由于路加没有大公译本作为参考，我想象，他身为保罗的弟子，身边的咒骂在他耳朵里就像是在针对他，若有人认出他来，还会私自对他用刑。最后，我的脑海里出现了这样的画面——它不是当下发生的而是事后过了一阵，路加找到一个新的乐子，他将年轻时的约翰描绘成莽撞的毛头小子，成天被耶稣呼来喝去，原因在于约翰——早在那时！——希望耶稣让天上的火降在不归顺他的人身上，让那些没有"党员证"就行医的人失业，最后，让他在天堂坐在老板的右手边。

Ⅳ 路　加

◆ ◆ ◆

　　给教会的讯息讲完之后，便出现了一连串（"一连串"是对我来说的，我不想倒了读者的胃口）七印、七使者、七枝号①，四个骑在马上的，②无底坑里上来的兽③——这里最出名的，最能冲击想象力的，当属有两角如同羊羔、说话好像龙的兽④，它的数目是666。"在这里有智慧：凡有聪明的，可以算计兽的数目；因为这是人的数目"⑤。一直不乏愿意计算的人，不过计算后他们找到的人，竟然是尼禄。理由如下：将 Nero Caesar 的古希腊语形式转写为希伯来语形式，找出每个希伯来语的辅音字母对应的数值⑥相加便可得到666。这一点清晰明了，不过我必须补充的是，菲利普·K.迪克在狂热信教的时候也琢磨过这个数字，得出的结果是 Richard Milhous Nixon，也就是他的宿敌理查德·米尔豪斯·尼克松，他觉得这个答案也是明确无误的。

　　下面的故事我讲得快一些，讲到了世上的淫妇之母巴比伦、大地的毁灭、天上的筵席、长达千年的王国、最后的审判、新天新地、新耶路撒冷、羔羊的新妇，将如此杂乱的人事物写进宗教经典里确实让教会犯了难，很长一段时间以来，教会都不清楚该拿这一团东西怎么办。等到十二世纪，卡拉布里亚地区出了一位

---

① 　见《启示录》8：1—2。
② 　见《启示录》6：8，常作"四骑士"。
③ 　见《启示录》11：7。
④ 　见《启示录》13：11。
⑤ 　《启示录》13：18。
⑥ 　希伯来人认为每个字母都有对应的数值，这种记录数值的方法叫"杰马特里亚"（Gematria 或 Guematria）。

王　国

才华横溢的博学家菲奥雷的约阿基姆，他提出，《启示录》晦涩的文字里蕴含着所有关于过去、现在、未来的奥秘，这部书同诺查丹玛斯的预言一样，成了一位又一位摩拳擦掌的迷宗学者竞相逐鹿的最佳赛场，其中最出色的要数菲利普·K. 迪克，水平最次的也到了丹·布朗的级别。我讲这些的同时意识到，这段话只能让大家痛心地认为神秘与诗无法打动我。遗憾归遗憾，它们确实不是我的菜，我相信路加对此也不感兴趣。我不知道他怎么做的，换作我，肯定要回老家腓立比喘口气。

22

和奥德修斯一样，尽管两人并不相似，路加同样经历了漫长的旅行，这次旅程比他和保罗及保罗教会的代表从特罗亚出海时畅想的更加漫长。他见识了耶路撒冷和罗马的模样。他眼见恩师在耶路撒冷和罗马被下监。他目睹了犹太人的怒火与罗马人的残暴。他看见罗马燃起大火，同行的伙伴被做成人形火把熊熊燃烧。他横穿地中海少说也有三次，遭遇过风暴与搁浅。七年之后，他才回到故乡。

他可没有奥德修斯的好运气：没人等他回来。要是我能决定，我倒想为他找一个妻子。可惜，口传教义说路加跟保罗一样都是单身，而且两人毕生保持处子之身。虽然我不是很喜欢这个说法，但是跟口传教义反着说会给我一种弄虚作假的感觉：路加的身上散发出一种微妙的气质，做事井井有条又带点悲情，他有置身于生活之外的方法，这让我感觉单身比他有一大家子的说法更加可信。

所以，路加的故事里没有佩涅洛佩，没有暗号，更没有橄榄木做成的床，他却一直有个供他休憩的港湾，那就是吕底亚的家。吕底亚的房子还在，吕底亚也还在，一如既往地忙碌、慷慨、专横。老朋友也还在那儿：循都基、友阿蝶、以巴弗提，还有好些朋友。人和事都未改变，是路加变了。在我想来，出发前的路加脸软软的，跟娃娃一样没长开，游历过后的他瘦了，也晒黑了，五官愈发立体。或许他们第一眼没认出路加，说不定，使女还让他站门口等一会儿，可一旦他们认出了他，定会热情欢迎他。为了表示对他的尊重，他们宰了贴膘的小牛，一个个眼睛放光，问起问题穷追不舍。他很惊讶，他竟轻易进入了自己从没想过会扮演的角色——伟大的旅行家，从远方来的冒险家，肩头还挎着水手包，他对这个广阔世界的了解比他们所有人加起来都多。围在他身边的人群里或许有一位求学年代的同窗，当年，路加很敬畏他，觉得他是个狠角色。可如今，这狠角色摆摊卖凉鞋，而他，路加，曾经是乖乖的小男孩，整天把头埋在书里，还曾是惆怅的少年，见到女孩子魂都吓没了，现在成了大家眼中的英雄，大家听他讲故事好似在听一位游吟诗人讲话。

◆ ◆ ◆

充满喧嚣的这几年，他在腓立比相对平静地度过了。当地没有发生迫害，腓立比人从来没给罗马人任何找他们麻烦的机会，至于犹太人，他们人数不多，并且最终和宗教上对立的当地人成了和睦的邻居，谁家里没盐了还能找他们借一把。教会吸纳的新成员没多少：路加出发的时候大概二十出头，现在至多三十人。信徒远离伤害，一起等耶稣来，尤其是要等保罗来。他们把保罗的信一读再读,我知道有人怀疑《腓立比书》是否为保罗亲笔,但是一想到这么小的教会在收到一封点名写给他们的信时会表现出怎样的喜悦,我就想向他们宣布,这就是保罗的真迹。大家在吕底亚的张罗下时不时凑份子寄钱给保罗,路加可以毫不违心地告诉他们,这钱是使徒唯一愿意接受的捐赠,他不仅欣然收下,还会给他们以祝福。耶路撒冷离他们很遥远,不会有雅各派来的密使追到马其顿揭发保罗是骗子,如果真有人来敲了吕底亚家的门,他必然会碰到一个能言善辩的人。罗马同样远在天边,他们听说了大火,当然还知道追捕基督徒的事,他们知道几个月来,凯撒不断以流血的方式更迭,可道听途说跟我们看电视上发生自然灾害和打仗没什么区别。他们的爱筵就像糕点比赛一样。他们不会喝醉,更不会有谁抱怨他人。大家一起唱完"主啊,耶稣,你快来吧",就回家躺倒了。他们相伴回家,静谧的街道上回荡着他们轻微的声响。大家说话不敢太大声,生怕吵到了临街的住户,走到家门口互道一声"晚安"。这种散发着乡土气息的敦厚,这种不掺杂歇斯底里的热忱——保罗也不在当地煽风点火,路加必然已经意识到他太怀念这些了。他在永远紧绷的状态下过了七年,其间的每次会面都潜伏着危机,每个时刻都会面临生死抉择,他此时才发现毫无压力的感觉竟如此美妙。马其顿,就是他的瑞士、他的勒勒夫龙,是他的心灵之乡:他可以休息了。

23

每天晚上,村民们聚到一起听路加说话。大家围坐成圈,等候他走出房间下楼——我猜,他回去之后最开始的一段时间借住

Ⅳ 路　加

在吕底亚家。他肯定花了好几个晚上讲述他在保罗身边的亲身经历，要是家长没打发孩子上床睡觉，他的故事一定会进入许多小朋友的梦里——我想村民不会让孩子回家睡觉的，而且路加比我更会讲风暴和海难的故事。在我看来，他很有可能就是从那时开始写下他经历的一切的。行传里以第一人称讲述的部分大概就是从这个时候开始写的。之后得等上许久，他才想到要将这些装进更加宏大的叙述中，加上他搜集来的关于早期基督教会的历史的所有信息。我认为——因为这一点很简单又很可信——路加就是从这个时候开始动笔写行传的，早于他写福音书的时间，我也认为——这只是我的个人观点——路加谈起保罗、彼得、雅各、腓利和耶路撒冷第一批信众的时候总有说不完的话，可是他对耶稣只字未提，或者说几乎什么都没说。

原因是听众对保罗更感兴趣，但原因不止这一个。关于在犹太地区走访了解的情况，路加习惯了对保罗只字不提，我想他将这个习惯一直带到了吕底亚家里。他不知道这件事该怎么讲，也不明白其中的意义。那张他希望一步步靠近的面孔竟然逐渐消散了。路加一直把从腓利给他的卷轴上誊来的文字放在箱底，压在他的所有个人物品之下，从来不拿出来。他不敢把里面的内容念给别人听，也不敢一个人再看一遍，原因是他怕没人懂，或许就连他自己也不懂。

◆　◆　◆

公元70年的路加什么岁数了？如果他认识保罗的时候是二三十岁，那现在他应四五十岁了。他将近半生都在一场声势浩大的运动中流逝了，他从最初的同路人成为老资历的斗士，而这场运

王　国

动的意义，他也记不起了。他甚至没法弄清运动是成功还是失败了。突然降临在罗马的灾难、保罗临死前的苦楚岁月、保罗悲剧性的离世、亚细亚教会对待有关保罗的记忆时展露的敌意、亚细亚教会在约翰的把持下变成狂热教派，这一切都该归入失败的范畴。但从另一方面看，他路加还有忠心耿耿的吕底亚和腓立比一小圈信他的人，而且，不管怎样，他还有被他当成宝贝藏在箱底的卷轴，虽然从没打开过——因为他怕突然发现别人塞给他的东西实际上是颗假宝石，但也是因为直觉告诉他，打开卷轴的时机还没到。

路加在他后来写的福音书里提到耶稣的童年时，两次说"马利亚却把这一切的事存在心里"[①]。他肯定也这样做了。有关耶稣的"一切的事"，路加不太知道该如何看待，大概他不常想这些事，它们在他的脑袋里没有占据太多位置。但他一直存在心里。

24

我想象路加在腓立比住了一年、两年、三年。他重拾医生的旧行当和往昔的习惯。在吕底亚家办爱筵，和旧友相聚，日常接待前来问诊的病人，时不时去山里徒步，说不定每天晚上还去小酒馆喝一杯。晚饭吃得早，睡得早，起得早：简直是瑞士的生活。他每天早上跟游历八方的退休老人一样，花上几个小时写下回忆。日子本可以像这样轻松、缓慢地延续下去，直到他去世为止。

[①]　《路加福音》2：19。另有"凡听见的人都将这事放在心里"，见《路加福音》1：66。

IV 路加

然而，暂住腓立比的他比起退休的普通人更加关心犹太的事态。他虽然身为基督徒，但肯定经常出入庇哩亚和帖撒罗尼迦的犹太教堂，而十五年前折磨、羞辱保罗的正是这些教会。这些犹太人成长的地方离以色列非常遥远，他们中的大多数从未踏上以色列的土地，但路加能和他们聊聊耶路撒冷、圣殿和亚基帕。路加比他们知道的都多，他曾在圣殿的院子里走过，但他们能不断收到新的消息，路加听到他们转述的消息时总是带着洞悉一切的神情，好比大家讲到世界上某地的紧张局势，曾在当地生活过又熟门熟路的人脸上的表情。

接连传来的消息让人越发担忧。马其顿的犹太人和路加一样，都很敬重罗马人，他们从没想过要起义反抗罗马人，而且深刻意识到亚基帕提醒他们的风险正在降临：如果那边的局势恶化，他们，当地的犹太人，也会受牵连。马其顿确实一直风平浪静，远离战场，但在犹太之外的地区，已经有人对从未参与抗议的犹太人发动了攻击。在安提阿，为了测试犹太人对帝国的忠诚度，当局竟然想出了强迫犹太人改信异教神、吃猪肉、安息日也得劳动的主意。针对犹太人的管制层出不穷，不工作或是点灯的人被逮住会遭受鞭刑，有时甚至会被处以死刑。有人把老人的裤子扒下来，看看他们有没有行割礼。这就是为什么除去一些狂热分子，比如在以弗所追随约翰的人，罗马帝国的大部分犹太人都希望起义失败，盼着帝国恢复秩序。然而，直到最后一刻，也没有人希望，甚至没有人能想到会发生这样一件骇人听闻的惨案，公元70年夏末，消息传来：耶路撒冷惨遭洗劫，圣殿被毁。

王　国

25

我暗示弗拉维奥·约瑟夫斯看见以色列陷落、韦斯巴芗登基的幻象只不过是为了讨将军的好感临时起意吹出来的，这么做对他来说大概有点不公平。无论如何，他说不定真跟拔摩的约翰一样看见了幻象。不过在大家还在试图弄清楚约翰的幻象会在什么地方应验的时候，约瑟夫斯的幻象即刻成了真，两件事全部变为现实，他感觉预言应验是上天带来的意外，起码第二个预言确实出乎他的预料：经过一年的动乱——三位凯撒相继在登基后遇害，公元69年7月，叙利亚和埃及的罗马军团拥立韦斯巴芗为王。

我之前说过，两年前这一切基本不可能发生，但在这两年间，大家已经习惯军队推举人选当凯撒了。幻象涉及的这位，拜约瑟夫斯所赐，早为新头衔做足了准备。韦斯巴芗履新时的状态，就好像他并非坚持要当皇帝，如果非他不可，那他就义不容辞，换其他人当皇帝也一样。他不着急返回罗马，就像他不着急攻打耶路撒冷一样。韦斯巴芗跟《战争与和平》里的库图佐夫元帅性格相仿，凡事不爱操之过急，行动前一定会预留好时间。他知道人们很喜欢他身上的这一特质，所以他会特意表现自己这一面。百姓盼着他能重建社会秩序，他却偏偏按照自己的节奏来，跟卖骡子的贩子一样老实巴交又精于算计。他让百姓等了好几个月才动身，把耶路撒冷的收尾工作甩给了儿子提多。

弗拉维奥·约瑟夫斯可谓押中了上等马。正是在这个时候，为了庆祝来自弗拉维家族的新凯撒登基，他特地将自己的犹太名字

IV 路 加

Joseph ben Mathias 替换成我们今天熟悉的拉丁名字①，他的身份从战俘一跃成为刚刚当上出征东方的大元帅的提多身边负责犹太事务的专员。约瑟夫斯在提多身边发现了两个老熟人：小国国王亚基帕和他的妹妹百妮基——她摇身一变成了提多的情人。我们可以说百妮基、亚基帕跟约瑟夫斯一样是内奸，但兄妹俩绝非玩世不恭的混蛋。眼前发生的事情折磨着他们的心智。他俩尽自己所能在罗马人面前为自己的人民说情，又跑到子民面前宣讲罗马人的大业。除此之外，两人过得如鱼得水，一直享受着宫殿的奢华生活，总是站在当权者一边。现在，约瑟夫斯加入了这个出身好、心肠好的叛徒阵营，而且他十分忧心几位被困在耶路撒冷的亲戚，他可不想表现得不如亚基帕和百妮基。提多向他保证，攻城前投降的，无论是谁，一律能保住性命，于是他走出罗马人的营地将这最后的机会告诉被围困的人。约瑟夫斯在书中描述，自己绕着城墙转，想要找到恰当的距离，既能让城里的人听见自己的声音，又在箭的射程之外，他苦苦央求叛军考虑考虑犹太民族的未来，求他们想一想圣殿和自己的生命。然而时间只够他喊几句话：飞来一颗石头不偏不倚地砸中了他的脸。流着鲜血又痛心不已的他退了回去。

深爱着百妮基的提多希望表现出随和的样子从而赢得她的芳心，然而，从一方面看，被围困的耶路撒冷居民都成了狂热分子，面对他们很难表现出和解的意愿；从另一方面看，父亲移驾回罗马前给他布置了一道命令，丝毫没有含糊的余地：要用一场意义重大的伟大胜利拉开新朝代的序幕，并告诉世人，向罗马挑

---

① 即 Flavius Joseph。

衅的人绝不会逃过惩罚。

他做到了。

◆ ◆ ◆

以文字称颂提多的约瑟夫斯说，提多下令杀戮平民须有度，并且禁止毁坏圣殿。但总有他顾及不到的地方：圣殿起了大火，逃到圣殿避难的女人和小孩儿全被活活烧死了。当务之急是要处理数以十万计的遇难者，其中包括叛军、耶路撒冷居民和来朝圣的人，同等重要的还有把幸存的人关进营地，按照身体条件的好坏，有些人被发配到埃及的挖矿场，有些人被卖给秘密买家当奴隶，至于样貌最好的，留着用来装点罗马正在筹备的凯旋仪式。

耶路撒冷是一座布满隧道和地下通道的城市。我的朋友奥利维耶·鲁宾斯坦带我看过，在今天被称作大卫城的考古遗迹上，街道上一块块巨大的石板被从正中间整齐地分成了两半。这幅景象特别怪异，没人知道发生了什么，什么样的地震能产生如此之深、如此整齐的断层。奥利维耶给了我答案：断层不是自然灾害造成的，而是罗马军团的杰作。他们用大锤猛敲石板，依次将路上每一块石板都砸出一条缝，像揪老鼠一样把藏在地下、活到最后的造反分子统统揪出来。曾在围城之内实行恐怖统治的叛军头领之一西蒙·本·吉奥拉在地道出口被逮了个正着，此时的他满脸浓密的胡须，人也半疯不疯。到了没人可杀的时候，和蔼可亲的提多下令摧毁城市，砸掉城墙，夷平圣殿。从工程学的角度来看，这可是个不小的壮举。破坏留下的巨大石块总得找地方放，待分隔圣殿与上城区的细谷被巨石填平，士兵们便任凭石块随意堆在各处。在此后的几百年里，一次次攻下、接手耶路撒冷城的征服者，无论是罗马人、阿拉伯人、十字军还是奥斯曼人，都在巨石推上按照自己的心意重建这座城市，每个人都宣称城市是自己的作品。在这一座巨型乐高积木中，唯独圣殿西面的承重护墙从未倒塌，犹太人称之为"哭墙"，直到今天仍有人去"哭墙"前做祷告。约瑟夫斯总结这个事件的时候说："叛乱毁灭了城市，而罗马又捣毁了叛乱。"大家能听出他话里的意思——犹太人挑的头，为了恢复和平，罗马人别无选择。事情也可以被描述成另一番模样。不列颠曾出了一位军队首领，名叫卡尔加库斯，塔西佗为我们记载了他铿锵有力的豪言："当罗马人毁掉所有东西的时候，他们叫它和平。"

26

如今去以色列游览让人印象最深刻的景点，马萨达算一个，马萨达是喜爱排场的大希律王在临死海的岩石尖坡上兴建的一座堡垒。这座"鹰巢"见了会让人想起清洁派的城堡和《鞑靼人沙漠》里的防御工事，①当时，最后一支奋锐党分队在耶路撒冷陷落之后藏身这座堡垒熬了几个月，最终集体自杀。现在，学校里的孩子每年去参观一次，受征召入伍的年轻人来此宣誓，政治学家将以色列视自己为一座四面被包围、需要大家誓死防卫之城堡的倾向称作"马萨达情结"。将马萨达里的奋锐党人当成青年一代的

---

① 清洁派是中世纪流传于欧洲地中海沿岸各国的基督教异端教派；《鞑靼人沙漠》是意大利作家迪诺·布扎蒂的代表作。

榜样是否合适，不少历史学家就这个问题展开了辩论，因为根据被包围的人是自杀——犹太律法严禁自杀，还是互割喉咙——这一点律法上没问题，答案有所不同。这桩惨剧必定让弗拉维奥·约瑟夫斯回想起了自己生命中最关键的一个阶段，他在《犹太战争》中着力描写了这一幕。书中最后一章写的正是这一幕，读者在阅读过程中会反应过来，在弗拉维奥·约瑟夫斯看来，他所写的远非《犹太战争》的最后一章：它是犹太民族历史的最后一章。

同往常一样，约瑟夫斯情不自禁，借奋锐党头领以利亚撒之口做了一篇很长的演讲。下面这段是他让以利亚撒说的话，以利亚撒讲完几个小时后便英勇就义了，而他，约瑟夫斯，却顶着叛徒的身份苟活：

> 最开始，当我们想捍卫我们的自由时，我们或许就猜中了神的心思，我们明白，他在爱犹太民族那么长时间之后，最终给犹太民族判了罪。如果神仁慈如初，甚至他的敌意没那么彻底，他都无法承受失去这么多人类的代价，也不会任由世上最圣洁的城邦落入放火毁城的罗马人手中……真相就是，神的旨意违逆了犹太种族全体的意志，按照他的心意，我们应当告别这一段我们也不知道为何用的此世……因我们的罪而遭受惩罚，哪怕是我们自相残杀，也好过敌人亲手裁决。

整部以色列历史就是神向其子民发出的一连串警告。他发出威胁、警告、判决，然后总在最后一刻撤销，这时的他会露出父亲的慈祥。在最后关头,神停下了亚伯拉罕手中的刀,救下了以撒。后来,他不管巴比伦人攻陷耶路撒冷,拆毁圣殿,但允许流亡的犹太人归乡,第二座圣殿才得以建造。这一次完全不同:这是神给他们的最后判决,没有挽回的余地。

再也不会有第三座圣殿了。

◆ ◆ ◆

罗马人从原则上说一般不拆圣殿。敌人被打败,罗马人也不会羞辱敌人的神明。通过一个特殊的仪式,拉丁语叫 evoatio[①],他们会在万神殿里找个地方供奉敌人的神明。但这从来不适用于以色列的神,更别提重建圣殿的事了。犹太人原本每年会捐两德拉克马[②],用于圣殿的养护,他们落难后还要继续捐钱,然而善款今后只能用于养护卡比托利欧山,也就是供奉异教的神明了。这一笔罗马人喜闻乐见的进项名叫"犹太税",正是韦斯巴芗的发明,人民欣赏他的多谋善断,欣赏他像家中的严父一般治国,赞赏他对于收税的创想。传奇故事误认为他是公共小便池的发明人,公共小便池当时已经出现了,不过韦斯巴芗确实是对尿征税的人。羊毛作坊的老板用人的尿做脱脂剂,他们不想缺这种原料,于是在一间间作坊门口摆上小罐子,鼓励居民往里倒夜壶。很好,韦斯巴芗说,但做无妨,可是要收一小笔特许使用费,他还借此说出

---

① evocatio 是一种古罗马的宗教仪式,指的是古罗马人围攻敌城临近发起总攻的时候,请求敌方的神明放弃敌人的"土地、庙宇、崇拜与城市",转而庇护罗马的"土地、庙宇、崇拜与城市"。这种仪式史料记载极少,可查证的史实极少。
② 古希腊货币单位,银币。

了那句"钱没有臭味"的名言。

六十年后,玛格丽特·尤瑟纳尔写过的好皇帝哈德良,跟所有"好"皇帝一样仇视犹太人和基督徒,他在耶路撒冷的原址上建造了一座现代罗马城市,取名埃利亚卡皮托利纳,原先的圣殿被一座朱庇特神庙取代。挑衅之举导致在附近生活的犹太人最后一次奋起反抗,可他们也倒在了血泊中。割礼随即被叫停,罗马人怂恿他们放弃自己的宗教。当地不再叫犹太,更名为巴勒斯坦,这个名字取自犹太人的宿敌非利士人——非利士人原先居住在加沙地带,早先实际上是犹太人逼非利士人迁离家乡的。遭受毁坏复而被辱没的耶路撒冷,成了哀伤与悲痛的名字。《密什那》里写道:"重新粉刷房子时,应在墙上留出一小块不涂,以示对耶路撒冷的怀念。准备饭菜时,应故意遗漏一种美味的食材,以示对耶路撒冷的怀念。穿戴华美的服饰时,应留下一件,以示对耶路撒冷的怀念。"

◆ ◆ ◆

可是……

27

可是,《塔木德》说,耶路撒冷出了一位格外虔诚的犹太拉比,名叫约哈南·本·扎凯。作为希勒尔长老的弟子,这个法利赛人毕生致力于研究犹太律法。在耶路撒冷围城期间,约哈南主张遵循理性却无济于事。当他明白事态毫无希望后,成功托人把自己藏在棺材里偷偷带出了城,棺材里摆放着一具腐烂的尸体,肉体腐败的气味骗过了边卡的士兵。约哈南的弟子直接带他去见元帅，根据口传的犹太教教义，本·扎凯拉比和弗拉维奥·约瑟夫斯不约而同，也向韦斯巴芗禀报了以色列兵败和韦斯巴芗即将登上王座的消息。（身为叙事者的我自然会舍弃重复的故事，但是，这么说吧，两个不同的消息来源证实了两条一致的预言，如果预言为真，韦斯巴芗可真有得烦了。）未来的罗马皇帝下令立刻摧毁所有与犹太相关的事物，拉比竟然得到他的首肯在城中留下了一片飞地，少数虔诚的教徒得以继续安心地研习犹太律法。

◆ ◆ ◆

犹太人的圣殿不复存在。犹太人的城市不复存在。犹太人的国家不复存在。在正常情况下，犹太民族本应不复存在，就像在它前后消失或消解在其他民族中的民族一样。历史并非如此。人类历史上从未有过其他民族在长期被剥夺了故土与世俗权力的情况下，仍然能维系民族存续的例子。这种绝对闻所未闻的全新存在方式最开始出现在雅法附近的亚夫内，耶路撒冷遭受洗劫之后，本·扎凯拉比求来的那一小块法利赛自留地就建在这里。正是在这里，后来的拉比犹太教悄悄地、静静地萌芽了。《密什那》也诞生于此。正是在这里，犹太人不再栖居于名叫祖国的土地上，他们永远生活在律法之中。世上不会再有犹太大祭司，取而代之的是长老，不会再有金碧辉煌的圣殿，只有朴实简陋的犹太教堂，不会再有牺牲，只有祷告，不会再有圣地，只有叫作安息日的那一天，犹太人不得不永远放弃空间的诉求，这安息日为他们在时间中竖起了一座永远攻不破的至圣所，在安息日当天，要专注，要关心他人，要行因爱神而被神圣化的日常之举。

《塔木德》记载拉比与一位弟子探访变成废墟的耶路撒冷。弟子慨叹连连：哎，哎，哎。"别难过，"拉比对他说，"我们有另外一种方式能向神传达让他开心的崇拜。""所以是什么呢？""善举。"

28

那穷苦人怎么样了？圣人们呢？还有耶稣的家人、归顺雅各的犹太-基督徒都怎么样了？相传他们，起码是当中一些人，得以逃出被包围的耶路撒冷，后来去了约旦河对岸荒芜的巴萨尼亚地区避难。

这些人是最后一批认识耶稣的人。他们说耶稣是一位先知，他来提醒以色列要严格地遵守犹太律法。然而，以色列刚刚倒塌在战火之中，对此，他们不知道该怎样想，但他们已经习惯了：本该赶走罗马人的耶稣反被他们钉上了十字架。如今，无比震惊的他们，什么事都没法领会。毕竟他们不是阐释奇才。

他们相互回忆耶稣说过的话，还有一些逸事。要是有谁来问，他们或许能描述出耶稣的脸是什么样子。他们建立谱系，想要证明耶稣的的确确是大卫王的子孙——这一点对他们至关重要，甚至他们信仰的核心就在于谱系问题。他们目睹耶稣的兄弟雅各遭受石刑，还有人告诉他们彼得死在罗马，约翰或许同样死在了罗马。他们心想肯定是"敌人"告发他们的。"敌人"是他们给保罗的称呼。虽然他们关于保罗知道得不多，却足以败坏他的名声。他们四处散播保罗使用黑魔法的故事，说保罗根本不是犹太人，还曾想勾引大祭司的千金——多亏了马克比教授，我们才能对这一切略知一二，马克比在残缺不全、只剩下丝缕的口传教义中寻找有关保罗的信息，他说服自己，这些信息才是《新约》

里"讲故事"的老手掩藏的真相。在同一个时期,犹太人也在讲关于耶稣母亲的同一类故事,说她跟一个名叫潘得拉的罗马士兵有染,或者干脆说,她跟豹子有一腿①。

犹太-基督教徒同时被犹太人和基督徒所排斥,他们甚至在自己亲手建立的教会中沦落为信奉异端之流。信奉异端但不大碍事:没人关心他们,没人知道他们是不是还活着,他们孤零零地蜷缩在荒僻的角落守着自己的家谱。若不是四百年后的穆罕默德根据法利赛人宗派残存的资料形成了他对耶稣的看法,可以说,他们的生活痕迹很有可能早在风沙中消散了。

29

公元70年之前,基督徒常常被当作与犹太人一类。将二者混为一谈对基督徒来说是有利的,因为帝国认可犹太人,且大体上能接纳他们。第一次有人区分基督徒和犹太人的时候,事情的发展并没有让基督徒尝到好处:为了一雪罗马大火之耻,被烧死的是他们,而非犹太人。然而犹太人的起义被镇压之后,犹太人沦落到去异乡逃亡的境地,还被看作潜在的恐怖分子,失去了先前享受过的所有特权,基督徒关切的事情随之变成了和犹太人划清界限。在公元70年之前,教会元老分别是雅各、彼得和约翰,都是信奉犹太教的犹太良民。保罗不过是到处生事的异端,死了以后再没人说起他了。公元70年之后,全都变了:雅各的教会沉入沙中,约翰的教会转变为由一群信仰密宗的狂热分子组成的宗

---

① "潘德拉"(Panthera)与"豹"(panthère)的拉丁语词根为同一词——panthera。

派，保罗和他的教会则迎来了去犹太化的成熟时机。保罗本人已不在，但他的支持者分散在世界各地。路加就是保罗派的一员。重回故乡之后，他本想着正式退隐。他以为历史已经终结，战斗已败，可以前的同伴告诉他还没完，一切正重新开始，而他们需要路加。

◆ ◆ ◆

既然现在要带路加回到罗马，我们最好还是把时间设定为公元71年的6月，好让他和城里所有人一起参加为刚刚从耶路撒冷回来的提多准备的凯旋大典。凯旋仪式，不过是一次阅兵式，但罗马人做事不会只做一半。如果要建竞技场，他们一定会预设二十五万个席位，他们的阅兵仪式能与里约的狂欢节媲美。作为凯旋将军随行人员的一员，约瑟在官方观礼台上观看了这场庆祝罗马文明战胜东方狂热宗教的典礼。描述盛典的时候，他用了大量可与福楼拜的小说《萨朗波》相媲美的细节描写，文字间回荡着的心醉神迷可以说有些不合适，毕竟战败的是他自己的民族。

最让人惊异的细节莫过于可移动的立柱柱头，这些柱头有四层楼房那么高，随着方阵缓缓前行，里面关着一大群战俘，这么做是为了让罗马的平民开开眼界，让战俘们再现——此处引用约瑟夫斯的描述——"无坚不摧的城堡被攻占，整座城市沦陷在杀戮之中，被割喉咙前伸出手乞求饶命的败兵，垮塌并压住了居民的房子，还有一条条河，它们没有流贯种着庄稼的田地，而是在一片四处起火的土地上奔流。移动的柱头顶端站着被攻下的城市的元帅，每个人被摆成受俘时的样子。后面跟着许多战舰"。我要坦白，自己有些难以想出这幅画面具体是什么样子，但可以肯定的是，现场盛况空前。

在"被摆成受俘时的样子"的元帅们中间，有一位是西蒙·本·吉奥拉，他像萨达姆·侯赛因一样从耶路撒冷的废墟中被抓了出来，脖子被套上绳子，吃了士兵们一顿鞭子，此时的他正走在通向处决之地的路上。约瑟夫斯肯定会想，要不是自己及时改变了立场，绝对会有同样的下场。在俘房后面展示的是战利品，尤其是从圣殿里拿来的物件：一座座七枝烛台，美男子所穿的礼拜仪式的服装，好似费里尼的电影《罗马风情画》里展现的教士时尚走秀，还有圣殿至圣所的紫色帷幕。最后出场的犹太律法卷轴给战利品展示画上了句号。之后还有人架着一座座象牙和黄金雕成的胜利女神雕像走过。队伍的最后，端坐在战车上的是韦斯巴芗本人。他的打扮非常简练，神色格外质朴，身边簇拥着两个儿子——提多和图密善，图密善，约瑟夫斯记录道，"骑着一匹真正值得一看的马"。

◆ ◆ ◆

韦斯巴芗后来当了十年皇帝，提多两年，图密善十五年。前两位治下的王朝风平浪静，追求繁荣发展，恢复秩序，尽可能远离提比略、卡利古拉、克劳狄一世和尼禄的疯狂。图密善上台之后，情况将再度恶化，但我们还没讲到那儿。此时，所有人都能自由呼吸。罗马得以休养生息。击败犹太人让罗马人感觉回到了美好的旧时光，那时还没有那么多外邦人，罗马人还不是被过度的宴会、异域的影响、漫长的温泉浴弄得萎靡不振的城市居民，他们是粗犷的士兵，浑身散发着汗水和男人的味道，根本沾不上东方的香气。韦斯巴芗像大家族的父亲一样管理帝国。提多等待继位的时候,高效地辅佐父王。

苏维托尼乌斯为提多起了一个诨名——"人类的爱与欢乐",这个名号得到了后世的认可。勒南反倒笃定地说我们在提多身上发现的善良并非他的本性,不过是强装出来的罢了。我不晓得勒南从哪里得到了如此敏锐的心理洞察力,但提多的这个特点很打动我,因为善良于我也不是出于本性:我知道,除了善良什么都不值钱,所以同样强迫自己善良,而且我发现善良只会给人更多裨益。人们认为提多身上唯一的缺点是,他征战两年之后从犹太带回来一群在罗马宫廷中显得格格不入的犹太人,这其中有他的好朋友亚基帕和约瑟夫斯,特别要算上他的情人百妮基。提多去哪儿都要把她带在身边,两人即将成婚的消息满天飞。年纪大的罗马人看不顺眼,韦斯巴芗请儿子处理好此事。提多臣服了。苏维托尼乌斯把结局概括成一句拉丁语——Titus reginam Berenicem ab Urbe dimisit invitus invitam,意思是"提多把皇后百妮基送出罗马,这违背了他的心愿,也违背了她的心愿"。invitus invitam 比法语美太多了,它就是拉丁语伟大风格的登峰造极之作。①拉辛根据这两个词写出了最为壮丽的古典悲剧,在法国被占领时期,罗贝尔·布拉西亚克受到这句话的启发写出一部戏,讲述抛弃年迈色衰的犹太情妇的美德,当然这部戏由于正当的原因没有拉辛的出名。②百妮基再次回到了荒凉的东方。韦斯巴芗驾崩之后,她回到罗马,再次见到了提多,可是为时已晚。他的王朝是

---

① 法语称这种拉丁语修辞为 polyptote,意为一句话中出现同一个词的不同变位、变格,从而形成文本内部关联、加强表达气势的修辞方式。此句两个单词出自同一形容词,但是通过格与性的差别,体现出了施动与受动的区别。
② 此处所说拉辛的戏剧为 *Bérénice*,即《百妮基》,一译作《蓓蕾尼丝》;布拉西亚克曾在法国被占领期间通敌。

公认的太过短暂，提多死于神秘疾病，让人不禁要问他是不是被可恶的亲兄弟图密善下了毒，要不就跟巴比伦《塔木德》写的那样，一直小飞虫从耳朵钻进了提多的大脑，让他饱受折磨，让他为毁掉耶路撒冷接受惩罚。据苏维托尼乌斯所说，临死之际，提多抱怨说，自己如此无辜，却仍旧被剥夺了生命，"因为他不后悔自己做的一切，除了一件事"——我们永远不知道是哪件事情。

30

通过塔西佗和苏维托尼乌斯，我们得以非常详尽地领略公元一世纪罗马的壮丽历史：皇帝、元老院、边境战争、宫廷阴谋，但是，多亏了尤维纳利斯与马提亚尔，我们才能了解罗马的日常生活。尤维纳利斯同菲利普·穆雷一样，是富有魅力的反动派，专写言语刻薄、饱含怒意的讽刺文章，马提亚尔则写极简主义的讽刺短诗，每写两句话就有一句开下流玩笑，但句句一针见血。如果大家的看法跟我一样，认为路加再回罗马是在一世纪七十年代初，还试图想象他在罗马的生活，那么，读《你往何处去》倒不如去读马提亚尔。

马提亚尔与路加之间，当然存在巨大的差别：他们中一人是基督徒，另一人不是，然而他俩——这一点对马提亚尔可以肯定，但这么说路加只是我个人的观点——同属一个社会阶层。两人都是小资产阶级，都是了无根基的城市人，一人来自西班牙，另一人来自马其顿，不用每天担心第二天吃什么，所以在这个层面谈不上贫穷，但在这座借助私家银行和投机累积了惊人的巨额财富的城市里，两人远远谈不上富有，甚至可以说与富有绝不沾边。

王　国

马提亚尔的讨喜之处,也是我在此提到他的原因,在于他的记叙巨细无遗,他尤其钟爱其他贵族作家瞧不上眼的细枝末节。他和乔治·佩雷克、苏菲·卡尔一样,凭着自己的采购清单和电话簿就能创作文学。马提亚尔的两居室在一幢收租房的三楼。让人难以入睡的噪声令他叫苦不迭,因为只有到了夜里,拉货的车马才能进城跑动,天刚蒙蒙亮,装货卸货的货车与拌嘴的马车夫发出的声音还没落幕,又传出商贩出摊大声叫卖的声音。马提亚尔单身,家里只有两三个奴隶,这个数目是最起码的:一个人家里要是没有三两奴隶服侍,那么得轮到他当奴隶了。马提亚尔睡床,奴隶们在他隔壁的房间里睡草席。他家的奴隶并非花大价钱买来的高级奴隶,可是马提亚尔很喜欢他们,待他们很亲切,与他们睡在同一个地方。他家里真正的奢侈品当属他的私人图书馆,收藏了古老的纸莎草纸卷轴和编订成册的手抄本,手抄本的每一页都写了字,虽然这些文字不是印刷上去的,而是工抄写的,但它们已经很接近现代意义上的书籍了。这种新的媒介类似今天的电子书,在当时开始取代旧的媒介;取代的过程正在进行,尚未完成。如此编订成"书"的有荷马、维吉尔等人的经典之作,当然还有彼时的畅销作品,譬如《致鲁基里乌斯的道德书简》,马提亚尔凭借最近写出的讽刺短诗集一跃成为被"编订"的作者,这带给他的自豪感绝不亚于法国作家生前就被收入"七星文库"。马提亚尔是一个文人,跟所有文人一样爱慕虚荣,但除此之外,他还是个可爱的潇洒闲人,比起他的事业,他更操心享乐,可谓古罗马版拉摩的侄儿[①]。无论天气晴好还是糟糕,他完美的一天就是早上

[①] 狄德罗的中篇哲理小说《拉摩的侄儿》的主人公。

闲逛一圈,然后流连于各家书店,再去集市上挑选晚餐的食材——芦笋、鹌鹑蛋、芝麻菜、母猪乳头肉,晚上请两三个朋友享用,一边跟朋友们闲聊,一边喝干一坛法莱纳葡萄酒——晚收酒,正是他的心头好。下午的时间,他都泡在浴池里。再没什么能胜过浴池:大家在里面洗身子,淌汗,聊天,玩乐,睡午觉,看书,做梦。有些人更喜欢剧院或竞技场;马提亚尔跟他们不一样。他能一辈子都泡在池子里,而且他差不多就是这么做的。可是这种享乐、这些愉悦的代价便是做苦活,所谓苦活是大多数罗马人必经之事,也是他们的噩梦——早晨拜会保护人。

◆ ◆ ◆

应当明白一点:帝国与任何工业时代之前的社会一样,其中的生产性劳动就是农业,而我们知道,农业是在田间开展的。那么,城市人做什么呢?其实,他们做不了什么事情。城市人靠救济。拥有土地并从中获得巨额收入的富人为穷人提供面包和娱乐——尤维纳利斯的原话是 panem et circenses[①]——是为了不让挨饿和怠工激发出他们起义的念头。三天中有两天休息。泡澡免费。最后,每个人生活都要花钱,但城市社会并不因此划分出雇主和雇佣劳动者——前者为后者的劳动支付工资,而是分为保护人和被保护人——前者供养无所事事的后者,让他们除了表达感谢什么都别做。富人除了土地和奴隶,门下还有一群被保护人,也就是一定数量没他那么宽裕的人,被保护人每天早上登门拜访,领取一小笔赏钱。这笔钱少说有六塞斯特斯,等同于法国按

---

① 直译为"面包和马戏",用于比喻一种肤浅的绥靖手段和愚民政策。

王　国

月支付的最低工资。古罗马穷人的生活全靠这笔钱——不那么贫困的人也靠它生活，但他们收到的钱更多：保护人越富有，身为被保护人的他们得到的钱就越多。马提亚尔是著名诗人，他对自己的生活还算满意，但这并不妨碍他在客居罗马的四十年里每天早上——天知道他有没有为此发过牢骚——屈从于拜见保护人的礼数。早早起来——正是他讨厌的事情。套上他的托加——也是他讨厌的事情：这袍子又硬又沉，穿上很不方便，而且洗涤费用很高，但是，就跟去办公室要打领带一样，见保护人一定要穿托加。由于没有雇轿子的钱，他们还得赤脚在促狭的街道上赶路，铺路石高低不平，路面泥泞，一不留神就踏空了，少说要弄脏托加。到了保护人家中便站在走廊上等，和其他寄生虫一起，他们以鄙视和警惕的眼光打量着彼此。等到和被保护人一样对整件事心生厌烦的保护人终于屈尊露面时，每个人等着轮到自己禀报几句，还得拿捏合适的语气——这个语气叫 obsequium①，这意思不言而喻。寒暄甫一结束，移步钱柜，由类似管家的人负责发钱。只有到了这个时候，大家揣上微薄的赏赐，才能开始新一天收获多少都无所谓的游手好闲。我们可以说，这样做不必付出太大的代价就能拥有偷懒的权利，我们也可以这么说失业救济金，但很少有受益者能毫无忧虑地享受救济。这一套晨间规程简直是奴役和羞辱，它是促使马提亚尔年近六十仍要回到他的出生地西班牙的原因之一，不过他在西班牙才叫无聊透顶。他钟情罗马，却无法忍受赏赐、拥堵、空谈：他觉得年迈的自己已经无法承受这一切。

---

① 这个拉丁语的意思是"顺从"，在现代法语中衍生为 obsèque，意为"葬礼"。

IV 路加

31

　　路加和追求享乐的马提亚尔恰好相反。他去浴池只是洗身子。即便有奴隶，路加也不会跟他们睡在一起。吃饭于他是表示感谢的机会，可不是用来聊什么闲篇的。可是，从外部看去，他作为有学问的单身汉，生活上倒是跟马提亚尔有许多相似之处。他过着普通罗马人的生活；直到这个时候，罗马的基督徒才明白保罗的教训，所以他们表现得跟普通罗马人一样。生活没有风浪，没有怪异的举动，没有留着大胡子的先知，更别提去地下墓穴秘密聚会了。大伙见面一般是在体面人家家中的爱筵上，体面人家通常是不信教的家庭，要么偷偷改信了基督，要么是在改宗的路上。就算路加营生靠的是行医，也不妨碍他跟每个人一样，有一个保护人。他的福音书和行传全都献给一个名叫提阿非罗的人，大家弄不清这人是个象征性的形象——因为他的名字意为"上帝的朋友"——还是真的存在过。从这两部书开篇路加对他说话的方式可以清楚地看出，这是一个不信教却对基督教感兴趣的人，路加的工作在于用这个人能够理解的理由相劝。我设想这位提阿非罗正是路加的保护人，并且路加从清晨来访的食客一步步成为这家人的常客，可能还成了他们的家庭医生，路加正是以他能听懂为原则，打磨了福音书中的措辞。

◆ ◆ ◆

　　首先，必须考虑提阿非罗对犹太人的极度不信任，普遍来看，遵守礼数的罗马人对待犹太人都是如此。甚至之前被他们的宗教狂热所吸引的人也相继醒悟，如今在他们眼中，犹太人不过是危险的恐怖分子。对此，路加展现回春妙手，用自身的例子说明基督徒并非犹太人，而且从实际看，基督徒与犹太人毫无干系。部分基督徒出生就是犹太人，这一点没法否认，然而这群人非常少，越来越少，而且他们都发誓要弃绝犹太律法。对于大家一直认为别有一番风趣，现在却视为威胁的礼数，这些人一个也不遵守。他们也没成为外邦人的党羽。他们尊崇罗马，尊重它的官员、机构和皇帝。他们纳税，并不要求任何减免。

就算是这样，比常人消息更灵通的人偶尔会如此反驳路加：您言语中拥护的主，那个您告诉我们复活了的主，他难道不是犹太人吗？是不是他造反违抗皇帝，所以才被罗马总督下令钉在了十字架上？事情比你们讲的更复杂，路加如是回应。他是犹太人，这件事确实为真，但他是因为效忠罗马帝国才使犹太人越发难以容忍他，他们为此处死了他。罗马总督只不过是执行犹太人的判决而已——全是被强迫的，总督乃正人君子，这么做绝对是不得已，请相信我。

◆ ◆ ◆

这项宣传卓有成效。跟犹太人纠缠不清的障碍一经扫除，路加讲述的事情让提阿非罗和他身边的人很中意。拥护如此崇高又能尊重他们自身社会地位的学说让他们倍感骄傲。他们开始捐钱给穷人，罗马见不到这样的事——给被保护人一些钱可以，但那些生活太过凄惨甚至不配有保护人的人还是算了。他们盘算着受洗的事情。说到路加，他倒是越来越想用笔记录自己对提阿非罗说的话。正是从这个时候开始，罗马基督徒的小圈子里流传起了一段关于耶稣生平的简短故事,有人传言,这是彼得旧时的书记马可的作品。

32

1995年,与我年纪相仿的作家弗雷德里克·布瓦耶说服天主教出版社拜雅上马一个巨型工程:新译《圣经》。每部书交由一位作家与一位《圣经》评注家紧密合作。其中的大部分评注家是教会的代表,而大部分作家不信宗教——据我了解的情况,作家中,弗洛朗斯·德莱和弗雷德里克本人是例外。联系到我的时候,拜雅的领导层仍未开绿灯,所有人都在试译的阶段。"有一位圣经学者,"弗雷德里克问我,"已经开始研究马可的文字了。你愿意跟他搭档吗?"

那我当然说"行"了:人活一辈子,参与《圣经》翻译的机会绝不会出现两次。此外,让我很满意的是,他们免除了我做选择的烦恼。几年之前,我一个人待在僻静的小角落评注《约翰福音》,那时的我相信,或者说是希望相信基督复活,但我对弗雷德里克什么都没说,也没告诉一步步组建起来的译者团队里的人。其中有些人提到色情片就不舒服,我倒完全不会。让我感到局促的事,在我看来,远比色情电影更难处理,比与性相关的秘闻更加无耻,"这些事儿"正是灵魂的、关于上帝的事。在我的内心深处,我愿意相信自己比文学小圈子里的同行更熟悉这些事情,因为我时时思索它们,将它们留藏在心底。这是我的秘密,这是我头一次说出来。

王　国

◆◆◆

　　已经着手翻译《马可福音》的评注家于格·库赞，是一个性情温和、面带微笑的矮个儿男人，仿佛一口由学识和谦逊铸成的深井。他曾做过神父，但是打光棍的日子让他不适应：他希望有一位妻子，有子女，有一个家庭。若教会允许，他肯定会带着神父的身份结婚。他倒是希望教会允许，因为他认为这两份天职完全没有冲突可言。教会没答应，他便做出了选择。库赞没有抗议，也从未想过说谎，有许多神父会这么干，但代价是饱受内心折磨和其他附带伤害。他还了俗，结了婚，养了三个孩子。然而，他从未与教会斩断联系，甚至未曾远离半分。我与他相识的时候，他不仅从事专深的研究与学术出版，还是欧塞尔主教最重要的合作者，带着全家住在主教房子背面不远处。他家正是我去拜访他谈翻译进度的地方。其间有几次，他来我在圣殿街上的工作室。每段经文，库赞都会向我逐字评述，好让我感受凝聚在每一个古希腊语单词周围的丰富含义和引申义。我大胆提出一种译法，再由他进行批评、修正、丰富。我们见面讨论了几十次，最后差不多用了一年的时间才将三十来页的文字译成初稿。

　　于格在我们的翻译大业中发现了革命性的意义，这一点让他激奋不已，他总是鼓励我在翻译中再大胆一些。我记得有一天，他对着我畏手畏脚的试译露出失望的神情："你弄的玩意儿，读起来跟'耶路撒冷圣经'差不多。如果翻译的是路加，我就不会提出来了，不过马可的话……"于格对马可的希腊语很糟糕这一点非常坚持——用他的话说，好比新加坡开出租的人讲的英语。他原本希望我保持忠实，也就是说，希望我故意译成时不时犯错的法语。我们就这个问题讨论了许多。我的说法是，这些错误并非包含在作者的意图中。或许如此，于格回答道，可是，它们是结果的一部分。我们一致认为，这两个观点都有道理，我们也希望彼此能取得一致，而我最终选用了语法正确的法语，但故意让文字显得笨拙、磕磕巴巴：句子一个接一个摆在一起，既没有联系，也没有起承转合。这与波德莱尔嗤之以鼻的"布尔乔亚钟情的流畅风格"截然相反，其实我自己也会不自觉地采用流畅风格：注意上下句的连接，确保句与句的连贯，让读者阅读时可以从一个句子无缝切换到下一句。这次翻译帮我确立了《对面的撒旦》的腔调。我还跟让-克洛德·罗芒提起了翻译计划，罗芒对此非常感兴趣，为了更好地跟进我俩的工作，他甚至比较了监狱图书馆里有的几个《圣经》版本。

◆ ◆ ◆

参与弗雷德里克的项目的这群人中间流传着两个重要的观念。第一个观念是，《圣经》里的书卷组成了一个混杂的整体，跨越了一千多年，采用了预言、编年史、诗歌、判例、哲学格言等多样的文学体裁，出自数百名不同的作者。《圣经》的重要译本，无论是像以前那样，由一人（如马丁·路德和勒迈特·德·萨西）独自倾力完成，还是像大公译本、"耶路撒冷圣经"那样由一众学者群策群力，总是倾向于在不同调的声音合奏之上镶嵌一层人为的和谐感：它们的声音变得相似，《诗篇》写得像《历代志》，《历代志》像《箴言》，《箴言》像《利未记》。将翻译工作托付给拥有或自认为拥有属于自己的独特语言的不同作家，其好处便是译文不会相似。确实，当我们从奥利维耶·卡迪奥主译的《诗篇》读到雅

王　国

克·鲁博让人耳目一新的《传道书》译文，不会产生在读同一本书的印象。说到弊病，首先在于同样的古希腊语或希伯来语在不同的书卷中译法不尽相同，以至于有点全无章法，全凭个人根据心意裁断；其次在于这些作家的差别没有那么大，所有人不仅同属一个时代、一个国家，甚至同属一个文学流派，即 POL 出版社和午夜出版社这两个小圈子。于我而言，我倒希望有人能请来——我也说不上来——或许可以找米歇尔·韦勒贝克或阿梅丽·诺冬，不过也罢，完美不属于这个世界，努力尝试确实值得，起码这项工作让我们每个人过上了好几年更加美好的日子。

　　藏在另一个重要观念背后的，是回到源头的梦想，也就是回到词语未被两千年的礼拜和尊崇消磨殆尽的时代。福音、使徒、受洗、改宗、爱筵……这些曾经熠熠生辉的词被掏空了意义，或是充满了另一种无聊且无害的意义。"你们是世上的盐。"耶稣讲过，"盐若失了味，怎能叫它再咸呢？"[①]我和于格开了几十个钟头的秘密会议，专门思索今天该如何译出 évangile。évangile 这个词甚至不是翻译过来的，只不过是古希腊语 evangelion 的音译。同理，法语 apôtre 是表示"密使"的古希腊语 apostolos 的音译，这么做不费脑筋又能卖弄学问；意为"教会"的法语 église 音译自古希腊语 ekklesia，意为"集会"；disciple 来自拉丁语 discipulus，意为"学生"；法语中的"弥赛亚"——messie 源自希伯来语 maschiah，意为"受膏者"。没错，"受膏"就是抹了油的意思。实际上，这个词和这个东西都令人倒胃口，我还记得我们中有一个喜欢打趣的人提议把"弥赛亚"翻译成"抹油啦"。

[①]　《马太福音》5：13。

Ⅳ 路　加

◆ ◆ ◆

今天的大多数人认为，所谓"福音"是一种文学体裁，记叙的是耶稣生平，他们还以为马可、马太、路加和约翰写福音书跟拉辛创作悲剧、龙萨写十四行诗没什么两样。然而，"福音"这一义项直到二世纪中叶才确立。马可放在他文字开篇的是一个普通名词，意思是"好消息"。往前推三十年，当保罗向加拉太人或科林斯人说到"我的福音"，他想说的意思是，我跟你们宣扬的，是我对这个好消息的个人看法。而问题在于，大家有理由怪罪évangile 丧失了原意，而且事实上它如今已不再有任何意义，但把它译成"好消息"是无比糟糕的补救方法：这么说塑造出了讨喜的天主教徒形象，大家脑海中立刻浮现出神父甜美的微笑与嗓音。不知道经过多少次让人懊恼的尝试，譬如翻译成"喜讯"或是"快乐的讯息"，我终于放弃，留下了 évangile。

这才是马可写下的第一个词。我们还没时间缓过劲来，不出几行又跌进了一片雷区："约翰来了，在旷野施洗，传悔改的洗礼。"①传的是什么？大公译本讲的是"为了原罪被宽恕而改宗的洗礼"，"耶路撒冷圣经"讲的是"为了原罪被赦免而忏悔的洗礼"，长者勒迈特·德·萨西讲的是"为了原罪被赦免而告解的洗礼"。洗礼、改宗、忏悔、告解、赦免，然而最可怕的当属"原罪"：我们打算赋予这一类词最为纯粹的意义，然而对我们而言，每一个文字符号都充斥着教会的热诚与让人心生犯罪感的恐怖，激发出一种神圣的恐惧。确实应当走出这个圣器收藏室去找别的

---

① 《马可福音》1：4，后半句法语原文只有"传"一个动词，没有"悔改的洗礼"。

东西，可要找什么呢？我最后写下的是："约翰出现于旷野，给人施洗。他传我们通过施洗被浸没，才能改正错误，从中解脱。"我想为自己辩白，能说出口的却只有我为了这个翻译呕心沥血。但我明白，这样并不算好。十五年后，当时的求新已经沦为老套。原罪和忏悔会淹没我们所有人，这才是该害怕的事情。

33

我们的共同工作开始的那天，于格问我："讲实话，你知道《马可福音》是怎么结束的吗？"我看了眼于格，有点愣住了。我当然清楚这部书是怎么完结的了，几个月来我把它一读再读：复活的耶稣在弟子面前显现，他告诉弟子们去向所有民族传递福音。还真不是，于格说，这一句话对我产生的效果让他甚是得意。你讲的这个，并非真正的结局。最后一章是很久之后才加上去的。不仅"梵蒂冈抄本"里没有，"西奈山抄本"里也没有，这两个抄本可以上溯到四世纪，是《新约》现存最早的抄本。两个抄本面世前，教会还没来得及把事务理顺，当时的《马可福音》在三位女性身上落幕，一是抹大拉的马利亚，二是小雅各的母亲马利亚，第三位名叫撒罗米，她们正是耶稣受难翌日去坟墓"膏"耶稣身体的那几位。她们发现掩住坟墓入口的大石头被移开了，坟墓里面，坐着一位穿白袍的少年，他叫三人不要害怕：耶稣不在这里，他已经复活了。少年命她们把消息捎给耶稣的弟子。三个女人赶忙逃走了。她们"什么也不告诉人，因为她们害怕"。[①]

---

① 《马可福音》16：1—8。

Ⅳ 路　加

◆ ◆ ◆

"她们害怕"——才是马可最后写下的几个词。

◆ ◆ ◆

我还能记起于格告诉我这件事情的时候自己惊得出神,还应该承认,我感受到了一阵狂喜。我主张译本以这一句作结,但意见没被采纳,我还在几次用晚饭的席间吊大家的胃口,实际上几乎很少有人知道,四部福音书中最古老的一本非但没写复活后的耶稣,还在三个女人面对空空如也的坟墓顿感恐惧的画面上落下了帷幕。

◆ ◆ ◆

被称作"Q来源"的集子告诉我们耶稣是如何说话的。马可告诉我们他做的事情,还有他给人的印象如何,与其说他性格温和,讲话总有哲理的高度,倒不如说他怪异粗鲁,还喜欢出言要挟。我住在土耳其期间,同埃尔韦一起给《路加福音》中驱魔和治愈疾病的故事列了个清单。这些故事都是路加从马可那儿抄来的,只有两处例外,要是参照故事原始的版本,大家能发现路加的故事情节更加柔和。马可讲得土里土气,读上去更加粗鄙,让人稍稍倒胃口,譬如耶稣把几根手指插进了聋人的耳朵,用自己的口水沾湿了结巴的舌条,用手搓盲人的眼睛。特别是这些故事占据了许多篇幅。如果仅从这些证言出发去了解耶稣,大家脑海里留下的画面不太会是智者或精神导师,恐怕更像一位萨满法师掌握了让人不安的能力。

453

王　国

马可写的东西里没有美丽的故事，也读不到山上的讲演，寓言将将能凑齐一把。撒种的寓言非常出名。种子的寓言讲的是种子一旦被埋进土地，就会在大家都没发觉的情况下独自发芽、生长。还有芥菜种的故事，播种的时候它算是百种中最小的，却最终长成了大树。三段故事运用同样的农业隐喻，然而就耶稣的话和对听他话的人产生的影响而言，三则故事道出了三个不同的道理：最开始非常之小的东西，却注定变得巨大；它在我们没有察觉的情况下在我们身上生长，不受我们的意志左右；最后是它能给一些人收获，而其他人却不能受益，因为前者接纳了它，把它种在丰沃的好土里，他们做得好极了，可后者将它埋在荆棘与卵石中，这可太糟，但现实就是这样："因为有的，还要给他；没有的，连他所有的也要夺去。"①

我认为这句话是深刻的真理，每天都在被证明，但是这句话听上去与悦耳根本不沾边。而且就算弟子们求耶稣说得明白一些，他也没有展露出好相处的一面，干脆回答："神国的奥秘只叫你们知道，若是对外人讲，凡事就用比喻，叫他们看是看见，却不晓得；听是听见，却不明白；恐怕他们回转过来，就得赦免。"②我想起我翻译这句话的时候有多么为难，话里蕴含的东西更像秘宗的教义，它只说给精神领袖的亲信听，却把教会之外的人推进外界的黑暗中，我努力让它往基本的教育理念上靠，以适应不同水平的学生。这种做法与保罗恰恰相反，路加肯定也被这句话难住了——证据是他重写这一段的时候截去了让人胆战的句

---

① 《马可福音》4：25。
② 《马可福音》4：10—11。

尾"恐怕他们回转过来，就得赦免"。①耶稣总不会这么难说话吧？

◆ ◆ ◆

让路加犯难的另有一件事——这件事有时反倒能让他开怀，那就是马可处理耶稣弟子的方式。随着他治愈病患的风声越传越远，越来越多的人追随耶稣，他在由社会边缘人、跛脚汉和赋闲在家的短工组成的这群人中间选出十二位，全天候为他干活。耶稣将他们两两分组，派往附近的村庄，行装少得不能再少——没有食物，没有背包，没有换洗衣服，任务是用油给生病的人搓身子并且给他们驱魔。这一切本可以讲成一个精英团体或是基督的光荣士兵组成的军团就此诞生，但是马可从来不放过任何一个从最不讨人喜欢的角度去描绘他们的机会。他们本该去驱魔，可一旦走投无路，他们就跑回去找主人。跟雅各和约翰希望在审判到来之日能坐在耶稣左右的故事所显示的一样，耶稣的弟子们反应迟钝，喜欢吵架，妒心还很强。耶稣责备了他们，可不出几页，他们又想方设法争论起他们之中谁最伟大，耶稣跟他们又讲一遍——耐性却越讲越少——想做第一的人必须接受做最后一名，这是规则，而规则比犹太律法更重要。耶稣跟弟子说，不久之后自己会被排斥、被追捕、被杀害，彼得听到后高喊：别说这码事啦，说了把厄运招来了。然而他只得到了我之前引用过的一句回答："撒但，退我后边去吧！"②要说撒但，耶稣是认得他的：他在旷野

---

① 见《路加福音》8：10。
② 《马可福音》8：33。

王　国

四十天，受撒但的试探，并与野兽同在一处，且有天使来伺候他。①

用过最后的晚餐之后，在客西马尼园里，耶稣和彼得、雅各、约翰一起去祷告。他告诉弟子们要时时戒备，可刚过了一分钟，几个人睡得就跟打钟人没两样。就在有人来抓耶稣的时候，弟子中有一位起身反抗，割掉了大祭司仆人的一只耳朵，可这之后就只有溃逃的份儿了。耶稣忍受巨大的痛苦，不停地哀号"我的神，为什么离弃我"②时，十字架脚下却见不到一位弟子。唯有几个女人远远地看着。最后取下耶稣尸首放进坟墓的人，不过是一个茫然的、同情耶稣的人，名叫亚利马太的约瑟。耶稣入墓穴时，附近依旧见不到弟子的踪影。故事最后只剩下三位惊慌失措的妇人，她们远远地望着，看到的事对谁也不说，因为她们害怕。

◆　◆　◆

让我们概括一下。马可讲的故事是乡下有一个替人治病、驱魔的人，被大家误认为通巫术。他在旷野里跟魔鬼交谈。他的家人希望找人把他关起来。他的身边跟着一伙没用的闲人，他用凶险、猜不透的预言吓唬他们，但他被抓起来的时候，这群人纷纷逃走了。他这一遭历险前后不到三年，下场竟然是在失望、背叛和恐惧中被草率审判，最终被卑鄙之人处死。马可的叙述不加任何修饰的成分，也没有让人物形象更讨喜一些。读到这个残酷的

---

① 《马可福音》1：13。
② 《马可福音》15：34。

故事，你会感觉自己无限接近一个从未被触及的边界：实实在在发生过的事。

34

我知道，我在自我投射。即便如此，我还是认为路加看到马可的记叙时感到一丝恼火。啊，原来其他人已经写过了啊……恼火是因为他也曾想做这件事，因为他或许刚刚才动笔。他一读到马可写的东西，心里肯定在想：我能做得更好，毕竟我掌握马可不了解的信息；我更有文化，还懂得斟酌文字；那部书还是个草稿，是犹太人写给犹太人看的书，提阿非罗要是读到它，定会看睡着；故事的最终版本，也就是受过教育的异教徒会读到的这一本，将由我来书写。

◆ ◆ ◆

现代的历史学家们瞧不上埃皮纳勒版画①。相比条约和战争，相比罗兰在龙塞斯瓦列斯的战役②，他们更钟情地方志的演变与三圃制。而在《圣经》方面，他们注重在集体的、脱离肉身的口传教义中消解个体的贡献。他们会讲：一部福音书包含不同的阶层，它是某个共同体的产物，我们不要天真地以为它由哪个人写成。这个说法我不同意。福音书固然是由一个共同体完成的，当

---

① 以木刻版画为基础的彩色印刷品，是反映十九世纪法国乡间政治与宗教风俗的最直接载体，在传播拿破仑形象的过程中发挥了重要作用。
② 这是一场发生在778年的历史事件，也是中世纪文学中最著名的传奇故事之一，讲述了法兰克王国的骑士罗兰与巴斯克人的战斗。

然，它还是抄经人，甚至抄经人抄其他抄经人的作品，但这些毫不妨碍在某一个时刻，有一个人写出这个文本——这里的这个人，在我叙说的历史之中，正是路加。他们同样会说：如果想象一位福音书作者通过触手可及、摊在桌上的材料写作，一定要提防由此带来的时代谬误——就跟我一样，写作时手边摆着几本《圣经》，勒南的书也在旁边，就在我的右手边，还有几层不断增补新书的书架。我丰富的圣经藏书让我体会到了孩子般的骄傲，我感觉自己仿佛是卡巴乔那张旁边画着一只小狗的油画里奋笔疾书的圣杰罗姆——这幅画可以在威尼斯的斯拉夫圣乔治会堂看到。说实话，我不明白为什么这样的画面不可能存在，至少路加就有可能是这样的。

路加是个有文学修养的人，哪怕他在罗马的住所比马提亚尔的房子更加破陋，也不妨碍他像马提亚尔一样辟出一方小小的书房。如果大家要找违背历史的错谬，那张桌子就是一个——罗马人很少用到这件家具。他们做什么事情都得躺着：躺着睡觉，躺着吃饭，躺着写字。我们不妨认为路加跟普鲁斯特一样是躺在床上写书的。那些摆在他绒被上的书，我们顺次先是看到了《圣经》的"七十士译本"，接下来是他誊写的马可记叙，最后是同样由他抄写的集子，里面是他在凯撒利亚期间，腓利告诉他的耶稣之言。这个不怎么大的卷轴一直被他藏在行李箱底，那可是他的宝贝。现如今，卷轴变成他压马可一头的优势，接触不到这些内容的马可对耶稣教义的了解真是少得可怜。"七十士译本"、马可的文字，还有"Q来源"，这三个是他的参考文献，我想还得在此添上弗拉维奥·约瑟夫斯。

Ⅳ　路　加

◆ ◆ ◆

约瑟夫斯是提多的朋友，耶路撒冷陷落之后紧接而来的反犹浪潮没让约瑟夫斯吃到苦头。大部分的犹太战俘成了罗马城里的奴隶。他倒舒舒服服地安居在帕拉蒂诺山上一幢雅致的房子里，拿着终身养老金，戴着骑士才有的指环，频繁进出皇宫，并且，跟许多不得不提前退休的外交官一样，他还转型成了历史学家。他最开始用阿拉米语，后来用考究到近乎古体的希腊语，写出了这本我大量引用的著作，他在书中奉承提多，给自己安上了漂亮的身份，捍卫他的族人，说其民族的覆灭是由一群不负责任的暴徒造成的。《犹太战争》于公元79年面世。富有学养、对犹太教感兴趣的罗马人不会没听说过它。这本书非常厚——午夜出版社的版本文字密密匝匝，整整五百页，这还没算上皮埃尔·维达尔-纳凯作的序。书当时应该卖得很贵。说不定路加是在公共图书馆里阅读这本书的——罗马城里有不少特别好的公共图书馆，阿波罗神庙就有一家——但我还是想象他勒紧腰带，走进阿尔吉勒托巷路边一家马提亚尔常来置办书籍的书店。深谙此中快意的我，想象他揣着战利品回到住地，许多语词、名字、风俗、细微的史实从这部书里向外进现，路加要用它们酿造自己的佳作。路加在福音书，特别是在行传里讲到法利赛长老迦玛列，讲到造反的杜达，讲到埃及人，讲到了罗马世界从未见识过的形形色色的人，他的内心充盈着刚刚挖掘出资料的记者的喜悦之情，得益于这份资料，他的报道将有十足的分量与可信度，也能让读者相信他所说的件件大事都可查证。我们正是以同样的方式去阅读瑟夫斯，将其作为《新约》的对位，这也是十七世纪将约瑟夫斯译入法语的冉森派教徒昂

459

迪伊的阿尔诺称他为"写福音书的第五人"的缘由。

35

故事说到这儿:现在我们置身罗马,时间是一世纪七十年代末。路加开始写作福音书。

至于我,我邀请诸位重新读一遍《路加福音》开头几行:"写给提阿非罗"。你们现在去,我等着你们。

◆ ◆ ◆

大家又读了一遍吗?我们的看法是一样的吧?路加给自己设定的角色确实是历史学家。路加答应提阿非罗要做田野调查,还要写出一份可以信赖的报告:写点严肃的东西。可刚说完打算,从下一行开始,他写的是什么?

一部小说。一部纯正的小说。

36

"当犹太王希律的时候,亚比雅班里有一个祭司,名叫撒迦利亚;他妻子是亚伦的后人,名叫伊利莎白。"①

撒迦利亚和伊利莎白,读者不清楚这两位是谁。没有人听过他们的名字,但大家都知道希律王,这个情况好比在《三个火枪手》里,国王路易十三、红衣主教黎塞留等人物用自己角色的信

---

① 《路加福音》1:5。

IV 路加

望给阿多斯、波尔多斯、阿拉密斯、波那瑟夫人这样的人打掩护。撒迦利亚和伊利莎白都是义人,路加接着往下说,他们爱神,遵行主的一切诫命礼仪。可惜的是,他们不能享受膝下有子的福分。有一天,撒迦利亚正在圣殿里祈祷,有一位天使向他显现。天使向他宣布,伊利莎白要给他生个儿子,还让他给儿子起名约翰。撒迦利亚惊诧不已,因为他们岁数这么大了,伊利莎白和他……天使告诉撒迦利亚,他肯定不会信,于是让他成了哑巴。撒迦利亚从圣殿出来的时候一言不发,一直不能说话。没过多久,伊利莎白便有了身孕。

◆ ◆ ◆

德国哲学家雅各布·陶伯斯说过,《旧约》和《新约》之间的巨大差异在于,《旧约》充斥着妇女生不出孩子,神赐予她们诞下孩子的恩泽的故事,而《新约》里一则都见不到。《新约》不关心增长、增殖、繁衍的问题,反倒关心为了天国自裁成为阉人[①]。伊利莎白的故事看似反驳了陶伯斯颇有洞察力的见解,可实际上并没有:在路加的心目中,一群人都还在《旧约》里呢!撒迦利亚和伊利莎白仿佛垂老的以色列派来的代表,伫立在福音书的开场,而在我所书写的主人公身上有一个细节最能打动我,那就是他着力刻画两人时投入的温情。

这个场景确实有点像仿作。天使降临圣殿,向撒迦利亚宣布孩子即将出生。"他在主面前将要为大,淡酒浓酒都不喝,从母腹

---

① 见《马太福音》19:12。

里就被圣灵充满了。①他必有以利亚的心志能力,行在主的前面……②"我们应当记得,这一连串带有夸张犹太色彩的文字符号和文字中丰富的当地色彩,皆出自一个外邦人之手,他几年前才第一次见到圣殿,也不理解大家强迫他的老师保罗做出的滑稽动作。但他回到了原点。之前的他一直在兜圈子。虽然他参与了一场势必要脱离犹太教的运动,但他想了解犹太教。他做的比认识更深一步:他喜欢上了犹太教。

路加写福音书的时候,他那一党的中心路线是要抨击以色列。其他几位犹太血统的福音书作者带着热诚完成了这项任务。路加没有。作为四人中唯一的异族人,他却用这篇历史微小说为福音书开场,小说充满了他从"七十士译本"中汲取的犹太风情,他盼着让提阿非罗令领略这个业已消失的世界有多美,让他感受到如撒迦利亚和伊利莎白这样的义人用虔敬和审慎的灵魂道出的虔诚,在圣殿的巨大柱廊中可寻不着。路加好似在放手写福音书之前特地提醒我们,他俩参透了其他任何人都无法领悟的约伯话中的意思:"我必在肉体之外得见神。"③

37

伊利莎白藏了五个月的身孕。到了第六个月,同一位天使加百列去见了伊利莎白的表亲马利亚,她生活在加利利的拿撒勒。天使也告诉马利亚,她将怀孕生子。她会给他起名为耶稣,而大

---

① 《路加福音》1:15。
② 《路加福音》1:17。
③ 《约伯记》19:26。

家都会喊他神的儿子。天使问安让马利亚忐忑不安：她虽然已经被许配给一个名叫约瑟的人，但两人才订婚，也就是说，马利亚还是童女。她对男人一无所知，怎么会怀上孩子呢？"不要怕！"天使对她说，"没有什么是神做不到的。你的亲戚伊利莎白，素来称为不生育的，不是在年老的时候也怀了男胎吗？"马利亚本可以让天使明白，老来得子和始孕无玷并非一回事，不过她只答了天使一句话："我是主的使女，情愿照你的话成就在我身上。"①

基督教资历最老的两位证人——保罗和马可，竟全然不知这个始胎无染原罪的故事。十年或二十年以后，故事出现在两部福音书里，而两位福音书作者却素不相识。路加在罗马写作，马太在叙利亚，两人都讲述了耶稣降世，不过他们在这一点上大相径庭。马太讲有几位东方来的博士在他的星的指引下，前来拜见未来的犹太人之王。他说，犹太人真正的王希律得知这件事，害怕自己有一天会因这个人失去王位，于是下令杀光当地所有没到两岁的孩子。马太说约瑟提前收到天使的信息，逃往埃及才保住了全家的性命。②这一出意义重大，但路加完全没提到。然而，他还是跟马太一样，说耶稣是童女生下来的。那这则故事出自何处？又是谁散布出去的？没人知道。如此降世确实神秘，即使我们不接受耶稣的出生同样神秘。我对这点真没什么说法。

不过关于路加构建故事的方法，我倒是有一个说法，而且我感觉自己更能胜任这个话题。在天使报喜这个场景中，我通过小说创作者，或者说是电影编剧的角度，找到了跟保罗在行传中登场一样异乎寻常的地方。大家回想一下：路加在描述司提反受石

---

① 见《路加福音》1：26—38。
② 见《马太福音》2：1—16。

刑时提了一句，说这些暴徒为了行刑的时候能更痛快些，干脆脱下身上的袍子，交给一个名叫扫罗的年轻人保管。与此偶然程度相当的是，我们通过天使加百列之口得知，这个似乎无缘无故出现在福音书开头的伊利莎白是马利亚的表亲——所以即将出生的两个孩子，约翰和耶稣，是表兄弟。

◆ ◆ ◆

我的读者也许留意到了：有的时候，我跟猜来猜去的历史学家们相反，愿意相信口传教义。打个比方，有人猜测路加掌握的部分信息是马利亚本人告诉他的，尽管这个猜测透出浓厚的基要主义色彩，我倒不觉得这个想法荒唐。可是，耶稣和约翰是表兄弟这一件其他地方丝毫不提的事儿，我愿意赌上我在天国的位置，说它纯属虚构。而且它跟天使加百列造访不同，它不是圣经专家口中模糊不明的写出福音书的某个"初代团体"传下来的虚构。非也，这个故事纯粹是路加的虚构。

路加面前摆着一本写作指南，指南要求他最先探讨始孕无玷的事情，第二步写他不太清楚该怎么安排的约翰其人。如果耶稣和约翰是表兄弟会怎么样？被这个想法砸中的时候，他正躺在床上，或正泡着温泉，要么就在战神广场上散步。这个主意把他作为叙述者想要讲的事全部串起来了！曾有几次相同体会的我，能想象路加澎湃的心情，也能想象出前两章的写作沿着这个想法自然而然地铺展开来，跟皮耶罗·德拉·弗朗切斯卡的壁画一样庄重又纯美。

38

天使报喜之后便是圣母往见，讲的是马利亚离开加利利的村庄去住在犹太的表妹家问安的故事。马利亚前脚刚进门,伊利莎白怀着的孩子就在腹里跳动。两个女人,一个怀着耶稣,一个怀着约翰,面对着面站着。伊利莎白被圣灵充满,她告诉马利亚,马利亚在妇女中是有福的,因为她是主的母,马利亚闻声开口赞颂,她的尊主之言后来被写进了华美的音乐。在拉丁语《圣经》中,《尊主颂》的首句"我心尊主为大",原文是 Magnificat anima mea Dominum——这正是《尊主颂》被称为 Magnificat 的由来。

◆ ◆ ◆

十多年前,我对外祖父乔治·祖拉比什维利展开了一场探索性的调研,搜集的内容后来形成了《俄罗斯小说》。老人家才华出众,但性格忧郁,灾祸更是不断,"二战"结束时悲剧性地离开了人世。他在基督教的信仰中寻找一直折磨他的那些问题的答案。他和五十年后的我一样,每天去参加弥撒,忏悔,领圣体。读到他的人生,我突然醒悟自己究竟经历了什么:那种用确定性治愈焦虑的渴望;那种认为听命于一种教义是无上自由之举的矛盾观点;那种为不可活的生命强加意义的方式,从而让生命成为一系列神加诸我们的挑战。在他留下的纸稿里,我找到一段关于《尊主颂》的评注。福音是什么?他问自己。而他回答:是神的话,它给常人启示,比他们远大。那《尊主颂》又是什么呢?是我们对神的话能够做出的最合理的回应。自豪地服膺,欣喜地顺从。这是每一个灵魂都应当追求的:成为主的仆人。

我跟外祖父一样,希望在背下《尊主颂》的过程中沉浸在文字的虔诚之中。雅克利娜过去总说,景仰圣母是走向信仰的诸多奥秘最可靠的一条路:我想投入其中,几个月来,我的口袋里一

王　国

直揣着她以前送给我的念珠，每天默念"马利亚，我问你安"二三十次。而今天，当我想要勾画出一位同为文人、编剧、仿作作家的福音书作者的形象时，我发现《尊主颂》这首崇高的诗篇竟然是从头到尾用《圣经》引言拼贴而成的作品。大公译本每一行都会提示两次，《尊主颂》中的大部分诗句取自《诗篇》，让我感觉奇怪的是，当我想象路加翻查"七十士译本"，从古旧的犹太祈祷中挑选只言片语，像做珠宝的手艺人那样小心翼翼地将它们镶嵌在他的叙述中，只为了让提阿非罗明白被神抛弃的犹太人心中的爱神究竟是什么，那些我在数念珠的时候想领会却无法体验的情感突然钻进了我的脑海。

马利亚在表姐家住了三个月，然后返回自己家。伊利莎白临盆诞子。亲族希望他和生父同名，准备叫他撒迦利亚，可是他的父亲自从在圣殿里见了异象一直不能说话，他在一张写字板上写道，不，孩子的名字应该是约翰。刚写下这句话，他的舌头舒展了，立时唱赞歌称颂神，称颂儿子未来的影响："孩子啊！你要称为至高者的先知；因为你要行在主的前面，预备他的道路，①要照亮坐在黑暗中死荫里的人，把我们的脚引到平安的路上②。"大公译本说得十分含混，讲《撒迦利亚颂》应当"源自巴勒斯坦的团体"——这个判断没有任何风险，也不需要承认《撒迦利亚颂》与《尊主颂》一样是路加精心拼贴的仿作。我家儿子让-巴蒂斯特正是在《撒迦利亚颂》的歌声中受了洗。

---

① 《路加福音》1：76。
② 《路加福音》1：79。

IV 路　加

◆ ◆ ◆

接着是凯撒奥古斯都下达旨意，叫天下人民都报名上册。时任叙利亚总督的居里扭负责在巴勒斯坦地区落实户籍统计事宜。立志要当历史学家、想要提供可查证的可靠数据的路加如是说，可是，两千年后的历史学家被他的话弄得有些恼火，因为这次在居里扭的监督下于巴勒斯坦进行的报名上册，发生在大希律王驾崩十年之后，而马太和路加都说耶稣出生在大希律王执政期间。在路加的记叙中，整个普查只有一个目的：让耶稣诞生在伯利恒，进而圆上一个完全没有重要性亦十分牵强的预言，甚至不存在任何让路加强调这条预言的缘由。这么做是犯了编剧的经典之错：拼尽全力想要解决前后打架的地方，然而所做的全部努力只会将目光引向这个地方；其实只要不提，根本不会有人注意。由于他的写作指南里有一条写到耶稣出生在伯利恒，路加自觉非得解释明白为什么他出身拿撒勒的父母去了伯利恒生孩子。答案：因为那时有一场人口统计，大家必须在出生地登记信息，约瑟虽说不是生在伯利恒，却是扎根伯利恒的大卫家族的一员。

好吧。

现在，电影获得成功的秘诀不在于剧本写得多真，而是场景呈现的力度，路加在这方面根本没有对手：熙熙攘攘的客栈，马槽，包着布的新生儿睡在食槽里，附近山头的牧羊人受天使提点，排着队来赞美婴孩……三博士出自马太之手，牛和驴子的故事都是后来才增补的内容，剩下的全是路加编出来的，我要以同为小说创作者的名义说一句：受我一拜。

王　国

◆　◆　◆

　　读到这里，我们甚至不会惊讶于路加是四位福音书作者中唯一一个强调耶稣行了割礼的人。在那个当街扒下老人裤子以鉴定贱种身份的时代，多数人巴不得不提割礼，但路加不愿略过。他坚持要讲，就像他一定要讲把孩子带到圣殿献与主。当时有位岁数很大、名叫西面的老人。这人公义又虔诚，一直盼望着以色列的安慰者来到，圣灵许诺他，他死之前，必看见主所立的弥赛亚。这个西面很像撒迦利亚。两个人都跟主的兄弟雅各特别像。因为在我看来，是路加写了《新约》中被追认为出自雅各之手的信，所以我坚信，路加写到福音书序幕里第三段赞颂的时候一定想到了雅各。老人将婴孩抱在臂膀里。"主啊！"他说，"如今可以照你的话，释放仆人安然去世，因为我的眼睛已经看见以色列的救赎。"①人们想象他一边摇着怀里的孩子一边低喃，巴赫从这段赞颂取材写成的康塔塔《我已满足》亦抱着我们的灵魂轻轻摇晃。

◆　◆　◆

　　两个男孩，约翰和耶稣，个子长高了，智慧增长了，又有神的恩典在身上。②忠厚的马利亚把所有事留在心底。这篇由黄金、乳香、没药构成的序言告一段落，序言之后，两位主人公再次登场时已经成年，好比《美国往事》里的主人公此时由罗伯特·德尼罗和詹姆斯·乌兹扮演，不再是样貌相似的娃娃。

---

① 见《路加福音》2：29—30。
② 见《路加福音》2：40。

Ⅳ 路　加

39

　　名人的平行人生是流行一时的题材。路加依循平行人生的模式构思出一段漂亮的序言，但他紧接着发现，关于其中一个主人公，自己有很多东西要讲，关于另一个人，能讲的只有寥寥数言。虽然在讲述耶稣和约翰迷人的童年故事时，他尽情挥洒小说家的才气，但谈到有关约翰的事情时，他满足于做一位严谨的抄书人，牢牢地跟着原始文献，克制住表达自己看法的冲动。我想，这大概是他对约翰根本没什么看法的缘故。因为这一部分历史于他没什么意义可言。他畏惧苦修的信徒，直到大希律王将约翰下监（约翰在狱中饱受煎熬，直到被斩首），大家才感觉到他松了一口气。读到下面这个地方，我们也会觉得他想匆匆了事。路加在耶稣受洗和耶稣在旷野受魔鬼试探之间硬塞了一段救世主的族谱，他写的族谱与马太的完全不同，唯独一个地方除外：两人消耗不少气力想证明耶稣借约瑟的血脉成了大卫的后代，可是他们确实又讲过约瑟不是耶稣的生父。很明显，路加迫不及待地想直入主题；我也是。为了讲清楚路加如何进入主题，我来做一小段文本解读。

◆ ◆ ◆

我们先读马可：

　　耶稣离开那里，来到自己的家乡；门徒也跟从他。到了安息日，他在会堂里教训人。众人听见，就甚希奇，说："这

王　国

人从哪里有这些智慧？他手所做的是何等的异能呢？这不是那木匠吗？不是马利亚的儿子雅各、约西、犹大、西门的长兄吗？他妹妹们不也是在我们这里吗？"他们就厌弃他。耶稣对他们说："大凡先知，除了本地、亲属、本家之外，没有不被人尊敬的。"耶稣就在那里不得行什么异能。①

现在，我们来看路加如何处理这一段剧情。②

耶稣"来到拿撒勒，就是他长大的地方。在安息日，照他平常的规矩进了会堂，站起来要念圣经"。

（我们回想一下：保罗也是这样做的。）

"有人把先知以赛亚的书交给他，他就打开，找到一处写着说：

> 主的灵在我身上，
> 因为他用膏膏我，
> 叫我传福音给贫穷的人；
> 差遣我报告：被掳的得释放，
> 瞎眼的得看见，
> 叫那受压制的得自由，
> 报告神悦纳人的禧年。"

（这段文本必定是路加从"七十士译本"里精心挑选的。他肯定面对好几段犯了难，我还挺好奇他选的究竟是哪几段。）

---

① 见《马可福音》6：1—5。
② 以下引文出自《路加福音》4：16—30。

IV 路加

"于是把书卷起来,交还执事,就坐下。会堂里的人都定睛看他。"

(我们的老朋友、教会历史学家尤西比乌斯说过,马可是根据彼得的didascalie,也就是"戒规"写出的福音书,也就是说遵照了彼得的指示。但是,这个词在现代意义中指的是舞台演出指示,可以说,编写演出指示的王者,正是路加。)

"耶稣对他们说:'今天这经应验在你们耳中了。'"

(换句话讲:这经跟我有关。这又是保罗的招数,之前描述保罗在特罗亚犹太教堂演讲时,我仿写过这个场景。)

"众人希奇。又说:'这不是约瑟的儿子吗?'"

(路加给马可不认识的约瑟留出一点位置。相反,他对耶稣的兄弟姐妹只字不提。)

"耶稣对他们说,'你们必引这俗语向我说:医生,你医治自己吧!我们听见你在迦百农所行的事,也当行在你自己家乡里';又说'我实在告诉你们,没有先知在自己家乡被人悦纳的。我对你们说实话,当以利亚的时候,天闭塞了三年零六个月,遍地有大饥荒,那时,以色列中有许多寡妇,以利亚并没有奉差往她们一个人那里去,只奉差往西顿的撒勒法一个寡妇那里去。先知以利沙的时候,以色列中有许多长大麻风的,但内中除了叙利亚国的乃缦,没有一个得洁净的'。"

(撒勒法是腓尼基的一座村庄,也就是相当于古希腊的村庄。救赎不仅关乎犹太民族的寡妇和麻风病人,甚至更加关系到撒勒法的寡妇和麻风病人,这是保罗常讲的一套老话。路加不顾历史事实,毫无羞愧地把这话放进耶稣口中。马可却告诉我们,有一天来了一个在腓尼基出生的希腊女人,她求耶稣治好女儿的病,

王　国

耶稣的第一反应是对她说:"让儿女们先吃饱,不好拿儿女的饼丢给狗吃。"[①]话说得很粗暴,其中的含义讲出来便是,我要先治犹太人,因为他们是神的孩子;异教徒都是狗——小狗或许温顺,可终究是狗。拿撒勒人的想法一模一样。这就是当路加笔下的耶稣用保罗的话布道时,拿撒勒人反应如此激烈的原因。)

"会堂里的人听见这话,都怒气满胸;他们带他到山崖,要把他推下去。"

(用一句和气的话总结,这一段记叙了用私刑的事,保罗之前领教过好几次。)

"他却从他们中间直行,过去了。"

40

有时候,路加满足于转抄马可,但大多数时候,他所做的就是我刚刚展示的这些。戏剧化,场景化,小说化。他会添上"他抬起眼睛""他坐下"一类的句子,让场景越发鲜活。如果有他不喜欢的,他改起来也决不迟疑。

我之前说过福音书的某些细节在我看来具有"真实的印记"。这是我相信的标准,但我也承认这非常主观。另一个标准是《圣经》评注家所谓的"尴尬原则":如果一件事写出来会让作者非常窘迫,那么这件事很有可能是真实的。有例为证:耶稣对待家人和门徒极端粗暴的态度。我们有十足的理由去相信马可说的是真的。但同样的内容,由路加讲出来,可信度便少了几分。前一个

[①] 《马可福音》7:27。

人讲,家人来找耶稣,要把他带走,后一个人说,当时人太多了,所以家人没法近他的身。①身为彼得书记的前一人,描绘了耶稣把彼得推开,叫他撒旦,②后一人索性砍掉这个场景,凡是耶稣弟子表现得像一群蠢货的场景都经过了他的删减或编排——矛头直接指向宿敌约翰的桥段,都被他留下来了。

◆ ◆ ◆

马可说耶稣有一天饿了,看见路上有一棵无花果树,那树的叶子密密层层,却没有结无花果。其实真没什么好稀奇的:当时还没到结无花果的季节罢了。耶稣不管不顾,诅咒起无花果树:"从今以后,永没有人吃你的果子。"③第二天,他和徒弟们从无花果树前再次经过,同行的彼得想起耶稣前一天的话来,发现树一直枯到了根。颇让人意外的是,耶稣回答说人有了信仰便能抬动山。④没人胆敢问他,为什么他没让无花果树结出果实却把树害死了。

这个故事包藏着威胁的意味:读者隐约觉得,被诅咒的无花果树就是以色列。故事读上去尤为晦涩。耶稣经常讲出深晦的威吓之语。他说有人冒充先知来找你们,外面披着羊皮,内里却是凶残的狼,凭着他们的果子,就可以认出他们来。⑤这些极其含混的隐喻绝不合路加的胃口。路加跟我一样喜欢晓畅的隐喻,甚至每个词都能原样搬过去,所以,他不过是明智地说了一句:"人不

---

① 分别见《马可福音》3:31—35,以及《路加福音》8:19—21。
② 见《马可福音》8:33。
③ 《马可福音》11:14。
④ 见《马可福音》11:22—23。
⑤ 见《马太福音》7:15—16。

王　国

是从荆棘上摘无花果，也不是从蒺藜里摘葡萄。"①马可转述的无花果树的故事，他恨不得通通删掉。路加最终找到了编排故事的方法，他借耶稣之口讲述了一个明白易懂又透着乐观的寓言。话说那棵无花果树三年没结果子了，树主想找人砍了，管园的却替无花果树求情：给它一次机会吧，说不定大家好好照管无花果树，之后就会有果子了。②故事传达出另一种教育观：弃严厉，择耐性。如果耶稣心中想的是以色列，那这段故事恰好呼应了路加至诚的心愿。但我们要承认，故事确实一般，甚至有点傻里傻气。

◆　◆　◆

唾弃温和派的人不喜欢路加，因为他们认定他太清高、太文明、书卷气过重。当路加碰到霸道却极其真实的这一句"有的，还要给他；没有的，连他所有的也要夺去"，他情不自禁地想要改掉不合逻辑的地方，也因而让它变得平淡了，他改成："凡有的，还要加给他；没有的，连他所有的也要夺过来。"③（恐怕我也会这样改。）但事情通常更加复杂。到了他人讲"爱父母过于爱我的，不配作我的门徒；爱儿女过于爱我的，不配作我的门徒"的地方，好心的路加非要猛地添一笔："人到我这里来，若不爱我胜过爱自己的父母、妻子（有人忘了这一茬）、儿女、弟兄、姊妹，和自己的性命，就不能作我的门徒。"④还是好心的路加借耶稣之

---

① 《路加福音》6：44。
② 见《路加福音》13：6—9。
③ 前一句出自《马可福音》4：25，后一句出自《路加福音》19：26。
④ 前一句出自《马太福音》10：37，后一句出自《路加福音》14：26。

口说:"我来要把火丢在地上,倘若已经着起来,不也是我所愿意的吗?"①

41

在耶稣受难的记叙中,路加大体上紧跟着马可,但他用来丰富马可记叙的造作文辞并未让我感觉惊艳。讲到橄榄山的故事,他一面是圣叙尔皮斯教堂的巴洛克风——有一位天使从天而降,加添耶稣的力量,另一面却病恹恹的——额头沁出焦急的汗珠,一颗颗如大血点滴在地上。②有人赶来抓捕耶稣,一位门徒拔出刀,削掉了大祭司仆人一边的耳朵。约翰告诉我们,这个仆人名叫马勒古,③这种细节我相信——不然为什么要这么说呢?到了路加,他补了一嘴说耶稣摸了仆人的耳朵把他治好了④——这个细节,我压根不相信。

再说各各他。在马可的记叙中,士兵跟往盲人眼睛里吐口水的耶稣一样,对着耶稣的脸啐唾沫。路加删掉了所有吐口水的情节——它们也许会让提阿非罗反感,但他反倒补充了对白。说到这个情节,一贯简练、粗暴到令人生畏的马可只转述了一句十字架上的耶稣说过的话,总有说不完的话的路加给耶稣安排了三句。

头一句,是耶稣讲那些行刑手:"父啊!赦免他们;因为他们

---

① 《路加福音》12:49。
② 见《路加福音》22:43—44。
③ 见《约翰福音》18:10。
④ 见《路加福音》22:51。

王　国

所做的，他们不晓得。"①

大家面对恶的时候总该这么说，不是吗？

末了一句，是我最不喜欢的一句。正在咽气当口的耶稣说道："父啊！我将我的灵魂交在你手里。"②这句话动人心弦不假，可它远不及马可那句优美、有冲击力："以罗伊！以罗伊！拉马撒巴各大尼？"意思是"我的神，我的神，为什么离弃我？"③

但是，路加最美妙的神来之笔莫过于中间一句，就像钉着别的犯人的十字架中间是耶稣的十字架。两个犯人原本是强盗，他们在剧烈的疼痛中垂死挣扎，但这并不妨碍其中一人出言讥讽耶稣："你不是基督吗？可以救自己和我们吧！"另一个人不同意，他反对说："我们是应该的，因为我们所受的与我们所做的相称，但这个人没有做过一件不好的事。"他对耶稣说："你得国降临的时候，求你记念我！"

耶稣回他一句："今日你要同我在乐园里了。"④

◆ ◆ ◆

米格尔·德·乌纳穆诺描述过一个西班牙的强盗，这人临绞死之前还对刽子手说："我一定会念着《信经》死。求求你，在我念到这一句之前不要开活板门：我信肉体复活。"

这个强盗是上面那个强盗的兄弟，这句话说明比起所有像我这样的聪明人，他对耶稣了解得更多。可他马上要死了：总归有

---

① 《路加福音》23：34。
② 《路加福音》23：46。
③ 《马可福音》15：34。
④ 见《路加福音》23：39—43。

点用吧。

42

路加热衷讲匪徒、妓女和通敌税吏的故事。就像某位《圣经》评注家惊讶地发现了他的癖好之后说的,这些人都是"有缺陷的、堕落的个体"。同样的癖好,耶稣也有,这一点毫无疑问,每位福音书作者都有自己的专好,身为医生,路加的专好就是不停地提醒我们,医生是为了病人而来,可不是为了身体健康的人。向来得体的他还不忘告诉我们,耶稣最狂暴的一面从来不针对有罪之人,反倒只发泄在善良之人身上。这层意思是贯穿他"独有经文"的主线——"独有经文"是他的"专有财产",只能在他的福音书里读到。我现在想列出几段从"独有经文"中选取的例文,有些评注《圣经》的专家假定路加是从一份来源不明的原始文献中提取出"独有经文"的。而我反倒觉得在大部分时间里,这个未知的来源正是路加的想象——想象跟神启有那么不一样吗?

◆ ◆ ◆

有个法利赛人请耶稣到家里吃饭。耶稣去了他家,坐在席上。这时来了一个女人,是个罪人,可以说是个娼妇,身上揣着盛香膏的玉瓶。女人落了眼泪,眼泪湿了耶稣的脚,她用自己的头发擦干双脚,再抹上香膏。法利赛人见了一惊,嘴里什么都没说,心里的响动竟被耶稣听得了。路加讲到这里,如此雕琢两人的对谈:"西门!我有句话要对你说。——夫子,请说。"于是耶稣讲起了债主的故事。有两个人欠这位债主的钱,一个欠了五十

王　国

两银子，一个欠了五两。两人无力偿还债务，于是债主免了两个人的债。这两个人哪一个更爱他呢？法利赛人说："我想是那多得恩免的人。"耶稣说："你断的不错。"①

紧跟上述场景，路加熟练地穿插了一段讲和十二门徒一起追随耶稣的妇女的内容：有抹大拉的马利亚，有苦撒的妻子、我们亲爱的约亚拿，还有苏撒拿和好些别的妇女，"都是用自己的财物供给耶稣和门徒"②。要想用财物供养他们，她们起码得有财物才行，至少得有那么一点儿，这群只有路加在作品中提到的妇女准让他想起了腓立比的吕底亚。在四位福音书作者里，路加最为坚定地相信许给穷人的幸福和财富带来的不幸，可与此同时，又是他倾向于提醒别人，跟有慈悲的百夫长一个道理，世上存在善良的富人。他对社会阶层和不同阶层之间的细微差别最为敏感，他最能感知到阶层无法完全决定一个人的行为。若他是钻研"二战"的史家，他肯定会坚称在最初一批抵抗的英雄里必然有"法兰西行动"和"火十字团"③的人。

◆　◆　◆

下面的故事我之前讲过：雅各和约翰在撒马利亚人的村里不怎么受待见，两人求耶稣吩咐从天上降下火来烧灭撒马利亚人，

---

① 《路加福音》7：36—43。
② 《路加福音》8：3。
③ "法兰西行动"（Action française）指德雷福斯事件期间，法国作家莫拉斯率领的民族主义运动。这个运动否定法国大革命，否定民主，拥护天主教，"二战"之后逐渐式微；"火十字团"（Croix-de-Feu），一译作"战丰十字团"，法国民族主义政党，于1927年成立，在拉·洛克（François de La Roque）的带领下逐渐转变为拥护法西斯主义，1936年被解散。

478

被耶稣粗暴地呵斥了一通。这个片段在马可的书里,鉴于故事让约翰显得不太光彩,路加转抄的时候别提多起劲了,刚写两页,又添了一段自创的附言。有一个人问耶稣该做什么才可以承受永生。"律法上写的是什么?""你要尽心爱你的神;又要爱邻舍如同自己。""你回答的是,"耶稣说,"你这样行,就必得永生。"可是,那人要显明自己有理,就对耶稣说:"谁是我的邻舍呢?"耶稣接着以旅人为例,说有一个人从耶路撒冷下耶利哥去,半道落入强盗之手,被丢在路上等死。身旁走过的祭司和利未人没有伸出援手。最后,唯有一个撒马利亚人见状停下,照料他,将他带到店里去照应他。①

在虔诚的犹太人眼中,撒马利亚人比异教徒更恶劣:撒马利亚人是贱民,是人类的渣滓。此中的意思很明确:很多时候,被他人排斥的人比正直之人更善良。这是路加典型的道德教训,我们倒可以更进一步展开。我记得有天晚上,朋友在家讲起她跟一个流浪汉的心酸故事,她看他可怜,想要帮助他,还邀他喝了咖啡,下场却是她无论如何也摆脱不了这个人。流浪汉不依不饶,站在她家门口等她回来。用错地方的良心折磨着她,甚至到了她任他在自己家过了一夜、两人共用一张床的地步。那人让她亲亲他。朋友不愿意,流浪汉却哭了出来:"你觉得我恶心,嗯?是不是?"事实如此,但朋友不仅没承认,还做出了让步。这一遭是她平生最惨痛的回忆,也说明了践行福音书里的处事原则会面临怎样的恶果:别人向你索取,你就要给,还要把另一边脸颊伸出去。好撒马利亚人的优点是,他凡事不会做太过。他不会放弃全

---

① 见《路加福音》10:25—37。

部的钱财,甚至拿出来的不及一半。他也不会把灾星安顿在自己家。撒马利亚人做的事情,我们真不一定做得出来——因为那个区域非常不安全,还因为《背包客》旅游指南劝我们提防佯装受伤的人,这些人但凡看到一辆车靠边,就会立马掏出武器直扑方向盘,结局是留司机一丝不挂地沿着路牙子步行——然而我们都清楚,我们理应这样做:为危难之中的人提供最起码的援助。不多,也不少。恐怕路加编出这段逸事的当下,想到了向撒马利亚人传道的使徒腓利身上有一种让他敬佩的坚定的实用主义精神。耶稣凡事应做尽做的苛求应该把他吓到了。他软化了耶稣的教义,为理性施善发声。

◆ ◆ ◆

接下来,有个讨厌鬼半夜叫醒朋友求他帮忙。朋友先是发几句牢骚,说时间太晚,他和家人都睡了,可讨厌鬼如此烦人,以至于朋友没有选择:他低声抱怨了几句,然后才起身。[1]教训就是,烦别人绝不要迟疑。路加对他写出来的这则故事特别满意,隔了几个章节,他炮制了一个新版本,讲一个爱挑刺儿的寡妇喜欢给法官提一连串条件,法官最终为她申冤,不是因为他怕神或者热爱正义——故事告诉我们这个法官属实不义,他只求寡妇还他清净。[2]

在这一系列幕间短剧里,惹人恨的事情被当作榜样,这其中的第一场就发生在耶稣教导弟子祷告中最神圣的"我们的天父祷"之后。那些说发愿求人的祷告算不上庄严,不该拿小烦恼和

---

[1] 见《路加福音》11:5—8。
[2] 见《路加福音》18:1—8。

小心愿去打扰他们的主的人,或许在重读"我们的天父祷"后会有所启发。耶稣深入阐述了这个问题,用的都是雅克利娜不停对我念叨的话:"你们祈求,就给你们;寻找,就寻见;叩门,就给你们开门。①你们中间作父亲的,谁有儿子求饼,反给他石头呢?求鱼,反拿蛇当鱼给他呢?求鸡蛋,反给他蝎子呢?你们虽然不好,尚且知道拿好东西给儿女;何况天父,岂不更将圣灵给求他的人吗?②"

◆ ◆ ◆

我一直认为路加在意人与人之间的细微差别,要是他贯彻坏中有好的原则,向我们讲一个好法利赛人的故事,那我真会对他高看一眼。哎!不单故事没有,在他的后半部福音书里,这群高贵的人,正因他们出身高贵,被耶稣狠狠地教训了。又说有一个法利赛人请耶稣吃饭。耶稣进去坐席却没照规矩洗手。主人诧异不已,耶稣见状激烈地诅咒他:"就是你们,你们这伙法利赛人!你们吹嘘与人为善,事实上你们才是罪人里最坏的。你们有祸了!"诸如此类的辱骂写了十多行。席间有客人自觉受到侮辱——原因显而易见,没想到却招来另一顿痛骂:"你们把难担的担子放在人身上,自己一个指头却不肯动。你们修造先知的坟墓,那先知正是你们的祖宗所杀的。"③

有人读到这段一定会想,如果这个场景真实发生了,那耶稣到底经历了什么,或是虚构场景的路加经历了什么。说到底,没

---

① 《路加福音》11:9。
② 《路加福音》11:11—13。
③ 见《路加福音》11:37—48。

什么新的内容，福音书里全是这种对精英阶层的尖锐谴责；换作今天，耶稣这般态度肯定会让人感觉他是民粹派，只不过这些责备能呼应境况，因而让人更容易接受。读到这里，大家感觉路加似乎拥有一堆放到哪儿都不合适的语料，他只得编了这一个用餐的场景，但耶稣在这里面目可憎：这家伙到了你家，脚往桌子上一放，往汤里吐口水诅咒你，诅咒你全家九代人。路加这么做更是古怪，特别是因为他的老师保罗反复强调，同别人交往时，应当尊重——心里怎么想倒另说——别人的习惯，更不必说在别人家做客了。这个场景读来让人生气，不过倒有一个好处，它让我们明白，一方面，随着离耶路撒冷越来越近，耶稣越来越暴躁，越来越有攻击性，忘记了勒南称赞的"文雅之人"该有的风度，另一方面，法利赛人"极力地催逼他，引动他多说话，私下窥听，要拿他的话柄"[①]。

43

还说到另一次在法利赛人家里吃饭。宾客陆陆续续赶到，纷纷挑拣桌上最好的位置。耶稣给他们上了一课：如果你自己挑了首位，那你有可能会被请走，让位给其他人；如果你坐上末位，那你能碰到的事情只会是被请到上座。"凡自高的，必降为卑；自卑的，必升为高。"

耶稣又对请他的人说："你摆设午饭或晚饭，不要请你的朋友、弟兄、亲属，和富足的邻舍，恐怕他们也请你，你就得了报

---

① 《路加福音》11：53—54。

答。你摆设筵席,倒要请那贫穷的、残废的、瘸腿的、眼瞎的,你就有福了!因为他们没有什么可报答你。到义人复活的时候,你要得着报答。"①

"在神国里吃饭的有福了!"同席的有一人感慨道,没想到他的话又引出一段寓言。你们当真想知道神国里都有什么?你们听好。有一人摆设大筵席,宾客们居然在筵席开始前的最后时刻推辞,借口五花八门。有人说刚买一块地,有人说刚娶妻,每个人都有更要紧的事要做。家主动了怒,派仆人请来城里所有乞丐。仆人如是照做,席上仍有空位。于是家主命他出城,尽力招徕宾客,把找到的全数带到席上,必要时可以强迫他们:只求人把屋子坐满。至于那些失约的人,没有一个可以品尝我的筵席。②

作为对神国的描述,这段摆设筵席的故事并不十分吸引人。故事明显说的是瞧不上去耶稣席上用饭的以色列,还有那些因此钻了空子、又穷又脏的外邦人。他们要是胆敢违抗,必要时要借武力把他们带来。这实际上是一种粗暴的传教计划,后来教会开足马力,根本不问"未开化的人"有什么意见,便让他们受洗,正是落实了这个计划。我更喜欢路加在这一段故事前借耶稣之口说的话:向穷人施舍是比借钱给富人更好的投资;一个人自己坐上了末位,就更有机会坐上首位。

坐末位的,会坐上首位:我们仿佛置身熟悉的国度。我认为,这一条甚至是神国的基本原则。然而,由此引出了一个让人不由得好奇的问题。不论路加还是耶稣,他们从未质疑过所有人认同的高处优于低处的看法。他们只不过是说要坐在低处,因为

---

① 见《路加福音》14:7—14。
② 见《路加福音》14:15—24。

这是升高最好的方式,也就是说,保持低微是生活的良策。是否存在这并不是一种计策的情况呢?会不会在这些情况下,贫穷、默默无闻、卑微和苦难本身就是大家所渴望的,而不是为了获得更大的财富?

44

神国之风俗习惯,续篇来了。这一回,家主不必跟宾客争个高下,而是跟被人告发挪用主人财产的管家打嘴仗。再次燃起怒火的主人撤了管家的职。管家不知怎样是好。我将来做什么呢?锄地?无力。讨饭?怕羞。他猛然想到,要赶在他被辞退的消息公布前多结交朋友,朋友在他没活儿做的时候还能救济他。他把欠他主人债的人叫到家里,假模假式地请他们认债,其实是为了他们得利。"你欠一百?那你记五十。不敢不敢,别谢我了,时候到了再报答我吧。"读者以为管家罪加一等,受到了惩罚,可不是:故事落场,主人听到这个消息非但没有更生气,反而夸奖管家做事机灵,一举摆脱了死局。一步好棋![①]

我们去参加弥撒不常听到别人念这段寓言,但"耶路撒冷圣经"必须评注,而它跟管家一样巧妙挣脱了窘境,书上说那五十的差价,不是管家为渡过难关所行的贿,而是他本打算收取的佣金,最后却明智地不拿了——有点像公司老板为了平息员工和媒体的怒气主动放弃股票期权。读者这才松了一口气:管家没有他们想的那么滑头,耶稣也非歌颂狡诈。不幸的是,"耶路撒冷圣

---

① 见《路加福音》16:1—8。

经"在糊弄读者。但凡路加想说这一层意义,他早就说明了。真实情况是,管家确确实实营私舞弊,他确确实实为日后兴许会雇他的人欺骗了不久之后要成为他前老板的主人,而他的主人身为懂行的竟然欣赏他营私舞弊。

◆ ◆ ◆

故事讲得很清楚,可它想说的又是什么呢?从中能得出怎样的教训?做人要狡猾?有胆量带来的好处往往比行事谨慎更多?

十塔兰①的寓言似乎也想道出同样的内涵。故事说有一位贵胄要往远方去,便将他的财产托给仆人,嘱托他们拿钱做生意,直到他回来。他给其中一人五塔兰,另一人两塔兰,最后一个一塔兰。塔兰,talent,是一种货币,类似塞斯特斯或德拉克马,它的另一个意义也说得通:它指我们天生的才能,以及我们对才能的运用。故事里的贵胄得国回来,想知道仆人们做生意赚了多少钱。拿了五塔兰的仆人又赚了五塔兰。"好样的!"主人说,"这儿还有些塔兰,拿去继续做买卖。"拿了两塔兰的人也把本金翻了一番,他经主人夸了一番后又领了赏。只剩下只拿一塔兰的人了。主人没有表现出非常信赖他的样子,所以他估猜主人生性严厉又贪婪,于是他认为与其拿钱冒险,不如把塔兰藏到长袜里。他把塔兰还给主人:"这是你的财产,我老老实实地存着它。""你这孬种!"主人骂道,"要是你拿去银行存上,我本可以吃利息了。"主人夺走他的塔兰,给了已经有十塔兰的人,把这个人逐出家门,流放到黑暗中,到那充满哭号与咬牙切齿之声的地方。②

---

① 法语原文为 talent,《圣经》和合本译作"锭",此处为文中双关特地音译。
② 见《路加福音》19:12—24。

王　国

◆ ◆ ◆

又是一天，家主雇人进他的葡萄园做工。两边讲定了工钱：一天一钱银子。这群人一大早就上工了。大约到了早上十点，家主来到市集上，看到还有人闲站着，于是也把这些人雇走了。到了中午、下午四点，他又招来一些佣工。天黑的时候，仍然有些人在那儿闲逛。"你们为什么不工作呢？"家主问他们。那伙人耸了耸肩："因为没有人雇我们。""那我雇你们。你们也进葡萄园去。"这群人进了葡萄园，将将做了一个小时的工，一天就结束了，到了该给工钱的时候。家主说先付最后来的人。"给多少？"管家问。"一人一钱。"最后到的人领着运气钱兴高采烈地走了，其他人也非常高兴，因为他们以为自己领的钱更多。事实不是这样：不管做工一小时、五小时还是十一个小时，所有人都是一钱。做了十一小时的人不乐意，大家都能理解。他们埋怨家主，家主回答他们："我说了一钱银子，就是一钱银子。我多给别人，难道我还少了你们的吗？根本不是。我的钱难道不可随我的意思用吗？跟你们可没什么关系。"[1]

45

我们不能忘记：围绕举止大方却性格乖戾的主人而展开的迷你连续剧，讲工钱、投资回报、做假账、请人用晚餐的故事，它们都在清清楚楚地回答一个问题——"神国是什么？"部分故事可上

---

[1] 见《马太福音》20：1—15。

溯到耶稣其人；十塔兰的故事已经写在了"Q来源"里。但大部分故事都出自路加之手，他能巧妙地让耶稣就这个主题发言，虽然我坚信他是个老实到拘谨的人，一辈子都没有错怪别人一丝一毫，但他确实很高兴自己能让耶稣讲出与大多数人认定的"义"相悖的东西。神国的律法不是，也永不会是道德律法。它们是生命的规则，是因果报应的准绳。耶稣说：事情就是这样。他说孩子对神国的了解比智者更多，他说骗子比守善之人更能从中抽身。他说财富是负担，美德、智慧、成就、工作完结的自豪应该被视为财富，同时也是缺陷。他说："一个罪人悔改，在天上也要这样为他欢喜，较比为九十九个不用悔改的义人欢喜更大。"[1]

◆ ◆ ◆

上面这句是羊失而复得的故事的结尾，迷羊的故事同样取自"Q来源"。在耶稣所有的教导之中，我想路加最中意这一个。他喜欢讲这个故事。他从不厌倦。路加就像一个孩子，每晚盼着家长稍加改动后再把故事跟他讲一遍。所以他加入了自己的小改动，其中一些根本不算小：改动之大，如耶稣拿来比作神国的树，最开始的时候，那棵树只是微渺的种子一颗，现在天上的鸟都在树里做巢。

就像路加把烦人精朋友和爱挑刺的寡妇的故事重复了一遍一样，他在羊失而复得的故事后面接上了一个有点书卷气又略显别扭的新版本：一个妇人丢了一块钱，她到处找钱，找到的钱带给她的欢喜远超那些留在口袋里的钱。这个故事讲的是完全一样的

---

[1] 《路加福音》15：7。

事情，说得却没之前那么巧妙。路加也是在为后面要讲的故事做铺垫，下面就到了福音书中最美也最让人困惑的浪子故事。

46

这回说的不是家主的雇工，不是他的管家，也不是他请来的宾客，而是他的两个儿子。有一天，小儿子向父亲索要属于他的那部分家产，好去远方广阔的世界生活。"这就是你想要的吗？好的。"主人分了家产，小儿子往远方去过自己的生活，在那里任意放荡，浪费钱财。既耗尽了一切所有的，又遇着那地方大遭饥荒：日子便困难起来。小儿子找到了放猪的活计，他饿得看到猪食都想尝尝。这个时候，他再度想起父亲的家业，父亲家中哪怕是最不起眼的雇工吃得都比他好。他决心夹起尾巴打道回府，还做好了心理准备——所有人对他讲的"我早跟你说过了"照单全收。但事情并非如此。父亲收到儿子归乡的消息，不仅没有板着脸端坐在一家之主的扶手椅里等他回来，还跑去拥抱他，儿子酝酿的道歉（"我不配成为你的儿子"之类的）他听都没听，便命人摆设盛大的筵席给还乡的儿子接风。

仆人宰了养肥的牛犊，设宴招待，众人欢庆。到了晚上，大儿子从田里回来。一群人甚至没想到去请大儿子参加宴席。大儿子听到了笑声和音乐声，等他了解了事情的经过，眼睛里突然涌出泪水。父亲出门对他讲："过来过来，你可别蠢乎乎的，过来跟我们一起吃喝开心。"大儿子不肯进门。他张嘴说话，只听见心酸和愤怒让他的嗓音不住地颤抖，甚至一度失控，声音变得尖细："你等等，我，我在这儿待了这么多年，忠心耿耿地服侍你，执行你的命令,从不见你哪怕杀一头山羊羔让我跟朋友庆祝。他倒好,你这个儿子和娼妓吞尽了你的产业,他一回家,你倒为他宰了肥牛犊。还有没有公平了!"①

◆ ◆ ◆

此话不假,确实不公平。这个寓言让我想起弗朗索瓦·特吕弗,据他的女儿们回忆,其中一个姑娘做了傻事儿,特吕弗却惩罚另一个人,好叫她们明白生活本无公平。这故事又让我想起查尔斯·佩吉,他在《第二美德的奥秘之门》(第二美德,即希望)中,以他特有的执拗、反复与聪明的方式,花了很长的篇幅思索这三则有关慈悲的寓言,佩吉写到迷羊寓言的时候说:

> 人一旦陷进了不公平,
> 就不明白该往何处去了。
> 我们要讲出"背信"这个词,要说出口,不必怕它,
> 它比一百个、九十九个信徒更重要。
> 那这奥秘是什么呢?

他讲到浪子故事的时候说:

> 路加书里的故事很美。它前前后后都美。
> 故事不止在路加书里。它无处不在。
> 只消想到它,你的喉头登时开始哽咽。

---

① 见《路加福音》15:11—32。

王　国

　　耶稣的话引起了最大的轰动
　　传到世界各地。
　　他的话产生了最深远的回响
　　在世界中，在人身上，
　　在人的心中。

　　在虔诚的心中，在背信的心中。

　　它找到了哪个感性之点，
　　从未有故事在它之前发现过，
　　也不会有故事在它之后发现了。
　　哪个独特之点，
　　未曾被猜测过，
　　此后再无踪迹。
　　痛苦之点，忧伤之点，希望之点，
　　痛点，焦虑之点。
　　人心中的创伤之点。
　　不应按压的点，疤痕之点，长疤和结痂之点
　　是我们不该紧按的点。

我按住了。

◆　◆　◆

　　临近本书收尾的那段时间，每次有朋友到家里做客，我都会趁机问他们对这个故事的看法。

我高声将故事念给他们听,所有人脸上都露出窘迫的神态。父亲不计前嫌让他们感动,但长子心中的苦涩搅乱了他们的心绪。他们早已忘记苦涩。他们认为苦涩合情合理。其中几位感觉福音书在嘲笑他倒出的苦水。我继续给他们读了管家吃里爬外、雇工做了十一个小时工的寓言,但他们也不明白故事到底想讲什么。放在拉封丹寓言中,没问题,这样他们能理解,无关道德、本质狡黠的寓意会让他们微微一笑。但这不是拉封丹的寓言,而是福音书。这是"神国是什么"这个问题的终极定言:上帝意志隐约显露其中的生活维度。

如果故事主旨在于,"人世间的生活本如此,不公平,残酷,没有公理可言,这一点我们都知道,可是说到神国,大家以后能看到,神国是另一码事……"但根本不是这样。路加说的根本不是这些。路加讲的是:"神国,就是这样。"好比禅宗大师道出公案一则,剩下的全凭你们自己领悟。

47

许久以来,我一直想用浪子的寓言为这本书作结。因为我经常在他身上看见自己,有时候——次数少得多——会对品行良善却没人疼爱的长子产生共鸣,因为我到了一个男人成为人父的年纪。我想展现的场景是,路加经历了漫漫一生的周游与历险之后终于回到故里,归乡时身披垂阳金色的光线,迎着秋日的安宁与和煦。谁都不知道他殉道的地点和时间,我想他走的时候已经很老了,随着人生渐渐走向终点,他再度回忆起童年时光。一段段遥远又飘散的回忆,突然间比当下更让他身临其境。那些回忆同

王　国

神国一般微渺，又似神国一般广阔。他小时候去农场取牛奶的那条路，在他眼中是如此漫长，其实只有很短一截。但现在路再次拉长，仿佛他终其一生都在上面赶路。初出远门时，见那山是山，行至途中，见山不再是山，旅途结束，见山又是山。这就是一座山，从山顶俯瞰才最终能一览全景：座座村落，条条山谷，还有延伸到海的平原。我们经历了这一切，一路奋力前行，现在终于走到这儿了。落日的红晕里升起云雀最后一声啼鸣。绵羊回到羊圈。牧羊人为它打开栅门。父亲张开双臂抱住儿子。他为儿子披上一件紫色大衣，那大衣又暖和又柔软，和伦勃朗油画里的一样。父亲抱着他轻轻地晃。儿子陷在他的怀抱里。他再也不要去冒什么风险。他终于抵达了良港。

儿子闭上了双眼。

◆　◆　◆

我喜欢最后这一章。但有一件事除外。

那就是他不仅应该闭上双眼，还应堵上耳朵，以免听到片尾字幕滚动时巴赫康塔塔的音乐声中长子悲痛的指责："那我呢？我让自己吃了这么多苦头，却什么都没有？"他的非难很丑陋，很不大方，但不幸很难美，也很难高贵。长子的诘责打破了和谐的合奏，但诚实的路加没有将它抹去。父亲说不出什么能说服他的话。迷途羔羊的故事是浪子寓言的底本，马太讲耶稣说迷羊故事的时候一只手还抱着个孩子，他最后说了一句："你们在天上的父也是这样，不愿意这小子里失丧一个。"[①] 路加不曾加上这样的

---

① 《马太福音》18：14。

话。宽容、温和、随和的路加说,神国有一条法则是,有些人失丧了。地狱确实存在,那里浸着泪水,回荡着咬牙切齿的声音。皆大欢喜固然有,却轮不到每个人。

◆ ◆ ◆

有位印度哲人讲轮回与涅槃。所谓轮回,是我们生活其中,由变化、欲望、折磨构成的世界。所谓涅槃,是悟道之人方可进入的世界:是解脱,是极乐。然而印度大师又说:"要是有人区分轮回和涅槃,那他一定身处轮回。若有人不问两者有何不同,那他已经涅槃。"

◆ ◆ ◆

这神国,我想也是一样吧。

尾 声

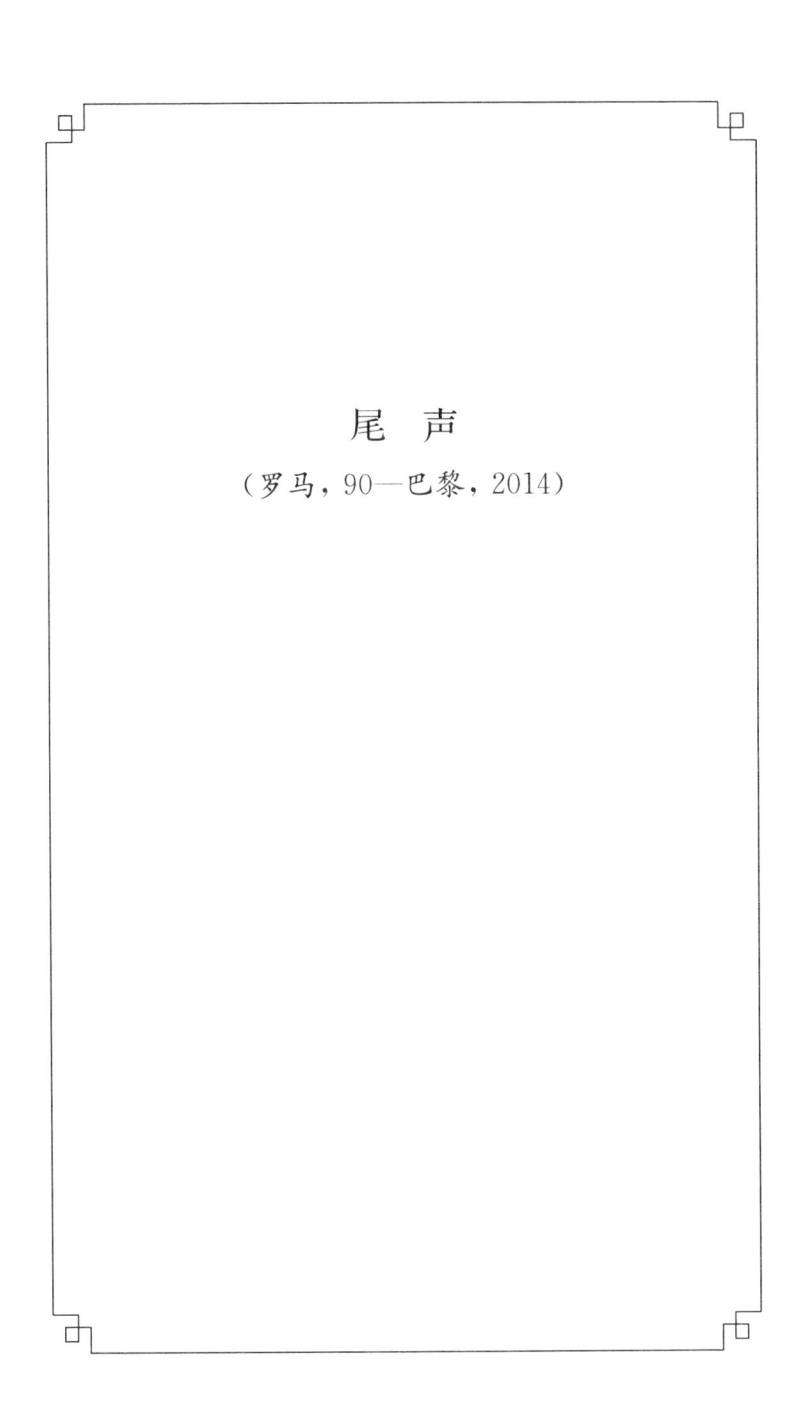

(罗马,90—巴黎,2014)

尾声

1

心地善良的提多有个兄弟名叫图密善,图密善却是个凶恶的皇帝。他没有尼禄那么出彩,心肠竟更毒辣。每天醒来,他独自在屋子里躺上一个钟头,动也不动,窥伺着什么,等到一只苍蝇落到手边,他的胳膊如闪电般突然一动,用探针一下戳穿苍蝇的身子。由于勤加练习,图密善非常擅长这项运动。他喜欢一个人吃饭,夜里在皇宫里晃荡,趴在门上偷听。只有能从另一个男人身边夺走他的女人,图密善才会对这女人产生兴趣,被他夺妻的最好是他的朋友,可他没有朋友。尤维纳利斯说,跟图密善闲聊下雨、天晴这种家常是危险的事情。凭他的性格,迫害别人倒没什么好让人意外的,但他迫害的对象居然主要是哲学家。他厌恶哲学家。身为斯多葛主义后期代表人物之一的爱比克泰勒,就是大追捕行动的目标。被迫害的还有基督徒,然而迫害基督徒有点老惯例的意味了:他们是常见嫌疑人。在犯罪这方面,图密善不喜欢例行公事,也不喜欢别人教他怎么做。他想要迫害自己的受害者,尼禄的受害者他可不要,而且他还要知道自己加害的人是谁。图密善坚持要清楚了解,基督徒所代表的危险究竟具有怎样的性质。有人说:他们要造反。造反势必有人带头,而他们的头目死了六十年,图密善心想,要有什么危险,肯定来自头目的家族。像他这么邪恶的人,对待事情居然跟大希律王一样,喜欢站在老派的黑帮老大的视角上,而大希律王为了除掉大卫后人能做出杀掉几百个无辜孩童的事情。既然如此,图密善便命人搜查耶稣的后裔。

一路赶到犹太的皇家警备队找到了耶稣的两个侄孙,是他兄弟犹大的孙子。他们都是穷苦农民,两人加入的团体很久以前便从耶路撒冷教会中分离出来,在荒漠边缘,在一个被神和罗马诅咒的国度最边缘地带挣扎求生。这些人根本不知道世界上发生了什么跟他们伯公有关的事情,他们保留下来的仪式和教义已经模糊不清,耶稣说过的话也记不太清。罗马士兵闯进村子抓住他们,把他们带到凯撒利亚,再押上开往罗马的船,他们吓坏了。皇帝在罗马接见他们,可他们连皇帝的名字都不知道。那个人是皇帝,是凯撒,他们能猜到的全部事情就是,对于像他们这样的人来说,出现在皇帝面前必有凶险。

图密善拷问他们之前还逢迎一番:他客客气气地问他们问题。他们是大卫的后裔吗?是。是耶稣后裔吗?是。他们相信耶稣有一天会称王吗?是,但他统治的不是这个世界上的国。在此期间,他们靠什么营生呢?靠两人拥有的一公顷农田,值九千迪纳里厄斯①。他俩种田都靠自己,没有雇工,收成刚够生存和纳税。

两个犹太血统、双手布满老茧的乡下人被吓坏了,有人想在皇帝面前说他们是危险的作乱分子,谁知道他们的可怜打动了图密善。或许那一天是个例外,恰好赶上图密善心情不错。或许他偏不想做别人盼着他做的事情。图密善把两人放了,还他们自由,要是为了出其不意带来的快感,他把身边劝他踩躏基督徒的人全都抹了脖子,我也不会特别意外。

---

① 一迪纳里厄斯等于四塞斯特斯。

尾　声

基督徒啊……可怜的人。既没有危险,也没有前途。皇帝心想,这段故事该结束了。大家可以将卷宗归档了吧。

◆　◆　◆

一千九百年之后,我下定决心不让这件事在此完结。

2

与路加写福音书差不多同一时间,另一部福音书正在叙利亚编写,这一部专门写给东方的基督徒。相传它的作者是马太,马太曾是税吏,后来成为十二门徒中的一员。又传马太身后藏着我们熟悉的老朋友——撒马利亚人的使徒腓利。当然,历史学家认为这部福音的作者既非马太亦非腓利。他们认为这部作品更像是由一群人共同完成的,而不像个人完成的。针对这个具体的个案,我同意历史学家们的看法,因为这部福音书最受教会喜爱,教会将它放在《新约》正典的首位,它同样也是最难找到作者踪影的一部福音。我们对其他三位作者的看法或许有偏误,但最起码还有个看法。马可,是彼得的书记。路加,是保罗同路人。约翰,是耶稣最喜爱的弟子。第一个人最鲁莽,第二个人最讨喜,第三个人最深刻。而马太,他没有自己的传奇,没有面孔,没有特点,对我而言,我耗费生命中的两年时间去评注约翰,两年用于翻译马可,花了七年时间写这本关于路加的书,可我竟然不了解马太。我们可以在这种自我消隐中看见基督教谦卑的上限,但它也包含着马太受到青睐的另一层原因,也就是他在福音书中自始至终着力描绘一件事:被耶稣收入门下的叫花子们组成了有组织、有纪律、有等级的团体，简言之，他们已然形成了一个教会。大概马太是四位作者中最具基督教气质的人，也是最有神职人员气质的人。

◆ ◆ ◆

说来也巧。自保罗纺布以来，逐渐形成了古代从未见识过的事物——神职人员。基督是神差来的，使徒们是基督差来的，各位教士是使徒差来的。有人称教士为 presbytre，意思就是长老。不久之后，他们的头衔改为 épiscope，也就是后来的主教。①这之后不久，有人说主教——还未出现教皇——是神在世上的代表。中心化，教阶制度，服从：设立这些是为了存续。世界末日不再是当务之急。正因为如此，他们才开始写福音书，将自己组织成一个教会。

随后的三百年里，这个教会一直是一个神秘的、地下的、被四处搜捕的团体。可怕的图密善迫害教会乃出于一时兴起，他的想法前后也不一致，可是，图密善的几位继任者却是在深谙教会底细的情况下追捕教会的。这里说到的继任者，包括图拉真、马可·奥勒留、哈德良，一个个都是好皇帝。这些皇帝兼事哲学，他们坚持斯多葛主义，性情也很宽和，可谓古代晚期最杰出的榜样。罗马的明君们虽然禁止基督教、杀害信教的人，但他们没有选错目标。他们热爱罗马，希望罗马世代长存，他们感觉到，这个默默无闻的教派跟压到边境线上的蛮族一样，是罗马最可怕的敌人。"基督徒，"一位护教论者有言，"跟其他人没有丝毫差别。

---

① épiscope 源于古希腊语 episkopos，意为"监督者"，其使用早于基督教的诞生，后来才逐渐演变为基督教中的"主教"。

他们并非与世隔绝，他们遵守所有惯习，只是他们在心中遵循属灵共和国的律法。他们栖于世，正如灵魂在身体中。"如灵魂在身体中，这句话说得漂亮，但他们跟耽于妄想的科幻老片《天外魔花》中潜伏在风平浪静的人群之中的外星人一个样：他们伪装成朋友和邻居，让人难以察觉。这群异形企图从内部吞灭整个帝国，还要神不知鬼不觉地取代帝国所有的子民。而他们做到了。

3

公元二世纪二十年代，在明德的图拉真执政期间，以弗所有一位非常年迈的长者，人称长者约翰，也就是约翰长老。谁都不清楚他的年纪，仿佛死神已然忘记他。当地人极其敬仰约翰长老。有人断言他就是耶稣最喜爱的弟子，说他是世上最后一个认识耶稣其人的人，有人去问他，他也不否认。约翰长老管身边的人叫"小子们"。他反复跟他们说："小子们，乃叫你们彼此相爱。"①这句箴言承载着约翰长老全部的智慧。有一天，他终于死了。村民把他埋在耶稣生母马利亚旁边，相传马利亚也是在以弗所去世的。传说，如果我们把耳朵凑到约翰的墓前，就会听到长者的呼吸，如熟睡的孩子一般，和缓又均匀。

他去世几年后，《约翰福音》在以弗所面世，当地人都相信这本书是耶稣最爱的弟子平生的所见所闻。但是，其他教会质疑里面的内容。两派的争吵一直持续到四世纪，其中一派认为，《约翰福音》是最终福音，它让此前粗糙拙劣的福音草稿变成了废纸，

---

① 见《约翰福音》13: 34。

王　国

另一派认为,《约翰福音》不单单是伪作,还带有异端邪说的色彩。最后,正典当机立断。约翰之书侥幸逃脱了伪经的命运。但这一部书读来古怪,跟其他三部被广泛接受的福音书一比,显得尤为不同。它永远是第四部福音书。

◆　◆　◆

谁写了这第四部福音书,竟是个谜。

我们充其量可以承认,西庇太之子约翰,这位生性易怒却受耶稣喜爱的加利利打鱼人,在耶稣受难之后成为耶路撒冷教会的顶梁柱之一,后来,这位犹太血统的圣战派写出了《启示录》。然而,《启示录》的每一行里都弥漫着对异教徒、对与异教徒勾结的犹太人的恨意,人们很难相信这样一部书的作者在四十年后能创作出一部充盈着古希腊哲思又极力仇视犹太人的福音书。律法,《约翰福音》里的耶稣蔑称它为"你们的律法"①。逾越节,他讲"犹太人的逾越节"②。书里讲的故事总结起来无外乎光明与黑暗对峙,犹太人代表的就是黑暗。所以呢?

所以最可信的剧本是这样的。西庇太之子约翰,即使徒约翰,即《启示录》作者约翰,他漫长的一生在以弗所画上句号,深受亚细亚各教会崇敬。那时,亚细亚是帝国最虔诚的地区。就连乡间最不起眼的接骨医生也能被当作神一样敬拜,所有信仰混杂在一起。勒南既不喜欢第四部福音书,也不待见历史学家们所谓的"约翰派",在他的描画中,耶稣最后一位活在世上的见证人身边聚拢了一窝爱使计谋、舞弄信仰、讹诈欺骗的人,这个虚荣的

---

① 《约翰福音》8:17。
② 《约翰福音》11:55。

老头子发了疯,他怒火中烧是因为市面上流传的福音书没有给予他应有的地位。他说,他可是耶稣最喜爱的弟子,耶稣向他吐露快乐与悲伤。老头子什么都知道得一清二楚:不仅有耶稣在想什么,还有事情的真相。马可、马太、路加,这些消息不灵通的编书人讲耶稣直到受难前才去了耶路撒冷,想要死在那儿。实际上耶稣经常去耶路撒冷啊!约翰动了气:他的大多数异能都在那里施展。这些人还说,耶稣在受难前夜定下面包和酒的仪式,弟子们可以借此怀念耶稣。可耶稣很早之前就吃面包、喝酒了!他一直这么做!耶稣最后一晚做的事情,是给每一位门徒洗脚,而洗脚的仪式才是新的,这一切约翰最清楚,因为约翰最后一晚在耶稣的右手边,头靠在他的肩膀上,几乎是躺在他身上了。更糟糕的是,这些人说耶稣受难的时候孤零零的,所有弟子都逃散了。可是他,约翰,就站在十字架的脚下!垂死挣扎的耶稣甚至向他托付了自己的母亲!由于他年事太高,这些记忆已经模糊,但听他讲话的人一定会立马认定自己听到的是真相,真正的真相,但这些事实被马可、马太、路加的记叙忽略或歪曲了。该让大家了解真相才对。那谁才能让可敬的长者开口,在他身边做书记呢?谁能像马可对彼得那样,为约翰做事呢?

不同的地方在于,马可是一丝不苟的书记。约翰没那么幸运,没招来一丝不苟的书记。但他幸运地拥有了一位非常有才气的书记。这人的名字大概也是约翰,时过境迁,大家最后分不清他和使徒约翰其人。使徒约翰,长老约翰:在以弗所半明半暗、弥漫乳香的空气中,大家再也分不清谁是谁了。一人讲话,另一人听,他把自己听到的内容通通化为自己的话,他将自己强有力的个性和广博的哲学学养紧密地糅在文字中,甚至前者要是读到

王　国

这些文字，根本认不出后者归入他名下的话语。根本没人了解约翰长老，仅猜测他是一位哲人，如果他是犹太人，那他肯定是完全希腊化的犹太人。说不定，两人相差五十岁，这个人类似生活在科林斯的保罗的宿敌亚波罗：他是亚历山大的斐洛门下的弟子，虔信新柏拉图主义——总之都是使徒约翰讨厌的东西。

使徒约翰和长老约翰合为一体，使第四部福音书成了诡异的混合体。一方面，《约翰福音》给出了耶稣在犹太的具体信息，以至于历史学家们不得不承认它比其他三部福音书更可信。另一方面，它借耶稣之口说出的言辞让读者必须二者选其一：耶稣说话要么跟马可、马太、路加记录的一样，要么跟约翰写的一样，读者很难想象一个人说话既像马可、马太、路加书里写的那样，又像约翰书里写的那样。各位很快选定：他说话跟马可、马太、路加书里一样。三部福音书共有的口语风格如此特别，它恰好能让读者看清福音书的历史价值——倘若路加没有培养出模仿耶稣说话的专长，可以说，耶稣说话的风格无从模仿。全是短句，雄劲利落，事例取自日常生活。而站在他们三个对面的约翰，书中用长长的、特别拖沓的演说体讲述耶稣和父的关系、光明与黑暗之战、坠入人间的道。没有一则驱魔故事，没有一则寓言，更没有有犹太特色的内容。真正的约翰，也就是使徒约翰，读到这些内容肯定特别恐惧：书记借他之口讲出来的东西非常像他的死对头保罗后期所写的书信。而且就像保罗的后期书信一样，读者常常能读到平日少见的闪光之笔，因为假冒的约翰，也就是长老约翰是一位非凡的作家。他写下的记叙文学沐浴在一片难以名状的离别之光中，词语激荡，仿佛从河对岸远远传来的回声。迦拿的婚礼，水井旁的撒马利亚妇人、拉撒路复活、无花果树下的拿但业,①皆是他的手笔。施洗约翰的名句"他必兴旺,我必衰微"②也是他写的,还有村民想用石头砸死偷情的妇人时,耶稣对信众说的那一句:"你们中间谁是没有罪的,谁就可以先拿石头打她。"③末了,二十五年前在勒勒夫龙,让我下定决心归信基督的那句神秘之语也是他写的:

> 我实实在在地告诉你,
> 你年少的时候,自己束上带子,随意往来;
> 但年老的时候,你要伸出手来,
> 别人要把你束上,带你到不愿意去的地方。④

4

当年,作为历史专业的学生,我必须根据自主选择的课题写一篇论文。鉴于我对历史一问三不知,说起科幻小说却头头是道,我挑了一个把答辩委员会所有成员加在一起肯定都没我懂得多的题目——乌有史。

乌有史是围绕主题展开的虚构:如果事情出现另一种展开方式呢?如果埃及艳后克利奥帕特拉的鼻子再短一点?如果拿破仑在滑铁卢打赢了呢?随着我的探索不断推进,我发现许多乌有史都围绕基督教源头做文章。这一点倒没有让人惊奇的地方:如果

---

① 分别出自《约翰福音》2:1—12,4:1—42,11:38—44,1:43—51。
② 《约翰福音》3:30。
③ 《约翰福音》8:7。
④ 《约翰福音》21:18。

王 国

要在历史的经纬中找一个地方，从这里破局能带来最大的变动，大家肯定找不到比基督教源头更好的地方了。正因如此，罗杰·凯卢瓦在他的小说中钻进了审理耶稣时的本丢·彼拉多的脑袋。凯卢瓦如此想象彼拉多的一天：小意外不断，会客见面，脾气时好时坏，做了个不好的梦，这一切要素的混合催生出了一个决定。祭司们想让他处死这个默默无闻的加利利狂热分子，但彼拉多突然改变了主意。他说不。我看不到耶稣犯了什么罪，放他自由吧。耶稣回到家，继续传道。去世的时候岁数很大，身边的人都知道这位老人的智慧可是盛名在外。时间推到他的后一代，所有人都忘记了他。基督教也不存在。凯卢瓦认为这也不是坏事。

◆ ◆ ◆

从源头入手——确实是一个解决问题的方法。要说还有一个重要的时间之结，那得是君士坦丁大帝改宗。

君士坦丁大帝是公元四世纪初的皇帝。或者说，他是分治东方与西方的四位皇帝之一。随着版图不断扩大，帝国已然变得复杂并且很难管理，被现在已成为罗马军团主力军的蛮族人渗透了。这时出现了第五个自立为皇帝的人。此人攻下了一部分意大利的地盘，君士坦丁大帝力守王位。罗马附近打响了一场大战，双方分别是君士坦丁的军队和叛军。战事爆发的前一晚，基督徒的神在梦里向他显现，承诺他如果归信必能赢得胜利。翌日，公元312年10月28日，君士坦丁克敌制胜，整个帝国追随他归信基督。

当然了，这个转变需要一点时间，还得让大家有个准备。不过，在公元312年，异教是官方宗教，基督教是处处受排挤的教派，十年之后情况完全颠倒过来了。这下轮到异教处处受排挤了。教会与帝国联手迫害最后一批异教徒。皇帝自诩耶稣子民中的第一位。三百年前没当上犹太人的王的耶稣，现如今成了犹太人之外所有人的王。

◆ ◆ ◆

在天主教中，"教派"（secte）一词含有贬义：它常常与强迫、洗脑联系在一起。对于新教而言（这个词在盎格鲁-撒克逊世界依然存在），secte 指的是人们自愿加入的宗教运动，与人们出生于斯的教会不同，人们相信教会的那一套东西是因为在他们之前已经有人相信了：父母、祖父母，乃至所有人。身处某个教会，便信大家都信的事情，做大家都做的事情，也不问什么问题。相信民主、支持自由探究的我们恐怕会认为，教派比教会更受尊敬，事实并非如此：是字词的问题。君士坦丁改宗给基督教造成的最大转变在于，护教论者德尔图良的哲言——"我们不是生来就是基督徒，而是成为基督徒"不再为真。而教派，俨然壮大成为教会。

大写的教会。

◆ ◆ ◆

教会现已垂老。它的过去沉甸甸的。不少观点责备教会背叛了拿撒勒人耶稣拉比的讯息，而耶稣的讯息可是有史以来最具颠覆性的。但这样怪罪教会，难道不是在谴责它的存在吗？

基督教是个鲜活的有机体。它的扩增使它成为完全难以预料的事物，不过倒也正常：尽管它非同小可，可谁希望孩子永远不

王　国

改变呢？永远长不大的孩子，是早夭的孩子，最好的情况也是发育迟缓。耶稣代表着这个有机体的幼年。保罗和前几百年的教会是它叛逆又炽烈的青春期。君士坦丁改宗开启了西方基督教的漫长历史，这一阶段就是由沉重的责任、伟大的功绩、滔天的权势、妥协和让人羞赧的错误组成的成年生活与职业生涯。启蒙运动和现代敲响了退休的钟声。如今，教会的势头不再，显然已过巅峰，我们相对冷漠地目睹它步入老年，却很难说它会向一触即怒的老糊涂发展，还是会孕育出我们——起码是我——企盼自己年老时能拥有的那种明亮通透的智慧。在我们的生命尺度上，这是常见的问题。在世间功成名就的成年人辜负了那个毫不妥协的少年吗？塑造一个理想的童年，然后一辈子在失去童真的惋惜中度过，这么做有意义吗？当然了，假使耶稣能见到耶路撒冷的圣墓教堂、神圣罗马帝国、天主教教义、宗教法庭的火刑台、因为杀神而被屠杀的犹太人、梵蒂冈、打压工人神父、教皇无谬说，以及埃克哈特大师、西蒙娜·薇依、埃迪特·施泰因、埃蒂·伊勒桑，他一定难以置信。如果我们在孩子面前把他的未来展开说给他听，假设孩子能够真正地理解他通过纯抽象的方式过早了解的事情，假设他知道有一天他也会老，老得就像那些我们亲上去扎嘴的老太太一样，哪个孩子不会惊讶地把嘴张得老大？

最让我感觉惊讶的，不是教会与它最初的样子相去甚远。相反，我惊讶的是哪怕不成功，它也尽力把忠实当作理想。它从未遗忘自己最初的样子。它始终相信源头比现在更崇高，它从未停止尝试回到源头，好似真理栖身于斯，好似仅剩的童真才是成年人身上最好的部分。与把功成放到未来的犹太人不同，与不在意耶稣，只想着他那现在渺小但未来要传遍全世界的教会该如何有机、持续地发展——这一点倒是很有犹太人风范——的保罗相反，基督教认为它的黄金时代在于过去。它同批判教会最猛烈的人一样，都认为它仅存的绝对真理时刻大约是耶稣在加利利传教然后死于耶路撒冷的那两三年，在此之后，事情只能走下坡路，教会也承认，只有在接近那一刻时，它才具有鲜活的生命力。

5

只要顺其自然，该发生的终会发生。我没有登上圣保罗邮轮，再好不过了，但这几年来，我的书让我收到不少基督徒来信——特别是一些女信徒。我跟其中几位一直保持联络，她们视我为同路人：这个身份适合我。

她们中有一位来信回应我的小说《搅局者》。在她说的《搅局者》这一章里，我试探性地想要就生活不公平、人与人不平等这个明显事实说一点看法。有人漂亮，有人丑，有人身世好，有人贫穷，有人引人注目，有人默默无闻，有人聪敏，有人愚蠢……生活难道就只有这些吗？难道就像尼采和利莫诺夫想的那样，因为这一事实而感到愤慨的人就只是不爱生活的人吗？我们是否可以换一种对待事情的方式？我讲了两种对待事情的不同方式。第一种就是基督教，主要观点是，神国一定不是来世，而是现实之现实，在神国中，最小的就是最大的。第二种蕴藏在埃尔韦推荐我读的佛经里，我在书里不止引用了一回，而是两回，许多《搅局者》的读者都知道，这句话正是全书核心，或许包含这句话的五百多页已经被他们从记忆中抹去许久，但这句话值得铭记在心，私下反复咀嚼："自视优于、低于他人，甚至同别人平等的

王　国

人，无法理解现实。"

一位女性笔友对我说：

> 这个问题我很了解，它从我小的时候就开始折磨我。我记得小时候有一位讲授教理的女老师，她劝勉我们要与他人"为善"，因为就算是一抹微笑，对有些人来说也可能非常重要，这是我第一次意识到这一点。一想到我自己也属于那一类人下人，我就彻底绝望了：别人对我微笑只是"为善"。还有一次参加弥撒时，朗读的是圣保罗一封信中的段落，信的开头是"我们坚固的人……"[①]我当时想：这话可不是代我说的，我又不坚固，我亦不属于人类中优秀的那一半。写这些是想说，您讲的人有高有低的问题我都懂——或许跟您不是一个角度。但是，我有个办法要告诉您，它就在触手可及的地方，非常具体地说，它就在别人帮你洗脚或者你帮可能是残疾人的人洗脚的那个水盆底部。

大家应当从字面理解：这位年轻女士为了我在道德和灵性上获得进步，邀请我为残疾人洗脚，再请人为我洗脚——不管怎么看，这都是你能想到的最具天主教徒气质，甚至有点猥琐的玩意。与此同时，信中的语气特别和善、善解人意。她明知自己讲的事情有多奇怪，还像朋友之间打趣一样，她已经想到我不出意外一定会后退一步。我回信说，我要考虑一下。

[①] 《罗马书》15：1。

尾　声

◆ ◆ ◆

两年之后来了一封新邮件。那位跟我通信的女士贝朗热尔，想知道我考虑好了没，还有我思考之后，会不会想要体验一下。她说，如果我找不到足够畸形的脚可洗，她可以给我几个地址。

我当时正在给这本书收尾，毫无疑问，我的心里还是很满意的。我心想：写书的过程让我学到很多，读到这本书的人亦会受益匪浅，这些事情会引发他的思考——我做好了本职工作。就在那时，内心有个想法让我非常煎熬：我感觉自己与重点擦肩而过。我的所有学识、所有认真态度、所有一丝不苟，完全付诸不着边际的事情了。显而易见，当我们触及这些问题的时候，唯一不离题的方法就是倒向信仰这一边——但这不是我想做的，我依然不愿这么做。谁又懂呢？或许还剩一点时间能讲一讲我还没说到的有关信仰的事，也可能是说得不好但我不知道。或许，贝朗热尔在不自觉地提醒我，不要在还没发现那个重要的东西之前，就将书稿发给编辑保罗。

6

就这样，我们来到了一间修葺过的农舍，屋顶上有一尊耶稣受难的十字架像，墙上还挂着一幅伦勃朗油画《浪子回头》的巨型复制品。除了我，还有四十多位基督徒，七人一组。我们坐成一个个圆圈，圆圈中央摆着水盆、水桶和毛巾，大伙纷纷做好了互相洗脚的准备。

静修仪式前一天晚上已经开始，所以我跟我这一组的人先认识了。在我之外,组里有一位孚日地区的学校校长、一位天主教慈善救济会专职人员、一位每天不得不进行一系列残酷裁员的人力资源经理、一位歌剧女演员、一对加入"我们的圣母"团体的退休夫妇。我知道这类祷告小组,我的前岳父岳母,还有一个支持让-克洛德·罗芒、常去监狱探望他的人都是其中成员。包括我在内,现场所有人的着装或多或少都是天主教信徒喜爱的户外风。我有可能弄错,但我不觉得他们会是那种参加游行反对同性婚姻和移民数量过多的天主教徒。我更能想象他们帮助不识字的偷渡客,为他们填好各类手续所需的表格:他们是左派天主教徒,是弱势群体的守护者,是有善心的人。小组里有两个人常来这个地方,经常跟这里的居民打交道;身份是志愿助理,专门帮助身心有障碍者。我刚到就学会了:在这儿,我们说"有障碍",不说"残疾",或许有人认为这么做是为了政治正确,可由于这里的关系确实基于人和人的平等交往,我觉得无可厚非。一部分有障碍者生活完全不能自理:他们缩在轮椅里,靠别人用勺子喂饭,说话也只是在喉咙里哼哼。有些人的残障程度没那么深,他们来回走动,参与餐桌服务,以自己的方式交流。譬如有一个五十多岁的人,从早到晚不厌其烦地重复念着"小帕特里克"——当我回想起这个细节的时候,突然后悔没来得及问他小帕特里克是谁:是他还是别人?究竟是谁?

◆ ◆ ◆

这一切肇始于五十年前。有个名叫让·瓦尼埃的加拿大小伙子正在寻找他的道。他很年轻就入伍英国海军,上了战场,在舰艇上服役,还学习了哲学。他希望自己幸福,想依照福音书的教导生活——他很确信,后面一条是幸福的前提。每个人都能在福音书里找到专门写给他的那一句,属于他的那一句在《路加福音》里。耶稣说摆设筵席不要邀请富足的朋友和氏族里的亲属,倒要请那贫穷的、残废的和在路上蹒跚的疯子,常人避他们不及,显然不会请他们。耶稣告诉他,如果你照做就会被保佑,就会有福:这就是真福。[1]

让·瓦尼埃住在瓦兹省的村子里,村子旁边有一个精神病医院——那时还被称为疯人院。那是一家真正的疯人院,间歇性失去理智的人不收,专门用于圈禁无法治愈的患者。纳粹分子(多是尼采的书迷)认为,将这些人处死绝对是大发慈悲,而我们这个更温良的社会则只是让他们与世隔绝,将他们关到有人提供最低限度的照顾的机构里。有些人吃东西邋里邋遢,有些人喊着寻死,有些人永远封闭在自己的世界里。可以肯定的是,到哪儿都不会有人请他们上席,可是让·瓦尼埃请他们吃饭。他设法让医院交给他两个病人,他跟病人们一起生活,并非像住院一样,而是像一大家子一样生活。两人的名字分别是菲利普和拉斐尔,瓦尼埃跟他俩一起,在贡比涅森林边上的特罗斯利小镇他的小房子里,建立了一个家庭,也就是最初的方舟社团。五十年后,一百五十个方舟社团遍布全球,每个社团里有五六名精神残疾患者,以及数目相当、负责照顾患者的志愿者。一个志愿者照顾一个病患。他们一起做饭、做手工,过着非常简单的共同生活。无法痊愈的病人治不好病,但是有人跟他们说话,跟他们有身体接触,让他们知道自己很重要,即使是状况最糟糕的人也能听到这种呼

---

[1] 见《路加福音》14:12—14。

唤，而他们内心有某种东西开始复苏。这"某种东西"，让·瓦尼埃称为耶稣，但他不强求别人跟他做一样的事情。不在各地奔波时，瓦尼埃就在特罗斯利生活，跟最初的社团住在一起。他偶尔主持贝朗热尔建议我参加的那种静修仪式。静修仪式包括让我厌倦的每日弥撒、让我听了冒火的宗教歌曲，还有适合我的入静，以及听瓦尼埃说话。瓦尼埃现在年纪很大了，他个子很高，做事非常专注，性格十分温和，一看就是个非常好的人。凡见过瓦尼埃的人不难想到他的守护圣人——福音书作者约翰。这位写福音的约翰，是使徒约翰还是长老约翰？是犹太人还是希腊人？我在写书时非常关注这类问题，现在书写完了也不在乎了，这问题有什么重要的呢？我只记得年老的约翰到了以弗所，从早到晚反复念叨着一句话，就像那句"小帕特里克"一样："小子们，乃叫你们彼此相爱。"①

7

我们围坐脚盆旁等待着，今晚轮到让·瓦尼埃给我们宣讲福音书作者约翰说过的一件事：耶稣让拉撒路复活了，越来越多的人相信他就是弥赛亚。他到达耶路撒冷时，当地人夹道欢迎，挥舞着棕榈枝向他致意。哪怕他不愿驾着雄壮的骏马进城，执意坐在驴背上进入神圣之城的城门，大伙儿都感觉他在酝酿什么大事。四天后，即从圣枝主日到了濯足星期四，耶稣在那著名的楼房里跟十二门徒吃饭。席间到了某个时候，耶稣站起身，褪去外

---

① 《约翰福音》13：34。

尾声

衣,只拿一条手巾束腰。他一句话不说,将水倒入水盆开始给门徒们洗脚,然后用束在腰间的手巾擦干。洗脚本该是奴隶做的事情。门徒们见状惊慌失措。耶稣跪在彼得面前,彼得抗议道:"主啊,你洗我的脚吗?""我所做的,你如今不知道,后来必明白。""永远不会的,"彼得喊出声,"你永不可洗我的脚!"①

上面这一遭既不是彼得第一次不明事理,也不是最后一次。洗脚对他而言太过了。尽管耶稣发出了警告,但近些日子发生的事情让他坚定地相信事情就快成了,他和其他人一定买对了马,耶稣马上就要掌权,成为领袖。而一位领袖,要受人尊敬、仰慕,被人崇拜。然而景仰并非爱。爱意味着亲近,意味着相互,意味着接受脆弱。只有爱不会说我们用尽一生时时刻刻对所有人说的那一句:"我比你更有价值。"爱有其他求得心安的方式。爱是另一种权威,它不是从高处来,而是从低处来。我们的社会,所有人类社会,都是金字塔。塔尖上是显要之人:有钱的、有权势的、长得漂亮的、有智慧的,全是受大家仰望的人。金字塔中间全是小人物,小人物是没人注意的大多数。然后,金字塔底是那些小人物都乐得看不起的人:奴隶、身体有缺陷的人、微不足道的人。彼得跟所有人一样:他喜欢成为重要人物的朋友,可不要结交卑微的人,此时的耶稣实际上占住了卑微之人的位置。这么做可行不通。彼得蜷腿把脚收了回来,好让耶稣洗不到,他说:"永不可以。"耶稣坚定地回答他:"我若不洗你,你就与我无分了,你就不能做我的弟子。"彼得退却了,可一如往常,又矫枉过正了:"好啊,不但我的脚,连头和手也要洗。"②

---

① 见《约翰福音》13:4—8。
② 见《约翰福音》13:8—10。

王　国

洗完所有人的脚，耶稣起身重新穿上外衣，坐回自己的位置。他说："你们称呼我夫子，称呼我主，你们说的不错，我本来是。我是你们的主，你们的夫子，尚且洗你们的脚，你们也当彼此洗脚。①你们既知道这事，若是去行就有福了。②"

◆ ◆ ◆

"你们有福了"，让·瓦尼埃说，这也是真福。在方舟社团中，大家互相提醒这只有福音书作者约翰才讲到的真福。身为一位无可救药的历史学者，我暗自想：如果十二门徒全都见证、参与了令人印象这么深刻的场景，只有约翰说这件事确实很怪异。马可、马太、路加记述的事情，有面包、有酒，"为的是记念我"③。我想到事情本可以有其他的走向：基督教的核心圣礼本可以是濯足，而非爱筵。方舟社团静修时做的事情，也可以是基督徒每日在弥撒上做的，这看上去也不会更荒唐——说实话，荒唐会少一分。

◆ ◆ ◆

"我记得，"让·瓦尼埃接着说，"我离开方舟领导层的时候，在这附近不远的地方修整了一年时间，找了一个方舟社团助理的活儿，照顾的病人叫埃里克。埃里克当时十六岁，他看不见，听不见，不能说话，不能走路，没学过，将来也没机会学会保持干净。他妈妈刚把他生下来就遗弃了他，他一辈子都待在医

---

① 《约翰福音》13：13—14。
② 《约翰福音》13：17。
③ 《路加福音》22：19。

尾　声

院，从未和任何人产生过什么联系。我从来没见过像他这么焦躁不安的人。他被抛弃，被羞辱，接收到的一切信号都在告诉他，他不好，他对谁都不重要，于是他把自己封闭在焦躁之中。他唯一能做的就是大喊大叫，发出刺耳的叫声，有时一喊就是好几个钟头，都把我逼疯了。可怕的是，我一下子理解了那些虐待甚至杀死孩子的家长。他的焦虑唤起了我的焦虑，还有我的仇恨。如果有人一直这么喊叫，我们能怎么办呢？如何触动一个完全与世隔绝的人？大伙没法跟他讲话，他也听不见。没法跟他争辩，他也不懂。可我们能触碰他。我们可以帮他洗身子。耶稣在濯足星期四就是如此教导我们的。当他确立爱筵传统时，他的教导是对十二门徒这个整体说的。可是当他跪下为弟子洗脚的时候，却是单独面对每一个人，他喊他们的名字，触碰他们的身体，接触到了无人能触及的地方。触碰他、给他洗身子治不好埃里克，可是对他、对做这件事的人来说，这至关重要。为了做这件事的人：原来这才是福音暗藏的天机。它同样是方舟社团的奥秘：起初我们想做好人，我们希望与穷人为善，但是一点一点地——可能要耗费数年的时间，我们才发现，原来是他们在对我们施善，因为只有立于他们的贫瘠、疲弱、忧虑旁，我们才能暴露自己的贫瘠、疲弱、忧虑，而这些都一样，对所有人而言都是一样的，直到那时，我们才开始焕发出更多的人性。

"现在，大家可以开始了。"

◆　◆　◆

瓦尼埃站起身，走到给他留了个空位的小组里。在他的组里，有一个患有唐氏综合征的小女孩儿，名叫埃洛迪，她在瓦尼埃讲话的时候，一直在房间里走来晃去，时不时跳出优雅的舞步，一会儿找这个抱抱，一会儿找那个抱抱。但她见瓦尼埃归位，也回到了自己的位置，就坐在他旁边。埃洛迪等的就是这一刻，她明白流程是怎样的，就跟同样患有唐氏综合征，在勒勒夫龙的小木屋里给主持弥撒的格扎维埃神父做侍童的帕斯卡尔一样，埃洛迪十分开心，完全沉浸其中。

我们脱下鞋，褪掉袜子，卷起裤脚。轮到人力资源经理了，他跪在校长面前，把木桶里的温水淋到校长的脚上，稍微搓一搓——过了十几秒，大概有二十秒，时间还挺长，我感觉到了他内心的挣扎，他不想做得太快从而将仪式简化为纯象征性的东西。先一只脚，再另外一只，然后用毛巾拭干。接下来轮到校长跪在我面前为我洗脚，再之后是我为天主教慈善救济会的专员女士洗脚。我看着这些脚，不知该做何感想。为陌生人洗脚真的十分怪异。我想起伊曼努尔·列维纳斯的一句话，贝朗热尔曾在信里引用过，讲的是人的面孔，意思是在我们看见面孔的刹那，面孔便消解了被杀死的可能。贝朗热尔在信里说：是啊，这句话说得很对，但对人的脚来说更是如此。人的双脚更可怜，也更脆弱，它们是人身上最脆弱的地方：是我们每个人身上的孩子。我虽然觉得这个仪式有些尴尬，但人们聚集在一起，就是为了做这件事，为了尽可能靠近这个世界及他们心中最可怜、最脆弱之处，这十分美好。我心想，这就是基督教吧。

◆ ◆ ◆

即便如此，我还是不愿被圣宠触碰，不想就因为我已为他人濯足，便像二十四年前那样回家的时候已经改信基督。幸运的

尾声

是，这样的事没有发生。

8

第二天是个礼拜天，用完午饭，静修结束。大家在分手、各自回家之前，唱起了类似《耶稣是我朋友》的赞歌。照顾埃洛迪的热心肠女士负责用吉他伴奏。那首赞歌非常欢快，所有人都开始跟着拍手，用脚打拍子，像跳迪斯科那样扭动着。即便怀揣世上最好的善意，我也不能真心实意地投入一个如此强烈的宗教媚俗时刻。我含糊地跟着哼，嘴巴紧闭，左右摇摆，等着歌曲结束。突然间，埃洛迪出现在我身边，跳起了类似法兰多拉舞的舞蹈。她在我面前站定，微微一笑，将胳膊甩向天空，爽快地笑了出来，她还看着我，用她的眼神激励我，而在她的眼神里有一种快乐，如此质朴，如此自信，如此忘我，以至于我开始跟别人一样跳起来，唱出"耶稣是我的朋友"，我跳啊跳，唱啊唱，看着埃洛迪转身换了个舞伴继续跳，竟然有眼泪涌入我的双眼，而我不得不承认，在那一天的某个时刻，我终于隐约瞥见了神国的样子。

9

我回到家中，在把评注《约翰福音》的笔记本放回纸箱里之前，决定最后再读一遍。我一直看到了最后。1992年11月28日，我摘下《约翰福音》最后一段话：

为这些事作见证，并且记载这些事的就是这（耶稣喜爱

王　国

的）门徒；我们也知道他的见证是真的。耶稣所行的事还有许多，若是一一地都写出来，我想，所写的书就是世界也容不下了。①

我在后面写道：

> 耶稣还做过许多其他的事情：那些他每一天在我们的生命中所做的事，往往是我们不知道的。见证这其中的一些事，再写下我真实的证言，我认为，这就是我的使命。主啊，你答应我，让我忠诚于它，无论跌进怎样的圈套，无论经历怎样的徒劳，无论遭遇什么不可避免的分离。这是我在记完十八本笔记后向你所求的：忠诚。

到这儿完结的书，是我以真诚的心写出来的，但它试图探索的东西比我宏大许多，甚至连这一份诚意——我明白——都会显得微不足道。我在书里写满了关于我的事情——聪明，有钱，上层人士：这些都是我通往神国的阻碍。纵然如此，我也尝试过了。现在我要离开了，我在心里问自己，它有没有辜负年轻时的我，有没有背叛那个我信过的主，还是说它以自己的方式，对那个小伙子、对主，一直保持忠诚。

◆　◆　◆

我不知道答案。

---

① 《约翰福音》21：24—25。

Le Royaume © P.O.L Editeur，2014
Simplified Chinese Edition Copyright © 2024 by NJUP
All rights reserved
江苏省版权局著作权合同登记　图字：10-2018-556 号

图书在版编目(CIP)数据

王国 /（法）埃马纽埃尔·卡雷尔著；马龙译. —
南京：南京大学出版社，2024.1
ISBN 978-7-305-26498-6

Ⅰ. ①王… Ⅱ. ①埃… ②驽… Ⅲ. ①长篇小说-法国-现代 Ⅳ. ①I565.45

中国国家版本馆 CIP 数据核字(2023)第 027835 号

出版发行	南京大学出版社		
社　　址	南京市汉口路 22 号	邮　编	210093

		WANGGUO
书　　名	王　国	
著　　者	［法］埃马纽埃尔·卡雷尔	
译　　者	马龙	
责任编辑	付　裕	编辑热线　(025)83597520
照　　排	南京紫藤制版印务中心	
印　　刷	徐州绪权印刷有限公司	
开　　本	880 mm×1230 mm　1/32　印张 16.5　字数 370 千	
版　　次	2024 年 1 月第 1 版　2024 年 1 月第 1 次印刷	
ISBN	978-7-305-26498-6	
定　　价	98.00 元	

网　　址：http://www.njupco.com
官方微博：http://weibo.com/njupco
官方微信：njupress
销售咨询热线：(025)83594756

* 版权所有，侵权必究
* 凡购买南大版图书，如有印装质量问题，请与所购
　图书销售部门联系调换